MUJERES
DE GUERRA

HELEN BRYAN

MUJERES DE GUERRA

Traducción

Pilar de la Peña Minguell

Título original: *War Brides*
Publicado originalmente por Amazon Encore, Estados Unidos, 2007

Edición en español publicada por:
AmazonCrossing, Amazon Media EU Sàrl
5 rue Plaetis, L-2338, Luxembourg
Mayo, 2016

Copyright © Edición original 2007 por Helen Bryan

Copyright © Edición en español 2016 traducida por Pilar de la Peña Minguell
Imagen de cubierta © Nina Leen/Time Life Pictures/Getty; © Jason Salmon/Shutterstock
Diseño de portada por Mariagloria Posani/theWorldofDOT, Milano

Impreso por: Ver última página
Primera edición digital 2016

ISBN: 9781503933965

www.apub.com

ACERCA DE LA AUTORA

Helen Bryan nació en Virginia, creció en Tennessee, se graduó en el Barnard College y vive en Londres, donde obtuvo la licencia para el ejercicio de la abogacía y se hizo miembro del Inner Temple, uno de los cuatro colegios profesionales de abogados de la capital. Tras la publicación de su primer libro, una guía para profanos sobre la correcta planificación de procesos en el ámbito jurídico inglés, *Planning Applications and Appeals*, abandonó la práctica del derecho procesal para dedicarse de lleno a la escritura. Su segunda obra fue una biografía, *Martha Washington: First Lady of Liberty*, galardonada con una mención de honor por la Colonial Dames of America, organización compuesta por mujeres descendientes de habitantes de la llamada América británica. Es la autora de dos superventas de novela histórica. El primero, *Mujeres de guerra*, es una saga ambientada en la Segunda Guerra Mundial e inspirada por unas vacaciones familiares en un pequeño pueblo de Sussex Oriental, por los recuerdos de la guerra de parientes y amigos mayores, y por la historia real de las jóvenes valientes que se unieron a la Dirección de Operaciones Especiales de Churchill. Su nueva novela, *The Sisterhood*, es una saga misteriosa, religiosa y romántica que abarca cuatrocientos años, ambientada en la España y la América española del siglo XVI y protagonizada por una heroína asombrosamente moderna.

Este libro está dedicado, como siempre, con cariño a Roger, Cassell, Michelle y Niels, y ahora también a mis queridos Bo y Poppy

INTRODUCCIÓN

Mujeres de guerra probablemente empezó a gestarse mucho antes de que yo fuera consciente de ello. Me encuentro entre esos niños nacidos del *boom* de natalidad de posguerra cuyos primeros años de vida se vieron oscurecidos, aunque sutilmente, por la larga sombra de la contienda. Tanto mi padre como el de mi marido sirvieron en el ejército de tierra estadounidense, igual que nuestros tíos, salvo uno que se enroló en la Marina y otro que prestó servicio en la Aviación. Pero también las mujeres desempeñaron un papel activo. La esposa de uno de mis tíos fue enfermera del ejército, y mi propia madre se hizo oficial del WAVES, el servicio de voluntarias para emergencias. De niña, me fascinó descubrir que mi respetable madre, ama de casa y pilar de su iglesia, había llevado una pistola a la cintura cuando repartía telegramas y comunicados urgentes por los astilleros de la Marina estadounidense en Portsmouth, Virginia, y que le habían enseñado a usarla en caso necesario. Como al padre de mi marido lo destinaron a Europa poco antes de que él naciera, mi suegra dio a luz en el hospital de una base militar de Alabama, muy lejos de todos sus seres queridos, y después tuvo que emprender un arduo viaje de regreso a Wisconsin, cargada con un bebé quejumbroso, en una serie de trenes repletos de soldados. Los relatos de cómo las familias esperaban angustiadas en sus casas y lidiaban con la vida cotidiana, viviendo pendientes de las cartas y trabajando más de la cuenta, constituyeron una parte tan esencial de nuestra infancia como las fotografías de parientes uniformados que se exhibían en los salones de nuestras casas.

Mi madre, que se casó en 1944, recorrió el pasillo de la iglesia episcopal de su localidad en zapatillas de andar por casa debajo de su vestido de novia de satén, algo escandaloso para los estándares de su pequeña población natal en Virginia, pero como el calzado estaba racionado, eso era lo que hacían las novias de entonces. Aun así, había comida suficiente pese al racionamiento impuesto por el Gobierno de Estados Unidos, y la guerra europea quedaba lo bastante lejos como para que la invasión alemana resultara improbable. Fue después, al estudiar Historia, cuando aprendí más cosas sobre la guerra y sus horrores, la triste y aterradora realidad, la miseria y las privaciones a las que se enfrentaba la gente en toda Europa y en Rusia. Cuando me fui a vivir a Inglaterra, empecé a conocer de primera mano las repercusiones de aquel terrible período y la sombra larga y oscura que había dejado tras de sí. Llevaba ya años viviendo en Inglaterra cuando un amigo americano vino a verme poco antes de la celebración del quincuagésimo aniversario del Día de la Victoria Europea, el mismo que conmemoran las protagonistas de esta novela. Visitó, como correspondía, el Museo Imperial de la Guerra, la sección llamada Churchill War Rooms y el cuartel general subterráneo de Eisenhower. Al terminar el día, estaba muy afectado por lo que había visto y aprendido. Cuando salió a la luz del día, quiso estrechar la mano a todos los ingleses de más de sesenta años. Después de investigar para esta novela, entiendo a qué se refería.

En las casas que visité de niña, las fotografías familiares de hombres y mujeres uniformados amarilleaban y poco a poco acababan confinadas en armarios y cajones para dejar sitio a las de bodas, de recién nacidos y de vacaciones. Comencé a sumar todo esto a lo que ya conocía sobre las dificultades de las mujeres durante la guerra, sin saber muy bien, al principio, qué haría con esa información. Las preocupaciones que comparten las mujeres de cualquier período —enamorarse, casarse, cuidar de sus maridos y sus familias, hacer frente en muchos casos a presiones económicas para llegar a fin de mes o verse obligadas a la soltería por las circunstancias— siguieron siendo las mismas cuando la guerra lo engulló todo. En tiempos terribles, y aun con la pesada carga adicional de las labores de guerra, el racionamiento y la amenaza de la invasión, muchas mujeres libraron una batalla personal por lograr una especie de normalidad con esa clase de valor decidido que no se menciona en los libros de historia. Elsie, Frances, Alice, Tanni y Evangeline no tardaron en inventarse a sí mismas a partir de la información que iba reuniendo. Andaban por ahí, a la espera de que yo contara sus historias.

Sin embargo, si tuviera que señalar un solo punto de partida del libro, ese sería el personaje de Manfred, tan real como peligroso, y responsable de muchas muertes. Todos los demás personajes de la novela son completamente ficticios y, que yo sepa, no existe ninguna ancestral familia De Balfort en Sussex. Si en alguna parte vive algún De Balfort, que me disculpe por haberlo relacionado con Manfred, aunque sea solo en la ficción; hay que poner algún nombre a los personajes. Manfred, en cambio, fue un individuo real, aunque es improbable que su verdadera identidad se llegue a conocer. Me enteré de su existencia cuando me mudé a Inglaterra después de casarme, gracias a unos amigos mayores que habían servido en la inteligencia británica durante la guerra. A John no le gustaba hablar de sus experiencias bélicas. Este amigo, un hombre profundamente civilizado, bondadoso e inteligente, con un extraordinario sentido del humor y devoto de su familia, nunca fue de los que albergan rencor. Aun con todo, en muchas ocasiones hablaba con amargura de un colaboracionista nazi del sudeste de Inglaterra que Inteligencia sabía con certeza que enviaba informes vitales a los alemanes de la costa francesa para alertarlos del pronóstico de cielos despejados en Inglaterra. En los tiempos previos a la existencia del radar, el aviso de una noche despejada para volar posibilitaba a los aviones alemanes orientarse por Gran Bretaña y someterla a fuerza de bombardeos. El hecho de que nunca capturaran al traidor, espía o colaboracionista responsable de generar tanta muerte y destrucción, y lo llevaran ante la justicia, suponía para John un dolor tan descarnado que me hizo pensar en las profundas cicatrices y las cuentas sin saldar de la guerra, en sus efectos a largo plazo.

Aunque el auténtico Manfred está sin duda muerto, lo he retratado en esta novela como he creído conveniente. Lamento que John, que en paz descanse, nunca vaya a leerla. A falta de una verdadera justicia, quiero pensar que le habría satisfecho que Manfred fuera descubierto y castigado por fin, aunque solo sea sobre el papel.

PRÓLOGO

Primavera de 1995

En la sala de embarque del aeropuerto de Atlanta, una tarde de primeros de mayo, Alice Osbourne Lightfoot, organizadora del viaje, iba recibiendo con una sonrisa a cada una de las mujeres que viajaban con ella a Londres; saludaba con un «hola, ¿qué tal?» y marcaba su nombre en la lista. Le rondaba la cabeza una frase del prólogo de los *Cuentos de Canterbury*, memorizados en su infancia, que decía que en primavera «las gentes ansían peregrinar». Y así seguía siendo, aunque en esa ocasión peregrinaran por otras razones.

Alice fue la última en embarcar. Con cuidado, guardó en el compartimento superior un pesado y antiguo neceser, y ocupó su sitio junto a las otras ancianas en los primeros asientos de la clase turista. Las mujeres eran esposas de los supervivientes del 8.º Escuadrón de la Fuerza Aérea, comandado por Joe Lightfoot, compañeros de universidad de Georgia, Tennessee y Alabama que se habían alistado en 1941 y habían prestado servicio en Europa. Los que aún se encontraban en condiciones de viajar volvían a Inglaterra para celebrar el quincuagésimo aniversario del Día de la Victoria y reunirse con otros escuadrones en el viejo aeródromo de Norfolk, desde el que habían partido en sus B-17 y B-24 para cumplir peligrosas misiones de un solo día en Alemania. Alice se había ofrecido a organizar el viaje, y como era británica y poseía un don natural para el liderazgo, las otras ancianas se limitaban a obedecerla.

En cuanto despegaron, las ancianas se descalzaron, se pusieron cómodas y no tardaron en iniciar lo que los sureños entienden por «socializar», con la cena en las bandejas desplegadas. Hablaron sobre todo de sus familias, y sus manos salpicadas de manchitas pasaron fotografías de sus nietos de un lado a otro del pasillo.

—Estarás deseando llegar a casa —le decían a Alice una y otra vez—. Me pregunto si Inglaterra habrá cambiado mucho desde que te fuiste.

—¿A casa? Cielo, ¡Alice es de Atlanta! ¡Lleva cincuenta años viviendo en Estados Unidos! —protestó Rose Ann, amiga de Alice, desde el asiento de al lado—. ¡Válgame Dios, Alice!

—Lástima que no vayas a estar en la reunión, ni en la ofrenda de coronas de flores, ni en la cena con nosotros, con todas las molestias que te has tomado para organizarles este viaje a Joe y a los chicos, pero como vais a tener vuestro propio servicio religioso, supongo que tus viejas amigas se alegrarán de verte. Así podréis poneros al día —dijo una anciana desde el asiento de atrás.

—Ay, sí, me apetece mucho verlas —comentó Alice con el acento del norte de Georgia que había ido adquiriendo con los años—. Ay, sí —repitió para sí.

Había mucho de que hablar. Alice nunca había sido de las que se escaquean y, después de lo que le había escrito Elsie sobre Frances, su obligación era volver.

A medida que fue avanzando el vuelo, las mujeres comenzaron a ignorar el barullo creciente del otro extremo del avión, donde sus maridos bebían whisky en exceso, contaban batallitas y chistes obscenos, les daban palmadas en el trasero a las azafatas y las llamaban «amorcito». Después de la cena, algunas de las ancianas, incluida Alice, sacaron el punto y los bordados de lana fina. Otras intentaron dormir. Por fin, Alice bostezó, guardó el punto, apagó la luz del techo y se puso el antifaz que llevaba en la bolsa de artículos personales obsequio de la compañía aérea.

∾

Mientras embarcaba el vuelo de Alice, despegaba otro con destino a Londres desde el aeropuerto Ben Gurion, en Israel. Como era casi medianoche, el personal de cabina sirvió la cena con presteza, luego atenuaron las luces. Los nietos adolescentes de Tanni Zayman no tardaron en quedarse adormilados en sus asientos, a ambos lados del de ella. Chaim y Shifra había salido de Tel Aviv vestidos con finas camisetas de sus grupos de música favoritos, pero hacía fresco en el avión. Tanni pidió unas mantas a la azafata y cubrió con una de ellas a Chaim, que estaba desparramado en el asiento, con los pies en el pasillo y la kipá torcida, y tapó a su hermana con la otra. Tanni pensó en lo tiernos que se les veía dormidos, pero se alegró de disponer de un receso en sus constantes peleas de hermanos cuando sus propios pensamientos estaban alborotados. La idea de regresar a Crowmarsh Priors la tenía demasiado agitada para dormir.

Por el pasillo oscuro se oía lloriquear a un bebé. Tanni se revolvió en el asiento: aquel sonido despertaba en ella un antiguo pánico indescriptible. No había razón para que lo hiciera. Cerró los ojos y respiró hondo y despacio.

Había abierto la carta de Elsie sentada junto a la cama de hospital de Bruno. Al desdoblarla, habían caído al suelo la invitación y los billetes de avión a Inglaterra, en primera, para ella y para Bruno.

—¡No! —exclamó Tanni en voz alta al verlos.

Pese al tiempo que había pasado, la sola idea de volver a Inglaterra, y más concretamente a aquel pueblo, aunque fuese con su marido, la ponía enferma. Además, tras su reciente operación de corazón, Bruno no podía viajar.

El grito de Tanni lo había despertado, así que tuvo que contarle lo que decía la carta, y luego, bastante nerviosa, le aseguró que ella no iría a ninguna parte mientras él estuviera hospitalizado. Recostado sobre las almohadas, a Bruno se le veía pálido, conectado al gotero, y debía guardar reposo. Sin embargo, estaba rodeado de libros, papeles y asuntos de la universidad que había colado en el hospital sin que lo vieran las enfermeras, que le habían prohibido trabajar. Le dedicó a su esposa una de aquellas miradas penetrantes por encima de las lentes.

A Tanni solían irritarla esas miradas, que parecían indicar que sabía algo que ella ignoraba, pero la leve irritación desapareció cuando él le dio una palmadita en la mano y después la sostuvo entre las suyas mientras decidía qué era lo mejor que podía hacer.

Los médicos le habían asegurado a Bruno que muchas mujeres sufrían graves depresiones posparto, aunque en los años cuarenta poco se sabía de eso. La amnesia que Tanni sufría respecto al nacimiento y la muerte de su bebé hacía ya tantos años, en Inglaterra, era una suerte de coraza natural para ella. Salvo por un breve lapso de tiempo, había disfrutado de una vida plena y feliz como esposa y madre, y entonces abuela, poseía una preciosa casa llena de luz, de libros y de modernos aparatos israelíes cerca de la universidad, trabajaba como voluntaria en el hospital, tenía amigas y un jardín con el que entretenerse.

Le pareció que no pasaba nada porque aceptara la invitación de Elsie en aquel momento.

—Sé que es duro —dijo—, pero piensa que se lo debes a tus amigas, por mucho tiempo que haya pasado. Y por lo que Elsie dice de Frances, sabes que debes ir. Pero sola no. ¿Por qué no canjeas mi billete y te llevas a los dos pequeños? Te vendrá bien dejar de preocuparte por mí; además, dentro de unos meses, Chaim entrará en el ejército. Con tantos hermanos y hermanas, nunca ha habido dinero para que Shifra y él viajaran. Imagina lo mucho que les gustaría viajar a Inglaterra. ¡Vete! Llévate a los niños y así ves a tus viejas amigas. Luego pasa una semana en Londres, acompaña a los críos a los museos y al teatro. Déjalos que visiten esos mercadillos en los que «se juntan» los jóvenes, que es como dice Shifra que lo llaman ahora. Incluso podrías llevarlos a Oxford, enseñarles mi antigua universidad. Podrían remar en el río, como solía hacer yo. Ve de compras, pásatelo bien. —Bruno miró un instante la pantalla del portátil. Estaba escribiendo un artículo académico—. Además, cuando estés en Londres, puedes ir a Foyle's por mí. Tengo una larga lista de libros que no encuentro aquí y...

—Pero, Bruno, ¡no me apetece ir! ¡No voy a dejarte solo! ¡Ni hablar!

—¡Como si no hubiera suficiente gente para cuidarme! ¡Cada vez que sale una enfermera, entran otras dos! Por Dios, la operación ha ido bien, no ha habido complicaciones y en unas semanas estaré en casa si el hospital no me mata antes. Médicos, estudiantes, enfermeras... A saber quién es toda esa gente que no para de entrar a todas horas: tan pronto me traen esa horrenda comida que detesto como me despiertan para tomarme la tensión cuando por fin he conseguido dormirme. La fisio aparece cuando me apetece leer... No preguntes... No pongas esa cara, que era broma. No pasa nada, querida. ¡Vete ya! Yo mismo llamaré a Elsie para decirle que vas — añadió acariciándole la mejilla, luego se recolocó las lentes y siguió con su artículo.

De modo que, a regañadientes, Tanni accedió e invitó a sus nietos para no echarse atrás en el último momento. No los decepcionaría por nada del mundo. Sin embargo, ya de camino, despierta y sola en la penumbra, los recelos regresaron, esta vez intensificados por la inquietud que le producía el llanto de aquel bebé al que no veía, en el pasillo.

Justo entonces, Shifra, de quince años, abrió sus ojos pardos. Sonrió a su abuela y, recolocándose, apoyó la cabeza en el hombro de Tanni.

—Me hace muchísima ilusión ir a Londres, Abue. Rachel, mi mejor amiga del colegio, estuvo allí y fue a ver *The Rocky Horror Picture Show*. Dice que es genial. Se lo dije al abuelo y su secretaria nos ha sacado entradas como regalo sorpresa. Yo he estado ahorrando para ir de compras a Camden Lock; Rachel me ha dicho dónde están los mejores puestos. ¡Y voy a ver dónde nació Eema! Y...

Se le cerraron los ojos a media frase, pese a los berridos del bebé. El pelo suave y rizado de Shifra le hizo cosquillas en la mejilla.

Era la más joven de una gran familia y Tanni aún la veía como «la pequeña», pese a que en el último año había dado un estirón y había dejado de ser una niña regordeta. Tanni era poco mayor que su nieta cuando se había bajado del tren y había visto Crowmarsh Priors por primera vez, no precisamente de vacaciones, sino casada y madre. ¿Había sido alguna vez tan joven y despreocupada como Shifra, con su música rock, sus camisetas y las muñecas repletas de esas coloridas pulseras trenzadas que las adolescentes se regalaban unas a otras? Bruno tenía razón: debía hacer aquel viaje por Frances, que era su amiga. ¿Qué habría hecho ella sin sus amigas en aquellos años?

La gente que la rodeaba empezó a bostezar, a incorporarse en sus asientos y a estirar las extremidades entumecidas. Las azafatas recorrían los pasillos sirviendo té y fruta. Poco después el comandante anunció el descenso al aeropuerto de Gatwick y sus nietos estiraron el cuello para ver Inglaterra por primera vez mientras el avión sobrevolaba en círculos el tráfico matinal de la M23.

∽

La sombra del avión se abatió sobre un enorme Mercedes plateado con una mujer pequeñita, regordeta y muy enjoyada al volante. El vehículo se dirigía a Sussex por la autopista a imprudente velocidad, sobrepasando las filas de camiones. Lady Carpenter, la tercera componente del grupo, plantaba con fuerza su zapato de tacón color púrpura en el acelerador. Para congoja de su familia, había insistido en conducir ella, aunque a los setenta y un años su concentración al volante ya no era lo que había sido. Pero desde que había fallecido su marido, ella controlaba la fortuna familiar y hacía lo que le apetecía...

∽

La cuarta componente del grupo ya estaba en Crowmarsh Priors. Llevaba allí tanto tiempo que solo un puñado de personas recordaba de dónde procedía originariamente. Algunas de esas personas vivían todavía en Nueva Orleans, eran viudas encanecidas que habían estado en el convento francés con Evangeline Fontaine hacía muchos años. Ahora pasaban las tardes meciéndose en el porche de un asilo que en su día había sido la mansión de los Fontaine, abanicándose y hablando de las mismas cosas de las que llevaban hablando cincuenta años, como de la noche en que habían asistido al baile de la presentación en sociedad de Evangeline en aquella misma casa, antes de que los Fontaine se hubieran arruinado y hubieran tenido que vender la casa.

—Fue una verdadera pena, con la de años que había pertenecido a la familia. Fue algo relacionado con la guerra, lo que les hizo perder tanto dinero. Sucedió después de que Evangeline se fugara.

La huida de Evangeline Fontaine con su novio había sido un escándalo por aquel entonces, y seguía siéndolo.

—Eso es, justo antes de la guerra. No me acuerdo del nombre del chico con el que se fugó, nadie lo conocía ni sabía quién era su familia. Me pregunto qué habrá sido de ella —dijo una—. Fue algo inusitado para una de nuestras familias más antiguas.

Las otras se mecieron y asintieron con la cabeza.

—Pero los Fontaine lo silenciaron, y nadie ha vuelto a ver a Evangeline desde entonces.

—Supongo que habrá muerto ya —terminaba diciendo alguna de las ancianas.

—Seguramente —decía otra—. Como casi toda la gente a la que conocíamos.

ᵔᵔᵔ

En Crowmarsh Priors, a Evangeline Fontaine Fairfax la despertó una flota de camiones que se detuvo en seco en el prado comunal. De pronto, unos alegres jóvenes australianos empezaron a gritarse «buenos días» e instrucciones unos a otros. Abrieron los camiones de par en par y resonó el estruendo metálico de los postes de la carpa según los iban descargando. Evangeline retiró a un lado la ropa de cama y buscó a tientas las zapatillas con sus pies de marcadas venas azules. Se puso una ajada bata de seda, descorrió las cortinas y miró hacia el canal con los ojos fruncidos por la intensa luz de la mañana.

Echó un vistazo a la carta de Elsie que yacía en la cómoda, entre un revoltijo de fotografías en marcos de plata manchados: una de su difunto marido vestido con el uniforme de la Armada; otra de ella con su hijo Andrew en brazos, de bebé; otra de Andrew cuando se graduó en la universidad, y una más de este con su mujer y sus hijos en su casa de Melbourne.

Cogió un cepillo de marfil con una P grabada en el dorso y se echó un chorrito de jerez del decantador del dormitorio en la taza de la dentadura postiza. Se llevó ambas cosas a la cama y se sentó.

—Bueno, Laurent, Richard, Frances… Cincuenta años y dicen que todo aquel triste asunto de la guerra ya terminó. De todos modos, lo dicen los que no estuvieron allí. Quizá hoy le pongamos fin. Por todos vosotros —dijo en voz alta. Su acento sureño se había agravado y su voz, que una vez fuera suave, se había vuelto áspera. Bebió un poco de jerez, luego se cepilló el pelo mientras decidía qué iba a ponerse para el gran día que acababa de empezar—. Claro que sí, ya lo veréis.

CAPÍTULO 1

A sus veintidós años, Alice Osbourne era de esa clase de chicas a las que calificaban de «buenazas», sensata y responsable, aunque solían añadir que era guapa cuando sonreía. Era alta como su padre, el que fuera párroco de Crowmarsh Priors. Sus rasgos —el pelo castaño y aquel aire de distracción intelectual— también eran de él. No se parecía en nada a su madre, cuya belleza primigenia se había extinguido tras años de «delicada» salud y esperanzas perdidas de que su esposo alcanzara en la Iglesia un puesto mayor que el de párroco de un pueblo de Sussex Oriental.

Alice, hija única, seria e imperturbable, tenía pocos amigos entre los niños del pueblo, salvo por Richard Fairfax, dos años mayor que ella y también hijo único, cuyo padre había estudiado en Cambridge con el párroco. Pasaba las tardes enteras con Richard y su niñera, jugando en el jardín de los Fairfax cuando hacía buen tiempo y, cuando llovía, inventando juegos en las bodegas donde el padre de Richard guardaba su vino. El reverendo Osbourne daba clases de latín y griego a Richard, y cuando a este lo enviaron a la escuela, Alice solo lo veía en vacaciones. Cada vez que volvía a casa lo encontraba más guapo, y cuando ambos llegaron a la adolescencia, ya se había convertido en un dios a los ojos enamorados de Alice.

Como Richard estaba fuera y su madre, por lo general, se encontraba indispuesta, el principal compañero y confidente de Alice era su padre. Le encantaban los sábados, en que paseaban por las colinas de Sussex, a veces hasta la costa, y el párroco, que tenía una imaginación muy viva, se dejaba llevar por su amor por la historia local. Cautivaba a Alice con relatos de las legiones romanas que habían fortificado la costa y señalaba las calas en las que los vikingos probablemente habían desembarcado y donde los contrabandistas del siglo XVIII habían excavado un sistema de túneles y cuevas para introducir el contrabando de Francia: sedas, encajes y coñac. De camino a casa para la cena, uno de los dos cantaba la canción de los contrabandistas:

Si despiertas a medianoche y los cascos de un caballo logras oír,
No abras las contraventanas, ni a la calle te vayas a asomar.
Porque al que no pregunta no se le puede mentir.
¡Vigila el muro, querida mía, pues los caballeros se disponen a pasar!

Recitaban los versos por turnos y cantaban juntos el estribillo después de cada estrofa:

Veinticinco ponis
Trotando en la oscuridad.
Para el pastor, coñac,
Y para clérigo, tabaco de liar.
Encajes para una dama, y para el espía, cartas que ocultar.
¡Vigila el muro, querida mía, pues los caballeros se disponen a pasar!

Luego echaban una carrera hasta la casa parroquial y Alice contenía la risa por si su madre dormía.

Cuando la mandaron al internado, echaba de menos aquellas salidas, que en vacaciones eran menos frecuentes. Con el tiempo, fue recayendo en Alice la labor de su madre de preparar el altar para el servicio del domingo los sábados por la tarde, la única de las obligaciones de la esposa de un párroco a la que la señora Osbourne renunciaba. Aún veía a Richard cuando este volvía a casa, pero se sentía incómoda y se le trababa la lengua en su presencia, aunque él nunca parecía darse cuenta. Richard y su madre viuda, Penelope, a menudo iban a la parroquia a tomar un jerez después del servicio del domingo por la mañana, y era entonces cuando él hablaba con Alice y la llamaba «cosita». Le resultaba embarazoso que su padre, el reverendo, bromeara con ella sobre su «novio».

Al terminar los estudios y regresar al pueblo, a Alice le pareció evidente que el párroco estaba peor de salud que su esposa, cuyos achaques eran permanentes. Atendiendo obediente a los consejos de su padre, Alice se había formado como profesora en Brighton; al volver, se hizo cargo de la clase de los más pequeños en la escuela de Crowmarsh Priors y cuidó de su padre durante la enfermedad que acabó con él. Entretanto, Richard fue a la escuela naval y Alice se enteró finalmente de que lo habían nombrado agregado naval de alguien importante en Londres. Penelope se interesaba mucho por la carrera de su hijo y le transmitía a Alice todas las noticias que recibía de él.

Mientras Richard escalaba puestos en la Armada, el mundo de Alice se iba haciendo cada vez más pequeño. Las primeras Navidades tras la muerte de su padre fueron tan solo un triste ritual.

—No sé qué habría dicho tu padre si no hubiéramos celebrado la Navidad —dijo con pesar la señora Osbourne, al tiempo que servía los restos del oporto del párroco para remojar el pastel de Navidad torcido que Alice había hecho.

Bebieron y comieron en silencio mientras transcurría la sombría noche de diciembre, con el sitio del párroco en la cabecera de la mesa dolorosamente vacío. Cuando Alice se fue a dormir, no había palabras que describieran su tristeza.

ᗛ

El día después de Navidad amaneció claro, limpio y luminoso, y Alice, animada por el clima, se levantó con gran determinación. En cuanto terminaran las vacaciones, su madre y ella debían desocupar la casa parroquial para el nuevo inquilino. Se mudaban a una casita eduardiana a las afueras del pueblo y había mucho que hacer. Ese día Alice había previsto empaquetar las cosas que su padre tenía en el despacho. Después del desayuno, dejó a su madre tomando el té junto a la estufa, se ató un mandil a la cintura y estaba arrodillada guardando papeles en cajas cuando oyó que sonaba la aldaba de la puerta principal.

—¡Vaya! —masculló, y se puso de pie con dificultad. Se limpió las manos sucias en el delantal y, al abrir la puerta, se encontró a un hombre alto y rubio en los escalones.

—¡Alice! —exclamó Richard Fairfax, y la besó en la mejilla.

—¡Richard! Yo… yo… pensaba que estabas fuera…

Su inesperada presencia y aquel beso la habían dejado atontada. Qué vergüenza: la había sorprendido vestida con su falda más vieja y una rebeca apolillada que usaba para hacer las tareas de la casa.

—He conseguido un permiso a tiempo para pasar las Navidades con mamá. Había pensado que, si estabas libre, podíamos dar un paseo. Hace un día espléndido. Comeremos en ese pub pequeñito, ya sabes cuál. Además, hay algo que quiero… Bueno, ¡di que me acompañarás, cosita!

¡La estaba invitando a comer! Era la primera vez que un hombre la invitaba.

—Ah, estupendo. Voy a… —Se desató el delantal y contempló acongojada sus ropas.

—Ven como estás, cosita.

Y, antes de que se diera cuenta, Richard la había envuelto en su abrigo y su bufanda e iban los dos caminando por el sendero.

Una hora más tarde, Alice, que normalmente habría parecido apagada, helada de frío y con la nariz colorada con su viejo abrigo de mezclilla, iba del brazo de Richard Fairfax, radiante de felicidad. El viento le había sonrosado las mejillas y hacía que le chispearan los ojos. ¡Su querido Richard! El único hombre, aparte de su padre, al que podría querer. Tan pronto como llegaron a la cima de la colina, él pronunció las palabras. Ella pensó que las había imaginado, se detuvo y lo miró sin terminar de comprender.

Richard le tomó las manos y le espetó:

—He dicho: «Mi dulce Alice, ¿quieres casarte conmigo?». Una proposición algo repentina, lo sé, pero nos conocemos desde niños, y durante todo el tiempo que he pasado en la escuela naval no he dejado de pensar en ti. Me ilusionaba tanto volver a casa porque tú estarías aquí. No me imaginaba otra cosa, así que he pensado que, ahora que estoy en posición de casarme, quizá aceptaras. Mamá no para de decirme lo mucho que le gustaría tenerte como nuera. Queridísima Alice, por favor, ¡di que te casarás conmigo!

—¡Ay, Richard, sí! ¡Claro que sí! ¡De todo corazón! —exclamó ella, emocionada por el increíble giro de los acontecimientos. Semejante noticia complacería incluso a su madre.

—Entonces, querida —prosiguió Richard, soltándola de su brazo para llevarse la mano al bolsillo—, por supuesto que te compraré un anillo de compromiso si así lo prefieres, pero mamá se preguntaba si querrías llevar el suyo. Es bastante especial.

Le tendió un estuche de terciopelo.

Alice lo tomó tímidamente, soltó el cierre y lo abrió. Sobre un forro de satén, con el nombre del joyero grabado en letras doradas algo descoloridas, resplandecía un magnífico diamante rodeado por zafiros que, en conjunto, daba al anillo un aire anticuado. Se quedó pasmada.

—¡Oh!

Jamás había visto nada tan hermoso. Hacía años que había muerto el padre de Richard, pero ¿cómo podía Penelope deshacerse de algo así?

Él esperaba ansioso.

—¡Ay, Richard! Me encantaría… —respondió—. ¿De verdad quiere tu madre que lo lleve yo? —añadió.

El joven sonrió.

—Mamá se ha puesto contentísima cuando le he dicho que pensaba pedirte que te casaras conmigo, y he de decirte que heredarás otras joyas. Por lo visto, debo arreglarlas todas para ti. Además, ella confía en que vivamos en el pueblo, en su casa, algo que he pensado que te gustaría, porque así estarás cerca de tu madre.

∽

Penelope Fairfax se había mostrado todo lo efusiva que su áspera naturaleza le había permitido cuando Richard había abordado el tema.

—¡Mi niño querido! Ya va siendo hora de que te cases. Un oficial de la Armada necesita una esposa, que siempre arda el fuego en el hogar…, esas cosas. Pero en la Armada, elegir la esposa adecuada es importantísimo. Me complace decir que Alice, a diferencia de la mayoría de las chicas de hoy, tiene los pies en la tierra, no como esas libertinas extranjeras de ese ruidoso grupo al que han acogido ahora los De Balfort.

—Mamá, ¡no son libertinas! Hugo ha hecho amistades viajando después de acabar la universidad y, como es lógico, se alojan en su casa. Probablemente a Leander le divierta tener gente joven por allí. Pero tienes razón. Salvo por las cacerías, no me agradan sus actividades: les van mucho las extranjeras y algunas son demasiado rápidas para mi gusto; tampoco son del agrado de Alice. ¡Hay algo tan… tan tremendamente inglés en Alice!

—Por suerte, no se parece a su madre. No, Alice es una buenaza. Como es lógico, heredará las joyas de los Fairfax y estaré encantada de cederos esta casa a los dos.

A Alice le hará compañía su madre cuando tú estés en alta mar, y yo, con todo el trabajo que me da el comité en Londres, estaré mucho mejor en el apartamento de Knightsbridge. De hecho, hace ya tiempo que deseaba mudarme allí.

Richard había hecho ademán de protestar, pero Penelope, alzando una mano, imperiosa, se lo había impedido.

—En este momento de mi vida, después de un día atareado intentando que el gabinete de ministros actúe con cierto sentido común, prefiero la paz y la tranquilidad, un buen cóctel, alguna que otra cena con amigos y quizá ir a la ópera o el teatro. Siempre he encontrado el campo demasiado tranquilo. ¡Necesito actividad, Richard! Además, pronto tendrás que habilitar un espacio de la casa para los niños, cariño. Antes de que te des cuenta, habrá niñeras y cochecitos en el vestíbulo, y será un caos, pero Alice se las apañará de maravilla…

෴

—Sí, claro que mamá quiere que lo lleves tú —sentenció Richard, y le puso el anillo de Penelope. Alice extendió la mano a cierta distancia y los dos admiraron los destellos de la joya al sol—. Me parece que te queda un poco grande. Cuando termine mi permiso, lo llevaré a Aspreys para que te lo ajusten —dijo Richard. Alice vio con reticencia cómo guardaba de nuevo el anillo en el estuche. Él sonrió y la abrazó—. No te pongas tan triste. Me aseguraré de que te lo dejen precioso, lo prometo. En cuanto regrese, fijaremos la fecha de la boda.

—¿En cuanto regreses? ¿Es que vuelves a marcharte? —preguntó Alice.

—Mis idas y venidas serán constantes, pero, como esposa de un oficial de la Armada, te acostumbrarás. Y siempre vendré a verte. La idea de que estés aquí, esperándome, me hace tremendamente feliz.

Alice se estremeció de satisfacción al oír la palabra «esposa». «¡Voy a casarme!», se dijo con incredulidad.

—¿Adónde vas?

—Me han encomendado una misión en Washington. El presidente Roosevelt, ya sabes. La complicada situación de Alemania. Luego viajaré por Estados Unidos para reunirme con industriales que tienen negocios en Europa. Partimos el mes que viene, probablemente vuelva desde Nueva Orleans. No es necesario que tengamos un noviazgo largo, ¿no? —preguntó, estrechándola en sus brazos.

Alice estuvo a punto de desmayarse cuando la besó.

—No —murmuró, aturdida, en su hombro cuando por fin dejó de besarla y pudo volver a hablar.

Caminaron ligeros para no pasar frío hasta que llegaron a la cima, desde la que se veían la costa y el mar resplandeciente a lo lejos.

—Me encanta este sitio —comentó Alice—. Mi padre y yo solíamos… Ojalá viviera para casarnos. ¡Le habría hecho tan feliz! —Se le quebró la voz—. Solíamos subir aquí —prosiguió— y él me contaba historias de las cosas que ocurrieron en estas costas. En una ocasión, un anciano moribundo le contó que había un túnel de contrabandistas que desembocaba en una tumba del cementerio.

—¿Es eso cierto?

—El anciano insistía en que sí, decía que de niño lo había recorrido. Mi padre tenía en su despacho un libro antiguo sobre contrabandistas, creo que impreso clandestinamente, que había encontrado en una vieja librería de Lewes. Incluso guardaba un mapa que mostraba los túneles, pero no era muy claro. Sin embargo, intentó usarlo una vez para averiguar dónde estaban y creyó haber encontrado uno. Había en el libro algunos relatos espeluznantes sobre un contrabandista llamado Black Dickon que tenía una banda con la que pasaba el contrabando sin que se enteraran los aduaneros. Mamá se enfadaba mucho cuando le oía leerme pasajes sobre aquella banda. Alguien los traicionó y los colgaron a todos, y sus fantasmas regresan para arrastrar a los aduaneros al suicidio tirándose desde los acantilados. Durante un tiempo tuve pesadillas con esa historia.

Richard le pasó un brazo por la cintura y los dos contemplaron el mar y los rayos de sol que bailaban sobre las olas.

—Yo no dejaré que tengas pesadillas, pero no pierdas de vista ese libro. A mí también me encantan esos viejos relatos sobre la costa. Se los contaremos a nuestros hijos, saltándonos los fragmentos horripilantes. Bueno, cosita, vamos a comer. Me muero de hambre, ¿y tú?

Con su mano entrelazada a la de Richard, Alice intentó acordarse de dónde había visto aquel libro por última vez. Le sonaba haberlo metido en una caja junto con algunos de los documentos de su padre. Lo encontraría y se lo daría a su prometido como regalo de boda. Algunos de aquellos relatos eran sombríos. Recordó entonces que, según el libro, a Black Dickon lo habían colgado en el lugar donde en ese momento se levantaba el pub. Se estremeció.

Cuando entraron en el establecimiento, el humo de la leña quemada le hizo cosquillas en la nariz. Olía a pollo asado y Richard pidió champán. Alice no sabía que tuvieran champán en un pub de pueblo. Debía de haberlo traído él expresamente. El tabernero les sonrió y los condujo a una mesa decorada con un jarrón de rosas de Navidad.

—Lo tenías todo preparado, ¿verdad? ¡Ay, Richard, qué maravillosa sorpresa!

Él le sonrió y le apretó la mano bajo la mesa. Alzaron las copas. Mientras sorbía champán por primera vez y reía como una boba al notar el cosquilleo de las burbujas en la nariz, Alice prometió recordar siempre ese día. Ante tanta felicidad, supo que jamás volvería a sucederle nada malo. Richard y ella vivirían siempre juntos. Desterró de su mente el recuerdo sombrío de los contrabandistas y sus túneles.

CAPÍTULO 2

Nueva Orleans, marzo de 1938

En el comedor cerrado de su mansión de Nueva Orleans, Celeste Fontaine supervisaba la mesa del almuerzo, hermosamente dispuesta para treinta personas. Ceñuda e irritada, sacó la tarjeta de «Maurice Fitzroy» del soporte de plata, la rompió en dos y la reemplazó por una que decía «Teniente Richard Fairfax», al lado de otra que rezaba «Señorita Evangeline Fontaine». Le fastidiaba tener que reorganizar a los comensales a última hora, pero Maurice había telefoneado para comunicarles que los negocios lo habían retrasado y que se reuniría con ellos para el café. Menuda grosería. ¿O quizá hubiera alguna otra razón? Maurice era demasiado anticuado para ser grosero. Enderezó un centro de mesa. Resultaba agotador entretener a sus amistades en Mardi Gras.

Nada salía como ella quería. Los criados de color habían pasado toda la noche en el Quarter, bebiendo y de parranda, y a la mañana siguiente estaban tan resacosos que no daban una a derechas. Sin embargo, Charles, el marido de Celeste, había insistido en que invitaran a almorzar ese día a una importante delegación inglesa que se había reunido con el presidente en Washington. El día había empezado fatal: la cocinera le había dicho que el reúma le provocaba tanto dolor que le resultaba imposible levantarse de la cama. Celeste había hecho de tripas corazón y había llamado a su suegra, que vivía en el campo, para pedirle que le prestara a su cocinera, Inez. Y en ese momento Inez —no muy contenta, precisamente— estaba en la cocina organizando un tremendo estrépito de cacharros y gritando órdenes a las doncellas. De pronto, Celeste olió a comida quemada, oyó el sonido de una bofetada, luego un grito y algo de cristal que se rompía. Una de las doncellas entró sollozando en la despensa.

Cerró con firmeza las puertas de cristal del comedor, rezó para que cesara el jaleo y confió en que no hubiera repercusiones si uno de los ingleses se sentaba junto a su sobrina. El teniente Fairfax era un joven muy agradable que estaba a punto de finalizar su estancia de una semana en Nueva Orleans. Si Maurice se molestaba, Celeste le diría que no podía dejar vacía la silla situada junto a Evangeline.

Evangeline, de dieciocho años, debutante del año, era la invitada de honor del almuerzo de ese día. Su baile de puesta de largo, el de la última noche de Mardi Gras, cerraría la temporada. Todo Nueva Orleans esperaba que, cuando terminase el baile a medianoche, su padre anunciara el compromiso de Evangeline con Maurice; por este motivo, que el empresario no acudiera al almuerzo resultaba un hecho desafortunado. En Nueva Orleans no hacía falta mucho para que la gente empezara a chismorrear, y lo último que Celeste deseaba era provocar comentarios o especulaciones sobre su sobrina. Las jóvenes de buena familia jamás debían ser objeto de chismorreos, y ya habían llegado a sus oídos algunos rumores vagos pero preocupantes sobre Evangeline. Confiaba fervientemente en que no hubieran llegado también a oídos de Maurice. No le habrían agradado.

Maurice, cuya edad doblaba con creces la de Evangeline, hacía tiempo que era amigo íntimo del padre de la joven. Él era el último de su familia, el heredero único de su fortuna y de sus vastas propiedades; la plantación de los Fitzroy, Belle Triste, era una de las más antiguas y hermosas del estado. La familia estaba orgullosa de sus ancestros —los Fitzroy aseguraban descender de la realeza—, pero ahora Maurice era el último de su linaje y necesitaba tener hijos varones con los que conservar el apellido. Se decía que para los altivos Fitzroy ninguna de las chicas de la zona era lo bastante buena, y Maurice, en sus tiempos mozos, había pasado largas temporadas en Europa buscando una esposa adecuada. De ser eso cierto, su búsqueda no había dado los frutos esperados. Tiempo después, había puesto sus ojos en la única chica de la prominente familia Fontaine.

Maurice se había relajado lo suficiente como para reconocerle a Celeste que Evangeline lo había cautivado desde que estudiaba en el colegio de monjas. Qué romántico, supuso Celeste, no sin cierta inquietud. Era evidente que ahora adoraba a la joven: apenas le quitaba los ojos de encima, estaba pendiente de cada palabra que decía, le encendía los cigarrillos, le apartaba la silla y bailaba con ella todo el tiempo, pese a que no parecía despertar interés alguno en ella. Evangeline, una chica vital y despreocupada, coqueteaba y bailaba con su joven pretendiente y visitaba locales de dudosa reputación en el Tremé con sus amigas, sin pensar en serio en su futuro ni en el matrimonio.

Celeste suspiró. No presagiaba nada bueno. El matrimonio era un sacramento y, por su experiencia, también una corona de espinas. Pero la costumbre social dictaba el futuro de su sobrina. Entre las primeras familias de Nueva Orleans, las mujeres se casaban jóvenes, salvo que ingresaran en un convento, y desde ese momento su felicidad dependía de la astucia con que manejaran su hogar y a su marido. De lo contrario…

A mitad del almuerzo, Celeste miró ceñuda a Evangeline, sentada en el otro extremo de la mesa. La joven toqueteaba con el cubierto el estofado especial de Inez, sin comer nada, pálida y apática, medio dormida. Los jóvenes modernos trasnochaban mucho. Aunque Celeste no había sido madre, tenía muy claro cómo había que educar a una joven, y desaprobaba el modo en que habían criado a su sobrina.

A las jóvenes había que formarlas desde una temprana edad para que atendieran sus obligaciones en lugar de pensar solo en divertirse. Por desgracia, Evangeline era la más pequeña de la familia y la única niña de cinco hijos. Sus padres la habían mimado y sus cuatro hermanos mayores la habían consentido, habían dejado que saliera con ellos y le habían enseñado a cazar, pescar, nadar, trepar a los árboles y quién sabe qué más. No era un comportamiento muy femenino, pero a sus padres les hacía gracia. Al final, su padre se había dado cuenta de que se estaba convirtiendo en un marimacho y había dejado de hacerle gracia. Entonces le había pedido a su esposa que buscara a alguien que se hiciese cargo de la niña. Debían pensar en su posición social y en sus perspectivas matrimoniales.

Las monjas del colegio habían hecho todo lo posible por reparar el daño, pero, desde que había finalizado sus estudios el verano anterior y había empezado su temporada social, toda su labor se había echado a perder. Como debutante, Evangeline se había zambullido en la frivolidad y en una excesiva indulgencia. No pensaba en otra cosa que en comprar, en la ropa, las fiestas y en ir a clubes nocturnos donde las jóvenes de buena familia no pintaban nada. En el espléndido baile de esa noche, la joven llevaría un vestido de París y, según había sabido Celeste, un anillo de la familia Fitzroy en el anular de la mano derecha, que le habían regalado con el consentimiento de sus padres y que su madre se había empeñado en que se pusiera para que Maurice no se ofendiese. Pero, pese a todo, Evangeline parecía aburrida.

A Celeste no le gustaban las temporadas sociales de debutantes. Tanto a ella como a la madre de Evangeline las habían educado a la antigua usanza. Desde que terminaban el colegio hasta que se casaban, se quedaban en casa, aprendiendo a llevar un hogar y a tener contento a su marido. Les habían enseñado a supervisar al servicio, a disponer las flores, a planificar los menús, incluso a cocinar. Nada de andar de aquí para allá.

Se estremeció al pensar en cómo se las apañaría su sobrina cuando se casara. De la noche a la mañana, sería la señora de dos grandes casas: de la plantación de los Fitzroy en Belle Triste y de la mansión de Nueva Orleans. Maurice querría que funcionaran como un reloj, por supuesto, y tendrían un bebé al año. Celeste había hecho todo lo posible por completar la educación doméstica de Evangeline durante el último año, pero la joven había prestado poca atención a los denuedos de su tía.

Al otro lado de la mesa, Evangeline fumaba un cigarrillo tras otro entre sorbos de vino, sin esforzarse en absoluto por hablar con el caballero inglés sentado a su lado, ni con nadie más. Celeste hizo una seña discreta al servicio para que no le sirvieran más vino a su sobrina y trajeran el siguiente plato. Después, como la perfecta esposa y anfitriona que era, puso de nuevo toda su atención en lo que hablaban los hombres. Al ver que charlaban de política, de negocios y de lo que se decía en Washington, —¡otra vez!—, su cara de interés no flaqueó, pero gruñó para sus adentros. La rama europea de los negocios de los Fontaine sufría grandes dificultades, lo sabía. Sin embargo, la familia de Evangeline estaba gastando muchísimo dinero en el baile de esa noche. No quería ahondar en ese pensamiento. Que se encargaran los hombres de los negocios. Era lo único para lo que valían.

En el extremo opuesto de la mesa, Charles estaba colorado como un tomate de tantos cócteles como había bebido antes del almuerzo, y en esos momentos mantenía una acalorada discusión acerca del Gobierno estadounidense, de la situación de Alemania y de cómo estaban afectando a los negocios de los Fontaine en Marsella. La incomodaba tremendamente oírlo arrastrar las palabras.

Evangeline estudió los posos de su copa de vino, procurando no alzar la vista para no cruzar la mirada con su tía. Notaba que tía Celeste la observaba como un halcón. ¿Sospechaba acaso lo que ocurría? Hacía días que recibía los anónimos, que habían ido dejando un rastro envenenado en su bolso, en una caja de flores, incluso en la bandeja del desayuno de esa mañana, entre los pliegues de la servilleta, donde su doncella, Delphy, no podía haberla visto. Apenas unas palabras crudas y mal escritas.

TESTOI BIGILANDO ZORRA DE LOS NEGROS

O:

MACERCO

Alguien cercano a ella la espiaba. ¿Quién? Daba igual. En Nueva Orleans, las consecuencias serían inmediatas y terribles. La nota de ese día rezaba:

TÚ Y ESE NEGRO NO PODREIS UIR VUESTRO CASTIGO SACERCA

¡Qué podía hacer! Miró de reojo al inglés que tenía a la izquierda. De no haber estado tan preocupada, habría coqueteado con él. Era apuesto, de piel muy clara, muy inglés, y alto, con cierto aire de mando. Había bailado con él unas cuantas veces durante la última semana. Él enseguida le había pedido todos los bailes que ella quisiera concederle, pero lo encontraba muy serio y no se le daba bien la clase de bromas estúpidas y cumplidos frívolos que las chicas de Nueva Orleans esperaban de los hombres. La aburría. Pero al menos no era Maurice. Este había observado a su competidor con el ceño fruncido. Maurice. Se estremeció de pensarlo.

Casi desde el mismo momento en que se habían sentado a almorzar, su tío había reclamado la atención de Richard. Evangeline escuchaba intermitentemente la conversación que mantenían y luego se concentraba en sus propias preocupaciones. Se enteró de que Richard y los otros delegados no habían conseguido persuadir al presidente para que se interesara por los sucesos de Alemania, y que regresaban a casa. A ella no le extrañaba la reacción de Roosevelt: Alemania estaba muy lejos, ¿por qué iba a interesarle? Richard partía en barco para Inglaterra a primera hora del día siguiente. Ojalá ella pudiera escaparse a Inglaterra. Habían tenido mucho cuidado..., pero alguien lo sabía.

Un criado se llevó su estofado sin tocar y se lo cambió por una ensalada que resplandecía de mayonesa. ¡Puaj! Sintiendo náuseas otra vez, cortó un poco de lechuga en trocitos pequeños y volvió a preguntarse qué demonios iba a hacer. Por enésima vez, contó los días, las semanas que habían pasado desde que había tenido el período por última vez.

Esa mañana, su doncella, Delphy, se había encontrado el vómito cuando había entrado a prepararle el baño.

—Demasiado champán anoche —le había dicho Evangeline, enterrando la cara en una toalla húmeda.

Delphy había enarcado las cejas con escepticismo. La doncella estaba ya en la cocina; ¿qué le estaría contando a los otros criados? Si los criados lo sabían, todo Nueva Orleans lo sabía.

Evangeline entornó los ojos. Pasaba las noches en vela, creyendo oír pasos que se acercaban con sigilo a la puerta de su dormitorio, o si conseguía dormirse tenía siempre la misma pesadilla en la que iba de caza después de que anocheciera con sus hermanos por la plantación de la abuela, en la parte alta del río. Cuando era niña, los chicos le habían enseñado a usar una linterna para deslumbrar a los conejos: se quedaban paralizados, con las orejas crispadas. Salvo que saltaran rápido y desaparecieran en la oscuridad, los cazadores disparaban, y caían. La mayoría no eran lo bastante rápidos para escapar. Al principio, le desagradaba matar conejos de ese modo, pero los chicos le dijeron que eso era cazar, que los conejos destrozaban el huerto e Inez los usaba para hacer *jambalaya*, así que se había acostumbrado y ella misma había cazado unos cuantos. Pero, en su sueño, eran Laurent y ella los que corrían en la oscuridad y notaban que los acechaban los cazadores. Poco después, los dos se veían atrapados por un haz de luz cegador. Sabían lo que iba a ocurrir, pero estaban clavados al suelo, incapaces de correr mientras los cazadores les apuntaban. Evangeline se despertaba al oír el chasquido del gatillo…

Tenía las palmas de las manos frías y pegajosas. La copa estaba vacía, ¡maldición! El alcohol era lo único que le aplacaba los nervios disparados, que le calmaba el estómago revuelto. No se había atrevido a contarle a Laurent lo de las notas. Y tampoco se atrevía a contarle la otra cosa que apenas se atrevía a mencionar. Laurent era listo, sabía muchas cosas que ella ignoraba, cosas que ninguna chica sospechaba. Conocía lugares secretos en los que nadie podía encontrarlos, le había enseñado qué hacer la primera vez. Le había enseñado juegos maravillosos y peligrosos a los que podían jugar los dos, y pese a que ella sabía que estaban cometiendo un pecado mortal, vivía pensando en su próximo encuentro embriagador.

Laurent se ocuparía de todo… Ya encontraría la forma. A Evangeline no se le ocurría ninguna escapatoria, salvo que se fugaran. Pero ¿adónde? ¿Y cómo iban a hacerlo? Con todo lo que estaba sucediendo ese día, ni siquiera sabía cómo se las arreglaría para ver a Laurent. Después del almuerzo, esperarían que se quedara en casa, que se vistiera bajo la supervisión de su madre y Delphy. Esa noche era el gran desfile de Mardi Gras en el que ella y las otras debutantes cuyos padres formaban parte de la misma cofradía, cada una de las asociaciones responsables de la organización del desfile, debían desempeñar el elegante papel tradicional de las jóvenes de familias prominentes y presidir la carroza como si fueran meros objetos decorativos. Saludaban y sonreían, y lanzaban doblones y abalorios a la multitud. Más tarde, en su baile, estaría rodeada de gente cada minuto. Pero debía hacer algo. Antes de que sus padres se enteraran, antes de que se enterara nadie más. Sobre todo, antes de que se enterara Maurice. Antes de que fuese demasiado tarde.

Captó un fragmento de conversación que la sobresaltó.

—¿Qué acaba de decir tío Charles? —le susurró a Richard.

Richard le sonrió.

—Me parece que la empresa de su familia va a enviar a un nuevo empleado a las oficinas de Marsella la semana que viene.

—Ese chico es rápido como un látigo, con la mejor educación jesuita, pero sin futuro en Nueva Orleans —dijo tío Charles, demasiado alto. Todo el mundo miró su plato.

Richard Fairfax preguntó por qué un joven tan listo no tenía futuro en Nueva Orleans.

—Pues porque es criollo, por eso, *gens de couleur*. ¡Ni blanco ni negro, teniente Fairfax! Pero listo como su padre.

Charles Fontaine rió con suficiencia y tía Celeste hizo un aspaviento. Evangeline se sintió como si le hubiera caído un jarro de agua fría encima. ¡A Francia! ¡No! Laurent no debía marcharse hasta que cumpliera los veintiuno, y para eso aún faltaban dos años. Además, no podía dejarla sola, no si lo sabía. Madre de Dios, debía contárselo cuanto antes.

—¿También tienen el problema de las personas de color en Inglaterra? —preguntó tío Charles.

Los criados mantuvieron impasibles sus rostros negros mientras recogían los platos.

A tía Celeste le tembló la copa en la mano.

Evangeline sintió que se desmayaba. Si Laurent se marchaba, jamás volvería a verlo. Y si Laurent no la salvaba de Maurice, ¿quién lo haría? De pronto vio terriblemente claro que, por primera vez en su vida, exigir lo que quería no sería suficiente. Laurent y ella estaban condenados. Daba igual que tío Charles lo hubiera enviado a los jesuitas, que la abuela lo mimara y que la familia cuidara de él. Su madre era cuarterona, así que él era de color, y ningún chico de color se atrevía siquiera a mirar a una chica blanca, salvo que quisiera terminar colgado de un árbol. No podía salvarla de Maurice, ni de nadie. Ni siquiera podría salvarse a sí mismo si alguien se enteraba. Y sabía que debía advertirle de que alguien se había enterado, porque entonces lo más seguro para él era marcharse a Francia inmediatamente. Quizá pudiera ir con él. Pero ¿cómo? Como no le brotaran alas y se fuera volando... Pero Richard era inglés. Inglaterra estaba cerca de Francia, ¿no?¿Dónde exactamente? Evangeline jugó con el anillo que le había regalado Maurice. No le gustaba, pero su madre le había dicho que sería una grosería no ponérselo. Pensó distraída en las clases de geografía de sor Bernadette y trató de recordar el mapa.

Todos agradecieron la distracción cuando se abrieron de golpe las puertas del salón y, con gran ostentación, los criados trajeron el tradicional roscón de carnavales. ¿No había nadie en Nueva Orleans a quien pudiera recurrir?

Había oído decir que las chicas de color acudían a una anciana llamada Mama La Bas que hacía fetiches y conjuros, magia negra, pero había que tener cuidado con lo que te daba. Decían que si usabas mal el conjuro, se podía volver contra ti. Era un pecado terrible acudir a una mujer así. La Iglesia decía que el vudú era un instrumento del diablo, y como ella había recibido una educación religiosa, tenía miedo, pero estaba ya tan enredada en pensamientos y actos pecaminosos que no le quedaba otro remedio que seguir adelante. Para mentalizarse, agarró con descaro la copa de vino llena que Richard tenía delante y la vació mientras se retomaba la conversación. Todos empezaron a hablar a la vez, pero no con Richard.

—No lleva suficiente tiempo en el sur —dijo alguien en voz muy alta.

—No entiende cómo funcionan las cosas aquí; los de color eran esclavos hace dos o tres generaciones, son como animales, hay que ser firme con ellos —dijo otro.

Para inmenso alivio de Richard, Evangeline lo rescató de aquel incómodo momento. Le agarró la muñeca con una mano en la que lucía un valioso y antiguo anillo francés de diamante en forma de rosa con un blasón grabado en él, se inclinó y le dijo en un susurro conspiratorio:

—Quiero contarle un secreto. —Pero primero, ¿lo había pasado bien con sus hermanos por Nueva Orleans?

Richard, embelesado, notó que el pecho de ella le apretaba el brazo y olió su perfume. Sus largas pestañas se batían sobre las mejillas.

—Lo he pasado de maravilla —manifestó con entusiasmo.

—Apuesto a que Andre y Philippe lo han llevado al Tremé —prosiguió, mirándolo a los ojos—. Ahí es donde están las tabernas clandestinas y las casas de mujeres de vida alegre —le susurró. Sonrió y volvió a bajar las pestañas—. Las monjas del colegio nos advertían que era pecado mortal imaginar siquiera lo que sucedía ahí abajo. Pero habrá observado la cantidad de hermosas criollas que hay. Bueno, pues este es el secreto —prosiguió, con la cabeza ya casi apoyada en su hombro—. Tío Charles tuvo una relación con una chica de una casita de por allí, pero ella murió. Seguro que los chicos lo han llevado a ver a su hijo, Laurent Baptiste. Tío Charles es el padre de Laurent. El joven Laurent destacaba en la escuela por su inteligencia, como ha dicho mi tío, pero lo que de verdad le gusta es la música. Es asombroso; toca el piano y el saxo, uf, montones de instrumentos, y lo hace mejor que nadie: ragtime, swing, jazz… Pero solo puede tocar en el Tremé.

Richard estaba hipnotizado. La tenía tan cerca que sentía su aliento en la mejilla y percibía su aroma, como a gardenias al anochecer.

—En fin, que es el miembro de la familia al que se refería tío Charles. En circunstancias normales, no habría cometido la grosería de mencionarlo, pero se olvida de sí mismo cuando... habla de negocios.

Su tía le lanzó una mirada penetrante y Evangeline se irguió, pero dejó que sus dedos se deslizaran hasta el muslo de él, como por accidente.

—¡Cielo santo, señorita Fontaine! Yo... eh... su tío hablaba de ello antes... No tenía ni idea de que ese tipo estuviera emparentado con la familia. Parece... Bueno, parece blanco.

Aturdido, Richard recordó al apuesto joven de pelo cobrizo sentado al piano que había saludado a los hermanos de Evangeline y, guiñándoles el ojo, les había dicho: «Que no se entere la abuela de que he vuelto a venir aquí. Se supone que estoy en la oficina». Llevaba remangadas las mangas de su inmaculada camisa y tenía la chaqueta de un traje bien cortado plegada cuidadosamente debajo de un carísimo sombrero de fieltro sobre la silla de al lado.

Evangeline se encogió de hombros.

—No verá a un blanco tocando el piano en el Tremé. Esto es Nueva Orleans. Todo el mundo conoce el parentesco que tenemos con Laurent; de hecho, es una situación bastante corriente, incluso en las familias más antiguas, así que nadie habla nunca de ello, solo es algo que está ahí. Todos fingen no saberlo. En realidad, Laurent y mis hermanos prácticamente se criaron juntos, aunque oficialmente los blancos y la gente de color no se mezclan. Cuando la madre de Laurent murió, nuestra abuela le tomó cariño y lo crió en su plantación de la parte alta del río. Luego tío Charles lo mandó a una escuela de los jesuitas para niños criollos. Solíamos pasar las vacaciones juntos en la plantación. La abuela lo aprecia muchísimo, porque lleva la sangre de la familia, pero, siendo de color, Laurent ha aprendido cuál es su sitio, por eso casi toda la familia lo acepta. Mamá y tía Celeste, por supuesto, hacen como si no existiera. Y a los chicos como él, salvo que sean unos bocazas, se les cuida, normalmente asignándoles algún trabajo para la familia. He pensado que debía saberlo, para que no mencione lo que tío Charles acaba de decir cuando hable con tía Celeste. Ella y mi tío no han tenido hijos, así que Laurent y los chicos como él son siempre un tema delicado. Adelante, pruebe el roscón de carnavales.

Un criado se inclinó sobre Evangeline con una bandeja de plata, y ella puso un pedazo en el plato de Richard.

—¡Ojo con el bebé dorado! —le gritó Celeste desde el otro extremo.

—¿Cómo dice? —inquirió Richard sobresaltado, tenedor en ristre.

Evangeline se apresuró a explicárselo antes de que lo hiciera Celeste.

—El roscón de carnavales es una tradición de Mardi Gras. Siempre lleva dentro un pequeño bebé dorado. Representa al niño Jesús y trae buena suerte a quien lo consiga. Si se lo encuentra en su pedazo de roscón, tendrá que organizar la siguiente fiesta, pero como Mardi Gras está a punto de acabar y mi baile es el último de la temporada, supongo que no le dará tiempo a dar ninguna antes de regresar a Inglaterra —dijo Evangeline, frunciendo la nariz con cara de desilusión—. ¡Pero tendrá que hacer algo!

Volvió a entornar los ojos, pensativa. «Ya sé lo que puede hacer», se dijo. «Me puede sacar de aquí. Le pediré a Mama La Bas que me ayude con un conjuro. Para que un grisgrís funcione, hace falta un poco de pelo o algo de esa persona, algo que haya estado en estrecho contacto con su cuerpo.»

—Me voy mañana a primera hora, señorita Fontaine. Al despuntar el alba. Mala suerte. —Evangeline Fontaine, con su charla provocadora, su voz dulce, sus preciosos vestidos, sus flores y sus perlas, le recordaba a una mariposa. La encontraba encantadora, lo reconocía. Recordó a Alice y se sintió tremendamente culpable, pero disfrutó del momento, de todos modos—. Su tío me ha dicho que debo asistir a su baile esta noche. Bailará conmigo, ¿verdad? ¿Antes de que me vaya? Me voy a casa poco después de medianoche.

Si eran ciertas las predicciones de que se avecinaba una guerra, jamás volvería a ver a Evangeline, de modo que no traicionaba a Alice por pedirle a una joven extraordinariamente hermosa que bailara con él. Ojalá… Mordió algo duro, se lo sacó con disimulo de la boca y lo dejó al borde del plato en el preciso instante en que Celeste se levantaba y anunciaba que tomarían el café en la terraza.

Evangeline buscó a tientas su bolso y se puso de pie.

—¡Oh, vaya, le ha tocado el bebé dorado! —exclamó—. Espero que le traiga suerte.

Richard retiró su silla también.

—Señorita Fontaine, solo me traerá suerte si me reserva su primer baile —dijo él con descaro, recordando el cosquilleo que le había producido el contacto de su mano en el brazo, su aliento en la oreja. De pronto no ansiaba otra cosa que el que ella volviera a tocarlo.

—Por supuesto que bailaré con usted, teniente —contestó ella, acariciándole la mano—, a condición de que me regale el bebé dorado. A mí nunca me ha tocado uno.

Lo miró con ternura y le tendió la mano. Lo había tenido en la boca y debía de llevar impregnada su saliva. Seguramente con eso le bastaría a Mama La Bas.

—Un intercambio justo —señaló Richard.

Lo tomó y se lo puso en la palma de la mano extendida.

—¡Oh, aquí llega Maurice! —dijo Evangeline, de repente nerviosa al ver que un hombre alto de mediana edad, ceño fruncido y gesto grave se dirigía hacia ellos.

Maurice ignoró a los invitados y sus saludos, y escrutó con frialdad a Richard, a quien había dejado pasmado el asombroso parecido de aquel hombre con una pintura española del Gran Inquisidor que había visto en una ocasión. Confiaba en que lo que decían de que Maurice prácticamente estaba prometido a Evangeline no fuera cierto. Aquel tipo le parecía un bruto.

Evangeline cerró de golpe su bolso y se excusó. En el pasillo, detuvo al mayordomo, que llevaba una bandeja de licores a la terraza, para pedirle que, cuando volviera a la cocina, le dijera a Delphy que la necesitaba un minuto.

A las cuatro en punto de la tarde, en un cuarto cerrado de Congo Square, Mama, sentada en cuclillas en el suelo de tierra, succionaba su pipa sujeta entre encías desdentadas y esperaba a que su visitante le dijera lo que quería. Llevaba los pies desnudos, ocultos bajo enaguas de percal, y en ambos había una cicatriz blanca y plana donde debía estar el dedo gordo. Apestaba a tabaco, a hierbas, a pollos y a putrefacción. Las velas, casi consumidas, titilaban en un altar improvisado cubierto de pequeñas figuras hechas de tela, de pelo humano, huesos de animales, cuentas, plumas y piel de serpiente seca. Había nacido esclava y, en su día, tuvo otro nombre, pero hacía tiempo que todos lo habían olvidado. Ahora era solo Mama La Bas, que significaba «la esposa del diablo».

Sus ojos llorosos pestañearon. La mulata Delphy, que trabajaba para los Fontaine, aún no se había explicado. Mama supuso que el asunto que la había traído hasta ella tenía que ver con un hombre, y sabía que los hombres siempre daban problemas.

—¿Con qué me vas a pagar? —preguntó al fin.

Delphy se arrodilló delante de ella y deshizo nerviosa un pañuelo anudado, luego sacó de entre sus pliegues un anillo y lo colocó en la palma clara de la mano de Mama.

La anciana apenas veía, pero los espíritus la habían dotado de otro tipo de visión. Por el tacto supo que el oro era de buena calidad, que el anillo era antiguo y que las piedras eran preciosas. Palpó con los dedos un racimo de diamantes, percibió un diseño que le resultaba familiar y un escalofrío le recorrió el brazo como si una serpiente boca de algodón le hubiera hincado los colmillos en él.

—Este anillo es de un Fitzroy. Malo, muy malo. Ajá. Las piedras forman un dibujo, un blasón. Yo nací en casa de los Fitzroy. Mi hermana y yo pulíamos la condenada plata todos los días. Llevaba el mismo endemoniado blasón. La anciana señora Fitzroy nos pegaba con el atizador si no la abrillantábamos bien —espetó Mama—. Nos pegaba de todas formas. Fuerte. Todo lo fuerte que podía. A veces, calentaba primero el atizador. Oh, sí, conozco este blasón tan bien como al mismísimo diablo. Ay, ay, ay. Jamás esperé que este anillo llegara a mis manos. ¿Cómo es que lo tienes? ¿Lo has robado?

—No, señora. La señorita para la que trabajo me ha dicho que lo cambie por un grisgrís.

—Juegas con fuego, niña, queriendo trocar este anillo que trae la mala suerte. Aunque no supiera que pertenece a los Fitzroy, percibo el mal que lleva dentro. Intenté escaparme una vez. La señora Fitzroy hizo que me sujetaran, agarró aquel cuchillo y ella misma me cortó los dedos de los pies para que no volviera a escaparme. Apenas podía caminar. Tenía solo ocho años.

»Me eché a llorar detrás del granero, los dedos me sangraban, me dolían mucho, aún me duelen y ni siquiera los tengo ya. Un tío mío muy viejo que había nacido en África vino a escondidas cuando era de noche a traerme un emplasto para los dedos; me dijo que, si le robaba un pollo, me enseñaría a hacer un maleficio que duraba mucho, por si quería maldecir a alguien. Te daban una buena paliza por robar un pollo, pero salí gateando, me llevé ese pollo y mi tío me dijo cómo hacerlo. Los maldije bien. De vez en cuando, mejoraba un poco el grisgrís. Ya solo queda un Fitzroy, Maurice, el chico más pequeño del hijo. También es malo, malísimo, como el resto de la familia; ya ha matado a dos negros que trabajaban para él, los mató a palos él mismo. Dicen que se emocionó mientras los golpeaba, como si disfrutara de verdad. Su abuela era igual, cuando nos pegaba, cuando me cortó los dedos. Maurice no tendrá hijos. —Se meció en silencio un minuto—. Morirá loco como su padre. La familia se extinguirá, de eso ya me he encargado yo. No digo que no pueda hacer más. Pero primero... jijiji.

Mama alargó el brazo y tomó del altar una extraña figurita con dos cruces de hilo por ojos, pelo humano y un tosco pene de punto. Estaba repleto de alfileres. Le clavó uno más en el pecho.

—Sí, señora, pero la señorita Evangeline no puede esperar más. El señor Fitzroy quiere casarse con ella y ella le tiene miedo; les ha dicho a sus papás que no quiere vivir sola con los cocodrilos de Belle Triste. Sus papás le gritan que qué sabrá una niñita que acaba de salir de la escuela, que los Fitzroy son una familia antigua, los más ricos de la ciudad, que o se casa con él o la meten en un convento irlandés hasta que entre en razón. Dicen que su papá juega, que le debe dinero a los Fitzroy. Dicen que el señor Fitzroy le dio ese anillo, le dijo que era de su abuela, así que es el anillo más valioso que podía darle, para demostrar a todo el mundo que es suya. Otros dicen que le gusta la señorita Evangeline porque su mamá le dio a su papá cuatro chicos antes de que naciera la señorita, que la señorita seguramente le dará hijos varones. Ella tiene miedo, necesita ayuda rápido, antes de que él la mate. Porque hay otro problema.

—¿Crees que no me he enterado? Se habla por todo el Tremé sobre lo suyo con el chico de su tío Charles, ese Laurent Baptiste, el favorito de su abuela, la señora Fontaine. Dondequiera que vaya él, ella va detrás. Como si solo fueran parientes. Él está aquí, en el Tremé, tocando esa música suya, y casualmente entran la señorita Evangeline y sus hermanos a escuchar a su primo. La vieja señora Fontaine le puso un bonito *garçonnière* junto al río para que pudiera hacer lo que hacen los chicos, en privado, con chicas criollas o de color, ¡no con una blanca! Y, mientras está allí, viene la señorita Evangeline a hacerle una visita a su abuela y se cuela en el nidito de amor por la noche. Menuda boba —espetó Mama—. Laurent también. ¿Acaso no saben nada? Ya se habla en el Tremé de los primos que se besan. Cuando los blancos empiezan a hablar, mal asunto. ¿Has visto alguna vez a un negro ahorcado, niña? Yo sí. He visto cosas peores. ¿Dices que Maurice Fitzroy ha puesto sus ojos en ella? A ese chico no le queda mucho, más vale que desaparezca pronto. Encontrarán pedacitos de él por todo el riachuelo, eso si los cocodrilos no se lo comen entero. Puede que también de ella. Él querrá matarla, pero buscará primero un modo de hacerle pagar por la deshonra que le ha traído.

La doncella bajó la voz y miró al suelo.

—Ella lo sabe. Pero es complicado. Está encinta. Y muerta de miedo.

—Me da igual lo asustada que esté, ¡no pienso deshacerme de más bebés! Luego vuelven a mí y me atormentan de noche. Lloran por los rincones. No me dejan en paz.

—La señorita no pretende deshacerse del bebé. Laurent Baptiste se va a Francia. Ahora mismo hay un hombre de Inglaterra que visita a la familia, le gusta mucho la señorita Evangeline, pero regresa a su casa mañana. Inglaterra está muy lejos de aquí. Debe actuar pronto. Quiere un grisgrís para que él la lleve consigo, casarse con él en el barco. Dice que el capitán puede hacerlo.

—¡Mmm! ¡Menudo embrollo! ¿Dónde está la señorita Evangeline ahora?

—En casa de su tía. Gran fiesta. Su mamá está ocupada con el baile de esta noche.

—¿Ese inglés está allí también?

—Sí, señora.

—¿Su nombre?

—Richard Fairfax.

Mama negó con la cabeza, masculló algo por lo bajo y suspiró. Permaneció sentada un instante, sujetando la pipa con las encías, luego se levantó y se desplazó a un rincón detrás del altar. Trasteó en la sombra entre sus potingues y las plumas de pollo. Tomó un poco de esto y otro poco de aquello e hizo un mejunje en una copa de helado sucia. Escupió en él y lo vertió en un frasquito marrón de medicina.

—¿Qué tienes que haya tocado ese hombre? No servirá si no tienes algo.

Delphy sacó del pañuelo el bebé dorado que Richard le había dado a Evangeline y se lo entregó a Mama.

—Lo ha tenido en la boca —le explicó.

La anciana le canturreó desafinadamente un momento, luego se lamió el dedo y le tocó la cabeza a la figurita.

—Richard Fairfax —dijo, luego añadió el bebé dorado al mejunje y lo tapó bien con un corcho.

Sostuvo en alto el frasquito. El bebé dorado brilló en el turbio líquido.

—Esto es lo que necesita. Que se lo beba él. Es fuerte, pero si lo mezcla con un julepe con suficiente whisky del bueno, ni lo va a notar. Durante las doce horas siguientes, ella conseguirá de él lo que quiera. Este grisgrís es poderoso, pero dile que se dé prisa, que solo funciona unas horas —le advirtió Mama, luego se guardó el anillo. No iba a venderlo; haría con él una ofrenda al espíritu de su madre.

Cuando Delphy volvió a la casa, después de su visita a Mama La Bas, la terraza de Celeste estaba repleta de invitados al almuerzo que ya se despedían. Entre los automóviles aparcados junto a la acera, el chófer de los Fontaine paseaba impaciente frente al suyo.

—Señorita Evangeline, su mamá dice que ya es hora de que vuelva a casa para arreglarse, con Delphy o sin ella. Deje a Delphy aquí si hace falta y venga a casa. Su mamá ya tiene bastante preocupación con este baile.

—Solo un minuto más. —Evangeline vio que Delphy se colaba con sigilo por la puerta de servicio—. Tía Celeste, ¿puedo usar una de tus hojas de papel?

Garabateó una nota para Laurent y habló rápidamente con Delphy; se vestiría sin su ayuda. Vio cómo la doncella salía por la puerta de servicio con la nota y cara de preocupación. Hubo una tormenta, pero a las siete escampó. Al caer la noche, se encendieron antorchas y estallaron chisporroteantes fuegos artificiales en el cielo oscuro. Las coloridas carrozas de las cofradías se alinearon y las chicas más guapas y más prominentes de la ciudad se levantaron las faldas largas y las colas de los vestidos y subieron a sus «tronos» decorados de flores, dando traspiés por los maltrechos peldaños de madera con sus zapatillas de satén. Un cohete cruzó muy bajo la parte delantera de la carroza y las chicas gritaron. Luego se alisaron el cabello, se abombaron los vestidos y las más descaradas sacaron de sus diminutos bolsos de noche sus ilícitas polveras —«pintarse» estaba estrictamente prohibido por sus padres en casa y por las monjas en el colegio— y, a escondidas, se pintaron los labios y se dieron colorete. Cuando estuvieron todas listas y dispuestas, los miembros de las cofradías de sus padres les entregaron los ramos de flores, los bombones, los abalorios y los doblones de oro para que se los arrojaran a la multitud.

El baile de puesta de largo de Evangeline Fontaine era la última fiesta antes de Cuaresma e iba a ser espléndido. Las chicas estaban febriles de emoción y murmuraban que el padre de Evangeline había contratado un tren para traer a una famosa orquesta de baile desde Nueva York, cientos de bogavantes vivos en hielo, caviar, un chef del Delmonico y un invernadero entero de orquídeas. Mientras esperaban a que la carroza se moviera, sacaron de los bolsos sus carnés de baile, adornados con borlas, y los compararon para ver cuáles se habían reservado ya algún baile y con quién. Entre risas y chillidos de «¿Que te ha dicho qué?», «¡Ya sabía yo que le hacías tilín!» y gruñidos de «¡Pero si siempre me pisa!», miraron de reojo a Evangeline, que no decía nada, ni parecía contenta en absoluto.

Las otras debutantes dejaron de parlotear para chismorrear sobre lo que podía ocurrirle a doña Todopoderosa. Llevaba un auténtico vestido de adulta de una auténtica modista de París, paño de oro salpicado de diminutos cristales de color púrpura y verde que brillaban a la luz de las antorchas. Además, tenía un escote bastante pronunciado. A las otras les extrañaba que la hubieran dejado salir de casa con algo tan atrevido.

—¡Contemplad y disfrutad! —masculló una de ellas con malicia.

Evangeline no necesitaba colorete ni lápiz de labios: sus mejillas poseían el rubor justo para resaltar su piel blanca y perfecta, y sus ojos oscuros brillaban a la luz de las antorchas. Las otras debutantes se sentían eclipsadas por ella e insulsas en comparación, y mascullaban resentidas que todo el mundo sabía que los Fontaine habían perdido una fortuna en Francia y que el padre de Evangeline había estado apostando grandes sumas de dinero; ¿cómo era posible que, aun así, ella llevara el vestido más bonito y celebrara el baile más multitudinario? Para colmo, se rumoreaba que poco menos que estaba prometida a Maurice Fitzroy, y sería la primera de ellas en casarse. Evangeline siempre era la primera.

—¡Quizá incluso vaya a París de luna de miel! —comentó una de las chicas, suspirando.

—Si va, ¡que se quede allí! —espetó otra—. Yo no me quedaría encerrada en la apartada Belle Triste sin más compañía que la de Maurice Fitzroy y los cocodrilos.

Belle Triste, la plantación bicentenaria de Maurice, se llamaba así por el roble gigante cubierto de musgo colgante que guardaba la puerta de entrada a la finca y que parecía una mujer con velo de luto. Hacía tiempo, uno de los primeros Fitzroy había muerto en duelo y su joven viuda jamás había vuelto a mostrar su rostro en público, llevando velo hasta el día de su muerte. Cierto aire de tristeza envolvía aquel lugar.

—¡Chis!

—Es verdad, no lo haría —prosiguió la joven—. Por muy ricos que sean, todo el mundo sabe que pasa algo raro con los Fitzroy. O enferman o pierden la cabeza. Hay quien dice que es una maldición. ¿No le daban ataques al padre de Maurice y nadie lo vio jamás porque lo tenían encerrado en la bodega con una enfermera? ¿Y qué me decís de aquella tía suya que solía adentrarse en los pantanos y un día jamás regresó? Cuentan que a una esclava se le cayó de cabeza cuando era un bebé; fue por venganza, por haberle cortado los dedos de los pies.

—Mamá también piensa que son raros, pero asegura que es porque se han casado demasiadas veces entre primos, porque nadie era lo bastante bueno para ellos.

—¡Calla, que te va a oír!

—Además, dicen que Maurice a veces se pone hecho una furia —añadió en voz más baja—, que incluso pierde la razón, que fija la mirada como un demente y se vuelve malísimo, y en uno de sus ataques de ira mató a dos de sus jornaleros.

—Bueno, probablemente se lo buscaron. Papá dice que, si los jornaleros de color se desmadran, alguien tiene que recordarles quién manda.

Evangeline se agarró con fuerza al asiento cuando uno de los fuegos de artificio estalló encima de su cabeza y la banda de la cofradía comenzó de pronto a interpretar *When the Saints Go Marching In*. La carroza arrancó tan de repente que las chicas soltaron un chillido. Cuando empezaron a mecerse sobre las multitudes enmascaradas, Evangeline tuvo que contener las arcadas. Le apretaba demasiado el canesú de abalorios con refuerzo de ballenas del vestido que su padre se había empeñado en que encargara su madre. La ajustadora de la modista que se lo había traído de París se lo había apretado una y otra vez. A ella le parecía perfecto, pero a Evangeline le oprimía demasiado y le impedía respirar. Además, esa noche ¡todo olía tanto! El hedor de los cuerpos acalorados al bailar, el aroma empalagoso del jazmín humedecido por una reciente tormenta, la pólvora de los fuegos artificiales, la cerveza, los excrementos de los caballos, las alcantarillas, el dique, todo ello mezclado con las columnas de humo grasiento que se elevaban de los bidones de aceite donde se freían ostras para los *po' boy*, los típicos bocadillos de marisco. «¡Vendo *po' boys*, *po' boys* calentitos, cómprelos antes del desfile!»

Alrededor de la carroza se agitaba un mar de cabezas, con máscaras y sin ellas, mezcladas en un siniestro híbrido. Cuántas máscaras de Loup Garou había ese año, se dijo Evangeline, mareada. Cada vez que alzaba la vista, el rostro mitad humano mitad lupino de Loup Garou, el licántropo que habitaba los pantanos, la miraba lascivo, y la luz de la antorcha se reflejaba en sus ojos humanos, ocultos tras las ranuras de la máscara.

«Alguien lo sabe…»

A unos metros de distancia, los susurros la informaron del nuevo escándalo de la prima soltera de una debutante, que al parecer «iba a tener familia». Durante una pausa de la banda, Evangeline pudo oír algunos fragmentos de la conversación: «su familia… un documento… lo ha firmado el juez, es oficial, está loca y es una degenerada», «que la encierren» y «le quiten al bebé», «que la deshereden», «que no vuelva nunca». Mientras la joven lloraba, rogaba y suplicaba que la dejaran quedarse en casa, la habían metido en un automóvil y se la habían llevado. Probablemente al convento del que todas habían oído hablar, en un distrito rural, regentado por una estricta orden de monjas irlandesas que tenían correas de cuero colgadas junto a los rosarios.

«Y eso no es todo. Adivina lo que dice nuestra cocinera que le han contado», oyó Evangeline que decían, y luego: «Laurent Baptiste» y «¡Dicen que es una blanca! ¡En su pisito de soltero!». «¡No! ¡No puede ser verdad! ¿Quién era? ¿Vieron quién era?»

Oyó una risita disimulada.

—¡Menuda locura! Él es de color... ¿Qué clase de pelandusca haría...?

Mientras chismorreaban, las jóvenes arrojaban doblones, dulces y ristras de cuentas, y saludaban felices con la mano.

Alguien lo sabía.

Le resultó fácil divisar a Richard Fairfax entre la multitud. Parecía embriagado, por el aire suave de la noche, las carrozas, las bandas, la muchedumbre excitada... o el fuerte julepe de menta que Delphy le había dado antes de que partiera hacia el desfile.

—¡Richard! —lo llamó Evangeline.

Sonrió radiante cuando él se volvió; le saludó con la mano y le lanzó un puñado de doblones. Él atrapó uno, lo besó y le hizo una reverencia.

—¡No olvide nuestro baile! —le gritó él.

—Vaya —dijo con amargura la joven sentada a la derecha de Evangeline—, ya tienes otro admirador. Ese oficial inglés es muy apuesto. ¿No se pondrá celoso Maurice?

—Bueno, ya sabes —respondió Evangeline, reemplazando de inmediato la sonrisa por su habitual semblante aburrido—, debo ser amable. Se aloja en casa de tío Charles, que lo ha invitado para el Mardi Gras y para que haya un hombre más en mi baile. Se marcha pronto.

Rezó para que acabara ya el desfile.

—Evangeline tiene mala cara, como si fuera a vomitar.

En casa de los Fontaine se había indicado a la banda que tocara sin parar hasta el descanso de la cena. Entre los bailarines y las parejas que coqueteaban, inquietaba la presencia de Maurice, apartado y bebiendo en exceso, como todos podían observar. Varias personas se preguntaban por el paradero de Evangeline. Había estado bailando demasiado con aquel individuo inglés y luego había desaparecido. Todos la buscaban. Su madre intentaba en vano librarse de un círculo de ancianas ansiosas por hablarle de sus propios compromisos y protestar por la actitud de «las jóvenes de hoy».

—Es la emoción —le dijo Solange Fontaine a Maurice en tono tranquilizador, mientras buscaba a su hija por encima del hombro de él y lo arrastraba hacia el círculo de ancianas para poder escapar—. Una chica no se promete todos los días.

Pero Evangeline estaba tardando una barbaridad en retocarse. Maurice frunció los ojos.

—Discúlpeme —dijo—, mi capataz me está haciendo señas desde la puerta. Perdone la intrusión, señora; será un asunto importante para él cuando me importuna en su casa.

Se retiró y dejó a Solange de nuevo atrapada con las ancianas.

En su baño, Evangeline se estiró la ropa y se llevó un paño frío a la cabeza. Había dejado a Richard feliz, y soñoliento, en una de las habitaciones de invitados, después de que este le prometiera que no iba a volver a la fiesta, sino que la esperaría a la puerta de la finca; el julepe había hecho efecto y la abrumaba la sensación de haber perdido el control de su vida. Iba a tener un bebé de color y había seducido a otro hombre. Iría al infierno, y al convento irlandés, a menos que el resto de su disparatado plan funcionara. Debía bajar furtivamente un minuto al jardín, donde le había dicho en su nota a Laurent que se reuniera con ella, para decirle que sabía que se dirigía a Francia y que había encontrado un modo de irse con él. Después, debía volver al baile y pasar por la pantomima del anuncio del compromiso. La banda aún tocaba, pero iba a dejar de hacerlo en cualquier momento para dar paso a la cena; además, sus padres debían de estar buscándola.

Abrió la puerta y echó un vistazo al rellano. No había nadie por allí. Se recogió las faldas de abalorios y descendió con sigilo por las escaleras de servicio hasta el sótano. Buscó a tientas el pomo de la puerta del jardín, la abrió y susurró el nombre de Laurent. No hubo respuesta, así que avanzó al abrigo de la sombra del edificio y escrutó la oscuridad, donde le pareció oír algo al fondo del jardín. A la altura del roble con musgo colgante se movían unas figuras. Una camisa blanca de gala resplandeció en la oscuridad. Hubo una pausa entre bailes y, por encima del murmullo del interior, oyó el chasquido de un látigo y un grito de dolor; a su espalda, unos pasos presurosos en el sótano y la puerta que se abría de golpe.

—Aprisa, Philippe —sonó la voz sin resuello de Andre—, Dios sabe por qué, pero a Maurice le ha dado otro de sus ataques de locura y ha traído a sus matones para que azoten a alguien.

—Precisamente esta noche —masculló Philippe—, por qué demonios...

Vio a sus hermanos, vestidos de gala, correr desde la casa hacia las sombras y supo instintivamente lo que había ocurrido. Debía actuar antes de que fuese demasiado tarde.

A oscuras, regresó con sigilo al sótano y buscó a tientas la vieja escopeta que el jardinero guardaba allí para matar topos y serpientes. Metió la mano en la caja de munición y procuró dejar de temblar para cargar el arma. Fuera, alguien gritaba y suplicaba, luego se oyó otro latigazo y otro grito de dolor. Corrió todo lo rápido que pudo con su incapacitante vestido y descendió por el césped. Los hombres, agitados, no la vieron apartar la cortina de musgo colgante. Había algo tirado en el suelo... No, ¡alguien! Estaba doblado en una extraña postura, visiblemente malherido. ¡Laurent! Maurice actuaba como un loco, fustigando con el látigo a Philippe en los hombros mientras este se inclinaba para ayudar a su primo. La fuerza de los latigazos había hecho jirones la chaqueta de gala de su hermano, que se tambaleó y cayó.

Andre intentaba zafarse de dos tipos rudos que lo inmovilizaban sujetándole los brazos a la espalda.

—¿Te has vuelto loco? —gritaba—. ¿Por qué te ensañas con Laurent? ¡Era con el inglés con quien coqueteaba Evangeline!

—Esta es la nota que ella ha escrito —graznó Maurice, con el rostro desfigurado de rabia—. Mi capataz lleva semanas observándolos, la ha encontrado en el escritorio de su despacho esta tarde, gran descuido por su parte. En Belle Triste, los Fitzroy azotamos a los esclavos que se desmadran, después se los mutila. A este le voy a dar una buena lección: primero lo voy a mutilar y luego lo voy a colgar aquí mismo, en vuestro jardín, ¡para que lo vea la furcia de vuestra hermana!

Brilló la hoja de un cuchillo.

Nadie vio que, bajo el musgo colgante, Evangeline se montaba al hombro la pesada escopeta tal como Andre le había enseñado, apuntaba el cañón a la amplia pechera blanca de Maurice y apretaba el gatillo.

La vieja escopeta disparó con una brusca sacudida, le dio un culatazo en la cara y le magulló el hombro. Sintió como si le estallara la nariz y algo cálido y húmedo le rodó por la boca. En medio de una bruma de dolor, volvió a disparar, a ciegas. Maurice ya estaba en el suelo, profiriendo horrendos sonidos. Alguien le arrancó el arma de las manos.

De pronto apareció Solomon, el mayordomo, y se hizo cargo de todo. Los dos hombres de aspecto rudo habían huido. Evangeline vio que Andre se inclinaba sobre Laurent y que Philippe se envolvía la mano ensangrentada en un pañuelo. En la casa, la gente se agolpaba junto a las ventanas iluminadas, asomada al jardín.

—¿Qué está ocurriendo ahí fuera? ¿Están todos bien?

—Hay que mantener al margen a los invitados. Que toque la condenada banda —ordenó Philippe con voz pastosa—. Solomon, tendrás que ayudarme con el señor Fitzroy. Está malherido.

Nadie vio que Evangeline se agachaba a recoger del suelo un trozo de papel arrugado.

Solomon se limpió el sudor de la frente, salió de debajo del árbol y gritó:

—¡Vuelvan todos adentro, damas y caballeros! Si no les he dicho a estos niños mil veces que no se tiran petardos en el jardín del señor Fontaine, no se lo he dicho ninguna. Que pueden salir por los aires mientras los encienden. ¡Serán locos estos críos! Tranquilícense, no ha sido más que una travesura infantil, como en todos los Mardi Gras. Vamos a recoger el resto de los petardos antes de que alguien se haga daño.

La banda volvió a tocar y casi todo el mundo se apartó de las ventanas.

Algunos invitados seguían curioseando en la terraza y asomándose al jardín.

—¡Maurice se ha portado como un héroe —gritó Andre con desenfado—, protegiendo a esos negritos del estallido de los petardos!

—¡Negritos y petardos! Válgame Dios, estos negros tienen menos seso que un mono.

—Andre, ¿es Evangeline la que está ahí fuera? Vemos su precioso vestido en la oscuridad. ¿Qué trama esa joven ahora? Decidle que su madre la está buscando.

—Enseguida.

Philippe daba órdenes contundentes, jadeando con fuerza.

—Vendad a Laurent lo mejor que podáis y bajadlo a nuestro muelle. Esta noche sale un barco para Marsella. Embarcadlo. Se encuentra en mal estado, inconsciente, pero gracias a Dios hemos llegado antes de que Maurice usara el cuchillo. ¿Qué era eso de Evangeline y una nota?

—No lo sé, siempre he pensado que la locura de los Fitzroy terminaría asomando en él algún día —señaló Andre—. Sangra profusamente. —Alzó la vista y se topó con el aspecto lamentable de su hermana: el vestido rasgado, la mirada furibunda, la nariz ensangrentada—. ¿Qué demonios haces tú aquí? ¡Qué has hecho! ¡Ay, Dios! —Se volvió hacia Solomon—. Llévatela arriba antes de que la vea alguien y estalle otro escándalo. A mamá le va a dar un ataque.

Alguien se llevó a Evangeline por las escaleras de servicio.

—¿Señorita Evangeline? —oyó la voz de Delphy—. Tengo un ungüento para su cara. Póngaselo antes de que la vea su mamá. Viene hacia aquí. Andre ha estado hablando con ella, contándole esto y lo otro, entreteniéndola para que nos dé tiempo a quitarle el vestido y a adecentarla antes de que llegue.

Delphy actuó deprisa: le quitó las joyas, las medias y las zapatillas de satén sucias, luego envolvió las prendas manchadas de sangre en una sábana y salió corriendo a deshacerse de ellas. En cuanto se fue, Evangeline cerró la puerta con llave. Abrió de par en par su armario, apartó los vestidos, los trajes de gala, los de noche y las zapatillas de baile hasta que encontró las botas de montar, un par de pantalones viejos y el suéter oscuro con los codos agujereados que se ponía para ir a pescar a casa de su abuela. Delphy volvió y empezó a aporrear la puerta cerrada.

—Déjeme entrar.

—¿Se encuentra bien?

—¿Quién?

—¡Laurent!

—Se lo han llevado muy rápido. Sale para Francia esta noche. Está vivo de milagro. Las costillas rotas, la nariz reventada, sangra mucho, pero parece que vivirá. El doctor está con el señor Maurice ahora. No para de despotricar, no puede mover ni los brazos ni las piernas. El señorito Andre lo ha drogado en el estudio, ha vaciado los decantadores por el suelo hasta que todo apestaba a whisky, para que parezca que ha estado bebiendo mucho antes de que pasara lo de los petardos y eso. Su papá se ha desmayado en el comedor, su mamá va de aquí para allá, primero adonde su papá y luego adonde sus hermanos. ¡Ay, Dios, señorita Evangeline! ¡Su plan no saldrá bien! ¡Es un plan endemoniado!

—¡Me da igual! Tiene que funcionar. Diles a los chicos que retengan a mamá un poco más, para que me dé tiempo a escapar.

—Señorita Evangeline, el inglés tiene los ojos azules y el pelo claro. Cuando nazca ese bebé, sabrá de dónde viene. Además, hay mucha gente abajo, corriendo como pollos sin cabeza, y su familia viene a verla. ¡No podrá salir de la casa! ¡No saldrá bien!

—¡Calla, te he dicho! Tengo que pensar un momento. Ve a por más hielo. ¡Y procura que no venga nadie!

Evangeline se metió los pantalones por dentro de las botas de montar, agarró un pañuelo de seda oscuro, se lo echó por la cabeza, apagó las luces del dormitorio y abrió la ventana. De niños, Andre y ella solían entrar y salir de su habitación trepando por el tejado de la terraza, pero esa noche veía el suelo muy lejos y estaba mareada. Tenía la nariz hinchadísima, le costaba respirar y estaba segura de que se había roto la clavícula. ¿Cómo se las iba a apañar? Apretó los dientes.

En la planta de abajo, la banda dejó de tocar y tío Charles hizo un anuncio y pidió a todo el mundo que se marchara enseguida. Se oyó un murmullo de voces aturdidas y los invitados empezaron a salir, sus vehículos fueron desapareciendo de la entrada hasta que solo quedó el hombre alto y rubio que esperaba entre las sombras, junto a la puerta, con la mirada puesta en la casa. Evangeline vio un punto de luz cuando se encendió un cigarrillo, luego otro.

Richard se recordó que ella le había dicho que era preferible esperar a que terminara la fiesta y no quedaran invitados en la casa. Vio a Solomon cerrar las puertas, pero el sonido del cerrojo lo llenó de desesperación. ¿Y si ella no lograba escapar? Moriría si no huía con él. Ardía de deseo por ella. Evangeline le había prometido que escaparía con él si accedía a casarse con ella, y él le había contestado que no hacía falta esperar a que llegaran a Inglaterra, que el capitán podía casarlos en cuanto estuvieran en altamar. ¿Dónde se había metido? Pensó angustiado en la marea.

—No conviene que les dé tiempo a seguirnos —le había dicho ella—. Reúnete conmigo junto a la puerta de entrada.

Evangeline contuvo otra arcada, consciente de que le quedaba poco tiempo. Delphy no podría retener a su madre mucho más. Ahí estaba, otro puntito de luz, otro cigarrillo. Ahora o nunca. Reunió sus últimas fuerzas y salió al tejado en pendiente por la ventana del dormitorio. No debía mirar abajo. «Recuerda que esto lo has hecho muchas veces—se dijo—. Es fácil.» Se deslizó despacio hasta el alero, donde crecía una higuera pegada al edificio. Por suerte, el árbol era más grande que cuando era niña. A punto de desmayarse del dolor que sentía en el hombro derecho, descendió por el árbol ayudándose con el brazo izquierdo. Saltó al suelo entre las sombras y luego rodeó la entrada; era una figura andrajosa con ropas ajadas y la nariz hinchada. Justo antes de llegar a la puerta, se volvió a mirar su hogar, con los balcones adornados y el inmenso jardín, y solo algunas luces colándose por las contraventanas, ya cerradas. Después, Richard la agarró de la mano y los dos corrieron hacia el río donde lo esperaba su barco.

Tres horas después, el capitán celebró una boda precipitada en el puente de mando, al anochecer, preguntándose cómo demonios habría hecho aquella joven para tener un ojo morado y la nariz hinchada. En su vida había visto una mujer tan zarrapastrosa, ni un novio tan feliz. Luego el barco empezó a mecerse en el agua, la novia se puso verde y salió corriendo a vomitar por la borda.

CAPÍTULO 3

Crowmarsh Priors, Sussex Oriental, octubre de 1938

Cuando descorría el cerrojo de la verja del cementerio el sábado por la tarde, Alice Osbourne vio el manillar de la bicicleta de Nell Hawthorne asomando entre las malas hierbas, apoyada en el Monumento a los Caídos, con su larga lista de víctimas gloriosas de aquella localidad y la leyenda en latín sobre la dicha de los que mueren defendiendo a su país. Le sorprendió lo mucho que había crecido la maleza y lo descuidado que parecía el cementerio. Jimmy, el chico del carnicero, debía mantenerlo limpio, pero desde la muerte del padre de Alice, ni se molestaba. La hiedra trepaba por las lápidas al tiempo que las ortigas y las zarzas se apoderaban de la parte posterior.

Alice se sentía frágil y quebradiza, como convaleciente de una larga enfermedad. Richard había regresado de Estados Unidos hacía seis meses y Penelope, anonadada y consternada, la había llamado desde Londres para comunicárselo.

—Qué terrible noticia, querida. No sé ni cómo contártelo.

—Ay, no, Señor, Richard, no, por favor. ¡Que no le haya pasado nada a Richard! ¿Se ha hundido su barco?

—No, Alice —le contestó Penelope con un hilo de voz—. Ha... ha vuelto de Estados Unidos. Está... bueno, está bien, solo que... cuánto lo siento...

—Me has dado un susto de muerte. ¡Gracias a Dios que está bien!

—Se ha casado.

—Pero... eso es imposible.

—Con una americana —le explicó Penelope con la voz estrangulada—. Alice, va a vivir con ella en Crowmarsh Priors. Por lo visto, la joven podría estar... encinta. ¡Lo siento muchísimo!

—Pero... Richard y yo estamos prometidos. Prometidos —repitió en un susurro, colgando el teléfono en el acto para silenciar la insistencia de Penelope en la veracidad de la noticia. Tenía que ser un error. Una broma cruel y despiadada. Amén de imposible.

No lo creyó hasta que una tarde, una semana después, vio el descapotable de Richard aparcado delante de la casa de Penelope. Él bajó de un salto para abrirle la puerta a su acompañante. Le dio un vuelco el corazón cuando lo vio tomar de la mano a una muchacha morena y esbelta para ayudarla a salir del vehículo y subir los escalones de la entrada como si fuese de vidrio y fuera a romperse. Luego la levantó en brazos y cruzó con ella el umbral de la puerta.

Alice no tardó en enterarse de que se habían conocido en Nueva Orleans, se habían fugado juntos y se habían casado en altamar. Jimmy se lo había contado a la señora Osbourne, que a su vez se lo contó a Alice en un prolongado lamento mientras tomaban el té. La esposa de Richard, en efecto, iba a instalarse en Crowmarsh Priors de momento.

—¡Qué escándalo! ¿Cómo podrá volver a levantar la cabeza Penelope Fairfax? ¡No sé qué habría dicho tu padre! —concluyó como de costumbre.

Alice tuvo que hacer un esfuerzo por no morder la taza de té, tragarse los pedazos y morir ahogada con su propia sangre.

Al día siguiente, Richard fue a visitarlas a ella y a su madre. Alice abrió la puerta y palideció. No viéndose con fuerzas para oír nada de lo que él fuera a decirles, dio media vuelta, lo dejó con su madre y huyó por la puerta de la cocina. Caminó sin rumbo hasta que se hizo de noche. Richard se fue del pueblo a la mañana siguiente, pero se dejó allí a su esposa. Alice se la encontró de frente en la carnicería. Tenía el pelo oscuro y la piel clara, y habría resultado guapa de no ser por la tumefacción que rodeaba su nariz. Había algo en ella que la hacía parecer estropeada. Como fruta podrida, se dijo Alice.

Desde entonces, Alice fue pasando los días como pudo, atendiendo casi automáticamente su rutina cotidiana en la escuela, pero cuando volvía a casa, su madre no podía evitar reconvenir la conducta de Richard, y Alice corría llorando a su dormitorio. Ahora trataba a duras penas de mantener la dignidad en público, dolorosamente consciente de que todo el pueblo sabía que la habían plantado por una fresca que vestía como un mozo de cuadra y hablaba con un acento raro.

Se le presentaba un futuro desolador.

Alice entró en la sacristía e inspiró el reconfortante aroma familiar a cera de abeja, antiguas vestiduras, vino de consagrar, pulimento, ratones e incienso antiquísimo. Hacía una estupenda tarde de brisa otoñal y sentía la llamada de las colinas, pero a Alice le gustaba tener la sacristía para ella sola cuando Nell terminaba de limpiarla. Se deshizo los nudos prietos del pañuelo con el que llevaba cubierta la cabeza y que se la hacía curiosamente pequeña, y se pasó las manos por el pelo. Se le había quedado lacio y aplastado, pero a Alice ya no le preocupaba su aspecto.

Cubrió el altar con un paño recién planchado y tomó el mandil floreado y discretamente arrugado del gancho del que colgaba. Se lo ató sobre la falda de mezclilla color arena y el conjunto a juego de suéter y rebeca heredado de su madre, luego extendió unos papeles de periódico y tomó de la estantería los abrillantadores de bronce y plata. Nell había expuesto los candelabros del altar y las bandejas de la colecta, pero el cáliz de plata de consagrar y el platillo de las obleas seguían en su estuche de fieltro, junto a una caja de velas nuevas. Cerró los ojos e imaginó a su padre ultimando algunos detalles del sermón del día siguiente, ensayándolo en el púlpito para asegurarse de que duraba veinte minutos exactos, no más. Desde su muerte, Alice había seguido preparando el altar para el domingo, porque nadie más del pueblo se había ofrecido a hacerlo. De todas formas, no tenía nada mejor que hacer los sábados por la tarde. Ya había un nuevo párroco, Oliver Hammet, pero era soltero. Alice suspiró. El señor Hammet era voluntarioso pero joven, y aquella era su primera parroquia. Habría sido preferible que nombraran a un hombre mayor. En el pueblo se rumoreaba que lady Marchmont, que consideraba Crowmarsh Priors su feudo particular, había tenido «unas palabras en privado» con el obispo sobre el señor Hammet, que era primo lejano suyo. Cuando le habían asegurado que su pariente poseía «una sólida, muy sólida, formación doctrinal», lady Marchmont había exigido que se le asignara la parroquia. Como de costumbre, se había salido con la suya.

Alice desdobló los paños que había puesto a hervir en casa y frotó con brío el metal. El problema de Jimmy y el cementerio era la punta del iceberg. El nuevo párroco era un hombre de Cambridge, igual que su padre, pero no era una persona práctica. Alice lo veía como una especie de búho distraído, uno alto, amable y con lentes. Se peleaba en vano con su programa de actividades: los deberes pastorales, el concejo parroquial, los sacristanes y la asociación de madres. Daba sermones con nerviosa precipitación, de forma que o eran tremendamente cortos o terminaba divagando demasiado tiempo.

Alice había hecho todo lo posible por ayudar sin interferir. Le había ofrecido al señor Hammet discretas pero oportunas insinuaciones sobre la asociación de madres, el grupo encargado de recoger ropa para los pobres y la escuela dominical, y le había hablado del límite de veinte minutos del sermón de su padre. Él le había dado las gracias efusivamente, al parecer agradecido de verdad, pero los esfuerzos de Alice no habían repercutido mucho en los desorganizados hábitos del reverendo. En la casa parroquial, vivía en un caos de objetos descolocados: garabateaba sermones en el dorso de los sobres y su lista de reuniones con el concejo parroquial llevaba tiempo desaparecida. Nell y ella habían encontrado una caja perdida de devocionarios apuntalando la cisterna estropeada del lavabo de la planta de abajo; estaban empapados.

Después de eso, Nell fue a su despacho a decirle con rotundidad que necesitaba a alguien que tuviera en orden la casa parroquial y que ya se encargaba ella.

—Por supuesto, estoy completamente de acuerdo, sí, por favor, se lo agradezco inmensamente, de verdad, señora Hawthorne, me alegra, cobre lo que considere oportuno. —Y, dicho esto, la había despedido con un gesto de la mano.

Nell le había comentado a Alice que en su vida había visto nada igual: parecía como si un temporal de libros, papeles, panfletos y devocionarios hubiera azotado la casa parroquial. Inundaba el despacho y el salón, y poco a poco se propagaba por el comedor hacia la cocina. Se pasaba el día desenterrando latas de galletas, tazas de té a medio beber, alzacuellos, corazones de manzana y extraños calcetines. Los ratones ya habían anidado en la despensa.

—¡Qué desastre! —exclamó, entrando ruidosamente en la sacristía, balde en ristre y con los ojos en blanco—. Hice una limpieza a fondo la semana pasada, lo desempolvé, limpié y abrillanté todo, y ya está hecho un asco otra vez. A tu madre le daría un patatús. Suerte que no puede ver su antigua casa. Lo que le hace falta a ese hombre es una esposa, y cuanto antes mejor —concluyó mientras aclaraba el balde con agua limpia, sin dejar de menear la cabeza.

A Alice empezaba a disgustarle aquello: la gente del pueblo no paraba de lanzarle indirectas descaradas sobre la soltería de Oliver Hammet, ni de insinuarle que quizá no tardara en volver a la casa parroquial. Era desesperante. No iba a seguir el ejemplo de Nell, decirle al párroco que necesitaba una esposa que lo mantuviera a raya y ofrecerse voluntaria. Por suerte, el señor Hammet estaba abstraído la mayoría de las veces y, si había reparado en las insinuaciones de sus feligreses, no daba muestras de ello.

Nell guardó el balde, la fregona y la cesta de la limpieza en un armario, se quitó el mandil y lo colgó de un clavo.

—Ese jardín necesita que lo desbrocen. Tú lo tenías tan bonito... —Dejó la frase en suspenso por si Alice se ofrecía a dedicarle una o dos horas—. Justo debajo de la ventana de su despacho, que lo ve cada vez que levanta la vista.

Alice guardó silencio.

Observando a la joven, Nell se dijo que quizá no fuera buena idea ponerla a la vista del párroco en esos momentos. Se preguntó si se atrevería a insinuarle que le hacía falta un buen lavado de pelo. O algo por el estilo. Lo llevaba especialmente aplastado ese día. Pero Alice parecía tan triste que presintió que un consejo de amiga solo la deprimiría más.

—Mira, he recogido algunas manzanas caídas —dijo en su lugar, al tiempo que le tendía una cesta—. Tu padre siempre decía que si se dejaban pudrir atraían a las avispas y que podía tomarlas quien quisiera, sobre todo teniendo en cuenta que tu pobre madre nunca las usaba, salvo para hacer un poco de mermelada. Dudo que el señor Hammet hubiera visto el manzano antes de que yo se lo mencionara, pero me dijo: «Desde luego, señora Hawthorne, buena idea; sírvase, por favor». Y eso he hecho.

—Gracias —dijo Alice hastiada, deseando que Nell se fuera a su casa.

Con estudiada despreocupación, la mujer prosiguió:

—Este año hay muchísimas, nunca había visto tantas, y esta mañana Albert me ha dicho: «¿Por qué no les llevamos unas cuantas a las Osbourne? A Alice se le da bien la repostería. Siempre prepara unas tartas riquísimas para la fiesta de la cosecha, porque es una joven muy práctica. Quizá podría hacerle una tarta también al joven párroco, que no tiene quien se la haga».

—Gracias, Nell, eres muy amable, pero...

—A los hombres se los conquista por el estómago, cielo. A mi Albert le pierden los dulces. Como a todos los hombres.

Alice apretó los dientes. Ojalá Nell, Albert y el pueblo entero se metieran en sus asuntos. Tenía tantas ganas de hacerle tartas al párroco como de que le brotaran alas para planear con ellas sobre las colinas.

—Entonces, hasta luego —se despidió Nell, y dejó a la joven abrillantando metales.

Alice se preguntó cómo podría convencerla de que no estaba en la sacristía para que Oliver Hammet se fijara en ella. Lo hacía porque, después de pasarse la semana dando clases a niños bulliciosos y cuidando luego de su madre y tragándose sus quejas solo para que estuviera a gusto en casa, le agradaba estar sola haciendo esas tareas relajantes que le recordaban tiempos más felices.

Hacía un día tan estupendo que abrió la ventana. El sol de finales de octubre entraba inclinado desde el oeste, cruzando los campos y las colinas que había detrás. Oyó el zumbido de una avispa. No había niños empujándose y disputándose su atención con gritos de «¡Señorita, señorita!», ni una sola voz quejumbrosa pidiéndole un pañuelo, uno de sus dulces, unas lentes perdidas, agua de lavanda o un cojín. Tampoco había una casa pequeña y fea, repleta de cajas de papeles de su padre por guardar. Cerró los ojos e imaginó que su padre y ella estaban a punto de salir de paseo como todos los sábados por la tarde.

Acababa de llegar, mentalmente, a la primera escalinata cuando la recia puerta de roble de la iglesia se abrió con un chirrido, luego se cerró de golpe y la sacó bruscamente de su ensoñación. Quizá fuese alguien en busca del párroco y terminase yéndose. Entonces se le cayó el alma a los pies. Oyó el golpe sordo de un bastón, los pasos inequívocamente firmes de una autoridad. Poco después, lady Marchmont entró en la casa parroquial cargada con un marchito bulto verde.

—¡Alice, querida! Sabía que te encontraría aquí. He traído las últimas margaritas de otoño para el altar. Deja ese candelabro y busca jarrones enseguida. Le he pedido a la señora Gifford que envolviera los tallos en papel de periódico húmedo, pero la pobre no tiene ni idea de flores.

—Qué amable. Quedarán preciosas —dijo Alice, dejando la pieza de cobre y sacando, obediente, dos jarrones altos de un armario. Los puso bajo el chorro de agua y luego metió en ellos los tallos dispersos.

—Llévaselos a tu madre después de las vísperas de mañana. La animarán, espero. No tiene sentido dejarlas aquí para que el párroco las contemple. No distinguiría el final de una flor del de otra. —Lady Marchmont se dejó caer pesadamente en una silla. «Ay, Dios…»—. ¿Y cómo se encuentra tu pobre madre hoy?

Alice sonrió sin ganas.

—Todo lo bien que cabría esperar, gracias.

—¡Bah! Te veo cansada, querida. Tanto enseñar… Los niños son agotadores. ¿Y para qué? A los críos debería enseñarles una institutriz, en casa, como fue mi caso, o si son de extracción humilde, habría que colocarlos de aprendices de algún oficio útil. No alcanzo a comprender qué se espera que hagan con tanta aritmética, geografía y qué sé yo, cuando ya es casi imposible contratar un ama de llaves decente. Por cierto, Alice, hay algo importante que quería decirte.

Lady Marchmont se inclinó hacia delante, apoyando ambas manos en el bastón. Alice se preguntó qué pasaría si saltaba por la ventana y huía, de su madre y de lady Marchmont, de los Hawthorne, de los niños de la escuela, de las celestinas del pueblo, de las tartas de manzana, de todo y de todos. Pero estaba atrapada, así que se aclaró la garganta y esperó la arremetida. «Madre mía, madre mía... Lady Marchmont, por favor, no diga nada. Por favor, váyase y déjeme disfrutar de un poco de paz en el único sitio en el que soy completamente feliz haciendo lo que hago. Si me concentro en echar de menos a mi padre, no tendré que recordar lo feliz que me sentía cuando Richard me besaba, o cuando contemplábamos los dos el mar mientras él me pasaba el brazo por los hombros y me decía que nos casaríamos en cuanto volviera.»

Ansiaba gritar con todas sus fuerzas: «¡No quiero recordar que Richard se ha casado con otra!». Entonces agarró bruscamente la resplandeciente bandeja de las obleas que acababa de abrillantar y le pasó con fuerza un paño empapado en abrillantador. Una y otra vez. Cada vez con más brío.

Lady Marchmont no se dio cuenta.

—Iré directa al grano. Aprecio de veras el modo en que has llevado este lamentable asunto. Te has comportado de forma admirable. ¡Admirable! ¡Quién habría dicho que Richard se casaría con esa pelandusca! Claro que no se puede esperar otra cosa de ella, siendo americana. Y encima católica, por lo que me ha dicho Penelope. Pero a lo hecho, pecho. Eso ya es agua pasada. Te casarás con otro, Alice, y serás muy feliz. Serás una esposa excelente para alguien, y lo único que tienes que hacer es levantar el ánimo y dejar de deprimirte.

»Tu madre, como es lógico, debido a su delicada salud, no es del todo capaz de afrontar las cosas, pero una joven en edad de merecer siempre resulta interesante. Creo que te gustará la noticia que te traigo. El joven Hugo de Balfort ha regresado por fin de sus viajes y está de vuelta en su mansión, para siempre. Me lo ha dicho la señora Gifford, que lo sabe porque el chico del carnicero... Bueno, da igual. El pobre Leander de Balfort, como bien sabes, hace tiempo que no goza de buena salud. Naturalmente, quiere tener a su hijo en casa para que se encargue de todos sus asuntos antes de que se echen a perder. El caso es que el joven heredará una espléndida finca, que ahora es un desastre, claro, pero nada que no se pueda arreglar siempre que él cumpla con su deber y contraiga matrimonio con una joven de buena posición. Eso se sobreentiende, por supuesto, y además, siendo el último de los De Balfort, habrá de hacerlo pronto y proporcionar un heredero.

—Claro —murmuró Alice, mostrando un alivio infinito por que su pobre persona no figurara en ninguno de los planes casamenteros que lady Marchmont tenía para Hugo de Balfort, a quien, en cualquier caso, apenas conocía.

—Ese joven debería haberse puesto manos a la obra nada más terminar sus estudios universitarios y haber levantado aquella casa, pero Leander tenía la idea anticuada de que debía viajar por Europa primero e insistió en que, en sus tiempos, ningún caballero podía considerarse educado salvo que lo hubiera hecho. Era tradición de los De Balfort, le dijo. ¡Bah! Me parece a mí que fueron precisamente las ideas extranjeras que se trajo de su viaje por Europa las que lo convencieron de que podía mejorar Gracecourt con proyectos absurdos, de pagodas chinas y otros disparates. La pobre Venetia vio cómo se esfumaba su fortuna por culpa de las extravagancias de él. Los del continente piensan que siempre hay que mejorar las cosas para hacerlas más bonitas, no tienen ni idea de lo que es ser un inglés como es debido.

Alice murmuró algo que sonó a aprobación y dejó de escuchar por completo. Lady Marchmont había iniciado una de sus invectivas contra los forasteros. Alice decidió que, cuando terminara en la sacristía, se acercaría a pie a la granja de los De Balfort a por un tarrito de nata con la que acompañar los bollitos que pensaba llevarle a su madre para el té.

Lady Marchmont apenas hizo una pausa para tomar aliento.

—Como es lógico, yo se lo advertí… Pero a lo que iba: algunos jóvenes amigos de Hugo, de Londres, se alojarán en la mansión para la cacería, aunque no creo que quede mucho que cazar, el guardabosques debe de tener unos ochenta años. Algún faisán que ande suelto por allí, diría yo. Habrá una comida el próximo sábado, después de la cacería de la mañana. Como es lógico, estoy invitada. Dado que Leander es un viejo amigo, le comenté que me gustaría ir acompañada de una joven, mucho más fácil a mi edad, y desde luego me contestó que recordaba a tu padre y que estaría encantado de verte…

Alice se sintió horrorizada. No se le ocurría nada más humillante en su actual situación de prometida plantada que la perspectiva de que la presentaran ante los amigos de Hugo de Balfort como cebo colgando de una caña de pescar.

—Es usted muy amable, lady Marchmont, pero no creo que…

—¡Bobadas! Faltan varias chicas.

—Pero mamá…

—La señora Gifford se quedará con tu madre y se ocupará de que no le falte de nada. Así que no hay más que hablar.

—Pero apenas conozco a Hugo de Balfort, y además en esa casa son todos muy elegantes, con sus cócteles, sus partidos de tenis y sus rápidos automóviles; lord esto, conde aquello y algún artista italiano, por no hablar del cantante alemán. ¡Me aterra la idea!

Lady Marchmont agitó una mano con desdén.

—A los forasteros no hay que prestarles atención, querida. Además, el clero se considera de la misma categoría que la aristocracia rural y tu padre mantenía muy buena relación con Leander; no podía evitar conocer a los De Balfort, porque la iglesia está en sus tierras y ellos eran feligreses suyos, de modo que no creo que le pareciera mal que su hija comiera en la mansión. Una joven jamás se casará si no conoce a hombres apropiados.

—Aun así, preferiría no ir.

—Bobadas y patrañas. —Lady Marchmont resopló, poniéndose en pie imperiosa—. Si estuviese aquí, tu padre insistiría en que asistieras a la comida. Y yo también. Una joven debe salir y relacionarse, ver a otras personas de su edad, conocer a hombres jóvenes, no andar por ahí sumida en la tristeza o siempre atenta a los caprichos de su madre. Pasaré a recogerte el sábado a la una menos cuarto.

—Pero no tengo nada que ponerme —protestó Alice, a punto de echarse a llorar de frustración y de rabia.

—Y por el amor de Dios… —prosiguió lady Marchmont, ignorando la cara de angustia de Alice para mirar con desaprobación la falda y el suéter tristes que la chica ocultaba debajo del delantal—, ponte algo azul. Te resaltará los ojos. Quizá también deberías aclararte el pelo con vinagre. Obra maravillas en cabellos de color castaño claro como el tuyo, que de otro modo nadie puede apreciar. Lávatelo, incluso; se te ha quedado muy… aplastado. Y otro consejo más, Alice: recuerda ir siempre erguida, cielo. Las chicas altas olvidáis lo importante que es la postura del cuerpo. ¡La postura, Alice! ¡La postura! —Le dio una firme palmada en la espalda a Alice para enfatizar sus palabras—. Que pases un buen día, querida. No hace falta que me acompañes.

La puerta de la sacristía se cerró de golpe. Las margaritas se descolgaron lánguidas por encima de los cuellos de los jarrones. En silencio, Alice tomó de nuevo el candelabro de cobre que había estado abrillantando. El pulimento se había secado formando una película.

—¡Demonios! —dijo, dando una patada al suelo—. ¡Maldición! ¡Maldición!

Frotó furiosa el candelabro. Golpeó sin querer con el codo la cesta de fruta y la volcó. Cayó al suelo una cascada de manzanas pachuchas, que rodaron y botaron como pelotas blandas a sus pies.

Aquello fue la gota que colmó el vaso.

MUJERES DE GUERRA

Alice se agachó, agarró una y la lanzó con todas sus fuerzas por la ventana abierta, lo más lejos que pudo.

—¡Maldita lady Marchmont! —gritó; luego agarró otra y la lanzó por el mismo sitio—. ¡Maldito Hugo de Balfort! —Y la siguieron las demás—. ¡Malditos sus amigos! ¡Maldita Nell Hawthorne y malditas sus tartas de manzana! ¡Maldita repostería! ¡Malditos, malditos, malditos todos!

Cuando la última manzana salió volando, Alice rompió a llorar.

—¡Maldita Nueva Orleans! ¡Maldito sea Richard y su condenada esposa! ¡Condenados sean todos al fuego del infierno!

CAPÍTULO 4

Austria, noviembre de 1938

Con las largas piernas plegadas bajo la falda y una niña a cada lado, la joven Antoinette Joseph, de dieciséis años, se recostó en los cojines del asiento de la ventana de su dormitorio, abrió un ejemplar desgastado pero hermosamente ilustrado de los *Cuentos de los hermanos Grimm* y empezó a leer en voz alta a sus hermanas pequeñas. El libro había pertenecido a su madre cuando era niña. Rodeó con un brazo a Klara, de cuatro años, y con el otro a su gemela, Lili. Tanni, como la llamaba su familia, había leído tantas veces «La bella durmiente» a las gemelas que podría haberlo recitado de memoria. Dejó que Klara fuera pasando las páginas para ver las ilustraciones.

El sol otoñal que se colaba por la ventana les calentaba la espalda, y cuando «la princesa se sumió en un profundo sueño», Lili se quedó dormida, chupándose el pulgar. Tanni se llevó un dedo a los labios, guiñó un ojo cómplice a Klara y luego recolocó a Lili hasta que la cabeza de la pequeña descansó más cómodamente en su regazo. Klara asió con fuerza la cintura de su hermana mayor y también sus ojitos se cerraron. Con frecuencia se adormilaban durante el día, porque ninguna de las tres dormía bien por las noches.

MUJERES DE GUERRA

Tanni a menudo pasaba las noches en vela, tapada hasta la barbilla con el edredón de plumas de ganso, escuchando cómo su padre se paseaba nervioso por su desordenada biblioteca de la planta inferior. Si oía sollozar a su madre en el dormitorio de sus padres, al otro lado del pasillo, se tapaba los oídos con la almohada. Luego siempre se la quitaba, porque en la habitación contigua a la suya Klara tenía pesadillas y Lili había empezado a hacerse pis en la cama. Cuando chillaban, Tanni se levantaba, tranquilizaba a Klara o le cambiaba las sábanas a Lili para que no despertaran a su madre. Después se las llevaba a su cama, donde les aseguraba que estaban a salvo en casa, a salvo con Tanni, y les cantaba nanas hasta que volvían a dormirse. Ella se quedaba despierta, pensando.

Su padre estaba nervioso y preocupado últimamente. No jugaba con las gemelas como con ella cuando era pequeña. Las pobres nunca se divertían. Tanni recordaba con tristeza sus escapadas al cine o al zoo, los paseos con sus padres por la orilla del río, donde tocaba una orquesta cuando hacía buen tiempo, seguidos por una visita a la *konditorei*, un lugar mágico de espejos dorados, mesas de mármol y montones de expositores de resplandecientes pasteles y helados rematados con nata y servidos en copas altas. Las gemelas nunca habían estado dentro. La *konditorei* había sido el primer establecimiento de la ciudad en cuyo escaparate habían puesto un cartel de No se admiten judíos. Aquellos carteles estaban ya en todas las tiendas y restaurantes, y en el cine y en el zoo. *Judenrein*.

Lili y Klara no entendían qué tenía que ver ser judío con los helados, pasear por el parque o ver animales.

—Pero ¿por qué no podemos ir? —lloriqueaban.

Tanni tampoco entendía por qué, pero la hostilidad de la gente era palpable. No solo los mantenía alejados de todas las cosas bonitas de la ciudad, sino que se colaba como un hedor pestilente por debajo de la puerta maciza de entrada a la casa de los Joseph, antes un hogar feliz, por las ventanas y por encima de la tapia del jardín.

Los clientes ricos de su padre ya no visitaban su consulta y las pocas personas que seguían acudiendo a él en busca de tratamiento lo hacían de manera furtiva porque no podían pagarle. La consulta del doctor Joseph era un caos: habían descolgado las pesadas cortinas, las estanterías estaban vacías, su preciosa colección de instrumental y libros médicos tirada por ahí. Por todas partes había cajas de embalaje abiertas, a medio llenar, esperando la vajilla de porcelana, los libros y los cuadros que se habían descolgado y apoyado en las paredes. Las alfombras persas estaban enrolladas y sujetas con cuerdas resistentes. El juego de ajedrez del doctor Joseph estaba desperdigado. La pesada plata del mueble de servicio del comedor se había deslustrado y oscurecido, y había pelusas de polvo por los rincones. Las dos doncellas se habían marchado, llevándose las perlas de frau Joseph, su perfume y un brazalete de oro. Su padre se había negado a llamar a la policía, pese a que las joyas formaban parte del ajuar de su propia madre.

La madre de Tanni ya no cantaba ni tocaba el piano. Tampoco estaba ya «en casa» para sus amigas los jueves. Ya no se lavaba ni arreglaba el pelo en la peluquería todas las semanas. Ahora estaba irritable y angustiada, llevaba el pelo soso y despeinado, y sus preciosos vestidos vieneses colgaban sin usar de sus perchas acolchadas. Las batas adornadas de encaje estaban metidas a presión en cajones, fuera de la vista, y las hileras de zapatos hechos a mano completamente a gusto de frau Joseph, en su tiempo bien ordenadas, estaban revueltas. Su propietaria se vestía a toda prisa cada mañana, con faldas viejas y blusas raídas, y a veces, para asombro de Tanni, llevaba incluso carreras en las medias.

—Es preferible no vestir de forma llamativa —le susurraba su madre a modo de disculpa, mientras se ponía su sombrero más viejo y agarraba la cesta de la compra.

Una excursión matinal al mercado era el comienzo de la nueva rutina diaria de frau Joseph. Ella y su ama de llaves, frau Anna, que había cuidado de frau Joseph cuando era un bebé, luego de Tanni y de sus hermanas, compartían ahora todas las tareas de la casa, la cocina y la colada. Frau Anna era mayor y empezaban a agarrotársele las articulaciones, así que frau Joseph procuraba ahorrarle los quehaceres más pesados.

Estando su madre tan ocupada, Tanni debía encargarse de sus hermanas. Su padre la llamaba «su pequeña mamá». A veces, cuando lo hacía, incluso sonreía como antes. Su padre, observó ella un día, tenía ya muchas canas en el pelo.

Klara, la gemela avispada, abrió los ojos.

—¿Qué significa *Kindertransport*, Tanni? Mamá y papá se lo susurran constantemente, de modo que debe de ser importante, pero cuando le pregunto, papá me dice que me vaya corriendo.

—*Kindertransport* —repitió Lili, que también se había despertado y miraba a Tanni soñolienta.

Lili repetía todo lo que decía Klara. Adoraba a su gemela casi tanto como a Tanni. Lili había nacido la segunda, le había explicado el doctor Joseph a Tanni, y eso significaba que debían cuidarla de forma especial porque no era tan rápida ni tan lista como Klara. Y era cierto que mientras que los ojos de Klara eran vivos y despiertos, los de Lili eran plácidos y candorosos.

Estaba preguntándose cómo responder a Klara y deseando poder acurrucarse y dormir un buen rato también para descubrir al despertar que todo volvía a ser normal, cuando las tres oyeron un escándalo en la planta baja, en el vestíbulo, y el llanto alarmante de su madre.

—¡No! ¡Queridísima frau Anna, no nos deje! ¿Qué vamos a hacer sin usted!

Las niñas se bajaron del asiento de la ventana y salieron disparadas al descansillo, donde contemplaron, asomadas a la barandilla, la terrible escena que tenía lugar abajo, atónitas ante lo que estaban oyendo. A pesar de las protestas de sus padres, frau Anna insistía en que debía marcharse. Frau Anna, que llevaba con la familia desde que su marido había quedado inválido en la Gran Guerra, que cuidaba de ellos, que hacía unas bolas de papas riquísimas y les preparaba tartas en sus cumpleaños, y que, al ver que el guapo hijo del rabino, Anton, le pasaba a escondidas a Tanni un librito de poesía de bonita encuadernación, le había guiñado un ojo mientras ella se ruborizaba…, ¿los iba a abandonar?

—Mi marido dice que una austríaca no debe trabajar para una familia judía —se excusó entre sollozos.

—Al menos debe llevarse el sueldo de medio año. Es todo lo que tenemos de momento, siento que no sea más —la instó el padre de Tanni—. El dinero vale menos cada día; compre lo que pueda enseguida.

Tanni sabía que frau Anna y su marido se habían vuelto muy pobres. Había mucha gente pobre.

Limpiándose las lágrimas, frau Anna aceptó finalmente el dinero, los besó a todos y se marchó.

—Pasará —le dijo el padre de Tanni a su madre, dándole palmaditas en el hombro mientras también ella lloraba desconsoladamente—. Esto es temporal, cariño. Todos somos austríacos, y nuestra ciudad está demasiado lejos de los agitadores como para que reparen mucho en ella. Solo algunos provocadores nos han molestado. Las cosas están mucho peor en otros sitios. A fin de cuentas, ¿qué son unas baratijas y un ama de llaves? Nos quedaremos quietos esperando y, al final, el canciller Hitler los llamará al orden. Luego, ya lo verás, seguiremos viviendo tan felices como antes.

Esa explicación no calmó a frau Joseph. Ella y su esposo iniciaron una de sus inaplazables discusiones entre susurros, una de aquellas discusiones que no lo eran tanto. Tanni escuchó con atención y oyó: «*Kindertransport*! ¡Debes hacerlo! ¡Enseguida!».

La partida de frau Anna fue la peor de todas las cosas horribles que les habían sucedido. Tanni dejó a las pequeñas y huyó a su refugio, trepó a la higuera para llorar a solas.

Unos minutos más tarde oyó que la llamaban.

—¿Tanni? Tanni, ¿adónde has ido?

En lo alto de la higuera, con sus largas piernas recogidas debajo de la barbilla, Tanni se abrazó con fuerza, pensativa, mordiéndose las uñas y procurando no volver a llorar. En aquel momento no le apetecía que la encontraran. Entre las escasas hojas, vio a Lili y a Klara ir de un lado para otro, buscándola. Las trencitas que le había hecho a Lili esa mañana se estaban deshaciendo mientras caminaba entre los arbustos descuidados detrás de su hermana.

—Tanni, deja de esconderte, juega con nosotras. Colúmpianos. ¡Por favor, Tanni! —le gritó Klara.

—El columpio —repitió Lili—. ¡Queremos columpiarnos!

Pero en esos momentos Tanni estaba demasiado desconcertada y malhumorada para jugar a ser la «pequeña mamá» de nadie. Necesitaba a alguien con quien hablar, un amigo. Su padre y su madre se tenían el uno al otro, y las gemelas también. Ella no tenía a nadie. Dejó que se le escaparan unas lágrimas de autocompasión, luego se dijo que no debía ser boba y se secó los ojos.

Desde su escondite en la copa del árbol, veía por encima de la elevada tapia del jardín, con su robusta puerta cerrada con llave, hasta el río que corría debajo y las antiguas murallas de la ciudad en la orilla opuesta, las torres y las cúpulas de la iglesia, que resplandecían doradas a la luz del sol de finales del otoño. Desde allí el mundo parecía igual que siempre. Se serenó. Era una princesa, como las de los cuentos, que supervisaba su reino desde la torre del castillo. ¿Esperaba a su príncipe? ¿Anton? Sonrió.

Debajo de ella, se abrió una de las ventanas de la casa.

—¡Tanni, por favor, ven al cuarto de costura un momento! —gritó su madre, dirigiéndose a la higuera.

Tanni quería quedarse donde estaba y sentirse en paz un poco más, pero bajó del árbol y obedeció, arrastrando los pies por el camino.

Frau Joseph y frau Zayman, la modista, llevaban días encerradas en el cuarto de costura, trabajando sin parar. De vez en cuando llamaban a las tres niñas y les tomaban medidas, hilvanaban las prendas o les metían los bajos. Tanni se revolvió en el sitio, vestida solo con sus viejas y raídas enaguas, que le quedaban ya muy pequeñas y cada vez le apretaban más el pecho. Algo en el ambiente de la estancia le impidió pedir unas nuevas.

—Solo tiene dieciséis años y ya es tan alta… —Frau Zayman suspiró mientras le soltaba el dobladillo—. Parece que fue ayer cuando te hice tu primera bata para la escuela.

—Pero ya soy lo bastante mayor como para ir a la escuela secundaria, frau Zayman. Son Klara y Lili las que necesitan batas para el colegio, salvo que ahora van a él tanto como yo. Ya casi soy adulta. ¿No me puede dejar el bajo un poco más largo? A mi edad, los vestidos deberían ser más largos que los de las niñas pequeñas.

Para su sorpresa, frau Zayman asintió con la cabeza y estiró un poco más la cinta. Tanni observó que la modista tenía los ojos rojos, como si hubiera estado llorando por la partida de frau Anna. Se dio la vuelta para ver si la medida de la cinta le bajaba lo suficiente por la pantorrilla.

—Estate quieta, Tanni —le espetó su madre, tomando un alfiler.

La escuela era un tema espinoso. A los niños judíos ya no se les permitía asistir a los colegios austríacos, por lo que los padres preocupados solían dejarlos en casa. Como no podía hacer otra cosa que jugar con Lili y Klara, Tanni andaba tristona, echando de menos a sus amigas, sus clases de música, e incluso de geografía, que normalmente odiaba. Sus libros de texto y su raqueta de tenis languidecían encima de su escritorio, y su mochila acumulaba polvo tirada en el rincón. Su padre le había dicho muy serio que estudiase por su cuenta, pero estaba demasiado distraído para notar que no lo hacía. En lugar de eso, cuando no estaba jugando con Lili y Klara, se perdía en el libro de poemas que le había traído

Anton y soñaba con enamorarse... y con el hermoso rostro del hijo del rabino.

Mientras frau Zayman le tomaba medidas con la cinta métrica, Tanni se deprimió aún más. ¿Para qué quería un vestido nuevo si nunca iban a ningún sitio? Además, Anton, al que habían echado de la universidad, ya rara vez salía de casa. Él jamás la vería con aquel vestido. Peor aún, a Tanni no le permitían asistir al *Kinderball* anual, que se celebraba a mediados de diciembre. El *Kinderball* había sido un tema delicado en el hogar de los Joseph. Las clases de baile para jóvenes eran una de las pocas actividades que no se habían prohibido de forma expresa a los niños judíos, probablemente porque la hermana del alcalde se ganaba la vida enseñando bailes de salón y normas de conducta. Frau Zayman sabía que Tanni ansiaba asistir a ellas, pero le había impedido hacerlo hacía meses, tras decidir que había habido demasiados incidentes desagradables para que su hija saliera a la calle.

Frau Zayman siguió tomando medidas.

—Qué cinturita tiene la niña. Deberías comer más, Tanni.

La madre de la joven masculló algo sobre lo difícil que era comprar comida y frau Zayman se ruborizó. Por primera vez, Tanni reparó en lo delgada que estaba la modista. En su día había sido tan regordeta y robusta como su hijo, Bruno.

—A Lili y a Klara les ha hecho ropa de invierno muy bonita. Unos abriguitos preciosos, con sus botones de cobre. Pero ¿qué me va a hacer a mí con todas estas medidas? —Tanni procuró mostrar interés, conteniendo las lágrimas que siempre parecía estar a punto de derramar—. ¿Y qué hacen esos bolsos de viaje en el suelo? Creía que estaban guardados en el desván.

—La curiosidad mató al gato —contestó su madre.

—Pues ¿de qué color? ¿No puedo ver por lo menos la tela de mi propio vestido, mami? Por favor, no me lo hagáis rosa como el último. El rosa con lacitos es para niñas pequeñas, como Klara y Lili. Ellas solo tienen cuatro años y están preciosas de rosa, como bomboncitos. Lo que a mí me gustaría es…

—¿Qué? —inquirió frau Zayman, pasándole la cinta alrededor del busto.

Tanni pensó en la clase de vestidos que una chica podría llevar para que se enamorara de ella un chico mayor como Anton, que había ido a la universidad en Viena. Debía de haber conocido a muchas mujeres elegantes allí. Antes de que cerraran el cine a los judíos, Tanni había visto una película en la que una glamurosa actriz estadounidense bailaba y bailaba feliz como una perdiz con un gallardo héroe vestido de gala y con un pañuelo blanco al cuello. ¡Sabía exactamente lo que quería!

Se lo dijo a frau Zayman, entusiasmada:

—Algo precioso, de persona mayor, largo, de terciopelo azul oscuro y plata, quizá con plumas en el cuello y algo de cola. Zapatos de tacón alto. Un bolsito de seda para mi lápiz de labios y mis cigarrillos. Como es lógico, llevaría una pitillera de pedrería que sostendría de este modo. —Sacudió la cabeza y su melena de rizo natural rebotó contra su hombro, entonces adoptó una pose copiada de la película; alzó la mirada de forma conmovedora, sostuvo en alto una pitillera imaginaria y se paseó por el cuarto de costura, dándole caladas a un cigarrillo invisible y exhalando al aire un humo también invisible—. La misteriosa pero encantadora señorita Joseph, la estrella de Viena, por la que mueren de amor y se baten en duelo todos los jóvenes —añadió, y le dio una patada a la cola imaginaria de su vestido como lo hacía la actriz americana en la película, luego miró por encima del hombro y batió las pestañas. Su madre rió y a punto estuvo de tragarse un alfiler.

Tanni dejó de pavonearse. Añoraba las clases de baile a las que ya no podía asistir y, sobre todo, el cotillón anual al que llamaban

Kinderball. Le encantaba bailar, además Anton casi siempre la escogía como pareja, porque ambos eran altos para su edad. Él bailaba maravillosamente bien. Aseguraba que les ocurría lo mismo a todos los hombres de su familia, pero que los que eran muy ortodoxos solo bailaban con otros hombres en las bodas y las festividades religiosas; bailar con una mujer se consideraba pecaminoso. La rama paterna de la familia había abandonado ya aquellas ideas tan anticuadas. Ellos, como los Joseph, eran austríacos modernos.

Tanni se había imaginado en el *Kinderball* de ese año, con el pelo recogido y flores en la muñeca, guapísima, dando vueltas y más vueltas con su primer vestido de baile en condiciones, en brazos de Anton. Él le había prometido que asistiría, pese a que, en realidad, era demasiado mayor para aquella fiesta. En sus ensoñaciones, daban vueltas por la pista, sin perder nunca el paso, hasta que todos los demás asistentes se retiraban para aplaudirles. Luego Anton la sacaba al aire libre sin dejar de bailar y, bajo las estrellas, le pedía que se casara con él.

Hacía muchísimo que no lo veía, porque nadie de la familia, salvo su padre, salía ya de la casa o sobrepasaba los límites de la altísima tapia del jardín trasero, menos en las fiestas de guardar, cuando acudían apresuradamente a la sinagoga de su misma calle para asistir a los servicios religiosos. Sus vecinos los llamaban «*Juden*» por lo bajo y les escupían al pasar.

La atmósfera del cuarto de costura, que por un momento se había relajado, volvió a tornarse densa. Era imposible saber qué decirles a los adultos. Todos estaban muy nerviosos y malhumorados.

—¿Ha recibido alguna carta de Bruno últimamente? —le preguntó Tanni a frau Zayman—. ¿Qué cosas interesantes ha hecho en Londres? ¿Ha visto al rey, a la reina y a las princesas paseando por ahí en su automóvil? ¿O el museo de cera? Cuéntenos.

Era una técnica de conversación que solía funcionar. Frau Zayman era capaz de hablar durante horas de su adorado Bruno y de lo que le contaba en la última carta que le había escrito desde Inglaterra. Bruno era un joven regordete y solemne, diez años mayor que Tanni y mucho más bajo. Era inteligentísimo y frau Zayman, que había enviudado cuando él era pequeño, había economizado y ahorrado todo lo posible para mandarlo a estudiar a Inglaterra. Tanni sabía que su madre le encargaba a frau Zayman vestidos que no necesitaban solo para ayudarla con los gastos de Bruno, y también que su padre se rasgaba los forros de los abrigos y se arrancaba los bolsillos a propósito para que tuviera que arreglárselos.

Frau Zayman señaló orgullosa que la última noticia que tenía de su hijo era que le habían ofrecido un puesto para dar clases en Oxford, un premio de prestigio para un destacado estudiante extranjero. Luego, extrañamente, enmudeció. Tanni detectó una mirada de complicidad entre su madre y la modista. ¿Qué había dicho?

Tanni volvió a intentarlo.

—Un día quiero ir a Londres como Bruno —anunció animada—. Veré el zoo y las joyas de la Corona y a los soldados a caballo a la puerta del Palacio de Buckingham. Bruno dice que hay museos espléndidos, llenos de cosas hermosas e interesantes, y que después se puede tomar el té en Fortnum & Mason… —¿Qué hacía el mejor mantel de encaje de su madre hecho pedazos en la mesa de costura?—. ¿Puedo ayudar a coser, mami? Frau Zayman me ha enseñado a dar las puntadas más diminutas que hayas visto jamás, y tendré tanto cuidado que te asombrarás…

—Creo —la interrumpió su madre mientras cosía parte del mantel sobre un trozo de tela blanco que tenía en el regazo— que es posible que hoy veamos a Bruno. Estate preparada para abrirle enseguida la puerta del jardín cuando venga, Tanni.

Normalmente a las chicas se les prohibía abrir la puerta a nadie. Desde la puerta del jardín, los escalones conducían al río y a un pequeño amarre para las barcas de los pescadores. En su día, le habían vendido pescado fresco a la cocinera, pero ya nadie vendía pescado a los judíos. ¿Vendría Bruno en barca? ¿Por qué no en tren, como hacía siempre?

Su padre llamó a la puerta con los nudillos.

—El rabino ya está aquí con el contrato —dijo al abrir—. ¡En serio, querida, deja esa bobada! —exclamó, exasperado, al ver lo que estaba haciendo su esposa.

—¡Un momento, *herr Doktor*! —Frau Zayman volvió a quitarle el viejo vestido a Tanni por la cabeza y abrochó rápidamente los botones de la espalda.

—Sal un momento, Tanni —le dijo su padre.

Su madre sacudió la aparatosa prenda blanca que estaba cosiendo, luego empezó a dar puntadas más rápido que nunca.

—Es importante; los hombres no lo entendéis —insistió.

Tanni intervino: aquel no era el momento de que sus padres se pelearan.

—Ya sé que tengo que abrirle la puerta del jardín a Bruno, pero ¿para qué viene, papá, si ha conseguido un puesto de profesor en Inglaterra? Con lo mal que están las cosas aquí...

—Ha vuelto para contárnoslo todo. Y ahora debo hablar con tu madre y con frau Zayman, Tanni. Sal corriendo y ve a...

—¡Pero tú ya lo sabes todo! ¿Para qué vuelve a contártelo?

—Vete —le ordenó su madre tajante, con la cabeza gacha, cosiendo con frenesí—. Te reclaman tus hermanas.

—Pero yo quiero quedarme y ayudar a coser eso que es tan importante...

—¡Vete! —exclamaron los Joseph al unísono.

Tanni dio un pisotón en el suelo y salió haciendo aspavientos. Antes de que la vieran las gemelas, se retiró a la higuera. Nada tenía sentido. Las lágrimas volvían a resbalarle por las mejillas. Al cabo de un rato, notó que tenía hambre. Tomó uno de los higos que aún colgaban del árbol y se lo comió, aunque estaba algo mustio. Encontró uno mejor para Bruno; a él le gustaban los higos. Abajo, las avispas zumbaban sobre la fruta caída en el suelo y medio podrida; ese año nadie había hecho confitura.

Se estaba poniendo el sol y hasta las ramas altas donde se había subido Tanni llegaban los últimos restos de su calor. Una brisa sacudió las hojas secas. Percibió el olor a leña quemada en el aire frío. Las sombras de última hora de la tarde se alargaron. Hubo un tiempo en que las doncellas habrían encendido todos los fuegos al anochecer y los deliciosos aromas de la cena habrían llenado la casa. Su madre se habría dado un baño, se habría puesto un vestido de noche de terciopelo y habría esperado delante del fuego a que el doctor Joseph regresara de sus intervenciones quirúrgicas. Después de besarlas a las dos, se habría tomado con su madre un aperitivo antes de que frau Anna sirviera la sopa y las chuletas. Tras la cena, Tanni y su padre habrían jugado al ajedrez mientras su madre ensayaba una pieza nueva al piano o leía una novela que habría pedido a Viena.

Alguien llamó a la puerta del jardín con los nudillos, luego la aporreó con tanta insistencia que tembló, interrumpiendo los recuerdos de Tanni. Se sobresaltó, después empezó a descender del árbol para abrir. Las campanillas y las zarzas crecían salvajes delante, por lo que le llevó un rato apartarlas todas. Para entonces, los golpes ya eran más fuertes y desesperados.

—¡Un minuto, Bruno, no te impacientes! La puerta está atascada —dijo, tirando de ella—. ¡Ya está!

Como esperaba a Bruno, se asustó al encontrarse a un anciano con barba de varios días, uno de los pacientes de su padre, casi asfixiado y escupiendo mientras hablaba.

—¡Rápido! —exclamó jadeando, y su saliva salió disparada—. ¡Vienen los soldados! Dicen que están incendiando las sinagogas y las tiendas de los judíos, saqueándolas y rompiendo los escaparates… ¡Incluso disparando! ¡Ve a buscar a tu padre! Hablan de sacar de aquí a los demonios judíos… A algunos los están matando a palos.

Bruno apareció sin resuello detrás del anciano, con las lentes torcidas.

—Tanni, esto no debía suceder hasta la semana que viene, pero debemos darnos prisa. Sabes que nos van a…

Pero Tanni, atónita, no tenía tiempo para Bruno en ese momento. ¿Quién los estaba llamando «demonios»? ¿Se había vuelto loco aquel anciano? ¿Se había vuelto loco el mundo entero, incluida la casa de los Joseph? Tanni se quedó inmóvil, perpleja, con el higo de Bruno en la mano.

—¡Ve! —le gritó el hombre, y le dio un empujón—. ¡Corre! ¡Corre! ¡Díselo a tu padre! —la instó con la cara deformada por el miedo. Desde el otro lado del río llegó el sonido inconfundible de un tiroteo—. ¡Ya vienen! ¡Los soldados! —aulló.

Aterrada, Tanni soltó el higo y corrió.

Irrumpió en el cuarto de costura, donde el rabino estaba enrollando algo mientras sus padres y frau Zayman miraban. No tenía ni idea de qué hacía el rabino precisamente allí.

—Papá, un viejo loco, uno de tus pacientes, ha venido a la vez que Bruno y está desvariando sobre algo de los demonios judíos —dijo jadeando—. Más vale que vengas. Bruno ha llegado, pero él también dice cosas raras.

El doctor Joseph y el rabino salieron disparados. La madre de Tanni y frau Zayman volvieron a desabrocharle los botones de la espalda del vestido, se lo quitaron y le metieron otro por la cabeza. Ella se dio la vuelta. ¿No podían pensar en otra cosa que en probarle vestidos? Su madre y frau Zayman tiraron hacia abajo y se lo abrocharon, ignorando las protestas de la chica. Exasperada, confundida y asustada, volvió a dar un zapatazo en el suelo y se asió los pliegues del vestido a la vez que gritaba:

—¿Por qué os molestáis en probarme vestidos en un momento como este? ¿Qué está pasando?

—Estate quieta. Este es tu vestido de novia —le dijo su madre.

—¿Qué?

Le colocaron algo sobre la cabeza y se lo sujetaron con horquillas, nublándole la vista. Encaje. El mantel.

—¡Aprisa! —la instaron su madre y frau Zayman, obligándola a que se diera la vuelta y tirando de los botones. A Tanni la cegaban tanto el encaje como la confusión del momento.

—¡Aprisa! —repitió frau Zayman.

—¡Enseguida! —tronó su padre desde el otro lado de la puerta.

—¿Mami?

Todo era una nebulosa. Iban tirando de ella.

—Bruno se puede llevar a su esposa a Inglaterra —le susurró su madre al oído mientras avanzaban—. Escúchame, de ese modo estarás a salvo. Eres demasiado mayor para el *Kindertransport*.

Tanni oyó la voz de Lili, que preguntaba a gritos que por qué iba así vestida su hermana, que si era una princesa.

—¡Parece un fantasma —intervino Klara—, con el mantel por la cara!

—De novia, queridas —señaló alguien—, Tanni va vestida de novia.

Le pidieron que se quedara allí quieta, entre las cajas de embalaje del estudio de su padre. Tanni alzó la cabeza y vio, entre la nebulosa del velo, que estaba debajo de una especie de dosel nupcial improvisado a partir de una cortina de terciopelo. ¿De dónde había salido?

Frau Zayman preguntó dónde estaban los dos testigos.

—Allí —dijo el rabino, señalando al anciano y a Anton, a quien había traído ex profeso.

Él la miró angustiado y Tanni quiso escapar corriendo a su refugio en la higuera para impedir que aquello sucediera; sin embargo, bajo el dosel nupcial, la acorralaban Bruno y frau Zayman por un lado y sus padres por el otro.

Lili y Klara, cogidas de la mano, la miraban fijamente.

—¿Qué es una novia? —quiso saber Klara—. ¡Yo quiero ser una novia! ¿Puedo ser yo novia también, Tanni?

—Algún día lo serás —respondió Tanni automáticamente, por la costumbre.

—Novia —dijo Lili, y sonrió con adoración a su hermana—. Tanni está guapa.

—Da siete vueltas alrededor de Bruno, ¡rápido! —le ordenó frau Joseph.

Aturdida, Tanni obedeció, volviéndose a mirar desesperada a Anton por debajo del velo. Oyeron gritos en la calle; se acercaban. En el despacho del doctor Joseph, las velas titilaron y el rabino masculló algo a toda prisa. Le retiraron el velo de la cara a Tanni; a continuación, tiraron a los pies de Bruno algo envuelto en una servilleta y Tanni oyó un ruido de cristales rotos. Anton profirió un sonido ahogado. Las gemelas chillaron.

—¡Chis! —exclamó Tanni, la pequeña madre.

—*Mazel tov!* —gritaron su madre y frau Zayman al mismo tiempo, con la voz quebrada.

En la calle se oyó el ruido de otro cristal roto, y luego el estrépito cada vez mayor de los gritos y los pasos de botas pesadas.

—¡Debemos irnos! ¡Hay que intentar proteger la sinagoga! —señaló el rabino por encima de las protestas del padre de Tanni—. ¡Aprisa!

Él y Anton salieron corriendo de la casa, y el padre de Tanni echó el pestillo de la puerta principal en cuanto se marcharon, pero a Tanni le dio tiempo de vislumbrar a una muchedumbre seguida de soldados uniformados que doblaba la esquina gritando: «¡Fuera, judíos!».

—Deprisa —los instó su padre de nuevo, y condujo a su familia a la parte trasera de la casa.

Pero Tanni se apartó y volvió corriendo a la ventana.

—¡Anton! —gritó—. ¡Ay, papá, los soldados han apresado al rabino y a Anton! Por favor… ¿qué está pasando?

Su padre la agarró del brazo y la llevó a rastras hacia la puerta del jardín. Cuando llegaron a ella, su madre se la arrebató a su marido.

—Mi querida niña —le dijo mientras la abrazaba con fuerza. Luego la besó y se agachó para arrancar a Klara y a Lili de las rodillas de su hermana mayor—. Queridas, sed valientes y haced lo que os diga.

—Sé una buena esposa. Mantente a salvo —le aconsejó frau Zayman, con los ojos muy abiertos y aterrados en su rostro blanco.

La multitud empezó a aullar fuera; después hubo más cristales rotos y más disparos.

La madre de Tanni le plantó en la mano la bolsa de viaje que ella había visto en el suelo del cuarto de costura.

—Tu ajuar. Hemos preparado unas cosas; una novia siempre debe tener lo básico, pensábamos que tendríamos más tiempo. Ponte a salvo en Inglaterra y prepárate para cuidar de tus hermanas cuando lleguen.

—¡Tanni y Bruno deben irse mientras puedan! ¡Marchaos!

El doctor Joseph empujó a su hija hacia la puerta del jardín.

—¡Os veremos en Inglaterra en cuanto…! —empezó a gritar su madre a la espalda del doctor.

—¡Papá, deja que Lili y Klara vengan conmigo ahora!

—No hay sitio en la barca —susurró nervioso el anciano—. ¡Vamos!

—Hija, pronto estarán contigo, si Dios quiere —le dijo su padre mientras tiraba de la puerta del jardín—. Tienen los papeles para un tren de niños, el *Kindertransport*. Es preferible que te vayas tú primero y estés preparada para cuidar de ellas cuando lleguen. Prométeme que cuidarás de tus hermanas pase lo que pase. ¡Dame tu palabra, Tanni!

—La chica asintió en silencio—. ¡Marchaos ya! —les ordenó el doctor Joseph, empujándolos con fuerza por la puerta del jardín.

En algún lugar cerca de allí se oyó un tremendo estrépito. Se levantaron columnas de humo por encima de sus cabezas. Hubo disparos y más cristales rotos. Se oyó corear: «*Juden raus! Alle Juden raus!*». El grito de una mujer se alzó por encima del barullo. Aun así, oyeron que alguien aporreaba la puerta principal de la casa de los Joseph.

Cuando el doctor empujó a Bruno detrás de Tanni, esta se volvió a mirar. Su madre abrazaba a las gemelas y miraba de reojo hacia la puerta principal. Tanni oyó el ruido de más cristales rotos. Frau Zayman agitó impotente su pañuelo.

—Tanni, Tanni, no nos dejes. Tengo miedo —decía Klara llorando. Lili le lanzaba besos con ambas manos.

Tanni estaba histérica.

—¡No puedo abandonarlas!

—¡Márchate! —bramó su padre por encima del ruido y le dio a su hija mayor un último empujón fuerte—. El alcalde ha prometido protegernos; yo asisto a su hijo mutilado. ¡Vete ya!

—¡Te lo prometo, papá! —gritó Tanni, pero la pesada puerta del jardín ya se había cerrado de golpe, luego oyó el chasquido de la vieja cerradura de hierro.

Inmediatamente después, la pesada llave cayó al agua. Mientras el anciano les gritaba que se dieran prisa, Bruno y ella avanzaban a trompicones por el sendero oscuro de la ribera del río, asfixiados por el humo de sabor acre.

Los esperaba una barquita cuyo amarre ya había soltado el anciano impaciente. La barca se meció sin control cuando Tanni tropezó y cayó sobre el asiento, golpeándose la espinilla. Había entrado agua y se le empapó el bajo del vestido de novia. Cuando la barca empezó a moverse, Tanni se echó a temblar y se aferró a la bolsa de viaje, al tiempo que Bruno y el pescador remaban. En el cielo, rugían las llamas naranjas. El techo de la sinagoga se desplomó con gran estruendo.

Jadeando, Bruno y el anciano tiraron con fuerza de los remos y la barca empezó a alejarse despacio de la orilla. Luego, atrapada por la corriente del río, avanzó más rápido. A su espalda, los muros de la ciudad, las llamas, los cánticos y los tiroteos fueron desvaneciéndose. Pronto no hubo más que la noche, el río oscuro y el cielo rojo, el sonido de los remos salpicando el agua, y el frío. Los pies mojados de Tanni estaban entumecidos. ¿Qué le estaba pasando a su familia? Sintió ganas de arrojarse por la borda y regresar a nado.

Cuando Bruno alzó la vista, vio que le castañeteaban los dientes y que intentaba arroparse con su fino velo. Enseguida soltó el remo y se dirigió a donde ella estaba acurrucada. Se quitó el abrigo, se lo echó por los hombros y la besó en la frente. Tanni lo miró perpleja. Bruno era su marido.

CAPÍTULO 5

Crowmarsh Priors, marzo de 1939

Mientras esperaba el tren vespertino de Londres a Brighton, el jefe de estación de Crowmarsh Priors, Albert Hawthorne, sentado al escritorio de su diminuto despacho, tomó los periódicos del día anterior. Pasó por alto las noticias sobre el separatismo eslovaco en Checoslovaquia, sobre el «Optimismo del gabinete respecto a las relaciones con Berlín» y las vacaciones en la Riviera de alguien llamado Göring. Alguien o algo llamado Baldwin Fund quería «sacarlos del país», a los judíos, al parecer. Extranjeros, en cualquier caso. Pasó por alto eso también.

Se detuvo, como buen patriota, a leer el pie de foto de la imagen del rey y la reina en el palco real de la Ópera con el presidente francés y su esposa. A Albert no le caían muy bien los franceses. El rey parecía tenso e infeliz —la gran responsabilidad de ser rey, supuso—, pero, a su lado, la reina, bajita y rechoncha, sonreía contenta bajo su tiara y alzaba una mano enguantada para saludar con alegría. Silbó por lo bajo al ver la fotografía de la nueva modelo Daimler y decidió esperar hasta que hubiera pasado el tren para estudiar los resultados del partido amistoso de críquet contra Sudáfrica.

Pasó la página. Le llamó la atención un gran titular, «La policía arresta a los compinches de los duques de Windsor», acompañado de una fotografía en la que se veía a un grupo de personas vestidas de gala bailando la conga en las fuentes de Trafalgar Square. Los hombres iban desarreglados y blandían botellas de champán; las mujeres estaban empapadas y parecía que fueran desnudas. En primer plano, una hermosa joven reía a carcajadas, con una mano se agarraba a un hombre alto y rubio, y con la otra se sujetaba la falda mojada tan alto que ofrecía una escandalosa panorámica de sus piernas. Y al fondo la policía, acercándose. El pie de foto rezaba: «Arrestada de nuevo la alocada hija del almirante».

Albert siguió leyendo. Se había celebrado un baile de sociedad en el Savoy y después los más juerguistas habían ido al Café de París, que, según la policía, habían abandonado al alba, a regañadientes; algunos habían aporreado las puertas exigiendo que les dejaran volver a entrar. Luego habían detenido varios taxis, sacado de ellos a sus ocupantes y obligado a los conductores a llevarlos a Trafalgar Square, donde algunos habían sido arrestados posteriormente. «Véase el editorial de la página 10: Escándalo de una debutante moderna».

Era el tipo de historia que Albert saboreaba. Confirmaba su idea de que las clases altas no eran mejores que el resto y que el país se iba al garete. Chascó la lengua mientras pasaba a la página 10 y leía:

Solo hay tres ocasiones en que una joven de buena familia debería aparecer en la prensa: cuando nace, cuando se casa y cuando muere. Tras leer acerca de la escandalosa conducta y los vergonzosos sucesos del pasado sábado en Trafalgar Square, de los que se informa en primera plana, las escapadas de la señorita Falconleigh empiezan a despertar la preocupación pública. Este diario cree que es pertinente preguntarse si su padre gobierna con competencia el Almirantazgo cuando, evidentemente, no puede gobernar a su propia familia.

MUJERES DE GUERRA

La reputación de una joven soltera es inestimable, y puede ponerse fácilmente en entredicho con conductas irreflexivas y con cualquier falta de decoro. Por lo general, las jóvenes de la edad y posición social de la señorita Falconleigh van siempre acompañadas de carabina para evitar el tufillo a escándalo. Normalmente no se les permite viajar solas en taxi con hombres jóvenes, y los clubes nocturnos quedan prohibidos a cualquier jovencita respetable, incluso en los imprudentes tiempos que corren. Sin embargo, la señorita Falconleigh ha tonteado descaradamente por toda la ciudad y, lamentamos decirlo, se la ha fotografiado saliendo de los tugurios menos salubres y de las fiestas privadas más escandalosas, acompañada de una serie de conocidos playboys, jugadores de polo argentinos y amigos personales de Su Alteza Real el expríncipe de Gales.

Su única carabina, si se la puede considerar tal, ha sido lady «Baby» Penrose, antigua compañera de estudios de la señorita Falconleigh, quien, a pesar de estar casada, posiblemente no sea la mejor de las matronas, dado que es solo un año mayor que la señorita Falconleigh. Para desgracia de ambas, comparte el gusto de la señorita Falconleigh por los locales de mala reputación. Lo triste es que la señorita Falconleigh ha ido de escándalo público en escándalo público desde que la llamaron ante los tribunales. Cabe decir que perdió a su madre siendo muy joven, pero debemos preguntarnos por qué su padre no se ha esforzado por garantizar que alguna dama de mayor edad, amiga de la familia, se encargue de supervisar la entrada en sociedad de la señorita Falconleigh.

Albert estaba tan absorto leyendo que el tren de Londres entró en la estación antes de que se diera cuenta siquiera. La de Crowmarsh Priors no era más que una pequeña estación rural en la que subían y bajaban pocos pasajeros, pero era su obligación estar en el andén, con la gorra puesta, y tocar el silbato de alerta cuando el tren entraba en la estación. Mientras se recolocaba la gorra, recordó que a su esposa, Nell, le gustarían los anuncios de los nuevos sombreros de primavera que salían en el periódico, así que más le valía acordarse de llevárselo a casa.

Se preguntó quién sería aquella pasajera solitaria que bajaba del tren al ventoso andén. Ninguna dama de Crowmarsh Priors había ido a Londres ese día. De ser así, Albert lo sabría. De modo que no podía ser la esposa de Richard Fairfax, que a veces subía a Londres, aunque era una joven esbelta y bien vestida más o menos de la edad de la señora Fairfax, si bien sus ropas eran mucho más elegantes. Quizá fuese a casa de los De Balfort, en Gracecourt Hall, aunque sus visitas solían bajar de Londres en automóvil los fines de semana y nunca llegaban en tren un martes.

La joven se sujetaba el sombrerito con una mano enguantada. Con la melena alborotada, se esforzaba por mantener en su sitio la falda del vestido mientras el viento de marzo rociaba de lluvia el andén. Albert no pudo evitar observar que tenía unas piernas muy bien torneadas y unos bonitos tobillos. Se recordó que un hombre recto con esposa e hija pequeña no debía comerse con los ojos los tobillos de desconocidas.

De cerca, vio que la joven era en realidad una niña, pese a toda su elegancia. Se había vuelto para organizar la retirada de una extraordinaria cantidad de equipaje del vagón al andén. Mientras la locomotora soltaba vapor con impaciencia, Albert contó cinco baúles grandes, una gran variedad de bolsas y varios estuches, un elegante bolso y un bonito neceser de piel de cocodrilo.

El guardia le hizo una seña para indicarle que había bajado ya todas las bolsas y puso los ojos en blanco, señalando la montaña de equipaje del andén. Luego volvió a meter la mano en el vagón y arrojó al suelo lo que Albert estaba esperando: un manojo de periódicos que los pasajeros se habían dejado en sus asientos, atado con una cuerda. El guardia era un hombre ordenado que los habría tirado a la basura, pero a Albert le parecía una lástima que se desperdiciaran.

—¡Estupendo! —gritó, y luego añadió—: ¡Viajeros al tren! —con su poderosa voz de jefe de estación; luego hizo sonar el silbato, pese a que, como de costumbre, no subía nadie.

Mientras el tren se alejaba traqueteando, Albert agarró el antiquísimo carrito de equipajes de la estación y lo hizo rodar hacia la recién llegada y sus maletas. Ella estaba de espaldas, contemplando el pueblo y el humo que salía enroscado de unos pocos tejados de pizarra y de detrás de las tapias de los jardines hacia los cielos repletos de nubarrones. Una fila de casas georgianas con montantes de abanico y bronce pulido en las puertas miraban al prado comunal. La señora Fairfax vivía en una de esas. Había una iglesia de pedernal con torre normanda, rodeada por un cementerio, y detrás de ella estaba la parroquia. Justo enfrente de la iglesia se alzaba la imponente casa de estilo reina Ana, con ventanas altas y verja de hierro forjado encastrada en una tapia de ladrillo. Había un pub, una verdulería, una carnicería, y sabía dónde estaba el buzón de correos rojo. La llovizna había hecho que todos se refugiaran en sus casas, salvo Jimmy, el chico del carnicero, que pasaba a toda velocidad por delante de la estación subido en su bicicleta, y las vacas del prado cercano, que pastaban plácidamente a pesar de la humedad.

Un delicado aroma a flores llegó a las fosas nasales de Albert. Sin darse cuenta, se irguió.

—Permítame que la ayude con ese equipaje, señora… señorita —rectificó.

De cerca, se la veía muy menuda. Su grueso labio inferior tembló, y Albert se dijo con desaprobación que era de un tono demasiado escarlata para ser natural. ¡Lápiz de labios! Y donde había un lápiz de labios había colorete, se dijo molesto. Ninguna joven respetable debía maquillarse como una fulana. Entonces reparó en los suaves pómulos, la desafiante naricilla y el resuelto mentón. Los ojos oscuros de la joven se encontraron con los de Albert. Ella contuvo las lágrimas y a él se le encogió el corazón.

—¿Esto es Crowmarsh Priors? ¿Solo esto?

—Así es, señorita.

Albert señaló afectuosamente el pueblo. Para un hombre de Sussex como Albert Hawthorne, no había mejor lugar en Inglaterra.

La joven se aclaró la garganta. Había algo en ella que le resultaba familiar, pensó Albert. Estaba seguro de haberla visto hacía poco… Entonces cayó en la cuenta. ¡En el periódico! ¡Era la joven de la fuente! Solo que en ese momento, en el andén, tenía el aspecto de una dama, y desde luego llevaba un equipaje caro…

Agarró la estola que llevaba a los hombros y lo miró desafiante.

—¿Podría usted indicarme cómo llegar a Glebe House?

Albert se quedó pasmado. ¡Se alojaba en casa de la anciana lady Marchmont! ¿Para qué? Lady Marchmont era viuda, no tenía hijos, y nadie se hospedaba jamás en su casa. Quizá la joven fuera pariente suya. Desde luego a Albert no le parecía una de esas compañías pagadas, como la pálida criatura con lentes y gruesas medias de hilo de Escocia que había llegado para cuidar de la pobre lady De Balfort, postrada en la cama, durante sus últimos años de vida. Albert negó con la cabeza. Lady Marchmont se desayunaría a una dama de compañía.

No quería ni imaginar cómo iba a sobrevivir una joven hermosa con aquel aire tan decidido —por no hablar del colorete— en la atmósfera restrictiva de Glebe House. Mientras se preguntaba si debía advertirle de lo que la esperaba, oyó unos pasos que cruzaban apresuradamente el patio frontal de gravilla de la estación. Un joven alto y desaliñado con alzacuellos entró a toda prisa en el andén. Se detuvo justo antes de chocar con la joven y con Albert y, jadeando, dijo: «¡Hola, Albert!», y se quitó bruscamente un sombrero bastante desafortunado. Se disculpó sin aliento por llegar tarde y dijo que confiaba en tener el placer de encontrarse ante la señorita… la señorita… la ahijada de lady Marchmont, a quien debía recoger.

La joven abrió mucho sus ojos de color zafiro mientras su hermoso rostro se debatía entre la consternación y la diversión. Pestañeando ligeramente, alzó la mirada al extraño joven, que empezó a disculparse de nuevo, balbuciendo de forma incomprensible algo sobre asuntos urgentes de la parroquia, los bronces, el anterior párroco y la asociación de madres.

Albert supuso que el párroco aún seguiría farfullando el resto de la tarde si la recién llegada no lo hubiera interrumpido. Se pasó el neceser de piel de cocodrilo a la mano izquierda y le tendió la derecha.

—¿Cómo está? Soy Frances Falconleigh —se presentó con voz tierna—. Le agradezco mucho que se haya tomado la molestia de venir a buscarme. Debe de ser usted Oliver Hammet, el nuevo párroco. Mi madrina me ha hablado de usted en sus cartas.

—No hay de qué —dijo el párroco, ruborizándose, sin soltar la mano enguantada de la joven—. ¡No hay de qué! ¡Bienvenida a Crowmarsh Priors! Me alegro mucho… No me dé las gracias… De verdad, es todo un placer… ¡Una delicia!

Frances soltó una risita contenida.

—Es usted un auténtico ángel por cuidar de mí con lo tremendamente ocupado que está. ¡No sé qué habría hecho sin usted!

—Encantado de s-servirle de a-ayuda —tartamudeó el señor Hammet—. Ejem. Eh… permítame que le lleve esto, señorita Falconleigh. Estoy seguro de que pesa demasiado para usted —dijo, soltándole por fin la mano para poder llevarle el neceser.

—Gracias —ronroneó ella.

Albert los miraba a ambos, retorciendo el bigote. ¡Menuda fresca!

El párroco volvió a ruborizarse.

—Eh… no hay de qué. Es todo un placer. Agárrese a mi brazo, por favor. En realidad, soy una especie de primo de lady Marchmont;

lejano, por supuesto, muy lejano. Albert, ¿crees que podrías encargarte del resto de las... cosas de la señorita Falconleigh? —dijo, señalando la montaña de equipaje a la vez que se admiraba de la cantidad de cosas que aquella joven necesitaba para viajar.

No podía ni imaginárselo. Tenía relación con muy pocas chicas. Siendo hijo único de un anciano párroco cuya esposa murió cuando él era un bebé, Oliver había asistido a un internado para hijos de clérigos y después a Cambridge con todas sus pertenencias en las mismas dos antiquísimas maletas de piel con las que su padre había ido a Cambridge cuarenta años antes.

—No se preocupe, padre, le pediré a Jimmy que las lleve a Glebe House en la carreta —contestó Albert.

El señor Hammet estaba demasiado ocupado contemplando a la señorita Falconleigh para contestar; se le había comido la lengua el gato.

Frances Falconleigh cambiaba de pie constantemente.

—De no haber sido por usted, me habría quedado completamente abandonada —susurró por fin, lanzando a su salvador una mirada devastadora y tirándole del codo para devolverlo al presente—. Supongo que tía Muriel estará preguntándose si he llegado. —Lo dirigió con firmeza hacia los escalones de la estación—. No debemos preocuparla.

—Ciertamente no. Sí, más vale que se agarre fuerte a mi brazo, la gravilla es algo peligrosa —dijo el párroco al ver que los zapatos de tacón alto de Frances patinaban en el sendero y ella se pegaba el brazo de él al pecho. Las plumas del sombrero le ocultaban el rostro y no la vio decir en voz muy baja «¡Maldita sea!» cuando se torció el tobillo, aunque Albert sí.

El jefe de estación observó cómo se alejaban, entre indignado y divertido. La joven se colgaba del párroco como una lapa.

Albert volvió a la lectura del periódico que había dejado abandonada para ver de nuevo la fotografía de antes. Sin duda era la hija del almirante Tudor Falconleigh. Muy bien considerado en Whitehall.

Negó con la cabeza y retomó el editorial. Cuando terminó de leerlo, se preguntó adónde iba a llegar el país.

Una interesante visita para lady Marchmont, se dijo.

CAPÍTULO 6

Cuando Tanni y Bruno arribaron a Southampton una oscura mañana de enero, hicieron todo lo posible por disimular su apariencia desaliñada por el viaje, pero vieron enseguida que no habían causado muy buena impresión a la oficial de Inmigración. La mujer se mostró fría y seca, y leyó los documentos y los pasaportes con detenimiento, como si fueran falsos. Finalmente, resopló con desaprobación y les entregó unos folletos en inglés, impresos en letra grande. Luego señaló uno con el dedo índice y dijo en tono seco y rotundo, algo más alto de lo necesario:

—Ahora están en Inglaterra. Con independencia de cuáles fueran las costumbres del lugar del que proceden, se les aconseja encarecidamente que se adapten de inmediato a las del país que los acoge. Hemos elaborado una lista de las cosas que deben y no deben hacer para integrarse. «Los ingleses —leyó— son de naturaleza reservada, se guardan lo suyo para sí mismos.»

Continuó contándoles que no les gustaba que los extranjeros, especialmente los refugiados, llevaran colores chillones o ropas estrafalarias. No debían hacer nada que llamara la atención. Debían vestir con normalidad, ser modestos, educados y humildes, no protestar nunca ni criticar nada del país que les había permitido generosamente la entrada. Sobre todo no debían postularse para los empleos que querían los habitantes nativos. Tanni y Bruno debían esforzarse por adaptarse con discreción y no olvidar que tenían que estar agradecidos.

—Confío en que sabrá apreciar, profesor, lo afortunado que es de estar aquí —concluyó con frialdad.

Tanni estaba agotada y entumecida de viajar durante meses, de los trenes abarrotados, de esperar a que se expidieran los documentos y los permisos, de más trenes abarrotados, de esperar nuevamente a que sellaran los documentos, de caminar largas distancias y, finalmente, de cruzar el peligroso canal. No entendía todo, pero el tono hostil le quedó lo bastante claro. Miró a Bruno, luego asintió dócilmente. Detectó que él disimulaba la rabia que le producía el modo en que los estaban tratando.

Le pasó el brazo por el hombro a Tanni para tranquilizarla.

—Mi esposa está muy cansada —dijo, y después le susurró a Tanni en inglés, lo bastante alto para que la mujer lo oyera—: Todo irá bien.

—Bien, señora Zayman; si es tan amable, pase por allí para la revisión médica —ladró la mujer. No examinaban a todos los recién llegados en busca de enfermedades, solo a los que tenían peor aspecto. Por suerte, ese día había un médico a mano para realizar los exámenes. Si la joven, la que se hacía llamar esposa del profesor, tenía tuberculosis o alguna otra enfermedad extranjera, quedaría en cuarentena—. Pase allí —le ordenó la mujer, señalando una zona cubierta por una cortina donde esperaban otras mujeres demacradas.

Dos horas después, Tanni salió de detrás de la cortina, sonrojada y confundida. Bruno, que había estado sentado en un banco, se puso en pie.

—Bruno, el doctor dice que voy a tener un bebé —le susurró Tanni en alemán. Él la miró, atónito. Le temblaba el labio inferior—.

¡Un bebé, Bruno! ¡Necesito a mi madre! ¡No sé qué hacer! —exclamó Tanni con los ojos como platos de la angustia.

Bruno buscó a la mujer de Inmigración, pero estaba sermoneando a voces a otro recién llegado y, por suerte, no pudo oír a Tanni hablando en alemán.

—No te apures. Nuestras madres pronto estarán aquí —le susurró él—. Cuidaremos todos de ti, *Liebling*. Todo irá bien. —Tampoco él tenía ni idea de lo que hacer, pero debía impedir que Tanni se preocupara—. Vendrán pronto —repitió con firmeza, volviendo a pasarle el brazo por los hombros—. Probablemente ya estén en uno de esos horribles trenes, o esperando a que un oficial lento les selle los pasaportes, pero en nada estaremos todos juntos en Oxford. Las gemelas irán a la escuela y tu padre volverá a tener pacientes. Nuestra casa tendrá un jardín en el que nuestras madres podrán coser y el bebé y tú podréis sentaros a escuchar las campanas de las facultades. Todos aprenderemos a montar en bicicleta, hasta mamá. En Oxford, todo el mundo va en bicicleta. Ya lo verás. Todo irá fenomenal.

Tanni se sintió mejor y le sonrió.

—¡Nuestras madres en bicicleta! ¡Imagínate! Espero que en el jardín de nuestra casa haya una higuera.

Bruno le dijo que no estaba seguro de que crecieran en Inglaterra, pero que en Oxford había visto cerezos y ciruelos. Así que Tanni se imaginó moviéndose atareada por su cocina de Oxford, haciendo compota de ciruela mientras el bebé gateaba por el suelo y Bruno volvía a casa, admiraba el esfuerzo de Tanni, le besaba la nuca y le producía aquel delicioso cosquilleo por toda la espalda.

Pero nada sucedió como Tanni había imaginado. Bruno la llevó a la pensión de Whitechapel donde él vivía en Londres y donde debían esperar a que llegaran los demás. Pasaron los días, las semanas, los meses, y en marzo el ejército alemán entró en Checoslovaquia. Bruno se ofreció voluntario como traductor del servicio de inteligencia británico. Alguien de arriba hizo una llamada telefónica y le concedieron un permiso para abandonar temporalmente su trabajo en la universidad. Él prefirió que se quedaran en la pensión porque era la dirección que tenían los padres de Tanni, las gemelas y su madre.

La vida de Tanni se fue volviendo cada vez más confusa. Tenía la sensación de que su cuerpo pertenecía a otra persona. Al principio tenía siempre náuseas y muchísimo sueño. Se arrastraba por el pasillo que conducía al lavabo para vomitar hasta sentirse mareada y temblorosa. Luego su cuerpo se transformó y se infló tanto que parecía uno de los globos de Lili y Klara. Cuando la cintura empezó a ensanchársele, desempaquetó el estuche de costura que su madre le había metido en el bolso de viaje y se agrandó dos vestidos.

Bruno había recorrido de punta a punta los mercados de Whitechapel en busca de limones, lo único que Tanni quería comer. Observaba, asombrado, cómo los cortaba en rodajas y se los comía, con piel y todo. Le hacía feliz lo del bebé, pero le inquietaba dejar a Tanni sola. Su joven esposa no entendía mucho el inglés; cuando la gente le hablaba, se limitaba a sonreír educadamente. Bruno se debatía entre su nuevo trabajo, que le robaba mucho tiempo, y el anhelo de estar con ella. Estaba muy ocupado y a menudo fuera de la pensión hasta última hora de la noche. Cuando Tanni se acurrucaba junto a él en la cama y reía como una boba por lo gorda que se estaba poniendo, él sentía las paraditas del bebé en su vientre. Empezó a angustiarse cada vez más por la llegada de su madre y los Joseph. Tanni se puso de parto con un mes de antelación y sus familias no llegaron a tiempo, ni siquiera cuando Tanni lloró y llamó a gritos a su madre, sin hacer ni caso a las comadronas, que le pedían muy serias que no montara semejante escándalo.

Ya de vuelta en la pensión con el bebé, se le juntaron los días con las noches hasta que empezó a tener la sensación de que llevaba encerrada en aquella lóbrega habitación todo el bochornoso y polvoriento verano londinense. El tiempo parecía ralentizarse mientras los días iban transcurriendo cansinos uno tras otro. Bruno cada vez pasaba más tiempo fuera y, como no quería preocuparlo, le decía que todo iba bien. De verdad. Cuando él no estaba en casa, ella volvía a la cama después de ingerir un triste desayuno compuesto de tostadas frías con mermelada, y se quedaba allí, tapada hasta la barbilla, y solo se movía para darle el pecho al bebé o cambiarle los pañales. A menudo ni se molestaba en levantarse a «la hora del té», como llamaba la casera a la cena. Si tenía hambre, mordisqueaba galletitas de una lata que Bruno le había traído.

Le costaba una barbaridad hacer cualquier tarea, incluso ese día, cuando la casera llamó enérgicamente a su puerta y le dijo: «Señora Zayman, ¡tiene usted carta!». Tanni contuvo la respiración y permaneció muy quieta en su silla. Confiaba en que la mujer pensara que había salido. Le costaba muchísimo hablar en inglés con ella. La casera tenía un fuerte acento irlandés y, si le pedía que le repitiera lo que le había dicho, subía la voz y marcaba aún más su acento. Por mucho que se esforzara, no parecía hacer nunca las cosas bien en Inglaterra.

Ni siquiera la perspectiva de recibir correspondencia parecía animarla. Las cartas ya le daban igual. Al ver que tardaba en abrir, la casera le metió algo por debajo de la puerta. Tanni oyó el crujido del papel, luego a la mujer refunfuñar mientras sus pasos se alejaban por el pasillo, que olía a repollo hervido y a alcantarilla. El sobre estuvo un rato en el suelo antes de que Tanni lo mirara. Cuando al fin lo hizo, vio que la carta estaba escrita en papel fino azul y que llevaba sellos alemanes y todas las marcas oficiales. Le dio un vuelco el corazón cuando reconoció la letra de su madre. Acostó al bebé dormido y se levantó despacio. Si se movía muy rápido, se mareaba. Estaba cansada y dolorida, aunque hacía ya cuatro semanas que había dado a luz.

Se agachó y recogió el sobre. Tenía fecha de hacía varios meses, de abril, y parecía como si lo hubieran abierto y vuelto a sellar torpemente. Tomó sus tijeras de costura y rajó el sobre. De él sacó una fina hoja de papel cubierta por ambos lados de una letra diminuta y apretada.

Mi querida hija:

Espero que al recibir la presente Bruno y tú estéis bien, y que te hayan llegado mis otras cartas, aunque es difícil saberlo, por eso escribo de nuevo, para que sepas que, después de la aterradora noche en que os marchasteis, estamos a salvo y bien. Justo antes de que la marabunta de las calles echara la puerta abajo, nos salvaron el alcalde y el jefe de policía, que consiguieron desviar a la multitud; recuerda que papá trató al pequeño del alcalde y curó de neumonía a la esposa del jefe de policía. Aunque nos salvamos a un terrible precio: no pudieron hacer por nosotros nada más que dirigir a la muchedumbre a otra casa judía. Mi único consuelo de esa noche terrible fue saber que te pondrías a salvo, y que Lili y Klara podrían después reunirse contigo allí.

Recibimos una carta de Bruno en la que nos contaba que también tú vas a ser madre. Qué fantástica noticia. Estoy deseando estar allí para cuidar de ti, pero, aunque eres joven, todo irá bien, estoy segura. Si tienes náuseas por las mañanas, te vendrá muy bien chupar despacio un trozo de jengibre en conserva. Frau Zayman te aconseja que reseques un poco de pan del día anterior en el horno, con una pizca de sal, y lo guardes en una lata junto a tu cama. Cómete un trocito antes de levantarte. Papá dice que bebas unas cucharadas de coñac rebajado con agua si no te encuentras bien, y que procures tomar leche fresca y mucha fruta.

Confiamos en estar contigo en Inglaterra antes de que nazca el bebé, pero han sucedido muchas cosas que nos obligan a demorarnos.

Poco después de que te fueras, nos confiscaron la casa. Nos dieron solo unos minutos para reunir un poco de ropa y algunas pertenencias. No nos dio tiempo a vender el piano ni a empaquetar la plata, los cuadros y los libros de papá, así que todo eso lo hemos perdido, pero son solo objetos materiales y no debemos permitir que eso se convierta en motivo de tristeza. Estamos a salvo y bien, aunque algo apiñados, en el pequeño apartamento de frau Zayman. Ella sigue con su artritis, pero, por lo demás, nos encontramos todos bien, gracias a Dios, y yo he aprendido a hacer auténticas maravillas con las papas. Somos más afortunados que otros, porque los alemanes han empezado a llevarse a los que no tienen visado de salida para reubicarlos en la frontera polaca. Nosotros tenemos visado de salida y estamos esperando a que se vayan primero las niñas. Entretanto, debemos llevar una estrella amarilla en la ropa, incluso Lili y Klara, y no estar en la calle después de que oscurezca. De vez en cuando arrestan a alguien.

Estamos deseando partir. La gente hace cola todo el día y toda la noche para conseguir un visado de salida. Papá, frau Zayman y yo conseguimos el nuestro con la ayuda del alcalde y nos iremos en cuanto las pequeñas estén camino de Inglaterra. Debían haber salido en el tren de niños que partía en enero, pero en el último momento cogieron las dos una escarlatina muy fuerte y nos dio miedo dejarlas marchar. Tuvimos que cortarles el pelo por la fiebre. Lili tardó mucho en ponerse bien y pensamos incluso en mandar solo a Klara, pero al final no lo hicimos. A papá le han prometido que tendrán sitio en otro tren muy pronto.

Dicen que es preferible que los niños viajen separados, sin nosotros, porque los *Kindertransport* son una forma segura de salir del país. Confieso que a mí no me gusta. Ya me costó horrores separarme de ti, pese a que te cuidaba Bruno, y la idea de que ocurra lo mismo con Lili y Klara, aunque solo sea unas semanas, y dejarlas a merced de extraños se me hace casi insoportable. Solo me serena el pensar que pronto estarán contigo. Esperamos impacientes la noticia de la salida de su tren. Las maletitas de las gemelas ya están hechas y listas en el vestíbulo junto con una muñeca favorita que conseguimos rescatar para cada una. Frau Zayman recortó un antiguo abrigo suyo para hacerles unos vestidos calentitos para Inglaterra. Cada día tengo más claro que, cuando llegue el momento, Klara será una chica buena y valiente como su hermana mayor, una estupenda pequeña mamá para Lili en el tren hasta que estén a salvo contigo. Las niñas están emocionadas y felices de pensar que por fin volverán a verte. Te echan muchísimo de menos. Me preguntan si tienes suficiente comida en Inglaterra y yo les digo que estoy convencida de que sí. Aquí la comida escasea y a menudo pasan hambre. Nos cuesta pagar lo poco que podemos encontrar, sobre todo pan duro y papas viejas, a veces unas hojas de repollo. La mayoría de los tenderos no vende comida a los judíos. El otro día vi a frau Anna. Está en los huesos, como muchos otros, y nos mira con una cara que no me gusta. Tengo ganas de marcharme. Papá, frau Zayman y yo estamos preparados, hemos empaquetado nuestras escasas pertenencias, un poco de dinero y algunas joyas que conseguí traer conmigo. Nos marcharemos en cuanto se vayan las niñas.

Se me acaba el papel, solo me queda sitio para enviarte nuestras bendiciones y nuestro amor. Cuídate y no te preocupes, pronto estaremos todos contentos y felices en Inglaterra. Procura ser valiente hasta entonces. Te mandamos una foto de todos, tomada por el amable vecino de frau Zayman, que tenía una cámara. Hizo esta última foto antes de venderla junto con todo el equipo de revelado. Además, las niñas te mandan un dibujo para que no te olvides de ellas. Klara te ha escrito una nota ella sola con una pequeña ayudita de papá.

Te quiere muchísimo,

MAMÁ

Una fotografía borrosa de dos niñas pequeñas con la cabeza rapada sentadas en las rodillas de sus padres y una anciana macilenta cayó al suelo envuelta en otra fina hoja de papel. Al principio, Tanni pensó que le habían enviado la fotografía equivocada, pero, después de estudiarla detenidamente, pudo vislumbrar los rasgos familiares de sus padres en las figuras de aquella pareja demacrada, los rostros de sus hermanas en las pequeñas cabezas calvas, y el de frau Zayman en la imagen de la anciana. Le impactó su aspecto. Luego vio que había algo escrito en un pedacito del mismo papel fino. Lo recogió del suelo. En él había dos pequeños monigotes de palo con vestidos, cabezas redondas rematadas con un halo borroso de pelo corto en cada una y enormes lazos encima.

Querida Tanni nos echas de menos el pelo nos crecerá en Inglaterra muchos besos con mucho cariño de Klara y Lili.

Tanni comprobó la fecha de la carta: 3 de abril. ¡Ya estaban a finales de agosto! Era de hacía más de cuatro meses. De pronto se sintió inmensamente aliviada. Ya debían de estar todos en Inglaterra. Enseguida supo por qué no la habían encontrado. Probablemente las gemelas habían llegado primero y, como no hablaban inglés, no habían sabido explicar que habían perdido la dirección de Tanni y Bruno. Sus padres y frau Zayman habrían llegado también e intentado ponerse en contacto con ella, pero ella no se había enterado porque había estado enferma y Bruno no estaba en casa. Seguramente habían ido a la casa y preguntado por el profesor y frau Zayman, y la cascarrabias de la casera había fingido que no les entendía y los había despachado. Tanni se sintió responsable. Debía ser ella quien encontrara a su familia y volviera a reunirla. Solo tenía que averiguar adónde habían ido, y pronto los vería.

Se le cayó el alma a los pies cuando empezó a considerar los pormenores. No tenía ni idea de cómo buscarlos en Inglaterra. Deseó que Bruno estuviera en casa, pero llevaba fuera tres días. Nunca sabía cuándo volvería a su diminuta habitación ni por cuánto tiempo, y cuando por fin regresaba, lo veía preocupado y no quería molestarlo. El bebé se despertó y empezó a llorar. Había querido llamarlo Jonah, como el padre de Bruno, pero él había insistido en que le pusieran un nombre inglés, John, y lo llamaba Johnny. A ella le costaba pronunciar el inglés.

Suspiró, se desabotonó el vestido, sacó a Johnny de la cuna y se sentó en el viejo sillón para darle el pecho. Tenía que preguntarle a su madre muchas cosas sobre bebés; por ejemplo, cómo conseguir que su hijo mamara correctamente. Tenía los pezones irritados y le dolía darle el pecho. Si lo pasaba de uno al otro, el bebé dejaba de comer y lloraba desconsolado. La casera protestaba por el ruido, así que Tanni se encogía de dolor, se mordía la lengua y aguantaba sin cambiarlo de lado.

Mientras Johnny mamaba, Tanni miró a su alrededor y vio dónde vivía a través de los ojos exigentes de su madre. La habitación olía a pañales. Sus escasos vestidos y el traje de repuesto de Bruno colgaban en un pequeño armario. Había una capa de mugre en la ventana. Los libros de Bruno se apilaban debajo, junto al peine y el cepillo de ella, y encima de ellos, un folleto sobre cómo bañar al bebé. A menudo le daban ganas de acostarse en la cama sin hacer y esperar a que la mugre la cubriese a ella también, pero de pronto el recuerdo de sus padres la movía a actuar. Vio pelusas de polvo bajo la cama. El pasmo de su madre habría sido mayúsculo, así que decidió hacer una limpieza en profundidad.

No obstante, primero visitaría a su tía, que estaba casada con un rabino de Bethnal Green. Tía Berthe Cohen podía aconsejarla sobre lo que debía hacer a continuación. Era una mujer bajita, regordeta y bondadosa; en realidad no era tía suya, sino una prima lejana por parte de madre, y también la única amiga de Tanni. Era mucho mayor que su madre, siempre estaba ocupada y hacía veinte años que vivía en Inglaterra. El rabino Cohen había conocido al padre de Bruno y, aunque su esposo no era religioso en absoluto, le había practicado el *bris* a Johnny. Tía Berthe había sujetado a la nerviosa Tanni durante la ceremonia y después le había ofrecido pastel de miel y vino.

Como tenía algo que hacer, se animó. Cuando Johnny terminó de mamar, lo dejó en la cuna, se aseó lo mejor que pudo en el lavabo de la habitación, luego se lavó el pelo y se lo peinó hasta que lo tuvo seco. Lavó a Johnny con una esponja y lo cambió, luego se puso su vestido más limpio y el sombrero. Había perdido tanto peso que el vestido le quedaba enorme. Tendría que volver a sacar el pequeño estuche de coser y meterle las costuras. Lo haría después de limpiar la habitación y airear la ropa de la cama, pero antes de hacer nada de eso hablaría con tía Berthe.

Envolvió a Johnny en una de las sábanas de la cuna, agarró su bolso y cerró la puerta sin hacer ruido. Al oír la radio en el salón, pasó de puntillas para no alertar a la casera. Una vez fuera, se preguntó si el bebé tendría demasiado calor o debería haberlo envuelto en otra capa. ¿Pasarían frío los bebés aun en días calurosos? Era muy difícil saberlo. Ojalá su madre estuviera allí. Pero pronto estaría con ella, se dijo, y se le alegró el corazón. Hacía una estupenda tarde soleada. Le canturreó una cancioncilla a Johnny mientras caminaba.

Los Cohen vivían a muchas calles de distancia, en un pequeño vecindario de Bethnal Green donde todas las mujeres llevaban pañuelos en la cabeza y los hombres largas patillas de tirabuzones por debajo de los grandes sombreros y vestían trajes negros y camisas blancas abiertas por el cuello. Había niños por todas partes y la gente conversaba en un idioma que Tanni no entendía. Recordó la descripción de Anton de sus parientes ortodoxos y se le encogió el corazón. No, ya no debía pensar en Anton: era una mujer casada, y madre.

Cuando llegó a la calle de tía Berthe, vio a dos damas elegantemente vestidas con portapapeles; llevaban sombrero, guantes de cabritilla y zapatos bien cepillados. Parecían fuera de lugar entre las otras mujeres de la calle, que vestían casi todas de negro, con faldas largas y medias gruesas, y el pelo tapado. Las dos elegantes forasteras le recordaban mucho a su madre. Al acercarse, las oyó hablar en el inglés perfecto y preciso que ella había aprendido en la escuela. Les sonrió tímidamente al tiempo que una familia de niños vestidos de negro pasaba por su lado junto a su padre, que desvió la mirada.

Una de las mujeres masculló:

—¡Tienen tantos! ¿Cómo los distinguen sus padres? Y aun así, siguen sin pensar en la evacuación. Los padres ni siquiera hablan inglés correctamente. Son muy tozudos. Deberían evacuar a los niños a la fuerza, creo yo.

—Sinceramente, Penelope, una casi entiende por qué los alemanes...

—¡Desde luego! Ven, estamos perdiendo el tiempo.

Las dos damas se subieron a un automóvil negro con chófer.

Tanni se dirigió aprisa a la casa de los Cohen. Los guisantes de olor florecían alegres en el pequeño jardín delantero y de las ventanas de la fachada principal colgaban cortinas almidonadas.

El rabino Cohen estaba ocupado en su estudio, pero su esposa le dio la bienvenida con cariño, la besó y le hizo carantoñas a Johnny, luego condujo a Tanni por el pasillo hasta una cocina, atestada de gente y perfumada de un dulce aroma a repostería. Varias mujeres estaban apiñadas en sillas alrededor de una pila de papeles que había sobre la mesa de la cocina. Cuando Tanni entró, alzaron la mirada y tía Berthe la presentó. Todas las mujeres llevaban pañoletas atadas con fuerza a la cabeza y miraban fijamente el sombrero de

Tanni, uno muy bonito que frau Zayman había improvisado confeccionándolo con el fieltro del sombrero gris más viejo del doctor Joseph y adornándolo con fragmentos de cinta y algún retazo de velo; debajo brincaban los rizos de Tanni. Todas sonrieron al ver a Johnny, le acariciaron las mejillas y se movieron para hacerle sitio en las sillas. El bebé se quedó dormido.

Tía Berthe trajo el té en vasos con limón, una bandeja de pastel de almendras y un cuenco de cerezas oscuras. Tanni permaneció sentada, guardando un educado silencio mientras las otras hablaban, sorbían el té y comían un pedacito de pastel, pensando en lo delicioso que sabía. Estaba impaciente por mostrarle a tía Berthe la carta de su madre, pero las otras mujeres discutían algo en ese idioma que ella no entendía. Dejó de escuchar y esperó una ocasión para hablar. Entretanto, se tomó un segundo pedazo de tarta, y luego un tercero, y se chupó los dedos con evidente regocijo. Tía Berthe sonrió y le acercó las cerezas.

Por fin hubo una pausa en la conversación, así que Tanni se limpió los dedos manchados de cereza en el pañuelo y sacó el preciado sobre del bolso.

—Tía Berthe, necesito tu consejo, por favor. He recibido una carta de mi madre —empezó a decir en alemán.

La señora Cohen les dijo algo a las otras mujeres, que asintieron. Mientras tía Berthe traducía a las que no hablaban bien el alemán, la carta fue pasando de unas a otras para que todas pudieran leerla, junto con la foto y la nota cuidadosamente escrita de Klara.

—Mi hermanita —dijo Tanni orgullosa—. Es muy lista. Pero mi madre escribió en abril y la carta me ha llegado hoy. Las gemelas solo tienen cinco años y no hablan inglés. Lili es, siempre lo ha sido, algo lenta, y Klara tiene que cuidar de ella. Debieron de perder mi dirección antes de llegar a Inglaterra. No sé adónde han ido mis padres y frau Zayman. Como Bruno está fuera, no puedo preguntarle qué hacer. He pensado que usted, tía Berthe, y el rabino sabrían decirme cómo puedo encontrarlos. —Johnny se despertó y lloriqueó; Tanni se lo apoyó en el hombro para tranquilizarlo canturreándole, y se preguntó si tardaría mucho en llegar a casa para poder darle de comer—. ¡Estoy impaciente por que conozcan a Johnny!

El rostro amable de tía Berthe se tornó grave.

—Querida mía… —titubeó y rápidamente miró alrededor como si pidiera permiso para hablar. Las otras mujeres se miraron y fueron asintiendo muy serias una detrás de otra—. Puede que no hayan llegado aún a Inglaterra. Como dice tu madre, corren tiempos difíciles. Sabemos que muchos judíos, como tus padres, quieren salir de Alemania y de Austria, pero se les cierran las puertas en todas partes. Nosotras formamos parte de un comité que intenta ayudar a los judíos de Europa y conocemos las dificultades…

—Sí, pero mi familia ya ha salido de Austria y ahora está aquí.

Una mujer más joven llamada Rachel no pudo aguantarse más y estalló hablándole en inglés.

—¡Dificultades, no, ¡es imposible! Las cosas están muy, muy mal en Austria, mal en Polonia y peor en Alemania. Resulta difícil conseguir un permiso para salir del país, ni siquiera con un cuantioso soborno. ¿Y quién puede permitirse un soborno estos días? Los nazis han confiscado a los judíos sus propiedades y los que antes no eran pobres lo son ahora. Son muchos los países que les dan la espalda. Cierran sus puertas a la gente pobre. Es algo más fácil para los niños, pero incluso ellos se encuentran con dificultades. Mi marido colabora con el *Kindertransport*, buscando hogares a los niños que llegan a Inglaterra. Son personas eficientes. Si sus hermanas hubieran llegado, se lo habrían comunicado, se lo aseguro, así que dudo que estén aquí. Nos llegan noticias de que los nazis han arrestado a muchísimas personas en Austria. Para reubicarlas…

—Lo llaman «reubicación» —intervino otra mujer— cuando obligan a la gente a abandonar sus casas para convertirse en esclavos de los nazis en los campos de concentración, hacinados como animales, incluso a los niños y los ancianos...

A Tanni le costaba seguirlas cuando hablaban en inglés. Dudaba que nadie fuera a enviar a su padre a un campo de concentración, se dijo inquieta. Era médico, y muy respetado. En cuanto a su madre y frau Zayman, ¿qué demonios iban a hacer ellas en un sitio así?

—Mamá no me dice nada de campos de concentración, solo que se está trasladando a la gente, pero si escribió la carta hace cuatro meses, ya debe de estar en Inglaterra. Lo que es seguro es que mis padres tomaron medidas para que Klara y Lili viajaran en el *Kindertransport* en abril y ellos tenían visados de salida para venir aquí también en cuanto partieran las gemelas.

Las mujeres intercambiaron más miradas de preocupación.

Johnny empezó a llorar desconsoladamente. Tanni le dio una palmadita en la espalda y su sonrisa se desvaneció. Fue observando a las mujeres una a una, luego alzó la voz, angustiada.

—¡Se lo prometí a papá, fue lo último que le dije! Bruno y yo huíamos y no había sitio para las gemelas en la barca. Me dijo que yo debía marcharme primero y me hizo prometerle que cuidaría de las pequeñas en Inglaterra. Ahora es responsabilidad mía encontrarlas. Con el bebé me puse tan mala que... olvidé muchas cosas —reconoció angustiada—. Ha sido culpa mía que no me enterara de que las niñas habían llegado. Quizá hubo una carta o una llamada, pero como estaba en cama y demasiado cansada para levantarme, debieron de pensar que me había marchado... Ahora ya estoy recuperada, y debo averiguar dónde están. Supuestamente íbamos a vivir todos en Oxford cuando mis padres llegaran; puede que no nos hayan encontrado en Londres y hayan ido a Oxford a buscarnos. —Los ojos se le llenaron de lágrimas—. Es culpa mía... —Le tembló el labio inferior y rompió a llorar.

Las mujeres mayores chascaron la lengua. La pobre chica tenía un aspecto espantoso: con unas ojeras tremendas y tan delgada que le sobraba vestido por todas partes. Tía Berthe se levantó y le pasó el brazo por los hombros.

—Por supuesto que no es culpa tuya —le dijo para reconfortarla—. El posparto puede ser muy complicado. —Las otras mujeres asintieron con la cabeza y confirmaron lo dicho en voz baja—. Llévate a Johnny a casa. Nosotras intentaremos encontrar a tu familia. Si es cierto que tus hermanas iban en el *Kindertransport*, tendríamos que poder localizarlas.

—¿Y si no iban en él? A tantos niños los han… —empezó a decir la mujer que se llamaba Rachel, sujetándose la cabeza con las manos.

—Calla —murmuró otra—. La pobre ya está bastante angustiada.

—¿Y mamá, papá y frau Zayman?

Se miraron todas de nuevo.

—Empezaremos por el *Kindertransport*, es más fácil de rastrear, pero haremos todo lo posible por encontrar a tus padres y a la madre de Bruno —dijo tía Berthe, dándole una palmadita en la mano—. Entretanto, Tanni, mi marido dice que es importante que no hablemos fuera de esta casa de nada de lo que se haya dicho aquí. Ni una palabra. Si queremos ayudar a los judíos de los demás países, debemos ser cautos. Los ingleses…

—¡Los ingleses son tan malos como los alemanes! —espetó Rachel—. No te haces una idea del cuidado que debemos tener para no llamar la atención de las autoridades. Cada una de nosotras retiene información distinta en su memoria. Ninguna lo sabe todo, de forma que, si encierran o interrogan a una, no pueda poner en peligro la labor de todo el comité.

—¡Calla, Rachel! Ya basta. Tanni, tú procura no hablar alemán, ni siquiera con Bruno. Escuchan por todas partes y, si estalla la guerra, encerrarán a todos los que parezcan enemigos extranjeros.

—¿Encerrar? —preguntó la joven—. ¿A qué te refieres?

—Retener en un campo, como en una prisión.

El alivio ante la perspectiva de ayuda y la esperanza de ver a su familia pronto se vieron sumergidos bajo una nueva preocupación. Cansada y ansiosa por llevar a Johnny a casa para darle el pecho, Tanni se levantó, le dio las gracias a tía Berthe y se despidió de todas. Volvió a casa lo más rápido que pudo; Johnny, que lloró casi todo el camino, le pesaba en los brazos doloridos. ¿Y si los llevaban a uno de esos campos? ¿Le quitarían a Johnny? Lo abrazó con fuerza, incapaz de soportar la idea.

Cuando entró en la pensión, el olor a algo frito en grasa rancia procedente de la cocina le revolvió el estómago. La casera la interceptó en el estrecho pasillo.

—En la salita está esperando una dama que quiere hablar con usted.

Tanni entró enseguida en la lóbrega habitación. La figura familiar de una mujer vestida elegantemente y con sombrero se puso en pie y a Tanni le dio un vuelco el corazón. Todo se había arreglado de pronto. Su madre había conseguido encontrarla.

—Ay, mami, sabía que vendrías…

Se detuvo a media frase y se le cayó el alma a los pies. No era su madre. Reconoció a una de las damas bien vestidas que había visto por la calle camino de la casa de tía Berthe.

—¿Señora… Zayman? —preguntó la mujer con vacilación mientras revisaba su portapapeles.

La muchacha del bebé parecía demasiado joven para estar casada, menos aún para ser madre, aunque, a juzgar por lo que había visto en Bethnal Green, si era judía, cualquiera sabía.

Tanni asintió con la cabeza, demasiado desilusionada para hablar.

—¿Cómo está? Me llamo Penelope Fairfax y pertenezco al Servicio de Voluntariado Femenino, el WVS. El Gobierno espera que pronto entremos en guerra con Alemania y, por seguridad, estamos evacuando al campo a las madres y a sus hijos. Se espera que los alemanes bombardeen o gaseen Londres y las demás ciudades.

Tanni la miró fijamente. ¿De qué demonios le estaba hablando?

—¿Guerra? —repitió aquella palabra inglesa que desconocía.

—Me temo que sí. Firme este formulario, señora Zayman, y los enviaremos a usted y a su bebé a un lugar seguro lejos de Londres.

Tanni no acababa de comprender.

—¿Lejos de Londres? —preguntó. ¿Cómo iba a irse a otro sitio? ¿Y Bruno, sus padres y las gemelas? ¿Cómo se las arreglaría sin tía Berthe? La cabeza empezó a darle vueltas. Contuvo el pánico y se esforzó por hacerse entender en inglés—. Discúlpeme, por favor, pero yo no me puedo ir; mis hermanas, mis padres, mi suegra van a venir. Debo esperarlos aquí, en Londres. Cuando lleguen, iremos a Oxford. No puedo...

—Bobadas, señora Zayman.

¡Desde luego que no! Aquellas personas se pensaban que había sitio para todo hijo de vecino en Inglaterra, se dijo Penelope malhumorada. Los alojamientos de su lista ya estaban abarrotados y su buena voluntad no daba más de sí. Además, se estaba haciendo tarde y tenía ocho familias más en su lista a las que debía solicitar que firmaran el consentimiento. Miró detenidamente a la joven y a su bebé. Eran extranjeros, pero los dos parecían limpios. No tenían heridas ni tosían, el marido trabajaba para el Gabinete de Guerra. El bebé, al contrario que la mayoría de los niños pobres y delgaduchos de Londres que figuraban en su lista, estaba sano y bien alimentado. Con la actual escasez de alojamientos, Penelope temía que fuera cuestión de tiempo que alguna de sus compañeras resolviera que, como ella estaba casi todo el tiempo en su piso de Londres, en su enorme casa de Crowmarsh Priors había sitio de sobra para los evacuados.

Decidió inmediatamente alojar a aquella joven y a su bebé en casa de Evangeline, antes de que le asignaran otros niños mucho más desagradables. Su adormilada nuera necesitaba hacer algo que valiera la pena. Con Richard en el servicio activo, Evangeline tenía demasiado tiempo para deprimirse. Ya era hora de que la joven espabilara e hiciera algo, una vez recuperada de la pérdida de su bebé. ¿Qué mosca le habría picado a Richard para fugarse con aquella mujerzuela americana y partirle el corazón a Alice? Penelope se mordió el labio indignada. Nunca encontraba respuesta a aquella pregunta.

Y lo había intentado, de verdad que lo había intentado, por Richard, pero la lánguida Evangeline era una pésima esposa de oficial de la Armada, en cambio su querida Alice habría sido una esposa extraordinariamente sensata y activa, una verdadera ventaja en la carrera de su hijo.

—La encuentro más bien exótica, ¡como una concubina! —había exclamado en una ocasión, desahogándose con una amiga—. O una gata —añadió al instante—. Es tan reservada como un felino.

Aún peor, Evangeline era tremendamente descuidada en su forma de vestir, jamás se esforzaba, se ponía cualquier trapo viejo, incluso las camisas y los suéteres que Richard desechaba. Penelope suponía que porque era americana. Estaban sin civilizar.

—¡Qué espanto, querida! —le había contestado su amiga, compasiva—. Menos mal que se ha quedado en el campo y tu hijo no se la ha llevado al cuartel de Plymouth, por ejemplo, donde sus superiores se habrían dado cuenta.

—¡Y sus esposas!

Penelope decidió escribir a Evangeline esa misma noche. Le diría sin tapujos que había llegado la hora de recobrar la compostura por el bien de Richard. Debía pensar en su deber y prepararse para acoger a una madre y a su bebé evacuados.

El gemido indignado de Johnny al despertar devolvió a Penelope a la lóbrega salita y a su lista de alojamientos.

—En serio, señora Zayman, nos causa muchísimos problemas que las madres se muestren tan reacias a firmar —comentó Penelope en tono más firme—. Además, me temo que el Gobierno está hablando de encerrar a los inmigrantes procedentes de Alemania y Austria, así que yo en su lugar firmaría de inmediato, salvo que prefiera que los recluyan.

—¿Recluirnos? —preguntó la joven, meneando al bebé lloroso.

—En un campo donde tendrán que permanecer lo que dure la guerra.

—Pero si firmo ese papel, ¿no me recluirán en un campo?

—¡Exacto! —exclamó Penelope, al tiempo que le tendía una pluma. Empezaba a dolerle la cabeza—. De hecho, irá a una casa muy bonita de Sussex, mucho mejor de lo que podía haber esperado. ¡Considérese afortunada!

Dos días después, el rabino Cohen vino a buscar a Tanni para llevarla a la estación Victoria y le prometió que el comité de mujeres la avisaría tan pronto como encontraran a sus hermanas.

—No te preocupes, Berthe y Rachel se encargarán de ello.

Le dijo que Bruno estaba al corriente de dónde iban a estar ellos dos y que aprobaba su traslado. Tía Berthe y él lo habían hablado y habían decidido que era buena idea que se fuera, sobre todo si de ese modo no corría el peligro de que la metieran en un campo de concentración. Le recordó, con voz amable pero seria, que era esposa y madre, que debía procurar arreglárselas ella sola lo mejor posible, porque el trabajo de Bruno era muy importante y algún día lo entendería. Por el momento, debía cuidar de Johnny, seguir bien y a salvo, y mantenerse animada. Tanni asintió con la cabeza y se lo prometió, procurando ocultar su angustia.

—¡Buena chica! —la felicitó el rabino.

CAPÍTULO 7

Este de Londres, finales de agosto de 1939

El hombre que cobraba el alquiler de las casas de dos plantas y dos habitaciones por planta de North Street, cerca del muelle de Londres, hacía su ronda el lunes; era el día de colada y tenía la certeza de que encontraría en ellas a las amas de casa. Las que tenían el dinero del alquiler preparado lo observaban detenidamente mientras lo contaba y lo anotaba en su libretita, luego cerraban la puerta aliviadas. Las que no tenían la cantidad correcta calculaban desesperadas la excusa que podían poner para aplazar el pago a la semana siguiente.

Cuando la señora Pigeon fue a abrir la puerta, tenía el rostro contraído por la angustia. Los niños, en la sala que había a su espalda, contenían la respiración. Su padre debía de haber descubierto otra vez dónde escondía su madre el dinero del alquiler. En cuanto se hacía con él, salía disparado al pub o al canódromo, y dejaba sin cena a los niños. Volvía a casa tarde y avergonzado, sin poder sostenerse en pie, y entonces se oía una fuerte discusión, y a veces un bofetón. Al día siguiente, su madre ponía la casa patas arriba en busca de algo que empeñarle al Tío. No quedaba mucho.

En cuanto su madre abrió la puerta, se quedaron todos pasmados, boquiabiertos, mirando a la persona que estaba de pie en el escalón.

—¡No es el tipo del alquiler, ni mucho menos! —exclamó uno de los niños.

Era una dama que vestía como la reina en las fotos de los periódicos: un vestido elegante, un sombrero con plumitas marrones y rojas que sobresalían por detrás y el pelo muy bien peinado bajo el velo; llevaba bolso, guantes, los zapatos relucientes y le brillaban las piernas. En North Street, las mujeres llevaban gruesas medias marrones de algodón anudadas por encima de la rodilla y zapatillas de andar por casa, incluso en la calle.

—Buenos días, señora Pigeon —dijo, igual que la gente de la radio.

Los niños estiraron el cuello para ver mejor mientras su madre se plantaba delante de la puerta, impidiendo el paso, con el delantal cubriéndole el descolorido vestido de faena y sosteniendo en brazos a Violet, apoyada en su hombro. La señora ya había venido antes, pero después de lo que parecía una discusión, su madre le había cerrado la puerta en las narices antes de que ellos pudieran verla. En esta ocasión, la señora coló rápidamente un pie entre la puerta y el marco, y después habló alto y claro.

—Señora Pigeon, ¡esta vez me tiene que escuchar! No se trata de si habrá guerra o no, sino de cuándo, y será posiblemente en cuestión de días. Es esencial que queden registrados todos los niños de Londres para que podamos evacuarlos a un lugar seguro, fuera del alcance del enemigo. Pero como usted se negó a registrar a sus hijos, sus vecinas han seguido su ejemplo. Hay casi cuarenta niños solo en esta calle. Cuando empiece la guerra, será peligroso, si no imposible, que viajen. El Gobierno cree que los muelles del este serán el primer objetivo de los alemanes en Londres. Eso está muy cerca de North Street. Cualquier bomba lanzada en esta zona caerá probablemente en los gaseoductos, y si estos estallan, todo lo que hay aquí desaparecerá en medio de una bola de fuego. Además, se espera que los alemanes utilicen gases venenosos. Es imprescindible poner a salvo a los niños, señora Pigeon, antes de que mueran achicharrados…

—¡Ay, mamá! —se oyó un coro de gemidos, y la señora Pigeon se volvió para apaciguar a su prole con gesto ceñudo.

La elegante señora aprovechó la ocasión y, mientras la señora Pigeon estaba de espaldas, le ofreció a Violet un caramelo, que la pequeña se metió de inmediato en la boca. La gente le daba caramelos a menudo y la pequeña había aprendido que la mejor forma de conseguir otro era una sonrisa angelical.

—¡Qué niñita tan encantadora! Una niña con unos ojos tan azules debe de ser buenísima. ¿Cómo te llamas, cielo? ¿Sabes cómo te llamas?

La señora le ofreció otro caramelo. Violet lo aceptó, se lo metió en la boca también y sonrió angelical en el momento oportuno.

—*Vi'let.*

La mujer anotó algo rápidamente en su portapapeles.

—¿Y sabes cuántos años tienes, Violet? —Violet se metió un dedo mugriento en la boca para empujar los caramelos y negó con la cabeza. «Unos tres», anotó—. ¿Tienes hermanitos, Violet? —Violet asintió—. ¿Me sabrías decir cómo se llaman, cielo? Me quedaré aquí mientras los anoto.

La señora Pigeon se volvió, con el rostro oscurecido como una nube de tormenta. Uno de los niños le dio un codazo al otro. Aguardaron expectantes.

Violet se sacó el dedo húmedo de la boca y confesó:

—Elsie está cocinando su ropa, nos la vamos a cenar. Mamá dice que no hay nada más que vender.

La señora Pigeon suspiró, derrotada. Dejó a Violet en el suelo. Sin moverse ni un centímetro de la puerta, empezó a nombrar a todos sus hijos y a señalar sus edades.

—El mayor, Bert, tiene diecisiete y su hermano, Terence, dieciséis. Se los han llevado a los muelles, a trabajar donde su padre antes del accidente. Mala suerte tuvo, con lo escasos que son los trabajos hoy en día. A mi marido le aplastó la pierna una carga y nunca se curó del todo, así que, como él estaba mal, me las arreglé como pude hasta que los muchachos encontraron trabajo. Pero son buenos chicos, serios, traen el sueldo a casa. No podemos vivir sin lo que ganan, señora. Mi Elsie tiene quince, ha terminado sus estudios y todo; sí, señora. Trabajará fuera de casa. Mi marido le ha conseguido un puesto en una fábrica de pegamento. Empieza la semana que viene. Su sueldo también nos viene bien, para tener un techo bajo el que cobijarnos, con tantas bocas que alimentar. Agnes, la de allí, tiene diez. Es una niña enfermiza. Hemos tenido que llamar al médico dos veces este año, no sé cómo va a poder ir a ningún sitio. Casi no puede moverse de la silla. Esos son los gemelos, Dick y Willie. Tienen ocho años y son dos bichos. Ese es Jem, el más pequeño —concluyó la madre con su destartalado hablar *cockney*, y un bebé empezó a llorar.

—¡Mamá! —se oyó a coro desde la lóbrega estancia que había a su espalda.

—Más vale que os estéis todos calladitos si sabéis lo que os conviene —les advirtió.

Sonó huraña, como cuando se veía obligada a hacer algo en lo que no quería pensar, como cuando había empeñado al Tío su anillo de boda para poder pagar el alquiler. Se volvió hacia la puerta y, aunque la señora y ella bajaron la voz, parecía que discutían.

Elsie miró ceñuda a la visitante, compadeciéndose de su madre. Todo el mundo sabía que no había que hacer visitas los lunes, porque todos ellos iban tapados con retales de los viejos delantales de mamá y otros trapos para estar decentes mientras se secaba su ropa. La propia Elsie, vestida tan solo con unas andrajosas enaguas grises, removía el caldero de lavar con el palo de la escoba, empujando los paños manchados del período bajo la espuma grisácea antes de que sus hermanos los vieran y le preguntaran qué eran. Dick y Willie, cada uno con unas bragas viejas de su madre que tenían que sujetarse con una mano, se peleaban por una camiseta de medio penique. El ruido que hacían había despertado a Jem, que dormía en un cajón del aparador. Agnes estaba acurrucada debajo de una manta en el único sillón de la estancia, protestando porque el vapor y el olor del jabón hirviendo le hacían toser, pero todo hacía toser a Agnes, y la familia casi nunca reparaba en ello.

A Violet no le habían dado otro caramelo y empezó a chillar muy fuerte para llamar la atención de su madre.

—Buenos días, entonces —dijo la señora, bastante malhumorada, y su madre cerró la puerta de golpe.

Se volvió hacia ellos con una cara rara.

—¡Condenados alemanes! ¡Condenada señoritinga! ¡Opacas, por favor! ¡Cortinas opacas, dice! ¡Cortinas! Si no hay otra cosa en casa que papas para la cena, y no muchas, y los muchachos y vuestro padre vienen a cenar no sé el qué. Willie, deja de hacer el tonto y ocúpate de Jem en mi lugar. Eso es, buen chico.

—¡Caray! ¡Mamá ha dicho «condenados»!

Perplejos, los gemelos dejaron de pelearse. Su madre les insistía mucho en que hablaran «como Dios manda».

Willie tomó en brazos al bebé y puso cara de asco. Sostuvo a la criatura berreante con los brazos estirados.

—Lo ha pringado todo, mamá.

La señora Pigeon dejó a Violet en el suelo, le quitó al pequeño el pañal sucio y le envolvió el trasero húmedo con su delantal.

—¿Quién era esa señora? ¿Qué dice ese papel, mamá?

Sostuvo el folio bajo la luz. Sus labios se movían mientras recitaba laboriosamente las palabras.

—Evacu… no sé qué. No sé qué demonios dice aquí —masculló. Violet lloriqueó y le echó los bracitos. Su madre dejó a Jem encima de la mesa que había en el centro de la habitación y volvió a tomar en brazos a la pequeña. El bebé empezó a berrear—. Ay, por el amor de Dios, Agnes, deja de toser un minuto, ¿quieres? A ver, Elsie, tú que eres la lista, léenos lo que dice.

Le entregó el documento a Elsie y empezó a buscar un pañal limpio. Los ojos azules de Violet miraron fijamente a su hermana por encima del hombro de su madre.

La señora Pigeon dejó de nuevo a Violet en el suelo, luego se desabrochó la blusa para darle el pecho al bebé, que no paraba de llorar.

—Léemelo —le ordenó—. Agnes, pela las papas, ¡ya!

Violet le sacó la lengua al bebé.

—¿Por qué a Elsie nunca le toca hacerlo? —protestó Agnes sin resuello, pero luego se acercó a rastras a la diminuta trascocina que había debajo de las escaleras y volvió con una jofaina de latón y un cuenco de papas.

—Porque cuanto menos tenga que ver Elsie con la cena, mejor, como bien sabes, hija mía. Destrozará las papas. Además, es la única de nosotros que puede entender lo que dice ese papel, teniendo en cuenta que tú no has podido ir a la escuela y los gemelos saben leer tanto como Jem. —Su madre dio unos golpecitos al papel que le había dado la señora—. Cuéntanos lo que dice, niña.

Elsie se sentó y estiró el papel sobre la mesa desvencijada y pringosa de aceite y leyó despacio en voz alta: —«Programa de eva… evacu-a-ción del Gobierno —empezó—. Con el fin de garantizar la seguridad de los niños de Londres, el Gobierno ha ordenado su evacuación a zonas de las afueras de la ciudad que no se consideran en peligro de sufrir los bombardeos alemanes. Los niños en edad escolar de hasta quince años deberán registrarse en sus escuelas, que supervisarán su evacuación a poblaciones del área rural. Si sus hijos no están registrados y desea que sean evacuados, los profesores o el director de la escuela les ayudarán. Si no desea que se evacúe a sus hijos, no deberá enviarlos a la escuela hasta nuevo aviso».

La señora Pigeon no dijo nada, así que Elsie leyó el aviso unas cuantas veces más, imitando la voz radiofónica de la elegante señora. Pretenciosa. «Evacuación.» La palabra tenía un timbre oficial, importante.

—Oye, mamá, ¿qué ha querido decir esa señora? —preguntó Willie, que no se había enterado de nada.

Pese a lo corpulenta que era, la señora Pigeon de pronto pareció más pequeña, con los hombros caídos. El pelo fino se asomaba revuelto por debajo de la pañoleta que llevaba anudada a la cabeza en los días de colada. Cuando por fin habló, su voz sonó muy lejana:

—Lo que ha querido decir es que... que os tenéis que ir. Eso. Dicen que va a haber una guerra y los alemanes nos tirarán bombas como en la Gran Guerra. Horrible, eso es. —Meció a Jem—. Horroroso. Por aquí, los fuegos no paraban de arder. Recuerdo que las casas y las tiendas se derrumbaban con la gente dentro, familias enteras atrapadas. Y ese olor, de la gente que ardía... Y los gritos... Fue horrible. No pudieron sacarlos, ¿sabéis? Ya ha venido dos veces antes a preguntar cuántos de vosotros teníais menos de quince años. Yo no quiero ni pensar que todo aquello vuelva a ocurrir y le he dicho: «No puede ser», le he dicho. «Pues será —me ha contestado ella, convencida—. Cuente con ello, señora Pigeon.»

»También me ha dicho que yo iré con Jem y Violet, porque aún son muy pequeños, pero que puede que a los demás os lleven a un sitio distinto. Aunque eso significaría dejar aquí a vuestro padre y a los chicos. Y de ti, Elsie, he dicho que tenías quince años, porque los tienes, casi, pero eres demasiado mayor para que te evacu... lo que sea. No sé qué es lo mejor.

Elsie descubrió algo en el reverso de la notificación.

—Mamá, hay incluso una lista. Aquí dice que «Los niños deberán llevar sus máscaras antigás por si...». ¡Uf! ¡Qué horror! ¡Yo las odio! Y que necesitarán «dos mudas de ropa interior, camisón o pijama…». ¿Qué es un pijama, mamá? Y «una pastilla de jabón, cepillo de dientes, pasta de dientes, peine o cepillo de pelo, pañuelos, un abrigo de invierno y un suéter, una muda de calcetines o medias, un par de zapatos de repuesto».

—Cada uno, me ha dicho esa mujer —comentó su madre, perpleja.

Elsie hizo el cálculo mental para saber cuántas pastillas de jabón, cuántos peines y cepillos, cuántos suéteres harían falta, luego soltó aliviada aquella lista imposible.

—Eso lo arregla todo, mamá. No podemos irnos. No tenemos zapatos de repuesto, ni ninguna de las otras cosas.

Se hizo el silencio un instante. Su madre estudió el círculo de rostros angustiados. No podía prescindir de ninguno de ellos ni por un minuto.

—¡Bah, qué más da el fuego! —dijo Willie—. Podemos dejar un balde de agua junto a la puerta.

—A mí no me da miedo el fuego —espetó Dick con determinación—. Ni las bombas.

—Fuego —dijo Violet, y se metió el dedo en la boca.

Sonó una campana en la calle y una carreta pasó estrepitosamente por delante de la casa.

—Aunque ojalá tuviéramos salchichas —señaló Dick, que siempre tenía hambre. Los otros asintieron.

Su madre alzó la mirada.

—Esas papas hay que cocerlas. Agnes, trocea el repollo de ayer. Esa campana debe de ser del hombre de las sobras de carne. Voy a por unos trozos antes de que los gatos se lo coman todo. Hay que animarse un poco. La comeremos con salsa de cebolla. Además, tenemos algo de mostaza en polvo; nos vendrá bien un poco de mostaza para animarnos. Elsie, prepara tú la mostaza.

—¡No! A Elsie le queda con grumos, mamá.

La señora Pigeon suspiró agotada.

—Elsie, tápate bien con una toalla y sal a tender la colada. A Jem no le quedan pañales limpios.

Luego se desató la pañoleta, bajo la que había escondido un valioso chelín hurtado al dinero del alquiler, y volvió a anudársela con fuerza en la frente.

En la calle, Penelope Fairfax se recolocó el sombrero y se mordió el labio de frustración. Había ido a visitar personalmente a la señora Pigeon más de una vez porque las vecinas de aquella mujer le habían preguntado: «¿Y qué dicen los Pigeon de todo esto, señora?», y se habían negado a evacuar a sus hijos hasta saberlo.

Al pensar en los Pigeon, Penelope arrugó la nariz. El hedor de aquella casa era terrible, ni siquiera el vapor del caldero de agua jabonosa hirviendo lograba enmascararlo. Aquellos dos críos esqueléticos tenían sarna, estaba segura. La niña que tosía no tenía muy buen aspecto y a Penelope le había aliviado que la señora Pigeon no la dejara entrar. Sin embargo, la pequeña a la que llamaban Violet era una preciosidad. Bonitos ojos. Era inusual encontrar una criatura así en North Street. Probablemente tuviera piojos, como todos los demás. O lombrices. O las dos cosas.

Y había que evacuar cantidades ingentes de chiquillos como aquellos de la ciudad al campo mientras las autoridades encargadas de preparar su alojamiento desesperaban ante la escasez de lugares para ubicarlos. Penelope pensó con remordimiento en su espaciosa casa de Crowmarsh Priors. Se la habría regalado encantada a Richard y a su querida Alice y se habría mudado a Londres, pero se había visto obligada a quedarse allí para ayudar a Evangeline —¡menudo nombre!— a instalarse, sobre todo estando encinta como estaba. Sin embargo, le había resultado imposible compartir casa con su nuera, cuyo letargo la desquiciaba, y tampoco pensaba compartirla con criaturas como los niños de los Pigeon, muchas gracias. Se estremecía solo de imaginarlos corriendo como posesos entre la cretona y las antigüedades. Sin embargo estaba contenta por haber tomado la precaución de mandar en tren allí a la joven austríaca y a su bebé la semana anterior. Si ahora las autoridades descubrían su casa, podía decir que Evangeline ya no daba abasto con los evacuados.

Penelope no prestó atención al sonido de unas zapatillas arrastrándose por la acera, a su espalda, hasta que notó que alguien le agarraba el brazo por detrás. La señora Pigeon, sin aliento, con la cara contrahecha de angustia, dijo casi sin aire:

—Oiga, señora, no quería preguntarle delante de los niños, pero ¿qué será de ellos si los evacu… como se diga? No sé qué hacer, qué es lo mejor. Su padre solo trabaja unas horas en el muelle, por lo de la pierna, y los dos mayores no pueden dejar sus empleos, pero no los voy a abandonar aquí para que se las apañen ellos, son solo chiquillos, y luego está mi muchacha, la mayor, que acaba de cumplir quince, y dejarla sola a esa edad, sin su madre, no me parece bien.

Penelope suspiró.

—Señora Pigeon, ya le he comentado que el Gobierno ha dejado muy claro que los niños están más seguros fuera de Londres. Como le he explicado, acudirán como de costumbre a las escuelas y los profesores acompañarán a cada clase durante el traslado fuera de Londres y hasta que estén alojados. Seguro que coincidirá conmigo en que su deber es dar prioridad a sus hijos y pensar en lo que es mejor para ellos. Bastará con que firme este formulario, yo me encargaré de los preparativos.

Penelope revisó sin ganas la lista. La mayoría de los alojamientos disponibles estaban ya abarrotados y era evidente que tendría que convencer a muchas de las personas que habían accedido a acoger a «una niña agradable de cinco o seis años, limpia y educada» para que aceptaran a «seis chicos inquietos de edades comprendidas entre dos y los catorce años» o «dos niñas y cuatro niños de edades desconocidas». Pero el deber era el deber.

—Tres de los suyos podrían ir al campo, Agnes y los gemelos. Hay sitio para tres en… eh… Yorkshire. En una granja, sanísimo, un magnífico lugar para los niños. Usted podría acompañar a las dos pequeñas, aunque puede que no los alojen en el mismo sitio que a los otros tres, porque hay escasez de plazas. No obstante, hay un alojamiento cerca de Scarborough.

Sabía muy bien que el anciano matrimonio que vivía allí había pedido expresamente «una niña callada y obediente de nueve o diez años». Aun así, tendrían que acoger a la señora Pigeon, a Violet y a Jem. Puede que Violet los encandilara, siempre que no le diera por berrear.

La señora Pigeon parecía ausente.

—Estoy segura de que su marido y los dos mayores se las arreglarán bien solos. Lo de su hija mayor… Elsie, ¿verdad?, ya es más complicado, porque está entre dos aguas, por así decirlo. Mmm… Por lo general, solo evacuamos a niños en edad escolar, pero quizá podría colocar a su Elsie como criada de una amiga mía del campo. Una dama llamada lady Marchmont. Es viuda. La espina dorsal del pueblo.

La señora Pigeon no tenía ni idea de dónde estaba Yorkshire, ni ese sitio que empezaba por Scar… no sé qué, pero se le iluminó el rostro ante la posibilidad de que Elsie ocupara un puesto de doncella. Mucho más «respetable» que una fábrica de pegamento.

—¿Elsie trabajando como sirvienta? Caray —dijo, pensando rápido—. Antes de que mi marido le encontrara trabajo en la fábrica, ¡solíamos hablar de que Elsie hiciera precisamente eso! —La señora Pigeon cruzó los dedos a la espalda—. Lo malo es que Elsie no tiene formación. Claro que, aunque esté mal que yo lo diga, no le hace falta aprender mucho. —Cruzó los dedos con más fuerza aún. En cuanto Elsie estuviera en el campo, no les quedaría otro remedio que dejarla allí… si había guerra.

Penelope estaba pensando algo parecido. Conocía bien a Muriel Marchmont; tanto, que la anciana señora había decidido mantener a Penelope informada de todo lo que Evangeline hacía y no hacía. Sin embargo, en su última carta le había mencionado que la señora Gifford y ella estaban desesperadas desde que su última doncella las había dejado para casarse. De algún modo, había sitio para una chica como Elsie. Por otro lado, si aquella joven de pelo lacio que removía el caldero de la colada había visto antes un plumero y sabía cómo usarlo, Penelope era la reina María.

La señora Pigeon detectó su vacilación y aprovechó la ocasión que se le presentaba, consciente de que los suyos no solían tener muchas.

—Elsie no dará abasto allí. Es buena chica, eso sí, mi Elsie, pero por aquí no nos gusta dejarlas solas a los quince años, porque los chicos intentan meterles ideas en la cabeza y terminan convenciéndolas. Me quitaría una gran preocupación si se la llevara —la instó—, así podría pensar en qué hacer con los otros. Pero... —se interrumpió, no era capaz de imaginarse a Elsie de aprendiz de criada— puede que no le sirva a esa señora.

—Va a haber una guerra, señora Pigeon. Todos tendremos que hacer sacrificios —dijo Penelope con sequedad, viendo de pronto lo tarde que era. Hacía un rato que debía estar en las oficinas con sus listas—. Si hablo personalmente con lady Marchmont, estoy segura de que pondrá de su parte. Registraré a Agnes y a los gemelos enseguida y mañana le diré adónde irán usted y las pequeñas. —Le plantó en la mano un formulario y una pluma—. Haga el favor de firmar aquí. Ahora, si me perdona, se me hace tarde.

Le arrebató el formulario firmado y salió corriendo hacia el automóvil del Servicio de Voluntariado Femenino.

—¿Cuándo tendrán que irse? —le gritó la señora Pigeon.

Penelope se volvió un instante.

—El viernes, al final de la semana. No lo olvide: en la escuela a primera hora, con sus maletas. Y no se preocupe, señora Pigeon, aunaremos esfuerzos y todo irá bien. Adiós.

La señora Pigeon se quedó alicaída. Lo había hecho. Esperaba que todo saliera bien. Su Elsie se instalaría en una casa respetable, lejos del peligro, y sobre todo lejos de aquel pillo de Bernie, que seguía al Tío a todas partes. Lo había visto rondando la calle a la puerta de su casa y sospechaba que andaba detrás de Elsie. La señora Pigeon había aprendido una o dos cosas de su matrimonio y sabía que Bernie no era trigo limpio.

Además, si Elsie entraba en una casa como doncella, tendrían que alimentarla, lo que ya era algo. Eso le recordó a la tropa hambrienta que había dejado en casa y salió corriendo detrás del hombre de las sobras de carne.

CAPÍTULO 8

Después de vivir dos meses, intermitentemente, en el condenado Crowmarsh Priors, perdido en medio de la nada, con el policía del pueblo y su esposa, Bernie Carpenter estaba convencido de que el campo era peor que la cárcel. Jamás había imaginado que pudiera existir un lugar tan tranquilo y aburrido. Echaba de menos Bow y a Shoreditch. Echaba de menos la emoción del canódromo y los corredores de apuestas que fiaban al Tío, los salones de baile a los que acompañaba al Tío y donde, dándose importancia, sostenía la cartera abierta, colgada del cuello, para que la llenaran de billetes, el dinero que pagaban por su protección, y saludaban «al chico del Tío». Echaba de menos a las anfitrionas de los bailes, con las caras pintadas y las medias de seda, que se agolpaban alrededor del Tío y olían bien. Le traían a Bernie cerveza de jengibre, le revolvían el pelo y le decían que estaban esperando a que creciera. Echaba de menos los mercadillos callejeros donde los dueños de los puestos anunciaban a voces el género y le tiraban una manzana mientras el Tío revisaba las mercancías robadas ocultas debajo de las carretas. También echaba de menos asaltar los establecimientos, con la emoción de colarse de noche en una tienda o una casa y salir de ella a escondidas con un saco lleno de objetos valiosos, siempre a la espera de que el vigía gritara «¡Fuego!» cuando veía a la policía. Pero, sobre todo, echaba de menos la diminuta habitación oscura debajo de la casa de empeños, el olor a tinta, las imprentas e imprimir billetes de una libra, repetir la marca de agua una y otra vez, practicar con las tintas en diferentes monedas con textos en otros idiomas y divertidos rostros de vejetes con barba mientras el Tío lo observaba con ojo crítico por encima del hombro y le demostraba cuán importantes eran los detalles más insignificantes.

«Así valdrá» era el mayor de los elogios —el Tío no era hombre de muchas palabras— y Bernie vivía esperando aquel fugaz indicio de aprobación. Entonces un día el Tío inspiró hondo y masculló: «Por san Jorge, muchacho, tienes buen ojo y buena mano. Hay cosas que no se aprenden, se llevan en la sangre. Yo mismo no lo habría hecho mejor», y Bernie casi estalló de orgullo.

Como estaba en Crowmarsh Priors y no sabía exactamente dónde era, porque si no se habría escapado, habían ido a buscarlo y luego se lo habían llevado en automóvil muy lejos, a algún otro lugar en el campo. Sin embargo, una vez allí, debía reconocer que era un poco como en los viejos tiempos, y eso estaba bien. Sus nuevos colegas eran una panda divertida, estaban siempre bromeando y no eran muy dados a los elogios, pero Bernie no era tonto. Tal y como él lo veía, si dependían de un muchacho de dieciséis años para hacer billetes y pasaportes falsos, entre otras cosas, y le pagaban por hacerlo, además de pagar al agente Barrows por alojarlo, esa era su forma de decirle que tenía un don. Hablaban raro, muy fino, como si dijeran una cosa pero quisieran decir otra, pero no eran mala gente. Casi había dejado de afanarles los cigarrillos, los encendedores y las monedas sueltas.

De todas formas, tampoco había dónde gastarlo. Si no lo necesitaban, el chico se compraba una chocolatina y vagaba sin rumbo por el pueblo, sin saber muy bien adónde ir.

Cuando vio a la chica delgaducha de North Street sacando brillo a los bronces de la puerta de la casa grande a la orilla del prado, casi no se lo podía creer. ¿Qué demonios hacía allí la hija de los Pigeon? Se había escondido detrás de una mata gigante de laurel que había junto a la verja y la había observado. Se frotaba los ojos y se pasaba el dorso de la mano por la nariz, como si hubiera estado llorando. Debía de formar parte del servicio de la casa grande. Bernie no podía creer la suerte que había tenido de toparse con una cara familiar. Especialmente la de ella. Además, la bruja de su madre no estaría allí para impedirle que hablara con ella.

Desde que la vio, anduvo rondando la verja de la casa tanto como se atrevió a la espera de que ella saliese. Debían de tenerla trabajando sin parar, porque rara vez aparecía. En cambio, veía a una dama grande y vieja de pelo blanco y bastón que olfateaba el aire constantemente como si algo le oliera mal. También había una chica guapa que iba y venía. Tenía esa clase de pelo castaño cobrizo que le gustaba al Tío y vestía como las estrellas de las fotografías, con pieles, sombreritos y tacones altos. El caballero de Gracecourt Hall pasaba a recogerla casi todos los días en un descapotable lleno de amigos, y se marchaban a toda velocidad, riendo, por el sendero de acceso a la casa. Justo la clase de chica que el Tío colocaría bien en St. John's Wood o incluso en Kensington.

Le entristecía pensar en el Tío. El agente Barrows le había dicho, amablemente, que el Tío estaba enfermo en prisión, demasiado enfermo para que nadie, y menos aún un muchacho, lo visitara. Sin embargo, cuando Bernie le había preguntado al policía que a quién pertenecía la casa grande, el agente había perdido su expresión afable, lo había agarrado por el cuello de la camisa y le había dicho:

—Te advierto una cosa, pequeña comadreja: ni se te ocurra intentar nada en Glebe House. No quiero que hagas ninguna de tus diabluras allí. Lady Marchmont te haría trizas. Y yo te encerraría.

Así que tuvo que esperar el momento propicio. Al final, volvió a verla. Solo la coronilla, porque estaba acuclillada entre los altos hierbajos del cementerio, detrás de la antigua tumba de piedra, la del tipo vestido con armadura que tenía las piernas cruzadas y la espada y el escudo en el regazo. El sonido de su llanto había alertado a Bernie. Llevaba un vestido negro que le quedaba muy grande, un enorme delantal negro y un gorrito blanco con volantes echado hacia la parte posterior de la cabeza. Hablar con las anfitrionas de los salones de baile era fácil, porque siempre empezaban ellas, le provocaban, se inclinaban hacia delante y le daban palmaditas en la pierna, pero ¿qué se le decía a una chica? ¿Cómo se debía empezar? Le dio una patada a una piedra.

—Ay —dijo en voz alta, confiando en que ella mirara. No lo hizo.

No se le ocurría otra cosa, así que le dio una patada a otra piedra, que rebotó en la tumba. Esa vez ella debió de oírlo, porque hipó y volvió la cabeza. Moqueaba y tenía los ojos rojos, además de una roncha roja en la mejilla, como si le hubieran dado una bofetada.

—Hace mucho frío hoy para estar llorando aquí fuera, ¿no? —comentó.

—Que te den —masculló ella, y se limpió la nariz con el dobladillo del delantal, cuyas cintas le daban dos vueltas alrededor de la pequeña cintura.

Él sonrió. No podía decir palabras malsonantes delante del agente Barrows y su joven esposa.

Entonces le llegó la inspiración. La mujer del agente Barrows, en su afán de ser una esposa modélica, se había horrorizado al ver el estado en que se encontraban las míseras pertenencias de Bernie, desparramadas por la habitación de invitados, y lo había obsequiado con una pila de camisas y pañuelos viejos de su marido recién lavados, almidonados y planchados. Bernie se palpó el pañuelo que llevaba en el bolsillo.

—Toma, lo vas a necesitar. —Se acercó y se lo ofreció—. Úsalo, está limpio.

—¿Lo has lavado tú? —le preguntó ella descortésmente, pero lo aceptó.

Tenía las manos rojas y agrietadas. Soltó un suspiro estremecedor y se limpió la cara.

—Vamos, suénate —la instó él, y ella lo hizo, muy fuerte, igual que una trompeta desafinada—. Te he visto antes —le dijo, sentándose en cuclillas a su lado.

—Lo sé —contestó ella sin entusiasmo—. Yo también te he visto. Eres el muchacho que vive en casa del agente Barrows.

—No, antes de eso. Me refiero a North Street. Eres una de los Pigeon, ¿no? —Ella asintió con la cabeza—. Ven, levanta del suelo. Nos podemos sentar aquí. —Se subió a la tumba del caballero. Estaba algo inclinada, pero seca. Le tendió una mano. Ella se levantó, se sacudió la falda del vestido y el delantal, y se recolocó la cofia—. Ven aquí, anda. Ten cuidado con la calavera esa que sobresale al final. —Bernie se movió un poco para hacerle sitio. Después sacó una cajetilla de Woodbines y le ofreció uno—. ¿Fumas?

—No, gracias.

De cerca, el rostro de la chica tenía forma de corazón y estaba pálido, salvo por la marca de la mejilla derecha.

Elsie lo vio encender con pericia un fósforo en el canto de la tumba y prender un cigarrillo. De cerca tenía la cara flaca y los rasgos muy marcados, y daba las caladas como un viejo, sosteniendo el pitillo con el pulgar y el índice. Una mata de pelo castaño le caía desordenada por la frente, casi hasta la nariz. Tenía cierto aire inquieto y vigilante; aun cuando estaba sentado tranquilamente, no paraba de mirar a todas partes. Le recordaba al hurón que un día trajo su padre a casa, se lo había comprado a un tipo en el pub. Se escapó cuando se lo sacó del bolsillo para enseñárselo a los niños. Su madre gritó al verlo corretear por el suelo, luego lo persiguió con la escoba hasta que lo sacó a la calle.

—Tú eres el chico del Tío —dijo ella, recordando el día en que su madre había llamado al prestamista porque tenía que vender el anillo de boda.

Muchas de las personas que vivían en North Street hacían escapadas furtivas a la tienda pequeña y estrecha del Tío, pero su madre no había querido ir por si alguien veía que estaba empeñando su grueso anillo de oro, el último símbolo de su respetabilidad. En cambio, había pedido que el Tío fuera a verla. Cuando llegó, a los niños los mandaron arriba, pero Elsie bajó con sigilo y vio al Tío y al muchacho que le llevaba el maletín. El muchacho la descubrió y le guiñó un ojo mientras ella se asomaba desde el rincón de las escaleras. Ella le sonrió y le devolvió el guiño antes de que su madre la viera y la mandara arriba de nuevo. Después de eso, lo había visto merodeando por North Street unas cuantas veces, pero su madre siempre se había asegurado de que no hablara con él.

—Bueno, supongo que sí.

Bernie agachó la mirada modestamente. Era como reconocer que era el príncipe de Gales. En cierto modo, lo era. En North Street estaban orgullosos del Tío; era una celebridad, con sus trajes caros, su automóvil, su voz agradable y sus buenos modales. Saludaba a las damas levantándose el sombrero, invitaba a copas a todo el pub los sábados por la noche, acariciaba la cabeza a los niños y les daba un chelín, llevaba una colonia que se olía a un kilómetro de distancia y se decía que tenía una novia muy extravagante. A nadie se le habría ocurrido chivarse del Tío cuando la policía andaba buscando artículos robados o investigando algún fraude en las casas de apuestas. Pero la falsificación era su verdadero negocio. El Tío era un artista, se decía, no un delincuente común. Los chavales de la zona envidiaban la suerte de Bernie por haber sido elegido aprendiz del prestamista. Hasta las pandillas italianas de Clerkenwell, lo peor de lo peor, lo respetaban.

—Ha cuidado de mí desde que era un crío —dijo con su fuerte acento de los barrios bajos, muy similar al de ella—. Mi padre era marino y luego mi madre murió. Iban a mandarme a un orfanato, pero como yo solía hacerle recados, por un penique cada vez, el Tío me dijo que parecía un chaval aprovechable y me acogió. Les dijo que era hermano de mi padre.

—¿Y lo era?

—En realidad, no, pero a los del orfanato les da igual, siempre que no les dé problemas. El Tío me trataba bien, nunca perdía los nervios conmigo, pero me tenía despierto toda la noche aprendiendo el oficio. Yo copiaba cosas y eso, billetes de una libra, de cinco, hasta que ya no se podía distinguir el falso del de verdad. Lo que hay que recordar es que nunca hay que hacerlos perfectos. Son las imperfecciones las que señalan los auténticos. Me decía que era muy buen alumno. —Bernie se aclaró la garganta—. El orgullo de la profesión, me decía que era; un gran orgullo. Incluso me decía que…

Se detuvo. Elsie lo miraba fijamente, con los ojos como platos. Ella era muy poca cosa, pero le gustaba la idea de impresionar a una chica.

—¿Y por qué no estás con él ahora?

El rostro de Bernie se ensombreció.

—El Tío está otra vez en prisión. Por eso. Enfermo, además, de los pulmones o algo así. Con fiebre. Tose sangre. Por eso yo hago el trabajo en su lugar. —Infló su pecho estrecho—. Dicen que nunca han visto a nadie tan bueno como yo, salvo el Tío, claro; me tienen todo el día trabajando, te lo aseguro.

En teoría, no debía hablar de ellos —le habían advertido que, como se lo contara a alguien, se iba a enterar—, pero quería que ella siguiera mirándolo con tanta admiración.

—¿Qué trabajo? ¿Quién dice que nunca han visto a nadie tan bueno?

—El Gobierno. Creo —añadió con una nota de incertidumbre en la voz.

—¿El qué?

—La verdad es que no lo sé con exactitud. No puede ser una especie de banda si van directamente a comisaría, ¿no? Yo estaba en comisaría en ese momento… y los oí preguntar por el Tío. Los polis dijeron que se estaba muriendo en prisión, «donde este no tardará en reunirse con él», dijo uno, señalándome a mí, «porque el Tío le ha enseñado a esa pequeña rata de alcantarilla todos sus trucos». Luego añadió: «Lo han sorprendido robando en tiendas, haciendo recados a los italianos, robos relámpago. No se ha conseguido demostrar ninguno de los cargos, pero es el muchacho del prestamista, eso seguro. No tardaremos en mandarlo a un correccional».

»Al enterarse de que el Tío estaba tan mal, se miraron unos a otros, maldijeron y empezaron a decir que qué iban a hacer ahora. Uno de ellos preguntó a los policías, haciéndose el inocente, que si estaban seguros de que el Tío me había enseñado todos sus trucos. Los policías rieron y le contestaron que sabía tanto como el Tío de cualquier asunto criminal.

»El mismo que había hecho la pregunta dijo que, en ese caso, no les quedaba otro remedio que darme una oportunidad. Les enseñó a los policías un papel y estos se quedaron como que no se lo podían creer. Luego uno de los policías me levantó del banco, enfadadísimo. Me dijo que o me portaba bien o me encerraba hasta el día del juicio final. Entonces los tipos esos me metieron en un automóvil y me llevaron al oeste de Londres, a un edificio grande con despachos y secretarias y todo eso. Primero tuvieron una discusión con otro tipo que les dijo que no se fiaran de los policías y que, además, cuántos años tenía yo y que no le hicieran perder el tiempo. Al final, para cerrar la discusión, me metieron en una sala. Al Tío aquello le habría parecido el paraíso: material para hacer grabados, papel, imprentas…, como no se hayan visto jamás. Me dieron unos pasaportes, unos billetes extranjeros y documentos que parecían oficiales y me preguntaron si podía copiar alguno de esos. Me llevó toda la noche, pero eran fáciles. A la mañana siguiente, volvieron y se los llevaron. Al verlos, dijeron: "¡Por san Jorge, ni el Banco de Inglaterra los distinguiría!".

Elsie lo miraba fijamente, atónita. Él infló un poco el pecho.

—Salieron a por una taza de té y yo, rápidamente, como les había hecho un buen servicio, agarré uno de los billetes de cinco libras que me habían dado para copiar y me escabullí. Mandaron a los policías a por mí. Y, claro, me dieron caza en el mercado de Berwick Street. Uno de los polis le dijo al otro: «¡Lo quieren de vuelta, maldita sea!». Y al final me mandaron a vivir con el agente Barrows, supongo que para que no me metiera en líos. Ahora vienen a buscarme, hago el trabajo, me pagan y me devuelven a casa de Barrows. Les da igual lo que haga fuera de allí, siempre que siga trabajando para ellos. ¡Tendrías que haber visto la cara de los polis! Pero ninguno de ellos puede hacer nada al respecto. ¡Caray! —Rió y se irguió—. El Tío estaría orgulloso de mí, ¡diría que he caído de pie!

Elsie lo miró sin pestañear. Seguro que caminaba dándose aires. También estaba convencida de que, si su madre lo viera hablando con ella, sacaría la escoba y lo echaría a la calle a escobazos como hizo con el hurón. Elsie se incorporó. Por primera vez desde que había llegado al campo, se sentía un poco menos desgraciada.

—¿Cuál es tu nombre completo?

—Bernard Carpenter; Bernie, en realidad. Yo ya sé el tuyo, es Elsie.

—¿Cuántos años tienes?

—Casi diecisiete. Soy mayor que tú. Pero no tan guapo.

Elsie soltó una carcajada.

—¡Qué fresco! Bueno, yo tengo quince. ¿Cómo es tu vida en casa del agente Barrows?

El chico se encendió otro cigarrillo.

—No está mal. Ya sabes, no llevan mucho tiempo casados y siguen como tortolitos. Además, ¡la señora Barrows nos alimenta bien! Desayunamos caliente, con huevo y todo, y almorzamos, y luego la cena a lo grande, con pan y mantequilla en condiciones, a veces bollitos con jamón, y el sábado pasado ¡sardinas en lata! Luego —añadió como si nada—, los domingos comemos carne asada con papas y pudin de Yorkshire, y para cenar siempre hay pan con pringue. —Tamborileó con los talones en la tumba, con la mirada perdida—. El pan con pringue es mi favorito. ¿Tú estás de criada?

—Me evacuaron para convertirme en doncella de lady Marchmont.

Elsie suspiró y se frotó la mejilla derecha.

—He visto la casa. La vieja de uniforme parece que ha chupado un limón.

—Es el ama de llaves, la señora Gifford. Es insoportable.

—Y la chica… ¿es hija de la anciana que se porta como si fuera la reina?

—Ah, esa es la señorita Frances. Es ahijada de lady Marchmont, aunque no sé qué es eso. Se metió en líos en Londres, su foto salió en los periódicos, fue una gran deshonra, y la obligaron a venir aquí para que no se metiera en ninguno más, pero anda con esa gente de… como se llame. Se escapa por las noches cuando lady Marchmont ya se ha ido a la cama. Luego viajan a Brighton en automóvil y van a clubes nocturnos. Yo le quito con cuidado el pestillo de la ventana a primera hora de la mañana para que se cuele en su habitación sin que se entere la señora. Tiene una ropa preciosa.

»Pero la señorita Frances es buena persona, la verdad, la única que ha sido amable conmigo, que ha preguntado por mi familia para saber si aún estaban en Londres. Cuando me escribieron mis hermanos mayores el mes pasado para contarme que se habían alistado, me puse histérica, porque quería enviar una carta para despedirme y desearles buena suerte, pero no sabía adónde debía mandarla. Me sentí mal, porque mamá no habría querido que se fueran sin que nos despidiéramos todos de ellos. Cuando se lo conté, la señorita Frances se fue derecha al teléfono y llamó a este y a aquel, a pesar de que lady Marchmont la miraba muy furiosa, hasta que consiguió su dirección en la Armada. Los hombres le envían flores y bombones... A veces me los da a mí.

Elsie guardó silencio un minuto, luego prosiguió:

—En esa casa siempre hay muchísimas cosas que abrillantar o limpiar o guardar o sacar, y siempre es frota esto, lava aquello, barre lo de más allá, enciende los fuegos, prepara las parrillas... Todo siempre perfecto. Yo nunca hago nada bien y el ama de llaves me da guantazos —dijo, y se frotó otra vez la mejilla.

El Tío no soportaba que alguien pegara a una mujer y Bernie sintió una súbita rabia hacia el ama de llaves.

—¿No puedes volver a tu casa?

A Elsie se le volvieron a llenar los ojos de lágrimas.

—Ya no están allí, ¿no? Los han evacuado a todos. A un sitio llamado Yorkshire. Las personas con las que se alojaban se enfadaron porque Agnes y los chicos no llevaban ninguna de las cosas que debían llevar, salvo las máscaras antigás. Nada más llegar, le cortaron la melena a Agnes y a los gemelos les afeitaron la cabeza. Tenían liendres, según ellos. Mi hermana se miró al espejo y casi se muere de la tos que le entró de tanto llorar. Mamá me lo contó en una carta, estaba medio enfadada porque no se lo habían consultado primero, teniendo en cuenta que ella está en el pueblo de al lado con Violet y Jem, el bebé. Agnes odia la casa en la que está, pero le han dicho que se tiene que conformar de momento. A las personas que han acogido a mamá no les gusta que use la cocina, las cazuelas y las sartenes, y la mujer y ella discuten sobre quién tiene que limpiar la casa, hasta que Violet empieza a berrear. El hombre ha pedido que se lleven a mamá a otro sitio.

Bernie se sintió aturdido con semejante letanía de problemas domésticos, pero quería consolar a Elsie.

—Tú y yo tenemos que mantenernos unidos y ser amigos. Oye, me has dicho que te gusta el chocolate. Pues tengo del de Cadbury.

El rostro de Elsie se iluminó. Bernie sacó del bolsillo una chocolatina de un penique, la partió por la mitad y le dio a ella el trozo más grande.

—Muchas gracias —le dijo ella, y cerró los ojos mientras el dulce se le derretía densamente en la lengua. Sonrió pese a todo.

Estaba muy guapa cuando sonreía así, se dijo Bernie.

—Eso está mejor —comentó él viendo cómo se le manchaba de chocolate el labio inferior. Luego ella sacó la lengua para chupárselo y Bernie se preguntó cómo sería lamérselo él mismo, e incluso besarla después como había visto que algunos de los hombres besaban a las anfitrionas de los salones de baile. La sola idea le produjo un escalofrío. Inspiró tan hondo que la sobresaltó.

Elsie abrió los ojos enseguida.

—El chocolate es una de mis cosas favoritas. Lo tengo en mi lista.

—¿En tu qué?

—Tengo una lista de las cosas en las que me gusta pensar cuando me voy a la cama. Cosas agradables. Pañuelos de encaje. Bollos de a un penique. Medias de seda.

—Ah. —Lo meditó un segundo—. ¿Hay personas en esa lista?

—¡Por supuesto! Mamá y Violet siempre han estado, pero últimamente también tengo a los chicos, y ayer decidí añadir a Agnes.

—Yo te pondría en mi lista, si tuviera una —dijo Bernie, y se acercó, incapaz de resistir la tentación de acariciar con el dedo índice los restos de chocolate de su labio inferior.

De pronto Elsie se dio cuenta de que el muchacho respiraba con dificultad. Tenía una cara rara y esa cara estaba muy cerca de la suya. Saltó de la tumba enseguida.

—¡Caray! Casi es la hora de la cena. Tengo que darme prisa, debo preparar las cosas o la señora Gifford volverá a darme una bofetada por llegar tarde. Lavaré tu pañuelo y te lo devolveré.

Bernie quiso decirle que se lo quedara, pero cayó en la cuenta, justo a tiempo, de que aquella sería una buena excusa para volver a verla.

—Gracias. ¿Nos vemos aquí, entonces? ¿Mañana?

—Por mí, bien.

Elsie salió corriendo por el prado en dirección a la casa grande y su menuda figura vestida de negro se fundió con la noche. Bernie vio aletear el delantal blanco hasta que desapareció por una de las puertas de la tapia del jardín.

—¡Caray! —exclamó—. ¡Habrase visto!

CAPÍTULO 9

Crowmarsh Priors, finales de noviembre de 1939

Era una mañana gris y desalentadora de noviembre, la lluvia aporreaba las ventanas y hacía frío en la salita. Como de costumbre, Elsie se había descuidado de preparar y encender la lumbre. Muriel Marchmont, sentada, taciturna, a su escritorio, se maravillaba de que ella, que no había tenido hijos, tuviera a su cuidado a tres jóvenes, tres jóvenes que habían resultado ser ciertamente difíciles. Las jóvenes ya no hacían lo que se les decía y estaba agotada de intentar cumplir con su obligación en lo tocante a aquellas criaturas desagradecidas.

Para empezar, estaba la pobre Alice, plantada por su prometido, cuya madre se negaba a moverse del sofá en todo el día y la tenía de aquí para allá hasta que la muchacha estaba hecha un trapo. Alice había ignorado todos los útiles consejos que Muriel le había dado para que se sacara más provecho; no era de extrañar que el joven párroco apenas le prestara atención. La señora Osbourne, una mujer espantosa y egoísta, estaba demasiado ocupada quejándose de su salud para dedicar un solo pensamiento a su propia hija. Como la mayoría de los hombres, a juicio de Muriel, el difunto párroco se había casado con una mujer de menor categoría solo porque era guapa.

Su ahijada era aún más fastidiosa. A Frances la habían mandado a vivir a Glebe House porque, como no tenía madre, precisaba supervisión femenina y una mano firme, según había recalcado su padre; andaba dando tumbos por Londres con un grupo de jóvenes de vida airada que no le convenía. Sin embargo, Tudor Falconleigh había olvidado explicarle que esperaba que le hiciera de carabina a Frances, que pasaba casi todo el tiempo con Hugo de Balfort y sus amigos en Gracecourt Hall o, sospechaba lady Marchmont, saliendo de picos pardos a los clubes nocturnos de Brighton. Había intentado meterla en vereda, pero Frances hacía lo que le venía en gana.

Lo de Elsie era la gota que colmaba el vaso.

Pluma en ristre y con una hoja en blanco de papel de carta color crema, con sus iniciales impresas, Muriel se esforzó por controlar la irritación para poder escribir una nota dirigida a Penelope Fairfax.

Mi querida Penelope:

Lamento comunicarte que, pese al esfuerzo realizado durante los últimos tres meses, Elsie Pigeon dista mucho de poseer las cualidades deseables en una doncella. Tanto es así, de hecho, que me temo que habremos de poner fin a nuestro acuerdo de inmediato. Cuando llegó, tuvimos que resolver el problema de las lombrices y los piojos, si bien, como es lógico, la señora Gifford se encargó de ello con su habitual eficiencia. Sin embargo, a pesar de su esfuerzo por formar a Elsie, las cosas han ido de mal en peor.

La muchacha no es capaz de aprender a limpiar el polvo, abrillantar, fregar las parrillas, enlucir la aldaba, hacer las camas o barrer una alfombra como es debido. Ni siquiera es capaz de lavar una taza de té sin romperla. No come más que pan con jamón, a veces hasta enfermar, y por las noches llora la ausencia de su madre y de Violet, que, según tengo entendido, es la menor de sus hermanas. Aun así, dado que estamos en guerra, la señora Gifford y yo hemos considerado nuestro deber hacerlo lo mejor posible.

Poco imaginábamos que la situación aún podría empeorar. Elsie tiene ahora un admirador. Últimamente anda en compañía de un joven de lo más indeseable, alojado en el pueblo, en casa del agente Barrows, para evitar, tengo entendido, que fuera a prisión. Elsie insiste en que es un amigo de la horrible zona de Londres que ella considera su hogar, pero lo único que la señora Gifford ha podido averiguar es que se trata de un huérfano criado entre delincuentes. El joven parece entrar y salir a placer, desaparece durante días y, si algún día todos amanecemos muertos en la cama, supongo que será gracias a las autoridades y no a los alemanes.

De modo que lamento comunicarte que, salvo que dispongas otra cosa para ella, Elsie saldrá para Londres en el tren de mañana.

Afectuosamente,

MURIEL MARCHMONT

Mientras sellaba el sobre, oyó un estrépito de tacones por las escaleras, luego Frances irrumpió en la salita en medio de una nube de Vol de Nuit, vestida con un traje de chaqueta de mezclilla muy calentito rematado de cenefa y la estola colgada de los hombros. Sostenía un sombrero adornado de flores de terciopelo azul que hacía juego con sus ojos. Demasiado acicalada para un jueves lluvioso en Crowmarsh Priors, se dijo su madrina amargamente.

—Debes saber, tía Muriel, que he ido a buscar una galleta hace un momento y me he encontrado a Elsie llorando desconsoladamente en la trascocina. Dice que la mandas de vuelta a su casa. ¿Por qué? ¡Pobre criaturita!

Frances se miró en el espejo de encima de la chimenea vacía y se ladeó el sombrero, casi tapándose un ojo.

—Si te hubieras levantado a tiempo para el desayuno, no te haría falta ninguna galleta, querida. «¡Pobre criaturita!», sin duda. Lamento comunicarte que Elsie está a punto de deshonrarse con un muchacho que estaría en un correccional si la policía tuviera un poco de sentido común. El ama de llaves ha hecho un asombroso descubrimiento en su habitación.

—¡Cielo santo! ¿El qué?

—Medias de seda, bombones, ¡perfume!

Frances volvió la cabeza a un lado y a otro para ver cómo le quedaba el sombrero. No permitiría que la muchacha se marchara. Elsie y ella eran cómplices. La doncella pasaba con sigilo y valentía por el dormitorio donde roncaba la señora Gifford y le abría la puerta principal las noches en que Frances iba a Brighton, para que pudiera entrar a escondidas antes del amanecer. Ella le devolvía el favor ayudándola a escapar a hacer recados al pueblo cuando veían a su amigo merodeando cerca de la mata de laurel. Le había regalado a Elsie una rebeca muy favorecedora, dos pañuelos de encaje, un frasco de agua de lavanda demasiado soso para ella y un poco de colorete. Después, movida por el nuevo brillo del rostro de Elsie y una sensación de responsabilidad inusual en ella, le había aconsejado que no dejara que el chico con el que salía se tomara libertades. Elsie le había guiñado un ojo y le había contestado: «¡Claro! ¡Eso nunca! ¡Pero le dejo pensar que quizá la próxima vez sí!». A lo que Frances había respondido: «Muy astuta, Elsie querida, pero ten cuidado…».

—¡Ah, bueno, yo le he dado las medias y esas cosas a Elsie! —se apresuró a decir Frances a su madrina—. Ha estado haciendo algunas cosas extra para mí, esto…, recados, lavarme y coserme ropa. Ya sabes.

—No tenía ni idea de que Elsie pudiera resultar de tal utilidad —repuso Muriel con sequedad.

Frances se retocó ligeramente el pequeño velo y se sujetó el sombrero con el alfiler.

—Pues me lava la ropa perfectamente. Y le regalé las medias porque le encantaban. Yo tengo muchísimas, ya sabes. Uno de los amigos de Hugo me trajo una caja enorme de bombones. Como es lógico, yo no me los puedo comer todos si quiero mantener la figura, y tú no debes comerlos porque te suben la tensión, tía Muriel. Además, no creo que ese muchacho sea tan malo. Elsie lo conoció en Londres, lo crió su tío.

—Eso es solo una pequeña parte, según la señora Gifford —le dijo su madrina en tono amenazante.

Frances abrió de golpe el bolsito y hurgó dentro en busca de un lápiz de labios.

—De hecho, debe de ser buen muchacho en realidad, porque está haciendo labores de guerra. Aunque debe de ser algo muy secreto, porque...

—¿Labores de guerra? ¡Qué disparate! ¿De dónde has sacado esa idea?

—Elsie dice que de vez en cuando se va con lo que él llama «los ricachones». Yo pensaba que era una bobada, pero cuando salí de paseo el domingo, al pasar por delante de la casita del agente Barrows, me sorprendió ver que se detenía a su puerta un automóvil exactamente igual que el del Almirantazgo que se encarga de recoger a papá. Incluso reconocí al chófer, aunque me pareció raro que no fuera de uniforme, y cuando le saludé, fingió que no me había visto. Supuse que necesitaban al agente Barrows para algo, pero no alcanzo a comprender para qué iban a enviar un coche oficial al domicilio de un policía de pueblo, salvo que los alemanes vayan a llegar en cualquier momento. En el asiento de atrás había otro hombre. Qué curioso, ¿verdad?

—Por lo que me han contado, ese chico es un delincuente de la peor calaña y la chica es una inútil y una fresca. Cuanto antes se la lleven, mejor.

—¡Ay, por favor, tía Muriel! Si Elsie es una monada. Además, sería una crueldad devolverla al tugurio en el que vivía. ¡No lo hagas! A su madre y a sus hermanos menores los han evacuado al norte, los mayores se han alistado en la Armada, así que estaría sola en casa con su padre. Elsie dice que se emborracha y desaparece durante días. Seguramente es tu deber para con... para con Penelope Fairfax... Permite que se quede aquí un poco más.

Muriel Marchmont frunció el ceño. La pobre Penelope tenía que cargar con aquella nuera horrorosa y Muriel se compadecía de ella.

Frances se apresuró a añadir:

—Cuando fuimos a tomar una copa a casa de los Fairfax la última vez que Richard estuvo en casa de permiso, su esposa me dijo que Elsie se había hecho amiga de la joven extranjera que se aloja allí. —Volvió a hurgar en su bolso—. Y Elsie dice que se ha presentado para trabajar en el campo, ahora que Hugo y Leander han accedido a emplear a mujeres en su pequeña granja; los hombres, o se han alistado, o los han reclutado a la fuerza. Al principio la rechazaron porque Elsie es muy joven, pero ella les suplicó que se lo consultaran a Penelope, y lo han hecho. Penelope ha prometido que se encargará del asunto en cuanto tenga tiempo. Si devuelves a Elsie a Londres ahora, no conseguirás más que complicarle las cosas al WVS. Penelope dice que le costó una barbaridad convencer a los Pigeon de que evacuaran a sus hijos, y andan como locas porque muchos están regresando. La gente no cree que de verdad nos vayan a bombardear con gas venenoso.

Muriel se llevó las manos a la cabeza. Para colmo de males, la guerra los estaba desquiciando a todos, poniendo patas arriba sus vidas. Las muchachas querían hacer el trabajo de los hombres, ¡conducir tractores y empacar el heno! Y encima, ahora vivía en el pueblo una extranjera que no hablaba inglés e iba siempre cargada con su bebé. No hacía más que entrar gente en Inglaterra y nadie se había molestado en averiguar si eran bolcheviques o judíos o algo peor. Cuando sir Humphrey Marchmont aún vivía, su esposa y él habían tenido mucho trato con el parlamentario Archibald Ramsay y habían simpatizado con la postura que su Liga Nórdica adoptó sobre la necesidad de resistirse al dominio de los judíos en el norte de Europa. A su juicio, fue un error que las autoridades se opusieran a aquella Liga.

Una vez que había estallado la guerra, sentía lástima por aquellas mujeres con las cabezas cubiertas por pañoletas ajadas y por sus hijos de ojos grandes que veía en los noticiarios, sacadas a la fuerza de sus hogares por los nazis con lo puesto, pero no cabía duda de que ellos se lo habían buscado. Además, no entendía por qué se permitía que los extranjeros perturbaran la vida de las personas que residían tranquilamente en el campo, sobre todo cuando ella se había responsabilizado de jóvenes cuyas madres habían eludido descaradamente su deber.

Admiraba la actitud de Alice. Al menos había una joven que comprendía cuál era su obligación. Ojalá Frances dejara de irse de juerga y siguiera el buen ejemplo de Alice. Aprendería mucho de ella.

—Me marcho a Gracecourt, tía Muriel. —Frances bostezó, luego se miró el pequeño reloj de pulsera—. Bridge, almuerzo. Casi todos los amigos de Hugo se han marchado, pero aún llenamos dos mesas. Leander dice que le divierte rodearse de gente joven.

Sacó el lápiz de labios del bolso y se lo aplicó con esmero frente al espejo. En realidad, su plan era exactamente el mismo que otros muchos días, pero no se le ocurría otra forma mejor de pasar el tiempo.

Muriel Marchmont observó con desaprobación cómo su ahijada se colocaba el precioso bolsito de piel bajo el brazo para subirse los guantes de seda de color claro como si no tuviera una sola preocupación en la vida. Se debía a la educación extranjera que había recibido. La habían expulsado de una serie de notables internados de

Devon y Wiltshire, escogidos personalmente por su madrina. Al final, y en contra de su criterio, Tudor Falconleigh había enviado a Frances tres años a una escuela privada para señoritas en Francia. Su ahijada había accedido porque su padre le había prometido llevarla de compras a París si lo hacía. Había llegado a Inglaterra a tiempo para su presentación en sociedad, con un dominio casi absoluto del francés y equipada con una exorbitante cantidad de vestidos de día, trajes de noche, zapatos y preciosos sombreros que le había costado a su padre una fortuna.

No obstante, pronto empezó a mostrar indicios de haber heredado de su madre francesa ese peligroso no sé qué que traía de cabeza a los hombres, el mismo desafortunado no sé qué que había conducido irremediablemente al imperturbable Tudor Falconleigh a su efímero matrimonio. Ese no sé qué que había metido en aprietos a Frances en Londres con toda clase de hombres inapropiados y ahora empezaba a tener el mismo efecto en los hombres del pueblo, desde el párroco hasta Leander de Balfort. Muriel se proponía decirle a Tudor sin ambages que su única esperanza era que Frances se casase con un buen partido antes de que se deshonrara por completo y nadie la quisiera.

Aun así, no pudo evitar darse cuenta de que, comparada con los cautivadores atuendos de Frances, Alice parecía más desaliñada que nunca con sus suéteres, sus mandiles y aquellas pañoletas tan apretadas. Suspiró, pensando en la comida de Gracecourt a la que había llevado a Alice. No había sido un éxito. A la muchacha la habían sentado entre Hugo y un aristócrata de voz cansina con monóculo. Ella llevaba demasiado colorete y un vestido verde oliva tan horrendo que Muriel sospechaba que lo había heredado de la señora Osbourne. Después de apurar nerviosa tres copas de jerez, se había puesto colorada y había empezado a hablar demasiado alto sobre el interés de su difunto padre en la historia de Sussex, luego había relatado una fábula larguísima y descabellada sobre unos contrabandistas y sus túneles subterráneos.

El aristócrata se había aburrido con la extemporánea lección de historia, se había vuelto hacia la joven vivaracha que tenía a la izquierda y había dejado que Hugo se las arreglara con Alice y con su relato. Hugo, bendito fuera, se había fingido interesado, lo cual había animado a Alice a seguir hablando sin parar hasta que se habían marchado. Muriel, desesperada, había guardado silencio durante todo el viaje de vuelta a casa.

Debía reconocer que Alice carecía de chispa. A Frances, en cambio, le sobraba. Qué injusta era la vida. Se le ocurrió que Frances era la persona perfecta para hacerse cargo de Alice. Seguramente podría obrar algún pequeño cambio en su apariencia. Nada demasiado drástico, lo justo para abrirle los ojos a Oliver.

—Deberías dejar de ir de parranda y contribuir al esfuerzo bélico, Frances. Quizá echarle una mano a la querida Alice Osbourne. Apenas tiene tiempo para respirar, aunque una se pregunta por qué la cargan con tanto trabajo a la pobrecilla: las clases, los viajes llevando ropa, los grupos de punto, los primeros auxilios, y encima cuidar de la pesada de su madre. Tendría que estar casada. También el joven y agradable Oliver Hammet debería casarse. De hecho, sería perfecto que la hija de un párroco se convirtiera en la esposa de otro. Pero él… Si Alice tuviera un aspecto algo más… Es un diamante en bruto, por así decirlo. Quizá tú podrías ayudarla un poco. Así Oliver entraría en razón.

Para alivio de Frances, el descapotable de Hugo entró en el patio de Glebe House.

—Ah, ya sé que querías que fuese amiga de Alice, y lo he intentado, pero, sinceramente, ¡es aburridísima! No la aguanto. Tengo que irme, tía Muriel.

Frances le tiró un beso y desapareció. El automóvil salió del patio, haciendo crujir la gravilla.

Que Hugo estuviera «cortejando» a Frances, como se solía decir en la época de lady Marchmont, la alegró un poco y la ayudó a quitarse de la cabeza a Alice. Por su experiencia, tantas atenciones eran indicio de que no tardaría en declararse. El matrimonio los tranquilizaría a los dos. Hugo atendería en serio sus obligaciones en la finca y Frances pronto estaría ocupada con los niños que tuvieran. Debía escribir en breve a Tudor para comentarle en qué dirección soplaba el viento. Para evitar demoras una vez que Hugo le propusiera matrimonio, convendría que los abogados de Tudor estudiaran de inmediato las capitulaciones matrimoniales. Leander no era lo bastante práctico como para tomar la iniciativa, pero Hugo necesitaba dinero, y Muriel pensó que era una suerte que Frances fuera a heredar una fortuna considerable cuando contrajera matrimonio. Leander nunca había estado a la altura de las obligaciones derivadas de su finca, que ya había heredado empobrecida como consecuencia de la afición al juego de su abuelo y de su eterna devoción por una serie de actrices.

Leander se había casado bien, pero en lugar de reinvertir la inmensa fortuna de su difunta esposa en su propiedad, que habría sido lo más sensato, prefirió satisfacer su sentido de la estética. Había despilfarrado sumas ingentes de dinero en proyectos extravagantes para Gracecourt: de ahí la pagoda china; el parque de ciervos, repleto de especímenes que no habían tardado en morir; las pistas de tenis, y lo último, el drástico plan de reconversión de un lago de Capability Brown en una serie de hondos y modernos estanques rectangulares según las especificaciones de un estrafalario autoproclamado «artista de la horticultura» con chaleco de terciopelo y acento extranjero. Antes del almuerzo de cacería, Leander se había llevado a sus invitados a verlos. «¡Qué inquietantemente exótico!», «¡Qué innovador!», habían comentado todos con entusiasmo, y le habían dedicado al «artista» unos aplausos. Uno de los diarios ilustrados incluso había tomado fotografías para un reportaje.

A Muriel Marchmont le parecían grandes, planos y extraños.

—¡Completamente innecesarios! —había mascullado por lo bajo al verlos.

Había observado que la casa se encontraba en un estado lamentable: cristales rotos en las vidrieras emplomadas de las ventanas, carcoma en los paneles de madera corrugada de estilo Tudor, y humedades que hacían que el techo de la larga galería se hundiera; además, las cortinas del salón estaban visiblemente apolilladas y había rectángulos más claros en las paredes donde antes colgaban los cuadros, suponía que vendidos para pagar los desatinados caprichos arquitectónicos de Leander, o los gastos de Hugo en Eaton y Oxford, y su posterior viaje por Europa.

Todo ello de lo más insensato, a juicio de Muriel Marchmont. Los De Balfort llevaban siglos en Crowmarsh Priors, y la única ocupación de Leander en toda su vida —la de Hugo entonces— consistía en asegurarse de que seguían allí. A Hugo no le quedaba otra opción que casarse sin perder más tiempo con una dama inglesa rica y de buena posición, engendrar un hijo inmediatamente y poner orden en la finca antes de que los impuestos lo devoraran todo.

Frances heredaría el dinero de su madre cuando se casara y el de los Falconleigh cuando falleciera su padre. En cuanto a la buena posición, aunque su madre fuera francesa, los Falconleigh no eran una familia despreciable: el tío abuelo de Frances había sido duque. Muriel Marchmont detestaba pensar que Hugo pudiera verse en la obligación de buscar a una rica heredera americana, como la madre de Winston. O esa advenediza de Nancy Astor. Además, ¡con una americana en Crowmarsh Priors ya tenían bastante!

Estudió el mejor modo de conducir a los jóvenes por los caminos que había elegido para ellos. Una vez más, reflexionó sobre su testamento. Ella no tenía hijos, ni parientes, salvo Oliver Hammet. Siempre había sido su intención dejarle el dinero, la casa y las acciones a Oliver. Luego podría casarse con Alice. Claro que él ya estaba en disposición de ofrecerle a Alice la casa parroquial como hogar. También podía casarse con Alice en la parroquia, pero Glebe House era mucho más imponente. Además, a Muriel le gustaba imaginarse a la muchacha sentada en aquella misma salita, bajo su propio retrato de joven casada ataviada con perlas y su elegante vestido de cortesana, y recordándola con cariño. A su debido tiempo, Alice y Oliver llamarían Muriel a una de sus hijas.

En cuanto a Frances, Muriel decidió que era su deber dejarle sus joyas a la futura lady De Balfort, también todo lo contenido en Glebe House, salvo los muebles de la salita y su retrato, naturalmente. En Gracecourt, bien lo sabía Dios, no les vendrían mal sus enseres; hasta los muebles se caían a pedazos y la joven pareja debía poder lucir algo decente cuando tuvieran invitados. Los párrocos le sacaban menos provecho a esas cosas, y no tenía sentido dejarle joyas a Alice, que parecería un asno con sus perlas a cuestas.

Apartó la carta que había escrito a Penelope Fairfax y tomó otra hoja en blanco, del mismo papel de carta color crema. Enviaría sin demora una misiva a Tudor. Y también a su abogado pidiéndole que la visitara en cuanto le fuera posible para hacer algunas modificaciones más en su testamento.

Ya había elaborado un inventario de sus joyas tras la última visita del abogado. ¿Dónde lo había dejado? Buscó en vano entre un revoltijo de papeles que tenía en el escritorio. Y, por cierto, ¿dónde había puesto el joyero en el que lo guardaba todo salvo las joyas que llevaba a diario? Tampoco la llave estaba allí. Recordó vagamente que había escondido el joyero en alguna parte como precaución, por si el admirador de Elsie intentaba asaltar Glebe House. Quizá su memoria ya no era la de antes. Pero ¿acaso algo seguía siendo igual?

CAPÍTULO 10

Evangeline había empezado a temer las largas noches. Las pasaba en vela, dando vueltas sin parar hasta bien entrada la madrugada, luego se veía arrastrada por una oleada de pesadillas hasta que se hacía de día. En todos sus sueños estaba de vuelta en Luisiana. A veces, en su antigua casa de Nueva Orleans, silenciosa y oscura; los muebles habían desaparecido y cada puerta que abría la conducía a otra estancia vacía, siempre con el presentimiento de que algo la perseguía por aquella mansión en silencio, algo horrible que se acercaba, y de lo que ella intentaba en vano huir. Otras veces estaba en el internado, mirando el mundo por las ventanas con barrotes del convento. Pero a menudo se encontraba en el campo, en la casa de su abuela, y dejaba a Laurent en la penumbra grisácea que precede al amanecer. La bruma caía pesada sobre los campos de caña de azúcar y olía a nenúfares. Llegaba tarde, debía darse prisa y vestirse; la abuela y las ancianas que siempre estaban allí no tardarían en llegar para rezar el rosario en la salita, los criados estarían despiertos. Aprisa, aprisa, antes de que la vieran.

La casa se hallaba oculta tras el musgo colgante del siguiente roble, luego del otro, y del otro. Empezaba a correr, cada vez más rápido, pero no encontraba el camino de vuelta en medio de la bruma, aunque sabía que estaba cerca, porque oía a Inez, cacharreando en la cocina, y olía el aroma del café recién hecho. Rebuznaba una mula y sonaba una campana, pero ella no veía nada.

—¡Demasiado tarde! Alguien lo sabe —le decía Laurent a su espalda.

Ella se volvía para ver quién venía. Se acercaban a través de la neblina, hasta que estaban lo bastante cerca para que ella viera que las figuras humanas tenían rostros de Loup Garou. Entonces daba media vuelta para salir corriendo, pero el cadáver de Laurent, colgado del roble y meciéndose entre el musgo, le impedía el paso…

Evangeline despertaba con el corazón desbocado y volvía a recordarse, una vez más, que ya no estaba en Nueva Orleans. Johnny lloraba de hambre en la habitación de Tanni. Los pájaros trinaban en el viejo peral del jardín. Ahuecaba las almohadas, se incorporaba en la cama con dosel, con su colcha de seda rosa, y se armaba de valor para lavarse precipitadamente en el frío baño del final del descansillo.

Veinte minutos más tarde, aún mojada, se ponía la ropa del día anterior y recogía el antiquísimo suéter gris de Richard del suelo donde lo había tirado junto con sus botas y sus pantalones. En otros tiempos, Evangeline había sido muy escrupulosa con la ropa y ponía especial cuidado en elegir vestidos, zapatos y joyas a juego, pero ya le daba lo mismo lo que llevara puesto; de hecho, cuanto peor, mejor.

Iba a la cocina y ponía a calentar el agua para el té. Odiaba el té, pero lo bebía para calentarse. Esperaba a que bajara Tanni para hacer las tostadas. Luego intentaba pensar en cómo ocupar el día hasta que Laurent la llamara y le dijera que saliera de allí enseguida; ese sería el día. Su pequeña maleta estaba lista; en ella guardaba sus escasas pertenencias, preparada para irse en cualquier momento. Lo esperaba con impaciencia.

Al principio, Evangeline creyó que se volvería loca en Inglaterra. Pretendía ponerse en contacto con Laurent enseguida y contarle lo del bebé, pero al llegar, descubrió que no iba a ser tan fácil. Richard se la había llevado de inmediato a la casa de su madre en Crowmarsh Priors, y el teléfono estaba en el resonante vestíbulo. Penelope, que la trataba con la cortesía imprescindible, se había mudado a la casa, presumiblemente «para ayudar a Evangeline a instalarse»; es decir, para vigilarla como un halcón. Con Penelope allí, le era imposible ponerse en contacto con Laurent, menos aún planificar su huida.

A las pocas semanas, como Richard cada vez pasaba más tiempo fuera, de servicio, y las propias labores de guerra de su madre le exigían el regreso a Londres, Penelope volvió a su apartamento cercano a Harrods. Evangeline empezó a respirar tranquila. Llamó a Laurent a la oficina de Marsella y le dijo dónde estaba. Acordaron que se reuniría con él en Francia tan pronto como él encontrara un sitio donde vivir.

—Todo en la Provenza huele bien con el calor, y desde lo alto de los montes se puede ver el mar —le contó Laurent—. Allí le tengo echado el ojo a una bonita casa blanca con contraventanas azules para nosotros, y estoy ahorrando para comprarla.

—¿Para nosotros? Pero ¿cómo vamos a vivir en la misma casa? —le preguntó Evangeline, desolada. No había pensado bien en esa parte del plan.

Laurent le había replicado que era fácil. Había muchos norteafricanos en Francia, de piel oscura, como la *gens de couleur*. Se mezclaban con la población blanca, se casaban entre ellos, tenían hijos, todo.

—Mientras te mantengas alejada de los empleados de los Fontaine en Marsella, nos irá bien.

Sonaba imposible, pero Evangeline trató de imaginar su nueva vida juntos, a sus hijos corriendo por allí, a Laurent llegando a casa cada noche. Se dio unas palmaditas en la barriga. Tenía que contárselo pronto.

Luego, a los cinco meses, había perdido al bebé y había estado enferma durante semanas. Cuando por fin pudo levantarse y moverse de nuevo, pálida y apática, encontró una excusa para ir a Londres: les dijo que debía ver a un doctor de allí. Una vez en la ciudad, logró ponerse en contacto con Laurent en Marsella. Su tono de voz la alertó de que no era el mejor momento para contarle lo del bebé. Parecía adormilado. No sabía si por cansancio o (¿serían imaginaciones suyas?) por hastío. Decidió esperar y contárselo en persona.

Evangeline se sorprendió de lo mucho que le había dolido la pérdida del bebé que los habría convertido en una familia. Mientras nadie supiera que Laurent era de color y ella blanca, no podía imaginar un futuro para ellos en el que no hubiera niños.

—¿Cuánto más habrá que esperar, Laurent? Te echo mucho de menos.

—Ya falta poco. Yo también te echo de menos.

Semana tras semana, Laurent le prometía que pronto estarían juntos. Luego acabó el verano y recibió un seco telegrama de Penelope en el que le decía que debía preparar una habitación para una madre evacuada y su bebé. Dos días después, una chica alta de pelo oscuro, que parecía muy joven pero llevaba en brazos a un bebé, bajó del tren en Crowmarsh Priors. El guardia le entregó un enorme bolso de viaje. Miró nerviosa alrededor, como si no supiera qué hacer a continuación, y el bebé empezó a llorar. Albert Hawthorne, el jefe de estación, acudió en su ayuda. Cuando se enteró de quién era y adónde iba, acarició al bebé por debajo de la barbilla y él mismo le llevó el equipaje a Tanni todo el camino desde la estación.

—Necesita que la cuiden —le dijo Albert a Evangeline, muy serio, mientras depositaba el bolso de viaje en el vestíbulo.

—Buenos días —saludó Tanni con cautela, en inglés; luego examinó el inmenso vestíbulo inundado de luz, la escalera de caracol, la alfombra turca que cubría el suelo resplandeciente. Olisqueó. Por suerte, no olía a aquella espantosa col hervida, ni a alcantarilla. Antes de entrar, había buscado instintivamente un cartel en la puerta que indicara que los judíos no eran bienvenidos. Luego divisó una medallita de la Virgen y el Niño que Evangeline había colgado en el vestíbulo, para espanto de Penelope, y prefirió asegurarse—. ¿Se permite la entrada a judíos? —preguntó cambiándose a Johnny de brazo.

—¿Qué? —dijo la chica que le había abierto la puerta—. ¿Y por qué demonios no lo íbamos a permitir? —Al parecer, le sorprendió la pregunta, y a Tanni la dejó perpleja ella. Llevaba pantalones y una especie de prenda de punto gris con los codos agujereados. Tanni pensó que a lo mejor era la criada, aunque seguramente una criada vestiría de uniforme. Era muy raro—. Ven, te enseñaré dónde está tu cuarto. Trae, déjame al bebé. Ven con la tía Evangeline, cariño —le ronroneó—. ¿Cómo se llama? Han bajado del desván algunos de los muebles de cuando Richard era pequeño.

Tener a Tanni y a Johnny por allí distrajo un poco a Evangeline. A la espera de las llamadas de Laurent, iba inquieta de la casa al jardín, entreteniéndose, pero siempre atenta al estridente sonido del teléfono del vestíbulo. Pasaba los largos días desbrozando, jugando con Johnny, cocinando comida que apenas tocaba, escribiendo a Richard. Rechazaba las invitaciones para tomar el té con lady Marchmont o para tomar una copa y jugar al tenis en Gracecourt Hall, y se obligaba a hablar con la pálida Alice Osbourne; era evidente que Evangeline no le caía bien, pero la llamaba de vez en cuando para ver cómo estaba Tanni. Ella sabía que a Alice le había gustado tan poco lo de la Virgen como a Penelope, pero le daba igual lo que pensara. No era más que otro suplicio en el purgatorio de Inglaterra.

En cuanto Laurent la telefoneara para que fuera con él, Evangeline tenía previsto meter el anillo de boda y el de zafiros y diamantes que un día fuera de Penelope y que Richard le había regalado como anillo de compromiso —pese a que no habían tenido tiempo de prometerse— en un sobre junto con la carta que ya tenía escrita y en la que le decía que lo sentía pero que debían divorciarse. Pobre Richard. La había rescatado y parecía enamorado, pero a ella jamás se le había pasado por la cabeza quedarse con él. Lo único que podía hacer era buscar el bebé dorado —quizá hubiera un modo de deshacer el grisgrís—, pero se había perdido. Ella no pensaba más que en Laurent.

Entonces estalló la guerra y llegó el otoño. Las escasas llamadas de Laurent siempre se producían a última hora de la noche, cuando Tanni ya se había acostado. Evangeline oía música y risas de fondo. Laurent había hecho amistad con un grupo de músicos norteafricanos que tocaban en el bar del puerto. A menudo se reunía con ellos por las noches, después del trabajo, le contó, y ocupaba el puesto del saxofonista o del pianista. Le recordaba a cuando vivían en Nueva Orleans. Los norteafricanos eran de color, solo que vivían entre los blancos franceses y a nadie le importaba.

—Ya queda poco, cariño. Es que resulta complicado viajar, por la guerra. No debes venir tú sola. Pronto iré a buscarte.

—¿Cuándo, Laurent? ¡Te echo tanto de menos!

—Pronto, cariño, pronto. Yo también te echo de menos.

Justo antes de Navidad, Laurent la llamó para decirle que se había mudado a París y masculló algo de que compartía alojamiento con un músico. Buscaba un sitio en la ciudad donde Evangeline y él pudieran vivir juntos.

—Debes ser paciente, cariño. Encontrar un apartamento aquí no es fácil…

La llamada se cortó de pronto.

Evangeline procuró no alarmarse a medida que se sucedían los días oscuros y ella seguía esperando. Intentó ignorar el lejano murmullo de la guerra en Europa.

Una mañana de mayo, la despertó de su habitual retahíla de pesadillas el sonido metálico de la campana de la iglesia. Estaba desorientada. Debía de estar soñando aún, se dijo, y se pellizcó con fuerza.

Desde luego estaba despierta, en una habitación extraña, bastante sucia y apenas iluminada por un haz de sol que cruzaba una alfombra descolorida pero llamativa. Cerca de allí repiqueteaba la campana de una iglesia, sí, probablemente la vieja iglesia que recordaba haber visto en la esquina. El cristal de la ventana estaba tapado con papel de arroz para evitar que se rompiera si una bomba caía cerca. Un hombre y una mujer discutían borrachos fuera. Pasó traqueteando una camioneta cargada de bidones de leche. Se oían pisadas en el pasillo y alguien hablaba en voz baja al otro lado de la fina pared. No estaba en Nueva Orleans, ni en Sussex sino en Londres, y entonces sí que se sintió gozosamente despierta. De hecho, Laurent se encontraba a su lado, su muslo desnudo y caliente pegado al de ella, algo más alto y más robusto de lo que lo recordaba, pero durmiendo profundamente, como solía hacerlo.

El gozo volvió a embargarla al recordar el sonido estridente del teléfono en el vestíbulo el día anterior. Ocurrió a primera hora de la tarde y Tanni estuvo a punto de descolgar. ¡Laurent estaba en Londres! Evangeline agarró la maleta y salió camino de la estación, tan precipitadamente que olvidó quitarse los anillos y dejarle la carta a Richard.

La noche anterior había sido la primera que habían pasado juntos en más de un año, pero esa vez no tenía que volver a casa ocultándose en la oscuridad. Laurent le dijo que allí nadie sabía quiénes eran, ni les importaba que él fuera de color y ella blanca, ni que no estuvieran casados. No tenían que esconderse en ninguna parte. Gracias a Dios, y ojalá la campana de la iglesia sonara por lo que suenan todas y no como señal de que se avecinaba un bombardeo con gas venenoso o una invasión.

En la oscuridad, Laurent y ella se habían abalanzado el uno sobre el otro sin detenerse siquiera a correr las cortinas opacas. La ropa que se habían ido quitando apresuradamente yacía en una pila en el suelo, el sombrero de él y las máscaras antigás de los dos estaban encima del aparador. El estuche de su saxofón se hallaba apoyado en un rincón y la maleta con la que ella había huido estaba a su lado, aún sin deshacer. Alargó la mano para volver a ponerle el corcho a la botella de coñac que Laurent había traído de París, luego se acurrucó de nuevo en el hueco de su brazo y enterró la cabeza en su pecho.

Al menos entonces tendrían ocasión de hablar de todo, del bebé y del miedo que había pasado en Nueva Orleans, de lo desgraciada que se había sentido al perder a su hijo, de lo que había ocurrido cuando Laurent había llegado a Marsella. De cómo vivirían después de llegar a Francia. Sin embargo, el instinto le decía que primero debían volver a acostumbrarse a estar juntos. Había pasado mucho tiempo. Evidentemente, Laurent aún la quería tanto como ella a él, esa noche era la prueba, pero ahora podrían hacer planes juntos y el pasado no sería más que un mal sueño. Se dio cuenta de que aún llevaba el anillo de compromiso y el de boda. Se los enviaría a Richard con la carta ese mismo día.

Pero primero… olisqueó y volvió a incorporarse. ¡Café!

Laurent la asió con fuerza, le acarició el cuello con la nariz.

—¡Laurent!, ¿no lo hueles?

—Mmm… ¿Schiaparelli?

—Mejor aún. ¡Café! Ay, Laurent, apuesto a que es esa cafetería italiana que hay en esta misma calle. ¿Recuerdas que, en casa, lo primero que olías todas las mañanas era el café tostándose? El té que beben aquí sabe a agua de fregar. Algunas veces daría cualquier cosa por volver a saborear un café criollo. Con un buñuelo para mojar. Hace un momento soñaba…

—¿Con el desayuno? —preguntó él bostezando.

—Eh… algo así. En mi sueño, Inez lo estaba preparando.

Laurent se volvió boca arriba, riendo, y le acarició el vientre plano.

—¡Siempre has sido una golosa!

Evangeline se estiró a gusto mientras él la acariciaba.

—Mmm, igual que tú. ¿Recuerdas cuando comíamos buñuelos hasta hartarnos? Una vez te zampaste diecinueve. Tú sí que eras goloso.

Laurent cruzó las manos debajo de la cabeza y se quedó pensativo.

—Inez sí que cocinaba bien. Los gofres. Y el *pain perdu*. Con salchicha *boudin*. Sémola de guarnición.

—*Talmousses*, con crema de queso.

La rodeó con el brazo y se recostó en la almohada.

—Galletas batidas con jamón de campo. Esas sí que me gustaban.

—Y esos rollitos con grumos a los que llamaban «ranas toro».

—¿Los *grenouilles*?

—Sí, esos. Philippe decía que había que hacerles un agujero en los extremos porque llevaban ranas vivas dentro que se nos meterían por la garganta si no podían salir. Inez se enfadaba mucho. «¿Qué demonios os pasa, por qué agujereáis mis estupendos rollitos con el dedo?» —La sonrisa de Evangeline se esfumó—. En Inglaterra la comida es horrible. Echo de menos la cocina de Inez, ¿y tú?

—Yo como muy bien en Francia.

Laurent entrelazó sus dedos con los pálidos dedos de Evangeline. El parecido familiar era notable en los rostros apoyados en la almohada, en su constitución, e incluso en sus manos de índices largos. El pelo de ella era oscuro y le caía por los hombros, mientras que el de él era cobrizo claro, muy corto y rizado. Las manos de Laurent eran fuertes y sensibles, las de un músico. Las de un amante.

Jugó pensativo con el anillo de zafiro y diamantes de Evangeline, haciéndolo girar alrededor de su dedo.

—Pareces nostálgica, además de hambrienta. O a lo mejor son la misma cosa. A mí también me pasa, a veces, cuando llueve y París no es otra cosa que piedra mojada y rostros desconocidos, y pienso en que todo solía ser cálido y que la gente te saludaba y… Pero para ti es distinto. Tú eres una mujer casada, tienes otras cosas en que pensar. Tengo la impresión de que tu marido te cuida muy bien —dijo, y le dio una última vuelta al anillo.

—En realidad, no me casé. Una boda celebrada por un capitán de barco no cuenta a los ojos de la Iglesia, así que puedo pedir la anulación y nos casamos nosotros cuando…

—¿Nosotros? ¿Casarnos? —La miró fijamente, sorprendido.

—Bueno… no podemos vivir juntos sin más, Laurent. —Evangeline pensó en la casa de la Provenza; no, en la de París, repleta de niños, y en él volviendo con ella todas las noches. ¿Cómo iban a hacer eso sin estar casados?—. Pero… eh… tenemos que hacerlo… He estado a punto de tener un bebé… —soltó de golpe—. Bueno, te lo iba a decir… Pero luego lo perdí…

—¿Cuándo?

—El verano pasado, mientras estabas en Marsella. Supongo que fue lo mejor; Richard se habría puesto hecho una furia, creyendo que era suyo y…

Laurent le soltó la mano, se dio la vuelta y agarró los cigarrillos.

Evangeline lo observó por el rabillo del ojo. Su actitud la incomodaba. ¿Se había disgustado porque había entendido que se había quedado embarazada de Richard? Debía de ser eso.

—El bebé era tuyo —dijo, tanteando el terreno.

Laurent sonrió con tristeza y encendió un fósforo.

—He oído que los alemanes tienen una teoría: los mulatos son como las mulas, no pueden reproducir a los de su propia especie.

—Entonces es que nunca han estado en Nueva Orleans. En Sussex piensan que he venido a Londres a ver a un médico para averiguar por qué perdí al bebé.

—Menos mal que no es así. Allí, en Nueva Orleans, las chicas solían visitar a una anciana de color llamada Mama La Bas cuando no querían tener un bebé.

Evangeline inspiró hondo.

—No hablemos más de eso. Cuéntame cómo están las cosas en París. Los franceses deben de sentirse aliviados de que el ejército británico esté allí para proteger la frontera.

Laurent ahuecó las almohadas, se recostó y atrajo a Evangeline hacia sí. Luego apoyó el mentón en su coronilla y de este modo Evangeline no pudo ver cómo se le ensombrecía el rostro.

—¿París? Jamás he visto a tantas personas desesperadas sin saber adónde ir. Los alemanes avanzan deprisa; lo único que viaja más rápido que ellos son los rumores sobre lo que han hecho en Polonia y en otros lugares. La Línea Maginot no ha servido para nada. La invasión es casi oficial. La gente espera que Pétain negocie un armisticio. Todo el mundo está tan asustado que casi se puede oler el miedo. Los hombres que no se han alistado han huido al campo. Pero, de momento, aún se puede tomar café —se encogió de hombros—, siguen vistiendo con elegancia, llevan bonitos sombreros y huelen bien. Los clubes, los casinos y los cabarés se llenan todas las noches. La gente bebe champán, baila e intenta actuar como si lo que está a punto de ocurrir no fuese a ocurrir.

—¿Y no puedes marcharte, venir a Inglaterra?

—Yo estoy bien. Estados Unidos no está en guerra con Alemania. Como no me da miedo quedarme en París, tengo trabajo casi todas las noches. Aun con la llegada de los alemanes. Josephine Baker y su espectáculo, la *Revue Nègre*, tienen un gran éxito. A los franceses les encantan el jazz, el blues, el swing y lo que ellos llaman «danza exótica», todo ese contoneo, las piernas levantadas y todas esas cosas del Tremé. He tocado en discos y la gente los compra mucho, así que gano lo suficiente para vivir. Como te dije, el negocio de los Fontaine en Marsella prácticamente ha quebrado, y me he enterado de que a Andre y a Philippe les está costando mantener las cosas a flote desde que murió tu padre. Me escriben de vez en cuando para preguntarme cómo estoy. ¿Te han dicho alguna vez algo sobre…, ya sabes, sobre aquella noche?

—Nadie entiende por qué me fugué con Richard. Andre es el único con el que sigo en contacto. Dice que nadie olvidará nunca el escándalo que causé. A ninguna chica de buena familia se le permite siquiera bailar con él ahora. Me ha contado que papá quiso pedir la anulación de mi matrimonio inmediatamente, pero mamá lo convenció de que eso deshonraría a la familia aún más, sobre todo si tenía un bebé. Si alguna vez volviera a poner un pie en Luisiana, me detendrían por dispararle a Maurice. Pero me da igual. No pienso volver, jamás.

Evangeline le pasó la mano por las cicatrices amoratadas de la espalda. Él hizo una mueca y poco a poco se escurrió hasta quedarse completamente tumbado, luego tiró de ella para tumbarla encima de su cuerpo.

—Tienes mucho peligro con un arma, cielo, pero también sabes ser tierna. Ven, anda…

Después compartieron amigablemente un cigarrillo, como solían hacerlo. Más tranquila, Evangeline probó otra estrategia.

—¿Por qué no te puedes quedar aquí en vez de volver a París? Es peligroso. O quizá podríamos huir los dos a otro lugar que no sea ni Inglaterra ni Francia. Al menos estaríamos juntos.

Laurent le dio una calada larga al cigarrillo y se lo pasó.

—El peligro está en todas partes: en casa, en Francia, aquí, si vienen los alemanes, salvo que los ingleses puedan contenerlos, que no podrán. Ahora mismo puedo permitirme vivir en París. Entre los discos y las actuaciones en el club, me da para vivir. Solo debo tener cuidado, no quiero buscarles las cosquillas a los alemanes. No les gusta la gente de color. En realidad, nadie que no sea alemán. En París suelo decir que soy norteafricano, pero tengo dos pasaportes para cuando vengan los alemanes.

—¿Cómo haces para entrar y salir de Francia en un momento así?

—Me he hecho amigo de algunos franceses que solían venir al club en París. Han montado oficinas en Londres, encima de un pub; se hacen llamar Francia Libre. Siendo músico y estadounidense, puedo ir y venir con facilidad, así que les hago de mensajero. Me pagan bien.

—Ay, Laurent, ¿no podría yo hacer eso también? Soy estadounidense igual que tú y…

—¡No!

Evangeline torció el gesto.

—Pero vendré a verte a Inglaterra siempre que pueda. Sabes que lo haré —le aseguró Laurent.

—Lo sé, pero me parece muy injusto; los dos hemos venido hasta aquí para estar juntos y no podemos por culpa de los condenados alemanes.

Un instante después, Laurent volvió a rodearla con el brazo.

—Lo sé, cariño, lo sé —le dijo, con la barbilla apoyada en su cabeza—. No hablemos más de eso.

El haz de sol fue trepando por la moqueta y desapareció a medida que avanzaba el día, mientras hacían el amor y evitaban hablar de su antiguo hogar o del que tendrían en el futuro.

Cuando se vistieron, a última hora de la tarde, Evangeline observó que Laurent tenía agujeros en los calcetines y que el cuello y los puños de su camisa estaban raídos. Al anochecer, salieron y pasearon por las calles el uno al lado del otro. Tomaron café en la cafetería italiana, cohibidos y nerviosos de estar sentados juntos, pero nadie los miró siquiera. Vagaron por las calles sin iluminar y vieron un cine donde se proyectaba la nueva película americana *Lo que el viento se llevó* y se pusieron en la cola. Después volvieron andando al hotel, a la suave brisa nocturna, cogidos de la mano.

—Me alegro de que no estemos en Atlanta —dijo Laurent, apretándole la mano.

—Yo también —contestó Evangeline, y se echó a llorar.

Volvieron a hacer el amor; luego se relajaron, tumbados, entrelazados sobre las sábanas, la esbelta pierna de Evangeline encima de la de Laurent. Bebieron coñac en el vaso del cepillo de dientes y se comieron una chocolatina que él había traído. Laurent lió unos cigarrillos de cáñamo de la India que, según él, fumaban todos los músicos de París. Sintiéndose relajados, se adormilaron, y esta vez Evangeline, envuelta en los brazos de Laurent, no tuvo pesadillas.

El bullicio de los más trasnochadores y el estrépito de platos de un restaurante procedentes de abajo, de la oscuridad de las calles sin iluminar del Soho, los despertó de madrugada.

—Es hora del ir al pub —dijo Laurent, bostezando—. Los franceses me estarán esperando. Tengo trabajo que hacer. Pero antes voy a darte unos regalos que te he traído.

Sin correr las cortinas opacas, se levantó, y su cuerpo enjuto quedó perfilado contra la ventana escasamente iluminada. Entonces le entregó a Evangeline un paquete plano y dos bolsas.

Ella abrió primero las bolsas.

—¿Qué es? —Palpó el interior. Olisqueó. Saboreó. Le picó la lengua—. ¡Ay, Laurent, guindillas! ¡Qué delicia! La comida inglesa es tan insípida que no puedo ni tragármela. —Metió la mano en la otra bolsa y exclamó—: ¡Arroz! —Hacía una eternidad que no probaba el arroz—. ¿Dónde has conseguido esto?

—Me lo ha dado una amiga argelina de París. Está... eh... casada con uno de los de la banda; cocina para todos. En Argelia también usan guindillas como nosotros, hacen una salsa que le echan a todo. Antes de que abras el grande, quiero tocarte una pieza nueva que he compuesto.

—¡Ay, qué bien!

Evangeline se echó el pelo hacia atrás, se incorporó y se tapó con la sábana. Él le guiñó un ojo.

—La he titulado *Blues de Evangeline*.

Sentado al borde de la cama, tocó unas escalas, luego entró en un ritmo lento, suave al principio, acariciando las notas, disfrutando de cada una antes de pasar a la siguiente, más enérgico después, la intensidad, la tristeza y la ternura de la música apoderándose del instrumento, hasta que el sonido inundó la estancia y la ropa dispersa, las cortinas, la ventana sucia, el sillón descolorido, el papel pintado lleno de manchas, aquel día haciendo el amor, todo formó parte de ella. Evangeline sonrió con tristeza cuando las últimas notas se desvanecieron en la oscuridad como el beso de despedida de un amante. Deseó que Laurent y ella pudieran quedarse para siempre en aquella habitación donde nadie los conocía, donde no le importaban a nadie.

Laurent corrió las cortinas opacas y encendió la lámpara barata de la mesilla.

—Abre el otro regalo.

Arrancó las capas de papel marrón.

—¡Ay, Laurent! ¡Tus discos! ¡Qué suerte que Penelope no se llevara el gramófono cuando se mudó a su apartamento! Así podré escucharte todas las noches e imaginarte allí, a mi lado. ¡Suenas mejor que Glenn Miller! —exclamó.

—Ojalá él pensara lo mismo —repuso Laurent, complacido—. Daría lo que fuera por tocar en su banda. Que en casa, la gente que compra sus discos viera mi nombre en la cubierta. Sabrían que no he desaparecido sin dejar rastro.

Evangeline abandonó toda prudencia.

—¡Laurent, por favor, llévame contigo! A los franceses les da igual quiénes seamos. O nos vamos a otro país… A Suecia. O… o… me da igual, tiene que haber algún sitio. No me siento viva sin ti, y no hago otra cosa que esperar. ¡Estoy harta de esperar!

Él suspiró.

—Ya te lo he dicho, cielo, aquí estás más segura. No es solo por nosotros, es por los alemanes, y por la guerra. Cada vez es peor, en todas partes. Cuando termine la contienda, nos ocuparemos de eso. Ahora mismo me conformo con seguir de una pieza, tocar mi música, ganarme la vida. Ten paciencia. Espérame donde estás. Quédate con tu marido de momento.

CAPÍTULO 11

Crowmarsh Priors, octubre de 1940

Una vez sometida Francia al control nazi y evacuada de Dunkerque, en sangrienta desbandada, la Fuerza Expedicionaria Británica, los alemanes se instalaron al otro lado del Canal y lanzaron el *Blitz*, el bombardeo relámpago previo a la invasión de Inglaterra.

Un mes después, parecía que el bombardeo había durado ya una eternidad. Todos los días, oleadas sucesivas de aviones alemanes y su escolta atronaban el Canal, oscurecían el cielo de Sussex y luego se dirigían al norte. En las colas destellaban insolentes las esvásticas negras con los últimos rayos del sol otoñal.

Las ovejas que pastaban en las colinas huían aterradas, sus balidos ahogados por el zumbido de los motores. Poco después aparecían los cazas Spitfire de la RAF, pero la interminable columna alemana los esquivaba y proseguía incansable hacia sus objetivos. Estallaba el fuego antiaéreo a lo lejos. Sobre Croydon, un Spitfire caía en espiral del cielo, dejando tras de sí una estela de humo negro.

Albert Hawthorne, que escardaba las coles del huerto trasero de su casita, alzó la mirada, sacudió el puño y maldijo.

Nell se llevó a toda prisa a su hija de ocho años, Margaret Rose, al refugio Anderson situado al fondo del jardín y le gritó que fuera con ellas. En cambio, Albert soltó la azada y salió pedaleando en su bicicleta: ahora pertenecía a la Guardia Local. Ella corrió tras él, el delantal revoloteando al viento, cargada con la máscara antigás de su esposo, mascullando que los carteles del Gobierno que instaban a los hombres a entrar en la Guardia Local estaban muy bien, pero ¿acaso pensaban que los miembros desarmados de aquel cuerpo iban a matar a los alemanes a golpes de azada si caían sobre el pueblo en paracaídas? Confiaba en que Albert recordara que tenía una esposa y una hija en el refugio, y que su esposa había tomado el autobús y hecho cola durante horas en Hurst Green para comprar salchichas para la cena, así que más le valía llegar a casa sano y salvo para comérselas. Él salió disparado en la bicicleta, asombrado por las prioridades de las mujeres.

Casi chocó con Alice Osbourne, que era la encargada de dar la voz de alarma en el pueblo en caso de ataque aéreo y que salía corriendo por la verja de la iglesia con el mandil de flores todavía puesto. Levantándose las faldas, subió de un salto a su bicicleta y empezó a tocar el silbato de alarma. Su máscara antigás se balanceaba colgada del manillar mientras ella avanzaba gritando enérgicamente «¡ataque aéreo!» a cinco chiquillos que jugaban al fútbol en el prado. Los niños se dispersaron y corrieron a casa.

Alice pedaleó con fuerza por el pueblo, asegurándose de que no había ningún niño en la calle. Había habido tantas alarmas desde el comienzo del *Blitz* que ya nadie se las tomaba en serio; las alarmas de ataque aéreo eran una especie de juego nuevo. Cuando había comenzado el bombardeo, Oliver y ella habían ideado una señal de alerta: «tres campanadas, pausa, tres campanadas, pausa», con la campana de San Gabriel, porque no tenían sirena. El Gabinete de Guerra había ordenado que las campanas de las iglesias sonaran solo para indicar que había comenzado la invasión. A juicio de Oliver, la cosa no había hecho más que empeorar. El Gobierno había instalado una sirena en el salón parroquial, pero era caprichosa y no funcionaba siempre.

El saber que los alemanes estaban a cuarenta kilómetros de allí, al otro lado del Canal, aterraba a Alice. Se rumoreaba que habían llegado a la costa cadáveres vestidos con el uniforme nazi y que se habían infiltrado en Inglaterra «agentes provocadores» que estaban por todas partes. Debían intentar contener la invasión, pero muchas personas decían que era solo cuestión de tiempo. Había que estar alerta e informar a las autoridades sobre cualquiera que se condujese de forma sospechosa. Alice se había aficionado a visitar Glebe House todas las noches para oír las noticias de la BBC en la radio de lady Marchmont; funcionaba mejor que el pequeño aparato de la casita de las Osbourne y, como vigilante, debía estar al tanto de lo que sucedía. También era una excusa para no tener que volver a casa con su madre. Frances Falconleigh, que había sorprendido a todos los que la conocían alistándose en el cuerpo de Land Girls junto con la joven doncella Elsie, solía volver a casa en bicicleta al anochecer. O bien Frances o bien la señora Gifford corrían las cortinas opacas, y luego las cinco mujeres se apiñaban alrededor de la radio en la salita.

Escucharon atentas el grandilocuente discurso de Churchill anunciando que «los combatirían en las playas, pero nunca, jamás, se rendirían»; curiosamente, esas palabras les insuflaron ánimos. Unas semanas después, Frances les confesó que su padre le había dicho que Churchill había terminado el discurso añadiendo en un aparte que lucharían en las playas con botellas vacías, porque eso era lo único que les quedaba. Al parecer, Gran Bretaña no podía aguantar mucho más; el ejército francés, que era mucho mayor que el de Inglaterra, no había conseguido impedir que los alemanes entraran en París, ni que el Gobierno francés se rindiera.

Al oír aquello, Alice cerró los ojos para rezar.

Frances la miró asqueada.

—¡Ojalá tuviera un arma! —dijo apasionadamente—. Si nos invaden y muero, me aseguraría de llevarme a un par de alemanes conmigo.

Alice dejó de rezar y la miró fijamente. Nunca había oído a una joven hablar en un tono tan desafiante.

Además, ¿cómo iba a combatir una sola persona a los alemanes? Se preguntó si tendría miedo de morir cuando le llegara la hora y si sería lo bastante valiente como para llevarse por delante a un par de alemanes, como todos habían empezado a decir que había que hacer. Quizá Frances tuviera razón y necesitaran armas. ¡Armas!

—«Basta a cada día su propio mal» —masculló, y eso la ayudó a olvidar la idea de matar alemanes y a concentrarse, en cambio, en las personas de las que era responsable.

El nuevo grupo de reclutas del Land Army, las Land Girls, estaba plantando patatas y recogiendo las últimas manzanas de la granja de los Balfort. Trabajaban hasta el anochecer y luego tomaban un autobús de vuelta al albergue. Podía confiar en que Elsie Pigeon las metería en el refugio de la granja con sus máscaras antigás. Aunque era la más joven del grupo, se le daba bien mandar. Frances estaba fuera; tenía el día libre y había ido a Londres a ver a su padre.

La sirena de alarma continuó su penetrante lamento. No era mucho consuelo saber que había alertado también a la Guardia Local, formada por Oliver, Albert Hawthorne, Hugo de Balfort, el padre y el tío ancianos del tabernero, Ted y George Smith, y los hijos adolescentes de varios granjeros que ya no podían alistarse. Habían entrenado con palos de escoba hasta que Hugo había donado la colección de antiguos rifles de caza de Gracecourt. Alice no habría apostado ni dos peniques por las posibilidades de éxito de la Guardia Local cuando llegaran los alemanes. El enemigo había hecho correr la voz de que cualquiera que se resistiese a la invasión sería considerado traidor y ejecutado de inmediato.

Jadeando de angustia, Alice hizo una pausa para asomarse al jardín de lady Marchmont. Salvo las matas de lavanda y el sendero de adoquines, se había excavado entero con el fin de convertirlo en el «huerto de guerra». La señora Gifford, con su mandil y su cofia blancos, iba siguiendo a la anciana por el sendero hasta su refugio Anderson, cargada con sus máscaras antigás, sus mantas y un termo de té. Lady Marchmont no podía moverse muy rápido con el bastón, pero ya casi había llegado. Alice la saludó con la mano y salió disparada hacia la casa de Penelope Fairfax.

Evangeline escondía a Tanni, Johnny y a los tres niños evacuados de las casas bombardeadas, a los que habían alojado recientemente con ella, en la húmeda bodega donde el padre de Richard guardaba su clarete y su oporto; de niños, Alice y Richard solían jugar allí a «las mazmorras» en los días lluviosos. Era un excelente refugio antiaéreo, salvo que cayera de lleno una bomba en la casa y enterrara a Evangeline de una vez por todas, y le estaría bien empleado. Alice reprimió aquel pensamiento enseguida, por Tanni y por los niños, pero no pudo evitar pensar en Richard.

Richard y su convoy estaban en peligro ahí fuera, en alguna parte del gris Atlántico. Alice había colgado en el salón parroquial un vistoso cartel que rezaba TODO DEPENDE DE TI con el fin de transmitir el mensaje de que todos debían dedicarse a cultivar alimentos, arreglárselas con lo que tuvieran y participar activamente en las iniciativas de guerra siendo lo más autosuficientes posible para que el país no dependiera de las provisiones que debían proteger los convoyes. En el cartel aparecía uno de esos buques, el *HMS Gloworm*, hundiéndose envuelto en llamas tras una batalla con un destructor alemán en abril. Alice rezaba a diario por todos los buques británicos en altamar y por los que navegaban en ellos; procuraba no pedir concretamente por Richard.

En ese momento subía jadeando la colina en dirección a su casa, donde la esperaba su madre, que se moría de miedo cada vez que los alemanes sobrevolaban la zona, pese a que, hasta entonces, se habían reservado las bombas para las ciudades.

Ya anochecía cuando llegó a la espantosa casita eduardiana, otra noche inquietantemente clara, lo que facilitaba a los pilotos alemanes la orientación y el bombardeo de sus objetivos. La luna se alzaba sobre el horizonte. Al norte, el cielo de Londres estaba cubierto por globos de barrera plateados. Resplandecía de naranja y destellaban en él los reflectores y las detonaciones de los antiaéreos. Alice aparcó la bicicleta y exploró el prado con los binoculares en busca de signos de luz que pudieran alertar a los pilotos alemanes: una cortina opaca mal corrida, una hoguera otoñal olvidada y aún incandescente, alguna linterna prendida distraídamente o algún imbécil que hubiera encendido los faros del automóvil. Hasta la hermana Tucker, la enfermera, a la que se permitía una lucecita diminuta en la bicicleta, prefería prescindir de ella y aseguraba que veía mejor en la oscuridad.

Escudriñó las ventanas de la planta baja tras las descuidadas matas de hortensias y vio con irritación que no se habían corrido las cortinas opacas. Había advertido a su madre varias veces que, si se le olvidaba y encendía la luz, las detendrían por colaborar con el enemigo. Entró corriendo, confiando en que su madre ya hubiera bajado al sótano y encendido el farol que tenían allí. Su refugio era la antigua carbonera.

Dentro, el oscuro pasillo olía a nabos cocidos.

—¿Mamá?

—¿Alice? ¿Dónde estabas? Ya sabes lo mucho que me angustio cuando andas por ahí tonteando. He oído los aviones, luego la sirena. ¡No sabía qué pensar! En la radio no hacen más que hablar del gas venenoso. —Crujió el sofá cuando la señora Osbourne se incorporó, quejumbrosa, aferrada a la manta escocesa con la que se tapaba cuando dormía la siesta. La madre de Alice solo tenía cincuenta y cinco años, pero debido a su mala salud, real o imaginaria, parecía mucho mayor—. En vida de tu padre… —empezó.

—Esta noche no ha habido gas, mamá. Y si lo ha habido, a mí no me ha afectado, y sabes que yo lo detecto enseguida —dijo Alice en voz alta para detener la letanía de protestas de su madre. Sabía que debía llevar puesta la máscara antigás, pero, si la usaba, apenas podía pedalear por el pueblo y subir la colina hasta la casa. Su madre se negaba en redondo a utilizar la suya. Aseguraba que le daban ataques con ella puesta. Alice la ayudó a levantarse, tirando de ella—. El pueblo entero está en los refugios, cómodos y a salvo, y nosotras tenemos que bajar enseguida al nuestro.

—¡Hay mucha humedad ahí abajo! No sé qué habría dicho tu padre de todo esto, la verdad. —La señora Osbourne se calzó las zapatillas y se agarró del brazo de Alice. Con la mano libre, tomó a tientas el chal de ganchillo de su madre, colgado en una percha del vestíbulo, repleto de cajas—. Qué ganas tengo de que termine esta guerra —señaló la mujer con voz trémula— y puedas guardar los libros y los papeles de tu padre en la carbonera, y así quitarlos de en medio. Esta casa es mucho más pequeña que la casa parroquial, y almacenar cosas en el vestíbulo…

Su madre no tenía prisa, ni con alemanes ni sin ellos. De hecho, parecía que iba lo más despacio posible. Alice apretó los dientes.

Por fin consiguieron bajar las escaleras, de una en una. En el sótano, Alice encendió el farol e instaló a su madre en el viejo sillón de su padre. Luego se aposentó ella en una raída otomana y sacó del costurero una prenda para zurcir. La carbonera no era muy grande y sus rodillas casi se tocaban.

—¿Qué refugio se ha buscado el nuevo párroco? —preguntó la señora Osbourne, echándose el chal por los hombros. Se empeñaba en no llamarlo por su nombre; aquel joven no pintaba nada en el puesto de su esposo.

—El reverendo Oliver Hammet tiene uno de esos nuevos refugios Anderson al fondo del jardín. Vinieron unos voluntarios del despacho del obispo a montárselo. Es muy curioso: se trata de una especie de estructura de techo y paredes metálicos en forma de barril dentro de la que caben dos literas, cuatro quizá, si se aprietan un poco. Los tienen varias personas del pueblo, los Hawthorne e incluso lady Marchmont. Los demás usan los sótanos, como nosotras.

Alice no mencionó que el refugio Anderson del párroco era prácticamente inaccesible porque había quedado sepultado bajo las zarzas que habían ahogado rápidamente su bienintencionado aunque inútil intento de tener un huerto de guerra. Oliver no sabía absolutamente nada de horticultura. Al supervisar el desastre, había comentado que posiblemente le iría mejor criando pollos o conejos que plantando verduras. Alice le había respondido que sería preferible una cabra, y los dos se habían reído mucho.

Desde entonces, Oliver Hammet había dejado de ser una fuente de turbación para Alice. La guerra había traído consigo procedimientos de defensa civil que les habían hecho coincidir a menudo y se había dado cuenta de que, aunque era un hombre extremadamente agradable y bondadoso, ella jamás tendría el más mínimo interés romántico en él. Y tenía el presentimiento de que a él le ocurría lo mismo. Sabía que Nell Hawthorne aún albergaba la esperanza de que terminaran casándose, pero a Alice ya no le importaba, ya podía continuar con sus actividades en la iglesia sin sentirse incómoda. Eso, al menos, era un alivio. Pero no merecía la pena explicarle todo aquello a su madre.

—¿Qué otras noticias hay?

—Mmm… El agente Barrows me ha contado que a un tendero de Lewes lo sorprendieron vendiendo huevos a clientes sin cartilla de racionamiento y casi lo meten en la cárcel. Qué más… Ah, la asociación de madres está cosiendo una nueva pancarta para el rincón de la escuela dominical, y el grupo responsable de la recogida de ropa ha recibido en donativo lana engrasada, así que habrá sesiones de punto en el salón parroquial tres mañanas a la semana para tejer calcetines para las tropas. Es una lástima que no puedas ir tan lejos, mamá, porque sé que les vendría de maravilla otro par de manos. A ti se te dan bien el punto y el ganchillo. Harías algo útil para las tropas y tendrías un poco de compañía.

La señora Osbourne ya había fruncido los labios al oír hablar del salón parroquial. Guardó silencio intencionadamente. Alice levantó la vista de la labor y cambió de tema de inmediato.

—Los tres niños evacuados de Londres se han adaptado bien en su primer día de clase, teniendo en cuenta lo mal que lo habían pasado. Son Maude, Tommy y Kipper Johnson. Les bombardearon la casa, perdieron todo lo que tenían y Penelope Fairfax dijo que era urgente encontrarles sitio enseguida, así que se ha visto obligada a…

—Alojarlos en su propia casa, eso he oído —terminó la señora Osbourne—. Al cuidado exclusivo de esa ramera americana. ¡En qué estará pensando Penelope!

—¡Mamá, por favor! —Alice le dio un tijeretazo al hilo, furiosa—. Penelope está demasiado atareada para preocuparse de las cosas de Crowmarsh Priors. El WVS trabaja día y noche, ahora que los bombardeos están sacando de sus hogares a tantas personas, que se refugian en las estaciones de metro. Debe de ser angustioso intentar mantener el orden… ¡Toda esa pobre gente! Asustados, hambrientos, preocupados por lo que encontrarán arriba cuando cesen las sirenas. Allí abajo las madres pierden a sus hijos y sufren ataques de pánico; los hombres la emprenden a puñetazos con otros hombres cuando beben; y dice Penelope que el retrete suele ser un balde oculto tras una sábana, y a veces ni siquiera eso. Una noche, durante un ataque aéreo, una mujer dio a luz. Pero Penelope, como es lógico, afronta lo que le echen sin protestar. —Se mordió el labio.

Cuando volvió a hablar, trató de sonar alegre, pero le costaba—. Y aquí estamos nosotros, mamá, completamente a salvo. Sin incendios, sin gases mortíferos y, de momento, sin bombas. No nos podemos quejar.

Se hizo un bendito silencio durante unos minutos mientras Alice cosía. Estaba exhausta.

Finalmente, su madre se aclaró la garganta y suspiró ruidosamente.

—Ya ha pasado la hora del té. Tendríamos que haber bajado un termo. ¿Por qué siempre se te olvida, Alice? No es que me queje, pero...

—Toma un caramelo, mamá.

Alice siempre llevaba provisiones para emergencias como aquella.

Tembló el suelo bajo el sótano. Esa noche estaban atacando la costa además de la capital, se dijo Alice. ¿Y aquellos que estaban en peligro en altamar? No había un refugio seguro en un sótano o una estación de metro para ellos, solo las gélidas aguas revueltas. ¿Tendría miedo Richard?

—Nunca, jamás, comprenderé por qué Richard te dejó plantada, Alice. No sé qué habría dicho tu padre si viviera. Si se hubiera casado contigo, como debería haber hecho, seríamos nosotras las que viviríamos ahora en casa de los Fairfax, y no esa horrible americana y esa gitanilla holgazana con su bebé malcriado —dijo su madre.

—Como te he dicho una y otra vez, mamá, Tanni no es gitana, sino judía. ¡No es lo mismo! Está casada con un jovencísimo profesor de Oxford que se ofreció voluntario como traductor en el Gabinete de Guerra, por eso ella y su bebé necesitan un sitio donde vivir. A veces hablas como lady Marchmont. Es nuestro deber cristiano acogerlos a ella y a su hijo, que, dicho sea de paso, está muy bien atendido. —Alice clavó la aguja en el carrete de hilo con tanta fuerza que se partió—. Hala, ya tienes arreglado el camisón, como

nuevo —dijo, apretando los dientes—. Hay que apechugar y arreglárselas, ya sabes.

—Supongo que no me queda otra que apechugar en esta
horrenda casita, ¿no?, ahora que tu padre ha muerto y Richard nos
ha decepcionado tanto.

Alice cerró los ojos y rezó en silencio. «Señor, que cese ya el ataque aéreo o que caiga una bomba en esta casa ahora mismo y acabe
para siempre con nuestra desgracia. Amén.»

CAPÍTULO 12

El almirante Tudor Falconleigh dejó el último informe de Inteligencia y apartó la silla de su escritorio a rebosar en el Gabinete de Guerra. Se frotó los ojos. Tras el cristal mugriento de la ventana que tenía a su espalda, Londres yacía en ruinas. Los informes de Inteligencia a menudo se contradecían entre sí, pero la pila de documentos de su mesa no contenía buenas noticias, solo diversos escenarios de la esperada invasión. Los chicos de la RAF se estaban empeñando tan duramente como podían contra la Luftwaffe, pero el último informe advertía que los alemanes estaban diseñando un avión no tripulado.

Si era cierto, aquello era el final. El almirante y la mayoría de sus colegas creían que en cualquier momento tendría lugar un desembarco en la costa de las tropas alemanas, y deseaban que el primer ministro se concentrara en volver a movilizar y equipar al ejército regular para que lo repeliera antes de que fuese demasiado tarde. Sin embargo, Churchill había demostrado cierta fijación con los movimientos de guerrillas y de resistencia, primero en Europa y después en su propio país.

Ya había desviado recursos para que Colin Gubbins pudiera disponer que la Dirección de Operaciones Especiales, la SOE, lanzara en paracaídas a agentes británicos tras las líneas enemigas con el fin de dar apoyo a la resistencia en los países ocupados. Un sinsentido. La resistencia francesa era caótica: los comunistas chocaban con los maquis, que a su vez estaban enemistados con las organizaciones locales, que no se ponían de acuerdo entre sí. En Polonia y Holanda ocurría lo mismo. Y de pronto Churchill había dado orden a Gubbins de que se sumara al caos organizando una resistencia inglesa con Unidades Auxiliares como columna vertebral, que se esconderían y sabotearían a los alemanes tras la invasión.

El almirante y el primer ministro habían tenido un amargo enfrentamiento en la reunión del Gabinete de Guerra del día anterior con motivo de dichas unidades, las «Auxis», como las llamaba Churchill. Tendrían la misma preparación que los efectivos de la SOE: radiotelegrafía, colocación de bombas, uso de explosivos y lucha cuerpo a cuerpo. El almirante sabía que jamás funcionaría. Para empezar, tendrían que servirse de cualquiera que a esas alturas no hubiera sido llamado a filas: desertores, jóvenes en edad escolar, delincuentes y similares. También estaban, claro, los de la Reserva —mineros, granjeros y demás—, pero era limitado el número de efectivos que se podía desviar de sus ocupaciones esenciales para tener a la población alimentada y el sector agrícola operativo. Una vez entrenadas estas unidades, habría que armarlas y, al final, se convertirían en una misión suicida. El almirante pensó en todos los argumentos en contra y decidió que harían todo lo posible por que Churchill cambiara de opinión.

Por si fuera poco, también tenía que ocuparse de Frances.

Adoraba a su hija, pero él estaba acostumbrado a tratar con hombres y, para qué engañarse, no entendía a las mujeres. Menos aún, a Frances. Las jovencitas eran cosa de sus madres. Por desgracia, su hermosa esposa medio francesa, a la que tampoco había entendido nunca, había muerto a los tres años de casarse con él, y lo había dejado a cargo de la única hija que habían tenido, que por entonces apenas empezaba a andar.

Él no sabía nada de niños y, hasta que había muerto su madre, Frances había vivido una vida completamente ajena a la suya, en la habitación infantil de la última planta. Solo ocasionalmente recordaba su presencia cuando la veía en su cochecito, conducido por la niñera, camino del parque. Sin embargo, a la muerte de su esposa, había sentido que era su obligación tomarse un mayor interés en ella. El día que fue a verla a su habitación por primera vez, se quedó pasmado cuando a aquel angelito de dos años, con su vestidito ablusado y sus diminutos zapatos de cierre nacarado, le había dado un berrinche espantoso porque no le traía golosinas. Pronto descubrió que aquella delicada criatura era testaruda e intrépida. Dentro de casa, Frances trepaba por las pantallas de las chimeneas y las librerías, se lanzaba por el conducto de ventilación y tiraba al retrete todo lo que caía en sus manos. En el parque le ladraban los perros de desconocidos, a los que agarraba de la cola, y se escapaba a menudo de la niñera. Una vez se había metido trotando en el lago Serpentine, entre los patos; un policía la había rescatado justo antes de que muriera ahogada.

Empapada, muerta de frío, arañada por el gato de la cocinera o magullada después de haberse caído, Frances jamás lloraba, pero cuando se frustraba, montaba en cólera hasta que el almirante le rugía que se comportara. En absoluto acobardada, ella le rugía también. Una sucesión de niñeras pasó por la casa, hasta que, desesperado, el almirante recurrió a su vieja amiga, y madrina de Frances, Muriel Marchmont. Ella le aconsejó una institutriz. Cuando también aquello resultó un fracaso, envió a Frances a una serie de internados, seleccionados por Muriel. Las cartas de las directoras pasaron a ser habituales en la correspondencia matutina del almirante. Todas ellas lamentaban comunicarle que aquella institución no era adecuada para Frances y que le agradecerían que la sacara de allí. Todas coincidían en dos cosas: primero, que Frances era extraordinariamente inteligente cuando lograban persuadirla para que estudiara; y segundo, que se aburría con facilidad, carecía de disciplina y era una niña problemática que se saltaba las normas con descaro e instaba a sus compañeras a que hicieran lo mismo.

Tudor Falconleigh la había enviado a la escuela privada para señoritas como gesto de respeto hacia su difunta madre, y porque no la querían en ningún otro sitio.

La carta más reciente de Muriel Marchmont llevaba ya un tiempo esperándolo, acusadora, en una esquina de su escritorio. A menudo posponía la lectura de sus misivas porque no se veía capaz de lidiar con una nueva retahíla de disparates de Frances, y también porque lady Marchmont tendía a dramatizar las cosas. No obstante, en los últimos meses era evidente que se sentía superada por Frances y no paraba de sugerirle que la casara. Entonces pasaría a ser responsabilidad de su esposo.

El almirante abrió por fin el sobre. Se sintió aliviado al descubrir que su vieja amiga empezaba a ver la luz al final del túnel. A Frances la cortejaba un hombre apropiado. De hecho, aunque la joven no se lo había confesado personalmente, Muriel se sentía en la obligación de poner en su conocimiento sin demora que Frances prácticamente estaba prometida a Hugo de Balfort. En semejantes circunstancias, era imperativo, le decía, que le pidiera a su hija que fuese a visitarlo a Londres: «En un momento como este, es el deber de un padre tener con su hija una conversación seria».

Se le cayó el alma a los pies. Una «conversación seria» con su hija siempre terminaba en discusión y enfado, y con la amenaza por su parte de reducirle o retirarle la asignación. Aun así, si Muriel consideraba posible que una conversación con ella acelerara su matrimonio con un buen partido, hablaría con ella. Coincidía con Muriel en que el estatus más conveniente para una mujer era el matrimonio, y si había alguna posibilidad de que una charla con ella precipitara el de Frances, hablaría con su hija. Sin embargo, no debía desatar su vena rebelde, porque entonces haría lo contrario de lo que él le recomendara. Le asignaría una dote y dejaría los preparativos de la boda a Muriel, que sabría lo que había que hacer.

Si había entendido bien a lady Marchmont, la herencia de Frances era importante para los De Balfort, quienes, como muchos aristócratas, eran ricos en tierras y pobres en efectivo. Sin embargo, a cambio, entraría a formar parte de una de las familias más antiguas de Inglaterra y obtendría un título nobiliario.

Antes de que pudiera llamar a Frances, ella ya lo había telefoneado a él para decirle que iría a la ciudad esa semana y que quería verlo. Él también quería verla, le dijo. «Te invito a almorzar, querida.» Luego se despidió y colgó. Al menos en lo tocante a su problemática hija, se dijo, todo saldría bien.

Cuando llegó el momento de aquella charla, no lo vio tan claro. En su despacho, observó a Frances, sentada en la incómoda silla eduardiana con los tobillos cruzados recatadamente y aquel aspecto frívolo tan fuera de lugar entre las WREN, las jóvenes uniformadas de la sección femenina de la Armada. Llevaba uno de sus caros sombreros con un fino velo, un traje de chaqueta elegante, una estola y guantes finos. Al ver su expresión, ella le dijo:

—Bueno, papá, no iba a venir a la ciudad con los pantalones de montar que uso para arar el campo. Están manchados de estiércol. En cualquier caso, quería causarte buena impresión porque tengo algo importante que contarte.

El almirante sonrió indulgente y enarcó las cejas.

—Padre, he recibido una carta oficial de un tal Gubbins, que al parecer te conoce y ha oído hablar de mí. No estoy segura de por qué, pero eso da igual. Me pregunta si estaría interesada en colaborar con una nueva organización, tiene algo que ver con el sabotaje, ya sea aquí, si llega la invasión, o tras las líneas enemigas…

Frances se interrumpió. El despacho estaba en silencio, esa clase de silencio que presagia una tormenta. Su padre parecía un volcán a punto de entrar en erupción. Estiró los guantes que tenía en el regazo. Se había imaginado que sería un error preguntarle, pero en la entrevista que le habían hecho en Baker Street le habían dicho que, dada la posición de su progenitor y que ella era menor de edad, debía contar con su permiso para unirse a ellos. Aunque le costaba, estaba decidida a mantener la calma.

El almirante Falconleigh miraba a su hija con atónita incredulidad. ¿Quién demonios había propuesto su nombre? ¿Y por qué querría Gubbins reclutar a su hija? Dudaba que pudiera haber un candidato menos adecuado en toda Inglaterra para la disparatada organización de Winston.

Quizá ella se hubiera ofrecido voluntaria, o quizá no; ni se imaginaba cómo podía haber sabido su hija de la existencia de la SOE, que supuestamente era secreta, o de las Unidades Auxiliares, que también lo eran. No tenía claro para cuál la querían, pero, en cualquier caso, no se anunciaban precisamente en el *Times*. Sabía que los nombres de los candidatos los proponían contactos personales. ¿Cuál de sus conocidos había propuesto a Frances? No obstante, estaba seguro de que quien lo hubiera hecho pretendía presionarlo para que dejase de oponerse al plan de Churchill.

—¡No, Frances! Te lo prohíbo. Hablaré con ellos personalmente si es necesario. Ninguna hija mía…

—¡Ah, sí, habla con ellos, papá! A lo mejor te convencen, si no puedo yo, de lo tremendamente útiles que pueden resultar los agentes secretos en ayuda de la Francia Libre y la resistencia.

—Hija mía, no tienes ni la más remota idea de lo que es la Francia Libre, ni la resistencia, ni la organización de Gubbins, pero te aseguro que todas ellas son completamente inútiles. De Gaulle está escondido, lanzando proclamas sin utilidad militar alguna desde un pub del Soho.

El almirante calló. Probablemente Frances no sabía de qué le hablaba.

Se equivocaba; su hija estaba a punto de replicarle: «Lo sé todo de la Francia Libre y de ese pub, porque me lo ha contado Evangeline Fairfax», pero, por una vez en su vida, se mordió la lengua. Hasta que cumpliera los veintiuno, su padre debía darle permiso para que la aceptaran. No era el mejor momento para enfadarlo.

—La Dirección de Operaciones Especiales no es una forma más divertida de contribuir al esfuerzo bélico que trabajar en el campo. Es un disparatado programa de indios y vaqueros que no hará más que interponerse en el camino de los que luchan por Inglaterra.

—En realidad, papá, pronto muchísimas personas tomarán parte en la guerra de muy distintas formas, y esto suena mucho más interesante y productivo que llevar un rebaño de vacas. Necesitan radiotelegrafistas y correos y…

—Además de estar mal concebido, es peligroso, ocurre tras las líneas enemigas y es solo para hombres. No apruebo a los saboteadores ni a los grupos de la resistencia. ¡Los miembros de la SOE no son mejores que los mercenarios! ¡Matones! ¡Asesinos a sueldo! ¡Inadaptados! Algo turbio. Como le he dicho a Winston muchas veces, ningún caballero tendría nada que ver con eso, pero, por supuesto, no me ha escuchado. Nunca escucha a nadie. Ya es bastante arriesgado para un hombre, como para que se involucre una jovencita. No es nada femenino. Además, las mujeres sois muy sensibles, os podéis derrumbar y ponerlo todo en peligro.

Frances inspiró hondo y volvió a intentarlo.

—Exactamente. Pero, papá, las mujeres también somos tremendamente útiles a la hora de proporcionar respaldo a los hombres, organizar pasaportes y cartillas de racionamiento, descodificar mensajes y cosas así. Además, yo puedo traducir. Me dijeron que necesitaban gente que hablara un francés nativo, y yo puedo…

—¿Cómo saben que tu francés es perfecto? ¿Has hablado ya con esas personas a mis espaldas? Te lo repito, ¡ninguna hija mía entrará en la SOE ni en ese disparate de las Auxis o como demonios se llamen!

—Pero, papá, son las únicas organizaciones que tienen un trabajo que yo pueda hacer… ¡Sé razonable! ¡Por favor, escúchame! Saben que mi francés es perfecto porque, sí, he ido a verlos hoy, y un hombre encantador me ha hecho preguntas en francés toda la mañana. Me ha dicho que estaba tremendamente impresionado.

—Por última vez, ¡ni hablar! Y te recuerdo que, como eres menor de edad, no podrás hacer nada sin mi consentimiento.

—¡Por el amor de Dios! —De haber estado sentada, Frances habría dado un zapatazo en el suelo—. ¡Tengo veinte años! Si fuera hombre, me habrían dado un puesto de verdad en la guerra, pilotando Spitfires o Hurricanes o lo que fuera. Ser agricultora está muy bien para algunas y pensé que sería divertido cuando me apunté con Elsie, la criada de tía Muriel; pero cuidar de los cerdos, plantar patatas, ordeñar vacas, ponerme perdida de barro en el campo y pelearme con el heno que no quiere dejarse empacar es tan tedioso que ya no puedo seguir, sé que no. Me siento desaprovechada. Detesto ordeñar. Las vacas me detestan a mí, y me cocean. Si tengo que aportar mi granito de arena en la lucha contra los alemanes, quiero que sea algo más que sujetar un balde de ordeñar.

Al almirante se le estaba agotando la paciencia. Era un hombre muy ocupado y Frances, como solía hacer siempre que se le metía algo en la cabeza, se mantenía en sus trece. Pero no había más que hablar. Su hija seguiría trabajando en el campo, en Crowmarsh Priors, por muchos hilos que tuviera que mover para mantenerla allí. Muriel Marchmont tenía razón. Cuanto antes se casara, mejor.

—No te he pedido que vinieras a Londres para hablar de tu última disparatada idea, sino por una razón muy distinta —empezó. Frances abrió la boca, y el almirante detectó en sus ojos aquel brillo acerado que presagiaba una discusión o una rabieta, pero no dijo nada. Prosiguió—: Como padre tuyo y miembro del Gabinete de Guerra, insisto en que sirvas al país y a mí aportando tu granito de arena como campesina. No volveremos a hablar de la insensatez de Gubbins. Y cambiando de tema... Tu madrina me dice que estás saliendo con cierto joven, Hugo de Balfort. Un jovencito estupendo, según Muriel, y...

—Papá, llamar a alguien «jovencito estupendo» está tremendamente pasado de moda. Pero no entiendo por qué te lo ha mencionado tía Muriel. No es más que un amigo.

—¿En serio? Me ha dicho que prácticamente se te ha declarado.

—¡Será bruja casamentera!

—Pero —el almirante alzó una mano para silenciarla— es de muy buena familia. Leander se casó con Venetia Comosellame, nieta de un conde. La aristocracia rural es la esperanza de la nación, sobre todo ahora. En eso tu madrina tiene mucha razón. Tengo entendido que Hugo no se ha alistado por cuestiones de salud o algo así, pero no hay nada que... que impida que se case y... tenga hijos y demás.

—¡¿Qué?! —exclamó espantada.

El almirante vio que se había adentrado en aguas profundas.

—Por lo que sé, Muriel creyó que era su deber hacer frente a Leander. Le preguntó directamente por el... eh... estado de salud de Hugo. Como es lógico, por ti, bueno, los bebés, los hijos y... eh... toda esa clase de cosas... Muriel ha... esto... sin duda... al parecer Leander le ha dicho que... y ella le ha garantizado que tú no tienes problemas para... ejem... hijos, naturalmente... que la finca siga en la familia.

Frances estaba demasiado horrorizada para hablar.

Su padre se había puesto colorado y miraba por la ventana.

—Los títulos y todo eso... es importante que permanezcan en la familia. El matrimonio es un paso muy serio... conduce a todo tipo de responsabilidades. Eh... —balbució— los niños, claro,

también hemos pensado en eso, y luego está la cuestión del dinero.
—El almirante sintió que ya tenía el navío bajo control y viró para apartarse de las rocas—. Tu dinero. Para ser exactos, el dinero de tu madre. Tendrás buena parte de él. Nunca hemos hablado de capitulaciones matrimoniales, pero son necesarias. Pondremos las tuyas en manos de mis asesores legales enseguida; los jóvenes estáis demasiado ocupados con vuestro amor para tratar el lado financiero de las cosas…

El almirante se interrumpió. La expresión de Frances no se parecía a la de una joven enamorada. Tampoco lo animaba a proseguir. Que Dios asistiera a su esposo. Entonces alguien llamó a la puerta y esta se abrió al enérgico tecleo de las máquinas de escribir.

—Discúlpeme, almirante. —La WREN le tendía un fajo de telegramas—. Urgente, señor. —Miró ceñuda a Frances, como diciendo: «¿Qué haces tú ahí sentada, tan arreglada, cuando algunos de nosotros tenemos una guerra que librar?».

Él se centró aliviado en los telegramas y en la guerra.

෪

Mientras su padre se entretenía con los despachos y bramaba órdenes al teléfono, Frances daba golpecitos nerviosa con la punta del zapato, contemplando por la ventana los cielos grises de Londres y los escombros. ¡Maldición, maldición, maldición! ¿Por qué tenía que interferir la condenada tía Muriel en las vidas de todo el mundo? Ya era lo bastante horrible la forma en que empujaba a Alice Osbourne hacia Oliver Hammet, pero ¿escribirle a su padre sobre Hugo y hablar de… la capacidad reproductiva de los demás? ¡Cómo se atrevía!

La irritaba pensar que su propia conducta hubiera hecho creer a su madrina que Hugo la cortejaba. El padre de Hugo, pobre hombre, siempre había sido amable con ella, y era amigo de tía Muriel desde hacía mucho tiempo, así que quizá los dos ancianos se hubieran animado el uno al otro. Entendía que un hombre de la posición de Hugo se viera presionado para casarse y dar a la familia un heredero, pero, aunque había salido mucho con él, a ella siempre la habían interesado más sus glamurosos amigos. El propio Hugo, aunque guapísimo, en realidad era muy aburrido.

Pero la vida en Glebe House era extraordinariamente tediosa. Para huir del escrutinio de su madrina, Frances había cerrado filas fácilmente con la pandilla de Gracecourt, que se entretenía cazando, jugando al tenis y al bridge, o escapándose a Brighton de copas, a cenar y a bailar. Sin embargo, la alegre pandilla de preguerra, principalmente formada por aristócratas del continente y artistas con los que Hugo había entablado amistad durante su viaje por Europa, había desaparecido con el comienzo de la contienda. Hugo era un amigo fiel, por supuesto, pero estaba ocupado con las cosechas y el ganado, y ella, hablando en plata, era una de sus jornaleras. Nunca había habido entre ellos nada de lo que Elsie llamaba «ese no sé qué».

Aunque, pensándolo bien, se tropezaba con Hugo bastante a menudo en el transcurso de su jornada; de hecho, prácticamente todos los días. Y él siempre se detenía a hablar con ella, por cortesía, suponía. ¿Habría algo más?

Frances no pensaba que Hugo estuviera enamorado de ella, ni que quisiera casarse con ella, pero si el padre de él lo empujaba hacia ella, no quería ser ella quien lo alentara. De todas formas, desde que había recibido la carta de Gubbins y la habían entrevistado, no había podido pensar en otra cosa que en aquella organización secreta. Todo era de lo más interesante. Los dos hombres y la mujer que la habían entrevistado le habían preguntado incluso cómo pensaba que podrían encajar mejor las mujeres en la organización.

Frances había respondido sinceramente que, en muchos aspectos, podían resultar más útiles que los hombres, porque las mujeres eran camaleónicas: les resultaba muy fácil variar de aspecto con solo cambiarse de ropa y de peinado. Una chica podía parecer de cualquier edad entre quince y cincuenta años, embarazada, gorda, delgada, fea, guapa o enferma, mientras que a ellos era más difícil disfrazarlos. Además, por su experiencia, los hombres solían dar por sentado que las mujeres no eran capaces de hacer nada de cierta importancia, de modo que era menos probable que sospecharan de ellas y las descubrieran. Y, como es lógico, podían engatusarlos sin delatarse. Incluso a los alemanes.

De hecho, había dicho con falsedad, abriendo mucho los ojos, nada le parecía más fácil que engatusar a un hombre, salvo a su padre. El hombrecillo que la entrevistaba se había reído al oír aquello y le había dicho que era cierto y que veía con claridad que a ella se le daría especialmente bien, porque casi había conseguido persuadirlo. La mujer le recordó que, de momento, no reclutaban a jóvenes para apostarlas tras las líneas enemigas. El hombrecillo se puso serio otra vez y señaló que las cosas podrían cambiar…

Habían reparado en su atuendo, ¿de París? ¿Podría indicarles qué detalles diferenciaban la forma de vestir de franceses e ingleses? ¿Qué llevaría una campesina francesa? ¿Un ama de casa normal que fuera a hacer sus cosas por la ciudad? Frances les había dado una larga charla sobre las particularidades de la moda francesa comparada con la inglesa y el modo en que caminaban las francesas, cómo hablaban con sus familias, lo que comían e incluso lo que pensaban.

—Observadora —le dijo con aprobación el hombrecillo, y anotó algo.

¿Padecía alguna enfermedad? ¿Sabía montar en bicicleta? ¿Creía que podría aprender a sobrevivir sola en el campo?

¡Pues claro que montaba en bicicleta! Nunca estaba enferma. En cuanto a lo último, después de meditarlo un momento, Frances sonrió y contestó que probablemente sí. Una amiga suya salía a menudo de caza furtiva cuando escaseaban las raciones, y se le daba bien atrapar conejos, palomas e incluso faisanes. Aquella parecía una habilidad bastante útil.

—¿Ha estado usted cazando furtivamente, señorita Falconleigh?

Frances se inclinó sobre el escritorio y lo miró sin emocionarse.

—Aún no, pero puedo aprender. Si atrapo para usted un puñado de faisanes, ¿me aceptarán?

El hombrecillo empezó a reírse a carcajadas.

—¡Sí que es usted decidida! Si no consigue que el almirante le dé su consentimiento para formar parte de la SOE o de las Unidades Auxiliares, bueno, podemos buscarle algo que hacer.

Frances asintió con la cabeza.

—¿Trato hecho? —preguntó, y le tendió la mano.

Él se la estrechó.

—Trato hecho —contestó él—, siempre que me traiga esos faisanes.

Frances le había dicho que cumpliría los veintiuno en noviembre y que entonces ya no necesitaría el permiso de su padre. Quizá para entonces ya aceptaran agentes femeninas tras las líneas enemigas. Eso sí que sería emocionante.

El almirante aún estaba ocupado. Frances miró el reloj. Pensó en lo útil que le resultaba tener una amiga como Evangeline, que sabía hacer toda clase de cosas asombrosas. Si alguien podía sobrevivir en el campo, esa era ella. Al principio, Evangeline, con su voz suave y sus lánguidos modales, le había parecido rara, claro que nunca había conocido a una americana, y el hecho de que tía Muriel la desaprobara tan enérgicamente había instado a Frances a hacerse amiga suya. En ocasiones, Evangeline tomaba prestado uno de los viejos rifles de caza de la Guardia Local que Leander había donado y salía a cazar vestida con el impermeable de Richard. Traía a casa palomas (ella las llamaba «pichones») e incluso faisanes para el pueblo entero. Cuando Frances le había explicado que eso era caza furtiva, Evangeline se había encogido de hombros, sin parecer en absoluto preocupada. La caza no estaba racionada y, en el pueblo, todo el mundo ansiaba comer carne.

Frances se había quedado de una pieza al descubrir que su amiga sabía hacer algo más que cazar; se le daba de maravilla preparar una deliciosa comida con lo que cazaba o caía en sus trampas, fuera lo que fuese. Sabía asar palomas o conejos en un espetón sobre un puñado de astillas de manzano húmedas. Además, cultivaba verduras y tenía pollos, y como los huevos de las gallinas propias no estaban racionados, tenían mayonesa para las alcachofas y los tomates de su huerto. Asaba manzanas y peras con miel… Evangeline decía que, donde ella se había criado, todos los hombres salían de caza y traían piezas a casa, y las jovencitas aprendían a cocinar antes de casarse, para poder asegurarse de que sus propias cocineras lo hacían correctamente.

Le rugió el estómago. No había tenido tiempo de desayunar antes de tomar el tren y hacía una eternidad que no había galletas en la lata. Su padre le había prometido invitarla a almorzar y esperaba que no lo hubiera olvidado.

El almirante terminó con los telegramas y la WREN se los llevó. Frances se movía inquieta de nuevo. Él la invitaría a almorzar y luego la metería en el tren. Antes de la guerra, habrían ido al Savoy o posiblemente al Ritz. Una copa de jerez. Ostras. Pollo asado. Bizcocho borracho con frutas y crema. Borgoña. En ese momento, debido al racionamiento, la comida era horrenda en cualquier parte, así que posiblemente entraran un rato en uno de los nuevos restaurantes británicos. Sabía que consistiría en sopa marrón, carne picada frita con papas y col, y alguna especie de dulce nadando en mostaza que sabría a huevo frito; pero, como entrarían y saldrían en un santiamén, él podría volver a sus asuntos. ¡Jovencitas! Cuanto antes se casaran y dejaran de hacer perder el tiempo a sus padres, mejor.

CAPÍTULO 13

El lloriqueo de Johnny solía despertar a Tanni a primera hora, pero esa mañana fueron un par de arrendajos que graznaban en el peral del otro lado de su ventana. Se levantó, adormilada, y se puso la bata que había confeccionado con unas toallas que Evangeline tenía apartadas para hacer trapos. Estaban deshilachadas por los bordes, pero eran de un bonito azul descolorido y, sirviéndose de su abrigo para dibujar el patrón en papel de periódico, había diseñado una prenda suave y práctica, con grandes puños vueltos, bolsillos y cinto. Aunque solo tenía hilo blanco, sus puntadas, diminutas y perfectas, como frau Zayman le había enseñado a darlas, apenas se notaban.

—¡Es preciosa! —exclamó Evangeline—. Yo nunca he tenido paciencia para coser nada. En la escuela, las monjas solían deshacerme todas las puntadas de un tirón y obligarme a repetirlas una y otra vez.

Ruborizada de orgullo, Tanni se ofreció a hacerle algo a ella también, feliz de encontrar un modo de agradecerle que los hubiera acogido. A los pocos días, Evangeline vestía un precioso camisón rosa hecho con una colcha vieja. Estaba tan emocionada con él que

Tanni le preguntó si podía hurgar en las cajas de prendas y ropa de cama viejas del desván de los Fairfax en busca de más cosas que remodelar.

—Usa lo que quieras. Allí arriba no le hacen ningún bien a nadie —contestó Evangeline.

El Gobierno estaba instando a todo el mundo a que no desperdiciaran tejidos, y todo lo relacionado con la costura escaseaba: agujas, botones, patrones, cremalleras… Se rumoreaba que pronto se racionaría la ropa, igual que la comida. Con los retales que pudo encontrar, Tanni se hizo ropa interior e hizo ropita para Johnny, al que todo se le quedaba pequeño enseguida. Corrió la voz por Crowmarsh Priors y las granjas de los alrededores de que Tanni podía hacer maravillas con ropa vieja y no tardó mucho en tener siempre el cesto del viejo jardinero lleno de encargos de costura y un cuadernito donde anotaba las medidas de la gente. Albert Hawthorne le llevaba los periódicos, cuando Nell y él ya los habían leído, para que pudiera diseñar los patrones. Las mujeres le llevaban vestidos viejos para que se los arreglara, los ensanchara o les diera un aire distinto con un cuello o unos puños nuevos; los pantalones de sus maridos para que les cambiara los bolsillos o les pusiera parches en el trasero desgastado; las prendas de sus hijos para que las alargara o las ensanchara. Incluso hizo dos faldones de bautizo, rematados con hermosos adornos de frunces. Las mujeres le pagaban lo que podían, o bien con mermelada, pasteles, fruta y verduras. En otoño, la esposa embarazada del agente Barrows le había pagado tres vestidos de premamá y algunas ropitas de bebé con un valioso par de gallinas ponedoras donadas por su madre; con esas Evangeline ya tenía cuatro.

Evangeline agradecía la comida que la muchacha aportaba a la casa de ese modo. Hacía solo unos años, las recomendaciones de tía Celeste sobre el mantenimiento de un hogar la habían aburrido soberanamente. En ese momento, se esforzaba por recordar todo lo que le había enseñado; a fin de cuentas, hasta que a Laurent se le ocurriera un plan, estaba atrapada en el pueblo, y había que comer. Maude, Tommy y Kipper siempre estaban muertos de hambre y, pese a la habilidad con que ella estiraba las raciones, dar de comer a cuatro niños y dos adultos (cuatro, cuando Frances y Elsie estaban con ellos) era una lucha diaria. Además, la horticultura y la caza la ayudaban a quitarse de la cabeza a Laurent.

Tanni veía lo mucho que trabajaba Evangeline en el huerto y buscando comida que llevar a la mesa; Elsie y Frances en la granja; y Alice llevando ropa a los refugiados, tejiendo para las tropas, dando clases de primeros auxilios y enseñando en la escuela, y se alegraba de poder ser útil ella también. Sus mejillas recobraban el color cuando afrontaba cada día con confianza, recordándose que era madre y esposa, una mujer adulta con un trabajo que hacer, ya no una chiquilla asustada.

Atizó las brasas del fuego y añadió un leño, cambió a Johnny y contempló por la ventana el alargado y estrecho huerto de detrás de la casa. Antes de alistarse, el otoño anterior, Jimmy, el chico del carnicero, había ayudado a Evangeline a retirar las flores y los setos para plantar hileras perfectas de coles de invierno, coles de Bruselas y puerros. Aun así, se habían dejado algunos bulbos y, entre las verduras, florecían azafranes y narcisos, resplandecientes como estrellas. No había reparado en ellos hasta ese día. Se los mostró a Johnny con el dedo, luego se lo llevó a la cama, se tapó con él y le cantó con la boca pegada a su suave pelo. Johnny jugó al cucú trastrás, se retorció y rió.

¡Qué feliz era! El día anterior había recibido un telegrama sorpresa de Bruno. Le habían dado un permiso inesperado de unos días para la pascua judía y ese día iría a buscarlos a Johnny y a ella y se los llevaría a Londres para celebrar el Séder con los Cohen en Bethnal Green. Solo había visto a Bruno dos veces desde que se había ido de Londres. Las dos había ido en tren con Johnny a Cambridge, pero solo había pasado unas horas con él, porque lo habían requerido inesperadamente. Ella había regresado a Crowmarsh sintiéndose más sola que nunca. Ojalá no le cancelaran el permiso esta vez. Aunque él la llamaba siempre que podía, hacía mucho que no lo veía.

También estaba impaciente por ver a los Cohen. Llevaban meses encerrados en un campo de concentración en la isla de Wight, pero por fin les habían permitido salir después de que un tribunal decidiera que un viejo rabino y su esposa no eran enemigos peligrosos ni espías alemanes. Los Cohen se sentían aliviados de estar de nuevo en casa, aunque, lamentablemente, la experiencia les había afectado mucho. Tía Berthe no alcanzaba a comprender cómo las autoridades podían creer que los judíos eran agentes nazis. Se habían alegrado mucho cuando Tanni les había escrito para decirles que en Sussex la gente era muy amable y que todos querían a Johnny.

Evangeline se había encariñado con el niño enseguida y Alice había sido agradable, dentro de su natural mandón: había ido a ver si Tanni necesitaba algo y le había llevado folletos sobre el zumo de naranja y el aceite de hígado de bacalao, y una gramática inglesa. Sin embargo, había observado que Alice sentía antipatía por Evangeline y apenas hablaba con ella. En las semanas posteriores a su llegada, Tanni se había matado para no disgustar a nadie, y la tristeza que le había sobrevenido tras el nacimiento de Johnny a menudo se apoderaba de ella. Los libros de inglés y los folletos acumulaban polvo en su mesilla de noche y hacía todo lo posible por darle a Johnny su zumo de naranja. La hermana Tucker se pasaba por allí siempre que su apretada agenda se lo permitía y la tranquilizaba diciéndole que, después de dar a luz, muchas mamás se sentían así, pero Tanni estaba convencida de que aquellos oscuros sentimientos eran culpa suya.

Luego, poco a poco, fue adaptándose, de forma que en los últimos meses ya se sentía mejor, más como era antes, y Johnny estaba espléndido. Evangeline y Alice eran amigas suyas, aunque entre ellas no se llevaran bien. Y además había encontrado un modo de resultar útil. Besó la foto de su familia, que tenía apoyada en el espejo. Como Bruno iba a llevarla a Londres, podría preguntarle a Rachel a qué parte de Inglaterra habían ido. Solo era cuestión de tiempo que volviera a estar con ellos.

Con la inmensa ilusión de volver a ver a Bruno, casi no podía tragarse el té y las tostadas. Después del desayuno, Evangeline se llevó a Johnny a acompañar a los niños mayores a la escuela·para que Tanni pudiera prepararse. Apenas se habían marchado cuando llamaron a la puerta. Era Alice, de camino a la escuela. Le entregó a Tanni un paquete envuelto en papel marrón. Dentro encontró un suéter y una gorra que le había tejido a Johnny con gruesa lana engrasada hurtada de las existencias del grupo parroquial responsable de la recogida de ropa. Tanni le dio las gracias emocionada y la abrazó.

En cuanto Alice se hubo ido, se bañó, con cuidado de no llenar la bañera por encima de la marca de diez centímetros pintada por dentro. Luego, envuelta en su bata azul, se lavó el pelo y se lo enjuagó con vinagre para que le quedara brillante.

Cuando volvieron Evangeline y Johnny, se lo estaba secando delante del fogón. Llamaron de nuevo a la puerta. Esa vez era Frances, con su uniforme de las Land Girls. Sostenía una elegante caja de una modista con un nombre francés escrito en letras doradas.

—¿Para mí? —preguntó Tanni, incrédula.

Frances era tan glamurosa que a Tanni siempre le había dado vergüenza decirle poco más que «buenos días». Asintió con la cabeza, sonriente, así que Tanni le dio las gracias, abrió la caja y soltó un grito de regocijo. Dentro, bajo el papel cebolla, había un camisón y una bata de seda de color crema con encaje y amplias cintas de satén.

—Te ayudará a subirle… la moral, querida —dijo Frances con picardía—. Quítate esa bata y pruébate el *peignoir*… ¡Sí, lo que sospechaba! Ese tono crema le va perfecto a tu pelo oscuro —señaló—, y, afortunada tú, tienes más pecho que yo.

Tanni se ruborizó: con el *négligée* enseñaba bastante.

—¡Tengo algo que le va de perlas a esto! —exclamó Evangeline, y subió corriendo. Poco después bajó con un frasco de perfume francés—. Schiaparelli —dijo.

Recordó que su madre tenía un frasco similar en el tocador, y de nuevo la asaltaron aquellos pensamientos oscuros, pero decidió que no iban a arruinarle el día. Se puso una pizca en la muñeca.

—¡Bruno no me va a reconocer! —Rió como una boba.

Con su mejor vestido, sintiéndose limpia y renovada, Tanni se encontraba en la salita, inundada de sol, tarareando mientras guardaba las cosas nuevas en su bolso de viaje junto con la ropita, los pañales y los juguetes de Johnny, cuando oyó una voz a su espalda.

—¡Qué casa tan bonita!

Johnny, que estaba a punto de meterse a gatas debajo del sofá persiguiendo al gato, se detuvo y miró fijamente al desconocido, luego gateó hasta su madre y se escondió detrás de sus piernas.

Tanni contempló la recia figura, vagamente familiar, de un hombre bajito con lentes que se quitaba el abrigo y le hacía carantoñas a su hijo. De pronto nerviosa y cohibida, sintió ganas de esconderse ella también. Entonces Bruno se agachó para aupar a su brazo derecho a un Johnny sobresaltado y abrazarla a ella fuertemente con el izquierdo. La besó en la mejilla.

—Bueno —dijo—, ¡aquí está mi familia!

—¡Ay, Bruno!

Bruno y ella habían pasado tan poco tiempo juntos como marido y mujer que estaba más acostumbrada a verse como madre que como esposa. Tendría que volver a acostumbrarse a estar casada. Pensó en lo mucho que le gustaba sentir su cuerpo robusto bajo la áspera chaqueta de mezclilla.

Johnny se revolvió, el gato huyó y Bruno se subió a su hijo por encima de la cabeza. El niño no tardó en empezar a reír a carcajadas y a dar patadas. Tanni le dijo que le iba a hacer vomitar, y entonces Bruno sacó un caramelo, le quitó el envoltorio y se lo metió a Johnny en la boca abierta. Se hizo el silencio mientras el niño chupaba la golosina, así que Tanni, que no sabía muy bien de qué hablar, sacó una pila de ropita de Johnny del bolso de viaje, la desdobló y la contó. Varias veces.

—¡Cuántas cosas! —dijo Bruno, mirando el montón del sofá.

—Todos han sido muy amables. Mi amiga Alice, que da clases a los niños en la escuela, me ha hecho esto. —Sostuvo en alto el suéter que Alice le había traído, y que tenía una manguita más larga que la otra. Bruno enarcó las cejas y ella rió—. El agente Barrows me talló estos animales cuando estaba haciendo algunos para su propio bebé, y Evangeline le hizo una colcha con el alfabeto y bajó del desván los viejos muebles de cuando su marido era pequeño. Tienen pintados conejitos…

—¡Tanni! —exclamó Bruno, y la estrechó entre sus brazos.

Estaban hablando bajito, absortos el uno en el otro, cuando Tanni vio, por el rabillo del ojo, que Johnny se había subido a una mesita auxiliar y había agarrado con su manita pegajosa una pastorcita de Limoges a la que había echado el ojo hacía semanas. Tenía la boca abierta de par en par y estaba a punto de probar sus nuevos incisivos en la vaporosa falda de porcelana cuando su madre se lanzó en picado.

Justo entonces el automóvil negro que había dejado a Bruno hacía media hora se detuvo delante de la casa con dos figuras en los asientos delanteros. Tanni agarró una cesta que contenía una docena de los preciados huevos de la casa y un tarro de miel, y otra con jacintos del huerto, para los Cohen. Se despidió de Evangeline con un beso, luego se sujetó el sombrero. El chófer metió el bolso de viaje y los jacintos en el maletero, después Tanni y Bruno se subieron a los asientos traseros con Johnny entre los dos y la cesta de huevos en el regazo de ella. El automóvil se alejó.

El joven que se alojaba en casa del agente Barrows iba sentado en el asiento del copiloto, pero el cristal separador iba subido, así que Tanni no pudo oír lo que hablaban. Su perfil le recordaba a un animalito inglés al que Alice llamaba «hurón». Se volvió varias veces y le guiñó el ojo a Johnny, de modo que ella le sonrió. Sabía que se llamaba Bernie. Elsie hablaba de él cuando les traía papas y, a veces, conservas ilegales de ternera o de pescado que ella cambiaba por una de las empanadas de ave de Evangeline.

Tanni tenía muchas cosas que contarle a Bruno sobre la vida que llevaban en Crowmarsh Priors cuando estuvieran a solas. ¡A solas! Sintió una punzada de ilusión. El soleado paisaje primaveral fue pasando delante de sus ojos, y Bruno y ella se fueron turnando para señalarle a Johnny las vacas y los caballos de los prados. Miró un instante a su marido, preguntándose si él sentiría la misma emoción que ella a medida que se acercaban a Londres.

Sin embargo, la visión de la devastación que el enemigo había causado allí desde su marcha hizo mella en el buen ánimo de Tanni. Cuando el automóvil llegó a Bethnal Green, abriéndose camino como pudo entre los escombros y los enormes espacios vacíos donde antes había edificios, el cielo se había cubierto. El rabino Cohen, envejecido, salió a darles la bienvenida junto a tía Berthe, que le dio a Tanni un largo abrazo y le hizo muchas carantoñas a Johnny. Se alegró mucho cuando vio que su sobrina había traído huevos, miel y unas bonitas flores.

Dentro, la casa olía de maravilla, a sopa y a horno y a alguna especia que le resultaba familiar. Olisqueó. Canela. Cerró los ojos y recordó la mesa de la pascua judía en su propio hogar, dispuesta con un día de antelación sobre un mantel adamascado, con la mejor vajilla; durante días, la cocina era un hervidero de actividad y su madre era el centro de todo ello. Frau Anna y las doncellas, exhaustas después de una limpieza a fondo de toda la casa, se retiraban a sus domicilios, mientras que frau Joseph, envuelta en un delantal blanco, cortaba y asaba, y le enseñaba a Tanni cómo añadir una pizca de esto o de aquello, lo finas que debían cortarse las láminas de manzana, cómo había que rallar el rábano picante, y dejaba que las gemelas picotearan de un cuenco de pasas.

Abrió los ojos. Tía Berthe le ofrecía una bandeja de pan ácimo azucarado y galletas de almendras. Tomó uno y le partió un trocito a Johnny.

—Todo huele de maravilla —le dijo a tía Berthe—. Gracias por invitarnos.

Habían dispuesto en el salón una mesa larga colocada de forma que cupiera el mayor número posible de personas y cubierta por un mantel blanco bordado, una porcelana resplandeciente y copas. Bajo el aroma de la comida, detectó el olor a lejía y a ropa recién planchada. El rabino se había encerrado en su despacho con Bruno. Tanni notó que se relajaba. De pronto le venían a la cabeza pensamientos sobre lo que ocurriría cuando estuviera a solas con Bruno y ella se pusiera su *négligée*. De hecho, le costaba pensar en otra cosa.

A tía Berthe le parecía que Tanni estaba radiante. La mujer del WVS había acertado enviándola al campo. La última vez que la había visto, hacía dieciocho meses, la joven era un espectro con grandes ojeras y pómulos huesudos, afligida por haber firmado un documento que significaba que tendría que marcharse de Londres, donde su familia esperaba encontrarla, o dejar que la encerraran en un campo de concentración.

—Ven, querida, voy a enseñarte dónde vais a dormir.

La condujo escaleras arriba, hasta una pequeña habitación bajo los aleros. Llevada por su naturaleza bondadosa, había vestido con sus mejores sábanas de lino bordado, que a menudo se prestaban para las noches de bodas, las dos camitas que había juntado, y había metido la cuna de Johnny en el descansillo. Tanni acarició las sábanas.

—Qué preciosidad, me recuerdan a… Ay, tía Berthe, no me hagas esperar. ¿Qué noticias tienes de Lili y Klara?

—Ten paciencia. Rachel es la única que puede responder a tus preguntas. Ella y su familia vendrán a celebrar la pascua con nosotros y podréis hablar.

Cuando Tanni abrió el bolso de viaje para darle a la señora Cohen sus cartillas de racionamiento, el *négligée* de seda se salió de dentro. Tía Berthe sonrió para sí. Le alegraba pensar que había gente joven bajo su techo, y quién sabe, quizá de esos días allí saliera otro bebé. Le pellizcó, cariñosa, la mejilla a Tanni. Debía engordarla un poco, por si acaso…

Más tarde llegaron tantos amigos de los Cohen a sentarse apretados a la mesa para el Séder, que el salón estaba abarrotado. Rachel, con su madre, su marido y su hijo de cuatro años, fueron los últimos. Estaba embarazada, y tan gorda ya que todos tuvieron que desplazarse de nuevo en la mesa para hacerle sitio. Se encendieron las velas y, después del *kidush*, todos se revolvieron un poco, fingiendo que se inclinaban a beber la primera copa de vino. Volvieron a llenarse las copas y el rabino Cohen prosiguió con la *hagadá* y los alimentos rituales: la paletilla de cordero, el pan ácimo, las hojas de perejil, las láminas de rábano picante. Acompañaron esto último de la *haroseth* especial de tía Berthe, una receta de la rama materna de su familia que se había ido transmitiendo durante generaciones y que combinaba manzanas y dátiles secos, pasas, especias y vino. Al rabino Cohen se le quebró la voz de emoción al responder a las preguntas rituales del pequeño de Rachel, porque Johnny era aún un bebé. Cuando llegaron al huevo cocido sumergido en agua salada, los comensales ya lloraban por los seres queridos a merced de los nazis en Europa.

Finalmente, tía Berthe se secó los ojos y se levantó para servir el resto de la cena, que había tardado días en preparar. La mayoría de los presentes le había cedido sus cartillas de racionamiento para el día en que había hecho una batida por Whitechapel, rogando, camelando y acosando a los verduleros y los carniceros *kosher* para conseguir lo que necesitaba. Tanni se levantó a ayudarla.

Pronto la mesa estuvo repleta de platos y Tanni se maravilló de que tía Berthe hubiera conseguido preparar semejante banquete pese al racionamiento. Hubo sopa de remolacha con huevo, pescado relleno con rábano picante, hígado picado, pollo agridulce, *tzimmis* con costillas, pastel de papas y pastel de verduras. También hubo ensalada de berenjenas y después un plato de manzanas asadas rellenas de frutos secos y un bizcocho de harina de pan ácimo empapado en miel. Para terminar, tía Berthe sacó unas bandejas de diminutos *macaroons*. A continuación, recitaron todos juntos la oración de agradecimiento por los alimentos recibidos y bebieron la tercera copa de vino.

Tanni, que no estaba acostumbrada a beber alcohol ni siquiera en aquellas copas tan diminutas, sintió que se mareaba mientras entonaban las últimas oraciones y canciones. Apuró su cuarta copa de vino sin saborearlo apenas, con las mejillas sonrosadas, luego se levantó, tambaleándose, para ayudar a tía Berthe a recoger la mesa.

—Voy a hablar con Rachel en un minuto —le susurró a Bruno al oído.

—No, tú ayuda a tía Berthe y yo hablaré con ella —le dijo él con firmeza— mientras acuestas a Johnny. Subiré enseguida.

Tanni obedeció con aire soñador y Rachel siguió a Bruno al despacho del rabino. Había estado temiendo aquel momento.

—Sea lo que sea lo que haya averiguado, antes quiero decirle que Tanni ha estado muy enferma —comenzó Bruno— y hay que procurar que no vuelva a enfermar. Se siente responsable de sus hermanas, desea y cree que se encuentran en Inglaterra, y que es responsabilidad de su comité averiguar adónde las han enviado. Si sabe algo, por favor, dígamelo ahora. Si son malas noticias, veré el modo de dárselas poco a poco. Además, usted debe de disponer de información de la que yo, oficialmente, no he de saber nada. Comprenderá que no puedo poner en peligro mi posición ante las autoridades, si bien, por otro lado, debo ayudar a mi esposa y a nuestras familias. Como pago por su ayuda, le prometo colaborar con su comité en la medida de lo posible; por ejemplo, si disponen de información que precise confirmación, yo podría hallar el modo de echarles una mano. No le diré cómo.

Rachel se masajeó los doloridos riñones y lo meditó. No hacía falta que Bruno le dijera nada más sobre la necesidad de discreción. A todos les habían advertido en repetidas ocasiones que un comentario inoportuno podía costarles la vida. Ella no sabía a lo que se dedicaba él, pero, con los idiomas que dominaba y lo avispado que era, estaba segura de que trabajaba para la Inteligencia Militar de alto nivel. Su comité, en cambio, operaba con escasos recursos, tan solo un grupo de mujeres decididas, desesperadas y que vivían con lo justo, muy apartadas de la oficialidad, que recababan información por cualquier medio disponible a través de una red de frágiles vínculos compuesta por miembros de la familia, vecinos y refugiados de comunidades judías en peligro en toda la Europa ocupada. El Gabinete de Guerra hacía la vista gorda. No les preocupaban los civiles judíos que se encontraban tras las líneas enemigas, pero habían descubierto que la red de informadores del comité era a veces una fuente de información sobre los pilotos de la RAF desaparecidos en territorio enemigo.

—En lo que respecta a las gemelas Joseph, tengo malas noticias. Definitivamente no están en Inglaterra; de lo contrario, ya las habríamos encontrado. No sin cierta dificultad, pudimos seguir su rastro hasta el último *Kindertransport*, que no salió de Austria hasta junio. Hubo problemas cuando los guardias fronterizos exigieron sobornos mayores de lo acordado para dejarlo pasar. Cuando finalizaron las negociaciones, el tren ya se había desviado a Francia, donde obligaron a los niños a bajar. Los retuvieron en un campo de tránsito durante casi todo el mes de agosto, luego los subieron a unos trenes con destino a El Havre, y en el ferri a Inglaterra. Debían partir el día en que nuestro país declaró la guerra a

Alemania. Los niños se convirtieron entonces en extranjeros enemigos y no se les permitió la entrada. Creemos que volvieron a
subirlos al tren de El Havre y los mandaron al sur. Podrían estar
en cualquier parte de Vichy, Francia; seguramente en un campo
de desplazados.

Bruno hizo una mueca. Sabía que aquellos campos eran agujeros infernales, atestados de refugiados republicanos procedentes
de España que no se atrevían a volver ahora que los nacionales
habían vencido. Escaseaban la comida y las medicinas; prolifera-
ban la delincuencia y la enfermedad. No era lugar para dos niñas
desvalidas.

—Sé que están dejando entrar en los campos a los cuáqueros
y a los testigos de Jehová para que ayuden con las operaciones de
auxilio, siempre que favorezca a la propaganda nazi, y que el cónsul
de Estados Unidos en Marsella es compasivo y ayuda oficiosamente
todo lo que puede. ¿Se puede obtener información a través de esos
canales? —preguntó Bruno.

Rachel asintió con la cabeza.

—Los cuáqueros intentan seguir la pista a los niños que no van
acompañados para poder reunirlos con sus familias. De momento,
no hay registro de las niñas de los Joseph en los campos franceses,
claro que también es posible que algunos niños murieran y los saca-
ran de los trenes durante el viaje.

—Pero ¿seguirá buscando? —quiso saber Bruno, si bien se preguntaba qué podrían hacer aunque encontraran a las gemelas vivas
en alguno de esos campos.

—Por supuesto, lo que ocurre es que estamos intentando ayudar a tanta gente que es como querer vaciar el océano con un dedal.

—¿Y el doctor Joseph y su esposa… y mi madre? He efectuado
todas las pesquisas posibles por todos los canales disponibles, pero,
aparte del dato de que ya no están en el apartamento de mi madre,
no he encontrado nada más que callejones sin salida.

Rachel se volvió para que no la viera llorar. Últimamente se le saltaban las lágrimas con facilidad con las noticias que tenía que dar a menudo, noticias que no podía endulzar con esperanza alguna.

—Nuestros contactos han podido darnos algo de información. Un anciano, pariente de una de mis compañeras, fue paciente del doctor Joseph y nos confirma que estaban viviendo con su madre, pero que la noche en que Lili y Klara se fueron en el *Kindertransport*, los alemanes arrestaron a todos los judíos de ese barrio. Si los padres de Tanni y su madre estaban entre ellos, probablemente los deportaron a un campo de concentración alemán para la fabricación de munición. Dicen que a las personas del barrio en el que vivía su madre se las ha visto en Oświęcim, también llamado Auschwitz. Pero no le diga nada a Tanni hasta que lo sepamos con certeza.

—Tenemos contactos estadounidenses en Marsella que pasan fondos a los cuáqueros para los campos de tránsito. Les pediré que sigan intentándolo. En cuanto a Auschwitz... —Bruno se estremeció.

—Lo sé. Haremos lo que podamos —prometió Rachel con desaliento.

Lo repetía muchas veces al día. Se veían desbordados de casos como el de Tanni y Bruno, de personas que suplicaban información sobre el paradero de sus seres queridos.

Cuando subió a la habitación, Bruno encontró a Tanni envuelta en su bata de seda, cepillándose el cabello. Johnny estaba dormido. Ella se volvió y le sonrió, llevándose un dedo a los labios para pedirle silencio.

—Johnny estaba agotado. ¡Su primer Séder de verdad! Bueno, ¿qué te ha dicho Rachel? No me tengas en ascuas, seguro que traes buenas noticias.

La madre de Bruno le había advertido en una ocasión que los Joseph no considerarían al hijo de una modista un esposo digno para su queridísima hija mayor, aunque él la hubiera adorado desde que eran niños. Sin embargo, allí estaba, su esposa, la madre de su hijo, con una sonrisa de bienvenida en los labios, el pelo suelto cayéndole por los hombros, radiante de felicidad por una velada gozosa, por su presencia y por la certeza de que le traía buenas noticias. Se le encogió el corazón. La protegería de la desdicha tanto tiempo como pudiera y solo le diría que Rachel y su grupo aún no tenían noticias definitivas. Pero incluso eso podía esperar.

Le arrebató el cepillo de las manos, se sentó en la cama y empezó a cepillarle el pelo él mismo, lentamente. Qué suave y brillante lo tenía.

—¡Bruno! ¡Cuéntame! —Pero Tanni cerró los ojos y se dejó hacer. Luego Bruno dejó el cepillo y enterró el rostro en su cuello. Ella se volvió y los dos se abrazaron—. ¿Qué te ha dicho Rachel? —le susurró Tanni; él la tendió en la cama.

—Chis… Ahora no, mi vida. Esta noche, no. Ya hablaremos de eso mañana.

CAPÍTULO 14

No había sonado la alarma antiaérea, solo los había alertado el zumbido de un avión que se aproximaba en el preciso momento en que los niños del pueblo salían a jugar después de comer el sábado cuando, de pronto, un solitario Heinkel 111 alemán sobrevoló Crowmarsh Priors a ras de suelo. Para cuando las madres angustiadas dejaron de fregar los platos y salieron corriendo en delantal a poner a salvo a sus hijos, el bombardero ya cruzaba las colinas, ejecutando giros y tirabuzones por el cielo para escapar de los Hurricane de la RAF que le iban a la zaga.

Albert Hawthorne pensó que debían de estar intentando alejar al bombardero alemán del pueblo y echarlo al Canal para poder derribarlo, pero, para su sorpresa, el Heinkel giró bruscamente y buscó refugio en un banco de nubes negras que avanzaba tierra adentro desde el mar. Demasiado tarde.

—¡A por él! ¡Tumbadlo, muchachos! —gritó Albert cuando los artilleros de la RAF abrieron fuego.

Hipnotizado, el pueblo entero observó cómo el Heinkel perdía el rumbo, vomitando humo negro. Medio minuto después, daba la vuelta de nuevo hacia tierra, bamboleándose en el cielo, ladeándose y apartándose de las nubes, en picado, hacia el pueblo. Luego desapareció de la vista y se oyó una tremenda explosión en alguna parte de las colinas.

Los niños, emocionados, gritaban y saludaban con la mano a los Hurricane que se alejaban.

—¡Tres hurras por la RAF! ¡Hip, hip, hurra!

Las madres se limpiaban las manos temblorosas, aún mojadas, en los delantales, desfallecidas por lo cerca que había estado.

En su despacho, Oliver Hammet había oído los aviones por la ventana abierta, pero la explosión hizo que se pusiera en pie de un brinco. Dejó a un lado el sermón del día siguiente y corrió a abrir el armario de debajo de las escaleras de la casa parroquial donde la Guardia Local escondía las armas de los De Balfort.

En Ashpole Cottages, Albert le entregó a Nell su azada y se sumó al tabernero, Harry Smith, que pasaba por allí, cojeando y apoyándose en su bastón. Los hijos de los granjeros se habían alistado y marchado, de modo que solo los tres que se habían reunido en el salón parroquial debían esperar a Hugo de Balfort. A los diez minutos, frenó estrepitosamente en una maltrecha camioneta. La Guardia Local ya estaba al completo.

Los niños mayores pedían a gritos que les dejaran ayudar a encontrar el Heinkel, pero sus madres no querían perderlos de vista.

Con el bochorno de agosto, la Guardia Local partió en mangas de camisa. El Gabinete de Guerra les había prometido rifles, pero no habían llegado. Hugo y Oliver iban armados con las escopetas de caza de los De Balfort y un puñado de munición. Albert Hawthorne llevaba una guadaña que había dejado afilada como una cuchilla y Harry Smith blandía su bastón de recia empuñadura, al que llamaba «matabobos».

Si abatían un avión alemán, era obligación de la Guardia Local encontrar los restos y verificar que los ocupantes estaban muertos o, si los pilotos alemanes vivían, arrestarlos y esperar a que una ambulancia o las autoridades militares se los llevaran. Las directrices del Gabinete de Guerra hacían especial hincapié en el peligro de permitir que los tripulantes de los cazas alemanes abatidos escaparan al campo, donde los simpatizantes de los nazis estarían preparados para acogerlos y ayudarles mientras aguardaban la invasión. Las órdenes del Ministerio eran inequívocas: no debía haber fugitivos. Si un alemán se negaba a rendirse o intentaba escapar, habría que dispararle.

Peinar las colinas resultaba agotador en el mejor de los casos y la camioneta de Hugo estaba demasiado deteriorada para usarla en aquel terreno tan irregular, así que los hombres tuvieron que ir a pie. Las colinas eran más grandes de lo que pensaban. Lo que desde lejos parecía un simple montículo, de cerca se convertía en una serie de pronunciados ascensos y pliegues ocultos, pero, conscientes de su deber, los miembros de la Guardia Local avanzaron lo más rápido que pudieron. De vez en cuando paraban para tomar aliento, mientras Hugo exploraba el campo con sus binoculares.

—Es la primera vez que cae uno tan cerca —comentó Albert, resoplando—. Estamos de suerte, puede que incluso demos caza a esos malnacidos nosotros mismos. Buen ejercicio estamos haciendo.

Harry Smith se rindió, incapaz de subir más con su pierna mala.

—Lo siento, muchachos. —Jadeaba, colorado, y se dejó caer en una roca, doblado sobre su bastón—. Si encontráis a alguien, mandádmelo aquí, que le daré a ese bastardo asesino algo por lo que recordar Inglaterra.

Hugo siguió avanzando aprisa, por delante de Oliver y Albert. Oliver sabía que De Balfort se volcaba con los ejercicios de la Guardia Local porque lo habían rechazado para el servicio activo. Albert debía compaginar sus obligaciones en la Guardia Local con los horarios de los trenes y al final dio media vuelta para poder recibir a tiempo el tren que llegaba de Londres a las tres cuarenta y siete.

Nada le apetecía más que dar con un alemán intentando escapar, refunfuñó. Le daría a probar su guadaña a ese *kartoffen* hasta que viera el miedo en sus ojos.

Con el ejercicio que hacía en la Guardia Local, Oliver se había bronceado y era con mucho el que más en forma estaba de los cuatro, pero, siendo el más joven, solía dejar que los demás marcaran el ritmo. Por su condición de clérigo, no tenía obligación de formar parte de la Guardia Local, pero como quedaban tan pocos hombres capaces, lo había considerado un deber moral. Cuando Albert se fue, apretó el paso para alcanzar a Hugo, que parecía agotado, pálido como el papel, y jadeaba ruidosamente al tiempo que espantaba con las manos enjambres de mosquitos pequeños.

—No es nada, perdí un pulmón de niño. Me las apaño bien con uno solo; el Ejército debería haberme aceptado.

Se dobló hacia delante, sin resuello.

—Descansa. —Oliver se cambió el arma de brazo y apoyó la mano libre en el hombro de Hugo—. Siéntate. Yo voy a continuar y tú me sigues cuando recobres el aliento.

Oliver subió la empinada pendiente a mayor velocidad. Disfrutaba del ejercicio hasta que se recordó que, en teoría, iba en busca de alemanes.

Al llegar a la cima, vio que las colinas estaban desiertas, salvo por unos cuantos cañones antiaéreos tapados con redes de camuflaje. Nadie los controlaba. Entonces, al tiempo que determinaba la ubicación del Heinkel por una columna de humo apenas visible en el cielo gris, cayó en la cuenta de que estaba solo. Trepó por una subida en dirección al bombardero.

Poco después tenía a sus pies un amasijo incandescente en un pliegue frondoso de las colinas. Asió con fuerza su arma y oteó las colinas en busca de alguien que corriera desde los restos del avión abatido. ¿Sería capaz de matar a un hombre, aunque fuese un alemán? Hasta la fecha, había considerado una cuestión de fe que

Dios y el primer ministro estaban en el mismo bando y que era su obligación obedecer las órdenes del Gobierno. También le parecía una hipocresía rezar por el éxito militar de Inglaterra cuando él era demasiado tiquismiquis para enfrentarse al enemigo.

Llegó a su nariz el olor a quemado y divisó en el suelo lo que parecían dos muñecos de uniforme gris. Era la primera vez que veía un avión abatido fuera de los noticiarios. Mientras descendía a toda prisa hacia el avión abatido, se preparó para enfrentarse a alemanes vivos o muertos. Rezó para que, si había alguno vivo, se rindiera y él no tuviera que verse en la tesitura de dispararle.

Una intensa bocanada de calor lo asaltó cuando se acercaba a los restos, asfixiándolo con el humo, y después un terrible olor. Se tapó la nariz con el pañuelo, pero el hedor iba empeorando a medida que se aproximaba: una mezcla horrible de combustible ardiendo, goma chamuscada y lo que sabía instintivamente que era carne quemada. Pensó que los aviadores debían de estar atrapados dentro, sin duda los artilleros de atrás. El calor era demasiado intenso para que se acercara a mirar dentro, así que buscó las dos figuras que había visto desde arriba. Por fin tropezó con una y divisó a la otra tendida cerca. Supuso que o se habían visto catapultados de la cabina, que colgaba completamente aplastada y abierta, o habían salido a rastras, huyendo de las llamas. Oliver se inclinó, tapándose la cara y los ojos con el brazo.

El hombre con el que se había tropezado estaba muerto, de eso no había duda. Yacía tumbado boca abajo, con las botas chamuscadas vueltas hacia dentro de una forma rara. Tenía la cabeza en un ángulo imposible. El gorro de cuero se había rajado y algo resbalaba al suelo por los bordes. Oliver no era ajeno a la muerte en las alcobas de las casitas de campo o en los hospitales locales, pero jamás se había enfrentado a ella de una forma tan violenta y deliberada. Qué horrores debían haber soportado aquellos aviadores mientras caía el avión. Avanzó en medio del asfixiante calor hacia la otra figura.

Se movió. El hombre yacía retorcido boca arriba. Se había quitado el casco, pero había perdido el pelo, que se le había calcinado en el cuero cabelludo supurante. Mientras se acercaba poco a poco en medio del calor abrasador y los vapores, Oliver vio cómo se inflaba el pecho del hombre, al que le faltaba el aliento. La sangre cubría su cabeza, en carne viva. Hacía más de dos horas que el avión había caído. El hombre se volvió hacia Oliver. Tenía un boquete en el lugar de la nariz. Se preguntó si habría estado consciente todo el tiempo.

Mirando a aquel hombre tendido en el suelo, cualquier deseo de venganza contra el enemigo que Oliver hubiera podido albergar se deshizo en desesperación y rabia de que los seres humanos se hicieran sufrir así los unos a los otros. Ojalá se le hubiera ocurrido traer un poco de agua. Soltó el arma y se hincó de rodillas a su lado.

A lo lejos, el tren de las tres cuarenta y siete hizo sonar el silbato mientras salía de la estación en lo que, en aquel instante, era otro mundo. Luego no hubo más ruido que el crepitar de las llamas.

El alemán se movió. Abrió un ojo azul. También había perdido las cejas y las pestañas con el fuego.

—*Wasser* —gimió. Oliver trató en vano de recordar el alemán que había estudiado en la universidad; había leído a Goethe. El aviador graznó algo más. Oliver entendió «*Frau*». El hombre se toqueteaba inútilmente el bolsillo de la pechera—. *Bitte* —susurró. Oliver le tomó la mano con cuidado. Parecía que tuviera los huesos rotos. A falta de algo mejor que hacer, recitó la oración por los moribundos—. *Bitte* —volvió a susurrarle el hombre, mirándolo fijamente con un solo ojo azul—. *Fotograf.* —Se tocó el bolsillo con la mano que el párroco le sujetaba.

Por fin Oliver comprendió. *Frau.* «Esposa». Interrumpió la oración, metió la mano en el bolsillo del alemán y sacó una fotografía de una hermosa joven de pelo rubio trenzado alrededor de la cabeza, sentada en una manta y con una niña en brazos. Parecía que estuvieran de picnic en un jardín o un parque. La pequeña reía y la joven la miraba sonriente. Trató de ayudar al hombre a asir la fotografía, pero su mano no respondía, así que se la colocó entre los dedos y la sostuvo allí.

—*Kristina, liebe Frau* —susurró el alemán con dificultad.

Vio que le corría un hilo de sangre por la comisura de los labios. Luego se estremeció y murió.

Oliver sintió un agotamiento insufrible. Había celebrado demasiados funerales en los últimos días, el más reciente por dos hermanos aplastados cuando su caseta de reparaciones mecánicas del campo de aviación había recibido un impacto directo. La familia estaba deshecha y la hija de un granjero local, sentada al fondo de la iglesia, lloraba a lágrima viva en el hombro de su madre. Estaba prometida a uno de los chicos, que la había dejado esperando un bebé. Los habitantes del pueblo la habían condenado por su estado y les habían vuelto la espalda a ella y a su familia.

Se sintió furioso con Dios. «¿Qué esperas que haga ante tanta matanza y tanto sufrimiento humano? He enterrado a muchachos del pueblo asesinados por otros jóvenes como estos dos y depositado sus cadáveres junto a los de hombres de sus propias familias muertos en la Gran Guerra y cuyos nombres se encuentran en una placa conmemorativa de la iglesia. Ahora enterraremos a estos hombres y, en algún lugar de Alemania, llorarán sus familias y habrá más nombres en placas conmemorativas. Por toda Europa, la gente se está matando, las jóvenes lloran por sus futuros hijos huérfanos de padre y los temerosos de Dios rechazan a ciegas el regalo de una nueva vida. Al final, los nombres de las lápidas serán lo único que quede de la humanidad. ¿Por qué?»

Al pensar en cómo se repetía la escena que tenía ante sus ojos un día sí y otro también, con las masacres de Dunkerque, Polonia, Bélgica, Francia y todas partes, Oliver sintió una necesidad imperiosa de tumbarse junto al muerto y dormir.

Un trueno lo sobresaltó. Alzó la mirada y vio que Albert y Hugo venían hacia él. Se vio un relámpago sobre la costa y el viento empezó a arreciar. Había que bajar de las colinas.

—Esta noche por fin dormirán en Hythe... Protección Civil de Londres también, mientras dure la tormenta —dijo Albert.

Todos seguían el pronóstico meteorológico con angustia y temían los cielos despejados. Los bombardeos eran peores entonces, porque el enemigo podía orientarse fácilmente, sobre todo si había luna llena.

—Ojalá la tormenta se mantenga en toda la costa —deseó Oliver, obligándose a ponerse en pie mientras las primeras gotas de lluvia chisporroteaban en el metal caliente. Sobre el mar vio más relámpagos y oyó otro trueno amenazador.

—Vamos. No tiene sentido que nos quedemos aquí arriba y que nos alcance un rayo —señaló Hugo—. Contactaré con la policía para que recoja los cuerpos antes de que los encuentren los niños. Llamaré desde la parroquia, si no te importa. Supongo que no nos quedará más remedio que enterrarlos.

—Es asombroso que esos *kartoffen* siempre sepan qué noches va a estar despejado para cruzar el Canal —masculló Albert.

Hugo no tenía muy buen aspecto.

—Pues hoy se han equivocado. ¿Alguna vez habéis pensado qué haríamos si de verdad capturáramos a un alemán e intentara escapar? ¿Podríais dispararle?

—Si intentase huir, sí —afirmó rotundamente Albert, acariciando su guadaña y pensando en Nell y en Margaret Rose.

Oliver supo en ese instante, con absoluta convicción, que, después de haber visto morir al alemán, él no podría. Pasara lo que pasase, aunque fuera a costarle la vida, no mataría a otro ser humano. Se irguió. Su deber estaba claro. Seguiría rezando por las fuerzas armadas, pero en lo que a él concernía, fueran cuales fueran las órdenes del Gobierno, él se debía ante todo a Dios y a la preservación de la vida. Estar tan seguro de algo, aun en las más horrendas circunstancias, resultaba extrañamente reconfortante. Como si se encontrara sumergido en arenas movedizas y hubiera descubierto de pronto una roca bajo sus pies. En silencio, ofreció al cielo una oración de gratitud.

CAPÍTULO 15

La guerra era un asunto de lo más ruidoso e inconveniente, se dijo Muriel Marchmont con resentimiento. Los aviones persiguiéndose por el cielo, haciendo pedazos la paz de la tarde, y aquella horrenda sirena antiaérea a cuya estridente llamada debían obedecer todos independientemente de cuándo sonara. Para colmo, las cartillas de racionamiento, tremendo lío de cupones y puntos. Primero habían sido el azúcar, la mantequilla y la carne, y después, cuando aún no se habían aclarado del todo, ya hacían falta cupones para el queso, los huevos, el beicon e incluso la ropa.

La cocinera, la señora Barkins, había avisado en Navidades y se había marchado a trabajar a un astillero, precisamente. La señora Gifford se había visto obligada a ocupar su lugar, pero la cocina no era su fuerte. Las indigestiones tenían en vela a lady Marchmont por las noches. Y mientras la señora Gifford se peleaba con la cocina, la casa estaba cada vez más desarreglada. Ni se podía pensar en contratar a una doncella; se habían ido todas a trabajar a las fábricas de munición o como conductoras de autobuses.

Lady Marchmont coincidía plenamente con los amigos de su difunto marido que culpaban a «los extranjeros» de aquella guerra tan mal concebida, sobre todo a los franceses y a los polacos, que habían influido en Churchill. Sin duda la situación había llegado a un punto en que lo mejor para Inglaterra era firmar la paz con Alemania. Habría querido zarandear a los políticos hasta que entraran en razón. Y todos aquellos jóvenes indisciplinados para los que había hecho unos planes tan apropiados, ¿alguno de ellos estaba dispuesto a dejarse guiar por sus mayores? ¿Acaso se lo agradecían? Los años hacían que Muriel se enojase fácilmente. No sabía qué la irritaba más, si la negativa de Frances a ayudar a Alice para que resultara más atractiva a Oliver, o la mirada temerosa y el rostro pálido de la propia Alice. Hugo, lo sabía por Leander, no se había declarado aún, y Frances había subido ya dos veces a Londres sin decírselo a ella. En cuanto a Oliver…

El colmo había sido que enterrara a dos alemanes muertos en el rincón más apartado del cementerio. Ella había llamado al obispo para protestar, porque, siendo probablemente luteranos, no pintaban nada en un camposanto anglicano. El obispo, que ya había tenido que lidiar con Muriel Marchmont en otras ocasiones, trató de ganar tiempo, vaciló, dijo que estaban en guerra, que lo hecho hecho estaba, y que las autoridades eclesiásticas no eran partidarias de la exhumación. Finalmente consiguió enfurecerla al sugerirle que rezara por sus enemigos. Muriel colgó furibunda y sufrió un mareo.

Había errado, tristemente, al extender su mecenazgo a Oliver. Él había olvidado lo que le debía y se comportaba de manera demasiado independiente para su gusto. Pese a su carácter afable, se había convertido en una figura de autoridad en el pueblo. La guerra le había hecho madurar. Aquella mirada pueril había desaparecido y hacía auténticos malabares para compaginar los bautizos, la asociación de madres, las cuentas parroquiales, las visitas a los enfermos y atender simultáneamente, de forma más o menos eficiente, la escuela dominical y su deber en la Guardia Local. Nada más llegar a Crowmarsh Priors, Oliver, tímido por naturaleza, pasaba días perfeccionando un sermón que después pronunciaba con inseguridad y constantes tartamudeos. Como disponía cada vez de menos tiempo para prepararlos, sus sermones eran ya mucho más conmovedores, porque hablaba con convicción, desde el corazón; otra fuente de irritación para Muriel, a quien le desagradaba la vena evangélica, tan de moda, del sector de la Iglesia anglicana de tendencia más protestante. Oliver había adquirido cierta habilidad para relacionar los acontecimientos cotidianos con sucesos bíblicos, algo que parecía reconfortar en aquellos momentos difíciles a todo el mundo menos a ella.

Evangeline Fairfax, pese a que era católica, había arrastrado a Tommy, Maude y Kipper a un servicio especial para niños en el que, según le había confesado a Frances, Oliver le recordaba a los predicadores de color de Nueva Orleans. «En cualquier momento, gritará: Amén, hermanos y hermanas», le decía.

Y lo peor de todo: Oliver exhibía una escandalosa laxitud en lo tocante a mantener los estándares morales del pueblo. Habían nacido varios niños de madres solteras, cuyos padres luchaban en el frente o habían muerto o desaparecido en combate. Oliver las había visitado a todas y, con cierta dificultad, porque las jóvenes estaban muy avergonzadas, las había persuadido de que le dejaran bautizar a los niños. Muriel se había escandalizado al saber que pretendía hacerlo en la pila bautismal, a la vista de toda la congregación, durante el servicio matinal, como lo hacía con los hijos de padres debidamente casados. Le escribió una nota prohibiéndole semejante cosa y supuso que con eso el asunto quedaría zanjado.

El domingo que Oliver tenía asignado para los bautismos, Muriel se quedó atónita al ver al fondo de la iglesia a varias muchachas con bebés, nerviosas, pero al menos presentes. El párroco pronunció un sermón de lo más persuasivo en el que señalaba que la vida era un don de Dios que debía recibirse con especial alegría en tiempos de guerra y muerte. Los habitantes del pueblo se miraron avergonzados. Varias mujeres de mediana edad que habían perdido a sus hijos en la guerra y ansiaban reconocer a sus nietos se echaron a llorar. Tal era la autoridad de Oliver que, después del servicio, la mayoría de la congregación pasó a admirar a los bebés. Se ofrecieron cochecitos y cunas que ya no se usaban, y el agente Barrows prometió tallar un juego de piezas de construcción para cada niño. Las jóvenes madres esbozaron trémulas sonrisas y una observó con valentía que su pequeño se parecía a su padre.

Muriel se quedó muda de escándalo, pero no del todo. Al salir de la iglesia, se detuvo a la puerta para estrecharle la mano a Oliver, ante una cola de feligreses que la seguían.

—¡Esto es intolerable! Un bebé fuera del matrimonio no es de recibo, que lo sepas. Mándalos lejos, ¡enciérralos! ¡No pienso tolerarlo, jovencito! —farfulló furiosa. Le ordenó que le prometiera que no volvería a hacerlo.

Oliver la escuchó pacientemente. Luego atrapó la mano enguantada de lady Marchmont entre las suyas y le respondió para que todos lo oyeran que era su deber bautizar a todos los niños de la parroquia mientras fuera el párroco.

—Que tenga un domingo apacible —añadió.

Era la primera vez que alguien la hacía callar. ¡Le había dicho en público que estaba equivocada! Nadie se había atrevido jamás a hablarle así. A su espalda, sus convecinos reían con disimulo. Estaban hartos de lady Marchmont y sus diatribas, y se alegraban de que alguien le hubiera plantado cara. Dejando a un lado el asunto de los bebés sin padre, había sido particularmente desagradable con Tanni Zayman por ser «extranjera», y en el pueblo todos le tenían cariño a la joven, cuyo marido desempeñaba un valioso papel en la guerra, y también a su retoño.

Qué valiente había sido el párroco, se dijo Frances. Sonrió radiante y le guiñó un ojo mientras salía despacio detrás de su madrina, que anunció en voz alta que llamaría de inmediato a sus abogados para que modificaran su testamento.

Al día siguiente por la tarde, Alice y Oliver estaban en la sacristía, hablando de los preparativos para la fiesta de la cosecha. Con la guerra, había pocos entretenimientos y a sus convecinos les hacía mucha ilusión.

—En todas las casas del pueblo, salvo en la parroquia, hay un huerto de guerra y una competencia bárbara por ver quién consigue la verdura de mayor tamaño —dijo Alice—. Nell Hawthorne tiene una nueva receta de pastel de manzana desecada para la mesa de productos típicos, y tenemos muchos premios para la tómbola: Tanni ha bordado un gorrito de bebé precioso, el pub ha donado una botella de whisky, el agente Barrows ha tallado un arca de Noé con animales, su esposa, Edith, ha cosido cincuenta bolsitas de lavanda, hasta mamá ha hecho un tapete de ganchillo. Y luego está Shirley Temple, claro.

En primavera, el pueblo había recaudado fondos para comprar una cerdita. La estaban engordando con sobras y mondas de verduras, y pensaban sacrificarla en Navidad para comérsela entre todos. Entretanto, los niños la habían llamado Shirley Temple, y se había convertido en una mascota.

—Quieren que Shirley Temple tenga un corral en la fiesta de la cosecha. Margaret Rose Hawthorne le ha hecho un lazo para su considerable cuello —dijo Alice—. Ah, y Nell ha dicho que, si no te importa, pasará a recoger las moras del cementerio para hacer mermelada. La morera está muy descuidada desde que Jimmy se alistó, pero, visto por el lado bueno, hay tantas moras que podrá vender mermelada junto con sus tartas. Cielo santo, ¿es la señora Gifford esa que viene corriendo?

El ama de llaves de lady Marchmont cruzaba sin aliento la verja de la iglesia con el mandil torcido.

—¡Venga enseguida, señor párroco! ¡Se trata de su señoría! He mandado a buscar al médico, pero ella quiere que vaya usted —dijo jadeando—. Ha estado en el huerto toda la mañana, al sol; luego, después de comer, se sentía débil. Yo estaba recogiendo las cosas del almuerzo cuando la he oído caer. La he ayudado a meterse en la cama y he mandado a alguien a la granja en busca de la señorita Frances y del médico, pero tiene muy mal color y…

Oliver agarró lo que necesitaba para administrarle los sacramentos y salió corriendo hacia Glebe House.

Una hora más tarde llegó el médico y declaró que lady Marchmont había muerto de un infarto cerebral masivo.

∽

Tres días después, dos hombres —uno mayor y otro más joven—, vestidos de negro, con bombín y grandes maletines, bajaron del tren de la mañana procedente de Londres. Albert reconoció al abogado de lady Marchmont y a su empleado. Los había citado con frecuencia a lo largo de los años.

—Esta es la última vez que los necesitará, supongo —dijo.

Ellos lo miraron ceñudos y marcharon en dirección a Glebe House.

Ya en la casa, la señora Gifford sirvió un café suave a los dos hombres, a Frances y a Oliver, al que habían hecho venir de la parroquia. El ama de llaves se disponía a retirarse, pero el abogado le pidió que se quedara a la lectura del testamento. El letrado, que llevaba años asesorando a la familia Marchmont, había llegado a temer las llamadas periódicas de su señoría para que acudiera a Sussex a modificar sus últimas voluntades. Ella siempre había ignorado los consejos de la firma sobre lo que era y no era posible desde el punto de vista legal, y ahora el documento estaba repleto de enrevesadas e incomprensibles salvedades en las que lady Marchmont había insistido. Se colocó las lentes sobre la nariz, se aclaró la garganta y comenzó, confiando en poder dar sentido a aquel desconcertante texto.

Empezó por la cláusula menos compleja, una pequeña herencia para la señora Gifford y el derecho a permanecer de por vida en sus dos habitaciones, situadas detrás de la cocina. El abogado hizo una pausa. El ama de llaves se sorbió la nariz y señaló que agradecía el dinero, pero que, después de trabajar al cuidado de una casa durante treinta años, le apetecía cambiar de ocupación y que tenía previsto aceptar un puesto en la fábrica de munición próxima a Reading.

El abogado prosiguió. A lady Marchmont no le había dado tiempo a modificar el testamento antes de morir, por lo que aún seguía dejándole Glebe House a Oliver, su único pariente vivo. Sin embargo, él acababa de recibir aviso de que el Gabinete de Guerra iba a requisarla durante la contienda, para usarla como centro de recuperación de militares heridos. El ayudante del abogado lo interrumpió para explicarle que, como Frances y Elsie eran Land Girls, podían quedarse en la casa, dado que el albergue próximo a Brighton estaba completo y no había ningún otro alojamiento disponible en los alrededores. A Oliver le correspondían algo de dinero y acciones, mientras que la mayoría de los enseres de la casa y las joyas de lady Marchmont los heredaría Frances.

—Si bien, por lo que sabemos, no hay joyas de gran valor —dijo el abogado, mirando a Frances y negando con la cabeza—. Verdaderamente asombroso. Hubo muchas en su día, valiosísimas. Ahora solo quedan las piezas que usaba a diario: su reloj, unos anillos, algunos broches antiguos. Algo de bisutería. Debería haber un inventario, pero ella se mostró algo vaga al respecto la última vez que le preguntamos.

Durante la lectura, Frances observó a Oliver, sentado en el sofá. Ella no estaba especialmente interesada ni en joyas ni en muebles. El párroco tenía los ojos cerrados y Frances se preguntó si estaría atendiendo a lo que decía el abogado. Si era así, no lo veía particularmente contento de saber que de pronto era un hombre rico y propietario de una espléndida casa, aunque aún no pudiera vivir en ella. Entonces abrió los ojos y se los frotó. Parecía estar pensando en otra cosa. Frances reparó de pronto en lo mucho que había envejecido desde que ella había llegado. A menudo lo veía triste y agotado por las exigencias adicionales que la guerra le imponía. Desde luego tía Muriel lo había acosado sin piedad; además, acababa de enterarse de la muerte de una joven del pueblo que se había ofrecido voluntaria para conducir una ambulancia en Londres. Había recibido un impacto directo. Frances sabía que la noche anterior el párroco había pasado horas con la afligida familia.

De pronto se dijo que lo que le ocurría, en realidad, era que estaba solo. Era un pilar para otras personas en momentos de necesidad, pero ¿cuidaba alguien de él? Dios, claro está: Oliver parecía tener una fe muy sólida. Pero en un ámbito más humano… Sintió una punzada de pena y le dieron ganas de abrazarlo. Mientras el abogado seguía hablando monótonamente, a Frances se le ocurrió que él era más alto que ella y que, si se ponía de puntillas y Oliver se agachaba un poco… Se sorprendió imaginando un beso y…

El abogado la miraba fijamente, enarcando una ceja inquisitivo. Frances agachó la vista y se miró las rodillas hasta que por fin llegaron al final del testamento. El abogado preguntó entonces si tenían alguna pregunta, y luego aceptó con solemnidad las pastas y el jerez que la señora Gifford le ofrecía. Acto seguido, él y su empleado recogieron sus papeles y regresaron a Londres.

Una vez se hubieron marchado, Frances se sentó al lado de Oliver y le dijo:

—Como ahora la casa es tuya, Elsie y yo podemos buscar sitio en algún albergue, aunque puede que guarde algunas cosas en el sótano de momento.

—Puedes quedarte aquí, ya has oído a los abogados. Aunque la prima Muriel me dejó entrever que no tardarás mucho en llamarlos tú para… eh…

Oliver se quitó las lentes y las limpió con el pañuelo. Frances observó que el alzacuellos blanco le resaltaba el bronceado que había adquirido durante sus paseos por las colinas y que sus ojos, con algunas pequeñas arrugas ya, eran de color pardo oscuro. La miraban fijamente, infelices, se dijo ella.

—Mmm... ¿Lo dices porque pretendía casarme con Hugo?

Él asintió con la cabeza.

—Creo... Bueno, la gente parece suponer... Creen que es... lo adecuado.

Abrillantó con brío los cristales ya limpios. Frances se encogió de hombros.

—Entonces están condenados a la decepción, me temo. Y a propósito de las bodas que tenía previstas... —Sonrió.

—Lo sé... ¡Vaya si lo sé! —gruñó Oliver. Se apartó el pelo de la frente y volvió a ponerse las lentes—. Era tan descarado, y al principio tremendamente embarazoso. Luego un día a Alice se le escapó que en una ocasión había tirado una cesta entera de manzanas por la ventana de la sacristía y había dicho un montón de palabras malsonantes porque Nell Hawthorne había intentado engatusarla para que me hiciera tartas de manzana. Los dos nos reímos y, desde entonces, bromeamos a menudo sobre eso. Pero solo es una broma —añadió Oliver con su reciente rotundidad—. Alice es un sol, pero casarme con ella sería como casarme con mi hermana. No es en absoluto lo que yo...

—Tía Muriel es capaz de volver de entre los muertos para seguir acosándonos. Siempre le gustó decir la última palabra. Qué impropio de ella, dispersar su fortuna de ese modo. Habría sido mucho más fácil si hubiera querido emparejarnos a nosotros, así su casa, su dinero, sus muebles y sus joyas habrían seguido juntos.

Oliver se quedó tan pasmado que Frances se maldijo por su inoportuno discurso y de pronto tuvo la sensación de que había ido demasiado lejos.

—Qué disparate —remató sin entusiasmo, ruborizada.

Entonces él sonrió y las arruguitas de los ojos se le acentuaron.

—A los párrocos se nos advierte sobre las feligresas de cierta edad, y yo empezaba a saber cómo tratarla cuando murió. Si su fantasma viene a visitarnos, pediré permiso al obispo para hacerle un exorcismo. También él tuvo uno o dos desencuentros con ella. —Le dio una palmadita en la mano a Frances, muy paternal, luego reposó la mano en ella un instante. A Frances le estaba gustando la agradable sensación de aquella mano cálida y fuerte en la suya cuando él la retiró y se levantó—. Lo dicho, no es necesario que te vayas de esta casa. Me agrada pensar que vas a vivir aquí. Ah, y Elsie tampoco, desde luego. —Miró la hora—. Tengo una reunión de la asociación de madres a las dos. Debo darme prisa.

Frances se quedó sentada en la salita, tremendamente feliz de que Oliver no fuera a casarse con Alice. Sintió una súbita lástima por ella. Imaginaba cómo debía de ser pasarse el día dando clase a niños pequeños y después volver a casa con aquella madre tan horrible. No le extrañaba que tuviera siempre ese aspecto tan desaliñado. Procuraría ser más amable con ella.

CAPÍTULO 16

La perspectiva de cumplir pronto veintiún años y poder dejar de ser Land Girl había sostenido a Frances desde su último encuentro con su padre y, por si necesitaba que algo la afianzara en su decisión, el miércoles, tres días antes de su cumpleaños, empezó especialmente mal. En la granja, la capitana del equipo le asignó la tarea que menos le agradaba: ordeñar. Malhumorada, plantó con gran estrépito el balde en el suelo y se sentó en la banqueta. Manoseó a la vaca en busca de las ubres y esta mugió y sacudió la cabeza.

—Calla y estate quieta, Queenie —masculló.

La vaca se movió, empujó a Frances y la tiró al heno. La joven se incorporó y dio una palmada en el trasero a Queenie, que, irritada, coceó fuerte a Frances con la pezuña embarrada y se orinó en sus pantalones.

Cuando llevaba los baldes llenos a la lechería, decidió tomar un atajo por el toril, dado que el semental no estaba a la vista. De pronto vio que el toro, salido de la nada, embestía desde el otro extremo del prado, con la cabeza gacha. En su afán por escapar, no cerró bien la puerta del toril y el toro salió corriendo por el camino, sacudiendo la cabeza y bramando. Por suerte, dos granjeros que pasaban por allí fueron tras él con una picana y una horca.

—¡Maldita sea! —masculló, derramándose leche por dentro de las botas.

A mediodía, la capitana la reprendió delante de todas. Frances bostezó ostensiblemente. La otra siguió las recomendaciones del Comité de Bienestar para manejar situaciones difíciles y levantar la moral del equipo.

—¡Bueno, vamos a cantar algo alegre mientras nos comemos el bocadillo!

—¡Otra vez! —espetó Frances—. ¡Esto es como una condenada guardería! «Volvamos al campo, a echar una mano.» ¡La letra es estúpida y me niego a cantarla otra vez, con guerra o sin ella!

La capitana, que no sabía bien cómo hacer frente a un motín en sus tropas, procuró servirse de su autoridad y dijo:

—¡Perfecto! ¡Daré parte de tu insubordinación!

—Hazlo. Yo me voy al pub a almorzar.

Elsie soltó la pala.

—Yo también, odio cantar.

—¡Elsie Pigeon, daré parte de ti también!

Elsie hizo un gesto obsceno con dos dedos y soltó entre dientes:

—¡Que te den!

Frances y ella se fueron en sus bicicletas a beber un poco de sidra y dejaron a varias de sus compañeras riéndose por lo bajo y a la capitana furiosa.

Una hora más tarde y algo beodas, volvían haciendo eses. Elsie frenó.

—No me apetece volver. Estoy harta de trabajar en el campo.

—Yo también, querida. ¡Es aburridísimo! ¡Uf! —Frances se tambaleó al tomar una curva y volcó—. ¡Vaya!

Elsie se detuvo también.

—Tengo hambre. ¿Tú no tienes hambre?

—¡Yo siempre, querida! —exclamó Frances, y suspiró masajeándose la pierna magullada, mareada por la sidra y con el estómago vacío.

La noche anterior, en casa de Evangeline, habían cenado carne de ballena.

—No había otra cosa —se había lamentado Evangeline—, ¡ni siquiera con cupones!

Pero la carne de ballena olía y sabía a pescado correoso echado a perder. Todos la habían probado a regañadientes, luego habían masticado el primer bocado muy, muy despacio. Tommy, Maude y Kipper la habían escupido a la vez.

—¡Puaj! Yo no pienso volver a comer eso —había sentenciado Tommy.

—Yo vomitaré si lo hago —había comentado Maude.

Kipper miró a su hermana mayor y asintió.

—Yo también.

Al final, ninguno de ellos había tenido estómago para comérsela. Ni siquiera Evangeline había podido hacer mucho con la carne de ballena.

—Mira, me lo estaba guardando.

Elsie sonrió y, de debajo del suéter que llevaba en la cesta de la bicicleta, sacó un paquete de sándwiches de jamón con mucha mantequilla, tabletas de chocolate y cigarrillos americanos. Las dos se abalanzaron sobre la comida.

—¡Jamón! ¡Oh, qué maravilla, qué maravilla de jamón! ¿De dónde demonios has sacado esto, con el racionamiento y eso? —quiso saber Frances mientras se chupeteaba el chocolate de los dedos. Tomó un cigarrillo.

—Bernie —le dijo Elsie.

—Naturalmente. —Frances suspiró, sintiéndose culpable. Elsie siempre tenía caprichos en lugar de racionamiento, cosas que era prácticamente imposible conseguir desde que había empezado la guerra: polveras, jabón perfumado, lápices de labios, medias, bombones, talco de baño, ropa interior de seda, salmón en lata…—. Bernie trafica con productos del mercado negro, ¿verdad? Cielo, ¡lo van a pillar! Los periódicos traen montones de casos horribles de personas que incumplen las leyes de racionamiento. Solo por vender un pedacito de mantequilla sin cupones multan y encierran a los tenderos. ¡Los castigan a trabajos forzados! Durante meses.

—¿A Bernie? ¡Qué va, jamás! —repuso Elsie, exhalando con deleite el humo del cigarrillo americano—. Se le da demasiado bien, sabe cómo hacerlo sin llamar la atención. Mantequilla, azúcar, gasolina, incluso whisky. Lo que quieras. Hay muchas cosas circulando por ahí, y mucha gente que lo puede pagar. Él sabe dónde conseguirlo, así que hace pequeños trueques aquí y allá, de esto y de aquello. Hay mucho movimiento, Frances. El Gobierno no le puede echar mano a todo. Además, hacen la vista gorda a los trapicheos de Bernie. Él piensa que lo ven como un pago por su trabajo.

—¿Y qué demonios es lo que hace Bernie para que le dejen irse de rositas? Aunque supongo que será un secreto tremendo.

—Ah, lo mismo que hacía antes de la guerra —contestó Elsie con frescura—. Se supone que no debe hablar de ello, pero a mí me lo ha contado. Falsificaciones, robos y, bueno, pillaje después de los bombardeos, sobre todo.

—¿Qué?

—Antes de la guerra, los polis siempre estaban intentando cazarlo y encerrarlo. Ahora hay un automóvil que lo recoge y lo trae de vuelta, y tiene alojamiento y comida en casa del agente Barrows, que lo vigila. Incluso le pagan. Te preguntarás, ¿qué puede querer el Gobierno de Bernie Carpenter? No es que quieran que les amañe una carrera en el canódromo, ni que se encargue de recibir un camión repleto de cigarrillos y jamón de contrabando. Una de las cosas que hace es lo de la falsificación, me lo contó él mismo. Al parecer, tiene un don para eso. Lo otro es entrar en los edificios bombardeados a por lo que encuentre; en joyerías o en bancos, por ejemplo, donde puede haber cosas valiosas, Bernie entra rápido. En teoría, tiene que buscar diamantes; forzar la caja fuerte, si es necesario. Hasta le ponen un policía de guardia mientras lo hace para que aleje a la gente. Yo creo que el Gabinete de Guerra necesita diamantes. No sé para qué, pero Bernie dice que las autoridades están metidas en algunas cosas que ni te las creerías. Pero, ojo, que lo hacen a escondidas. Dice que a los dueños de los diamantes les da igual, porque los tienen asegurados y eso.

—Ten cuidado, Elsie; aunque ahora se salga con la suya, al final terminará en la cárcel. Te dejará en la estacada.

Elsie fumó y meditó un instante. Si su madre estuviera allí, coincidiría con Frances, pero estaba sola y, de momento, se iba a fiar de su intuición. Aun así, tendría cuidado.

—Mira, Frances, tú no sabes cómo tiene que vivir la gente como Bernie y como yo. Tú solo conoces a ricachones y sabes cómo viven ellos. Lady Marchmont y sir Leander, y ese tal Hugo, incluso Alice y su madre, que creen que no tienen mucho, pero siempre tendrán más que la mayoría.

»No tienes ni idea de cómo son las cosas por North Street, con tantos hombres sin empleo y sin muchos sitios donde trabajar; el olor de la fábrica de pegamento, que da dolor de cabeza; y mi madre economizando todos los días solo para poder darnos de cenar y proporcionarnos un techo. Siempre estábamos muertos de hambre, pero mamá hacía lo que podía. Vendió casi todo lo que tenía, hasta el anillo de boda, para poder pagarle el alquiler al casero. Le dolió vender el anillo de boda más que nada; decía que por muy mal que fueran las cosas, al menos la gente podía saber que era una mujer casada y respetable.

»Una cosa he aprendido: si se presenta una ocasión, la que sea, de vivir de otra forma, la aprovechas. La gente como Bernie y como yo no tiene muchas oportunidades. Bernie ha aprovechado su ocasión de guardar algo para cuando los peces gordos terminen con él y lo devuelvan a North Street. Además, ¿qué hay de lo que sabe de ellos, dándole órdenes de falsificar y forzar cajas fuertes y todo eso? Si ellos le causan problemas a Bernie, Bernie se los causará a ellos.

—Ah, chantaje. Buena suerte a los dos, entonces. Y gracias por los sándwiches, estaban deliciosos —dijo Frances, decidiendo que le importaba un pepino que fueran del mercado negro o no.

Cuando volvieron, era tardísimo y la capitana estaba de muy mal humor. Mandó a Frances a ayudar a las que estaban plantando patatas en un campo cenagoso, donde el barro denso se le adhería a las botas como si fuera cemento, y a Elsie, a lubricar el tractor. Les ordenó a las otras que no hablaran con Frances ni con Elsie el resto de la tarde. A Elsie, como consecuencia de la sidra, se le caló el tractor cuando lo estaba probando, luego lo metió sin querer en una zanja. Bajó despotricando y dejó el tractor allí tirado. Al resto del equipo lo mandaron a Coventry, y Frances se alegró de que Elsie y ella no tuvieran que volver al albergue con las demás. De momento, aún disfrutaban de la relativa comodidad de Glebe House. Como de costumbre, cuando Bernie andaba por allí, Elsie desaparecía en cuanto había terminado el trabajo.

Empezó a lloviznar, y al final del día Frances estaba helada. Le dolían los hombros y tenía las uñas llenas de mugre. Mientras se frotaba las manos con un jabón duro en la fría trascocina, esa noche de noviembre, pensó con nostalgia en baños de sales de geranio, toallas blancas limpias, manicuras, pelo bien arreglado, bonitos vestidos de baile, clubes nocturnos, música y risas… Ahora era todo barro, pantalones anchos, tiempo deprimente, malas noticias, cielos grises, preocupación, frío, pastel de verduras… y las papas.

Mirándose el suéter sudado y los pantalones de pana sucios, se preguntó a qué imbécil del Gabinete de Guerra se le había ocurrido que definir a las Land Girls como «fuertes, robustas y curtidas» y vestirlas de acuerdo con semejante definición iba a levantarles la moral. Y para colmo habían introducido el racionamiento de la ropa, aunque a Frances tampoco le parecía que fuera a notarse mucho en el campo, donde la ropa apenas importaba, porque no se podía ir a otro sitio que al salón parroquial a ver una película de vez en cuando o a un baile deprimente en el albergue de las Land Girls. Pronto todas se parecerían a Alice, vestida con los espantosos conjuntos que su madre desechaba y con la raída pañoleta tan apretada que parecía que le había encogido la cabeza. O se rendirían del todo, como Evangeline, que era delgada y podría estar preciosa si le pusiera un poco de entusiasmo. Pero, por lo visto, le daba igual su aspecto, estando lejos Richard.

Mientras se limpiaba las uñas con la punta de un cuchillo de cocina, Frances se recordó que, en cuanto fuese mayor de edad, podía escapar de las vacas y los patatales. Evangeline le había enseñado a poner trampas y Frances le había llevado al hombrecillo del SOE su puñado de faisanes. Este le había dicho que la esperaban después de su cumpleaños.

Abstraída, se lavó las manos y se las secó con la toalla apestosa de la trascocina, que ni a ella ni Elsie se les había ocurrido lavar desde que el ama de llaves se había ido. Estando en guerra, ¿a quién le preocupaban las tareas domésticas?

No, lo que le preocupaba a Frances, aunque no se lo habría reconocido a nadie, era que el sábado cumpliría veintiuno y no tendría ninguna fiesta en su honor. Claro que era una frivolidad pensar en una celebración en plena guerra, pero resultaba muy deprimente no tener nada con que señalar su mayoría de edad. Aunque no era muy dada a la autocompasión, por un momento, los ojos se le llenaron de lágrimas. Ella lo celebraría encantada.

¿Por qué no hacer una pequeña cena de cumpleaños? Les daría a ella y a las otras chicas una excusa para estar contentas y arreglarse un poco.

Pero ¿cómo se organizaba una fiesta? Nunca había organizado una. No había cocinera ni personal de servicio, ni nada, y ella no tenía ni idea de cómo hacerlo. Sin embargo, era una mujer de recursos. Si Evangeline preparaba algo especial para la cena, Frances se ofrecería a cuidar de Tommy, Maude y Kipper la próxima vez que tuviera que subir a Londres a ver al médico; los evacuados adoraban a Tanni. Invitaría a Elsie, por supuesto, y a Evangeline y a Tanni... A Alice también. En cuanto a los hombres, estaban Hugo y Oliver, y aunque era muy joven y descarado, también Bernie. No era ningún secreto que el muchacho pensaba que Frances «estaba muy bien». Y a Frances le parecía una ricura; aunque Alice «no lo consideraba decente», Johnny, y en consecuencia Tanni, lo adoraban, y Elsie estaba locamente enamorada de él. Tenían los discos de Evangeline, que podían reproducir en el gramófono de Penelope... Quizá pudieran bailar un poco.

Y había otra cosa que quería para su fiesta: alcohol.

Cuando había estado llevando la plata y la porcelana de su madrina al rincón más escondido del sótano para almacenarla allí antes de que llegaran los obreros y convirtieran Glebe House en un centro de convalecencia, Frances había hecho dos descubrimientos. El primero había sido una reserva de botellas cubiertas de polvo que habían resultado ser de clarete, media docena de coñac y una botella de piedra de algo llamado Genever. Lo había subido todo y lo había desempolvado. El vino y el coñac llevaban etiquetas francesas. De la Genever no estaba segura, pero le daba igual. Con los tiempos que corrían, el alcohol era alcohol, un lujo.

El segundo hallazgo de Frances fue aún más sorprendente. Cuando había descubierto el vino, se había golpeado un dedo del pie con algo metido a presión debajo del anaquel que sostenía el alijo de coñac. Lo iluminó con la linterna y vio brillar tímidamente las bisagras de cobre de un cofre chino lacado. Lo sacó con dificultad de su escondite y le quitó el polvo de un soplido. Había una llave en la cerradura. La giró y, al abrirlo, se encontró dentro estuches de terciopelo de joyas de distintas formas y tamaños. Abrió el más grande e hizo un aspaviento. Contenía un exquisito collar de perlas de tres vueltas con un gran broche de esmeraldas y diamantes. Era el mismo que su tía Muriel llevaba en el retrato que presidía su escritorio. Luego encontró unas pulseras a juego, un par de anticuados alfileres de diamantes, anillos, broches y un reloj de bolsillo de oro con caja y cadena de hermosa filigrana dorada y el escudo de armas de los Marchmont grabado en el dorso. ¡Las joyas perdidas! Su madrina debía de haberlas escondido ahí y lo había olvidado.

Frances adoraba la ropa, pero nunca le habían entusiasmado las joyas. Sin embargo, tenía claro que el contenido del cofre valía una enorme cantidad de dinero. Sobre todo las perlas. Hummm… Para su fiesta, decidió que rescataría uno de sus vestidos favoritos, que hacía una eternidad que no se ponía: un vestido largo de terciopelo ámbar que le iba de maravilla a su color de piel, y llevaría zapatillas de seda a juego. Qué divertido iba a ser volver a estar espléndida para variar. Oliver nunca la había visto arreglada. Se pondría incluso las perlas, solo esa vez, para celebrar la ocasión. Luego quizá Bernie supiera decirle dónde podía venderlas con discreción.

Le remordía la conciencia. Tendría que decir a los abogados que había encontrado las joyas. Sospechaba que habría que pagar impuestos. Podía preguntarle a Oliver qué le parecía. Entonces decidió que no. Oliver era tan bueno que le aconsejaría que se lo comunicara a los abogados de inmediato. Podía esperar a después de su fiesta.

❦

A la mañana siguiente, cuando se dirigía en bicicleta a la granja, media hora tarde, se detuvo en casa de los Fairfax para invitar a Evangeline y a Tanni, que estaba embarazadísima de su segunda criatura y zurciendo suéteres de bebé en el sofá. Evangeline accedió a ver qué podía hacer con la comida y dijo que le pediría a Margaret Rose Hawthorne que fuera a cuidar de Johnny y de los evacuados para que Tanni y ella pudieran disfrutar de la velada. Luego Frances se pasó por la escuela infantil, donde Alice estaba ocupada colgando nuevos carteles en el aula. LA TOS Y LOS ESTORNUDOS PROPAGAN LAS ENFERMEDADES. ¡USA EL PAÑUELO!, advertía uno, y ¿TU VIAJE ES VERDADERAMENTE NECESARIO?, reprendía otro.

—Quería poner este en la estación para que Evangeline lo vea la próxima vez que se vaya de picos pardos a Londres, pero Albert Hawthorne no me ha dejado. Ya no le caben más carteles —señaló Alice—. Pero cómo puede ser tan irreflexiva... —Se sorbió la nariz.

Aun así, cuando Frances la invitó a su fiesta, incluso Alice se alegró y dijo que llevaría dulce de azúcar, la última invención del Ministerio de Alimentación.

—¡Delicioso! ¡Jamás adivinarías que está hecho de zanahorias!

—¡Estupendo! —exclamó Frances.

Todas las recetas de guerra del Ministerio de Alimentación parecían llevar zanahorias, y Frances las odiaba. No quería ni imaginar cómo las convertían en un dulce de azúcar. Contuvo las náuseas y se alejó en su bicicleta.

En el viaje de ida y vuelta a la granja ese día y el siguiente, Frances y Elsie peinaron los campos húmedos en busca de las últimas nueces y castañas. Habían juntado las raciones de queso de todas para que Evangeline pudiera hacer uno de sus pudines de queso. Usaría huevos de verdad en lugar de huevo en polvo, que dejaba un regusto peculiar. ¡Qué maravilla!

Los huevos de gallinas propias aún no estaban racionados, y gracias a las habilidades de Tanni con la costura, Evangeline y ella tenían un gallo viejo además de las gallinas y un puñado de pollitos que picoteaban en el huerto trasero, donde cultivaban cebollas, coles y alcachofas. Los huevos eran una bendición. Tanni se negaba en redondo a comer la carne de vaca en conserva, de extraño sabor, ni se le ocurría probar un pedacito de jamón o de beicon en las escasas ocasiones en que podían conseguirlo ni la carne picada de dudosa procedencia y que a menudo era la única disponible en las raciones. Tampoco le daba nada de eso a Johnny. La hermana Tucker chascaba la lengua y protestaba, pero Tanni no daba su brazo a torcer, para que la hermana se encargara de que los dos recibiesen su ración completa (con un pequeño extra) de aceite de hígado de bacalao y zumo de naranja o jarabe de escaramujo, y leche.

⤬

La víspera de la fiesta por la noche, Frances inició los preparativos. Sacó parte de la bonita vajilla de porcelana y la cubertería de plata de su madrina del rincón de la bodega donde las había almacenado.

—En la escuela de señoritas nos obligaban a aprender a poner la mesa y a sentar a los invitados —dijo Frances, distraída, rodeando la mesa con una cesta de cubiertos y servilletas de lino con las iniciales bordadas—, pero no recuerdo exactamente cómo se hacía, porque nunca presté mucha atención.

—¿Y para qué aprendías tú, para enseñar luego a los criados? —preguntó Elsie con un sarcasmo que Frances no captó.

—Pues sí, querida, nos decían que era tremendamente importante que una joven supiera enseñar a los criados cuando se casaba. ¿Y si se mudaba al extranjero y el servicio no sabía hacer las cosas como es debido? Pondrían los tenedores en el lado contrario o servirían la cena en el orden incorrecto, por no hablar del horror que supondría sentar mal a los comensales si venía a cenar alguien importante y...

—¡Cursiladas! —exclamó Elsie, poniendo los ojos en blanco.

No tenía ni idea de que Frances fuese tan boba. En cualquier caso, gracias a la breve instrucción del ama de llaves, ella se consideraba experta en esa clase de detalles y disfrutó sentándose en el sofá e indicándole a Frances la mejor forma de encender los fuegos de la salita y el comedor, cómo abrillantar las copas y planchar los manteles de damasco. Luego se levantó para ayudarla a esconder lo peor del desorden que habían formado desde que la anciana había fallecido, metiendo a presión cosas en armarios y detrás de los muebles hasta dejar la casa casi ordenada.

—Agotador —dijo Frances al fin—, pero ha quedado muy bien, ¿no crees? No hace falta quitar el polvo, ¿verdad, querida? Si la única luz que tenemos es la de las velas y el fuego, el polvo no se va a ver…

CAPÍTULO 17

Crowmarsh Priors, cumpleaños de Frances

Cuando Frances terminó su trabajo en la granja el sábado, se fue a casa en bicicleta lo más rápido posible. Iba sola, porque Elsie se había quedado atrás. Al acabar la jornada, la capitana, disimulando su indignación, había pedido «tener unas palabras» con Elsie, que había llevado el tractor tan rápido que había estado a punto de atropellarla. Tras mentalizarse de que pasaría frío, Frances se dio un baño rápido en los diez centímetros de agua tibia que el Gabinete de Guerra les permitía. Viendo el agua sucia que se escapaba borboteando por el desagüe y después de una pequeña batalla con su conciencia, se dio otro. Esta vez el agua estaba más o menos limpia cuando la soltó. Temblorosa, se lavó el pelo y se lo enjuagó con la cerveza sin gas que Elsie y ella guardaban en un frasco con ese fin.

Para cuando Elsie llegó a casa y se metió corriendo en la cocina a preparar sándwiches, su única habilidad culinaria, Frances ya iba envuelta en una bata, con una toalla en la cabeza, y olía a lúpulo. Corrió las cortinas opacas, encendió los fuegos, vació la última botella del jerez de su madrina en un decantador, luego abrió varias botellas de clarete y las dejó sobre la chimenea para que se oxigenaran y se calentaran un poco. Por si acaso, abrió la botella de Genever y descorchó una de coñac. Le dio un trago a la Genever para probarla mientras se arrimaba al fuego a secarse el pelo. El acre olor a hierbas y el extraño sabor la hicieron estremecerse, aunque le pareció perfecto para entrar en calor.

El fuego chisporroteó con alegría y Frances tomó otro sorbo. Luego otro. Se sirvió un poco en una copa y se lo bebió también. Notaba un cosquilleo en las mejillas, había dejado de tener frío y estaba, de hecho, muy contenta. Mientras subía a trompicones las escaleras, se preguntó si Oliver la encontraría guapa esa noche. Se puso el vestido largo, que tenía un corte oblicuo y se movía con elegancia alrededor de sus caderas, haciendo que su cinturita pareciera aún más fina; luego se calzó las zapatillas a juego. Estudió su reflejo en el viejo espejo ondulado de su dormitorio para recogerse el pelo y ponerse el collar de perlas. Lo remató todo con un poquito de perfume y pintalabios, pensando en lo agradable que era poder llevar un vestido bonito. Lo que vio en el espejo la convenció de que volvía a ser la de antes, al menos bajo aquella tenue luz. Dio un pequeño giro y la falda del vestido silbó alrededor de sus tobillos.

Alguien llamó a la puerta.

¡Oliver!

Al bajar corriendo las escaleras, se sintió un poco mareada. Se agarró a la puerta para mantener el equilibrio y la abrió de golpe. No era Oliver, sino Hugo, vestido de etiqueta, con una bufanda de seda blanca, un ramo de rosas y una botella de champán.

—¡Feliz cumpleaños, Frances! ¡Qué guapa estás! A veces uno se olvida de que las Land Girls son… bueno, mujeres.

Incómoda, Frances exclamó al ver el tamaño del ramo y hundió la nariz en sus fragantes flores.

—¡Ay, Hugo, rosas! Son mis favoritas. ¿De dónde las has sacado en noviembre? —Le dio un beso en la mejilla mucho más cariñoso de lo que habría sido de no haber bebido Genever, después lo condujo a la salita, explicándole alegremente que Elsie y ella habían pensado en usar el salón pero luego habían decidido que allí se iban a congelar. La salita era más fácil de calentar con un fuego pequeño—. Como viene Alice, no nos hemos atrevido a encender uno lo bastante grande para descongelar el salón. ¡Imagínate la regañina que nos habría echado por malgastar combustible! Ya sabes cómo es.

Hugo le dedicó una sonrisa de complicidad y Frances fue a la despensa a por un jarrón.

Cuando volvió con el jarrón de cristal más grande que había encontrado, Hugo estaba de pie, de espaldas al fuego, con las manos en los bolsillos. Ella había empezado a meter las rosas en agua, pensando en lo bien que olían, cuando él se aclaró la garganta y le dijo:

—Frances, he venido pronto porque tengo algo especial que decirte.

Ella levantó la vista de las rosas. En su estado de ligera embriaguez, Hugo le pareció extraordinariamente guapo a la luz del hogar; además, ver a un hombre con esmoquin le recordó a los viejos tiempos. Hugo era la clase de hombre a la que ella estaba acostumbrada.

—Frances, he venido a preguntarte… ¿quieres casarte conmigo? Supongo que sabes lo que siento por ti, no me he esforzado mucho por ocultarlo, siempre rondándote mientras estás trabajando. Hasta las otras chicas se han dado cuenta. Habría querido pedírtelo antes, pero murió tu madrina y no me pareció apropiado. Sin embargo, ahora que eres mayor de edad…

—¡Ay, Hugo!

—Mi querida Frances, si aceptas, me harás el hombre más feliz del mundo. Además, tú y yo hacemos muy buena pareja, de eso te habrás dado cuenta. Creo que seríamos muy felices juntos. Debo decir que mi padre se sentiría casi tan complacido como yo, si me hicieras el honor. Ya va siendo hora de que haya una nueva lady De Balfort en Gracecourt, y una familia joven que tome el relevo de todo. Ahora que estamos en guerra, no tiene mucho sentido esperar. Si me aceptas, claro está.

—¡Ay, Hugo! —volvió a decir Frances. Se sentía sorprendida y halagada. ¡Lady De Balfort! Se veía en la abadía de Westminster, del brazo de Hugo, asistiendo a la próxima coronación, los dos con sus túnicas adornadas de armiño y ella con la diadema de la familia en la cabeza—. ¡Me has pillado por sorpresa!

—No hace falta que respondas enseguida —dijo Hugo, apartándose del fuego y acercándose para rodearla con sus brazos. Nunca habían intentado besarse.

Ella se retiró instintivamente.

—No sé qué decir. —Se acercó al fuego y fingió calentarse las manos—. Lo siento, no me lo esperaba… Tengo que pensármelo.

La visión de sí misma en la abadía empezó a desvanecerse.

—Es prerrogativa de una dama tomarse su tiempo —comentó Hugo con serenidad. No parecía muy afectado por su reacción. De hecho, sonrió complaciente y se miró el reloj—. He encontrado otra vieja escopeta de caza para la Guardia Local que he prometido llevarle a Harry Smith. Volveré más tarde con Oliver. Confío en que luego me digas que me harás un hombre feliz, para que podamos brindar con todos por nuestro compromiso. Papá me ha pedido que te diera muchos recuerdos y te preguntase si puedes venir a almorzar con nosotros el próximo domingo que tengas libre.

—Encantada —murmuró Frances. ¡Su compromiso!

Se cerró la puerta de la casa. ¿Casarse con Hugo? ¿Hacer exactamente lo que tía Muriel había deseado? Su padre se pondría contentísimo.

Frances se levantó, llevó las rosas al comedor y las colocó en la mesa. Allí lucían espléndidas. Un nuevo pensamiento asaltó su consternada cabeza. ¿Y si Hugo decidía contárselo a Oliver? «Felicítame, amigo. Por fin se lo he pedido a Frances, espero respuesta, ya sabes cómo son las mujeres, pero soy optimista, confío en que nos cases cuando llegue el momento, muy pronto, espero. Y que bautices a nuestro heredero también, en breve.»

—¡Oliver! ¿Qué pensará? ¡Demonios! —susurró Frances, de pronto sobria.

Volvió a oír la aldaba de la puerta principal.

Esa vez eran Evangeline, con comida, y Tanni, con Johnny, al que no había querido dejar con Margaret Rose y los otros niños. Tanni, se dijo Frances sobresaltada, tenía un aspecto horrible, pálida y demacrada, pese a su volumen. Le entregó a Frances una fina tarta de manzana redonda que olía a canela y elogió su vestido. Luego se sentó en el sofá con los pies en alto mientras Evangeline tumbaba al soñoliento Johnny a su lado y lo tapaba con su colchita del abecedario.

Como de costumbre, Frances estaba muerta de hambre. Siguió a Evangeline a la cocina y admiró la comida que su amiga desempaquetaba y colocaba sobre los fogones para mantenerla caliente.

—Por ser tu cumpleaños, he sacrificado a una de las aves de corral —dijo Evangeline con su acento arrastrado mientras desplegaba el paño limpio con el que había envuelto un bonito pastel. Olía a pollo, a hierbas y a setas silvestres y estaba coronado por una rosa de hojaldre.

—Mmm. —Frances lo olisqueó encantada.

A su lado estaba el pudin de queso, dorado por encima. Tanni había preparado su plato especial: lombarda con cebolla y manzana, aderezada con vinagre, clavo y ajo, y endulzada con un poco de miel. Nada que ver con su horrenda prima hervida, que estaba por todas partes. Además de la tarta de manzana de Tanni, había un postre especial: dos latas de frambuesas, encontradas en las profundidades de la despensa de Penelope. Frances las vertió en un cuenco de cristal; esa fue toda su contribución a la preparación de la cena.

—¿Y esto qué es? —preguntó, levantando un poco la tapa del último plato humeante.

—Arroz sucio —contestó Evangeline, sonriente.

—¡Ay, cielo, qué… emoción, y qué estupenda idea y… mmm… qué exótico! —Frances identificó trocitos de cebolla y apio, pero…—. ¿Qué son esas cositas negras?

—Higadillos de pollo. Es un plato típico de Nueva Orleans —le explicó Evangeline.

—¿Higadillos? —repitió Frances sin entusiasmo, preguntándose qué parte innombrable del pollo sería esa.

—En mi casa lo comíamos todos los sábados por la noche —le explicó—. Inez, la cocinera de mi abuela, me enseñó a hacerlo. Mi primo Laurent y yo solíamos merodear por la cocina, e Inez nos dejaba que la ayudáramos —añadió, de pronto emocionada.

—Evangeline, debes de echar de menos tu hogar. Y aquí estás, en Inglaterra, en plena guerra, y quién sabe qué pasará si los alemanes nos invaden. Podrías estar a salvo en Estados Unidos, con un marido americano, y automóviles y chocolate, sin guerra, ni racionamientos ni evacuados que se orinan en la cama…

—Pero entonces no estaría casada con Richard, ¿no? Y no, no me gustaría volver a Nueva Orleans. En absoluto. Jamás.

Lo dijo con rotundidad. Frances se preguntó si ella podría sentir por Hugo la misma devoción que Evangeline sentía por Richard, que la llevaba a enfrentarse a la guerra y a todo lo demás solo por él. Trató de imaginarlo. Quizá fuera el sexo.

—Lástima que Richard no venga de permiso más a menudo, solo lo has visto tres o cuatro veces.

—Tres, y porque su buque estaba atracado en el puerto por reparaciones —dijo Evangeline sin más—. Tampoco fue mucho tiempo.

—Sé cuánto deseas tener un bebé… Sigues yendo a visitar a ese doctor de Londres…

Frances se interrumpió. De pronto cayó en la cuenta de que, si se casaba con Hugo, él querría tener un bebé enseguida, luego otro. Por lo general, los aristócratas querían «un heredero y otro de repuesto» lo antes posible. Pese al cariño que le tenía a Johnny, no se imaginaba teniendo un bebé propio en breve. Ni siquiera imaginaba que pudiera «querer» uno. Ponerse tan gorda y el parto en sí... ¡Qué asquerosidad y cuánto dolor! Además, estaba la parte del sexo. No, no sabía por qué, pero no le apetecía imaginarse el sexo con Hugo.

—No se sabe lo que pasará cuando termine la guerra —dijo Evangeline—. Pero conviene que sepas que Tanni ha recibido hoy otra carta de esos conocidos suyos de Londres. Se ha puesto muy triste e intenta disimularlo para no estropearte la noche. Dice que has sido muy amable con ella.

A Frances le remordió la conciencia. Lo único que había hecho era darle a Tanni un *négligée* que le sobraba.

En la salita, Tanni se había levantado para estirarse, con las manos en los riñones.

—¡Genever! —gritó al reconocer la botella del aparador—. ¿De dónde la habéis sacado? Mi padre solía recetársela a sus pacientes para después de las comidas. Sabe fatal.

—Ya lo sé, la he probado mientras me estaba vistiendo —dijo Frances, poniendo cara de asco—. Aunque ayuda a entrar en calor. ¿Te apetece un poco?

Tanni asintió con la cabeza.

—Es casi como una medicina, así que no le hará daño al bebé.

Por mal que supiera, le recordaba a su casa. Se volvió para que Frances no viera cómo se desvanecía su sonrisa.

Tras el Séder, tía Berthe, que aún estaba disgustada por su internamiento, le había advertido a Tanni que jamás hablara en alemán, ni siquiera en privado, porque no sabía quién podía oírla y acusarla de ser una espía. Debía tener especial cuidado de no ofender a ninguna de las personas del pueblo en el que vivía.

Según tía Berthe, los judíos ya no estaban a salvo en ninguna parte. Encerrarlos en campos de concentración, le había dicho en un susurro aterrado, era lo que estaban haciendo los alemanes con ellos en Europa. ¡A saber qué más! Quizá los británicos decidieran seguir el ejemplo de los alemanes, porque, según Rachel, debido a la escasez de mano de obra, se empezaba a reclutar a mujeres y la gente, sobre todo de las clases altas, comenzaba a proponer que se firmara la paz con Alemania. Tanni sabía que eso era cierto, había oído a lady Marchmont decirlo. Menos mal que tía Berthe no la había conocido.

Bruno la había tranquilizado una y otra vez diciéndole que, por su trabajo como traductor militar, a ella, a Johnny y a él no los meterían en ningún campo, pero, después de la experiencia de los Cohen, Tanni no podía dar nada por seguro, por muy amables que fueran Evangeline, Alice, Frances y Elsie.

Además, tía Berthe le había dicho que, estando embarazada, no convenía que se preocupara, pero a Tanni intentar no preocuparse la angustiaba más. Aunque se lo callaba todo, tenía la cabeza tan inflada de preocupaciones sobre lo que debía y no debía hacer o decir como el vientre por su nuevo bebé.

Frances sirvió unas copas de jerez del decantador del escritorio, luego le ofreció a Tanni una generosa cantidad de Genever. Esta cerró los ojos. Olía peor de lo que recordaba, pero se lo bebió de un trago. En nada notó que se le subía a la cabeza y se relajaba.

Poco después llegó Alice, con el pelo torpemente recogido a la moda en el llamado «moño de la victoria». Traía consigo una bandeja de porciones de algo gris y grumoso.

—¡Dulce de zanahoria! —anunció orgullosa.

—¡Qué rico! —exclamó Frances, procurando parecer encantada pero escondiendo la bandeja con disimulo detrás de la tarta de manzana de Tanni.

Mientras limpiaba el cuarto de su madre, Alice se había encontrado un lápiz de labios antiquísimo y ahora se pintaba los labios delante del espejo de la chimenea. Luego estiró el cuello para ver cómo quedaba con su nuevo peinado a la luz de las velas. Mejor si se apartaba unos pasos.

Evangeline había traído el gramófono y los discos, una música nueva muy alegre que según ella se llamaba «swing» y otra más lenta y emotiva que denominaba «jazz», y contó que la había grabado un amigo suyo de París. Para variar un poco su habitual vestimenta descuidada, Evangeline había saqueado los baúles del desván y había encontrado un vestido de abalorios de cuando Penelope era joven. También había hurgado en el joyero que Richard le había dado en busca de unas amatistas que habían pertenecido a su abuela, sin saber que Richard le había prometido a Alice que las arreglaría para ella. En conjunto, estaba impresionante, y por una vez su belleza resultó evidente.

Al ver a Evangeline con aquellas joyas, Alice inspiró hondo y se bebió el jerez de un trago.

Entró Elsie con una nueva bufanda de seda roja echada sobre los hombros con aire teatral, luego volvió a salir haciendo aspavientos. Regresó con una boquilla de ébano, cargada con dos bandejas de sándwiches, recortados con muy poca gracia, cubiertas por unos paños de cocina húmedos.

—Estos los he hecho yo. ¡Sorpresa! ¡Salmón de lata! —anunció triunfante—. Y… ¡huevas de pescado! —dijo, esta vez menos segura.

Bernie le había jurado y perjurado que a Frances le iba a gustar. Los ricachones de donde él trabajaba habían montado mucho jaleo cuando había aparecido en sus oficinas un cargamento de aquello. Le habían asegurado que estaba «muy de moda». Él le había dicho a Elsie que costaba una fortuna, que lo había probado y estaba asqueroso. Los ricos tenían gustos muy raros. Elsie se lo había lamido de los dedos en la cocina y le habían dado arcadas cuando aquellas bolitas negras asquerosas le habían entrado en la boca. Bernie tenía razón: sabía como el pescado barato que su madre llevaba a casa los lunes, que ya no era fresco. Levantó de golpe el paño.

—¿Arenque ahumado? —preguntó Alice, frunciendo la nariz por el olor a pescado y escudriñándolo—. ¿No se ha puesto un poco negro?

—¡Elsie, cielo! ¡Caviar! —exclamó Frances.

Elsie le dijo que era un regalo de Bernie, que le había pedido que lo disculpara.

—Lo han mandado llamar, algo urgente —le susurró a Frances.

Limpias, arregladas e ilusionadas con aquella velada especial, las cinco mujeres se relajaron. Se sentían glamurosas y sofisticadas, sorbiendo sus bebidas, escuchando jazz y esperando a los hombres. Por un momento dejaron de pensar en responsabilidades y racionamiento, en escasez y dolores de espalda, prolongando la diversión todo lo posible. Cuando acabaron el jerez, Frances dijo que podían beber un poco de vino.

Tanni bebió más Genever. Ahora que se había acostumbrado al sabor, no estaba tan mala.

Las embargó una agradable sensación de bienestar.

—¿Por qué tardan tanto Oliver y Hugo? —se preguntaban unas a otras cada cierto tiempo, pero como estaban algo achispadas, no les importaba mucho.

De pronto tuvieron la respuesta. Sonó estridente la sirena antiaérea y oyeron aviones que se acercaban desde lejos. Alice, cuyas mejillas estaban sonrojadas por el alcohol, que no tenía costumbre de beber, masculló:

—¡Maldición! Los habrán avisado para que se reúnan con la Guardia Local. ¡Al refugio, todas! Tengo que darme prisa. —Se echó el abrigo por encima y salió corriendo.

—¡Malditos *kartoffen*! —masculló Frances—. Vamos, hay que salir al refugio, o al menos bajar al sótano. De lo contrario, Alice…

—¡Al infierno con Alice! De todas formas, no cabemos en el refugio, con lo gorda que está ya Tanni. Yo no me muevo de aquí —dijo, desafiante, encendiéndose otro cigarrillo—. ¡Al infierno con Alice y con los *kartoffen*!

—Entonces, tomémonos otra copa —propuso Evangeline, sin prisa por levantarse tampoco.

Cuando por fin pudo sentarse, se dio cuenta de lo agotada que estaba de tanto cocinar y de batallar con los chillones Maude, Tommy y Kipper para que se bañaran antes de irse a la cama, algo que odiaban, de lo que desconfiaban y a lo que se resistían. Su familia les había enseñado que bañarse en invierno no era sano. Margaret Rose Hawthorne, que era muy sensata para su edad, los bajaría al refugio de la bodega.

Ojalá Laurent se la hubiera llevado a Francia en cuanto ella había llegado a Inglaterra. Procuró no pensar en lo que había oído que aquel francesito borracho le decía a Laurent en el pub del Soho. Como no sabía que Evangeline hablaba francés y lo entendía todo, le había dado un codazo cómplice y se había referido a la joven norteafricana con dos hijos que dependía de Laurent, por lo que él no podía quedarse mucho tiempo en Inglaterra las pocas veces que conseguía venir.

—Es broma, cielo —le había susurrado al oído después—. Sabes que te quiero…

Evangeline cerró los ojos y esperó a que el alcohol lo emborronara todo. En el fondo sabía que lo de la joven norteafricana era más que una broma de un francés borracho. Laurent era lo que en su tierra llamaban un «hombre de sangre caliente» y pasaban meses sin que supiera nada de él. Trató en vano de refrenar su imaginación.

—Entonces, ¡es unánime! —dijo Frances, blandiendo las botellas de vino y Genever, y rellenando después las copas de todas.

Durante la hora siguiente, se quedaron allí las cuatro, bebiendo, retando a los *kartoffen* a que las movieran, cada vez más hambrientas.

Cuando Alice volvió, la recibieron con risitas y bravatas de borrachas. Ella estaba muerta de frío con su fino abrigo y se acurrucó junto al fuego, temblando, con un sándwich de caviar y una enorme copa de coñac, porque ya habían dado buena cuenta del jerez. Había luna llena y el servicio de prevención antiaérea había llamado para notificar que había habido numerosos bombardeos en Londres, Birmingham y Exeter. Pese a que había sonado el aviso de fin de alerta en el pueblo, se había pedido a la Guardia Local que permaneciera en su puesto.

Al final, Evangeline dijo que más valía que cenaran o la comida se iba a estropear. Entraron en el comedor y se llenaron los platos, elogiando la mesa, cuidadosamente puesta por Frances, y, en el centro, las rosas de Hugo, que empezaban a abrirse un poco con el calor del fuego. Frances sirvió más vino y brindaron todas con todas.

La velada transcurrió sin más sobresaltos. Ocuparon de nuevo sus sitios alrededor del fuego para tomarse el café, bastante flojo, aunque a nadie le importó. Estaban calentitas y se sentían agradablemente llenas. Se habían comido casi toda la comida, bebido todo el vino, fumado todos los cigarrillos de Elsie y terminado una botella entera de coñac. Frances descorchó sonoramente otra y todas rieron a carcajadas. Asaron castañas en la lumbre. El fuego crepitaba y, de vez en cuando, se turnaban para darle a la manivela del gramófono. El jazz que sonaba de fondo era precioso, aunque algo triste.

—No hay por qué dejar que esto se estropee —dijo Frances, beoda, sirviendo más coñac de la segunda botella en todas las copas.

Estaban bastante borrachas, sobre todo Tanni, que ella sola casi se había terminado la Genever.

—Pobres Oliver y Hugo, aún de servicio —señaló Alice vagamente, arrellanada en su sillón. Supuso que estaba algo contenta. Le agradaba.

Dieron las once en el reloj, luego la medianoche. No se movió nadie. Frances se alegraba de que Hugo no hubiera vuelto, y menos mal que Oliver tampoco. Empezaba a costarle levantarse de la silla. La botella ya iba pasando de unas a otras.

—¡Caray, Tanni, te has terminado la condenada ginebra esa! —exclamó Elsie, que de pronto había visto la botella vacía rodando por el suelo.

Tanni tenía la punta de la nariz colorada y miraba el fuego muy callada.

—Cielos —dijo Evangeline, e hipó—. No deberías haber hecho eso…

—Me da igual —masculló Tanni, que, sentada sobre un montón de cojines, apuraba los restos del dulce de zanahoria.

—Y a mí —señaló Evangeline.

Alice hipó también y alzó su copa.

—Por… que termine la guerra. Dios salve al rey. Al primer ministro… y… y… a los amigos ausentes… y a los que peligran en altamar.

Bebieron todas.

—Ahora tú, Frances… es tu cumpleaños.

—Por… Evangeline… deliciosa cena. Por el nuevo bebé de Tanni… Por Johnny, Elsie, Bernie, Oliver… Por que termine la guerra, por supuesto. Y por que se acaben las cortinas opacas y los cupones de ropa y no comamos más carne de ballena, ¡jamás…! Por bailar en el Savoy… los ramilletes de gardenias… Madame Vionnet… ¡Por París!

—¡Sí, señor!

—Amén —concluyó Evangeline, que no dejaba de pensar, ebria, en la mujer argelina y no estaba de humor para brindar por nada.

—¿Elsie?

Elsie se puso en pie, tambaleante.

—¡Por mi ascenso! Me lo ha dicho la capitana.

—¿La capitana te ha ascendido? —preguntó Frances incrédula.

La mujer la había acusado recientemente de ser una saboteadora alemana por lo mal que se le daban la maquinaria agrícola y los animales.

—Soy matarratas jefe, ¿no? —sentenció Elsie con orgullo.

Las otras lo recibieron con carcajadas e hipidos.

—¿Matarratas jefa?

—Bueno, de momento, solo hay una, yo, pero cuando haya más, yo seré la jefa del equipo de matarratas. ¡Imaginaos! Con mi propio suministro de veneno y todo. ¡Arsénico! ¡Cianuro! Que tengo talento para la destrucción, me ha dicho, que más me vale que lo emplee con las ratas porque ya lo he usado con todo lo demás. Veréis cuando se enteren Agnes y mamá, y Violet y Jem, y los gemelos.

—¡Enhorabuena!

—¡Bien hecho, Elsie!

Tanni empezó a llorar. Las otras dejaron de reírse. Desconcertadas, se miraron unas a otras, luego a Tanni. Después, una a una, se levantaron, tambaleándose, y se apiñaron a su alrededor.

—¿Es por el bebé? —le preguntó Alice—. Ay, Tanni, ¡te quedan semanas para salir de cuentas!

—A lo mejor deberíamos… llamar a la hermana Tucker —dijo Frances a regañadientes, consciente de que la hermana Tucker se escandalizaría de verlas a todas, sobre todo a la futura madre, borrachas como cubas.

El alcohol había minado el comedimiento habitual de Tanni.

—No es por el bebé. —Arrugó el semblante y se echó a llorar—. Es por… ¡las gemelas!

CAPÍTULO 18

Crowmarsh Priors, cumpleaños de Frances, de madrugada

—¿De... qué... está... hablando? —preguntó Frances, a la que le costaba mantenerse erguida.

—Ha debido de ser algo de lo que ha dicho Elsie. ¡Tendría que pensar antes de hablar, qué desconsiderada! —acusó Alice.

—¡Cállate, Alice! —terció Frances, que trataba en vano de pensar con claridad.

Elsie se sentó en el brazo del sofá de Tanni y le acarició el hombro, mirando furiosa a Alice. Aquella mujer no sabía cómo tratar a la gente, se dijo. Tanni era la única persona que la entendía cuando decía que echaba de menos a su madre y a los demás. Bernie y Frances eran buena gente, pero ninguno de ellos tenía mucha familia a la que echar de menos. Evangeline cerraba el pico cuando se mencionaba a la suya, y Alice... mejor no hablar de la señora Osbourne. En ese momento se le ocurrió que, además de Bruno y de Johnny, Tanni podría tener familia en alguna otra parte, aunque nunca hubiera hablado de ellos. Y de pronto lloraba por unas gemelas.

—A ver, Alice, que tú siempre llevas pañuelo... Tanni necesita uno. —De mal humor, Alice lo buscó a tientas y se lo pasó a

Elsie—. Venga, venga —le dijo Elsie a Tanni, inclinándose sobre
ella—. Suénate la nariz y cuéntanos lo que pasa.

Acurrucada en un sillón, Evangeline apuraba su coñac.

—Elsie, no debería contarte esto, pero Tanni tiene una foto en
su habitación. Dos mujeres, un hombre y dos niñas pequeñas que
se parecen. Familia, creo yo. Supongo que están todos desaparecidos. Su tía Berthe… le advirtió que no hablara de ellos, dice que la
arrestarán si lo hace.

—¿Quién va a arrestar a Tanni? —quiso saber Elsie, indignada—. ¿Y de dónde ha desaparecido su familia?

—Tanni, procura calmarte, no es bueno para el bebé, ya lo
sabes. Cuéntanoslo. No dejaremos que nadie te arreste —la tran-
quilizó Frances.

La cara de preocupación de todas fue demasiado para Tanni.

—Evangeline tiene razón —dijo—. No debo… Está bien, os
lo contaré. —Se metió la mano en el bolsillo, sacó un sobre y desplegó la carta de Rachel—. Desaparecidos de Londres. Unos amigos
están intentando averiguar qué ha sido de todos ellos. —Se secó
los ojos—. No encuentran a mis padres ni a la madre de Bruno en
Inglaterra. Se suponía que iban a venir, pero han desaparecido en
Austria, seguramente detenidos y enviados a un campo de concentración en Polonia con todos los judíos de su barrio. —Sollozó—.
Pero Lili y Klara, mis hermanitas, venían a Inglaterra en un tren
especial para niños; ahora quizá estén en Francia, en un campo para
desplazados… si… ¡si no han muerto!

Se echó a llorar otra vez.

—¿Quién?

—¿Se supone que están en Inglaterra?

—¿De qué va todo esto?

—Elsie, ¡baja la voz y deja que Tanni nos lo cuente! —le ordenó
Evangeline.

—Tanni, deja de llorar —la conminó Frances—. ¿En qué parte de Francia?

Tanni señaló el lugar en la carta.

—Se llama Gurs.

—Espera. Déjame ver si tía Muriel tenía algún mapa. No recuerdo mucho de geografía.

Frances entró tambaleándose en el antiguo despacho de sir Humphrey Marchmont, que seguía como él lo había dejado, y volvió con un antiquísimo atlas Baedeker. Pasó las páginas, buscando torpemente un mapa de Francia y pensando en que había sido una suerte que la Guardia Local siguiera de servicio y estuvieran solas las cinco. Tanni jamás habría dicho nada en presencia de los hombres. Encontró la página y puso el libro en el regazo de Tanni.

Evangeline y Alice se acercaron y se asomaron por encima del hombro de Elsie para ver el mapa también. Tanni lo escudriñó.

—Aquí —señaló el lugar, no lejos de la frontera con España—. Mis amigos se han enterado de que, cuando no dejaron que el *Kindertransport* de Lili y Klara entrara en Inglaterra, fue a parar aquí, a Gurs, donde hay un campo de desplazados grande. Al principio eran refugiados de la Guerra Civil española. Muchos españoles se quedaron, pero ahora el campo está repleto de personas que huyen de los nazis y que pensaron que allí estarían a salvo. Cuando los niños llegaron a Gurs, los alemanes aún no habían ocupado Francia.

—¿Cómo demonios las has encontrado? —preguntó Evangeline.

—Unos americanos, cuáqueros, creo, tienen registros de los nombres y las edades de todos los niños que están sin sus padres. Mis amigos les enviaron dinero y les dijeron que la familia Joseph andaba buscando a unas gemelas que se suponía que viajaban en aquel tren. Al final, los cuáqueros nos han mandado recado de que no hay constancia de que Klara y Lili Joseph estén en Gurs, ni vivas ni muertas. Siempre se fijan en los gemelos, porque, por alguna razón, los alemanes han enviado en varias ocasiones a la policía, la milicia francesa, al campo en busca de gemelos, y siempre se los llevan.

»Luego los cuáqueros se enteraron de que un cura se había llevado a varios niños cuando se bajaban del tren, antes de que los vieran los guardias. Probablemente hayan estado viviendo con vecinos de la zona. Trataron de averiguar si a Lili y a Klara les impidieron entrar en el campo, pero tenían que andar con cuidado y han tardado mucho tiempo. Por fin se enteraron de que podría haber unas gemelas viviendo con una pareja de ancianos en un pueblo a cierta distancia del campo. El cura reconoció que las había dejado con su hermana y el marido de esta. Recordaba que una era menos espabilada que la otra y que los nombres de sus placas eran Klara y Lili. Los cuáqueros están dispuestos a ayudar, aunque no tienen por qué hacerlo, pues los alemanes tienen orden de que les devuelvan a todos los judíos, incluso a los niños, que no sean franceses. Hay informadores por todas partes y el cura, los cuáqueros y esos niños judíos ocultos corren el peligro de que los arresten y los maten de un tiro.

—No sabía que los alemanes controlaban ya esa parte de Francia… —dijo Frances.

—La policía de Vichy, la milicia, ayuda a las SS. Hacen lo que les piden los alemanes. Se llevan a gente de Gurs y la envían a otro campo de Drancy, cerca de París. Desde allí, se los llevan a un campo de concentración de Polonia, en Auschwitz.

Le tembló la voz. Rachel no se había andado con rodeos en su carta. Le había dicho que seguirían buscando a su familia, pero que debía estar preparada para recibir malas noticias.

—Mis amigos cuentan que Auschwitz, donde están mis padres y la madre de Bruno, es horrible, que están pasando cosas espantosas allí, más de lo que nadie sabe. Los alemanes dicen que exterminarán a todos los judíos de Europa, que los borrarán de la faz de la Tierra. Si a mis padres y a la madre de Bruno los tienen encerrados allí, que Dios los proteja. Pero parece que Klara y Lili no están allá. De momento.

Evangeline se enroscó un mechón de pelo. Los miembros de la Francia Libre que conocía en Londres hablaban horrores de Auschwitz y de otros campos de concentración alemanes. Algunos de ellos habían caído en manos de los nazis y dos que habían logrado escapar contaban historias tan terribles que casi costaba creerlas. Se había quedado pasmada con lo que había oído. Había preguntado si el Gobierno británico sabía de la existencia de esos prisioneros, y los franceses le habían contestado con sorna que a los británicos solo les preocupaba su propio pellejo.

Evangeline asintió con la cabeza.

—Creo que se censuran las noticias para evitar asustar más a la gente. De lo contrario, todo el mundo se rendiría sin más.

—¿Es cierto que ya no pueden venir más niños aquí? —quiso saber Alice. Tanni asintió—. Qué espanto. No debemos tolerarlo. —No era propio de Alice cuestionar la autoridad—. ¡No lo toleraremos, maldita sea!

Las otras se extrañaron de oírla decir palabras malsonantes.

—A lo mejor papá sabe si hay alguna forma de burlar la ley... —musitó Frances, tratando de centrarse—. Pero conociéndolo... —se interrumpió.

—Te dirá que las normas son las normas, ¿no? —repuso Elsie.

Ella sabía que el almirante procedía de la clase social que dictaba las normas, y que las dictaba en su propio beneficio. Si una ley no les gustaba, la cambiaban. Si los que eran como Bernie y ella la incumplían, iban a la cárcel. En cualquier caso, ¿para qué servían las condenadas normas del Gobierno? Bernie le había enseñado una noticia del periódico sobre un barco lleno de niños refugiados que había sido torpedeado de camino a Canadá porque la ley les impedía entrar en Inglaterra.

«Menos mal que Agnes, Violet y los demás están en Yorkshire, y no iban en ese barco», le había dicho Bernie, pretendiendo consolarla.

El barco era el *City of Benares*, recordó Elsie. Muchos niños se habían ahogado mientras el buque ardía y se hundía. Ella había sentido un odio tal por los alemanes que casi se había atragantado. También odiaba a los oficiales británicos que habían enviado a los niños al mar. No eran muy distintos unos de otros, en realidad.

De pronto Elsie agradeció que la suegra mandona de Evangeline hubiera convencido a su madre de que sacara a su familia de Londres. Bernie tenía razón: aunque estuvieran todos separados, los pequeños se encontraban a salvo en Yorkshire, cerca de su madre, lejos de las bombas y del enemigo alemán que torpedeaba a los niños. Aunque a Agnes le hubieran rapado el pelo, habría sido peor que se la hubieran llevado los alemanes o que hubiera muerto ahogada. Se estremeció; su madre habría dicho que alguien había caminado sobre su tumba.

Evangeline intentó pensar en algo con lo que animar a Tanni.

—A lo mejor las pequeñas están bien. Muchos franceses odian a los colaboracionistas. La Francia Libre, desde Londres, envía víveres y armas a la resistencia, y los de la resistencia rescatan a nuestros pilotos si los derriban y se los llevan antes de que los capturen los alemanes. —Luego Evangeline recordó algo más que había oído—. Puede que los cuáqueros las hayan sacado de Francia. Una organización, que se llama algo así como Secours des Enfants, pasa niños judíos por la frontera de Suiza. Y también está el Chemin de la Liberté, que cruza los Pirineos hasta España. Parece que es un camino muy largo, pero la gente lo hace, no es imposible. Puede que…

Resultaba asombroso lo familiarizada que estaba Evangeline con la Francia ocupada.

—¿Cómo sabes todo eso? —preguntó Alice.

—En la… clínica. Eh… la última vez que estuve en Londres… una de… de las enfermeras está casada con un oficial de la Francia Libre y… estuvimos hablando.

—La charla imprudente cuesta vidas —espetó Alice, citando uno de los carteles del Gabinete de Guerra—. Y no entiendo por qué esa enfermera te contó tantas cosas. —Se imaginó a Evangeline arrestada por espía y sonrió.

—Aunque los cuáqueros pudieran llevárselas antes de que las encuentre la milicia —dijo Tanni, siguiendo la ruta con el dedo—, Klara podría cruzar las montañas hasta Suiza o España, pero Lili no es tan fuerte y es más lenta. Depende de Klara para todo. Y Klara jamás la abandonaría. —Se dijo para sus adentros que posiblemente eso era lo que pensaban sus hermanas de ella.

El reloj del pasillo dio la una. Alice se había puesto a tejer, pero como no enfocaba bien, no paraban de escapársele puntos. Se hizo el silencio mientras todas pensaban. El pequeño fuego titilaba en la chimenea y alteraba las sombras de las paredes.

—¿No hay nada que podamos hacer? —preguntó Evangeline cuando volvió cargada con Johnny—. Me refiero a algo para ayudar a las pequeñas a escapar. —Recordó su propio vuelo desesperado desde Nueva Orleans.

—Necesitan encontrar un modo de salir de Francia, complicado con los alemanes por todas partes. Y luego una forma de entrar en Inglaterra, complicado porque es ilegal.

—¿Y si lo hacen de forma no oficial? —preguntó Elsie—. ¿Podrían entrar en Inglaterra sin que nadie se enterara?

Alice clavó las agujas de punto con saña en la maraña que tendría que desenredar por la mañana. El exceso de coñac le había dado dolor de cabeza. Estaba harta de la guerra. El Gabinete de Guerra no tenía que sentarse rodilla con rodilla en la carbonera con su madre noche tras noche. ¡Maldito Gabinete de Guerra! ¡Y maldita su madre, siempre con la cantinela de «No sé qué habría dicho tu padre»!

No lograba quitarse la frasecita de la cabeza. «¡No sé qué habría dicho tu padre!» Estaba harta de preguntarse qué habría dicho su padre si hubiera estado ahí en cada ocasión, incluida aquella… Se moría de sueño, pero la frase seguía resonando en su cabeza: «¡No sé qué habría dicho tu padre!».

¡Le daban ganas de gritar que ella sabía perfectamente lo que su padre habría dicho!

«La banda de Black Dickon la usó durante cuarenta años —diría, señalando un punto en que la boca de una vieja cueva de contrabandistas se abría en el acantilado—. Solo se ve en bajamar y es lo bastante grande como para que se cuele una barca baja sin ser vista. Delante de las mismísimas narices de los aduaneros.

»¡Alice! —Su padre estaba a su lado—. No se te habrá olvidado: delante de las mismísimas narices de los aduaneros.»

—Pero… ahora están los de la Zona de Defensa —masculló Alice.

—Hicimos mapas —le dijo a Alice su padre con firmeza, y desapareció.

—Sí, papá, mapas —repitió Alice.

Alice estaba tan chiflada como su madre, decidió Frances.

Evangeline enarcó las cejas.

—¿Alguien quiere un té? —preguntó y se fue a la cocina. Volvió con una bandeja llena de tazas.

—Los contrabandistas lo hacían —anunció Alice, tomando la suya.

—Alice, estamos todas más borrachas que de costumbre. Bébete el té. ¿Qué hacían?

—Prestad atención —les pidió Alice—. Queríais otra forma de entrar en Inglaterra, ¿no? Pues hay una: los túneles de los contrabandistas. En otros tiempos había muchos contrabandistas por toda esta costa. Traían cosas de Francia, como encaje, coñac, tabaco para no tener que pagar impuestos. Si los atrapaban, los colgaban, así de grave era la cosa. El caso es que mi padre tenía un viejo libro sobre el municipio en el que se contaba que un famoso contrabandista llamado Black Dickon tenía una cueva que los aduaneros jamás descubrieron. Por lo visto, cuando bajaba la marea, podían meter en ella una barca, y cuando subía, la cueva quedaba tapada. Los contrabandistas descargaban dentro y usaban los túneles para pasar el contrabando desde la costa.

—Alice, eso fue hace mucho tiempo...

—¡No, escuchad! ¡Papá y yo la encontramos! Los sábados por la tarde solíamos ir a dar un paseo juntos y, en bajamar, la encontramos. Él se emocionó mucho, hizo mapas para señalar adónde podían conducir los túneles, porque en el libro decía que había una entrada en nuestro cementerio. A papá le pareció posible, y creía que probablemente los De Balfort estaban metidos en el contrabando y por eso Gracecourt era una mansión tan espléndida.

Elsie entrecerró los ojos.

—¿Se puede traer algo de tapadillo desde Francia hoy en día? ¿Personas?

—Peligroso. Aunque... también debía de serlo entonces, cuando los soldados del rey colgaban a los contrabandistas a los que capturaban. Además, el Gobierno lo debe de creer posible, porque hay montones de carteles advirtiendo que los alemanes podrían traspasar las defensas costeras y que hay que estar alerta —repuso Alice.

Es asombroso de lo que una se puede enterar cuando la gente da por supuesto que no entiendes el francés, se dijo Evangeline.

—Déjame ver el mapa. En alguna parte de la Bretaña, la resistencia mantiene vías de escape. Recogen a pilotos de la RAF delante de las narices de los alemanes y les ayudan a cruzar el Canal. Tiene un nombre raro. —Recorrió con el dedo la línea costera de la Bretaña—. ¡Aquí! Plouha. Una zona de elevados acantilados. ¿Creéis que se podría persuadir a la resistencia francesa para que enviaran a dos niñas con los pilotos ingleses? —preguntó Evangeline.

—Evangeline, las niñas están a cientos de kilómetros de allí —dijo Frances nerviosa.

—Cierto, pero la resistencia necesita dinero y muchas otras cosas: munición, armas, medicinas y radiotransmisores —señaló Evangeline pensativa—. Por una buena cantidad de dinero, harían lo que fuera.

—¡Dinero! ¿Cuánto? ¿Y de dónde vamos a sacarlo? —inquirió Alice.

—Ese es el problema…

—No necesariamente —dijo Frances—. Tenemos las joyas de tía Muriel. Los abogados pensaron que las había perdido o vendido, pero las había escondido. Las encontré en la bodega, y ahora son mías. Me las dejó en herencia. Mirad esto, vale una fortuna. —Se desabrochó el collar de perlas que llevaba puesto y se lo pasó a las otras—. Y hay más: pulseras, alfileres de diamantes y cosas así. Hasta hay una tiara. Si las vendiéramos, sacaríamos miles de libras. Con eso bastaría.

—Pero, aunque consiguiéramos contactar con los cuáqueros y ellos accedieran a llevarse a las niñas de Gurs, ¿cómo llegarían a la costa? ¿Las traería la propia resistencia? Y aunque alguien accediera a cruzar con ellas el Canal, ¿cómo pasarían los controles de las autoridades inglesas? No podríamos pedir a los pilotos de la RAF que incumplieran la ley pasando a dos niñas de contrabando y, en cualquier caso, yo creo que tendrían que enfrentarse a las autoridades.

—Además, una vez que llegaran aquí, sería imposible ocultar a unas gemelas extranjeras en Crowmarsh Priors —dijo Frances, anticipándose—. Aquí todo se sabe. ¿A qué otro sitio podrían ir?

—Yo sé de un sitio donde nadie se daría cuenta… ¡nadie que pudiera informar a las autoridades! —exclamó Tanni.

Se acordó de cuando había visitado a tía Berthe en Bethnal Green antes de la guerra y había visto a dos inglesas muy arregladas mirando fijamente una línea de niños vestidos de negro detrás de su padre. La amiga de Penelope Fairfax había comentado lo mucho que se parecían los hijos de las familias Hassidic y se había preguntado cómo los podían distinguir sus padres.

Había sido el comentario despreocupado de Penelope de «Una casi entiende por qué los alemanes…» lo que le había helado la sangre. Le había dado una idea.

—En Londres, donde viven mis amigos, hay calles enteras de grandes familias judías. Muchos son muy anticuados y visten a sus hijos con largas túnicas negras. Los ingleses solo ven las ropas y piensan que todos los niños son iguales. Dos niñas más encajarían perfectamente sin que las autoridades se percataran, siempre que pudieran conseguirles carnés de identidad y cartillas de racionamiento.

—Según Bernie, no hay nada más fácil que hacerse con una cartilla de racionamiento; ni siquiera merece la pena falsificarlas, porque muchas desaparecen del servicio de correos. Se pueden comprar muy baratas.

—Pero ¿asumiría ese riesgo una familia cualquiera? Los arrestarían si los pillaran, Tanni —señaló Frances.

—¿Y qué me dices de la familia que oculta ahora a las gemelas en Francia? Corren el riesgo de que los maten de un tiro —señaló Tanni—. Un rabino que conozco siempre dice que, por salvar una vida, muchas cosas son permisibles, y con esto se salvarían dos. Estoy convencida de que alguien se ofrecería. Tendría que hacer pesquisas con prudencia y no contarle nada de esto a Bruno aún —añadió con renovada firmeza en la voz—. De hecho, es preferible que no lo sepa. —Por si lo prohibía. Nunca le había ocultado nada a Bruno, pero esa vez no le quedaba más remedio.

—¿Cómo las llevaríamos de Crowmarsh Priors a Londres? En tren no sería seguro. Para empezar, está Albert Hawthorne, que se entera de todo.

—A Bernie se le da muy bien conseguir cosas cuando hacen falta. Podría conseguirnos un automóvil, gasolina, y conducirlo él mismo, si se lo pido. Por muchas restricciones que haya. ¡No pongas esa cara, Alice! Llevará a las niñas hasta Londres sanas y salvas si sabe lo que le conviene. Y les conseguirá cartillas de racionamiento.

—Si consiguiéramos llevarlas allí antes de que las viera nadie…
—dijo Frances pausadamente.

Se miraron unas a otras, luego todas miraron fijamente a Alice.

—¿Crees que los túneles de los contrabandistas aún existen?
—preguntó Frances.

—Probablemente.

—Si existen —dijo Evangeline—, ¿aún podrá pasar gente por
ellos?

—Si no se han derrumbado… De eso hace mucho tiempo.

—No nos entusiasmemos —intervino Frances—. No sabemos
dónde están los túneles, ni si alguien estaría dispuesto a traer a las
niñas, si…

—Cuando se está desesperado, se encuentra el modo —replicó
Evangeline con sentimiento. Luego le susurró a Frances, para que
Alice no lo oyera—: Podríamos preguntarles a los franceses que
conozco en Londres si estarían dispuestos a traer a las niñas a cambio de las joyas.

Frances asintió con la cabeza y dijo en voz alta:

—Alice, ¿conservas los mapas de tu padre?

—Creo que sí. Tienen que estar en alguna parte. Hay cajas y
cajas de papeles suyos amontonadas en el vestíbulo de casa. Mamá
lleva tiempo insistiéndome en que las organice y las baje a la carbonera. Nos tropezamos con ellas cada vez que suena la alarma antiaérea —explicó Alice impertinente, en su típico tono de maestra de
escuela—. Buscaré los mapas de papá e intentaré localizar la cueva.
Además, hay que averiguar si de verdad existe una entrada por el
cementerio. Aunque esté ahí, puede que se haya derrumbado, así
que alguien tendrá que entrar a mirar y no sé quién podría…

—En mi tierra me encantaba hacer espeleología con mis hermanos y Laur… Si encuentras los túneles, yo descenderé con una
cuerda para ver cómo están —se ofreció Evangeline—. No me
importa. Lo he hecho montones de veces.

—¿Se lo contamos a alguien más?

—¡No! Si Tanni no se lo va a decir a Bruno, nosotras no deberíamos contárselo a nadie más. Ni siquiera a Bernie. Todo a su debido tiempo.

—¿No deberíamos comentárselo a Oliver? Si vamos a andar merodeando por el cementerio, se preguntará qué nos traemos entre manos.

—No —dijo Frances—, mejor que no. Él querrá salvar a las niñas, desde luego, pero es demasiado escrupuloso. Podría oponerse si es ilegal. Y debe de serlo. No se lo contemos hasta que no quede más remedio. Salvo que tengamos muchísimo cuidado, terminaremos todas en la cárcel, y entonces nadie podrá ayudar a Lili y a Klara.

Tanni se sintió culpable. Tía Berthe se quedaría pasmada si supiera de lo que estaban hablando. Pero debía hacer algo, tenía que hacerlo. El bebé le dio paraditas y ella se revolvió en su asiento. De pronto empezó a pasar algo…

—¡Tanni! ¿Qué te ocurre? ¡Ay, ay, madre mía! —exclamó Frances.

Tanni encogía el gesto y se agarraba con ímpetu a los brazos del sillón mientras una fuerte contracción se apoderaba de ella. Soltó un profundo gemido.

—¡Aaah!

Rompió aguas y el sillón se empapó.

—Ahora sí que hay que llamar a la hermana Tucker —soltó Frances.

—¡Eso es que el bebé ya viene! —exclamó Elsie—. A mamá le pasó lo mismo: rompió aguas por todas partes y poco después ya estaba Violet aquí, berreando como una posesa. ¡Alice, llama a la hermana Tucker, corre!

CAPÍTULO 19

La noche en que Frances celebró su cumpleaños y Tanni se puso de parto, los bombarderos alemanes que habían perturbado la fiesta de cumpleaños en Crowmarsh Priors siguieron su rumbo y asolaron Londres. Las sirenas sonaron estridentes por toda la ciudad y, en las calles, los bomberos y los vigilantes antiaéreos se dirigían deprisa a sus puestos mientras la gente corriente salía a toda velocidad de sus casas o del pub en dirección a la estación de metro más cercana, agarrando a sus hijos, sus mantas y sus máscaras antigás. Se inició el repiqueteo del fuego antiaéreo sobre los aviones que se acercaban, seguido de las primeras explosiones violentas en los barrios de la periferia. A medida que se acercaban, la gente empujaba más fuerte para hacerse un sitio en los refugios. Los vigilantes hacían sonar sus silbatos enérgicamente en un intento de evitar el pánico.

Las lámparas de arco rasgaban el cielo nocturno entre los globos de barrera plateados mientras los cazas sobrevolaban la ciudad, desintegrándola, edificio tras edificio, en una avalancha de escombros y cristales rotos. Estallaban las llamas y devoraban lo que quedara dentro, buscando un indicio de gas de alguna cañería rota o algún depósito de parafina.

Desde el este, sobre los muelles, llegó un bramido tan intenso que ahogó todo lo demás. Londres se estremeció. Un almacén donde se guardaba ron recibió un impacto directo y un río de alcohol en llamas inundó las calles. Un gasómetro sufrió daños y un técnico subió solo a toda prisa, su silueta recortada por los reflectores, para intentar evitar que explotara.

Incluso bajo tierra se sentían las reverberaciones. En la cantina móvil que el WVS tenía en un andén, Penelope Fairfax procuraba sonreír serena mientras servía té y repartía bollos o cigarrillos. Confiaba en que los dos muchachos que habían bajado borrachos y pendencieros no volvieran a volcar el cubículo del retrete. Ya olía fatal, un hedor a cuerpos sin lavar y a orina, mezclado con el humo del tabaco y el polvo levantado por los bombardeos. Se le pegaba a una en el pelo, se le metía en las fosas nasales y casi se podía masticar. Con desaliento, Penelope volvió a limpiarse las manos con el paño de cocina que usaban para secar el líquido derramado. Se sentía pegajosa y necesitaba urgentemente un baño.

La lámpara a prueba de viento de uno de los rincones más apartados se apagó. Los niños lloriquearon aterrados.

—¡Señorita, ay, señorita, la lámpara! —gritó una mujer con urgencia, y voz de pánico también.

Todos tenían miedo a la oscuridad; cualquier cosa podía ocurrir: había robos, se violaba a las jovencitas; salían las ratas en busca de migajas y correteaban por encima de los que dormían.

—¡Voy! Enseguida la enciendo, no se preocupe —le respondió, abriéndose paso entre literas llenas de personas lo bastante afortunadas de poder ocuparlas, luego por encima de familias enteras acampadas en el suelo sucio, jugando a las cartas, chismorreando, o durmiendo envueltas en mantas.

Se ocupó de la lámpara y los niños se tranquilizaron. Cómo podía haber todavía tantos niños en Londres, se preguntó mientras volvía a la cantina. Con lo que se habían esforzado por ponerlos a salvo a todos. Algunas de las madres la reconocían y desviaban la mirada; se habían hartado de tener a sus hijos alojados en domicilios ajenos y se los habían llevado a casa.

De vuelta en la cantina, Penelope le dio un codazo a una compañera y señaló a un muchacho lleno de granos que estaba de pie a la entrada.

—Ese mocoso comunista de Ted se ha vuelto a colar esta noche.

Sostenía una pila de panfletos y discutía con un hombre que terminó diciéndole que cerrara la boca porque la gente intentaba dormir.

Ted lo ignoró e inició su cansina cantinela:

—Sean solidarios con la clase trabajadora, apoyen a nuestros compañeros de armas rusos en el segundo frente contra el imperialismo fascista nazi. Compren su ejemplar del *Morning Star*, la voz de la clase trabajadora, la que de verdad está librando esta guerra —coreó Ted—. ¡Unión fraternal en la lucha! Apoyen a nuestros camaradas rusos…

La respuesta fue unánime:

—¡Cállate ya! ¡Eres peor que el maldito Hitler!

—¡Deja dormir un rato a la clase trabajadora, desgraciado!

—Sean solidarios con la clase trabajadora…

—¡Te voy a dar yo solidaridad!

Hubo una refriega, se oyó un sonoro «¡Ay! ¡Maldita sea!», el crujido de papel rasgándose y luego silencio.

No sonó el aviso del fin de la alarma hasta mucho después de que el bombardeo hubiera terminado, para mantener a la gente fuera de las calles mientras se retiraban los peores escombros y los servicios de emergencias buscaban supervivientes. Se oyó justo después del amanecer, el domingo por la mañana. Se preguntaron unos a otros si estaban bien y subieron sin ganas las escaleras de vuelta a la superficie, impacientes por llegar a su hogar pero temiendo que ya no hubiera un hogar al que llegar.

—Lo que no bombardean los alemanes se lo llevan los condenados saqueadores en cuanto te descuidas —masculló una mujer agotada que subía arrastrando a sus tres hijos mugrientos—. A mi hermana le robaron la máquina de coser, que estaba nuevecita. Había ahorrado tres años para comprársela y montarse su negocio haciendo cortinas y cojines y esas cosas.

La mujer que tenía al lado meneó la cabeza y chascó la lengua, solidaria.

—Son tan malos como los alemanes. Peores, porque roban a los suyos.

Mentalizándose para lo peor, ambas mujeres doblaron la esquina y vieron su calle. Se quedaron boquiabiertas. Nada. Todo había desaparecido.

Hasta la noche anterior, la zona había sido una madriguera de casitas adosadas, hogar de cientos de personas. Ese día era un paisaje de destrucción: algunas paredes con las ventanas reventadas aún se sostenían en medio de un erial de ladrillos aplastados, pedazos de marcos de ventanas, trozos de tejados y chimeneas, cocinas voladas, jirones de moqueta, cojines rasgados, alguna pata de mesa, un cochecito de bebé con las ruedas desencajadas, un cepillo de pelo, juguetes, una bota de hombre con los cordones arrancados de cuajo, orinales hechos pedazos y el gato de alguien, muerto, enseñando los dientes en una especie de eterna sonrisa. La nube de humo y polvo que aún se alzaba de las casas bombardeadas era tan densa que ocultaba los cristales rotos que crujían bajo los pies. Flotaba en el aire un fuerte olor a gas.

—¡Apague ese cigarrillo! —le bramó un guardia de la brigada de prevención antiaérea a un hombre aturdido, en pijama—. ¡Que nos va a hacer saltar a todos por los aires!

Los picos y las palas que habían estado desmenuzando los cascotes desde el amanecer siguieron haciéndolo a medida que avanzaba el día. En alguna parte se oía el lloro intermitente de un niño, aunque no tan fuerte como por la mañana, o incluso una hora antes. Aún se oían gritos apagados de «¡Sáquenme de aquí! ¡Por favor, sáquenme de aquí!» y «¡Aquí, aquí!». Una densa niebla gris fue asentándose mientras los excavadores se esforzaban por determinar la procedencia de las voces, pero estos siguieron adelante con una fuerza de voluntad sobrehumana, sacando de entre los escombros a muertos y moribundos. Sin embargo, con el paso de las horas, los gritos triunfales de «¡Aquí, una ambulancia!» fueron disminuyendo.

Entonces, una serie de figuras furtivas empezaron a moverse a toda velocidad en la penumbra, agachándose a escarbar, muy lejos de los trabajadores de emergencias. De cuando en cuando, se detenían a sacar algo de los escombros: de todo, desde enseres hasta joyas (algo improbable en aquella calle), pasando por lámparas rotas y trozos de cable eléctrico, del que había escasez y resultaba especialmente valioso. Cuando el guardia los vio, empezó a perseguirlos.

—¡Saqueadores! —masculló—. ¡En un momento como este! Son capaces de robar el elástico de unas bragas y venderlo.

—¿Cuántos quedarán atrapados ahí abajo? —preguntó uno del equipo de rescate, que llevaba cavando desde el alba. Le temblaban los brazos descontroladamente, pero había muchos desaparecidos.

Se oyó la detonación de una bomba de relojería a lo lejos.

—Antes había más —contestó de manera escueta otro rescatador, levantándose el casco de latón para limpiarse el sudor de la frente.

La tarde llegaba a su fin y la luz tenue, oscurecida por el humo, no tardaría en extinguirse. Trataba de localizar la voz de un niño que había oído por abajo, obsesionado con sacarlo. Él tenía a cuatro en casa y no paraba de pensar si…

Su turno había terminado, pero los rescatadores continuaron incansables. Una joven les ofreció unas tazas de chocolate caliente desde la cantina móvil.

—Avísennos cuando necesiten agua o leche para alguno de los que están atrapados ahí abajo —dijo la chica en voz baja. No «si», «cuando»—. Se lo traeremos volando. Con algo de beber aguantan un poco más.

—Se empeñaron en volver —dijo el guardia, furioso, a nadie en particular, y sacudió el pico con todas sus fuerzas en un pedazo de pared de ladrillo que había caído sobre dos casas en ruinas—. Las evacuaron al campo con niños y todo, pero como al principio no pasaba nada, se hartaron y quisieron volver a casa. Tenían que cuidar de su esposo, echaban de menos su hogar, a sus vecinos. Ellas y los chavales estaban a salvo, pero, ah, no, ¡no les valía con eso! ¡Tenían que volver a casa! Así que hicieron las maletas, volvieron y se trajeron a los críos. Y entonces van y aparecen los *kartoffen*.

—¡Silencio! —espetó el excavador.

El bebé volvió a llorar, breve y débilmente, y una mujer gruñó algo así como «Ayuden a los niños. Sáquennos de aquí. Por favor, sáquennos» desde algún lugar de debajo del cascote que el guardia acababa de partir.

—¡Tranquila! —gritó el guardia—. Ya sabemos dónde están. Deme unos minutos más y los sacaré de ahí. Ya casi estoy. —Estaba afónico de tanto gritarle a los montones de escombros—. Antes de que se dé cuenta se estará tomando una deliciosa taza de té caliente. Lo están preparando. ¡Vamos, muchachos —gritó para que ella pudiera oírlo—, que esta señora está esperando su té! Ya casi estamos, cielo. ¿Cuántos son, lo sabe? —inquirió para entretenerla.

—¡Mi bebé! ¿Dónde está mi bebé? ¡Encuentren a mi bebé! —chilló otra mujer por la calle.

—¡Mi bebé! ¡Mi bebé! ¡Mi bebé! —resonó el eco.

A los agotados excavadores se unió la conductora de la ambulancia, una joven robusta de Yorkshire, que le arrebató en silencio la pala al hombre cuyos brazos ya no podían ni levantarla y se puso a cavar.

—Tranquilo. Descanse un poco. En mi familia todos son mineros. Llevo esto en la sangre —dijo con rotundidad cuando el hombre empezó a protestar—. ¿Sabe por dónde lloraba el niño? —le susurró al guardia, apartando un armario aplastado. La ropa revoloteó dentro.

—Justo por ahí —masculló él, señalando a un lado del montículo.

«¡Bebé! ¡Bebé! ¡Bebé!» La voz chillona comenzaba a quebrarse. Una mujer mayor salió de alguna parte y rodeó con sus brazos a la madre angustiada, que se derrumbó, sollozando, incapaz de dar un paso más. Otra llegó corriendo a ayudar y, entre las dos, medio sostuvieron medio cargaron la figura desfallecida hacia la cantina del final de North Street. La chica de la cantina la envolvió en una manta y le puso en las manos una taza de té bien cargado con dos cucharaditas de más de preciado azúcar. La mujer la agarró con fuerza, vertiendo té con su balanceo.

Fue la palabra «té» lo que hizo volver en sí a la señora Pigeon. Hacía un momento hablaba de té con alguien. ¿Qué le había dicho ella? Lo último que recordaba era que le estaban dando té… Todo estaba muy oscuro. ¿Era por las cortinas opacas? Había un zumbido que iba y venía, a veces sonaba a personas que hablaban, y les había oído decir la palabra «té». Trató de volver la cabeza, pero le dolía… Oscuridad y dolor. Por todas partes, en su interior, aplastándola… Por todas partes. Oyó el zumbido y quiso volver a gritar, pero tenía mucho frío y mucho sueño. «Salchichas.» Invitación a té, salchichas.

—¿Ha oído eso? Alguien ha gemido debajo de mi pie. Échenos una mano para que podamos mover este cascote. Hola, ¿nos oye? Vamos a sacarla, ya casi estamos ahí. No se rinda, grite si puede.

La señora Pigeon miró a la oscuridad en busca de las voces. No era capaz de discernir si venían de arriba o de abajo. Se esforzó por volver a gritar, pero algo le llenaba la boca. Se atragantaba.

—Hola —se oyó la voz de nuevo—. Díganos dónde está. ¿Cuántos son?

Pero ella estaba flotando, pensando en que el carnicero de la esquina les había hecho una seña para que entraran, les había dicho que tenía unas cuantas guardadas en la trastienda y que, al ver que la señora Pigeon había vuelto con los niños y todo… Se las había envuelto en papel de periódico con un guiño y había añadido una extra en el último momento. «Para la pequeña.» ¿Qué pequeña?

Violet.

Jem y Violet… ¿Dónde estaban? Debían de estar sentadas a la mesa, donde las había dejado, con los platos listos… esperando a que les preparara la cena. Luego iban a ir al refugio porque había empezado a sonar aquella sirena… Pero la habitación se había ladeado de pronto y el techo se había derrumbado… Escupió para aclararse la boca y, haciendo acopio de fuerzas, gritó:

—¡Tres!

—Escucha, alguien ha dicho «Tres». Está llamando a Jem y preguntándole si la oye. Bien, ya la tenemos, justo aquí… Ya vamos, cielo. Ya vamos. Los niños, sí. Sí, tenemos a los niños a salvo aquí. ¿Nombres? Violet, sí, desde luego.

El guardia miró a los otros excavadores como retándolos a que lo contradijeran. Ninguno lo hizo. Había que mantener esperanzada a aquella mujer si querían sacarla de allí viva.

La joven de la ambulancia vio unos deditos asomar por entre los escombros. Aliviada, se agachó a agarrarlos.

—Aguanta —dijo.

Los apretó con fuerza y una manita cortada salió fácilmente de los cascotes. Se recordó con firmeza que las personas atrapadas allí abajo contaban con que ella las ayudara. No podía desfallecer. Debía seguir cavando. Ya vomitaría luego. Contuvo la arcada con una inmensa fuerza de voluntad y se centró en levantar los cascotes uno a uno. Entonces apareció algo con un lazo en el pelo: una niña.

Desenterró el resto y encontró a otra criatura más pequeña. Un niño. Dejó a un lado lo que quedaba de los pequeños, los tapó rápidamente y se dispuso a apartar una viga partida. El niño aún estaba caliente. Los escombros vibraron por encima de sus pies y entonces vieron a la mujer, por el brillo de sus ojos, a la escasa luz. Parecía consciente. Sabían que debían mantenerla despierta, hacer que siguiera hablando.

—Vamos, chicos —dijo el guardia—, ya casi la tenemos. Tranquila, señora, esta joven de la ambulancia tiene una camilla. Ya está a salvo. ¿Puede hablar? ¿Cómo se llama?

La muchacha de la ambulancia y la conductora cavaron todo lo que pudieron para liberarle las piernas a la mujer.

—Los niños… Violet. Jem. ¿Los han encontrado? Estaban conmigo… En el tren todo el día, de vuelta a casa… Sin comer nada todo el camino desde Yorkshire. Muertos de hambre después del viaje… Paré en el carnicero por si acaso… Salchichas… Hacía tanto que no comíamos salchichas… Sonó la sirena, pero solo paré un segundo para coger un poco de té. Pensé que nos daba tiempo… En Yorkshire no había sirenas… ¡Violet! —gimió—. ¿Dónde está Violet? ¿Dónde está Jem? ¿Se han terminado la cena ya?

—Tranquila, querida. Están bien. Pronto los verá. —Despacio, fueron sacándola de debajo de una viga rota y la tumbaron en la camilla—. Pronto, cielo.

Estaba empapada. Al asomarse al boquete en el que la habían encontrado, el guardia vio brillar agua.

—Ha reventado la cañería —murmuró.

Algunas personas sobrevivían al bombardeo pero se ahogaban entre los escombros.

La joven de la ambulancia envolvió a la mujer en una manta.

—Los niños han muerto —les dijo a los otros sin que la oyera la mujer.

—No quería que volvieran a tomar una cena fría. Eran las primeras salchichas que veía en meses. Solo he parado un segundo…

—No pasa nada, querida.

El guardia hizo una seña a la ambulancia para que volviera a donde estaban. ¿Dónde demonios se había metido el tipo de la morfina?

—En la casa donde nos habían alojado, la mujer organizaba unos follones horribles cada vez que yo usaba su cocina… Nos llamaba «sucios». Casi todas las noches los niños y yo nos apañábamos con pan y margarina en lugar de una cena caliente… Aaah, no me siento las piernas, ni los brazos. ¿Por qué es eso? ¡Ay! Qué dolor… Se me pasará en cuanto sepa que los niños están a salvo… Déjeme que se lo diga…

De pronto, la señora Pigeon volvió a sentirse soñolienta. La neblina le impedía ver, y se estaba haciendo de noche. Ya tendrían que haber cenado… Jem y Violet tenían hambre… La chica del casco de latón se inclinaba sobre ella, le decía algo, le gritaba, pero como de lejos. Qué mandona… No sería mayor que Elsie, siempre diciéndole que hiciera esto o lo otro. Parecía que le decía: «Siga hablando conmigo», pero ya estaba harta de que le gritaran… La señoritinga de la casa de Yorkshire le gritaba: «¡Sucios! ¡Sois como gitanos!». Los niños se habían puesto tan contentos cuando les había dicho que no aguantaba más, que regresaban a casa ya… ¡Salchichas! Qué suerte. Lo que más les gustaba. Salchichas…

Un minuto después, la joven de la ambulancia se zafó de la mano de la mujer y le tomó el pulso.

—Ha muerto.

Cubrió el rostro ennegrecido de la señora Pigeon con una manta y ayudó a levantar la camilla y a meterla en la parte trasera de la ambulancia junto con los dos niños muertos. Ya no había prisa. Se sentó en los escombros y se sujetó la cabeza con las manos. La chica de la cantina le trajo una taza de té.

—Bébete esto, cielo. Lleva mucho azúcar.

—Es así todas las condenadas noches —masculló el guardia, mirando al infinito.

Apretó la mandíbula y miró a la joven de la ambulancia. No tardaría en acostumbrarse, se dijo. Volvía a oscurecer. Rezó para que los alemanes no regresaran, pero sobre todo rogó a Dios que hiciera que la artillería antiaérea reventara hasta el último avión alemán que surcase el cielo y que la RAF bombardeara hasta la última ciudad alemana y hasta al último alemán y los dejara hechos picadillo.

—Oye, ¿qué es esto? —masculló su compañero. Estaba en el boquete del que habían sacado a la mujer. Había encontrado un paquete hecho con papel de periódico. Lo abrió con cautela—. ¡Caray! Salchichas. Tienen un poco de polvo, pero… no vamos a dejar que se echen a perder. —Se las guardó en el bolsillo.

La joven de la ambulancia se lo quedó mirando. Luego le dio las gracias amablemente a la trabajadora de la cantina y forzó una sonrisa.

—Estoy bien. Vuelvo al trabajo.

Se bebió el té y, al intentar levantarse, se dobló hacia delante y vomitó.

CAPÍTULO 20

Crowmarsh Priors, diciembre de 1941

Una congregación seria y aterrada asistió al servicio matinal en Crowmarsh Priors. El domingo anterior, Japón había bombardeado la base estadounidense de Pearl Harbor y cuatro días más tarde Alemania había declarado la guerra a Estados Unidos.

La iglesia estaba a reventar, y Oliver, pálido y demacrado, como si llevara una semana sin dormir. Habían aparecido más aviones alemanes durante la noche y había habido terribles bombardeos sobre Londres y Birmingham con muchas más bajas civiles. Abundaban los rumores de que los pilotos alemanes se habían lanzado en paracaídas sobre el campo y estaban escondidos, esperando la invasión. Cualquier cosa parecía posible. Era como si hubiera llegado el fin del mundo.

Desde que había recibido el telegrama que le comunicaba la muerte de su madre, de Jem y de Violet, Elsie se había mostrado irritable, poco comunicativa, y tenía siempre los ojos rojos de llorar. Había aullado como un animal, maldecido a los alemanes y se había negado a hablar con nadie, ni siquiera con Bernie. Oliver había tenido el sentido común de no tratar de consolarla con tópicos religiosos. En ese momento Elsie estaba sentada en la iglesia, con el rostro impasible y Frances a un lado y Evangeline al otro, cada una agarrándole una mano. Maude, Tommy y Kipper estaban sentados al otro lado de Evangeline. Los pequeños le habían dicho que sus padres no eran anglicanos y que ellos no iban a ninguna iglesia, pero Evangeline había insistido y, por primera vez, los había amenazado con cortarles las orejas si se portaban mal. Tanni seguía en cama, recuperándose del parto y febril por una infección.

Maude y Tommy, que no paraban quietos, se estaban dando patadas, pero Kipper, que notaba la angustia del ambiente, apoyó en silencio la cabeza en el brazo de Evangeline. Alice, pálida como una muerta, arrastraba a su madre por el pasillo. Era la primera vez que se veía a la señora Osbourne en la iglesia desde la muerte de su marido, pero ese día Alice había hecho caso omiso de sus dolencias y sus nervios. Las Land Girls del albergue se habían sentado todas en un banco del fondo. Tenían las manos rojas y llenas de callos, y los rostros afligidos. Con vestidos y sombreros, parecían jóvenes y vulnerables. Hasta la capitana del equipo estaba allí.

Hugo de Balfort leyó la lectura con voz grave.

Cuando le tocó a Oliver subir al púlpito, dijo que ese día no habría sermón, que simplemente rezarían. Además de las habituales oraciones por el rey, la reina y el Gobierno, las fuerzas armadas, el obispo y el país, Oliver hizo una mención especial a los habitantes del pueblo que formaban parte del ejército o de los grupos de voluntarios: Richard Fairfax en su destructor, escoltando los barcos de provisiones por el Atlántico Norte; las enfermeras del frente norteafricano; Penelope Fairfax en el WVS de Londres, y todos los hombres y mujeres que servían lejos de casa, trabajando en fábricas o conduciendo ambulancias.

Hubo algunos sollozos contenidos.

Por último, pidió a sus fieles que tuvieran fe los unos en los otros, en todos aquellos por los que rezaban y, sobre todo, en su Creador.

Un miembro de la congregación se rebeló. Al mirar a su alrededor y ver todas aquellas cabezas inclinadas en silenciosa oración, Frances solo sintió rabia de que los alemanes pudieran aterrorizar al mundo de aquella manera. ¿Conque estaban en guerra? Muy bien, pues ella pensaba enfrentarse a los condenados nazis. Agachó la cabeza, pero no para rezar. Juró solemnemente a Dios, si es que este la escuchaba, y si no, al mismísimo diablo, que aprovecharía la oportunidad de formarse como agente, para la Dirección de Operaciones Especiales o para las Auxis, la que hiciera más daño a los alemanes. Le habían pedido que asistiera a una segunda entrevista con el hombrecillo de Londres en Navidades y le habían dicho que, si la aceptaban, pasaría inmediatamente a la primera fase del entrenamiento; su ausencia de la granja se notaría menos cuando todas sus compañeras estuvieran de permiso por las fiestas. En cuanto a la familia de Tanni, todas se daban cuenta ya de que, para personas como sus familiares, la guerra no era solo el inoportuno racionamiento, las espantosas cortinas opacas, ni las desagradables tareas de las Land Girls. A la fría luz del día, Frances había reparado en lo descabellado del plan que habían ideado para ayudar a las hermanas de Tanni estando borrachas, pero Tanni dependía de ellas, y las palabras de Oliver sobre tener fe unas en otras le habían calado hondo. Así que, aunque las Auxis o la SOE la aceptaran, encontraría un modo de mantener su promesa. Ya pensaría en cómo hacerlo cuando llegara el momento. Ayudar a Tanni sería su batalla particular contra los nazis.

Después del servicio, todos estaban alicaídos, pero mantuvieron el tipo por el bien de los demás. De un fuerte codazo, Alice empujó a su madre a la fila para estrecharle la mano a Oliver.

Frances salió de la iglesia y luego se detuvo a esperar a Hugo. En principio iba a almorzar con él y con Leander en Gracecourt. Había aceptado la invitación el día después de su fiesta de cumpleaños, demasiado distraída por el nacimiento del bebé de Tanni y con una resaca atroz como excusas. De pronto entendió que a los dos hombres aquel les parecería un almuerzo para celebrar su compromiso con Hugo.

Hugo charló un instante con Oliver, después se acercó a ella y la agarró del brazo, posesivo.

—Hugo, debo hablar contigo enseguida.

—Frances, querida, ¿no puede esperar? Me han convocado por sorpresa a una reunión de todas las unidades de la Guardia Local de la zona, y tendré que veros a papá y a ti más tarde. Luego podemos contarle…

—¡Hugo! —Frances se volvió a mirarlo—. No puede esperar. Tengo que decirte que no puedo casarme contigo. Lo siento muchísimo. Te tengo cariño, pero no estoy segura de… Ay, no sé… No estoy segura de estar lo bastante enamorada de ti para ser una esposa en condiciones. Y, con la guerra, bueno, no quiero…

No le apetecía tener un marido que quisiera saber adónde iba y qué hacía.

—Entiendo.

No tenía claro si se había enfadado u ofendido.

—En ese caso, no estoy obligada a almorzar contigo y con tu padre. Lo siento si te he decepcionado, pero es lo mejor.

—Frances, por favor, almuerza con mi padre. Yo no estaré allí y a él le hace mucha ilusión. Te puedo llevar en el automóvil; tengo que pasar por casa a recoger unas cosas para la reunión —dijo muy fríamente.

—No hace falta que me lleves, iré en bicicleta —repuso Frances—. De todas formas, debo cambiarme primero. Ay, Hugo, me gustaría que pudiéramos seguir siendo amigos.

—¿En serio? —La miró fijamente—. Entonces a mí también. Y no perderé la esperanza. Quizá un día consiga hacerte cambiar de opinión.

Oliver lo llamó, Hugo gritó «¡Voy!» y dio media vuelta antes de que Frances pudiera decir nada más.

Se iba a sentir incomodísima a solas con Leander.

En Glebe House se cambió el sombrero por una pañoleta, se puso el viejo impermeable de su madrina y salió en bicicleta en medio de la llovizna. Ya estaba de mal humor cuando las torres de Gracecourt se alzaron imponentes ante sus ojos en medio de sus vastos jardines.

Encontró a sir Leander solo.

—Eres muy amable por hacer compañía a un anciano, querida —le dijo mientras ella colgaba el impermeable de la pantalla de la chimenea, luego sirvió un par de copas de jerez.

El pequeño salón, situado en la larga galería, que sir Leander usaba como despacho era muy acogedor. Dos leños ardían en sendos morillos de estilo Tudor y los paneles de madera corrugada resplandecían. Tras las cortinas se adivinaban los jardines, grises y húmedos. Al mirar por la ventana, Frances vio que las pistas de tenis estaban llenas de malas hierbas y descuidadas, y que el seto que recorría el sendero de ladrillo necesitaba una poda urgente. Los estanques rectangulares de los que sir Leander se había sentido tan orgulloso estaban solo medio llenos. Le costaba recordar Gracecourt antes de la guerra, cuando había sido escenario de tiempos felices, de partidos de tenis, de almuerzos en el césped, de cócteles estivales en los jardines adornados de farolillos de papel, de fiestas de fin de semana en la casa, cuando los amigos cosmopolitas de Hugo venían a cazar faisanes.

Aquel era un silencio incómodo. Sir Leander, ahora atrapado en su silla de ruedas, tenía un aspecto horrible. Se volvió para mirar a Frances, sentada al borde del sofá.

—Últimamente no almuerzo a menudo a solas con una joven tan bonita. —Alzó la copa—. Por la buena salud de las vigorosas Land Girls. En mis tiempos, nadie habría hecho trabajar tanto a las mujeres. No me parece bien que tengáis que cavar zanjas y hacer todo ese trabajo duro, con guerra o sin ella.

—Lo de las vacas es lo peor —señaló Frances con desenfado, preguntándose cómo podría decirle con delicadeza que había rechazado a Hugo.

Él le ahorró el mal trago.

—Ahora, querida, voy a ir al grano. Hugo ha estado aquí unos minutos poco antes de que tú llegaras y me he enterado de que lo has rechazado —dijo, enarcando las cejas. Frances asintió con la cabeza—. Espero y confío en que cambies de opinión.

—Aprecio mucho a Hugo, pero con la guerra todo está tan revuelto…

Sir Leander meneó la cabeza.

—Me ha contado lo que le has dicho y yo secundo su creencia, su esperanza, de que entrarás en razón. Las mujeres jóvenes a menudo se creen todas esas bobadas sobre el amor, el hombre que las vuelva locas de amor, esa clase de cosas, pero eso no es fiable, querida, no lo es en absoluto. Claro que Hugo te aprecia muchísimo, pero en estos tiempos difíciles, los jóvenes, sobre todo en una familia tan antigua como la nuestra, deben tener más perspectiva. Cuando se trata de mantener cierta posición social, dar continuidad a una familia antiquísima y distinguida…

Sir Leander siempre había sido amable con Frances, había mostrado un interés casi paternal por ella, la había obsequiado con pequeños detalles especiales, incluso en presencia de invitadas más prominentes. Le había tomado verdadero cariño y, por eso, de pronto se encontró mirándose fijamente al regazo, sintiéndose incómoda y deseando no haber hecho infeliz a un anciano. Levantó la mirada de pronto y descubrió que, pese a su fragilidad, la pose de sir Leander era altiva e indignada. La miraba fijamente. Oh, cielos.

—Te lo digo por tu propio bien, querida, *in loco parentis*, por así decirlo. Soy consciente de que tu padre debe de estar demasiado muy ocupado para… Ejem… Pero permíteme que te recuerde que, al casarte con Hugo, te convertirías en señora de esta exquisita finca, y a mi muerte serías lady De Balfort, firme en el estatus para el que todas las mujeres están destinadas, el de esposa y madre, en el rango más elevado de nuestra sociedad. Tu padre lo aprueba completamente. Sus abogados y los míos ya han acordado las capitulaciones matrimoniales. Disculpa mi franqueza, pero si alguna vez has considerado que podrías ser medianamente feliz con Hugo, querría veros casados antes de morir, y me gustaría aún más saber que hay un heredero en camino que garantizará el futuro de esta casa.

Aquello era demasiado. Frances miraba con frialdad el interior de su copa, con la sensación de que podría haber estrangulado sin problema a todos los abogados con sus propias manos.

—El almirante no tiene tiempo para andarse con rodeos —prosiguió sir Leander— y temía que albergaras la esperanza descabellada de trabajar en Inteligencia o algo similar. —Rió como si la idea fuera un disparate—. ¿No será así? Él y yo coincidimos en que no es trabajo para una joven; además, me ha asegurado que te lo impediría.

Frances estaba furiosa.

—Piénsalo bien, querida. Ahora, si te has terminado ya el jerez, mi cocinera nos ha dejado el almuerzo en el calientaplatos del aparador, probablemente algo espantoso con tanto racionamiento y qué sé yo. No obstante, más vale que vayamos a comer. Ya me las arreglo solo, muchas gracias.

Salió él primero en su silla de ruedas.

En el comedor, alargado y oscuro, presidido por hileras de retratos familiares, la refinada mesa estaba puesta para dos, con antiquísimas figuritas de Limoges y plata grabada con el blasón familiar, aunque sucia. Algo humeaba sobre la lamparilla de alcohol. Ciertamente olía fatal. Frances tomó los platos y sirvió en ellos unos pedazos de algo parduzco cubierto de fina salsa gris. Había una bandeja de col hervida sin más y otra de zanahorias.

—Minihamburguesas de carne de vaca en conserva, creo —masculló sir Leander—. Prométeme que, si cambias de opinión sobre Hugo y te conviertes en la señora de esta casa, lo primero que harás será contratar a un ama de llaves que sepa lo que es la cocina sencilla.

Desesperada, Frances se sirvió mostaza.

—Afortunadamente —dijo su anfitrión, sonriente, alzando una botella polvorienta que habían dejado abierta junto a su sitio para que se oxigenara—, aún quedan en la bodega algunas botellas de borgoña, almacenadas allí mucho antes de la guerra. Había pensado que podíamos bebernos una hoy para celebrar vuestro compromiso, pero si ese no va a ser el caso, al menos nos ayudará a pasar este engendro de comida.

El vino estaba delicioso. Frances consiguió cortar sus mini-hamburguesas en trocitos diminutos y ocultarlos debajo de la col. El excelente vino le había producido una agradable sensación de bienestar. Fue a buscar el postre al aparador, pudin de sebo al vapor con natillas, y demostrando valentía comió un poco, procurando ignorar que, con el huevo en polvo, todo sabía a huevo en polvo, por mucho que uno se esforzara. Sir Leander sirvió lo que quedaba del vino.

En la chimenea había encendido un pequeño fuego y el reloj francés de la repisa dejaba escapar un tictac musical. Aquel pequeño comedor era una de las estancias más antiguas de la casa y aún tenía vidrieras emplomadas de colores en las ventanas. Frances encendió la lamparilla de alcohol y preparó una jarra de sucedáneo de café. Luego se excusó.

—¿Recuerdas dónde está el lavabo, como es lógico?

—Sí, gracias.

Se dirigió al lavabo de la planta baja, junto a la sala de las armas y las botas, en el extremo más alejado del pasillo forrado de paneles de madera y con más retratos de los De Balfort en las paredes. De camino, se asomó al saloncito dorado y blanco. Había sido el salón privado de la madre de Hugo, y Frances había pasado muchas veladas deliciosas allí antes de la guerra. Siempre había sido su estancia favorita de la casa, con sus espejos venecianos de cuerpo entero, sus techos pintados y las vistas a los jardines.

Ahora, como el resto de la casa, se encontraba algo deslucida. Uno de los vidrios de las puertas francesas del balcón estaba roto y cubierto con un cartón, y el suelo de parqué estaba combado. El techo tenía una mancha oscura de moho. Los De Balfort debían de andar mal de dinero. Tía Muriel siempre había criticado duramente los extravagantes proyectos de sir Leander y Frances pensó que quizá tenía razón. ¿Por qué no había invertido el dinero en tener la casa en condiciones? Se hallaba en un estado lamentable.

Siguió por el pasillo hasta el lavabo, abrió la puerta y soltó un chillido. Algo grande y negro le impedía la entrada. Se asomó con cautela. Era un murciélago muerto. Cerró la puerta y retrocedió por el pasillo en dirección a la espléndida escalera de caracol. Había un baño en el descansillo. Un tufo a humo de tabaco le indicó que sir Leander se estaba fumando su cigarrillo de después de comer. No lo perturbaría mencionándole el murciélago. Pasó de puntillas por delante de la puerta entornada del comedor y subió la amplia escalera con su descolorida alfombra turca. A medio camino, un ruido procedente de una planta superior la hizo detenerse en seco.

Los cuartos de las doncellas estaban en el ático, pero se habían despedido todas para trabajar en fábricas. Solo quedaba la anciana cocinera, que era demasiado mayor para ese tipo de empleo y siempre se tomaba el domingo libre para visitar a su hermana en Brighton. Hugo estaba en la reunión de la Guardia Local y sir Leander, que ya no podía subir las escaleras a su dormitorio de la primera planta, vivía ahora en la planta baja, en las antiguas habitaciones del mayordomo. Aguzó el oído y subió de puntillas hasta el rellano. Algo se movía por la segunda planta, donde Hugo le había dicho que estaban las habitaciones infantiles de día y de noche.

—¿Hola? —gritó.

El ruido cesó. Habría sido una rata. ¿O se habría colado alguna ardilla? Frances escuchó otro minuto, pero no oyó nada más. Siguió en dirección al baño. Estaba cubierto de telarañas y repleto de libros viejos y sillas rotas, pero al menos no había murciélagos en las tuberías victorianas. Y la cisterna funcionaba. Se lavó las manos con un resto de jabón reseco y buscó algo con que secarse. Recordó que los armarios para ventilar la ropa solían estar situados junto a las tuberías del agua caliente. Detrás de la bañera había una pesada moldura dorada apoyada en la pared, pero pudo distinguir en ella el contorno de una puerta de armario. Apartó el marco y la abrió, pero no había toallas, solo una radio rota, una lata de aceite oxidada y una linterna grande.

Se secó las manos en la falda del vestido. Cogió la linterna, preguntándose si habrían olvidado dónde la habían dejado y quizá la necesitaran, pero luego la puso de nuevo en su sitio porque no quería tener que explicar dónde la había encontrado.

Cuando volvió con sir Leander a su despacho, la agradable sensación de bienestar que le había producido el vino ya se había desvanecido y tenía frío. El anciano estaba sentado con una manta de cuadros por encima de las rodillas, demacrado y agotado. La radio estaba encendida en el rincón y se oía a Beethoven. Fuera oscurecía.

—Sublime música —dijo Leander—. Alemana. Esta guerra es un triste asunto. Jamás tenía que haber ocurrido, ¿sabes?

—Se hace tarde y debería marcharme —dijo Frances—. Le correré las cortinas opacas antes de irme. Aunque no me agrada la idea de dejarlo solo, sir Leander. La cocinera libra hoy, ¿verdad? ¿No hay nadie más aquí?

—No, siempre confiamos en que la señora Jones no se vaya y se deje algo en los fogones que pueda quemarse y arder. Ya no es tan joven como antes y tiene despistes. No sé cómo consigue llegar hasta Brighton. Ya no te puedes fiar de los autobuses: no pueden encender las luces para saber por dónde van, avanzan a ciegas. Lástima que Hugo no esté aquí. Quizá te lo encuentres por el camino. ¿Recordarás lo que te he dicho, querida? ¿Lo reconsiderarás?

—Por supuesto. Gracias por el almuerzo. —Frances corrió las cortinas—. Estoy segura de que lo entiende... Tengo que pensármelo... Casarse es una decisión muy importante, ¿verdad?

—Mucho —contestó el anciano, mirando fijamente al fuego—. Todo el futuro depende de ella, querida. Absolutamente todo.

CAPÍTULO 21

Hacia finales de diciembre, Bruno tuvo una semana de permiso por Navidades y bajó sin demora a Sussex, ansioso por conocer a su nueva pequeña, que ya casi tenía un mes. Se había preocupado al enterarse de que Tanni había dado a luz en Glebe House después de una fiesta. Llamó enseguida y Evangeline le dijo que había habido un problema con el parto y que Tanni había estado enferma después, pero que el bebé estaba bien.

Al llegar, Bruno subió corriendo a la planta superior y encontró a su esposa mejor pero aún en cama, pálida pero hermosa, cubierta por una mañanita de rosa desvaído y con el pelo suelto por los hombros. Tenía la cara más fina y, de algún modo, menos aniñada, pero los ojos se le iluminaron cuando él entró en la habitación, la besó y le dijo cuánto la quería. Insistía en estar incorporada, con la cesta de costura a mano, e iba cosiendo las cosas que había prometido a la gente del pueblo, daba el pecho al bebé y le leía a Johnny. A la pequeña la habían llamado Anna.

Bruno procuró ser útil, llevándole a Tanni la comida en bandejas y asegurándose de que comía; ayudando a Evangeline, que estaba saturada de trabajo; jugando con Johnny y los evacuados; y siempre que tenía un minuto libre, tomando en brazos a Anna, dormida o despierta, para sentarse con ella en la mecedora que Evangeline había encontrado en el desván. Estaba extasiado con su pequeña, que lo miraba muy seria desde el hueco de su brazo.

—Tiene tus ojos y mi nariz —le decía a Tanni mientras acariciaba la cabecita pelona de Anna—. ¿Todas las recién nacidas son tan bonitas?

Le asombraba que la gente del pueblo viniera a admirarla y arrullarla, que le trajeran ropita de bebé, pañales y juguetes que ya no necesitaban. Margaret Rose Hawthorne le rogó que la dejara tenerla en brazos y él aceptó, pero la rondaba nervioso.

—Oh, qué pequeñita —exclamó Margaret Rose.

Hasta el párroco iba a verla. Bruno se quedó pasmado al verlo, con su alzacuellos, inclinado sobre la cuna, pero cuando Oliver sonreía y le daba el dedo, Anna se agarraba a él con sus deditos. A los bebés parecía gustarles Oliver; hasta los que berreaban en la pila bautismal se calmaban cuando él los sostenía en brazos.

—¡Qué preciosidad! —dijo—. Esta deliciosa criatura está alegrando al pueblo entero en momentos de verdadera aflicción. ¿Son imaginaciones mías o tiene los ojos de su madre?

—A Bruno le cayó bien de inmediato.

Aquel feliz paréntesis terminó pronto. Diez días después de su llegada, Bruno besaba a Tanni, Johnny y Anna mientras dormían y salía de Crowmarsh Priors en la oscuridad. Aunque no fumaba, de camino pararon para que comprara una cajetilla de Players en una tienda que había abierto temprano, luego siguieron rumbo a Norfolk. El automóvil se detuvo en una pista de aterrizaje azotada por el viento, donde esperaron hasta que un vehículo militar se detuvo junto a ellos y salió de él un hombre esposado acompañado de un guardia armado. A él y a los demás les dieron de desayunar en una cabaña: huevo en polvo revuelto en una porquería acuosa, salchichas, duros panecillos grises y té tibio. Bruno solía hacerse un bocadillo con la salchicha y el panecillo. Nunca tenía hambre tan temprano, pero se tomaba esos desayunos, pese a lo espantosos que eran, porque sabía que tardaría en volver a comer algo.

Después, los tres pasajeros subieron al avión Norseman con dos pilotos a bordo. Nadie dijo una palabra mientras rugían las hélices y el pequeño avión rodaba por la pista crujiendo y traqueteando. La luz parpadeó cuando el avión despegó y se elevó casi en vertical, sacudiéndose al atravesar las bolsas de aire. Bruno confió en que no se toparan con una tormenta de nieve, aunque sabía que aquel avión podía aterrizar en hielo o agua si era necesario. Deseaba más que nada volver a la cama caliente con Tanni, Johnny y Anna, pero se obligó a centrarse en el trabajo que le esperaba.

El tiempo empeoró mientras volaban hacia el norte y Bruno se recostó en el asiento y se rodeó el cuerpo con los brazos. El avión no estaba diseñado pensando en la comodidad y los pasajeros —Bruno, el hombre esposado sentado a su lado y el escolta militar— iban envueltos en recios abrigos y bufandas para combatir el frío.

El hombre que tenía al lado miraba fijamente por la ventanilla, evitándolo. Tenía un perfil fino y altivo, cejas severas y una expresión imperturbable. No había tocado el desayuno.

Horas después se volvió hacia Bruno.

—Suecia. Vamos a Suecia, a juzgar por el tiempo que llevamos volando.

Era una afirmación, no una pregunta.

—Cerca de Suecia —lo corrigió Bruno.

—Ah, eso pensaba. La costa. La isla en la que su Gobierno y el mío intercambian prisioneros de guerra. En secreto, por supuesto. Un espía por otro. *Quid pro quo*, como dicen ustedes, los ingleses. Aunque usted no es inglés, sino judío. —Aquel rostro altivo sonrió con amargura—. Se ve a la legua. Hay algo… inferior en su rostro. Otra de sus ofensas veladas: me envían a su interrogador judío para que me escolte hasta el lugar del intercambio. Los ingleses saben ofender como ninguna otra raza.

Bruno lo miró impasible. El tipo era un angloalemán con importantes contactos en los círculos aristocráticos. Tenía un puesto en Inteligencia Militar desde el que había estado espiando para los alemanes durante años sin que lo detectaran. Incluso había tenido acceso a Churchill y había pasado a sus superiores información confidencial que había dado lugar a la pérdida de un incalculable número de vidas, hasta que lo habían localizado y arrestado.

—El espía británico por el que me van a cambiar… supongo que será alguien importante.

Bruno no dijo nada.

—No me va a decir su nombre, naturalmente. Quizá sea una de sus mujeres espías. De su Dirección de Operaciones Especiales. Espero que no sea una de sus radiotelegrafistas o una descodificadora. Son prescindibles y, en cualquier caso, solemos pegarles un tiro nosotros mismos después de sacarles toda la información que nos puedan dar. Algunas son extraordinariamente valientes, no cabe duda. Pero, tratándose de mí, será alguien importante. Bueno, sea quien sea, pronto estaré en Berlín. Volveremos a encontrarnos cuando el Führer decida que ha llegado el momento de la invasión. Hay muchos más como yo en Inglaterra, esperando la victoria final. Y saldremos victoriosos.

El hombre guardó silencio y Bruno esperó, en silencio también. Por fin se le destaparon los oídos, indicio de que estaban descendiendo. El avión se ladeó y sobrevoló en círculo una pequeña isla en medio de una vasta extensión de agua. El suelo estaba cubierto de nieve. El hombre miró por la ventana y sonrió, estirando el cuello para ver el avión que transportaba al espía británico por el que lo iban a canjear y en el que lo llevarían de vuelta a Alemania. Era vanidoso y ansiaba saber en cuánto estimaban los británicos su importancia. Una pista de aterrizaje toscamente marcada recorría de punta a punta la isla, en la que, por lo demás, no había otra cosa que rocas, unos cuantos pinos y una cabaña. Ningún avión.

—Así que somos los primeros y ellos llegan tarde —masculló—. Una descortesía, claro que seguramente se debe al mal tiempo.

Bruno siguió sin decir nada.

El Norseman botó con fuerza al tomar tierra y rodó por la pista hasta detenerse. El prisionero volvió a escrutar la isla desierta y luego el cielo. El piloto y el copiloto se levantaron y se estiraron. El piloto abrió la puerta y entró una ráfaga de aire gélido. Los dos aviadores se situaron a ambos lados de la puerta abierta, esperando.

—Venga. Por aquí.

El hombre miró a Bruno, a los pilotos y al guardia.

—Pero el otro avión aún no ha llegado. ¿Dónde está? —quiso saber.

Nadie le contestó. Los fue mirando uno a uno. Poco a poco comprendió por qué estaba allí. Frunció el ceño de asombro e incredulidad. El hombre palideció y sus labios formaron un «¡No!» que no llegó a pronunciar.

En su lugar, miró de nuevo a Bruno.

—¿Me da un cigarrillo? —Sonó como una orden.

Bruno sacó la cajetilla de Players del bolsillo de la pechera, la abrió y extrajo uno dando unos golpecitos en el canto superior. El prisionero levantó las manos esposadas para sostenerlo, algo tembloroso, mientras Bruno encendía el fósforo.

Esperaron todos en silencio a que se lo fumara. Dio la última calada y lo apagó con el tacón de la bota.

—Estoy listo —espetó, irguiéndose.

El escolta militar bajó con él los peldaños del avión y los pilotos los siguieron, uno a cada lado del prisionero, camino del pequeño pinar que había junto al agua.

Bruno bajó los peldaños detrás de ellos, se estiró y pateó el suelo para entrar en calor. Había estado presente en el interrogatorio del espía y sabía que merecía lo que estaba a punto de ocurrirle. Pensó en su madre y en los Joseph, en el infierno que debían de estar soportando. Si seguían vivos. En Lili y en Klara, solo unos años mayores que Johnny, dondequiera que estuvieran. Y si Johnny y Anna… No, no podía imaginar siquiera a sus hijos en la situación de las gemelas.

Por esa razón era capaz de hacer aquel trabajo. Había escoltado a una docena de agentes enemigos a aquella desolada isla con el mismo propósito. La próxima vez que viniera, ojalá fuese con el que había enviado a los alemanes aquellos partes meteorológicos de tiempo despejado.

Una descarga de disparos resonó en el frío silencio. El escolta militar y los pilotos volvieron sin el prisionero. Hicieron un gesto afirmativo a Bruno.

—Hecho.

Llenaron rápidamente el depósito del avión con el combustible de la cabaña y, mientras zumbaban las hélices, lo hicieron girar para enfilar la estrecha pista de aterrizaje. El pequeño avión fue ganando velocidad y, casi en el último momento posible, se elevó por encima de las rocas desnudas y fue ascendiendo despacio. Bruno pensó en su madre, en los Joseph, encerrados en algún campo de concentración alemán, y deseó poder creer que el acto de justicia de ese día los ayudaría.

CAPÍTULO 22

Campo de entrenamiento, enero de 1942

Desde abajo nadie podía ver a los dos hombres plantados bajo la lluvia en las almenas del castillo. Observaban con gemelos a los nuevos reclutas, que habían pasado la mañana practicando con explosivos y en ese momento realizaban ejercicios de instrucción. Por turnos, trataban de recuperar pesados contenedores, como los que solían soltarse tras las líneas enemigas con munición y equipos, de las aguas gélidas del lago que en su día había suministrado pescado al castillo.

Ambos hombres se detuvieron en la misma recluta.

—¡Ah, la señorita Falconleigh! —exclamó uno—. Desde luego, Tudor se pondrá furioso cuando se entere. ¿Dónde piensa que está? ¿Y qué tal va su entrenamiento?

—Cree que está en Reading, en un comité de bienestar de las Land Girls. Sus informes son excelentes y su entrenamiento va muy bien —dijo uno, observando una figura esbelta que reptaba por debajo de un seto fangoso. Parecía muy complacido—. Posee una asombrosa aptitud para este trabajo, aunque no lo parezca por fuera, tan bonita y delicada como es. Si la envían tras las líneas enemigas, le darán un aspecto más vulgar, con ropa anticuada y zapatos de campesina. Nos convenció de lo útil que podía resultar.

»Personas de lo más inverosímil tienen talento para este tipo de trabajo. Nadie lo diría si la viera por la calle, pero no teme manejar armas y corre bien. Además, es avispada, observadora y está impaciente por entrar en acción.

»Por suerte, ha madurado desde la primera entrevista, pero aún nos preocupa que sea tan joven. Y nos da la sensación de que es un poco... un poco...

El otro hombre sonrió. El que hablaba era el «hombrecillo» de la primera entrevista de Frances. Que se hubiera comprometido con una joven guapa por un puñado de faisanes era motivo de broma constante en la organización.

—Tudor lo ha pasado fatal con ella. Los informes escolares son terribles. Rebelde, agitadora, expulsada de todas partes. Fotos escandalosas en los diarios de gran formato durante su presentación en sociedad. Compañías inapropiadas, detenida por bromas disparatadas...

El primero asintió con complacencia.

—Las mujeres como ella están ansiosas de aventura. Pero es inteligente, resuelta y habla un francés perfecto. Solo tiene que aprender un poco de disciplina, a acatar órdenes, ese tipo de cosas. Quiere que la destinemos a Francia, pero hemos decidido no enviarla aún. Es nuestra recluta más joven, un poco acelerada, podría entusiasmarse demasiado y poner en peligro a otros agentes del distrito. El Abuelo ha decidido que necesita un período de prueba más largo, así que, después del ejercicio de simulacro, la destinaremos a la misión de las Auxis en el sur, a ver cómo le va. Ha estado en Wiltshire, haciendo la instrucción de las Unidades Auxiliares. Trampas explosivas, sabotaje. Más explosivos. Tiene sangre fría, supo mantener la calma.

—Espero que tenga buen pulso también. Las Auxis usan esas granadas de mano, bendito sea Dios. Qué artilugios: suficiente nitroglicerina para parar un tanque, pero lo bastante potente para reventar la carcasa metálica que la contiene. Los militares de carrera no quieren ni tocarlas. —Pensó un instante; luego añadió—: Aunque seguro que a la señorita Falconleigh le encantan.

—Irá a Beaulieu para la etapa final de la instrucción de radiotelegrafía, luego a casa para el ejercicio de simulacro al que enviamos a todos los reclutas como prueba final. Los *kartoffen* tienen bastante ayuda a este lado del Canal y al Abuelo le preocupa quién estará asistiendo a los pilotos alemanes con la navegación. No sabe cómo lo hacen. Quizá luces en medio del apagón. Otro malnacido está enviando partes meteorológicos a la Luftwaffe en la costa francesa y dándole luz verde para los ataques aéreos. Aún no hemos encontrado a ese desgraciado, o desgraciada, pero cuando pienso en todo el daño que ha hecho, sé que yo mismo le pegaría un tiro muy a gusto. Lo llamamos Manfred. Las Auxis de ahí abajo lo están buscando, pero Manfred podría ser una célula entera o un solo agente alemán que se haya colado.

—Entonces, ¿tienes pensado mandarla a Sussex para que ayude a buscar a Manfred?

—Yo no iría tan lejos. Dudo que haya algo sospechoso en Crowmarsh Priors. Es demasiado pequeño. Aun así, es un punto sensible, próximo a la Zona de Defensa Costera. Dicen que lord Haw-Haw tiene un sobrino en Brighton, y la Liga Nórdica siempre ha contado con muchos simpatizantes entre las familias de la aristocracia rural de ahí abajo. Antes de la guerra, muchas de las familias instaladas allí tenían amigos alemanes, contactos nazis. Los tenemos vigilados de cerca, pero no ha ocurrido nada que indique que haya quintacolumnistas activos. No obstante, aunque no estén implicados personalmente, a Inteligencia le preocupan las diabluras que sus colegas alemanes pudieran haber hecho antes de la guerra, la información que pudieran haber recabado sobre la zona, acerca de posibles puntos de aterrizaje y demás. «Me voy a dar un paseo vespertino, amigo, me llevo la cámara, que me gusta hacer fotos, qué bien.»

—Vamos a enviar a la señorita Falconleigh a poner en práctica sus dotes para la vigilancia en la finca de los De Balfort, Grace… no sé qué, como ejercicio de simulacro.

—¿Ya se lo habéis dicho?

—Aún no. Como te he dicho, espera que la destinemos a Europa, pero el Abuelo dice que podría seguir como hasta ahora durante los próximos meses, mantener los ojos bien abiertos e informar de cualquier cosa que le parezca inusual. Desde luego ahí abajo pasa algo raro; y nunca se sabe, quizá ella averigüe de qué se trata.

El primer hombre exhaló.

—Si las Auxis encuentran a Manfred, tendrían que capturarlo vivo, para interrogarlo, por supuesto, pero a lo mejor no es posible. En cualquier caso, probablemente sea una buena pieza y sabrá lo que se juega. Así que mañana toca clase de asesinato silencioso. Unos cuantos trucos de la policía de Shanghái.

—Estupendo. Por lo que he visto hasta ahora, creo que le gustará tanto como las granadas de mano. ¿Y el entrenamiento de paracaidismo?

—Dentro de unos meses, por si tenemos que soltarla en Francia antes de lo previsto…

No terminó la frase. El otro asintió con la cabeza. Y ninguno de los dos mencionó lo que ambos sabían: que cuando traicionaban, arrestaban o mataban a un agente femenino de la SOE tras las líneas enemigas, debían estar listos para enviar un reemplazo. Una Auxi entrenada como la señorita Falconleigh podía estar en la reserva por si se presentaba dicha eventualidad.

CAPÍTULO 23

Auschwitz, marzo de 1942

En los días buenos, después del trabajo, los guardias no soltaban los perros a nadie para que hiciera deporte ni elegían un prisionero para que corriera hasta morir. En su lugar, devolvían a los presos al complejo y les arrojaban unas cuantas barras de pan rancio para que se pelearan por ellas. Soplaban vientos gélidos por las rendijas de las paredes y los prisioneros yacían hambrientos y tiritando en sus literas, procurando aferrarse a la vida y a los últimos vestigios de su humanidad. Algunos lo conseguían refugiándose en sus vidas pasadas; a otros un recuerdo feliz les proporcionaba una tregua de aquel infierno, pero para la mayoría no hacía más que intensificar los horrores de su existencia.

El doctor Joseph era uno de los que buscaban solaz en su único consuelo: que sus hijas estaban a salvo en Inglaterra. Contaba la historia una y otra vez. La mayor se había casado con un buen hombre, un profesor universitario, que se la había llevado a Gran Bretaña para ponerla a salvo. A las dos pequeñas, gemelas, las había subido al *Kindertransport* y enviado a Gran Bretaña también, donde vivían con su hermana, que siempre había sido como una pequeña madre para ellas. Las gemelas habían perdido el tren de enero de 1939 por enfermedad, pero, gracias a Dios, se habían recuperado y, milagrosamente, él había logrado lo imposible y les había conseguido otra plaza en el tren que había partido en el verano de ese mismo año. Sus hijas estaban juntas y a salvo.

Insistía obsesivamente en eso para no recordar a su esposa en el pabellón de las mujeres. La veía fugazmente de cuando en cuando, con la cabeza afeitada y la cara chupada... Recordaba su aspecto el día en que él se había declarado, luego en su noche de bodas, después como joven esposa, enfundada en su abrigo con cuello de pieles, sonriendo a una Tanni de cinco años.

La pobre frau Zayman había enfermado de pleuritis y había estado tosiendo, febril, todo el viaje hasta el campo de trabajo en aquel vagón de tren sellado. No les habían dado nada de comer ni de beber y no había podido tumbarse. Había exhalado su último aliento aplastada en un rincón.

Un hombre que no había conseguido plazas para sus hijos en el *Kindertransport* lloró. Un nuevo prisionero le preguntó educadamente si su hija casada ya había tenido niños.

—Nos dijeron que Tanni estaba en estado —respondió el doctor Joseph con aire soñador— justo antes de que nos trajeran aquí. El bebé cumplirá tres años este verano. No sabemos si es niño o niña.

—Enhorabuena —susurraron varios hombres en la oscuridad desde sus literas atestadas—. Que la madre y la criatura estén bien y el bebé tenga una larga y distinguida vida.

—Ah, saber que tus hijas están juntas en Inglaterra, a salvo, con comida suficiente, y aprendiendo, incluso jugando, quizá. Leche. Sol. Debe de ser un gran consuelo —murmuró otro hombre. Allí era inimaginable.

No todos los prisioneros del campo estaban tumbados en sus literas, pese a lo tarde que era.

Había un destacamento activo en otro edificio, este profusamente iluminado, donde el médico aún trabajaba. Su archienemigo, Ernst Schäfer, no había logrado encontrar durante su expedición al Tíbet una tribu de arios puros, pero por fin le habían dado luz verde al programa de eugenesia del doctor. Constituía un gran éxito para él. Siempre había pensado que la teoría de Schäfer era una porquería, pero como a Himmler le había interesado, el doctor se lo había quitado de en medio. Cuando Himmler por fin había perdido la paciencia con Schäfer, los experimentos del doctor le habían parecido la mejor forma de garantizar la supremacía de la raza aria.

Sin embargo, el programa no estaba produciendo resultados tan rápidamente como él había prometido, Himmler empezaba a impacientarse y al doctor le preocupaba cada vez más no poder satisfacer sus demandas. De momento, iba buscando pretextos, ocultándose tras «los procedimientos» y «las evaluaciones», registrando todos los detalles de los experimentos con su caligrafía anticuada y redactando después largos y exhaustivos documentos sobre los criterios seleccionados para el siguiente. Insistía en que la paciencia y la precisión terminarían dando frutos, y que en esa etapa se trataba de seleccionar especímenes. Pero la respuesta se le resistía… de momento.

Entretanto, seguía asegurándole a Himmler que, si le daba más tiempo, sus métodos científicos apropiados, no esos disparatados y aventurados planes, le proporcionarían los resultados deseados. Su objetivo era muy sencillo: determinar científicamente las condiciones necesarias para dar a luz gemelos, lo que permitiría a las mujeres alemanas tener los bebés de dos en dos. De ese modo, la reproducción aria se duplicaría al tiempo que se exterminaba a las razas inferiores no arias. El doctor dio a Himmler algunas pistas sobre los vastos campos de reproducción que imaginaba, repletos de mujeres nórdicas cuidadosamente seleccionadas, madres de la raza maestra pura que cumpliría el destino de Alemania, todas ellas concibiendo dos bebés perfectos de una vez. ¡Todo eficiencia!

El propio Führer se estaba tomando un interés personal en el proyecto.

Sin embargo, las insinuaciones y las promesas debían cumplirse. La presión era cada vez mayor y el angustiado doctor había considerado ampliar la investigación a los trillizos, e incluso a los partos múltiples de más de tres bebés, para concluir después que la eficacia de aquellos nacimientos se vería superada por el riesgo de debilitar los genes arios repartiéndolos entre varios bebés. Los gemelos eran la apuesta más segura. De todas formas, había escasez de trillizos u otros nacimientos múltiples en el campo con los que poder realizar experimentos satisfactorios.

Esa noche el doctor ya estaba terminando. Los gitanos adolescentes, especímenes perfectamente sanos y gemelos idénticos, yacían desmembrados sobre la ensangrentada mesa de operaciones. El doctor ponderó el número de pruebas diferenciales que había hecho, comparando cómo gestionaban los organismos de gemelos idénticos las sustancias tóxicas, si uno de ellos presentaba una mayor resistencia y demás. Redactaría los resultados con su habitual meticulosidad cuando hubiera examinado los órganos, pero le angustiaba un poco la posibilidad de no haber sido capaz de establecer criterios nuevos importantes antes de que los especímenes murieran. Si hubiera usado anestesia, tal vez habrían vivido un poco más, lo que le habría permitido llevar a cabo una mayor variedad de pruebas.

Debía explorar el significado de «idéntico» desde un ángulo diferente. Frunció el ceño, pensativo, mientras se lavaba bien las manos y se cambiaba la bata blanca manchada de sangre, dejando que los prisioneros médicos se deshicieran de aquella porquería. Cuatro prisioneros delgados vestidos con batas de laboratorio se adelantaron arrastrando los pies. Cuando llegaban los trenes de deportados, se ordenaba a los médicos que dieran un paso al frente. Siempre lo hacían voluntariamente, confiando en que se les asignara el cuidado de la salud de los prisioneros. En cambio, los ponían a disposición del doctor. Daban menos problemas y eran más eficientes que los prisioneros corrientes cuando limpiaban sus laboratorios, pero más de uno había reaccionado mal a su negativa a desperdiciar anestesia en los experimentos. Uno de ellos incluso había matado a los especímenes. Los guardias se habían encargado enseguida de él, como ejemplo para los otros. El doctor suspiró cuando pensó en el experimento echado a perder.

Quizá si abordara los partos de judíos desde un nuevo punto de vista… Habían puesto a su disposición una nueva reserva de gemelos, casi todos judíos, extraídos de los campos de desplazados y los guetos, de las escuelas y los hospitales de todos los países ocupados por Alemania. Los sujetos estaban alojados en un ala especial del campo. Sin embargo, esa reserva de gemelos se había reducido ya a la nada, y casi todos eran chicos. Lo que necesitaba eran gemelas, para estudiar el desarrollo de sus órganos reproductivos.

Entonces tuvo una idea luminosa. Se le ocurrió que le resultaría valioso realizar experimentos a los padres de gemelos, si bien esto representaba para él otro inconveniente práctico: habían separado a los gemelos del ala infantil de sus padres antes de que llegaran al campo.

Le producía un poco de repugnancia servirse de especímenes judíos para realizar experimentos en beneficio de la raza aria, pero ni siquiera los judíos, aunque astutos, eran lo bastante listos como para frustrar las conclusiones alcanzadas con la ayuda de un método científico adecuado.

El doctor se volvió hacia su ayudante.

—Hemos llegado a la siguiente fase de la investigación, para la cual preciso gemelas y los padres de estas. Se trata de un asunto de la máxima prioridad. Habrá pan extra para los prisioneros que puedan identificar a los padres de gemelas.

Uno de los presos que limpiaban la sala de experimentos alzó la vista.

—Pan —susurró para sí.

Pensó en su compañero, el doctor Joseph, que dormía en la litera de debajo de la suya. El doctor Joseph no había dado un paso al frente cuando habían ordenado a todos los médicos que lo hicieran.

A aquel preso lo habían arrestado a la vez y casi en la misma calle que al doctor Joseph y a su esposa. Por piedad, no le había dicho al doctor Joseph que sabía que el tren de junio en el que viajaban sus gemelas no había llegado a Gran Bretaña antes de que los alemanes invadieran Polonia y se declarara la guerra. Lo sabía porque su propio hijo iba en aquel tren y lo creía a salvo en Gran Bretaña, igual que el doctor a sus hijas, hasta que, para horror suyo, su pequeño había aparecido en el pabellón de hombres de Auschwitz. En Gurs, habían seleccionado a los hombres y a los niños para deportarlos primero, los habían enviado a Drancy, y luego en el vagón del ganado a Auschwitz; eso le había contado el chiquillo a su afligido padre. Dos meses después, su hijo había muerto de neumonía, a los doce años.

En el caso improbable de que las gemelas del doctor Joseph hubieran tenido la suerte de llegar a Inglaterra, estarían a salvo de los alemanes hasta el día de la invasión, en que su destino quedaría sellado. Si no lo habían logrado y seguían vivas, debían de estar en Gurs, salvo que ya estuvieran en Drancy. Habría registros, por supuesto. Los alemanes eran meticulosos.

Tanto si estaban en un sitio como en otro, terminarían cayendo en manos alemanas, si eso no había ocurrido ya. Era solo cuestión de tiempo que murieran o las enviaran a uno de los mayores campos de concentración, como le había ocurrido a su hijo, y a sus otros hijos más pequeños. Así que, dedujo, daría igual que informara al doctor de su existencia y de la de sus padres. No podía pensar más que en el pan.

Sabía que a la esposa del doctor Joseph se la habían llevado al pabellón de mujeres. La había visto allí, a través de la alambrada. Estaba demacrada y probablemente tuberculosa, pero viva.

Para aliviar su conciencia, el preso sopesó las ventajas para los Joseph. Si le hablaba al doctor de ellos y de sus hijas, las autoridades no tardarían en encontrarlas si estaban en un campo francés. Las traerían a Auschwitz sin demora y los Joseph volverían a estar juntos en una de las celdas del pabellón de experimentos médicos.

Sabía que no había esperanza para ninguno de los que se encontraban presos en aquel lugar espantoso, pero, por un breve período de tiempo, la familia Joseph volvería a reunirse y, como sujetos de experimentos médicos, les darían sopa y gachas, quizá una cebolla y algo de col hervida. Y a él le darían pan extra…

De modo que no incrementaría el sufrimiento de los Joseph si trocaba la información por pan. Muy al contrario: por un tiempo, sus vidas serían mejores. Hasta el final. No pensó mucho en lo que solía suceder al final.

Lo haría.

Cuando los prisioneros salieron por la puerta arrastrando los pies para vaciar los baldes de agua sucia, el último se detuvo delante del ayudante del doctor y pidió permiso para hablar. Sabía que había unos padres de gemelas en aquel campo y que era posible localizar a sus hijas.

El doctor escuchó y tomó notas con su exquisita caligrafía. Sonrió. Daría la orden de que recibiera pan extra cuando tuviera a los cuatro sujetos a salvo en su laboratorio. Pero eso no tardaría en suceder. Dado el interés del Führer en el experimento, pronto tendría consigo a las hijas de los Joseph si estaban en Drancy, en Gurs o incluso en las proximidades del campo de desplazados. Entretanto, ordenó que trasladaran a los padres al ala experimental y les dieran mantas y sopa.

CAPÍTULO 24

Crowmarsh Priors, de enero a mayo de 1942

Cuando Frances se marchó en Navidades y estuvo fuera durante semanas, Oliver la echó de menos. Al enterarse de que había vuelto, se le alegró el corazón. Después del servicio matinal de ese primer domingo, le sostuvo la mano mientras le preguntaba si era cierto lo que había oído: que la habían destinado a un comité de Londres.

—Sí. Algo del bienestar de las Land Girls. Papá me ha ofrecido voluntaria —dijo, poniendo los ojos en blanco—. Te puedes imaginar: ¿estamos haciendo lo suficiente por mantener ilusionadas a las Land Girls, por que se encuentren satisfechas de su conducta? Hay que llevarlas por el buen camino, por lo visto. Sobre todo ahora que han llegado los americanos con toda clase de cosas como chocolate y Coca-Cola. Algunas de las chicas se están… descarriando.

—Si puedo ofrecer asistencia pastoral, ayudar en algo —dijo entusiasmado, sosteniéndole aún la mano—, házmelo saber, por favor.

Frances agachó la mirada.

—Gracias. Está bien saber que puedo… que podemos contar contigo.

A Frances le habían dicho que usara el Comité de Bienestar de las Land Girls como tapadera para explicar sus ausencias. Formaba parte del trabajo de agente, pero al mirar a Oliver a aquellos ojos de color pardo claro, le fastidió tener que mentirle. La honradez estaba tan profundamente arraigada en él que jamás se le ocurriría mentir sobre nada. ¿Qué pensaría de ella si lo supiera?

Sus pensamientos se centraron de nuevo en el ejercicio de simulacro que le habían encomendado. Era la prueba final para todos los reclutas y Frances había esperado algo arriesgado, como volar un objetivo en las narices de las autoridades. En cambio, la habían mandado a casa, a Crowmarsh Priors, y le habían ordenado que siguiera trabajando en el campo con las Land Girls pero que vigilase de cerca a los De Balfort e informara periódicamente de las amistades y conocidos que los visitaran. Era verdaderamente aburrido; ya nadie visitaba Gracecourt. Además, iba a resultarle muy violento hacer ella misma visitas de cortesía para tener vigilados a Hugo y a Leander, sobre todo porque implicaba ver a Hugo, a quien preferiría evitar. Peor aún, Oliver podría llegar a pensar que le estaba dando esperanzas, igual que Leander, y en especial el propio Hugo. «¡Maldita sea!», se dijo Frances, que siempre se había rebelado ante el menor indicio de disciplina y ante la idea de tener que hacer algo que no le gustaba. Sin embargo, se mordió el labio y cumplió las órdenes.

Entretanto, Frances, Evangeline, Elsie y Alice estaban decididas a no defraudar a Tanni. Para Evangeline, el plan no era más descabellado que otros que habían funcionado. A nadie se le ocurrió preguntarle a qué se refería. Elsie todavía estaba fuera de sí por la pérdida de su madre, Jem y Violet, y para ella enfrentarse a los alemanes era ya una cuestión personal. Se desahogaba matando ratas, pero tenía rabia de sobra. Hasta a Bernie le alarmaba el nuevo brillo acerado de su mirada.

Solo la cautelosa Alice se refrenaba. Decía que el plan había sido concebido en un momento de borrachera y que lo lamentaba pero que debían ver que era un absoluto disparate…

Las otras tres no la dejaban en paz y, al final, Frances hizo uso de su capacidad de persuasión.

—Alice, cielo, por supuesto que tienes razón, y quizá sea una temeridad, pero ¿qué otra cosa podemos hacer? ¡Podríamos estar sentenciando a muerte a esas pequeñas si no hacemos nada! ¿Queremos asumir ese cargo de conciencia? Además, somos amigas: una para todas y todas para una, como solíamos decir en la escuela. —Había utilizado sin reservas aquel lema en su época escolar cuando incitaba a sus amigas a realizar imprudentes escapadas que terminaban invariablemente en problemas para todas. Alice, en cambio, había sido una estudiante modélica—. No podemos hacerlo sin ti —insistió Frances—. ¡Eres indispensable, Alice! ¡Tú eres la única que puede encontrar el túnel!

—Ay, de acuerdo —dijo Alice por fin, en contra de su propio criterio pero ablandada por los halagos. En la escuela nunca había formado parte de un «una para todas», nunca había tenido amigas y nunca se había metido hasta el cuello en nada. Solo esperaba que no las arrestaran a todas.

—Además, necesitamos tu sentido común, Alice, para no descarrilar.

Ella contuvo una sonrisita. Eso lo veía claro. Ya se sentía importante.

Oliver se quedó pasmado cuando Alice le dijo que Frances, Evangeline, Elsie y ella habían decidido limpiar el cementerio, que estaba muy descuidado. La fe se manifestaba de las formas más inesperadas, se dijo el párroco.

Desde su estudio, observó admirado cómo abordaban primero la zona de alrededor del monumento a la Gran Guerra, donde ya se podía ver una parcela de tierra limpia cerca de ocho tumbas nuevas, todas ellas con campanillas de invierno en frascos de mermelada apoyados sobre cruces caseras. En el resto del cementerio solo se veían unas cuantas lápidas erosionadas por encima del manto de ortigas, zarzas, enredadera y hiedra que lo había inundado todo y trepaba ya por los laterales de la iglesia y del achaparrado campanario.

Alice desenterró un par de tijeras de podar oxidadas de un cajón de la sacristía y, mientras el deprimente enero daba paso al aún más frío y húmedo febrero, Oliver se acostumbró a ver a una o a otra podando en cuanto tenían una hora libre y no estaba demasiado oscuro para ver lo que hacían. Alice iba después de las clases cuando no tenía sesión de punto, un curso de primeros auxilios o trabajo como vigilante antiaérea, o los sábados por la mañana después de pasar un rato sentada con su madre. Evangeline sacaba algunos ratos entre los niños, el jardín, los pollos y sus cacerías. Hasta Elsie lo sorprendió al irrumpir ruidosamente en la iglesia con sus botas de trabajo preguntando: «¿Dónde están las tijeras esas?». Frances se pasaba los domingos por la tarde, cuando libraban las Land Girls. Oliver se ofreció a ayudarla una o dos veces, pero ella le dijo rotundamente que no, que ella ya sabía lo que hacía.

Sentado a su escritorio, tratando de ordenar sus ideas para un sermón de Cuaresma, desvió su atención hacia Frances, que estaba allí. Observó su esbelta figura, doblándose, cortando y tirando. A veces hacía una pausa para maldecir cuando se le clavaba una espina en la mano. Tenía una cintura perfecta, se dijo, y una bonita figura incluso con aquellos pantalones y aquel suéter tan ancho. El pensamiento le hizo sonreír. No se consideraba un hombre de los que reparaban en la figura de las mujeres…

A finales de febrero, Bruno volvió a casa de permiso inesperadamente y se quedó unos días. Tanni, aunque se alegraba de verlo, temía que se le escapara algo del plan y casi se sintió aliviada cuando se marchó.

A principios de marzo, cayó una fuerte nevada y las labores de limpieza del cementerio se interrumpieron. Cuando la nieve se derritió al fin, Elsie irrumpió en la iglesia con su caja de cianuro y empezó a hurgar en la maleza.

—Estoy matando ratas —le dijo a Oliver.

—¿No hay más ratas donde se guarda comida? ¿En despensas y graneros? —preguntó Oliver, perplejo—. ¿Hay muchas en los cementerios?

—Ratas hay en todas partes, ni te lo imaginas —le aseguró la experta Elsie—. Van escarbando en las tumbas y eso. Hay que cazarlas en primavera, antes de que hagan nido. Perdona, tengo que seguir. Convendría que la gente no viniera al cementerio, para evitar el peligro.

—Bueno, a nadie le ha mordido nunca una rata aquí —señaló Oliver con serenidad.

—Pero hay veneno, y trampas horribles y eso, escondidas por todas partes. ¡Cianuro! Muy peligroso, el cianuro. No queremos que a ninguno de los niños le pase nada. Ni que se envenenen y tengan una muerte horrible —dijo Elsie, inquietante.

—¡Cielo santo! Colgaré un aviso.

A finales de marzo, la tensión había empezado a agotar a Tanni. Rachel le había escrito brevemente para comunicarle que, si la información que tenía era correcta, los alemanes estaban enviando grandes cantidades de niños a Auschwitz. Con Alemania y Estados Unidos en guerra, a los cuáqueros americanos a cargo de las labores de auxilio en el sudoeste de Francia los estaban arrestando y al cónsul de Estados Unidos en Marsella, que tan útil resultaba, lo habían destituido. Rachel estaba haciendo todo lo posible por encontrar a alguien en Gurs capaz de verificar que las gemelas que según los informes vivían en una granja apartada eran Lili y Klara, pero pasaban las semanas y no había noticias.

Un día, al volver de Londres, Evangeline le dijo a Frances que un coronel de la Francia Libre había accedido a que, previo pago, la resistencia transportara a las niñas, si las encontraban, por una de las líneas de rescate usadas para la RAF. Sin embargo, quizá no estuvieran dispuestos a hacerlo hasta mediados de verano, cuando, con los vehículos agrícolas y los cargamentos de heno, resultaría más fácil ocultar a dos niñas y desplazarlas por Francia hasta la Bretaña.

Entonces, de repente, escribió Richard para decirle a Evangeline que tenía quince días de permiso a finales de abril y que irían los dos a la costa para disfrutar de unas vacaciones en condiciones.

Las otras estaban entusiasmadas por ella.

—¡Así dejarás de estar deprimida, cielo! —exclamó Frances.

Sin embargo, a Evangeline no parecía emocionarle la idea, pese a que las otras iban y venían afanosas, ayudándola a prepararse.

Frances le dedicó una mirada crítica y le dijo:

—En serio, Evangeline, tienes que disfrutar un poco.

A Evangeline le sorprendió que Tanni le diera la razón en voz alta. Su inglés había mejorado a medida que había aumentado su confianza en sí misma y, pese a las protestas de Evangeline, la sentó en la cocina y le recortó la alborotada mata de pelo oscuro con las tijeras de costura.

—¡Mucho mejor! Sé que a ti te da igual tu aspecto, Evangeline, pero ¡piensa en él! —exclamó, admirando su obra de arte—. ¡Ahora las uñas! —Le pasó un cepillo de uñas. Luego recortó una antigua funda de almohada para hacerle un cuello y unos puños nuevos al vestido menos andrajoso de Evangeline.

Frances saqueó Glebe House en busca de algo apropiado que regalarle a su amiga, y apareció con dos preciosos conjuntos de braguita y camisola de seda rematadas de encaje. Ya iba en contra de la normativa del vestir usar seda o coser encaje a la ropa interior, pero Frances el dijo que no pensaba que nadie fuese a comprobarlo. Evangeline le dijo que ya tenía todo lo que necesitaba, pero Frances la ignoró.

—Cielo, es prácticamente tu noche de bodas. No tuvisteis tiempo de estar juntos después de casaros porque Richard hubo de partir de inmediato. La ropa interior femenina de ahora es demasiado gris, aburrida, horrorosa. A veces ni yo misma tengo ganas de ponérmela.

—¡Frances!

—No, en serio… ¡Es que pica muchísimo! Toma, aquí tienes un sombrero, uno precioso, creo yo. No vas a recibir a Richard con ese viejo y espantoso sombrero tirolés que perteneció a su padre. —Frances le entregó una caja de sombrero—. Y guantes. Eran de tía Muriel y los tenía desde el Diluvio, pero al menos son de piel. Aquí tienes un par de medias, y unas enaguas.

Tanni metió en la maleta de Evangeline el camisón y la bata que Frances le había regalado junto con una botella de whisky de Bernie, enviada a través de Elsie, que se iba a mudar a la casa de los Fairfax para ayudar a Tanni con Maude, Tommy y Kipper mientras Evangeline estaba fuera.

Evangeline les dio las gracias a todas, pero dijo:

—En realidad, no debería dejaros… con todo el trabajo que hay…

—Se diría que la luna de miel la tiene algo nerviosa —le dijo Frances a Alice—. ¿Eso no se supera?

—¿Cómo voy a saberlo yo, precisamente? —espetó Alice.

A la mañana siguiente, como el tren de Richard llegaba a las ocho, todos menos Alice se agolpaban en el vestíbulo de los Fairfax, esperando a que bajara Evangeline, para asegurarse de que no había cambiado de opinión al vestirse. Se quedaron asombrados de lo elegante y arreglada que iba. Se miró un instante en el espejo del vestíbulo; le devolvió la mirada una acicalada desconocida de ojos oscuros, una a la que no había visto ni siquiera cuando se reunía con Laurent en Londres, una Evangeline a la que creía haber dejado atrás la noche de su huida. Les tiró un beso a todos, agarró la maleta y salió para la estación, dejando al pequeño Kipper, de cinco años, berreando porque se iba. Elsie tuvo que placarle para evitar que saliera corriendo detrás de ella.

Caminó despacio, pero aun así llegó demasiado pronto a la estación. Esperó nerviosa en el andén, atenta a la llegada del tren e intentando recordar qué aspecto tenía Richard.

Cuando el tren entró en la estación, bajó un alto capitán de la Armada. Evangeline lo saludó con la mano y caminó despacio hacia él.

—¿Richard?

Una sonrisa se dibujó en el rostro curtido del marino, que se dirigió a ella a grandes zancadas.

—¡Querida! ¡Eres aún más arrebatadora de lo que recordaba! —Se quitó la gorra de golpe y la besó apasionadamente allí mismo, delante de Albert, luego la tomó en volandas y dio vueltas con ella en un abrazo de oso hasta dejarla sin aliento. El sombrero que Frances le había prestado salió volando.

—¡Bájame, Richard! —Evangeline jadeaba, pero no pudo evitar reír.

Él obedeció y agarró su maleta; Evangeline volvió a ponerse el sombrero y le sonrió nerviosa mientras esperaban el siguiente tren. Parecía mayor de lo que recordaba y rezumaba autoridad.

Richard la rodeó con el brazo y contempló con avidez aquel rostro que lo miraba.

—No paro de pensar que vas a desaparecer, como cuando sueño contigo.

—¡Bobadas!

Entraron en un vagón y Richard subió la maleta de Evangeline al portaequipajes superior, luego se aseguró de que ella se sentaba junto a la ventanilla. Comprobó los billetes y se los guardó en el bolsillo. Él mismo había hecho todos los preparativos del viaje. Ella se recostó en su asiento con una revista que él le había traído, sin saber muy bien qué hacer con su persona pero pensando en la novedad de que alguien la cuidara.

—Pienso todos los días en lo valiente que eres por estar en Inglaterra, querida, cuando podrías estar a salvo en Estados Unidos, con tu familia.

—No —dijo ella enseguida—, no quiero estar allí, quiero estar aquí.

—Soy un hombre afortunado. Las cartas están muy bien —dijo, tomándole la mano con firmeza—, pero muchas no llegan, y luego está el censor. No te imaginas lo mucho que ansío que me cuentes todo lo que has estado haciendo en casa.

Evangeline había temido verse atrapada dos semanas junto al mar con un hombre que era casi un extraño para ella, y al principio, como Richard la miraba tan fijamente, no hacía otra cosa que forzar sonrisas y proporcionar respuestas breves. No debía pensar en Laurent; ¡tenía que quitárselo de la cabeza de momento! Pero era evidente que Richard de verdad quería saberlo todo de ella y de Crowmarsh Priors, y en el empeño por complacerlo, de algún modo su recato se esfumó y empezó a relajarse. Cuando estaba con Laurent, siempre andaba con los nervios de punta, combatiendo los celos o preocupada por su actividad con la Francia Libre. Después de hacer el amor, hablaban de París o de la banda; a él le inquietaba su propia existencia precaria y cada vez le interesaba menos la vida de Evangeline en un pueblecito inglés, con su huerto y sus evacuados.

Cuando llegaron a la casa de huéspedes, Evangeline tuvo la sensación de que aquellas dos semanas serían soportables. La pensión era limpia y cómoda, y la mujer de pelo cano que la regentaba tenía un hijo en la Armada. Ofreció a los Fairfax su mejor habitación, decorada con un desvaído papel pintado de la *toile* y vistas al mar desde una cama con dosel. La mujer guiñó un ojo a Evangeline y les dijo que casi todas las noches podía conseguirles «un poquito de pescado» si les apetecía cenar allí.

El poquito de pescado a menudo resultó ser una langosta o un cangrejo hervido, que les servía en la salita, en una mesa puesta junto al juego con los telones corridos. Todas las noches Richard le preguntaba a Evangeline si no prefería salir a un restaurante o un club nocturno, pero ella insistía en que estaba comodísima acurrucada junto a él en el sofá, oyendo la radio y charlando, mucho más agradable que un club nocturno ruidoso y lleno de humo, pensaba ella. Cuando se citaba con Laurent, pasaban casi todo el tiempo en sitios así.

Richard no quería hablar de su vida en el mar. Quería saber de las cosas cotidianas del pueblo y le entretenían los relatos de Evangeline sobre Tanni y Johnny, y que le contase que Anna había nacido en la salita de lady Marchmont, y que Evangeline salía de caza por las tierras de los De Balfort porque les costaba apañarse con las raciones y aún había faisanes y conejos que atrapar, e incluso patos silvestres en el lago ornamental. Por suerte, el guarda del coto había muerto, así que nunca la habían pillado.

—¡Cazando furtivamente! ¿Tú? —Richard se moría de risa.

Le contó que Kipper la seguía a todas partes como un cachorrito, le habló de Elsie, la matarratas, y le contó que lady Marchmont había intentado casar a Alice con el párroco y a Frances con Hugo.

El rostro de Richard se ensombreció al oír mencionar a Alice.

—Debo confesarte algo, querida. Me temo que fui terriblemente cruel con Alice. Estábamos prometidos. Luego, cuando te conocí, se acabó. Me hechizaste, no sé.

Evangeline le tapó la boca con la mano.

—Chisss… Lo sé. No llevaba mucho tiempo en Crowmarsh Priors cuando lady Marchmont empezó a lanzarme indirectas y no tardé en comprender por qué Alice me odiaba. Pero… nada de lo que nos ocurriera antes a los dos importa ahora —dijo, deseando de pronto que fuese verdad. Todo era tan… tan normal, tan agradable con Richard.

Dieron largos paseos. Después de tanto tiempo en el mar, a Richard todo le llamaba la atención, le emocionaba ver los primeros azafranes y las primeras margaritas. Y todas las noches hacían el amor en la enorme cama con dosel. Evangeline se sentía algo cohibida al principio, pero, para su sorpresa, fue maravilloso. Richard le prestaba tanta atención en la cama como fuera de ella, y noche tras noche yacía feliz a su lado después de que él se durmiera, sintiéndose extrañamente satisfecha y segura. Las pesadillas desaparecieron. Cuando, culpable, intentaba recordar el rostro de Laurent, no podía, de modo que se acurrucaba junto a Richard, apoyaba la mejilla en su hombro y se dormía.

Una mañana, mientras ella remoloneaba en la cama unos minutos antes de hacer frente al gélido baño del pasillo, Richard le dijo:

—Cielo, ¿has pensado en tener otro bebé? Sé que lo pasaste fatal con el primero, pero mi madre dice que un aborto no significa que no puedas tener más niños. Puedo entender que quizá, con todo lo que tienes que hacer en estos momentos, prefieras esperar. Lo que ocurre es que, con la guerra, todo es tan incierto… Quizá no volvamos a vernos en un tiempo.

—¿Te gustaría tener un bebé, Richard? ¿De verdad?

—Una casa llena de ellos, mi vida.

—Intentémoslo, a ver qué pasa —le susurró pícara ella.

Tres días antes de que Richard tuviera que volver al barco, hubo una llamada telefónica a la hora de la cena. Sombrío, hizo la maleta precipitadamente. Evangeline lo observó, perpleja, oculta de nuevo tras su habitual fachada distraída para que él no descubriera su tristeza. No quería que se marchara preocupado y no quería que se fuese. Nunca.

Pero debía hacerlo. Esa misma noche estaban los dos de pie en el andén de la estación. Evangeline, a la que le dolía la cara de forzar la sonrisa, tomaría al día siguiente el tren de la mañana. Mientras esperaban, ella hurgó en su bolso en busca de un pañuelo que se había prometido no usar hasta que Richard se hubiera marchado. Notó algo en el fondo y lo sacó. Los ojos se le pusieron como platos.

—¡Ay, Richard, es el bebé dorado! Lo guardé… para que me diera suerte. Llévatelo para que te la dé a ti ahora.

Él se lo guardó en el bolsillo, luego rodeó a su esposa con los brazos. Ella se apoyó en él y ninguno de los dos dijo nada mientras el tren se acercaba. Cuando entró en la estación, Richard le tomó la cara entre las manos.

—Quiero recordarte bien. ¿Sabes?, cuando me bajé del tren en Crowmarsh Priors había olvidado lo hermosa que eres. No sé cómo pude hacerlo.

La besó deprisa en la frente, subió al tren y se fue. Evangeline regresó a la pensión y se metió en su habitación, donde se derrumbó en la cama con dosel y lloró.

Mientras Evangeline estaba fuera, Alice había logrado no imaginarlos juntos manteniéndose ocupada. Las tardes eran más largas y tenía una hora de escuela matinal y la cena con su madre. Encontró un par de botas de agua en la casita, de algún inquilino anterior, y cuando el tiempo lo permitía, salía a dar largos paseos, atravesando los campos enfangados y llegando a casa al anochecer para enfrentarse a una letanía de quejas. Se quedaba levantada mucho rato después de que su madre se acostara, hurgando entre los papeles de su padre en busca de los viejos registros parroquiales y el mapa del párroco. Por fin los encontró y estuvo estudiándolos hasta bien entrada la noche. Curiosamente, los registros mencionaban una entrada a un antiguo túnel de contrabando en el cementerio de San Gabriel, bajo una tumba, pero no especificaban cuál. Al día siguiente, Alice fue a ver si encontraba alguna pista entre los túmulos y las lápidas que empezaban a asomar gracias al reciente desbroce. No vio nada. Encontrar la entrada al túnel entre aquellas tumbas iba a ser como buscar una aguja en un pajar. Además, ¿cómo demonios la reconocerían? ¿Estaría el túnel bajo un ataúd? Hasta Oliver sospecharía si empezaban a desenterrar a los muertos.

A principios de mayo solo habían despejado una franja hacia el lado más antiguo de la iglesia, detrás del campanario, nada más.

Alice quería dejarlo, pero las otras no se lo permitieron. Así que siguió dándole vueltas y vueltas en la cabeza: si empezaba en San Gabriel y terminaba en la playa… Sin embargo, solo tenía un vago recuerdo de dónde estaba la entrada de la cueva y, de todas formas, había defensas costeras, minas y alambre de espino, de modo que, salvo que encontraran el principio del túnel… siempre que no lo hubiera encontrado ya el ejército y lo hubiera tapiado… Lamentaba sinceramente haber mencionado el condenado túnel en la fiesta de Frances, pero Tanni había sabido que podrían encontrar a Lili y a Klara, Elsie seguía decidida y Frances quería cumplir su promesa, mientras que Evangeline había vuelto de su viaje con Richard tan ansiosa por mantenerse ocupada como Alice.

—Soy una condenada imbécil —masculló Alice, después de recorrer kilómetros para acercarse todo lo que se atrevía a los carteles de la costa que advertían: PELIGRO DE MINAS. NO ACERCARSE.

Recordaba una pendiente y un brazo de mar que no se veían hasta que su padre y ella miraban hacia abajo desde allí. Él le había señalado un punto oscuro. «¿Ves eso? Parece una roca sumergida, pero mírala cuando baje la marea», y en efecto, Alice había visto cómo la roca se abría en la línea de flotación. Perdió la esperanza de poder acercarse lo suficiente como para volver a encontrarla, pero estaba convencida de que no andaba lejos. Su padre y ella habían llegado a la cueva y vuelto a casa entre el almuerzo y la cena. Se devanó los sesos. Había sido un almuerzo temprano, recordó, en las vacaciones de verano. Unas dos horas hasta allí, otras dos de vuelta… a tiempo para la cena. Empezó a cronometrar sus excursiones a la costa.

Un sábado por la tarde, le pasó la podadera a Elsie justo antes de las dos. Tenía una ampolla y sabía que le esperaba una regañina de su madre por dejarla sola a la hora del almuerzo. Debía abrillantar los bronces del altar, pero primero desenvolvió un sándwich que se había traído y se sentó a comérselo junto a la verja de la iglesia. No estaban avanzando nada, se dijo.

Elsie se sumergió en la maleza para desbrozar. La oyó trastear, luego un chillido: «¡Ay! ¡Se me ha enganchado el pie en la condenada enredadera!», seguido de «¡La madre del cordero!» y un ruido como de raspadura.

—¡Ven a ver esto! —voceó Elsie.

—¿Qué pasa?

Alice se levantó y fue a donde estaba.

—La tumba que tiene al tipo ese tumbado encima estaba debajo de las zarzas. Bernie y yo solíamos sentarnos aquí a hablar al principio de conocernos, antes de que yo empezara a trabajar en el campo. Creo que está un poco hundida. ¡Caray, menuda espesura, la ha envuelto por completo! Casi no se ve que está ahí —dijo Elsie—. Al fondo sobresale un cráneo, sobre un cuello, largo, como de serpiente. Da miedo, la verdad, pero a lo mejor era lo que se llevaba en esa época. El caso es que iba a ver si aún estaba ahí, me he enganchado el pie en las zarzas y me he caído. Entonces me he aferrado al cráneo y se ha movido algo, pero no veo el qué.

Alice agarró la podadera, cortó algunos estolones y deshizo con dificultad la maraña. Elsie le enseñó el panel de piedra con la calavera, que le sonreía desde abajo. Había una oquedad grande entre el panel y la esquina de la tumba. Trató de pensar en qué habría hecho su padre. Asió la calavera y observó que la mano encajaba perfectamente en ella, los dedos se deslizaban por los orificios de las cuencas de los ojos y el pulgar por la boca sonriente. Curioso… pero tiró de ella. No pasó nada.

—Creo que la he empujado al tropezar. Prueba a empujar —le propuso Elsie.

Alice se apoyó y empujó con todas sus fuerzas, y al hacerlo giró el cráneo, que rotó con un chirrido. Volvió a girarlo y el panel se abrió y liberó una ráfaga de aire frío y un fétido hedor a podrido.

—¡Uf! —exclamó Alice, retrocediendo.

—¡Caray! —dijo Elsie—. ¿Crees que al fin hemos encontrado el túnel o qué?

—Eso espero, ¡Dios! —dijo Alice, y reprimió las ganas de añadir: «¡O qué!». Siempre estaba corrigiendo a los evacuados, incluso ahora que también ella había empezado a hablar peor—. Volvamos esta noche con una linterna. Podemos taparlo con las ramas cortadas y nadie sospechará…

—¿Y a quién más le va a importar? —murmuró Elsie.

Desde su escritorio junto a la ventana del despacho, Oliver observó, perplejo, que las dos mujeres volvían a poner en su sitio las ramas que acababan de cortar. ¿Por qué demonios hacían eso? Se abrió la puerta a su espalda. Al volverse, vio a Nell Hawthorne con su bata de trabajo y el pelo recogido bajo una pañoleta anudada, que entraba dispuesta a abordar la limpieza.

—Esas dos le están dando fuerte —observó, señalando a Alice y a Elsie, que arrastraban aún más ramas al lugar que acababan de desbrozar.

Entonces vio a Nell distraída y triste.

—Pasa.

Ella se limpió los ojos.

—Nell, ¿qué ocurre?

—Pensé que se había enterado, padre. Albert acaba de venir a decirme que la señora Fairfax ha tomado esta mañana el tren de las once y media en un estado lamentable. La ha oído llamar y ha escuchado dos minutos, aunque eso no se debe hacer. Dice que él jamás lo habría hecho, pero que, por su cara, sabía que se trataba de algo importante. Llamaba porque alguien la había telefoneado con la noticia de que uno de los submarinos de esos condenados alemanes torpedeó el convoy del señor Richard la semana pasada. Acabó con los barcos y la mayoría de los hombres, pero a unos pocos los rescataron. El señor Richard está vivo, pero su señora dice que tiene quemaduras graves. Él y otros estuvieron a la intemperie medio muertos hasta que un barco americano vio su bote salvavidas. Se lo han llevado a un hospital especial para quemados cerca de Londres.

Oliver recordó al piloto moribundo y, horrorizado, fue incapaz de decir ni una palabra, así que Nell siguió hablando:

—Al ver a las muchachas ahí fuera tan concentradas en la jardinería, he pensado que Tanni debe de ser la única que lo sabe, aparte de Albert, y no dará abasto con esos cinco niños. Más vale que se lo cuente a Elsie y a la señorita Alice. Salvo que me haga usted el favor, padre.

El párroco asintió.

—Por supuesto. Enseguida.

Se levantó.

—Y pensar que hace solo un mes el señor Richard estaba de permiso en casa —dijo Nell, rompiendo a llorar—, y que él y su señora se fueron en tren, como tortolitos, según Albert. ¡Esa pobre joven y su pobre madre! A veces, padre, esta guerra me pone muy furiosa. Rezo para que Dios acabe de una vez con Hitler y con todos los alemanes, aunque supongo que no debería. Claro que también pienso que, si quisiera, ya lo habría hecho, y nos habría ahorrado muchas desgracias.

CAPÍTULO 25

En el hospital, un médico ojeroso condujo a Evangeline y a Penelope a una sala aparte. Fue amable, pero no se anduvo con rodeos. Richard tenía quemaduras extensas y había estado a punto de morir por exposición a las inclemencias meteorológicas cuando un destructor estadounidense los había rescatado, a él y a algunos supervivientes más. Al principio no tenían claro que fuera a vivir. Durante once días, la esposa y la madre montaron guardia junto a su cama en una zona aislada con cortinas del ala de pacientes críticos, repleta de quejumbrosos hombres llenos de vendas.

Una vez pasado lo peor, los médicos no supieron decirles con certeza si Richard se recuperaría. Muy probablemente no volvería a ver y, como poco, cuando por fin lo dejaran levantarse, necesitaría una silla de ruedas. Ahora yacía envuelto en vendajes y bajo una carpa de mantas, dormido o adormilado por la morfina.

Las enfermeras trajeron tazas de té y recortaron las insignias del uniforme destrozado de Richard, que le dieron a Evangeline junto con las pocas cosas que encontraron en sus bolsillos, incluido un bultito dorado. La enfermera lo escudriñó y le pareció que se asemejaba a un bebé. Un amuleto. Había visto muchos talismanes que los hombres llevaban y, aunque aquel no parecía tener mucho valor, ni se le ocurrió tirarlo. Lo puso en el montón de sus pertenencias, junto con el peine, la cartilla de pagas y una cartera húmeda con una foto de Evangeline dentro.

Evangeline y Penelope procuraron hablar animosas y serenas, por si podía oírlas. De vez en cuando, la madre se levantaba, iba al baño y lloraba. Luego se lavaba los ojos y volvía a la silla. Mientras se ausentaba, su esposa se acercaba a él y le susurraba que tenía que luchar, que sabía que había sobrevivido por ella y que una vez que había vuelto a tierra firme no iba a dejarlo marchar.

—Por favor, Richard, ponte bien. Te quiero.

Cuando Penelope volvía, Evangeline se erguía. En ocasiones rezaba en silencio el rosario y alguna vez salía corriendo al baño para vomitar.

Si Richard despertaba y pedía agua, Evangeline le sostenía la pajita y procuraba sonreír, olvidando al principio que no veía. Le acariciaba la mejilla por donde no había vendas.

La angustia por su hijo había envejecido a Penelope. El pelo se le había puesto gris y parecía haber encogido dentro del uniforme. Sin embargo, necesitaba enfurecerse con alguien, así que se volvió hacia su nuera, a la que preocupaba su aspecto menos que nunca y que había llegado al hospital sin aliento y sudando, vestida con las ropas de agricultora y sin un peine siquiera.

—Debo decir, Evangeline —comenzó—, que casi cualquier mujer cuyo esposo estuviera hospitalizado se esforzaría por presentarse en el hospital con el mejor aspecto posible. Otras mujeres consiguen ir limpias y elegantes aunque la ropa esté racionada.

Evangeline la miró horrorizada y Penelope de pronto recordó que daba igual, que Richard ya no veía el aspecto de ninguna mujer, probablemente nunca más, y huyó a su refugio en el lavabo.

Después de pasar días sentadas junto a la cama de Richard, durmiendo apenas unas horas por turnos, la enfermera jefe les dijo que debían continuar con su vida, pues el paciente estaba fuera de peligro, y que a menudo ayudaba a los heridos —y esto lo dijo en voz baja— saber que el mundo seguía adelante y que su sacrificio no había sido en vano. Además, como es lógico, el país necesitaba toda la colaboración posible.

—¿Por qué no te vienes al campo unos días? Estoy segura de que el WVS te concederá algunos más —la instó Evangeline, pero Penelope declinó la invitación al recordar el caos con que se había encontrado la última vez que había visitado su casa de Crowmarsh Priors, en la que para entonces vivían cinco niños.

Prefería mantenerse ocupada en Londres y volver por las noches a su ordenado piso lo bastante cansada para dormir profundamente, a veces sin que la perturbaran siquiera las sirenas antiaéreas.

Evangeline se acercó de nuevo a Richard y le susurró que debía marcharse y seguir adelante pero que volvería en cuanto pudiera. Entretanto, él debía mejorar. Se lo iba a llevar a casa tan pronto como le dieran permiso. Le pidió que le prometiera que haría todo lo que las enfermeras le mandasen.

—Richard, sé que me oyes, y no me iré hasta que me lo prometas —dijo.

Finalmente, él asintió con la cabeza. Evangeline lanzó una mirada de desesperación a las enfermeras, una de las cuales dijo enseguida, alto y claro para que Richard lo oyera, que Evangeline no debía preocuparse, porque su esposo se estaba recuperando muy bien, tan bien como era de esperar, y que la verían pronto.

◦◦

Cuando su tren entró en Crowmarsh Priors, Albert se apresuró a abrirle la puerta y la ayudó a bajar al andén.

—Tranquila —le dijo él con un gesto de impotencia.

La joven, que había conseguido no derrumbarse hasta entonces, de pronto se agarró de su brazo y perdió aquel autocontrol que tanto le costaba mantener.

—Cuando las enfermeras... El ala de heridos críticos es tan... tan... Están haciendo todo lo que pueden... Richard es tan valiente... ¡Ay, Albert!

La acompañó a un banco, donde estuvo llorando desconsoladamente hasta que cesó la marea de lágrimas y pudo marcharse a su casa.

Cuando llegó, Kipper se arrojó a sus brazos y se agarró a ella como una lapa. Frances, Elsie y Alice llegaron después del trabajo.

—Ay, cielo —le dijo Frances, y la abrazó un buen rato.

—¡Malnacidos! —susurró furiosa Elsie.

Tanni mandó a los niños al jardín con la promesa de que había escondido dulces para que los buscaran, luego preparó té.

—Tengo que volver la semana que viene —anunció Evangeline, agotada—, pero ahora mismo lo único que quiero es pensar en otra cosa, en cualquier cosa que no sean hileras y más hileras de camas de pobres hombres heridos. ¿Qué tal ha ido por aquí?

Tanni se levantó y agarró algo del sofá.

—Mira lo que he hecho mientras no estabas —dijo.

Embarazada ya de su tercer hijo, había cosido una especie de tienda de campaña hecha con tela opaca lo bastante grande para ocultar la creciente pila de zarzas que se estaban amontonando alrededor de la tumba de De Balfort. Necesitaban las linternas para ver lo que había dentro del agujero, pero, con el apagón, hasta el más leve destello de luz las delataría.

También había necesitado cuerda, pero era casi imposible hacerse con una, ni siquiera en la granja. Antes de que hirieran a Richard, Evangeline había sugerido que podían hacer jirones las sábanas y trenzarlas en tiras largas y luego coserlas a modo de cuerda. Pero ¿de dónde iban a sacar sábanas si todo estaba racionado?

A Elsie se le ocurrió la solución. Había llegado una pila enorme de ropa de cama para usarla cuando Glebe House se convirtiera en un centro de convalecencia y estaba almacenada en la trascocina. Bien podían llevarse unas cuantas sábanas.

Tanni se negó a robar algo que era propiedad del Gobierno, pero Elsie se las llevó una noche a casa de los Fairfax en una carretilla. Después, en cuanto los cinco niños estuvieron acostados, cortó las sábanas sustraídas y, durante la siguiente semana, trenzó y cosió hasta bien entrada la noche. Rezó para que Bruno no se enterara.

Alice miró la cuerda y también pensó que robar propiedad del Gobierno era delito, pero decidió que le daba igual. Ella no era el puñetero perro guardián del Gobierno.

—Creo que he descubierto dónde está la cueva —dijo—, pero no puedo ir más allá de la alambrada de espino para ver desde el acantilado. En todo caso, hay carteles que indican que la zona está minada.

—Bien hecho, Alice —dijeron todas, más animadas—. ¡Cuéntanos!

Alice les contó que había salido a dar su paseo vespertino modificando el recorrido un poco cada día en busca de una pendiente y un brazo de mar…

—No lo sabremos con certeza salvo que recorramos el túnel —terminó.

Esperaron a que hubiera una noche en que las nubes de tormenta oscurecieran pronto el cielo y una recia lluvia tuviera a todo el mundo en su casa. Vestidas con impermeables, Evangeline y Frances cruzaron el prado con la cuerda que Tanni había confeccionado. Alice le dejó a su madre un termo de chocolate caliente y una cena fría de pastel de papas, luego salió pedaleando bajo la lluvia, mientras resonaban en sus oídos las quejas de la señora Osbourne sobre su digestión y sobre la conducta tan poco femenina de su hija.

Evangeline llevaba uno de los suéteres viejos de Richard debajo del impermeable. Alice lo reconoció y se echó a llorar.

—Tranquilízate, cielo, y concéntrate —le dijo Frances, dándole una palmadita en el hombro.

Elsie era la más menuda y, para horror suyo, le habían asignado la tarea de acompañar a la americana. Le aterraba estar bajo tierra. Vio que Evangeline se anudaba un extremo de la cuerda a la cintura.

—Espero que sepas lo que estás haciendo —le dijo con la voz quebrada.

—He hecho esto montones de veces —le contestó Evangeline con seguridad—. Elodie Le Houèzec. Es divertido. Vamos.

Elsie se asomó a aquella oquedad negra.

—Está oscuro ahí abajo y apesta a mil demonios. Además, ahí podría haber cualquier cosa acechando.

—Elsie, no seas cobarde. Te necesito por si yo no quepo por algún tramo estrecho. Tú sí podrías.

—¿Sin ti? ¿Yo sola? ¡Ni pensarlo!

—¿Qué hacemos si alguien viene a investigar? —preguntó Alice—. Nos arrestarán. Ahora mismo casi todo va contra la ley o supone colaborar con el enemigo. ¿Y si alguien nos vigila?

—Es medianoche y llueve a cántaros. ¿Quién iba a vigilarnos?

—Vamos, Elsie —la apremió Evangeline.

Iluminó la entrada con la linterna y vieron unos escalones desgastados, excavados en una pared y una serie de nichos ocupados por ataúdes antiquísimos en la otra. Desviaron la mirada y se concentraron en los escalones.

—Parecen un poco estrechos. Los pies de los hombres de hace doscientos años debían de ser más pequeños —señaló Alice, mirando por encima del hombro.

—Bajaré yo primero —propuso Evangeline.

Siguiéndola con cautela, Elsie bajó los primeros peldaños.

—Hace un frío que pela.

—Demasiado tarde para retroceder —le advirtió Evangeline desde abajo—. Recuerda que debes estar atenta a las pendientes pronunciadas y, si ves un charco, no metas el pie. Podría ser hondo. Tú sígueme de cerca.

Alice y Frances vieron como el punto de luz de la linterna de Evangeline se perdía en el oscuro pasaje. Elsie y ella debían avanzar hasta donde durase la primera linterna y volver con la segunda. Si encontraban bifurcaciones, tendrían que deshacer lo andado hasta la entrada y buscar un modo de marcar el camino. Si se perdían, puede que jamás encontraran la salida…

Evangeline y Elsie avanzaron lo más rápido que pudieron por el estrecho y serpenteante pasaje.

—¿Cómo crees que subían el contrabando por las escaleras? —preguntó Elsie y soltó un chillido cuando algo aleteó por encima de sus cabezas.

—No es más que un murciélago —dijo Evangeline, agitando la linterna—. Odian la luz.

—No me has dicho que había murciélagos… —repuso Elsie con voz temblorosa. No paraba de mirar atrás por encima del hombro, ni de pensar en lo horrible que era llevar toda esa oscuridad a su espalda. El pasaje fue estrechándose; algo le rozó el pelo y luego le sobrevoló la cabeza hacia la oscuridad—. ¡Ay! ¡Esto es una pesadilla!

—No, no lo es —señaló Evangeline—. Vamos, a ti no te dan miedo las ratas; piensa en todas las mujeres que se llevarían las manos a la cabeza y gritarían solo de pensar en una. ¡Tú eres matarratas jefa! Además, los murciélagos son buena señal. Significa que hay una salida por la que escapan de noche para buscar comida.

—¡Muerden a la gente!

—No, no es verdad.

—¿Cómo lo sabes?

—Porque en mi tierra, cuando era niña, pasaba mucho tiempo en la plantación de mi abuela. Allí había de todo: murciélagos, caimanes, serpientes mocasín. Yo solo podía jugar con mis hermanos mayores y quería que me llevaran con ellos cuando iban de caza y de pesca. Me habrían dejado en casa si hubiera montado semejante jaleo por un murciélago de nada.

—¿Qué es esa cosa grande y oscura? ¡Allí!

Evangeline iluminó una oquedad negra en la pared. Más murciélagos salieron volando de ella emitiendo un silbido.

—Parece otra cueva, con algo en la pared.

El haz de luz de la linterna resaltó algo circular, luego vieron un reflejo claro. Las dos jóvenes gritaron.

Unos cráneos les sonreían y por allí había esparcidos otros huesos, envueltos en lo que parecían harapos. Las cadenas sujetas a las argollas de las paredes se habían oxidado.

Evangeline se santiguó automáticamente.

—Alice me contó que los contrabandistas secuestraban a los aduaneros si no conseguían sobornarlos —susurró—. Debieron de encadenarlos aquí abajo. Desde arriba, nadie los oiría y nadie sabría dónde estaban. —Se estremeció.

—Por lo que sé de las ratas, se los comerían. ¡Qué asco! ¡Vámonos, Evangeline! ¡Por favor!

—Vete tú.

—¡Yo sola! ¡Demonios! ¡Probablemente los fantasmas de los aduaneros estén esperando para vengarse!

—Los alemanes son peores que los fantasmas, y son de verdad. ¡Calla ya! Otras personas han pasado por aquí antes. Además, prometimos ayudar a Tanni, porque si no, nadie más lo hará. ¿Y si se tratara de tus hermanas?

—Me gustaría agarrar a esos pilotos alemanes cuando se estrellan sus aviones y traerlos aquí a rastras, encadenarlos y abandonarlos para que se los meriendan las ratas. —Elsie lloriqueaba mientras avanzaban paso a paso, con mucha cautela—. ¿Cuánto tiempo llevamos aquí abajo?

—Hora y media, más o menos.

—¿No podemos volver ya?

—No.

—¡Maldita sea!

El suelo estaba resbaladizo, por los excrementos de murciélago, pero el techo del túnel era ya más alto y notaban una ligera corriente de aire.

Últimamente Elsie estaba muy temperamental. Hacía unos días, había tenido una riña tremenda con Bernie, que había cerrado de golpe la puerta del vehículo oficial y había desaparecido muy ofendido.

—He visto que Bernie ha vuelto, después de vuestra discusión —le dijo Evangeline para distraerla—. Parecía todo un caballero, con traje y el abrigo por los hombros. Incluso hizo ademán de levantarse el sombrero cuando me vio. Me pareció que se había cortado el pelo. ¿Habéis hecho las paces?

—No.

—¿Por qué no?

—Quiere que nos casemos.

Evangeline se detuvo en seco.

—¿Casaros? Elsie, eres demasiado joven… y Bernie no será mucho mayor.

—Diecinueve, tiene él. O al menos eso cree. Aunque puede que tenga más. No lo sabe con seguridad. A los del Gabinete de Guerra les ha hecho creer que es mayor. Asegura que es necesario hacerles pensar que eres lo bastante mayor como para saber lo haces.

—Aun así, sois muy jóvenes para casaros.

—¿Cuántos años tenías tú cuando te casaste con Richard?

—Bueno, dieciocho, pero…

—Además, dijiste que no hacía mucho que lo conocías…, unos días, por lo visto. Yo, hace tres años que conozco a Bernie. ¡Igualito!

—¿Vas a… eh… tener un bebé?

—No. —Elsie rió—. Por los pelos, no, la verdad, pero justo cuando… ya sabes… en el momento… Pues eso, que se me apareció mamá hablándome de ser respetable y eso, y le dije que no. Bernie se puso como loco. Yo también. No sé cuánto más aguantaremos así. No; la razón por la que me enfadé con él es que quiere que nos casemos porque una esposa no puede testificar en un juicio contra su marido, algo que le vendría muy bien, dice él. Así me lo dijo.

—¡Esa no es razón para casarse! Aunque ahora hagan la vista gorda, tarde o temprano todos esos trapicheos lo llevarán a la cárcel. ¿Qué hará cuando termine la guerra y lo traten como a un delincuente común?

—Precisamente por eso me peleé con él. «Que tu mujer no testifique», le dije. Le pregunté cuánto había en su proposición de querer casarse conmigo y cuánto de no querer ir a la cárcel. Bernie se quedó confundido y empezó a balbucir que si quería o no. Y yo le dije: «Mira, Bernard Carpenter, aunque diga que sí, hay condiciones. Tienes que olvidarte de los robos y del pillaje cuando bombardean las casas de los ricachones o las joyerías. Me da igual lo mucho que necesite el Gobierno esos diamantes. Saquear las zonas bombardeadas es una falta de respeto. Cuando termine la guerra, no vas a volver a gandulear con las pandillas, sobre todo con los italianos de Clerkenwell. Mamá siempre insistía en que hay que ser respetable. Y que la gente no puede mirarte por encima del hombro, seas de la clase que seas. Se lo debo a mamá». Y él me replicó enseguida: «¿Cómo va a perder las manchas un leopardo? Y más concretamente, ¿cómo se va a ganar la vida y cuidar de su esposa y eso?». Pero entonces yo lo miré a los ojos y le dije rotundamente: «Bernie Carpenter, lo tomas o lo dejas. O pasas página y empiezas a trabajar en algo decente o no me caso contigo aunque seas el último hombre de la Tierra». Entonces se largó, enfadado. No podía dejar que viera que estaba muerta de miedo de que no volviera nunca, ¿no?

—¿Estás… enamorada de él? —le preguntó Evangeline con la voz entrecortada—. Es que a veces piensas que estás tan enamorada que morirás si no puedes estar con la otra persona, y luego, cuando estás con ella, te das cuenta de que te equivocabas. Debes tener cuidado cuando te enamoras, porque nunca sabes adónde te puede llevar ese sentimiento.

—¡Yo qué sé! Mamá estaba enamorada de papá y mira para lo que le sirvió, para andar siempre regateando, como decía ella, así que yo no pienso precipitarme.

—Bien dicho —la felicitó Evangeline, que también estaba en un apuro.

Había visto a Laurent por última vez cinco, no, cuatro semanas antes de que Richard viniera de permiso. Laurent tenía prisa, más de la habitual, y solo habían dispuesto de unas horas por la tarde antes de salir corriendo hacia el pub del Soho. Le había notado un aire distante, huidizo, y ella había tenido la impresión de haber hecho algo mal. Él se encendió un cigarrillo tras otro de esos empalagosos que según él fumaban todos los músicos. A Evangeline le daban dolor de cabeza y la mareaban, pero Laurent se enfadó cuando ella se lo dijo y se negó a fumar.

El pub estaba atestado de franceses y a Laurent lo llamaron a la sala de De Gaulle. El presidente del Gobierno francés en el exilio acababa de volver del norte de África y, por lo que entendió Evangeline, había una reunión importante para charlar de los éxitos de los alemanes. Antes de que empezara, Evangeline acorraló al coronel para pedirle que trajera a Lili y a Klara. Laurent estuvo encerrado con los otros y ella se marchó y tomó uno de los últimos trenes de vuelta a Crowmarsh Priors.

Entonces vino Richard. Rogó a Dios que el bebé no fuera de Laurent.

A su espalda, Elsie seguía despotricando sobre Bernie.

—Otra cosa: me dice que quiere cuidar de mí, pero yo creo que es él quien necesita que lo cuiden. Así que soy yo la que tiene que tomar decisiones ya. Si va a ser mi marido, uno que se pase el día en el pub como mi padre, o con las pandillas, o, sobre todo, uno que esté en la cárcel, no lo quiero para nada…

Se oyó un sonido leve pero claro, un murmullo grave y rítmico.

—¡Ay, Elsie, es el mar! ¡La cueva debe de estar…! —Justo entonces la luz de la linterna se hizo más suave y parpadeó—. Vaya, esta se va a apagar… —Evangeline suspiró—. Es hora de volver. No podemos arriesgarnos. Pero… —olisqueó—. Huele a aire fresco y a mar. Alice dijo que creía que, cuando entraban las olas, subía el nivel del agua aquí dentro —añadió apuntando con el haz de luz mortecina a las paredes—. No conviene que estemos aquí cuando eso pase.

—¡Evangeline! —exclamó Elsie, olvidándose del frío, de los murciélagos y del amor de su vida—. ¡Lo hemos conseguido! ¡Caray, lo hemos conseguido!

CAPÍTULO 26

Auschwitz, finales de la primavera de 1942

El doctor estaba furioso. ¡Imbéciles! Habían pasado cuatro meses desde que había ordenado que le llevaran a los Joseph al pabellón médico, los alimentaran y los trataran de tuberculosis, pero en todo ese tiempo los muy idiotas no habían conseguido localizar a las gemelas. En su lugar, le habían traído a dos mujeres de cuarenta años, gemelas, desde luego, austríacas y del campo de Gurs, pero ¿cómo podían haber cometido un error tan estúpido? Había dado la orden específica y directa de que encontraran a dos gemelas de siete años llamadas Lili y Klara Joseph.

Le habían contado no sé qué bobada de que en los registros de ese campo no había rastro de unas gemelas Joseph. Rojo de ira, el doctor les había señalado los nombres, Lili Joseph y Klara Joseph, claramente escritos en la lista de pasajeros del *Kindertransport*. Para colmo, ahora el Führer le preguntaba todos los días cuándo iba a dar comienzo el programa de reproducción. Como no presentara resultados enseguida...

Amenazó con matar de un tiro a uno de cada diez hombres de la unidad si no localizaban a las gemelas de inmediato. Era evidente que se encontraban en algún lugar del sudoeste de Francia. Frau

Joseph no viviría mucho tiempo, eso estaba claro, y tendría que empezar a buscar otra vez padres de gemelas.

Mientras tanto, a las hermanas de cuarenta años las habían metido en un programa de reproducción secundario, un experimento del que el doctor informó de la manera más vaga que pudo con objeto de ganar un poco de tiempo. Ambas mujeres habían muerto. Entretanto, había iniciado lo que él llamaba un «trabajo preliminar» sobre el matrimonio Joseph.

CAPÍTULO 27

Bethnal Green, este de Londres, junio de 1942

Era un domingo a última hora de la mañana, pero las cortinas opacas aún estaban completamente corridas en las ventanas de la fachada principal del pequeño adosado de la dirección que Tanni les había dado. Dos mujeres jóvenes con trajes de chaqueta de falda de tubo se detuvieron delante y observaron fijamente el número.

—Es aquí. ¡Ay, Evangeline, me duele la cabeza una barbaridad! —protestó Frances.

Habían pasado la noche anterior en el pub Coach and Horses, cuartel general de la Francia Libre en el Soho, donde Evangeline parecía conocer a un buen número de hombres, todos los cuales le preguntaban por un tal Laurent. Allí le había presentado a un coronel francés bajito de ojos oscuros y tiernos y gran bigote negro. Evangeline se había arreglado un poco y Frances estaba despampanante: se había hecho la manicura, arreglado el pelo y llevaba uno de sus vestidos bonitos de preguerra comprados en París, que Tanni le había acortado para que enseñara las piernas. El francés se levantó de un brinco, muy caballeroso, y se inclinó ante ella. Reconoció la alta costura de inmediato y Frances lo encandiló. Pasó horas sentado con ellas en una mesita apartada, pidiendo coñac y más coñac, y poniéndose sentimental al final de la noche, hasta que Frances quitó de su rodilla la mano del coronel con la que intentaba trepar por su muslo y le dijo que tenían que irse.

—Una resaca es un precio pequeño, Frances. Mira toda la información que conseguiste sacarle. Además, si no recuerdo mal sus palabras de despedida, jamás ha conocido una mujer como tú, te adora, su corazón te pertenece para siempre y va a poner París a tus pies cuando termine la guerra. Y esta tarde te espera en el pub…

—¡Ay, mi cabeza! ¡Mi pobre cabeza! ¡La noche más larga de mi vida! Pero tendré que seducirlo de algún modo para que nos haga de intermediario con la resistencia. Será complicado conseguir que cumpla su promesa sin… ¡Si Tanni supiera lo que estamos haciendo! Vamos.

Evangeline llamó a la puerta y las cortinas se abrieron un instante. Alguien las estaba esperando. Entonces una anciana con pañoleta y mandil abrió la puerta apenas una rendija.

—Rápido, pasad.

—¿Cómo está? Somos amigas de Tanni. Yo soy Frances Falconleigh, esta es Evangeline Fairfax, y usted debe de ser la señora Cohen —dijo Frances, intentando acostumbrar sus ojos a la oscuridad del vestíbulo.

—¡Uf! —gruñó la mujer, frotándose la frente—. Pasad. —Las condujo a la cocina, situada al fondo de la casa—. Sentaos, por favor. Rachel llegará en un minuto. Es ella la que lo sabe todo.

La cocina daba a un apretado huerto trasero y era algo más luminosa. La señora Cohen no paraba, iba y venía: se llevó un folleto de consejos útiles para remendar prendas y una pila de suéteres con agujeros, luego se entretuvo con la tetera, mascullando para sí en un idioma que ellas no entendían. Por fin les sirvió el té en unos vasitos de cristal.

—Lo siento. Estoy tan preocupada que olvido mis modales. Sois bienvenidas aquí.

Evangeline dejó en la mesa un rollo de papeles que llevaba bajo el brazo y Frances soltó el bolso de viaje de Tanni en el suelo.

—¿Os apetece comer algo? —preguntó la señora Cohen.

Ambas negaron con la cabeza.

—No —dijeron con tacto—, pero gracias.

—El rabino y yo hemos oído que a tu marido lo han herido de gravedad —le comentó la señora Cohen a Evangeline—. Lo siento mucho. ¿Se pondrá bien?

Evangeline miró fijamente el té.

—Los médicos no están seguros aún. Luego iré a verlo, hoy es mi día de visita. Todos confiamos en que se esté recuperando, pero es un proceso lento. Supongo que Tanni le habrá contado que la casa en la que vive Frances ha sido requisada para albergar a soldados heridos. Está cerca de la casa donde yo vivo ahora con Tanni, los niños y algunos evacuados. Los médicos dicen que a Richard podrán trasladarlo al centro de convalecencia tan pronto como esté listo y será mejor para él que vivir en nuestra casa, porque estará especialmente equipado para pacientes y es un sitio tranquilo. Ahora no soporta los ruidos, aún no está bien de los nervios.

La señora Cohen meneó la cabeza con aire compasivo, luego, al oír pasos fuera, correteó al vestíbulo para abrir la puerta. Regresó a la cocina acompañada de una mujer joven, también con pañoleta, a la que presentó como Rachel.

—El rabino no está en casa —susurró la señora Cohen—. Como me dijiste que no se lo contara, no se lo he dicho, pero me cuesta mucho ocultarle cosas.

—Haces bien no contándoselo, Berthe. ¿Necesita más preocupaciones? A lo nuestro. Tengo que volver a la oficina y no puedo entretenerme mucho. —Rachel dejó en la mesa su máscara antigás,

bostezó y aceptó un vasito de té—. Perdón, estoy tan cansada...
Dadme un momento para que recuerde lo que hemos averiguado
sobre las gemelas de los Joseph... Había algo nuevo... Tengo que
acordarme de tantas cosas... Nuestros registros son un caos.

Sonrió con cara de disculpa a Frances y a Evangeline.

—¿La familia de Tanni Zayman? —dijo Frances, tratando de
ayudarla a recordar—. ¿Sus padres, el doctor Joseph y su esposa? ¿La
madre de su marido, la señora Zayman? ¿Lili y Klara, que deberían
haber llegado a Inglaterra hace tres años pero no lo hicieron? Si
supieras lo desesperada que está Tanni...

—Sí, las gemelas Joseph. Creemos que las han encontrado.
Establecimos contacto con los cuáqueros americanos en el campo
de Gurs antes de que Alemania declarara la guerra a Estados Unidos. En teoría, los cuáqueros son neutrales, pero los alemanes sospe-
chan de los pacifistas y solo los toleran porque pueden usarlos con
fines propagandísticos, para decir que los cuáqueros llevan a cabo
operaciones de auxilio en los campos. Es una de las mentiras que el
Gobierno británico ha decidido creer.

La señora Cohen desenroscaba y enroscaba un carrete de hilo,
mascullando oraciones por lo bajo.

—Hace meses le dijimos a Bruno que o las niñas habían muerto
en el tren, o bien, por alguna razón, jamás habían llegado al campo
de concentración. Luego supimos que un cura había escondido a
algunos niños en casas de familias del pueblo. Durante bastante
tiempo no fuimos capaces de averiguar dónde, hasta que uno de
nuestros contactos fue en bicicleta hasta una granja apartada donde
había oído decir que un anciano tenía a unas gemelas. Informó de
que había visto a las niñas, de unos seis o siete años. Los ancianos
insistían en que eran sus nietas. Nuestro amigo estaba preocupado
porque al anciano lo arrestarían y le pegarían un tiro si ocultaba a
niños judíos, y a las niñas las matarían o las deportarían. Habíamos
pasado aviso de que la familia de las niñas en Inglaterra las estaba

buscando y, en cualquier caso, nuestro amigo sabía que, si a él le había llegado noticia del paradero de las niñas, los alemanes no tardarían en averiguarlo también. Los instó a que le dejaran llevarse a las niñas y esconderlas en otra parte, pero al principio la pareja se negó. Resultó que el cura era hermano de la anciana. Pero, al final, la pareja accedió.

Rachel bebió un poco de té.

—Ahora la zona está bajo la jurisdicción de Vichy, pero se espera que en cualquier momento los alemanes amplíen hacia el sur su línea de demarcación. Los nazis están apresando a todos los judíos franceses y buscando a los judíos extranjeros refugiados en Francia. Ya están peinando los alrededores de Gurs en busca de los niños que figuran en la lista de pasajeros del *Kindertransport* y no están en el campo de trabajo, pero, además, nos han llegado otros rumores. Un doctor de Auschwitz podría estar llevando a cabo experimentos médicos sobre reproducción humana con los prisioneros. Hemos sabido que hay una orden especial de buscar gemelos y que se ofrece recompensa por cualquiera que se encuentre. Nuestro amigo tiene razón en que es solo cuestión de tiempo que descubran o traicionen a las gemelas de los Joseph.

—¡Dios no lo quiera! —exclamó la señora Cohen, llevándose las manos a la cabeza.

—Dios no lo quiera —repitió Rachel.

—De modo que hay que actuar antes de que los nazis encuentren a las niñas o a los que las ayudan. ¿Los cuáqueros podrían ocultarlas un poco más, mientras lo preparamos todo para sacarlas de Francia? —preguntó Frances.

Rachel lo meditó.

—Deben tener cuidado de actuar solo como ayuda humanitaria neutral. Cualquier otra cosa pondría en peligro el poco bien que se les permite hacer. No obstante, algunos ya no son tan neutrales como antes, son un enlace por el que hemos enviado dinero a la resistencia, para medicinas, armas, munición, equipos de radiotelegrafista —explicó—. A cambio, nos proporcionan información y nos hacen favores. A veces ayudan a personas a escapar, si la persona es lo bastante importante para justificar los riesgos que corren, y lo mismo que se hace con los aviadores abatidos en territorio ocupado, los pueden pasar de contrabando por las rutas de huida con la ayuda de las redes locales de la resistencia hasta puntos de recogida de la costa francesa para luego devolverlos a Inglaterra. Pero no olvidéis que el precio no es solo económico. Los alemanes ejecutan a civiles en represalia por las actividades de la resistencia. Aun así, los cuáqueros probablemente accederían a hacer todo lo posible por ayudar a las niñas a llegar a la costa si hubiera alguna perspectiva de reunirlas con su familia. La resistencia, en cambio, no estoy tan segura de que estuvieran dispuestos a usar sus rutas de escape con unas niñas… Aunque, quizá, por una cantidad suficiente de dinero, ¿quién sabe? De todas formas, suponiendo que las niñas llegaran a Inglaterra, ¿luego qué?

—Tenemos un plan… —dijo Frances.

Rachel la interrumpió y miró a la señora Cohen.

—Berthe, perdóname, pero sería preferible que ahora nos dejaras a solas. Por tu seguridad, no conviene que sepas lo que se va a decir a continuación. Así, si las autoridades te preguntan, puedes decir con sinceridad que no sabes nada.

—¡Pero Rachel!

—Por la seguridad del rabino también, debes poder decir que no sabes nada.

La señora Cohen suspiró y abandonó la estancia.

—En primer lugar, podemos pagar a la resistencia para que lleve a las niñas por la ruta de escape hasta la costa y cruce el Canal con ellas —dijo Frances, serena.

—¡Las autoridades las enviarían de vuelta!

—Solo si lo saben.

—Pero la Zona de Defensa Costera es impenetrable.

Esta vez habló Evangeline.

—No, no lo es, por eso al Gobierno le preocupa tanto que los nazis se cuelen. Hemos encontrado una forma de entrar en el área rural que se usaba hace años, a través de una antigua cueva de contrabandistas en la costa y un túnel que conduce tierra adentro. Creemos que las autoridades no saben de su existencia, no hay un mapa oficial. Solo esto. —Sacó del rollo de documentos el trazado hecho por Alice del mapa de su padre y lo extendió en la mesa de la cocina—. Esto lo dibujó hace veinte años un párroco de nuestro pueblo, un historiador local aficionado que murió hace unos años sin enseñárselo a nadie más que a su hija.

—¿Y? —inquirió Rachel, inclinándose a mirar.

Frances señaló un punto de la costa de Sussex.

—Los contrabandistas iban y venían de Francia desde aquí.

Evangeline le explicó cómo habían descubierto y explorado el túnel, luego señaló cómo iba hasta San Gabriel y le dijo que aún se podía usar si traían a las niñas hasta la costa.

—Parece un poco descabellado —masculló Rachel—, aunque… en algunas ciudades los judíos están escapando por las alcantarillas. En algún momento también esa alternativa debió de parecer descabellada. —Se acercó un poco más para ver mejor el mapa—. ¿Esto ha funcionado alguna vez? —preguntó con recelo.

—Perfectamente. El Gobierno jamás consiguió acabar con las bandas de contrabandistas; llegó la Revolución industrial y los hombres dejaron de ganarse la vida junto al mar. Probablemente este sea el único mapa que existe. Además, el túnel era igual de peligroso cuando lo usaban esas bandas: la costa estaba plagada de tropas y de agentes de aduanas dispuestos a colgar a los contrabandistas que capturaran. Aun así, pasaban.

—Entonces, de nuestro lado tendríamos la cueva, pero ¿y en la costa francesa? Los alemanes están por todas partes.

El tiempo que Frances y Evangeline habían invertido en camelarse al coronel de la Francia Libre había dado sus frutos.

—Sabemos que el salvamento marítimo de la RAF tiene lugar desde Plouha, donde los acantilados son escarpados, como en Dover. Delante de las narices de los alemanes.

Rachel vacilaba, ellas lo notaban, pero dijo:

—Cruzar el Canal en una barca pequeña es peligroso, casi imposible: hay minas y submarinos. El capitán, probablemente algún pescador francés o español, tendría que sopesar los riesgos y decidir lo que puede y no puede hacer. No hay garantía de que no diera media vuelta o decidiera atracar en otra parte. ¿Decís que las niñas saldrían de esta tumba por la noche?

—Eso es.

—¿Y luego qué? Supongo que habría un vehículo esperando para recogerlas, con el depósito lleno, pese a la normativa.

—Pues sí, y es preferible que no sepas quién nos va a ayudar —dijo Frances, y pensó: «Benditos sean Bernie y el mercado negro».

Rachel esbozó una sonrisa de complicidad.

—¿Y después?

Evangeline inspiró hondo y le explicó cómo proponía Tanni que ocultaran a las niñas y que se les facilitarían cartillas de racionamiento.

Rachel las miró fijamente, muda de asombro ante una solución tan sencilla. Luego asintió con la cabeza.

—Puede que Tanni tenga razón. Mi hermana... a lo mejor... Dejadme pensar... Debemos asegurarnos de que nadie sabe quiénes son las niñas ni de dónde vienen, así nadie podrá delatarlas...

Lo meditó un instante.

—Mi hermana Judith y su marido, Dovid, tienen una familia numerosa, de diez niños, en Tottenham. Berthe no conoce a Judith y ahora ya rara vez sale de Bethnal Green, así que es improbable que se enterara de que las niñas están en la comunidad judía de

Tottenham. Les preguntaré a Judith y a Dovid si estarían dispuestos a acoger a dos niñas, sin saber nada de ellas, ni siquiera sus nombres, ni de dónde vienen. Solo Tanni y yo sabremos quiénes son y dónde están.

—Pero es arriesgado… ¿Aceptarán?

—Sí, por las niñas judías, creo que sí. A los primos de Dovid, del gueto de Lodz, se los han llevado los nazis y él… Nos viene bien que no conozcan a Tanni. Si arrestaran a alguno de los dos, podrían decir que acogieron a las hijas de una pareja que desapareció tras un bombardeo. Creo que Tanni tiene razón. Por una vez, la falta de interés de las autoridades por los judíos puede resultar útil. Otra cosa: decís que tenéis dinero, ¿cuánto?

—Todavía no es dinero; tenemos esto…

Frances subió a la mesa el bolso de viaje y sacó un bulto envuelto en una toalla. Dentro había tres joyeros antiguos de terciopelo negro. Soltó los cierres de bronce y Rachel hizo un aspaviento. Era el espléndido collar de perlas triple con broche de esmeraldas y diamantes de lady Marchmont. Frances abrió los dos estuches más pequeños para mostrarle los pendientes y las pulseras a juego. Las perlas refulgían sobre el forro de satén negro del estuche, mientras que las esmeraldas y los diamantes destellaban y centelleaban.

Rachel, cuya familia tenía una joyería en Hatton Garden, supo de inmediato que valían una fortuna. No se esperaba algo así.

—¿Son robadas? Si nos pillan, tendremos problemas de sobra solo con eso. Deben de valer miles de libras.

—Son mías —dijo Frances—. Las he heredado. Y hay más en el bolso. Cuando salga de aquí, voy a enseñárselas, o algunas al menos, a un hombre al que conocí anoche, un coronel de la Francia Libre que cree que los agentes de Francia nos ayudarán si les pagamos bien… Es preferible que no sepas más. Les ofreceremos una parte ahora y les daremos el resto cuando las niñas estén aquí.

—Es un plan peligroso, pero no imagino otra forma de rescatar a esas niñas. Es peor abandonarlas cuando existe una posibilidad. Así que debemos colaborar, por arriesgado que sea. Pedidle a Tanni que sea valiente —dijo Rachel.

—¿Sabes que está embarazada otra vez? La enfermera dice que es demasiado pronto. Anna nació el pasado noviembre, Bruno vino de permiso en febrero y este nuevo bebé nacerá en octubre. Últimamente no se encuentra bien —señaló Frances mientras cerraba los joyeros y los devolvía al bolso de viaje.

Rachel se levantó.

—Me pondré en contacto con vosotras en cuanto tengamos respuestas. Una cosa más: Tanni podrá ver un momentito a sus hermanas cuando lleguen al pueblo, pero deberán marcharse enseguida. Después, Tanni no podrá saber su paradero en Londres, ni el nombre de mi hermana y su familia. Será triste para ella y para las pequeñas, pero debéis hacerle comprender el riesgo que corren las tres, y Bruno, si alguno de los dos supiera algo. Deberá bastarle con que estén a salvo.

Frances y Evangeline prometieron que se lo harían entender.

—Buena suerte, Rachel.

—Buena suerte a vosotras también.

Cuando salieron de la casa, oyeron a Rachel exclamar:

—¡Dos vidas! Y hay cientos de miles…

Evangeline se metió en el metro y Frances siguió caminando por la calle, que hervía de actividad cotidiana. Le preocupaba más de lo que quería reconocer la parte del plan que implicaba ocultar a Lili y a Klara tan a la vista. Sin embargo, intentó ver la concurrida calle a los ojos de las autoridades. Captó fragmentos de conversación en lo que suponía que era yiddish. Había mujeres con pañoletas como la de Rachel, atadas al cuello, con cestas de la compra y niños. De hecho, había niños por todas partes, vestidos de negro, con sus carteras. Los niños llevaban unos gorritos en la coronilla y patillas de tirabuzones. Las niñas llevaban medias gruesas, como sus madres, y faldas que casi les llegaban a los tobillos. Esbozó una sonrisa al pensar que los controladores de la SOE no habrían podido mejorar el sencillo plan de Tanni. Los miembros de la pequeña comunidad judía de Tottenham detectarían la llegada de Lili y Klara, pero Rachel les había asegurado que cerrarían filas para protegerlas, y dos niñas más con medias gruesas y vestidos negros pasarían desapercibidas para cualquier otra persona.

Frances encontró una estación de metro y compró un billete. Tendría que encontrar un sitio donde cambiarse el traje de chaqueta de falda de tubo por un vestido bonito y ahuecarse un poco el pelo.

❦

Dos horas después, de nuevo glamurosa, asió con fuerza el bolso de viaje y se adentró en la penumbra llena de humo del Coach of Horses. Nada más entrar, se detuvo con aire teatral y se echó el pelo hacia atrás. Todos los hombres se volvieron y el coronel se adelantó pavoneándose antes de que otro la abordara.

—*Ah, ma chère, Mees Falconlee!* —dijo, y le rodeó la cintura sin recato para conducirla a una mesa.

Frances le dedicó una sonrisa alentadora mientras se sentaba, e intentó adivinar de qué humor estaba. El coronel pidió vino y le ofreció un cigarrillo, que se inclinó caballeroso a encenderle. Frances apoyó la mano en la de él, como para afianzarla, luego la apartó casi bruscamente. Se quitó con la lengua una hebra de tabaco del labio y el coronel empezó a respirar más deprisa. Aquello iba a ser como jugar al gato y al ratón, así que debía calcular con cautela hasta dónde la iba a llevar el coqueteo y en qué momento debía enseñarle las joyas que estaban dispuestas a canjear. Temía lo que pudiera ocurrir cuando el coronel por fin «la persuadiera» de que subiesen al apartamento de la planta superior como parte del trato.

Procuraría emborracharlo, pero si la cosa se complicaba, aún tenía frescas en la memoria las lecciones de la policía de Shanghái. Confiaba en no verse obligada a ponerlas en práctica.

Al mismo tiempo, Evangeline salía del metro cinco estaciones más al norte, cerca del hospital. A la entrada, un hombre con un solo brazo vendía cestitas de fresas; le compró una a Richard: si le llevaba flores no las vería, pero sí podía saborear las fresas. Lo habían trasladado a uno de los pabellones laterales y, durante su visita semanal, Evangeline pasaba el día a su lado, leyéndole, estirándole las sábanas, dándole sorbitos de agua y contándole las últimas novedades de Crowmarsh Priors. Sin embargo, hiciera lo que hiciese, Richard permanecía inmóvil e inmutable.

—Es la conmoción —le aseguraban las enfermeras.

Casi todo el tiempo dormía y Evangeline pasaba las horas sentada en silencio, preguntándose qué iba a hacer. Un médico del hospital acababa de examinarla y le había confirmado que las náuseas y los mareos que tenía se debían a que estaba embarazada. Cuando preguntó de cuánto, el médico se mostró exasperado.

—¿Cuánto hace que tuvo el último período? —espetó—. ¡No tiene más que contar hacia atrás!

Evangeline se mordió el labio. Seguía sin poder recordar si la menstruación le había venido antes o después de haber visto por última vez a Laurent. El médico, ajeno a su dilema, le aconsejó que no se lo dijera a Richard aún, sino que esperara a que estuviese más fuerte.

Había convencido a Frances de que no regresaran a casa hasta el día siguiente, porque Laurent volvía a Londres esa noche y, por difícil que le resultara, sabía que debía enfrentarse a él, posiblemente por última vez. Era su primo, su único vínculo con su antiguo hogar y su familia, y lo había querido durante mucho tiempo, y tan peligrosamente, que había sido para ella una sorpresa, y una liberación, darse cuenta de que ya no lo quería. Aun así, le preocupaba su seguridad, sus idas y venidas a Francia. Tampoco sabía si comentarle nada del bebé. Se pondría furioso, pero si el bebé era de piel visiblemente oscura…

No, no se lo diría. Si el bebé era de piel visiblemente oscura, no podría contar con Laurent.

A las seis salió despacio del hospital camino del metro, sin saber aún muy bien qué le iba a decir.

Más tarde, en un oscuro café del Soho, Evangeline y Laurent bebieron cerveza y comieron el plato del día: sucedáneo de pato.

—Esto sabe como sabría un pato si estuviera hecho de papas y nabo rancio —opinó Laurent—. Espantoso. Aunque en París hay aún menos comida. —Estaba cambiado: más delgado y mayor, ya no era un chiquillo. Engulló el pato y la salsa en la que nadaba, luego se terminó el de Evangeline. De postre, les pusieron un indigesto brazo de gitano relleno de mermelada—. Esto también está espantoso —masculló Laurent, poniendo cara de asco y bebiendo más cerveza—. ¿Cuándo llevan a Richard a casa?

—Pronto. Cuando terminen de habilitar la casa de lady Marchmont, habrá un lugar para que él se recupere. La casa de Penelope tiene demasiadas escaleras para él; además, allí ya estamos apiñados, con los tres evacuados, Tanni y los niños. Pero deberíamos hablar de…

Laurent la interrumpió bruscamente.

—Yo debo hacer un trabajo, cielo —dijo nervioso—. Me tienen atareado, yendo y viniendo a Francia, no te lo puedo decir con exactitud, también tengo que vivir. ¡Deja de pedirme que hablemos de ello!

Laurent meneó una pierna bajo la mesa, un tic nervioso que había adquirido recientemente.

—Solo puedo avisarte de un día para otro. Me han dado documentos de identidad franceses, pero a los nazis se les da muy bien detectar las falsificaciones, sobre todo en París, y ya me dieron un susto la última vez que estuve allí: nos detuvo la Gestapo, que andaba buscando a alguien… Al final decidieron que mis papeles estaban en orden, pero arrestaron a unos tipos que iban detrás de mí por llevar documentación falsa. Cuando De Gaulle se enteró de que habían estado a punto de detenerme, llamó a un colega para que me hiciera un juego nuevo de documentos, un muchacho que trabaja para el Gabinete de Guerra, dicen que es el mejor, de momento nadie ha sido capaz de detectar sus falsificaciones. Pero ya sabes… —dijo, encogiéndose de hombros.

—Laurent, tengo que contarte…

Un redoble de tambor y un estrépito de platillos en el escenario ahogaron el resto de lo que dijo.

Laurent se despabiló y cambió de tema.

—Te preocupas demasiado. Verás cuando oigas a esta banda. A veces toco con ellos, cuando les falla algún músico. Uno de ellos tiene un hermano que toca con Glenn Miller, dice que me puede conseguir un empleo cuando vengan a tocar para las tropas. ¿Qué te parece?

Sacó cigarrillos para los dos y encendió el de Evangeline, luego el suyo. Ella miró fijamente su vaso vacío, tratando de decidir en qué momento levantarse e irse. Cuando Laurent dio una palmada en la mesa, la sobresaltó. La música empezaba a cobrar ritmo.

—¡Vamos, cariño! Bailemos y olvidémonos de la maldita guerra.

Con súbito entusiasmo, la levantó de la silla, la arrastró a la pista de baile y empezó a dar vueltas con ella.

Tres soldados rasos estadounidenses de uniforme sentados en el rincón observaban a los bailarines. Les sirvieron sus cervezas, las probaron y pusieron cara de asco. Era su primera noche en Londres. Cuando sus ojos se adaptaron por fin a la oscuridad del local, uno de ellos exclamó con un fuerte acento de Georgia:

—¡La puta, mira eso! —Y le dio un codazo al soldado que tenía al lado—. Esa chica es blanca, seguro. ¡Y está bailando con un tipo de color!

—¿Dónde? —preguntó su amigo de Nebraska, que había estado acechando a dos chicas que se encontraban solas en la barra. Escudriñó a Laurent—. ¿Ese? A mí me parece blanco.

—«Mulatos», los llamamos nosotros. ¡Tienen sangre blanca, pero se ve a la legua que son negros! En mi tierra no bailaría mucho rato con ella, te lo aseguro. Bailaría colgado del cabo de una soga.

Evangeline se sintió mareada mientras Laurent la apartaba con un giro, la atraía de nuevo hacia sí con otro y luego la abrazaba con fuerza.

—Tú sígueme, cielo —le dijo al cuello, y le besó la oreja—. Esto es como en los viejos tiempos y tu tren no sale hasta mañana. Tenemos toda la noche.

No, no era como en los viejos tiempos, y ella tenía ganas de gritar. No había vuelto a ser como en los viejos tiempos desde que lo había seguido a Europa. No lamentaba haberlo salvado de Maurice, pero su corazón ya no le pertenecía. Quería estar en el hospital, al lado de Richard. Quería hacer retroceder el tiempo y estar en una pensión junto al mar, acurrucada en el sofá con él; quería verlo acercarse a ella en el andén de la estación, dando grandes zancadas y estirando los brazos para levantarla en volandas, sin preocuparle que Albert Hawthorne los mirara. Quería hablar del bebé que iban a tener... Quería salir corriendo. Volver a su vida.

Cuando el baile terminó, Evangeline agarró su bolso de la mesa e hizo exactamente eso, sin mirar atrás. Laurent estaba ocupado aplaudiendo y pidiendo un bis, luego el músico cuyo hermano tocaba con Glenn Miller le invitó a subir al escenario. Sabía que tardaría un rato en darse cuenta de que ella se había ido.

CAPÍTULO 28

Crowmarsh Priors, julio de 1942

La boda que iba a celebrarse esa soleada tarde sería una distracción y un alivio necesario de los horrores de la guerra. Con casi todos los jóvenes reclutados, el guapo Richard Fairfax tendido, moribundo y envuelto en vendajes, en una cama de hospital, los alemanes de camino y el testimonio mudo de la tierra desnuda sobre las nuevas tumbas del cementerio, Crowmarsh Priors oía aullar a sus puertas a los perros de la guerra.

Pero ese día todo el mundo estaba en la iglesia, vestidos con sus mejores ropas, y se respiraba el habitual ambiente de feliz impaciencia mientras esperaban a que la novia llegara. A nadie le importó que se retrasara, disfrutaron de aquella inusual sensación de normalidad. Los vecinos comentaban entre sí esas cosas que suelen comentarse en tales ocasiones, no necesariamente importantes ni profundas, simplemente cosas normales, agradables tópicos y banalidades propias de la ocasión.

—Lo que digo yo —le susurró Nell Hawthorne a la esposa del carnicero, sentada a su lado— es que una boda es una boda, y los jóvenes siempre serán jóvenes, con guerra o sin ella. Hay que desearles lo mejor, y aunque en el fondo él sea un buen muchacho, le conviene seguir por el buen camino. Ella será quien lo meta en vereda.

La mujer del carnicero asintió con la cabeza.

—Te recuerda a tu propia boda, ¿verdad? —le susurró a Nell.

Había un murmullo de conversaciones similares y los sombreros de las damas se movían de un lado a otro mientras estas miraban alrededor y admiraban la decoración. La vieja iglesia estaba preciosa. Alice, Frances y Evangeline habían llegado al amanecer cargadas de flores y verde entresacado de los últimos vestigios de parterres y del campo para decorar el templo. Un bonito par de jarrones de Limoges, que en su día fueran propiedad de lady Marchmont, presidían el altar, rebosantes de jazmines, rosas y enredadera, mientras unos jarros de perejil del monte y madreselva llenaban las profundas hornacinas de las ventanas, convirtiendo la antiquísima iglesia en un delicioso emparrado de verde y blanco. Tanni había hecho jirones una sábana vieja para decorar los extremos de cada banco con lazos blancos, todos ellos rematados de paniculata y enredadera.

Para sorpresa de todos, Nell Hawthorne había camelado con halagos a la señora Osbourne, que en su día tocaba el órgano en las bodas, dirigida por su difunto esposo, para que volviese a ocupar su puesto ante el instrumento. Llevaba una pamela con plumas que hacía años que no veía la luz del día, y esperaba atenta la señal de Oliver para iniciar la marcha nupcial. Entretanto, interpretaba *Jesu, Joy of Man's Desiring*, su favorita, una y otra vez. La habían tocado en su boda. Las plumas empolvadas de su sombrero vibraban trémulas al tiempo que ella se entregaba a la música, probando distintas claves.

Margaret Rose Hawthorne, sentada al lado de su madre, temblaba de ilusión. ¡Las bodas eran tan emocionantes! Su madre le había dicho que algún día le tocaría a ella. Le había suplicado a Tanni que le diera un lazo blanco para ponérselo al cuello a Shirley

Temple, y se había enfurruñado cuando Nell le había prohibido tajantemente que atase la cerda a la verja del cementerio.

De pie en el altar, ataviado con sus vestiduras, Oliver estiró el cuello para ver si Elsie y las damas de honor habían llegado ya al pórtico. Bernie se movía nervioso delante de él, confiando en no haber hecho nada para que Elsie cambiara de opinión. Después de la pelea que habían tenido hacía dos meses, había vuelto de Londres, solo y triste sin Elsie. Estaba decidido a pedirle que se casara con él como es debido. Entendía que no se había declarado correctamente: jamás debía haber mencionado los juicios y los tribunales. Elsie era muy peculiar en algunas cosas; se lo debía a su madre, decía ella siempre. Obsesionado con hacerlo bien la segunda vez, preguntó, muerto de vergüenza, a sus colegas cómo se hacía. Los ricachones explicaron lo que el hombre solía decir en esas ocasiones y le comentaron que lo normal era tener un anillo preparado para cuando la chica se pusiera contentísima y dijera que sí. Bernie no tenía ni idea de que también hiciera falta un anillo, pero regresó a Crowmarsh Priors llevando consigo un precioso y antiquísimo anillo de compromiso de zafiros y diamantes y una frase que había ensayado una y otra vez: que si Elsie le haría el honor de convertirse en la señora de Bernard Carpenter.

Así se lo dijo, y le ofreció el anillo. Elsie miró la joya fijamente, y luego a él, boquiabierta. Para horror suyo, dio un zapatazo y le espetó:

—¡Bernie Carpenter, no me casaría contigo aunque fueras el último hombre de la Tierra! ¡Mamá se revolvería en su tumba, vaya si lo haría!

Luego salió de allí como un tornado, farfullando algo sobre pillaje, cajas fuertes reventadas y la cárcel, y que su madre tenía razón y no sé qué cosa ininteligible sobre hurones. Que no quería volver a verlo y adiós muy buenas.

Fue el peor momento de su vida. Desconcertado y aterrado, corrió tras ella y le dijo que bien, que entendía que no quisiera un marido que estuviese siempre en la cárcel, pero que no se reformaría hasta que se casara con él, así que más le valía hacerlo pronto. Que, mientras tanto, él no tenía previsto prometerse más que una vez en la vida, y los ricachones para los que trabajaba le habían dicho que para hacerlo bien necesitaba un anillo y… Entonces cayó en la cuenta de que Elsie debía de pensar que lo había robado. De verdad que no lo había sacado de ningún pillaje, ni era de procedencia dudosa; se lo había cambiado a unos aviadores polacos por «unos papeles». Todo legal y legítimo. Era lo mismo que hacía para el Gabinete de Guerra, y como los polacos y el Gabinete luchaban en el mismo bando contra los alemanes, aquello tenía que estar bien, ¿no? ¡Nada de bandas! Bernie puso énfasis en aclarar que no había habido cajas fuertes, ni pillaje ni robos. Sobre todo, que no había saqueado los restos de ningún bombardeo, por respeto a la forma en que habían muerto su madre, Jem y Violet. Que además, añadió como si se le ocurriera de repente se le viniera a la cabeza, él la quería y no creía que pudiera vivir sin ella. ¿Se casaba con él, entonces? ¿Por favor?

Más serena, Elsie lo reconsideró rápidamente. Por mucho que Bernie le prometiera, tenía el presentimiento de que la ley y él jamás se llevarían bien. Por una vez, deseó saber qué le habría aconsejado su madre. Por otro lado, no tenía intención de llevar la vida de su madre, o peor. Pero ella estaba muerta. Si se casaba con Bernie, sería ella misma quien tendría que llevarlo por el buen camino. Por un instante, dudó de si podría cargar con esa cruz el resto de su vida. Sin embargo, al contemplar el rostro afligido de Bernie, decidió que había aprendido de su madre una o dos cosas sobre cómo mantener a raya a los hombres, así que quizá pudiera. Al final le sonrió y le dijo:

—De acuerdo, Bernie, no me importa casarme. —Luego le besó, se puso el anillo en el dedo y suspiró—. ¡Quién lo iba a decir! ¡Yo, prometida!

Después de aquello, Elsie no perdía ocasión de llamar a Bernie «mi prometido», y él se sentía orgulloso, aunque no sabía exactamente lo que significaba la palabra.

Entonces, prometido o no, Bernie se preguntaba si alguien podía impedir que la anciana aquella tocara la misma canción una y otra vez. Acalorado y cohibido, se pasó un dedo por el interior del cuello, que le apretaba mucho. No tenía claro lo que uno debía hacer cuando estaba allí plantado con todo el mundo mirándolo. Probablemente se reían de él con disimulo. No entendía por qué tenían que ponerlo a uno tan nervioso. Le parecía perfecto que el agente Barrows fuera su padrino, otra cosa que los ricachones le habían dicho que hacía falta, pero él habría querido que el Tío estuviera allí.

Bernie no sabía mucho de bodas y suponía que uno se escapaba a Gretna Green y ya estaba. Pero no, qué va.

El agente Barrows le dijo que primero había que ir a hablar con el padre de la chica y pedirle permiso para casarse con ella. Luego había que ir a hablar con el párroco, que le diera la licencia y las amonestaciones… Bernie se rascó la cabeza y le dijo que lo primero era una pizca complicado, porque nadie sabía dónde estaba el padre de Elsie. Hacía años que no lo veían y probablemente hubiera muerto en algún bombardeo, o a causa del alcohol. El agente Barrows lo había meditado un momento y le había dicho:

—En ese caso, mejor habla con el párroco.

Y eso habían hecho Elsie y él. Al final, esa parte había ido muy bien. En cuanto se quiso dar cuenta, Elsie ya no tenía tiempo para él; las mujeres andaban como locas buscándole un vestido de novia y Tanni no paraba de coser, una cosa llamada ajuar.

Le dio un codazo al agente Barrows.

—Oiga, qué incómodo, ¿no? Estar aquí plantados delante de todo el mundo, esperando. ¿No debería estar Elsie ya camino del altar? —murmuró. ¿Y si cambiaba de opinión en el último momento?

—Esto lo hacen todas, hijo —respondió el agente Barrows con serena autoridad.

Su mujer, Edith, le había asegurado que los hombres no tenían ni idea, ni la más remota idea, de la histeria que se producía en los últimos minutos con las horquillas, el velo, las ligas y los ramos de flores en el día más importante de la vida de una mujer. Sonrió a Edith, que se había puesto su mejor sombrero y estaba, con el bebé en brazos, preciosa, regordeta y despreocupada, sentada en la primera fila del lado del novio. Hablaba animadamente con Nell Hawthorne y la esposa del carnicero.

—Llevamos aquí plantados una eternidad. ¿Y si no viene?

—Vendrá, muchacho, no te preocupes.

—Esa cancioncita me esta poniendo nervioso —señaló Bernie, mientras la señora Osbourne añadía unas notas de su cosecha y canturreaba con voz temblorosa—. La habrá tocado ya unas mil veces.

Oliver se miró las vestiduras y procuró no sonreír. Bernie y Elsie habían aparecido por la puerta de la parroquia y le habían pedido de pronto que los casara. Bernie estaba tan nervioso que cometió el error de soltar la broma de que si Elsie se casaba con él no podía testificar en su contra en un juicio. Elsie le lanzó una mirada grave de advertencia y, para sorpresa de Oliver, el arrogante de Bernie se calló como un corderito. El párroco les preguntó por el bautismo, la confirmación y otras cosas de las que nunca habían oído hablar, hasta que los ojos se les pusieron vidriosos. Por fin, Bernie se inclinó hacia delante, desesperado por demostrarle a Elsie que controlaba todo aquel asunto de la boda, y le dijo:

—Todo eso está muy bien, pero ¿los párrocos no tienen que impedir que pequen sus fieles? Pues, como no nos case, Elsie y yo vamos a pecar cada dos por tres.

Elsie se ruborizó, pero asintió desafiante.

Procurando ponerse serio, Oliver se dijo que por qué no. Elsie era la única que podía impedir que el chico se convirtiera en un delincuente profesional; además, si no los casaba, pronto habría otro nacimiento ilegítimo en la parroquia. Le vino a la mente el viejo refrán: al hierro candente, batir de repente. Últimamente no paraba de saltarse las reglas eclesiásticas de mil maneras, así que se saltaría algunas más para casarlos. Cuando el obispo se enterara, tendría problemas, pero el obispo tenía cosas mucho más importantes entre manos en ese momento, y Oliver estaba empezando a pensar que muchas de las normas de la Iglesia se interponían en el camino del cristianismo.

Las chicas habían arrimado el hombro para ayudar a Elsie. No se podían comprar vestidos de novia con los cupones.

—¡El Gabinete de Guerra ni siquiera ha propuesto un modelo de vestido de novia autorizado, querida! —había dicho Frances.

Alice, que estaba tan metida en las campañas de recogida de ropa, recordó que una dama del servicio de bienestar llamada Barbara Cartland había reunido un montón de vestidos de novia donados por sus amigas de sociedad que se prestaban a las novias de militares. Las localizó y les envió las medidas de Elsie. Recibió la gélida respuesta de que los vestidos estaba disponibles para mujeres del ejército, no para Land Girls. Furiosa, Frances llamó por teléfono a su padre y lo amenazó con llamar cada media hora, día y noche, y colapsarle la línea a menos que hiciera algo. El almirante masculló que vería qué podía hacer.

La víspera de la boda llegó por correo urgente una caja de cartón grande que evidentemente se había enviado ya muchas veces. Tanni extendió una sábana en el suelo y Evangeline y ella cortaron con cuidado el cordel y lo guardaron para posteriores usos. Pasmadas, desempaquetaron un elegante vestido blanco de *peau de soie* con velo, plegado entre capas de papel cebolla.

—«Worth» —susurró Frances con reverencia, leyendo la etiqueta.

Preguntándose quién lo habría llevado antes, Tanni le pidió a Elsie que se lo probara de inmediato.

—Te queda perfecto, solo que, como eres tan bajita, hay que subirte los bajos —dijo—. Estate quieta mientras lo sujeto con alfileres.

Ella había hecho lo mismo con el conjunto de *négligée* y *peignoir* que Frances le había regalado, y que luego ella le había prestado a Evangeline cuando Richard había venido de permiso. El conjunto ya estaba planchado y doblado con una ramita de lavanda en un elegante estuche que Frances le había prestado, listo para la luna de miel de fin de semana en Eastbourne.

La tarde de la boda, Albert Hawthorne, que debía llevar a Elsie al altar, esperaba a las chicas a la sombra de los laureles de Glebe House.

—No te viene mal practicar —le dijo Nell enérgicamente—. Algún día Margaret Rose querrá que la acompañes a ella también.

Le cepilló su mejor traje negro y le limpió los zapatos hasta que brillaron como si fueran de charol. Albert sacó el reloj de bolsillo de oro que su abuelo había recibido por sus setenta años de servicio como jefe de estación en Crowmarsh Priors y, ceremonioso, se cruzó la cadena por el chaleco. Ya que estaba, más le valía hacerlo bien.

Llegó con tiempo de sobra, y esperó y esperó; luego empezó a cambiar de pie. ¿Qué demonios estaban haciendo aquellas jóvenes? Si los trenes se retrasaran tanto como las bodas, el país entero se pararía en seco.

Dentro, Tanni, Alice y Frances, que tenían la tarde libre en la granja, revoloteaban alrededor de Elsie, soltándole los rulos del pelo y poniéndole una toalla por los hombros mientras le empolvaban la cara. Elsie estaba casi temblando de emoción y los ojos le brillaban. Evangeline, que estaba preciosa con un vestido de cintura baja de los años veinte que había encontrado en el desván, perseguía a los cuatro niños mayores para darles un último repaso a sus peinados. Tanni, embarazada de cinco meses y ya con una barriga enorme, había intentado librarse de ser dama de honor, pero Elsie se había negado y había insistido en que necesitaba que todas sus amigas del alma estuvieran a su lado, así que Tanni llevaba un sencillo vestido de algodón de color rosa recién lavado, con un cuello de encaje hecho de un antimacasar añadido después. Le dijo a Elsie que probablemente tendría que llevar consigo a Anna para que no llorara, y esta le respondió que cuantas más damas de honor mejor, de modo que vistió a la pequeña de dama de honor en miniatura, con su vestidito rosa y su pelito negro bien peinado y recogido con un gran lazo rosa en lo alto de la cabeza. Como aún no se tenía sentada sin bambolearse, iba resplandeciente en el viejo cochecito de Richard, decorado con una ramita de madreselva y una cinta blanca. Mordisqueándose los deditos de los pies, observaba muy seria los preparativos.

—Levántate para que te metamos el vestido despacio por la cabeza. —Se oyó un murmullo de tela y un frufrú mientras colocaban con leves golpecitos todos los pliegues en su sitio—. Quédate quieta… ¡Ahí! ¡Los botones ya están! Ahora el velo. No, sujétalo ahí con un alfiler. Y ahí.

Todas toqueteaban a Elsie y la hacían girar a un lado y al otro.

—Ya puedes mirar —dijo Alice por fin, conduciendo a Elsie al espejo de cuerpo entero del vestíbulo.

Elsie contuvo la respiración. Agnes y los gemelos se habrían quedado atónitos, y su madre, ¡qué habría dicho! Nacida en North Street, detrás de la fábrica de pegamento, ¡y fíjate ahora! Espléndida como nadie, toda seda y encaje, arrastrando una cola a su espalda como si fuera una reina, con cuatro damas de honor e incluso Johnny vestido como un pajecillo para que llevara los anillos en un pequeño cojín hasta que llegara el momento de que Bernie se lo pusiera en el dedo. Lo del paje había sido idea de Alice. Y además de todo aquel esplendor, iba a ser una mujer legalmente casada. Y la iban a casar en una iglesia como Dios manda. ¡La iban a llevar al altar! Ni siquiera entendía lo que iba a pasar, pese a que las otras se lo habían explicado todo, como si fuesen a bodas todos los días de la semana. El estómago le revoloteaba nervioso. Igual que Bernie, Elsie jamás había asistido a una boda, solo había visto las fotos en los diarios. Pero una cosa tenía clara: era algo respetable.

Incluso había una tarta nupcial para después. Elsie se había asombrado al enterarse de que era preciso que hubiera pastel, además del vestido y todo lo otro. Las chicas habían juntado sus raciones de azúcar y mantequilla de un mes y en la despensa ya reposaba un pequeño pastel de boda que había preparado Evangeline, decorado con rosas de verdad que había pintado de clara de huevo y espolvoreado de azúcar. Además, Bernie tenía unas botellas de champán que los ricachones le habían regalado. O eso decía. Ese día Elsie no le iba a preguntar.

El anillo de compromiso le centelleaba en el dedo, alentador.

—Tenemos que irnos antes de que estos se vuelvan a ensuciar —dijo Evangeline, organizando a los niños, que se perseguían unos a otros sobreexcitados por el jardín, y volviendo a subirle a Johnny los calcetines de paje—. No vaya a ser que Bernie piense que te has echado atrás.

Las damas de honor se pusieron los sombreros de paja adornados con flores frescas y cintitas. Aunque llevaban las piernas morenas desnudas, se habían pintado unas a otras una costura perfecta en los gemelos con un trozo de corcho quemado. Se inspeccionaron por última vez para asegurarse de que llevaban «las costuras» rectas.

—Listas.

—¡Las flores! —exclamó Frances, y volvió corriendo a la trascocina a por cinco ramilletes de rosas y encaje de estilo reina Ana metidos en frascos de mermelada con agua.

—Toma —le dijo Alice, triste, a Elsie, que parecía una niña acelerada—, pásate la cola por encima del brazo, así, mientras caminas hacia la iglesia.

Por fin salieron y Albert le ofreció el brazo a la novia. Elsie lo asió con fuerza con la mano en la que llevaba las flores, la cola del vestido en la otra, lo miró y, de pronto, su sonrisa se estremeció y los ojos se le llenaron de lágrimas.

—Estaba pensando en mi madre… Ojalá pudiera verme ahora —dijo, sorbiéndose la nariz—, ¡qué orgullosa se habría sentido!

Albert bendijo a Nell por haberle metido en el bolsillo del traje un pañuelo limpio de más que ella sabía que necesitaría. Se lo pasó a Elsie, quien se secó con cuidado los ojos, se sonó la nariz y se lo devolvió.

—Gracias. No quiero que me vean llegar al altar con los ojos rojos. Lista.

Después todos coincidieron en que era una pena que estuviera prohibido tocar la vieja campana de San Gabriel cuando la feliz pareja salió de la iglesia, pero fue una boda preciosa. Bernie dijo «Sí, quiero» varias veces más de las necesarias y en el momento equivocado, pero con mucho entusiasmo. Oliver pronunció un sermón nupcial sobre el gozo de celebrar aquel acontecimiento en la plenitud de la vida, y para hacer ver la seriedad del momento a los novios, que se susurraban palabras cariñosas, hizo hincapié en que la Iglesia consideraba el matrimonio una unión indisoluble. Cuando los declaró marido y mujer y le dijo a Bernie que podía besar a la novia, Elsie se arrojó a los brazos de su esposo.

Cruzaron todos el prado en tropel hacia el Gentlemen's Arms para tomar el desayuno nupcial. Bernie, sonriente y aliviado, estrechó la mano de los hombres. El agente Barrows le dio una palmada en la espalda y le dijo: «¡Bien hecho, muchacho!», y Harry Smith, en su papel de tabernero, lo invitó a un par de coñacs. Además de las botellas de champán, había jarras de cerveza y cerveza con gaseosa, hordiate de limón para los niños y bandejas de rollitos de salchicha, sándwiches de pepino fino sin corteza, salmón enlatado con ensalada y una gruesa empanada que Evangeline había conseguido hacer sobre todo de verduras pero con suficiente huevo cocido como para que cada rodaja llevara en medio un bonito corte de blanco y amarillo. Nell Hawthorne y Edith Barrows habían llevado magdalenas glaseadas. Todos vitorearon cuando Elsie, colorada de felicidad, y Bernie cortaron la tarta nupcial y se pasó un pedacito a todos los presentes junto con una copa de champán.

Nell le dio un codazo a Edith y lanzó una mirada indiscreta a Evangeline, con su vestido de cintura baja. Las dos sonrieron.

—Siempre se nota —dijo Nell—. Un bebé es lo mejor que podía haber pasado. Ayudará a Richard a olvidarse un poco de todo cuando vuelva a casa. ¡Ella se porta tan bien con todos esos niños que ni siquiera son suyos!

Cuando llegó el momento, Elsie no quería lanzar el ramo, pero Nell Hawthorne le dijo con firmeza que, como ella ya estaba casada, lo justo era que le pasara el relevo a otra joven.

—Como Alice Osbourne —le susurró resuelta. Tenía que haber alguien para la pobre Alice. Nell giró a Elsie y la cola de su vestido de espaldas a los invitados, y detectó justo a tiempo a Margaret Rose preparándose para atraparlo. Nell negó ostensiblemente con la cabeza y le dijo solo con los labios—: ¡Ni se te ocurra!

—Andaaa… —trató de engatusarla Margaret Rose.

—No —insistió su madre. Margaret Rose se apartó enfurruñada. Cuando estuvo segura de que su hija no estaba cerca, Nell ordenó—: Una, dos, tres… ¡Lanza!

Elsie lanzó con fuerza las flores por encima de su cabeza y se volvió para ver quién había sido la afortunada.

—¡Vaya, Frances, lo has atrapado! ¡Tú eres la siguiente! —gritó contenta.

Frances parecía muy asombrada, como si no hubiera sido su intención atrapar nada.

—Ya sabemos todos quién será el afortunado, ¿eh? —oyó decir a Albert, guiñándole un ojo a Nell y señalando con la cabeza a Hugo.

Frances consideró la posibilidad de volver a arrojarle las flores a Elsie.

—Más vale que vayas pensando en cambiarte, tu tren sale en breve —dijo Frances cuando desaparecieron los últimos sándwiches y se hicieron los últimos brindis.

—No quiero quitarme el vestido… ¡Este ha sido el mejor día de mi vida!

—Tanni tiene tu ropa de viaje en la taberna. Harry dice que te puedes cambiar allí, todo el mundo está fuera, al sol. Ven conmigo, señora Carpenter.

Elsie sonrió feliz.

—¡Señora…! —susurró.

Albert Hawthorne le confesó a Nell que estaba deseando llegar a casa para tomarse una taza de té y quitarse los zapatos. Le apretaban.

Una pequeña procesión acompañó a Elsie y a Bernie a la estación para despedirlos. La encabezó Albert, con los novios, y los siguieron las otras chicas, abrazadas a pequeños paquetes envueltos en papel, con las faldas de sus vestidos estivales levantadas por la brisa. Los niños correteaban por ahí, jugando al pillapilla. Cuando el tren entró en la estación, iba atestado de soldados, que se asomaron por las ventanillas y saludaron cuando Albert gritó:

—¡Se acaban de casar! ¡Dejad que suban los novios, muchachos!

Tanni, Evangeline, Frances y Alice deshicieron sus paquetes y lanzaron pétalos de flores a la feliz pareja mientras subían al tren y todo el mundo se despedía con la mano. Luego Albert se adelantó, anhelando su té y su sillón, y dejó que los demás volvieran a casa más despacio, disfrutando de la cálida tarde, de la puesta de sol y de la agradable sensación que les había dejado la boda.

A espaldas de las otras, Alice volvió corriendo al andén de la estación y recogió rápidamente un puñado de pétalos del suelo. Los envolvió en su pañuelo y se lo guardó en el bolsillo.

—Buena suerte —susurró—. Para mí.

CAPÍTULO 29

Crowmarsh Priors, agosto de 1942

Tras su luna de miel de tres días, Elsie y Bernie regresaron a Crowmarsh Priors para vivir en Glebe House. Como consecuencia de los bombardeos, escaseaba la vivienda, así que las parejas jóvenes tenían que aceptar lo que podían. A Bernie le entusiasmaba la idea de vivir en un lugar tan espléndido, y a ninguno de los dos le agradaba la idea de compartir un apartamento pequeño con otra familia. Dado que Bernie se ausentaba tan a menudo, Elsie pensó que sería agradable contar con la compañía de Frances.

Sin embargo, poco después los obreros empezaron a convertir Glebe House en el centro de convalecencia prometido hacía tiempo, y desde entonces no se oía allí otra cosa que martillos, sierras y soldadoras.

—Pronto estará terminado —le dijo a Evangeline el capataz, que sabía que calculaba cuánto le faltaba para poder traer a su marido inválido de vuelta al pueblo.

Frances, Elsie y Bernie tuvieron que cambiar de dependencias. Los sacaron de sus dormitorios, pero les dijeron que podían quedarse en el inmenso desván, situado al final de un tramo de empinadas y estrechas escaleras que ningún convaleciente iba a poder subir. Frances y Elsie empezaron a desplazar las cosas de lady Marchmont almacenadas allí para dejar espacio a las suyas y a los muebles de los dormitorios.

En plena vorágine, convocaron a Frances.

—¡Condenado Comité de Bienestar! —gruñó ella, y colgó el teléfono con un mensaje en clave—. Las Land Girls están desmoralizadas, gracias a los soldados americanos, con sus medias y sus chocolatinas. Las oficinas centrales del comité están inundadas de quejas de padres furiosos que exigen que se vigile más de cerca a las chicas. Un aburrimiento, pero me tengo que ir.

Así que Evangeline y Elsie se quedaron solas organizando el desván para acomodar a una pareja casada y una Land Girl soltera. Apilaron los baúles y las cajas de lady Marchmont en el centro a modo de tabique separador e improvisaron dos dormitorios en extremos opuestos, bajo los aleros del tejado.

—Mucho mejor que el albergue —señaló Evangeline mientras trataba de encajar un armario como parte del tabique improvisado—. Si Bernie y tú ocupáis ese extremo, tendréis intimidad detrás de esta cosa, una ventana grande y una bonita vista de las colinas. Le agradará encontrarlo todo listo cuando vuelva, aunque Frances esté al otro lado. Seguro que ella se tapará los oídos con la almohada.

—¿Quieres dejar de menear ese armario, Evangeline? ¡En tu estado!

Elsie agarró a su amiga por los brazos y la sentó en un colchón.

Evangeline llevaba ya un vestido de premamá que le había hecho Tanni. Se tocó el vientre, cada vez más abultado.

—Está empezando a dar patraditas como un loco. Richard lo notó cuando estuve en el hospital la semana pasada y rió un instante. Me alegro tanto de habérselo contado... Los médicos se equivocaban cuando me dijeron que no lo hiciera. Ha supuesto un gran cambio en su estado de ánimo… ¿Se está nublando? En teoría, hoy va a llover.

Evangeline se debatía entre la felicidad y la angustia. ¿Quién era el padre del bebé?

Elsie se asomó a la ventana.

—Puede. Un poco. Odio esta espera, meses llevamos ya, y dos falsas alarmas. Recorrer ese puñetero túnel hasta el final para no encontrar a nadie al otro lado. Preocupadas por no saber dónde están las pequeñas, solo que consiguieron escapar antes de que llegaran los alemanes a buscarlas y mataran de un tiro a los ancianos que las cuidaban. Condenados asesinos. Ojalá supiéramos algo, al menos si están…, bueno, ya sabes, aún vivas…

—Ojalá se nos ocurriera otro sitio mejor que un pasadizo frío y repleto de excrementos de murciélago donde tenerlas mientras esperamos a que Bernie traiga el coche —dijo, y añadió para sus adentros: «Y ojalá supiera quién es el padre de mi bebé».

—Evangeline, ¡eso no es nada comparado con todo lo demás!

—Supongo que no. No estaría tan mal si Tanni pudiera verlas, pero la hermana Tucker insiste en que debe guardar cama hasta que nazca el bebé. Me parece cruel; esas pobres criaturas no entenderán lo que está ocurriendo, probablemente estén aterradas. Luego las llevarán a Londres ocultas bajo una manta y no verán más que a extraños, pero no podemos arriesgarnos a que nadie las vea.

—Al menos Tanni sabrá que están a salvo y, al final, las verá. Eso es lo importante.

—¡Hola! ¿Estáis ahí arriba? —gritó Alice desde el pie de las escaleras, jadeante.

Evangeline y Elsie se asomaron al hueco de la escalera.

—Estamos organizando esto, ¿alguna novedad?

Alice subió corriendo las escaleras.

—Los obreros están tomando el té. —Bajó la voz de todas formas—. Acaba de telefonear Rachel. Ha recibido otro mensaje de que las gemelas están de camino.

—¿En serio? Ya nos lo ha dicho otras dos veces y los mensajes estaban equivocados.

—Estaba vez es seguro; el maquis de la zona se las ha llevado de donde las hayan tenido escondidas todo el verano.

—Se están moviendo en las mismas narices de los alemanes —comentó Evangeline con apuro—. Tenemos que confiar en unos tipos muy rudos y no hay certeza de que podamos fiarnos de ellos. El coronel de la resistencia al que Frances y yo conocimos en Londres se mostró primero incrédulo y después furioso al enterarse de que queríamos que cruzaran el Canal con dos niñas. Nos preguntó si los tomábamos por niñeras. Se negó en redondo hasta que Frances le enseñó parte de las joyas y le dijo que le daría más cuando nos trajeran a las gemelas. Entonces cambió de parecer, pero nos advirtió de que los hombres abandonarían a las gemelas a su suerte si veían algún peligro para ellos. No paraba de ofrecerle a Frances champán comprado bajo mano con la esperanza de terminar llevándosela arriba, así que ella le dijo que eso era parte del trato, que ya hablarían cuando las niñas estuvieran a salvo, y eso lo convenció.

—¿Le dijo cómo pensaban trasladar a las niñas hasta la costa?

—No le dio muchos detalles de cómo lo harían, obviamente no le agradaba mucho la idea. Pidió a algunos de sus amigos que se acercaran y a estos tampoco les entusiasmó; según ellos, dos niñas pondrían en peligro sus operaciones, y además tendrían que drogarlas para que estuvieran calladas. A Frances no le gustó aquello, pero los tipos insistieron en que ninguno de ellos se arriesgaría a que le pegaran un tiro por dos *enfants* sin importancia, por mucho que Frances les pagara. Si la cosa se complicaba, si alguien los traicionaba o incluso si ellos mismos se cansaban, dejarían a las niñas a merced de los alemanes y de sus campos de prisioneros.

—Quizá no sea un plan tan maravilloso, después de todo —repuso Alice, que había querido echarse atrás desde el principio.

—Es el único plan posible si la alternativa es dejarlas morir en un campo de concentración alemán —replicó Evangeline.

Alice siguió mostrándose escéptica.

—¿Cómo sabes que esos campos existen de verdad? Nunca hablan de ellos en las noticias. Si son tan malos como dice Rachel, alguien se habría dado cuenta. Ya, Evangeline, ya sé que en las noticias no lo cuentan todo. Así que nos preparamos y esperamos. ¡Otra vez! No sé por qué dejamos que Frances nos metiera en esto.

—¡Y Frances tenía que irse precisamente ahora! —protestó Elsie—. ¿Qué demonios hace en esos comités? ¿Qué es eso del bienestar de las Land Girls, a ver?

—Ella calcula que estará de vuelta en unos días. Espero que llegue a tiempo, porque yo ya no puedo recorrer ese túnel, y ella, sí. Si Frances no viene, Elsie se las tendrá que arreglar sola.

—¡Maldita sea! —chilló Elsie, alarmada.

—Pero estamos todo lo preparadas que se puede estar, ¿no? —dijo Evangeline, estirando la espalda, que le dolía. Pensó de nuevo en el bebé. Si era de Laurent, había una posibilidad de que tuviese la piel bastante clara, porque él era mitad blanco; más aún, porque su madre también tenía sangre blanca...

—Mantas, ropa seca, pañuelos, un botiquín de primeros auxilios, coñac para los barqueros, bocadillos y un termo de chocolate caliente —repasó de nuevo la lista Alice, pese a que se la sabían ya de memoria.

—Creo que lo tenemos todo menos los bocadillos y el chocolate caliente, y no tiene sentido prepararlo con antelación. ¿Cómo está Tanni hoy?

Tanni procuraba fingir que estaba bien, pero todas tenían claro que no.

—No muy bien. A la hermana Tucker no le preocupa que tenga mal color, pero sí que tenga los tobillos tan hinchados. Le preocupa que no sea bueno para ella, y la propia Tanni, como es lógico, está aterrada. Triste también, porque no va a poder ver a las gemelas

—dijo Evangeline, mordiéndose una uña. ¿Y si el bebé salía blanco pero tenía aquel característico pelo cobrizo?

—Se pondrá bien en cuanto termine todo esto.

—Evangeline, ¿tú te encuentras bien? —preguntó Elsie. Su amiga tan pronto estaba radiante como parecía en otro mundo y no se enteraba de lo que le decían—. ¡Evangeline! ¿Me estás escuchando?

—Bien. ¿Por qué? —Calculaba obsesivamente por enésima vez cuándo había tenido su último período.

Oyeron cómo se cerraba de golpe la puerta principal, abajo, en el vestíbulo, y a alguien subiendo a toda prisa las escaleras.

—Hola… ¿Hay alguien ahí arriba?

—¡Frances! Qué pronto has vuelto.

—¡Justo a tiempo, Frances! Ha llamado Rachel, ¿a que no sabes…? Empezaron a hablar todas a la vez.

Frances sabía que estaba tremendamente en forma y bronceada para haber estado encerrada en un despacho de Londres con las viejecitas del Comité de Bienestar de las Land Girls. Cuando Alice se lo comentó, dijo: «Es mi encanto especial de Land Girl», y confió en que sonara verosímil. En realidad, acababa de finalizar su formación de paracaidismo en el aeródromo de Manchester. Los saltos de entrenamiento habían sido espectacularmente emocionantes y confiaba en que por fin la enviaran a Francia. Sin embargo, la habían enviado de vuelta a Crowmarsh Priors, una decisión que la había llenado de consternación y enojo.

No obstante, había una compensación: su ejercicio de simulacro ya era realidad. Se había celebrado una reunión en el campo de entrenamiento. Inteligencia Militar estaba redoblando sus esfuerzos por encontrar a Manfred en la costa sur. Los agentes de las Unidades Auxiliares del sur de Inglaterra estaban en alerta roja tras recibir la terrible notificación de que dos aviadores alemanes habían escapado cuando se había abatido su avión en Kent. Se creía que uno era un alto mando de las SS con órdenes de asesinar a Churchill y al rey.

Desde el comienzo de la guerra, había habido otras alarmas similares, que habían resultado falsas, pero no podía descartarse ninguna cuando la invasión seguía siendo una posibilidad real.

Inteligencia Militar había elaborado una extensa lista de posibles quintacolumnistas con contactos o simpatías reales o presuntas con los alemanes, cualquier persona a la que los agentes o espías nazis pudieran pedir refugio. La lista era de dudosa fiabilidad: no discriminaba entre personas de las que se sabía que habían expresado sus simpatías por los alemanes, si no por los nazis, antes de la guerra, o habían asistido a los mítines de Oswald Mosley, y otras como el padre de Alice Osbourne, que había viajado dos veces a Alemania siendo joven y bebido cerveza en la *Oktoberfest* con estudiantes alemanes entre los que se encontraban varios prominentes nazis en la actualidad.

El hombrecillo que había entrevistado a Frances parecía muy serio cuando le dijo a la joven agente que redoblara la vigilancia en su zona.

—Lo que sabemos es que, antes de la guerra, la aristocracia rural invitaba a fiestas de fin de semana en sus mansiones a una multitud diversa entre los que se encontraban sus amigos del continente. Sabemos que, entre esos invitados, había algunos nazis que habrían tenido una ocasión espléndida de reconocer el terreno, recabar información que resultaría útil para la invasión alemana, fotografiar la zona donde ahora se encuentran las defensas costeras... Ya sabes a qué me refiero: «¿Un paseo antes de la cena? El paisaje desde la costa es extraordinario... Creo que haré unas fotografías, es uno de mis pasatiempos favoritos». De momento, mantén los ojos bien abiertos ante cualquier cosa sospechosa, y si no hay nada, descartar sospechosos nos ahorrará tiempo.

Para desazón suya, a Frances se le había escapado que Hugo de Balfort le había propuesto matrimonio y ella lo había rechazado. Sus superiores habían bromeado al respecto.

—Seguramente terminará casándose con él; muy oportuno, aunque ella protesta por que él es condenadamente persistente, que no acepta un no por respuesta. Podemos ponerla a vigilar Gracecourt. Así descartaremos a los De Balfort enseguida e impediremos que siga dándonos la lata para que la mandemos a Francia.

Como las Auxis no daban abasto en el sur, Frances debía ampliar su zona de vigilancia a un área más extensa y su Comité de Bienestar de las Land Girls era la tapadera perfecta.

—Manfred anda por ahí abajo —les recordó el hombrecillo—. Hay que peinar el campo.

Luego, para sobresalto de Frances, dejaron de bromear sobre Hugo. El Abuelo había insinuado que casarse con él sería la mejor tapadera de todas. Frances respondió con aquella mirada acerada que su padre conocía tan bien. Se quedaría en Sussex, pero no se casaría con Hugo. Ni hablar. Para aplacarla, los otros le dijeron que siempre podía divorciarse después, que al Abuelo no le gustaba que nadie le desbaratara sus planes.

La posibilidad de que le ordenaran que se casase con Hugo le pareció absurda al principio, después la obligó a reconocer otra cosa: estaba enamorada de Oliver Hammet.

Frances sabía que, por mucho que le gustara a Oliver (y le constaba que así era, pues lo notaba, y mucho), y pese a que había incumplido algunas normas menores de la Iglesia, era un clérigo. Recordó el sermón que había pronunciado en la boda de Elsie y Bernie sobre la perdurabilidad del vínculo matrimonial. Si se casaba con Hugo, perdería para siempre la posibilidad de estar con Oliver. Él jamás aceptaría que nada, salvo la muerte, pudiera separar lo que Dios había unido. Se vería obligado a defender la postura de la Iglesia sobre el divorcio, aunque le partiera el corazón y se lo partiera a ella. Si se casaba con Hugo, nunca podría casarse con Oliver.

¡No permitiría que los condenados alemanes y su guerra le arruinaran así la vida!

En cuanto hubo terminado, agarró sus cosas y huyó del campo de entrenamiento en el preciso instante en que llegaba alguien con el aviso de que el Abuelo quería verla...

Entonces, en el desván de Glebe House, cuando debería haber estado prestando atención a Alice, Elsie y Evangeline, que hablaban todas a la vez, esperaba temerosa que sonara el teléfono. Sabía que, en cuanto se enterara de que se había ido, el Abuelo muy probablemente llamaría para gritarle alguna orden. ¿Cómo iba a rechazar una orden directa?

—¡Frances! ¿Me estás escuchando? —inquirió Alice—. Oliver quiere que...

—¡Oliver!

Abajo, en el vestíbulo, sonó estridente el teléfono. ¿Qué iba a hacer si era el Abuelo?

¡Ah, Oliver!

Se sentía atrapada hasta que se le ocurrió una locura y supo que, si no actuaba de inmediato, jamás lo haría. Tenía que irse ya, antes de que le flaquearan las fuerzas.

Alice se disponía a bajar las escaleras para atender el teléfono.

—No te molestes, ya voy yo —dijo Frances, y pasó corriendo por delante de ella—. Luego me voy a dar un paseo para aclararme las ideas.

—¿Un paseo? ¿Ahora? Pero, Frances, si acabas de llegar. Además, tenemos que contarte...

Frances ya no escuchaba. Se echó una rebeca por los hombros, ignoró el teléfono y caminó lo más rápido que pudo hasta la parroquia. Le flojeaban las piernas; ella, que nunca se quedaba sin palabras, no tenía ni idea de qué iba a decir. Estaba aterrada.

Si se paraba a llamar a la puerta, quizá se arrepintiera, así que no lo hizo.

—¡Oliver! —gritó, abriendo la puerta—. Ay, Oliver, por favor, espero que estés en casa, porque necesito hablar contigo urgentemente.

—¡Estoy arriba! —le voceó él desde el despacho—. Bajo en un santiamén.

Pero Frances ya subía corriendo las escaleras.

—¡Necesito que me hagas el mayor favor del mundo! Eres el único en quien confío.

Irrumpió en el despacho al tiempo que él se levantaba detrás de su escritorio.

—¿Qué puedo hacer por ti?

Por un instante, mientras lo miraba a aquellos ojos pardos tan resueltos, no fue capaz de decir nada. Luego pensó en Hugo y en la noche de bodas.

—¿Qué ocurriría si alguien necesitara casarse muy, muy rápido? De inmediato, incluso. ¿Hay alguna licencia especial?

—Sí, el obispo puede disponer una licencia inmediata, si es necesario. —El rostro de Oliver se ensombreció, y Frances prosiguió rápidamente con su explicación—: Quiero preguntarte algo… Esto no suele hacerlo una chica, pero… pero a lo mejor quieres, y si quieres, tendría que ser ya, de inmediato. Si no lo haces enseguida, podría ser demasiado tarde. Me ahorraría muchas penas y me permitiría seguir… haciendo algo importante sin perder… Algo que también es importante… Y… y… si crees por un instante que no quieres, que eres demasiado honrado para… aceptar… —Los ojos se le llenaron de lágrimas—. El caso es que… ¿confiarías en mí aunque no pudiera contártelo todo?

Oliver se preguntó qué demonios la estaba poniendo tan triste. No entendía lo que quería decirle y estaba a punto de echarse a llorar, algo que no encajaba en absoluto con su habitual carácter despreocupado.

—Frances, mientras sea legal, haré cualquier cosa que necesites.

Rodeó la mesa y se contuvo de abrazarla. Un párroco no debía abrazar a una feligresa compungida. Aunque el párroco amara a la feligresa más que a su propia vida.

Frances tragó saliva. Lo miró con sus ojos de color zafiro muy abiertos, y espetó:

—Ah, es legal, pero habría que guardarlo en secreto.

—Muy bien. Ya sabes que los párrocos debemos guardar los secretos que se nos confían, así que prometo no revelar tu misterioso secreto, sea cual sea.

—Pero tendrás que confiar en mí... y no hacerme preguntas.

A Oliver no le restaban defensas.

—Confiaré en ti hasta la tumba y más allá, si es necesario. Haré lo que me pidas, lo que sea. Y jamás te haré preguntas.

—Bueno, no prometas hasta que no sepas lo que es.

Se armó de valor y le soltó la propuesta. Contuvo el aliento. Quiso retirarla de inmediato, porque seguramente había echado a perder cualquier esperanza. El rostro de Oliver se tornó incrédulo. Luego gozoso.

—¿Eso es lo que tú quieres? ¿De verdad?

Ella asintió con la cabeza.

—¡Sí, muchísimo! Pero solo si tú...

—Ay, Frances —dijo él, acercándose—. Es como si me ofrecieran un milagro. Si tú supieras... Sí, mil veces sí.

❧

A última hora del día siguiente, llamaron a la puerta del Abuelo.

—Adelante —dijo— y, ya que estamos, ¿dónde demonios se ha metido la señorita Falconleigh? La quiero al teléfono de inmediato. Mandé a buscarla ayer, pero se había evaporado.

El hombre que había entrado no paraba de moverse, nervioso.

—¡Haga lo que le digo! —bramó el Abuelo.

—Se trata de la señorita Falconleigh, señor.

—¡Ya era hora! Bien, ¿qué sabe de ella? Estará vigilando a los De Balfort, ¿no?

—Sí, señor; de hecho, hay algo más…

—¿Qué pasa? ¡Hable! Por si no lo ha notado, estamos en guerra, y no tenemos todo el día.

—Se ha fugado para casarse, señor.

—¡Ah, bueno! ¡Ha cumplido las órdenes! Se ha casado con ese tal Hugo, ¿no? ¡Excelente! ¡Sabía que podíamos contar con ella!

—En realidad, no. Por lo visto, se ha casado con el párroco del pueblo. Ejem… La señorita Falconleigh ahora es la señora de Oliver Hammet. Un asunto de lo más embarazoso, señor. Ahora es imposible que se case con Hugo de Balfort.

El Abuelo se expresó con violencia y con multitud de palabras malsonantes durante los quince minutos siguientes. Cuando le dijeron que la señora Hammet había dicho que el párroco accedía a que su matrimonio permaneciera en secreto de momento, tampoco se serenó. Casada o no, debía seguir como hasta entonces mientras esperaba su destino en Francia.

CAPÍTULO 30

Crowmarsh Priors, septiembre de 1942 y después

—Cielos, ¿qué haces aquí? —quiso saber Elsie. Había vuelto a su parte del desván y se había encontrado a su hermana Agnes deshaciendo una maleta vieja. Sus cosas estaban tiradas por todas partes—. ¡Se supone que estabas en Yorkshire! Alojada en alguna casa.

Agnes la miró malhumorada. Estaba más alta y la falda y la rebeca le quedaban pequeñas, varias tallas.

—¿No te alegras de verme?

—Claro que sí —dijo Elsie—. Eres mi hermana. ¡Mírate, estás más alta que yo!

—Bueno, he cumplido quince años, así que ya no pueden alojarme, ¿verdad? Además, a los de Yorkshire los han pillado. Solo nos tenían a los gemelos y a mí, pero estaban pidiendo la prestación para seis evacuados. Así que los magistrados los han metido en la cárcel. Les está bien empleado.

—Pero...

—A los gemelos y a mí nos mandaron a otra casa, pero ya estaba a reventar y era horrible. Me dijeron dónde estabas y que te habías casado y eso. Les dije que yo ya no quería vivir con nadie. Los gemelos tampoco están contentos. ¿Me puedo quedar contigo? Esta casa debe de ser más grande que el Palacio de Buckingham, así que tendría que haber sitio para los chicos y para mí.

—Bueno, tendré que ver lo de los chicos, pero… tú te puedes quedar, claro.

—No será por mucho tiempo. Estoy pensando en buscar empleo en alguna fábrica, para poder mantenerme. He conocido a un chico en la estación, cuando cambiaba de tren en Londres, que estaba repartiendo folletos sobre los rusos y el frente oriental. Hemos empezado a hablar y me ha enseñado dónde comprar el billete y yo le he ayudado un rato a repartir folletos, mientras esperaba el tren. Dice que no hay nada más fácil que conseguir empleo en una fábrica de Londres y que, si he estado en Yorkshire, me vendrá bien pasar un tiempo entre obreros y camaradas de Londres, donde está el proleta… proleta… bueno, el como se llame urbano.

—¡Agnes, tienes que tener más cuidado! ¡No puedes ir por ahí hablando con cualquier fulano que te encuentres en la estación!

—Se llama Ted. —Agnes frunció el ceño, desafiante—. ¡Y yo hablo con quien me da la gana!

De repente, Elsie se sintió mucho mayor, más parecida a su madre de lo que habría creído posible. Suspiró.

—Por el momento, te prepararemos una cama en el suelo, aquí, en nuestra habitación. El resto de la casa lo han requisado. Lo van a convertir en un centro de convalecencia, para los heridos. Ya lo habrás notado, por los martillazos —dijo, al tiempo que los obreros reanudaban el estrépito en alguna parte de la casa. Recogió las cosas de Agnes—. Supongo que querrás darte un baño.

—¡Si aún estamos a martes! —exclamó Agnes, que solo se bañaba el sábado por la noche.

—Muy bien —señaló Elsie con solemnidad.

—Qué señoritinga —masculló Agnes por lo bajo— . ¡Un baño en martes! Por mí que no quede.

A la mañana siguiente, Agnes tenía mejor aspecto, después de haber descansado, limpia y vestida con unas ropas de Elsie mucho más bonitas que las suyas, aunque todavía algo cortas. Insistió en seguir a Elsie cuando salió a matar ratas, y se pegó a sus pantalones hasta que Elsie, exasperada, le dijo que al final la iba a envenenar a ella también como no le dejara un poco de espacio.

Esa noche, Agnes estaba en la habitación cuando Bernie volvió. A él no le satisfizo mucho.

—¿No la puedes llevar a otro sitio? —murmuró—. Si no, ¿cómo vamos a… ya sabes…?

Al día siguiente, Elsie recorrió todo el pueblo, llamando de puerta en puerta para ver si alguien tenía sitio para Agnes. Los Barrows le ofrecieron su pequeña habitación temporalmente, pero no por mucho tiempo, porque Edith estaba embarazada otra vez. Agnes recogió sus cosas y salió enfurruñada, protestando:

—¡Un poli! ¿Estás de broma?

—Tendrás que conformarte de momento, Agnes. Estamos en guerra.

Cuando se acercaba octubre, los obreros terminaron una escalera de incendios en la ventana de Frances, en el desván. Como Elsie y Bernie estaban a lo suyo, nunca se dieron cuenta de que ella se escapaba algunas noches para irse con Oliver, ni de que un visitante trepaba hasta su habitación cuando ella estaba dentro. Incluso durante el día, siempre se la encontraba donde estuviera Oliver. Decía que alguien tenía que distraerlo de lo que ocurría en el cementerio.

Entretanto, Hugo se había vuelto muy pesado; andaba detrás de ella durante el día, la invitaba a salir a tomar una copa en el pub, se ofrecía a llevarla de paseo siempre que disponía de alguno de los vehículos de la granja. Un día, cuando ella se negó, la acorraló en un granero y volvió a suplicarle que se casara con él. No se tomó muy bien la negativa de ella. Pocos días después, irrumpió inesperadamente en el despacho de Oliver y los encontró juntos; a ella la vio inquieta y a él, agitado. Después de eso, buscó siempre que pudo algún pretexto relacionado con la Guardia Local para visitar la parroquia.

Frances pensó que sospechaba algo, así que la siguiente vez que la invitó a tomar una copa con él accedió, e incluso coqueteó un poco, para despistarlo. Le salió el tiro por la culata. Hugo se lo tomó como una señal para que volviera a declararse, y esta vez no se molestó en ocultar la rabia que le produjo su rechazo. La miró con frialdad y le dijo que estaba claro quién era su rival.

—¿Rival? ¿A qué demonios te refieres? —disimuló Frances.

—A Oliver Hammet, por supuesto.

—En serio, Hugo, ¿tú me ves como esposa de un párroco? —le replicó ella, y se marchó airada.

Tanni era un manojo de nervios, ojerosa e inquieta. La hermana Tucker le advirtió que ni se le ocurriera levantarse de la cama, ni tampoco cargar en brazos a Johnny o a Anna. Evangeline, que también estaba cada vez más gorda, no daba abasto con todos los niños y terminaba agotada al final de la jornada. Cuando Alice llegó un día con pasteles de verduras y una pálida mermelada de nabo, se echó a llorar.

—¿Qué haríamos sin ti, Alice?

Alice le dio una palmada en la espalda. No había logrado superar su antipatía por Evangeline, pero era su deber cristiano perdonar.

Evangeline estaba ya demasiado embarazada para salir de caza, pero con el hambre que tenían, nadie era capaz de comerse la carne de ballena, ni la carne picada de dudosa procedencia que tenían en las carnicerías. Frances los sorprendió a todos saliendo al campo y volviendo a casa con varias palomas gordas, que se habían cebado con el grano de la cosecha. Evangeline las rellenó de manzanas caídas y las asó.

De hecho, Frances cayó en la cuenta de que sus cacerías eran una tapadera excelente y una excusa para merodear por ahí con un arma. Inteligencia Militar había reducido el radio de búsqueda al sur de Inglaterra, desde donde se creía que estaban enviando las señales de Manfred, y había recibido órdenes de registrar las casas que, por estar cerca de la costa, fueran un escondite apropiado para los alemanes que se colaran en el país. Además, le habían facilitado un arma reglamentaria.

«Anda por ahí. Mantente alerta», le habían dicho.

Aunque a ella le parecía inútil incluir Gracecourt en la búsqueda, y así lo había manifestado, sus superiores disentían. Frances había pensado, furiosa, que se trataba de la venganza del Abuelo. Sin embargo, siempre que Hugo estaba en la Guardia Local con Oliver, se colaba en la casa y registraba exhaustivamente todas las habitaciones y las de los edificios anexos, pero no encontraba nada. Después, volvía corriendo a Glebe House, bostezaba visiblemente delante de Elsie y de la avispada Agnes y desaparecía a su lado del desván. Luego se escapaba a la parroquia o esperaba a que Oliver subiera hasta ella por la escalera de incendios. El tiempo que pasaban juntos era tan valioso que nunca lo empleaban en dormir. Eran tremendamente felices, aunque estuvieran agotados.

—Cariño, ansío que llegue el día en que podamos por fin comportarnos como un matrimonio respetable —le dijo Frances una noche—. Será tan delicioso poder levantarnos y desayunar juntos. Jamás imaginé que pudiera llegar a anhelar tanto una cosa tan sencilla. Sé hacer té y creo que también podría prepararte unas tostadas.

—Sí lo será, sí. Un párroco no acostumbra trepar al dormitorio de su esposa como si fuera un ladrón. Pero es divertido, aunque durmamos poco. El obispo se horrorizaría. No estoy seguro de que estar casado tenga que ser tan… ¡tan gozoso!

—¡Que le den al obispo!

En un par de ocasiones, casi se dio de bruces con él. Una noche, a primeros de octubre, Hugo volvió a Gracecourt inesperadamente y casi la pilló saliendo de la bodega. Gritó «¿Hola? ¿Hay alguien ahí?» varias veces. Ella se tumbó entre los matorrales, contuvo la respiración y rezó por que Hugo no tuviera una linterna… Eso le hizo recordar el baño de la planta de arriba y el armario para oreo en el que había encontrado una. Quizá debería echarle un vistazo la próxima vez.

Volvió una semana después. Había visto a Hugo salir montado en su bicicleta, así que se coló por una de las ventanas traseras y subió con sigilo a la planta superior. En el baño, los marcos dorados habían desaparecido y la puerta del armario estaba abierta. Se acercó un poco y palpó el interior para ver si la linterna seguía allí. Ya no estaba. En su lugar había un equipo de radio. Frances frunció el ceño; aquel era un sitio extraño para guardarlo. Luego dio un respingo al oír que se cerraba de golpe la puerta principal de la casa y Hugo le gritaba a su padre que la reunión se había pospuesto. Bajó furtivamente por las escaleras traseras y salió por la ventana que había dejado abierta. Escapaba con sigilo bajo la ventana del despacho de sir Leander cuando tuvo lugar una acalorada discusión.

—¡Te digo que sí! —Leander aporreaba el suelo con su bastón—. Hay mucho en juego. Es tu deber… ¡Convéncela! He estado en contacto… Se encargarán de Hammet, lo quitarán de en medio…

Frances dejó de pensar en el equipo de radio. Por lo visto, Oliver y ella estaban metidos en un buen lío. Con «se encargarán de Hammet» solo podía referirse al obispo y a las autoridades eclesiásticas. Alguien debía de haber reparado en la cantidad de tiempo que Oliver y ella pasaban juntos y debía de haberse quejado al obispo de que el párroco estaba teniendo un amorío con una feligresa. No tardarían en descubrir que se habían casado en secreto y se montaría un jaleo tremendo; además, Frances tendría que hallar el modo de ocultarles a todos su condición de Auxi, en especial a Oliver, que aún no lo sabía.

¡Maldición!

Aguzó el oído para escuchar la respuesta de Hugo, que fue algo así como: «Espera, que tengo otra cosa por la que pagarán». Frances se preguntó por qué la Iglesia iba a querer pagarle a Hugo por ninguna información, eso no estaba muy bien. En cualquier caso, le preocupaba sobre todo cómo iba a prevenir a Oliver sobre el obispo sin explicarle cómo lo había averiguado.

Rachel telefoneó para decirle a Tanni que se había enterado de que iba a tener gemelos. Le dijo que así sería, que tenía ese presentimiento. Era cosa de familia.

Era la señal que habían estado esperando; significaba «esta noche».

Alice tomó el recado. Dio de cenar a su madre a toda prisa y volvió con las otras. Descubrió que Frances había salido a hacer una de sus excursiones, Agnes andaba pegada a Elsie, como de costumbre, y Evangeline estaba acostada. Esta se levantó y ayudó a Alice a lidiar con los niños. Podían saltarse el baño por una vez, le dijo, siempre y cuando se fueran a la cama temprano.

—¡No, a menos que también nosotros podamos acostarnos sin lavar los platos! —exigieron Tommy y Maude.

—Sin lavar los platos —accedió Evangeline, demasiado cansada para perseguirlos con un paño enjabonado.

—¡Ni lavarnos los dientes!

Para colmo de males, la reunión del día anterior en el salón parroquial entre miembros de la Guardia Local y otras dos unidades locales se había pospuesto a ese día. Habría gente yendo y viniendo por delante del cementerio. Las niñas tendrían que tener mucho cuidado para que no las vieran.

—¡Demonios! ¿Qué voy a hacer con Agnes? Nunca vuelve a casa de los Barrows hasta la hora de dormir —le susurró Elsie a

Bernie. Al menos estaba en casa y podía ir a buscar enseguida el automóvil que había escondido en un granero abandonado. De ese modo, las niñas podrían ir directamente a Londres cuando aún fuera de noche. Por la mañana, ya estarían a salvo.

No obstante, primero debían encargarse de Agnes. Elsie estaba deseando darle esquinazo para recoger las mantas y preparar los termos de chocolate caliente.

—Toma, dale esto —dijo Bernie, sacando dos pastillitas.

—¡No voy a envenenar a mi propia hermana!

—No es veneno, son pastillas para dormir. Se las compré a… un hombre que conozco cuando Agnes estaba durmiendo en nuestro cuarto…

Elsie lo besó y, cuando poco después entró su hermana, le dio una taza grande de chocolate caliente en la que había disuelto las pastillas.

A las nueve en punto, Agnes estaba roncando con la cabeza apoyada en la mesa de la cocina.

—Mejor la llevamos arriba —dijo Elsie—. Tú agárrala de los hombros, que yo la agarro de los pies.

—¡A nuestra habitación otra vez, no! —protestó Bernie.

—Mira, está muy cómoda, allí dormirá mejor. Es de cajón. Ponla en nuestra cama. No creo que la necesitemos esta noche. Además, no la vamos a llevar así a casa de los Barrows, ¿no?, como si estuviera borracha o muerta o algo.

A las nueve y media, Agnes estaba arropadita en el dormitorio de Elsie, en el desván, ajena a todo lo que ocurría a su alrededor. Bernie le dijo al agente Barrows que la chica no se encontraba bien y que Elsie quería cuidarla.

Más tarde, Elsie, Bernie, Alice, Evangeline y Frances se reunieron en el cementerio. Bernie había escondido el automóvil a kilómetro y medio por el sendero, detrás de un seto. La reunión de la Guardia Local había terminado y Hugo de Balfort fue el último en marcharse, mirando a su alrededor mientras se alejaba. Después el pueblo se quedó tranquilo, oculto tras sus cortinas opacas. Empezó a llover, lo cual era una bendición.

Estaban todos muy nerviosos. Alice no paraba de mirar la hora.

—Bajamar en dos horas y media —dijo al fin—. Frances, casi deberíais ir bajando Elsie y tú.

—De acuerdo.

—Las mantas, los bocadillos y lo demás van en este fardo.

—No sabemos lo que nos costará traerlas hasta aquí desde la entrada. Puede que las hayan drogado y tendremos que cargar con ellas.

Procuraron no pensar en lo que podía estar sucediéndoles a las niñas mientras las trasladaban a un sitio seguro. Alice les había contado que, según el registro parroquial, los contrabandistas traían la mercancía ilegal metida en barriles bajo el agua. Bastante difícil era ya imaginarlas drogadas en el suelo de una barca que iba esquivando las minas del Canal, como para encima tener que llevarlas bajo el agua; si algo iba mal, podrían llegar asfixiadas o ahogadas, como las crías de gato que nadie quiere.

Cuando dejó de llover, emergió de detrás de los nubarrones una luna llena en el preciso momento en que desenroscaban la cuerda y comprobaban las linternas, las velas de emergencia y los fósforos.

—¡Ay, no! —La cuerda se había enredado y tendrían que desliarla—. Me pregunto si alguien nos verá con esta luna —comentó Alice.

—Probablemente todo el mundo duerma.

Cuando Elsie probó con la palanca, la tumba se abrió fácilmente.

—Menos mal que esto se ha aflojado. La primera vez que lo intentamos no había quien lo moviera.

—Céntrate y mantén la calma —murmuró Frances—. ¡Condenada cuerda!

Le había dicho a Oliver que no podía verlo esa noche, que era una de esas veces en que debía confiar en ella. Él le había contestado, sonriéndole, que en ese caso dormiría un poco, porque estaba agotado. A Frances le fastidiaba pensar que iba a dormir solo.

Entonces, cuando llevaban veinte minutos intentando desenredar la cuerda a oscuras, para asombro de todas, oyeron el zumbido de aviones que se aproximaban desde el Canal.

—¡Ay, no! ¡Ay, demonios! —exclamó Frances—. Vienen directos hacia aquí.

Miraron todas al cielo.

—¡Agachad la cabeza para que la luz no os brille en la cara! ¡Al suelo! —ordenó Frances, y todas se tumbaron al abrigo de la iglesia esperando a que los aviones las sobrevolaran y oyendo el lejano fuego antiaéreo procedente de Brighton.

Los aviones se acercaban cada vez más. Cayó una bomba en las colinas, luego otra, y otra. Tembló la tierra.

—¿Por qué bombardean las colinas? ¡Normalmente siguen rumbo norte!

Volvió a estremecerse el suelo bajo sus pies.

—Voy a tener que volver. Tanni y los niños tendrían que bajar a la bodega y ella sola no va a poder.

Evangeline salió corriendo todo lo rápido que pudo.

—Bernie, tú vete a casa con Elsie —le ordenó Alice—. Agnes tendrá mucho miedo si se despierta.

A ninguno de los dos les hizo falta que les insistieran y salieron corriendo en dirección a Glebe House, donde Agnes dormía en el desván, el lugar más peligroso cuando había bombardeos.

Alice los vio marcharse. Sabía que debía regresar a casa con su madre, así que no se detuvo a pensar en el peligro. Con el suelo temblando bajo sus pies y rodeada de destellos por todas partes, corrió hacia su bicicleta, oculta tras los arbustos, y subió a ella de un salto. En una hora podría llegar a su casa y volver.

Mientras los aviones se acercaban bramando, Frances echó a correr en dirección a la parroquia.

—¡Oliver! —gritó—. ¡Al refugio! ¡Corre!

Pero Oliver ya estaba en la puerta, chillando.

—¡Frances! —gritó, justo cuando el primer avión los sobrevolaba. Agarró a su mujer, la metió dentro y, cuando se disponía a bajar con ella la escalera, la explosión los tiró al suelo y reventó las ventanas de la parroquia—. ¡La iglesia! —chilló Oliver con incredulidad, estrechando a su esposa entre sus brazos—. ¿Por qué bombardean la iglesia?

Frances, tendida en el suelo, se aferró a él y enterró la cabeza en su hombro. Él la abrazó con fuerza y la protegió de la siguiente detonación. Otra bomba hizo blanco en el cementerio y el suelo se sacudió con violencia. Oyeron cómo estallaban los cristales y la campana sonaba incongruente una sola vez al tiempo que el campanario se derrumbaba. La mampostería y las lápidas saltaron por los aires y aterrizaron de nuevo con gran estrépito.

Los aviones se fueron tan rápido como habían llegado. Frances y Oliver se tocaron el uno al otro con cautela mientras se ayudaban a levantarse del suelo.

—Por los pelos… —Frances suspiró.

Los dos temblaban, atónitos. La puerta de la casa parroquial se había soltado de las bisagras y había yeso por todas partes.

Una vez fuera, se agarraron el uno al otro mientras contemplaban la devastación.

La iglesia estaba en llamas.

—El campanario —dijo Oliver, espantado.

No daba crédito a sus ojos. Había cascotes y fragmentos de piedra esparcidos por todo el cementerio.

—Oh, no —dijo Frances, imperceptiblemente, escudriñando el lugar donde hacía unos instantes estaba la tumba del caballero—. ¡Dios mío, no!

Oliver la asió de los hombros.

—Me fastidia tener que dejarte, cariño, sé lo afectada que estás, pero debo asegurarme de que en el pueblo no hay nadie herido o agonizando que me necesite.

—Por supuesto —señaló Frances, abatida, y sintió náuseas solo de pensar que el viejo túnel no hubiera sido lo bastante fuerte para soportar el bombardeo—. Sí, mi vida, ve. Soy la esposa de un párroco, lo comprendo.

Siendo una Auxi con formación en demoliciones, lo entendía perfectamente. Pero debía asegurarse.

—¡Ay, Frances!

—¡Vete!

Oliver la abrazó rápidamente y salió corriendo.

Ella se dirigió a iglesia en llamas. La tumba del caballero estaba cubierta de escombros, aunque casi todo el campanario se había derrumbado hacia el otro lado de la iglesia, donde yacía ahora, boca abajo, un ángel de piedra victoriano. Frances apretó los dientes y empezó a retirar cascotes. Debía intentar llegar hasta las niñas. La desesperación le dio fuerzas y, al final, consiguió levantar y retirar de la tumba, haciendo palanca, el último de los cascotes pesados. La manija de la calavera seguía intacta, pero la parte superior de la tumba estaba abierta.

Encontró la cuerda que habían desliado antes de que llegaran los bombarderos. Luego una linterna. Se ató la cuerda alrededor de la cintura y sujetó el otro extremo a la tumba. La probó para asegurarse de que aguantaría, luego descendió por los estrechos escalones. Ya estaba familiarizada con el túnel y avanzó rápido, apuntando al frente con la linterna e iluminando las paredes de arriba abajo para comprobar si había daños. De vez en cuando había algún ligero desprendimiento, eso significaba que el túnel había perdido estabilidad. Frances soltó una maldición y avanzó a toda prisa.

Cuando llegó a la hornacina en la que los contrabandistas habían abandonado a su suerte a los aduaneros, el haz de luz de la linterna reveló el pequeño baúl metálico del desván de Evangeline en el que habían guardado una reserva de emergencia de mantas, chocolate, velas y fósforos. La luz parpadeó y la linterna se apagó.

Se acercó a tientas a la hornacina y palpó a su alrededor en busca del baúl, hurgó en él y encontró una vela y los fósforos. Algo pasó correteando a su lado en la oscuridad y le pareció oír una respiración.

—¡Maldita sea! —masculló, pero la idea de que las niñas pudieran estar atrapadas más adelante la movió a continuar.

De pronto el camino empezó a ir cuesta abajo, pero Frances se dio cuenta de que algo no iba bien. En ocasiones anteriores, a esas alturas había podido oír el mar y sentir la brisa fresca. En cambio en ese momento… no oía el mar, ni había brisa. Fue entonces cuando vio el montón de rocas que le impedían el paso. Casi llegaban hasta el techo del pasadizo. Escarbó en vano, gritando desesperada «¡Lili, Klara!» una y otra vez. La única respuesta fue la caída de unas piedrecitas del techo seguida de un siniestro goteo, y luego una cascada de polvo. No podía hacer otra cosa que volver. La pleamar pronto inundaría la cueva y se filtraría por encima de la barrera. No tardó en oír el agua al otro lado.

Cuando alcanzó los escalones de piedra, no le quedaban fuerzas ni para subir. ¿Qué iban a decir a Tanni? Agarrándose a un clavo ardiendo, decidió contactar con Rachel antes de decir nada. Su única esperanza era que esa noche hubiera sido otra falsa alarma. Agarrada a la cuerda trenzada, comenzó a trepar despacio. A medio camino, oyó que Elsie la llamaba.

Bernie se asomó para ayudarla a subir los últimos peldaños y Frances se derrumbó en el suelo. Muy abajo, en el túnel, oyeron un estruendo y los tres supieron que se había derrumbado.

—Gracias… Ay, Elsie, ha habido un desprendimiento y no he podido… No estaban… ¡Ay, Dios mío!

Se echó a llorar. A lo lejos, el agente Barrows gritaba algo; Elsie y Bernie la dejaron para ver qué sucedía y, sobre todo, para mantener al policía alejado del túnel. Cuando Frances se repuso y se sonó la nariz, se le ocurrió algo. Fue a casa y llamó al número especial que le habían dado.

—Aquí pasa algo raro, no estoy segura de qué es exactamente, pero podría tener que ver con Manfred. Pasaré por la mañana —fue lo único que dijo.

Al día siguiente, antes de que nadie más se levantara, Frances dejó una nota para avisar de que había ido a otra reunión del Comité de Bienestar.

CAPÍTULO 31

Crowmarsh Priors, de noviembre a diciembre de 1942

La fea casita eduardiana de lo alto de la colina, donde Alice y su madre habían vivido, estaba casi vacía. Una sombría tarde de noviembre, Alice se encontraba sola en el desnudo dormitorio principal en el que colgaban sin gracia las cortinas opacas, empaquetando las últimas cosas de su madre. La noche en que los alemanes habían bombardeado San Gabriel, llegó a casa lo más rápido posible, pero fue demasiado tarde. Al precipitarse en la casa oscura y silenciosa, encontró a su madre en la cama, tapada hasta la barbilla, con el rostro congelado en un rictus de terror. ¿Qué habría dicho su padre, sí? Sabía que jamás se lo perdonaría.

Conmocionada, retrocedió hasta la puerta principal y vio arder San Gabriel. La sacristía, musitó, debía de haber sido un polvorín de madera seca y vestiduras, y quizá Oliver... Entonces la embargó un terror absoluto. Supo enseguida que el túnel se habría derrumbado.

Alice había estado mucho tiempo como adormecida. Igual que los demás. Siguió dando clases y continuó con su trabajo de guerra, pero su vida había dejado de tener sentido. En ese momento vaciaba automáticamente los armarios y cajones de su madre, sin progresar apenas. Cada poco tenía que parar, porque lloraba. Pobre mamá. Pobres niñas.

Pero ya casi había terminado. En la última caja metió unos cuantos camisones remendados con puños de satén raídos, unas conchas de mar que sus padres habían recogido durante su luna de miel, una lata de polvos de talco medio vacía, una colección de devocionarios, un juego de tapetes de encaje. La pamela con plumas. Mientras ataba la caja, Alice pensó que también ella estaba condenada a morir sola en algún sombrío dormitorio con algunos recuerdos descoloridos de una vida aún menos trascendental que la de su madre.

Se sentó en el colchón desnudo. Había odiado tener que abandonar la casa parroquial, porque aquel había sido su hogar, pero entonces, al contemplar la desolada habitación, no sintió nada. Se mudaría a Londres en cuanto pasaran las Navidades. Cada vez que pasaba por delante de la destrozada San Gabriel, recordaba las horas felices que había pasado allí. Ya no estaba, y Richard yacía convaleciente en un hospital de Londres. Era hora de marcharse de Crowmarsh Priors.

Penelope, con su interminable lista de contactos, había sido un cielo: le había conseguido a Alice trabajo en el WVS y alojamiento con dos ancianas hermanas que tenían una habitación libre en el desván de su casa de Connaught Square. Incluso encontró una profesora que la sustituyera en la escuela infantil, una mujer de mediana edad que ya había dado clases antes de casarse. Se había quedado viuda en un bombardeo, la misma noche en que había muerto la madre de Alice y muchas otras personas, por lo que había sabido después. Penelope, que jamás se quejaba, se sintió lo bastante alterada como para contarle que ella misma se había librado por poco. Sonaron las sirenas y hubo un terrible accidente en la estación de metro del East End donde estaba de servicio. La policía intentó meter allí a demasiada gente. Muchos murieron en la avalancha, aunque no lo verían en los diarios; las autoridades no querían que se informara del incidente para evitar que la gente dejara de acudir a los refugios.

Alice se preguntó cómo el mundo podía albergar tanta tristeza.

⌒∿

Tumbada en la cama, preocupada por Lili y Klara, Tanni se había puesto histérica cuando habían caído las primeras bombas en las colinas. Sin embargo, cuando los aviones empezaron a acercarse, se olvidó de todo salvo de la necesidad de llevar a la bodega a cinco niños soñolientos. Movida por el pánico, tomó en brazos a Anna y a Johnny. Cuando Evangeline volvió, Tanni estaba de parto. La hermana Tucker acudió tan pronto como pudo, pero fue demasiado tarde. Tanni ya había dado a luz a otra pequeña, que lloró una vez y murió en brazos de su madre. La hermana Tucker tomó con delicadeza el cuerpecito sin vida y le dijo que lo sentía. Tanni no pareció comprender la triste noticia. No lloró, ni manifestó emoción alguna. La hermana Tucker la puso lo más cómoda posible y dijo que la conmoción podía tener ese efecto en una persona, que a veces la gente borraba por completo de su memoria las cosas horribles.

A la mañana siguiente, como Tanni seguía mostrando una indiferencia alarmante, Evangeline intentó por todos los medios contactar con Rachel y los Cohen en Londres para contarles lo de Tanni, el bebé y las bombas, pero cuando al fin consiguió tener línea, la telefonista le dijo que había habido fuertes bombardeos en el East End otra vez y que muchas centrales telefónicas no estaban operativas. También quiso localizar a Bruno, pero solo Tanni sabía su paradero, y como se pasaba el día o durmiendo o adormilada, no pudo sacarle ninguna información. A la hermana Tucker, desbordada de trabajo, la habían llamado para otras urgencias y Frances no estaba, con lo que Alice, Elsie y Evangeline se sentían impotentes y aterradas.

Completamente pálidas, trataron de decidir qué debían hacer con el bebé, cuyo diminuto cuerpo yacía envuelto en una servilleta de lino en el frío comedor.

—Habrá que hacer algo.

Por fin, al anochecer, se congregaron todas alrededor de la cama de Tanni y Evangeline se inclinó sobre ella y le dijo con ternura:

—Tanni, cielo, lo sentimos muchísimo, pero hay que enterrar a la pobre criaturita. Sé que esto es muy difícil, pero necesitamos que nos digas, si te ves capaz, si hay algo especial que debamos hacer tratándose de un bebé judío. ¿Tiene nombre? El agente Barrows se ha ofrecido a hacerle un ataúd y una pequeña cruz para la tumba.

—¿Qué bebé? —susurró Tanni.

Luego se quedó tendida, mirando fijamente al techo, moviendo los labios en silencio. Se negaba a comer ni a decir nada, ni a ellas ni a la hermana Tucker, que fue a visitarla, con el rostro ceniciento por culpa de la fatiga. La hermana les advirtió de que Tanni no debía levantarse, bajo ningún concepto, para el entierro. Se bebió de un trago una taza de té y les dijo que tendrían que arreglárselas como mejor pudieran.

Pasó un día más sin que tuvieran noticias de los Cohen. Finalmente, Evangeline fue a la parroquia, le comentó a Oliver que había que enterrar al bebé, aunque no localizaran a Bruno, y le preguntó si sabía si había algún rito especial judío.

Oliver llamó al obispo, que le prometió que intentaría ponerse en contacto con algún rabino. Encontró a uno en Portsmouth, que también había sido bombardeada, con lo que el rabino no daba abasto, pero haría un esfuerzo por acercarse a Crowmarsh Priors, aunque con el racionamiento de la gasolina y lo poco fiable que era el servicio de autobuses puede que tardara un poco en llegar. Aparte de eso, solo pudo comunicarle a Oliver que, según le había dicho el rabino, un entierro judío debía tener lugar en las veinticuatro horas siguientes a la muerte. El obispo añadió que, lamentándolo mucho, como el bebé no era hijo de padres cristianos, no pensaba que Oliver pudiera hacer gran cosa. Enfadado, para variar, Oliver colgó con violencia el teléfono.

—¿Qué hacemos? —se preguntaron las chicas unas a otras, agotadas, cuando la tarde empezaba a desvanecerse.

Volvieron en tropel junto a la cama de su amiga.

—Tanni, hemos pensado en enterrarla al fondo del huerto, donde aún quedan algunos rosales y está aquel curioso reloj de sol. Cariño, ¿podrías decirnos si te parece bien? Solo eso.

Tanni permaneció en silencio.

Seguían sin saber nada de Bruno, de Rachel o de los Cohen.

—¿Cuánto más podemos esperar? —se preguntaron entre ellas cuando empezó a anochecer—. El entierro debe celebrarse en las veinticuatro horas siguientes a la muerte, y ya han pasado.

—Hay que ponerle nombre a la pobre criatura —dijo Alice—. No podemos enterrarla sin nombre.

—¿Qué os parece «Rebecca»? —propuso Evangeline.

A la mañana siguiente, bajo la fría luz del amanecer, poco más de cuarenta y ocho horas después de que naciera el bebé, Alice, Evangeline, Elsie, Bernie, Oliver, Agnes, los Barrows y los Hawthorne rodeaban la pequeña tumba de Rebecca Zayman mientras la cubrían de tierra. El agente Barrows dio un paso al frente, se inclinó y la coronó con una piedra lisa en la que había pintado «Rebecca Zayman, 28 de septiembre de 1942». Oliver recitó el salmo 23 y les pidió a todos que rezaran en silencio por Tanni y Bruno. Rodaron lágrimas por los rostros de las mujeres. Oliver agachó la cabeza, apesadumbrado por la añoranza de Frances.

Oliver había intentado localizar a Bruno, pero se había topado con un muro de burocracia. Lo único que le decían era que «no estaba disponible». Cinco días después, cuando por fin dio con él, Bruno dijo que iría enseguida, y llegó a las pocas horas. Corrió al dormitorio de Tanni, luego pasó más de una hora al fondo del huerto, delante de la tumba de su hija. Volvió con los ojos rojos y les dijo que, dadas las circunstancias, no le quedaba más remedio que llevarse a Tanni a un sanatorio hasta que estuviese mejor. Había uno cerca de donde él estaba destinado, de ese modo podría visitarla a menudo.

Evangeline le ayudó a vestirla. Le había guardado algunas cosas en el viejo bolso de viaje y estaba a punto de preguntarle si Anna y Johnny podrían ir a casa de los Cohen unas semanas cuando ella diera a luz, pero Bruno la sacó de la habitación y le dio una triste noticia: los Cohen, Rachel, su marido y sus dos hijos habían muerto en un accidente que se había producido en un refugio antiaéreo cuando la policía había obligado a demasiadas personas a bajar rápidamente las escaleras, había cundido el pánico y algunas habían muerto aplastadas.

—¡Ay, Bruno, qué horror! —exclamó Evangeline, cayendo en la cuenta de que debía de ser el mismo accidente que Penelope había presenciado.

No le dijo nada de Johnny y Anna, aunque se preguntó cómo demonios iba a controlar a cinco niños y a un recién nacido. Lógicamente, tampoco quiso agravar las preocupaciones de Bruno contándole lo que creía que les había ocurrido a Lili y a Klara.

Las chicas se despidieron con un abrazo de la impasible Tanni.

—Mejórate, cielo —le susurró Evangeline.

Luego Bruno le pasó un brazo por los hombros a su esposa y la condujo al automóvil. Las otras dijeron adiós con la mano, tristes, mientras se alejaba el vehículo con Tanni y Bruno.

❧

Por fin, los médicos le dijeron a Evangeline que Richard podía trasladarse a Glebe House, pues ya estaba listo. Su estado había mejorado un poco: le habían quitado casi todos los vendajes y los había sorprendido a todos recuperando algo de visión en un ojo. Cuando llegó, Hugo fue a verlo. Richard iba en silla de ruedas y, cuando

Evangeline lo llevó hasta la zona de visitas, él alargó el brazo para estrecharle la mano. Hugo se quedó muy impactado.

—Vaya, viejo amigo… No tengo palabras, en serio.

Mantuvieron una embarazosa conversación durante un cuarto de hora, luego Hugo miró el reloj, masculló algo sobre la Guardia Local y se marchó. Al día siguiente, mandó aviso de que su padre y él estaban en cama con escalofríos y no podían visitar a nadie de momento.

Richard había hecho un esfuerzo por su visita, pero le cansaba hablar. La única persona a la que respondía era Evangeline, y le encantaba notar cómo se movía el bebé dentro de ella. Los médicos le dijeron que había sido un golpe de suerte que Crowmarsh Priors tuviera su propio centro de convalecencia. Aún no estaba bien de los nervios y no habría podido hacer frente a una casa llena de niños ruidosos, pero con el tiempo… Bueno, ya irían viendo.

Elsie cuidaba de los niños mientras Evangeline estaba con Richard, pero casi todo el tiempo se las tenía que arreglar sola. Estaba más atareada que nunca, ahora que tenía que prepararse para la llegada de su bebé y Tanni no estaba allí. Salía de cuentas en la primera semana de enero y confiaba en que, tras el parto, Richard y ella pudieran empezar de nuevo. De algún modo.

Antes de que se diera cuenta, ya era Navidad y se le hacía tarde para plantar la col de invierno, del todo necesaria si querían tener comida suficiente. Cavó incansable en el huerto, vestida con unos pantalones antiquísimos que, en tiempos más felices, Tanni le había arreglado con encajes a los lados para dar cabida a su vientre cada vez más abultado. Hincó la pala y notó un reguero caliente por las piernas; había roto aguas.

Esa tarde llegó la hermana Tucker y mandó a Tommy y a Maude corriendo a buscar a Alice después de las clases. La hermana dijo que alguien tenía que decírselo a Richard, pero Alice sugirió con cierta brusquedad que Elsie podía hacerlo.

Evangeline estuvo de parto dos días, resistiéndose a las contracciones, aterrada de pensar en lo que sucedería si el bebé nacía negro o mulato. Sin embargo, al final, dio a luz a un niño. Yació tendida, inmóvil, pálida, exhausta y aterrada mientras la hermana Tucker iba de aquí para allá, muy eficiente, hasta que por fin le entregó un bulto muy bien envuelto.

—Hemos llegado con unas semanas de antelación, mamá, pero estamos perfectamente de todas formas —gorjeó la monja.

Evangeline casi no se atrevía a mirar, pero cuando lo hizo, vio que el bebé tenía los ojos azules y el pelo abundante y de color castaño. Su diminuta boquita se abrió en un bostezo, que pronto se convirtió en un berrido. Ella se echó a llorar también, de alegría y de alivio. Estaba segura de que no era de Laurent.

—Tranquila —le dijo la hermana Tucker—, que ya ha pasado todo y el bebé es precioso. ¿Ya has pensado en cómo lo vas a llamar?

—Por favor, ¿podría decírselo a Richard? —murmuró Evangeline—. Me gustaría llamarlo Andrew. Yo tenía un hermano que se llamaba Andre…

—¡Nunca la había oído hablar de hermanos! —observó Elsie.

Cuando volvió Frances, ella, Elsie e incluso Alice se turnaron para estar con Evangeline, que, como todas las madres primerizas, debía guardar cama al menos un par de semanas. Nell Hawthorne le trajo un poco de caldo, le ahuecó las almohadas y arrulló al bebé; Edith Barrows hizo natillas con gelatina siguiendo la receta de su propia madre «para que Evangeline recuperara las fuerzas».

—Es como si estuviéramos repoblando el pueblo —dijo Edith, dándose una palmadita en su propio vientre hinchado.

Mientras Evangeline se recuperaba, Elsie obligó a Agnes a que la ayudara a fregar, a lavar y a ocuparse de los niños, mientras esta, resentida, protestaba amargamente de que su hermana se había convertido en una mandona de cuidado.

El único tema que las cuatro jóvenes evitaban era el de Lili y Klara Joseph, aunque el armazón de la iglesia se encargaba de recordarles a todas horas lo que podía haber sucedido: los restos del campanario se alzaban abiertos al cielo, rodeados de cascotes, cristales rotos, bancos de madera aplastados y tejas de pizarra. El impacto había destrozado muchas tumbas, por lo que entre los escombros había también lápidas y losas de mármol. El mausoleo del caballero aún estaba en su sitio, pero se había hundido hasta casi desaparecer de la vista. Ya no había forma de acceder a la entrada. La única y remota esperanza era que la barca que transportaba a las niñas no hubiera llegado a la cueva como esperaban, aunque, habiendo tantas minas y patrullas marítimas, daba horror pensar siquiera en las posibles razones. No obstante, si había otra explicación y las niñas no habían muerto, ¿dónde podrían estar en esos momentos?

Frances dijo que podían probar con la Francia Libre, para ver si alguien de su red de contactos sabía algo, pero, de momento ni ella ni Evangeline podían ir a Londres.

En Navidad tuvieron dos visitas, una de las cuales fue Penelope, que quería pasar un tiempo con Richard y disfrutar de su nieto; la otra fue un muchacho larguirucho con acné que se bajó con aire desgarbado del tren.

—¡Es Ted! —exclamó Agnes contentísima—. Le escribí y le dije dónde estaba —informó a Elsie. Estaba viviendo otra vez con su hermana y su marido porque el bebé de los Barrows estaba a punto de nacer. Como Frances se ausentaba con frecuencia, podía dormir en su lado del desván.

Cuando llegó Ted, se instaló en el cobertizo del huerto de Glebe House, casi sin que nadie se diera cuenta. A cambio de un catre y una lamparilla de alcohol, ayudaba a Evangeline en el huerto y en alguna que otra tarea, hablando sin parar. Quería que todos se hicieran socialistas. Cuanto más tiempo llevaba allí, más convencida estaba Elsie de que Ted había vuelto loca a su familia con su cháchara política y lo habían echado de casa. Sermoneaba y aleccionaba a todo el mundo: a Oliver le decía que la religión era el opio del pueblo; a Albert le hablaba de solidaridad con la clase trabajadora; a Frances y a Evangeline, sobre la supresión del proletariado y el imperialismo; y a Alice, sobre la revolución social y sobre por qué la Iglesia era una herramienta burguesa de opresión.

Luego quiso sermonear a Bernie sobre los fallos inherentes al sistema capitalista.

—¡Me está volviendo loco, demonios! —se quejó amargamente a Elsie—. ¿Qué ha sido de mi paz y mi tranquilidad? Esto es como un puñetero circo. Nos casamos para poder estar juntos, luego se viene Agnes a compartir la habitación con nosotros, ¡y ahora hay que aguantar al condenado Ted! O se larga o le parto la boca para que se calle.

—Bernie, tengo que vigilar a Agnes. Ted no hace más que darle la lata con el amor libre, lo he oído. En cuanto me descuide, le hará un bombo, y no es de los que se casan. ¿Adónde irá ella, entonces? Te lo voy a decir: volverá con nosotros, ¡y con un condenado bebé! Tengo que cuidarla, se lo debo a mamá. La sangre tira.

—¡Menos mal que yo no tengo familia!

—¡Bernard Carpenter! ¡Claro que tienes familia! Me tienes a mí, ¿no? —Elsie se colgó del cuello de Bernie—. Y siempre me tendrás, si sabes lo que te conviene.

Él se ablandó y le dio un beso. No era el mejor momento para decirle que, de hecho, estaba a punto de tener más familia de la que esperaba. Había recibido una carta de las personas que alojaban a sus hermanos: había habido un incendio en su casa, así que ellos y siete niños vivían hacinados en la casita de dos plantas y dos dormitorios de unos vecinos, el único alojamiento disponible de momento. Como Elsie era una mujer casada, le mandaban a los chicos.

Pospuso cuanto pudo el momento de contárselo a Bernie, porque se enteró de que los muchachos llegarían en el tren del fin de semana.

«Al menos así estaréis juntos en Navidad», le escribió la mujer cuya casa se había quemado. Elsie gruñó.

—Lo que necesitamos es una casa propia —le dijo a Bernie cuando al fin le confesó que sus hermanos estaban en camino—, y por una vez no me importa cómo la consigas, siempre que podamos estar todos juntos.

—Solo a condición de que Ted no venga —repuso Bernie con firmeza.

Y, en efecto, encontró una casa para ellos, un verdadero milagro, teniendo en cuenta la escasez de vivienda. Estaba situada al final de una calle de adosados, en su día refinados, en Eastbourne. Aunque desvencijada y casi en ruinas, tenía varios dormitorios, un salón doble y campanillas por todas partes para llamar a la inexistente doncella. Contaba con una extraña colección de muebles dejados allí por los anteriores propietarios, que parecían tener una abrumadora predilección por el terciopelo rojo, las lámparas de araña, los espejos y las alfombras de estampados chillones.

—¡Caray, es un palacio, con sus cortinas y todo! —exclamó Elsie, contemplando a Bernie con admiración—. ¿Cómo has encontrado esto? ¡No, no me lo digas!

Así que Bernie no le contó a Elsie que había sido un burdel propiedad del Tío. Siguiendo el dudoso consejo de su abogado, el Tío había registrado la propiedad a nombre de Bernard Carpenter, que por entonces aún era un niño, aunque en el catastro desconocieran ese dato. Poco antes de ingresar en prisión, el Tío le contó a Bernie lo que había hecho, consciente de que el muchacho lo admiraba demasiado para intentar privarlo alguna vez de la propiedad. Sin embargo, el Tío había muerto ya y sus anteriores inquilinas se habían mudado a Londres en busca de pastos más verdes. Bernie dedujo que no la habían requisado porque a las autoridades no les gustaba requisar burdeles, de modo que podía ocuparla.

Agnes se negaba a ir a Eastbourne e insistía en que ella se quedaría en la habitación de Elsie y Bernie, en el desván de Glebe House, pero Elsie no la iba a dejar sola con Ted. Consiguió que las Land Girls la nombraran matarratas de Eastbourne; y a Agnes, su ayudante.

—Te voy a echar de menos —le dijo Evangeline con tristeza—, sobre todo ahora que Alice se va también y Frances casi siempre está fuera.

—Lo sé, no me apetece irme, pero ¿qué otra cosa puedo hacer? Tengo que cuidar de los chicos y de Agnes, por mamá.

Después de Navidad, Evangeline y Alice se despidieron de Elsie, Bernie, Agnes, Dick y Willie, camino de su nuevo hogar. Ted no tardó mucho en aparecer por Eastbourne, para disgusto de Bernie, y se quedó.

ෙ৹

El día después de que los aviones bombardearan Crowmarsh Priors, Frances, que no tenía claro si debía haberlo mencionado antes, viajó a Londres, buscó al hombrecillo y le pidió consejo. En su momento no le había dado importancia, pero había visto la radio en el armario del baño de Gracecourt después de almorzar con Leander hacía un año, algo que podría o no resultar extraño. Además, Hugo no paraba de acosarla, con creciente persistencia, para que se casase con él. Ella había empezado a pensar que estaba desquiciado. Apenas había acusado a Oliver de ser su rival cuando lo oyó decir a Leander que «ya se encargarían de Hammet». Había pensado que se refería a que las autoridades eclesiásticas sancionarían a Oliver por tener una aventura con una feligresa, pero ¿habría llegado a sus oídos que se habían casado? Lo creía improbable, porque Hugo le había parecido simplemente celoso, claro que luego habían bombardeado la iglesia, un objetivo de lo más peculiar... ¿Qué sentido tenía bombardear una iglesia aislada y unas colinas?

—Mmm. A lo mejor Hugo solo está locamente enamorado de ti —sugirió el hombrecillo.

—No, no lo está. Eso es lo extraño. Se han enamorado de mí algunos hombres… No, no haga eso con las cejas; casi todas las chicas pueden decir que algún hombre se ha enamorado de ellas en algún momento… Y no, un hombre enamorado no se comporta así, de esa forma tan intensa, desagradable. Hugo casi me grita cuando se declara. Decididamente, hay algo raro en su conducta.

El hombrecillo le dijo que no debían extraer conclusiones precipitadas, pero que debía vigilar Gracecourt y a sus dos ocupantes tan de cerca como pudiera. Si ella estaba en lo cierto, no serían solo los De Balfort quienes estuvieran implicados, y no debía levantar la liebre antes de que pudieran tender la trampa para atraparlos a todos.

—Ah, Frances —le advirtió cuando ya se iba—, no olvides lo peligroso que puede llegar a ser un colaboracionista. Se lo juega todo.

∾

Frances se quedó en el pueblo para Navidad, en lugar de irse con su padre. Hacía largas excursiones por el campo y volvía con faisanes, conejos e incluso, en una ocasión, con un pequeño corzo. La caza furtiva era su mejor coartada. Durante el entrenamiento, les habían dicho que, cuando tuvieran que mentir, se ciñeran a la verdad en la medida de lo posible.

Alice había recibido orden de presentarse para el servicio a primera hora del día de Año Nuevo. En Nochevieja, cuando los niños ya se habían dormido, fue a despedirse de Evangeline y de Frances. Estrenaba su nuevo uniforme del WVS. Había perdido peso y la cortísima falda resaltaba su figura y sus largas piernas. El corte entallado le sentaba bien. Por primera vez en meses, había hecho un esfuerzo: haciéndose la manicura, poniéndose pintalabios (un regalo de despedida de Elsie), y bajo la desenfadada gorra del WVS llevaba el pelo recogido en un moño de la victoria que por fin le había salido perfecto. Parecía una persona distinta: eficiente y capaz, pero inesperadamente glamurosa; una chica de revista vestida de uniforme.

Frances y Evangeline charlaron mientras se bebían la última botella de vino de la reserva de lady Marchmont. Frances había estado dedicando sus pocos ratos libres a ayudar a Oliver en la improvisada capilla que este había dispuesto en el comedor de la casa parroquial para que el pueblo tuviera un lugar de culto.

—Bien hecho, Frances —observó Alice.

Frances hizo un gesto de autocrítica.

—Tú siempre has sido el sostén de San Gabriel y alguien tiene que ayudar a Oliver a mantener en pie la parroquia cuando te vayas —le dijo.

Evangeline la miró fijamente. Frances era una candidata de lo más inverosímil como sustituta de Alice, pero últimamente Oliver y ella siempre estaban juntos, y cuando no lo estaban, se andaban buscando el uno al otro. Raro.

—Bueno, como nos dejas, tengo un regalo para ti —dijo Frances, cambiando de tema—. Nunca se sabe lo que te pasará en Londres ni a quién conocerás. Si se presenta el hombre adecuado, necesitarás esto —añadió, y le regaló el neceser de piel de cocodrilo con el que Albert la había visto en el andén de la estación el día de su llegada a Crowmarsh Priors.

—Ay, Frances… —dijo Alice, admirada.

Lo acarició, luego abrió el cierre. Era lo más exquisito que había visto en su vida, y, desde luego, que había tenido. Por dentro, estaba perfectamente surtido de plata y nácar, con cepillo y peine, estuche de manicura, estuche de costura, polvera de cristal con su propio aplicador grande, soportes para tres pintalabios y dos frascos de perfume Lalique, cada uno de ellos lleno hasta la mitad de Vol de Nuit.

Había un cepillo de dientes con mango de nácar, una cajita para polvo dentífrico, un cajón acolchado para joyas y un pañuelo limpio ribeteado de encaje. Al fondo se levantaba un espejo gracias a un ingenioso sistema de pequeñas bisagras.

—Ay, Frances… ¡Nunca había tenido nada tan bonito! —dijo—. Cuando muera, lo encontrarán y dirán que… que… tuve una amiga que…

—No nos pongamos morbosas, querida. ¡Nada de lágrimas! Algo me dice que pronto conocerás a un hombre maravilloso y esto te vendrá muy bien para tu viaje de novios. Promete que nos escribirás y nos lo contarás todo cuando suceda.

Cuando se fue, Evangeline y Frances se terminaron el vino y contemplaron el fuego.

—Oliver y tú… —dijo Evangeline al cabo de un rato—. Tú estás enamorada de él, ¿verdad?

«Si tienes que mentir, cíñete a la verdad en la medida de lo posible.»

—Sí —reconoció Frances—. Sé lo que estás pensando, que no tiene sentido, pero, Evangeline…, nadie debe saberlo. Debe ser un secreto de momento. Por favor, no digas nada.

—Sé guardar un secreto —repuso su amiga—. Te lo aseguro.

—Si eres mi amiga, guárdamelo y, por favor, no me preguntes nada más. Pero si alguna vez me pasa algo, me cae una bomba encima o algo así, prométeme que cuidarás de él. Tiene… Bueno, me ha dado a entender que tiene algún problema de corazón; no se le nota, pero lo tiene.

—Te lo prometo.

—Parece que esta guerra no se acaba nunca, ¿verdad?

CAPÍTULO 32

Oeste de Londres, agosto de 1944

Alice se había esforzado todo el día por controlarse, pero le daba la sensación de que había perdido la batalla. Esa mañana se había levantado con el pie izquierdo y la había recibido un día húmedo y gris, y demasiado frío para esa época del año. No había sido capaz de concentrarse debidamente, como si la atmósfera la oprimiera y ahogara todos sus pensamientos y sus movimientos. Se sentía irritable y ansiaba estar en otro sitio que no fuera frío, oscuro, sucio y peligroso. En otro sitio donde brillara el sol y pudiera darse un baño en condiciones en vez de lavarse como los gatos en un baño con la ventana rota.

El día casi había acabado, pero sin duda lo seguiría otro igual de sombrío. Se concentró en disponer las pastas en círculos perfectos sobre una bandeja rota. Colocó bien las tazas de té, esperó a que hirviera el agua de la tetera industrial y se preguntó por qué se había vuelto a ofrecer voluntaria para hacer de anfitriona en otro grupo pastoral cuando los odiaba, sobre todo cuando estaba exhausta y preferiría meterse en la cama. Nunca más, se prometió.

De pronto, otro de los temidos cohetes V2 pasó silbando por encima de la iglesia. El siniestro sonido ahogó el del gramófono, se interrumpió la charla y todos los presentes se quedaron inmóviles. No habían sonado las sirenas que advertían del ataque, tampoco había tiempo para correr al refugio antiaéreo. No pasaba nada mientras se oyera el ruido. Lo peligroso era cuando no se oía, porque eso significaba que el cohete estaba justo encima.

—¡Todos debajo de las mesas! —gritó Alice al oír el impacto.

Lo siguió otro que cayó cerca, probablemente dirigido a la estación de Paddington. El tercer silbido se detuvo de pronto y el cohete derrumbó la mitad del techo con un fuerte estruendo y apagó las luces. Alice se acuclilló, cerró los ojos con fuerza y volvió a ver el cadáver del pequeño tendido en la calle el día anterior. Lo había levantado en brazos y había preguntado a los vecinos supervivientes, atontados por la detonación, quién era. Nadie lo sabía. Ella había mantenido el tipo, desde luego: había metido el cuerpo sin vida en una ambulancia, y había seguido dando indicaciones a la gente que se había quedado sin hogar para que acudieran a refugios temporales donde podrían comer caliente.

Cuando el ataque terminó por fin, el salón de actos de la iglesia estaba lleno de cascotes, cristales rotos y personas que preguntaban a otras si se encontraban bien. Alguien sacó una linterna. La tetera se había volcado y yacía de lado en un charco, rodeada de tazas hechas trizas. Los rieles de las cortinas opacas cruzaban en diagonal las ventanas rotas, por las que se veían los haces de los reflectores cruzando el cielo.

—¡Apague esa linterna! —ordenó alguien, y el diminuto rayo de luz desapareció.

Alice se sentía débil y se ahogaba, le faltaba el aliento y se notaba la garganta áspera por culpa del polvo. Sin saber cómo, de pronto el aviador americano que había estado hablando con el párroco le había pasado un brazo por los hombros e intentaba ayudarla a levantarse, pero Alice no estaba segura de poder tenerse en pie. Estaba tan débil que solo quería dejarse caer al suelo. Los ojos se le llenaron de lágrimas. Se dijo con firmeza que no debía llorar. Las componentes del WVS nunca se dejaban llevar; debían dar ejemplo y seguir adelante. Le susurró al aviador que solo estaba cansada. Todos estaban cansados: Ellen, Judy y el párroco. Entonces cayó en la cuenta de lo reconfortante que resultaba que un hombre la rodeara con el brazo en la oscuridad. Estaba temblando.

—Es la primera chica de las que he conocido aquí que cita las Escrituras de memoria —le dijo él al oído.

Por los dientes blanquísimos que Alice pudo ver en la penumbra, dedujo que el aviador sonreía. Hablaba de una forma extraña, como si no tuviera prisa por decir lo que quería decir.

—¿Cómo? —inquirió ella.

—Acaba de decir: «Basta a cada día su propio mal».

—Ah, ¿sí? —Ellen, su compañera, ya le había advertido de que había estado hablando sola. Pensó que se estaba convirtiendo en una excéntrica amargada, como su madre. La idea le pesaba como una responsabilidad bélica más—. Bueno, ¡esos han estado cerca! Aun así, debemos considerarnos afortunados; otros están mucho peor. —Pretendía sonar animosa, ¿por qué le temblaba la voz? Se obligó a respirar hondo y se recordó que había aguantado hasta entonces.

—Si esas bombas hubieran caído un poco más cerca, seríamos nosotros los que estaríamos mucho peor, señorita —le dijo él, arrastrando las palabras.

Lo de «señorita» era respetuoso, pero no le había retirado el brazo de los hombros. Era agradable y fuerte. Débil, Alice decidió dejarlo ahí un minuto, solo hasta que se le pasara el temblor y lograra aclararse. Pero seguía temblando.

El hombre la rodeó con el otro brazo y la estrechó con fuerza contra su cuerpo.

—Tranquila —le dijo—. Ustedes, las inglesas, son increíbles. Ese cohete me ha dado un susto de muerte, y eso que estoy en la fuerza aérea. Usted es solo una civil y tiene derecho a asustarse. Apuesto a que ha pasado por esto montones de veces desde que empezó la guerra y, aun así, aquí está, haciendo como si fuera normal. Y no lo es. Pero ya ha pasado.

Poco después se le pasó el temblor y Alice empezó a disfrutar de la sensación cálida y sólida de la proximidad de aquel hombre. Entonces se recordó que los americanos tenían una pésima reputación; no debía alentar sus insinuaciones. Además, seguro que estaba casado. Primero Richard y después aquel tipo… que parecía agradable. Todos estaban casados. Alice suspiró, reprimió la autocompasión y empezó a quitarse los cristales del pelo. Se sorbió la nariz y algo le salpicó la chaqueta.

—Está sangrando —dijo el aviador—. No se mueva. —Se sacó el pañuelo y se lo puso en la nariz.

«No es más que una hemorragia nasal; no soy una baja de guerra», quiso decirle Alice. En cambio, dijo con la voz quebrada:

—Gracias. ¡Ay, no! ¡Le he manchado de sangre el uniforme!

Deseó que la tierra se la tragara, con hemorragia nasal y todo. Primero los cohetes y luego eso, precisamente la primera vez que hablaba con un hombre atractivo en años.

Él sonreía.

—No pasa nada. Llore a gusto si quiere. Adelante, estoy acostumbrado. Las mujeres siempre se sienten mejor después de llorar un rato, o eso es lo que me dicen mis hermanas. Y tengo cinco. Siempre hay alguna llorando, desahogándose. Soy Joe Lightfoot, de las Fuerzas Aéreas de Estados Unidos. —Humedeció su pañuelo en un poco del agua que se había derramado de la tetera y se lo dio a ella—. ¿Y usted?

—Ah. Sí. —Sorbió—. ¿Cómo está? —Sorbió. Alice se limpió la cara y los ojos, y se dio unos toquecitos con el pañuelo en la nariz—. Soy Alice Osbourne, del WVS. ¿Cuánto tiempo lleva en Inglaterra?

—Seis meses. Piloto un bombardero, misiones sobre Alemania, ayudé a respaldar la invasión del Día D. Hay mucho trabajo por hacer. Tenía un fin de semana de permiso, así que he decidido aprovechar para ver Londres. Uf, esos trenes van atestados. Llego a Londres y ya era de noche. No sabía qué hacer hasta que me he parado a pedir indicaciones y he visto el cartel que decía que esta noche había un evento aquí y que los soldados eran bienvenidos. Te he estado observando desde el otro lado de la sala, viendo cómo ibas de aquí para allá, organizando cosas como si estuvieras al mando. ¿Esta es tu iglesia?

—Algo así, ahora estoy en Londres. Ayudo a veces.

¿La había estado observando? Consternada, Alice se sacudió con fuerza el uniforme. Debía de tener un aspecto horrible. Quizá no fuera del todo malo que se hubiera ido la luz. ¿Por qué, Dios, por qué no se había acordado del pintalabios? Llevaba días sin darse un baño. ¿Y por qué no se le ocurría qué decir? Recurrió automáticamente a un tema con el que estaba familiarizada.

—Mi padre vino aquí como párroco auxiliar cuando se ordenó. Luego le dieron su propia parroquia en el campo, donde…

—¿Que tu padre era qué…?

—Párroco.

—¡Entonces eres hija de un predicador! Vaya, Alice, pues yo vengo de una familia de cristianos practicantes en la que todos los primogénitos se llaman Joe. Oficialmente me bautizaron como Joseph Lee Lightfoot Cuarto. No sé de qué confesión es esta iglesia, pero en mi familia todos son de la Convención Bautista del Sur. Como tú también eres practicante, he pensado que era preferible que te lo dijera.

Alice no había oído hablar en su vida de la Convención Bautista del Sur.

—¿Sí? —dijo sin entusiasmo.

—¿Te encuentras mejor? Bueno, seguiré hablando. Yo también vengo del campo, de una pequeña localidad llamada Goshen, en Georgia, a unos ciento sesenta kilómetros de Atlanta. Has oído hablar de Atlanta, ¿no?

Ella asintió con la cabeza, pese a que no habría sabido situarlo en el mapa.

—Mi familia tiene una granja allí desde antes de la guerra de Secesión. Mi padre ha ampliado un poco el negocio, ha abierto algunas tiendas que venden pienso y maquinaria. Cuando partí rumbo a Inglaterra ya tenía diez, entre Goshen y Atlanta. Como soy el único chico, quiere que vuelva y le ayude a llevar el negocio. Me prometió doscientos acres para construir mi propia casa cuando regrese.

Alice se preguntó qué sería eso de «pienso y maquinaria», y cuántas tierras debería uno tener para poder regalar doscientos acres. ¡Solo para una casa! Lo grande que debía de ser Estados Unidos.

—Tengo bastante hambre —dijo ella—. Supongo que no habrá sobrevivido ninguna de las pastas. Me he olvidado de almorzar y estoy algo mareada. Normalmente soy más tranquila.

—Apuesto a que sí. Toma, una pasta. A ver, esta bandeja parece la más limpia… Lástima que sea demasiado tarde para invitarte a cenar, pero el club de oficiales ya estará cerrado, y probablemente la mayoría de los restaurantes. ¿Vives cerca de aquí? Estaba pensando que a lo mejor podríamos cenar juntos mañana, si no estás ocupada, claro —dijo Joe. Le pasó una bandeja de pastas que no tenían muy buen aspecto. Alice se las comió de todas formas. Sabían a polvo, pero le daba igual, estaba muerta de hambre—. En el club de oficiales hacen buenos filetes. ¿Dónde vives?

¡Filetes! Alice casi se desmayó de pensarlo. Hacía años que no veía ternera salvo en forma de «carne picada».

—Bastante cerca de aquí —contestó—. Si la casa sigue en pie, me alojo con dos ancianas, a las que no les agradan las visitas.

Alice cayó en la cuenta de que tenía casi veintiocho años y, aparte de con su padre y en el internado, se había pasado la vida viviendo con mujeres mayores, empezando por su madre. No sabía muy bien qué decir a continuación. ¿Debía acceder a cenar con él? Parecía bastante agradable, pero los soldados americanos eran conocidos por su habilidad para camelarse a las chicas con sus encantos, sus chocolatinas y sus cigarrillos. No quería darle una impresión equivocada, pero, por otro lado, tampoco quería darle largas.

—No les agradan las visitas —repitió sin convicción.

Joe rió.

—No pasa nada. Sé cómo son las ancianas, muy estrictas a veces. Hay muchas ancianas en Goshen. Te acompaño a casa, de todas formas. No se opondrán a eso, con lo peligroso que es andar por la calle. Además —añadió, tomándole la mano—, necesito saber dónde recogerte mañana para que podamos cenar juntos y pueda verte a la luz antes de que se me acabe el permiso. Asegurarme de que eres tan bonita como me has parecido antes de que se fuera la luz. Papá dice que si una chica es bonita y conoce las Escrituras, con eso ya tiene cubiertas todas las bases.

¿De qué demonios estaba hablando? ¿Qué bases? Entonces Alice contuvo el aliento. ¿Bonita? Confiaba en tener por lo menos la cara limpia. Las Escrituras le daban igual en ese momento.

—Ah —dijo ella, nerviosa—. Pero tengo… tengo que ayudar a recoger…

Al otro lado del salón, Judy y Ellen barrían los cristales rotos y la miraban con resentimiento.

—Huy, vamos. Rápido. —La tomó de la mano—. Apuesto a que siempre recoges tú.

La sacó de allí con determinación. Alice no protestó. Tenía razón: ella recogía casi todas las noches, y agradecía que la rescataran de aquello.

Fuera, los cohetes habían destruido un edificio de oficinas y una tienda de ropa, mientras que un bloque de pisos cercano estaba en llamas. Los bomberos gritaban y las aceras estaban cubiertas de escombros, ladrillos y cascotes, además de resbaladizas por el agua de las mangueras de incendios. Alice tropezó y estuvo a punto de caerse mientras se abría paso entre los fragmentos de mampostería.

—Espera, permíteme —le dijo Joe.

Cuando se quiso dar cuenta, él la llevaba en brazos y avanzaba a grandes zancadas en medio de aquel desastre. Ella se colgó de su cuello. ¡Qué noche!

—Puedes bajarme, ya hemos pasado lo peor —sugirió ella un minuto después—. Esta es mi plaza. Las ancianas viven justo allí, en aquella esquina, junto al puesto de pescado con papas.

Joe la dejó en el suelo, pero ella se resistía a soltarlo.

—Pescado con papas... Eso es como pescado frito con papas fritas, ¿no? ¿Estará abierto? Todo parece muy oscuro.

—Lo huelo desde aquí.

—Vamos, entonces, que esta noche no has cenado y no quiero que te me desmayes.

Diez minutos después, sostenían en las manos el papel de periódico grasiento y Joe buscaba un sitio donde sentarse.

—¿Tienes que entrar enseguida o nos podemos sentar en este banco a comérnoslo antes de que se enfríe? —preguntó él—. ¿Tendrás frío?

—No. Me parece bien —señaló Alice con cautela, aguzando el oído por si había algún ruido de fondo. Detrás del banco, la plaza oscura era una masa de árboles y matorrales que solían crujir por la actividad de las parejas de novios, o de las prostitutas con sus clientes. Aunque Joe parecía buena persona, muy buena persona, de hecho, a Alice le inquietaba darle «ideas». ¿Le inquietaba? De pronto se sentía insegura. ¿Qué haría si a él se le ocurrían esas ideas?

Devoraron el pescado con papas. Joe había pedido una cosa llamada «kétchup», a saber qué sería, pero Alice había aliñado generosamente la fritura de los dos con sal y vinagre.

—Nada de kétchup —dijo ella. Después se sintió mucho mejor. Joe le pasó el brazo por los hombros y estuvieron sentados allí un rato. Alice se sentía aliviada (no se oía nada entre los matorrales, por el cohete, supuso) y relajada. Se sorprendió sonriendo a la oscuridad—. ¿Qué es kétchup?

Joe rió.

—Salsa de tomate —contestó, y pronunció «tomate» de una forma rara—. No me imagino la vida sin kétchup. ¡En Estados Unidos todo el mundo lo toma! —Alzó la mirada—. Se ven algunas estrellas, aunque no tantas como en mi tierra. Echo de menos los sonidos de la noche: de los perros, el ganado, las lechuzas…, los grillos. ¿Echas de menos la vida del campo?

—Pensé que no, pero sí. Cuando murió mi madre, estaba deseando marcharme de allí, buscar otro trabajo de voluntaria. Era profesora y me apetecía sentirme parte de las cosas, participar de forma más activa. Ay, no sé lo que quería.

—¿Estás casada? —preguntó Joe con descaro—. ¿O prometida, o enamorada de algún soldado?

—¿Qué? Bueno… —¡Bah, para qué andarse con rodeos!— No, no estoy casada. Iba a estarlo, pero el hombre al que estaba prometida se fue a Estados Unidos y volvió casado con otra. Toda una sorpresa y un gran disgusto en su momento. Su madre me buscó el empleo en el WVS. Y aquí estoy.

—Por suerte para mí —dijo Joe. La estrechó contra su cuerpo—. Eso es porque tenía que conocerte. No estaba seguro de si la razón por la que no tenías claro si cenar conmigo mañana era que había otro. Para tu información —añadió, acercándose más—, yo tampoco estoy casado, pero si la guerra me ha hecho darme cuenta de algo, es que quiero estarlo. Cada vez que te subes a uno de esos aviones, piensas que puede que esa vez no consigas volver. Muchos pilotos no lo hacen. No quiero morir sin haberme casado o haber tenido la oportunidad de dejar una criatura mía en la Tierra. Y en el lugar del que vengo, las dos cosas van de la mano. Así que, cuando he visto a una chica guapa y religiosa de piernas largas, he pensado: «Puede que el Señor te esté diciendo: "No pierdas el tiempo, Joe. Es ella"»…

Se había vuelto y tenía la cara muy cerca de la suya. Alice quiso decirle que todo aquello estaba yendo un poco rápido para ella, pero algo en su interior la conminaba a que no lo hiciera, que cerrara los ojos y se estuviera quieta. Joe la besó, de una forma agradable que le daba la opción de apartarse si quería, pero que, pese a todo, iba en serio. Alice sintió que se le cortaba la respiración y se preguntó si él pensaría que era una fresca desvergonzada, porque, sin saber por qué, no pudo evitar devolverle el beso.

Horas después, un agotado vigilante antiaéreo que terminaba su jornada pasó por delante del banco donde Alice y Joe estaban sentados. Los vio besuquearse y reír, agarrados de la mano, a gusto el uno con el otro; novios, sin duda. Luego oyó a la chica bostezar y decir:

—De acuerdo, mañana a las ocho de la noche. Ahora me tengo que ir, de verdad.

Pero no se movía.

El guardia se levantó el cuello para protegerse de la llovizna y sonrió por primera vez ese día. Que tuvieran buena suerte, se dijo, que la tuvieran todos.

∾

Tres días después, el lunes, sonó el teléfono del vestíbulo de los Fairfax.

—Evangeline, no puedo hablar mucho, pero ¿a que no sabes qué? Que me caso… Gracias… El próximo fin de semana… Con un aviador americano… De Georgia, creo que se llama. Me voy a vivir allí con él después de la guerra. ¿Lo conoces? Tienes que enseñarme en el mapa dónde está la próxima vez que nos veamos… Muy contenta, la verdad… ¿Qué? ¿Qué dices que ha pasado? Casi no te oigo, Evangeline… ¡Que ardió el domingo pasado! ¿Gracecourt? ¡No me digas que fue otro bombardeo! Ah, por culpa de la cocinera… Apuesto a que se fue a casa de su hermana y se dejó algo en el fuego… ¡Sir Leander ha muerto! Ay, qué horror, pobre anciano. ¿Y Hugo? Entiendo. Sí, claro que le escribiré al hospital. Increíble. Cuéntaselo a Frances, ¿quieres? No hago más que llamarla pero no consigo contactar con ella... ¿En Londres otra vez? ¿Que no la has visto desde el incendio? Bueno, cuando la veas, dile que tenía razón en lo del neceser, que me lo llevo de luna de miel y me acordaré de que tenía razón. Adiós, Evangeline.

Alice colgó. ¡Más malas noticias, demonios! Decidió no dejarse acobardar por las circunstancias. Estaba deseando casarse con Joe y marcharse a Estados Unidos. Su vida iba a empezar de cero en una nueva tierra de oportunidades donde irían a la Iglesia Bautista del Sur, la gente pronunciaba «tomate» de forma rara, tomaba kétchup y bebía Coca-Cola. Joe ya le estaba preguntando qué clase de casa quería y hablando de Joe Quinto. Llevaba un anillo de compromiso con un diamante enorme flanqueado por dos más pequeños que Joe le había comprado en Hatton Garden. Pensó en su futuro marido y sonrió feliz. Estaba preciosa cuando sonreía.

CAPÍTULO 33

Crowmarsh Priors, 8 de mayo de 1995

En Albion Television hubo murmullos de envidia cuando a Katie Hamilton-Jones la ascendieron de la noche a la mañana de humilde reportera a presentadora del *Especial 50.º Aniversario del Día de la Victoria Europea* de *Heart of England*. Se oyeron comentarios desagradables sobre si acababa de licenciarse, lo cortas que llevaba las faldas, lo provocativamente que se echaba hacia atrás la larga melena rubia, los contactos de su padre en la cadena y los rumores de que se estaba acostando con el productor. La ambiciosa Katie los ignoró. La idea la había entusiasmado. Sin embargo, llegado el día, se paseaba nerviosa de un lado a otro por el prado comunal de Crowmarsh Priors y su seguridad en sí misma se había esfumado. Sus anotaciones no eran más que un borrón ininteligible y las piernas casi le temblaban del miedo escénico.

Mientras los técnicos preparaban los equipos, ella inspiró hondo y procuró calmarse. Dio una vuelta por la zona y, desde el estudio, los de producción fueron indicándole los mejores ángulos para cada plano. Quería mostrar las casitas más antiguas, con sus tapias bajas y sus jardines delanteros; la mansión de estilo reina Ana, convertida en centro de convalecencia durante la guerra, que se levantaba a cierta distancia de un elevado muro de ladrillo; y, al otro lado del prado, los bonitos adosados georgianos y la iglesia normanda. El pub Gentlemen's Arms, con sus maceteros de mimbre colgantes, rojos, blancos y azules, y sus banderines.

A su espalda se veía apenas el sendero, del ancho de un solo automóvil, que serpenteaba y se internaba entre los setos. Más allá se levantaban las colinas, salpicadas de ovejas. Maniobrando un poco, las cámaras podían conseguir que las feas casas de los sesenta ubicadas detrás del pub quedaran fuera de plano, de forma que los espectadores vieran el pintoresco Crowmarsh Priors de hacía cincuenta años.

—Probando, probando... ¿Me oís en el estudio, Simon? —preguntó al micro de sus auriculares por enésima vez.

—No te preocupes: si te atascas, te echaremos un cable. Sé profesional. Cinco, cuatro, tres, dos, uno —dijo Simon—. Estás en antena.

¡Ay, Dios! Inspiración honda. Amplia sonrisa. Profesionalidad.

—¡Bienvenidos, damas y caballeros, a esta edición especial de *Heart of England*! El país es detiene hoy para recordar, en el quincuagésimo aniversario del Día de la Victoria Europea. Les habla Katie Hamilton-Jones, para Albion Television, y confío en que se unan a nosotros en este programa en directo en el que les informaremos durante todo el día desde la localidad de Crowmarsh Priors, en Sussex —dijo, y señaló, con gran teatralidad, el pueblo que tenía a sus espaldas.

—Deja de agitar el brazo —le gruñeron a un tiempo Simon y el realizador por el auricular.

Nerviosa, Katie agarró el micrófono con ambas manos y prosiguió:

—Si Londres es el palpitante corazón de Gran Bretaña, las poblaciones rurales como Crowmarsh Priors son su alma. Hoy, mientras los pajarillos gorjean y las ovejas pastan en las colinas que tengo a mi espalda, este tranquilo pueblo de Sussex parece de postal, con su prado, su pub y sus casitas, todos ellos disfrutando del sol matinal. El 3 de septiembre de 1939, los habitantes de incontables pueblos como este por toda Inglaterra recibieron la triste noticia de que se había declarado la guerra a Alemania.

»Esta edición especial de nuestro programa rinde tributo a los habitantes de Crowmarsh Priors y de todos los demás pueblos que sufrieron las horas más oscuras de Inglaterra. El Día de la Victoria Europea señaló el fin de una época terrible y este quincuagésimo aniversario será solemnemente recordado por aquellos que la vivieron. Hoy acompañaremos al pueblo en un servicio religioso conmemorativo que se celebrará en esta iglesia parroquial, uno de los muchos que tendrán lugar por todo el país. Después habrá un festejo en el prado comunal y hablaremos con las personas que recuerdan los días en que la guerra llegó a Crowmarsh Priors.

Iba bastante bien y se sentía más segura. Si se le daba tan bien el directo, quizá debería haberse dedicado a la abogacía, después de todo. Se echó el pelo hacia atrás y habló directamente a la cámara. Confiaba en que las amigas de su madre la estuvieran viendo.

—Hablaremos con varios invitados especiales sobre sus recuerdos y experiencias, entre ellos dos ancianos caballeros que nos contarán lo que supuso formar parte de la Guardia Local, y algunos de los residentes del Centro de Convalecencia Princesa Isabel para Heridos de Guerra, aquí, en el pueblo, ese precioso edificio de allí —señaló la casa de estilo reina Ana—, que fue requisado por el Gabinete de Guerra, cuando falleció su propietaria, como lugar para que se recuperaran los soldados heridos.

»Sin embargo, el programa de hoy está dedicado fundamentalmente a las mujeres. Rara vez oímos hablar de las mujeres que se quedaron en casa, de esas que mantuvieron encendidos los fuegos del hogar aun viéndose obligadas a añadir a sus atareadas existencias la carga del esfuerzo bélico. Eran esposas, hijas, hermanas y madres preocupadas por sus seres queridos, que luchaban lejos, en las fuerzas armadas, y en casa se preparaban para hacer frente a la invasión alemana, esperada desde hacía tiempo. Aquellas mujeres mantuvieron el tipo, siguieron sonriendo y aportaron su granito de arena mientras cuidaban de sus familias y se convertían en pilares de sus comunidades. Este programa rinde tributo a esas heroínas olvidadas, y nuestras invitadas de hoy son cuatro mujeres que vivieron precisamente aquí, en Crowmarsh Priors.

»Fueron cuatro mujeres, niñas, en realidad, que se convirtieron en mujeres en tiempos de guerra. El conflicto dio forma a sus vidas y la adversidad las unió. Ahora son ancianas, pero hoy, por primera vez en cincuenta años, se han reunido en el que fuera su hogar durante la guerra para revivir sus experiencias de la Inglaterra más oscura y reflexionar sobre el impacto que tuvo la guerra en sus vidas. A muchas de nuestras espectadoras de mayor edad, este programa les traerá a la memoria recuerdos propios de aquellos tiempos.

A la espalda de Katie, la cámara captó un Mercedes plateado que giraba bruscamente hacia el prado y aparcaba de lado. Poco después, bajó del asiento del conductor una mujer, que cerró la puerta de golpe. La cámara la enfocó de cerca: bajita, rechoncha y anciana, pero espléndidamente vestida con un conjunto de seda estampada color púrpura, un enorme y resplandeciente broche de diamantes en forma de ramita prendido de su generosa pechera, un collar de perlas de muchas vueltas, zapatos de salón de color malva y medias a juego. Abrió la puerta de atrás y sacó una pamela del mismo tejido que el vestido, un bolso de seda y guantes de cabritilla de color lavanda.

—¿Es esa lady Millonetis, la que ha pagado la restauración de la iglesia y todo lo demás? —masculló el cámara.

Katie la escudriñó. La patrocinadora de los eventos del día, lady Carpenter, era la doble de la Reina Madre, e iba vestida como si estuviera a punto de inaugurar algo.

—¡Ha llegado nuestra primera mujer de guerra! —dijo con entusiasmo—. Se trata de lady Carpenter, viuda de sir Bernard Carpenter, que acaba de bajar de su automóvil. Lady Carpenter es la más joven de nuestras cuatro mujeres de guerra y, gracias a su generosidad, han sido posibles la restauración de San Gabriel y la celebración que está teniendo lugar hoy. Ha llegado temprano para asegurarse de que todo está dispuesto para este día especial, muy especial... Porque ella ha sido... los preparativos... eh... especiales...

¡Mierda! Lo estaba fastidiando.

En el estudio, los de producción también estaban al borde del pánico. Katie estaba perdiendo el control.

—Cálmate. Habla de la iglesia, que fluya —le dijo Simon con firmeza al auricular.

Por suerte, Katie era lista y, pese a aquel instante de pánico, tenía tablas.

—La presencia de lady Carpenter nos lleva a la iglesia parroquial, la iglesia normanda que ven a mi espalda —empezó, mientras la cámara abría plano para mostrar el edificio—, el centro de la ceremonia de hoy. Elsie Pigeon era una chiquilla de diecisiete años cuando se casó allí con Bernard Carpenter en 1942. Unos meses después de la boda, la iglesia se vio gravemente dañada por una bomba que erró el blanco y ha estado cerrada desde entonces. Cuando sir Bernard se jubiló de su puesto en la Secretaría de Hacienda, se dedicó a su afición, la historia de la guerra, y en las contadas ocasiones en que se le entrevistó, recordó con cariño el tiempo que pasó en Crowmarsh Priors, cuando su esposa y él eran jóvenes. Tras su muerte, hace dos años, lady Carpenter se enteró de que estaba previsto demoler la iglesia en ruinas debido al coste de las reparaciones, y decidió reconstruirla en memoria de su esposo.

»La iglesia y el pueblo de Crowmarsh Priors poseen una larga e interesante historia. Ambos se encuentran estrechamente ligados a la familia De Balfort. Guillermo el Conquistador recompensó a su caballero Giles de Balfort con un feudo cerca de la costa de Sussex. Giles construyó allí un monasterio para rezar por Guillermo y una fortaleza para defenderlo. La fortaleza y el monasterio se vinieron abajo hace tiempo, pero, sorprendentemente, la finca ha seguido siendo propiedad de los De Balfort hasta la fecha. El último miembro vivo de la familia aún sigue en el pueblo, y confiamos en que hable con nosotros hoy.

»Hasta que se quemó durante la Segunda Guerra Mundial, el hogar ancestral de los De Balfort fue Gracecourt Hall, que databa del reinado de Isabel I. El dinero empleado en su construcción provenía del comercio de la lana, del matrimonio entre las familias más ricas y poderosas de Inglaterra y, según dicen algunos, también del contrabando que floreció en la costa durante casi tres siglos. Lady Carpenter nos ha facilitado estas fotografías tomadas en la época de máximo esplendor de Gracecourt, en los años treinta. Creo que las están viendo en sus pantallas en estos momentos.

»Como la mayoría de los jóvenes aristócratas, los hombres De Balfort hicieron su gran periplo por Europa como parte de su educación y trajeron a casa tesoros de sus viajes. A lo largo de los siglos, la mansión se hizo con una espléndida colección de pinturas, tapices y plata, algunos de los cuales se ven en las fotos. Además, la casa era el centro de la rutilante escena social de la época; piensen en cacerías de faisanes en una mañana de helada a lomos de excitados caballos, en torneos de tenis, picnics y bailes, y espléndidas cenas. En pantalla pueden ver el campo de croquet y el picnic que está teniendo lugar al fondo; luego están las pistas de tenis, un pabellón chino para organizar meriendas, construido justo antes de la guerra y diseñado por un célebre arquitecto paisajista alemán y que sustituyó al anticuado lago. Los jardines acuáticos son *art déco*, muy de moda en la época, un intrincado diseño de estanques rectangulares conectados entre sí. Por desgracia, la mansión y todos sus tesoros se destruyeron en un incendio al final de la guerra.

—¡Estás perdiendo el hilo! Vuelve a los Carpenter y la iglesia —le ordenó Simon—. Entrevista a lady Carpenter.

La cámara siguió a Katie mientras caminaba hacia el Mercedes, mirando por encima del hombro a los espectadores.

—Pero volvamos a la preciosa y romántica historia de sir Bernard y lady Carpenter, y la iglesia parroquial…

Lady Carpenter no era consciente de que la cámara de televisión se acercaba. Estaba intentando sacar a alguien del asiento del copiloto.

—¡Por el amor de Dios, Graham! —le espetó a un joven con camisa a rayas rojas y blancas, *blazer* azul marino y vistosa corbata. El acento *cockney* de su juventud ya no era apreciable.

Su nieto de treinta años, próspero agente inmobiliario y juerguista, hombre de mundo, tenía una resaca espantosa por la despedida de soltero de un amigo, que se había celebrado la noche anterior. Estaba tirado, ceniciento y mareado, en el asiento, y se arrepentía de haber accedido a bajar con su abuela a aquel pueblo. Su abuelo siempre había alardeado de que le gustaban los automóviles y las mujeres, rápidos ambos, y tenía un garaje lleno de modelos caros, pese a que a él no le gustaba conducir; eran para Elsie, que los adoraba, aunque ella conducía como una homicida. Ella jamás se cansaba de recordar a su familia que había conducido tractores durante la guerra. A Bernard le gustaba ocupar el asiento del copiloto, mientras se fumaba uno de sus habanos especiales, y alentar a su esposa a que pisara fuerte el acelerador. El olor a tabaco caro aún impregnaba el vehículo.

Para cualquiera que no fuese el abuelo, se dijo Graham, ir en el coche con la abuela era aterrador, sobre todo si tenía prisa. La autopista había sido una nebulosa de camiones, adelantados a velocidad de vértigo.

—¡Muévete, Graham! Tu abuelo nunca se quejó de mi forma de conducir.

«Porque murió de cáncer de pulmón antes de que lo mataras en una colisión múltiple», pensó Graham, pero no se atrevió a decirlo en voz alta.

Lady Carpenter se apartó para dejarlo salir y escudriñó con los ojos entrecerrados una figura encorvada vestida con un antiquísimo uniforme de la Guardia Local que se acercaba arrastrando los pies, apoyado en un bastón y del brazo de una joven con una falda larga y floreada. Ella llevaba un bolso de paja grande, mantas y una tumbona plegable. Se detuvieron cerca de los aseos de señoras y caballeros. La joven desplegó la silla y ayudó al anciano a sentarse, luego le puso un estropeado sombrero de jipijapa en la cabeza y, pese a que hacía sol, le tapó las rodillas con una manta escocesa.

—Cielo santo, si es Albert Hawthorne —murmuró lady Carpenter.

Entonces vio que la joven extendía una segunda manta en el suelo para ella y sacaba de la cesta un libro de bolsillo, un termo y unas gafas de sol.

—¿Te apetece ya el té, abuelo? —le preguntó en voz muy alta, como suele hacerse cuando uno se dirige a alguien con sordera.

El anciano asintió.

Graham miró en la misma dirección que su abuela. Luego le sonó el teléfono.

Lady Carpenter lo miró ceñuda. Eran los primeros compases del *Himno de la alegría* de Beethoven, un tono particularmente irritante.

—¡Lo siento! Creo que por fin tenemos comprador para ese inmueble viejo que no conseguíamos colocar —le susurró a su abuela, tapando el micrófono del teléfono—. Soy Graham —dijo con voz suave.

Lady Carpenter sacó la polvera y se retocó los labios. Una cosa podía decir a favor de Graham: había heredado el don de su abuelo para los trapicheos. Escuchó atenta.

—¿La finca de Regents Park? —preguntó con mucha labia—. Sí, Park Village West. Una casa preciosa, Nash. Sí, Crown Estate, exclusivo. Bueno, es propiedad de la reina, más o menos, pero… Desde luego, en Dallas les impresionará, aunque más vale que se den prisa. Esas fincas son poco comunes, desaparecen en cuanto se ponen a la venta, por los grandes jardines de la parte posterior… Algo de lo más inusual en Londres, sí. Hubo un canal detrás de todas esas casas en su día… No, no, ya no, no se preocupe porque el pequeño se vaya a caer dentro. El canal lo taparon durante la guerra; decían que el agua reflejaba la luz por las noches y los alemanes lo utilizaban para orientarse en los bombardeos. El lunes a las diez… Excelente. Nos vemos entonces. ¡Adiós! —Pulsó la tecla de colgar—. Esa casa necesita una inversión millonaria y no le interesa a nadie más que a ese tipo americano, un inversor que se traslada a Londres. Su mujer está muy interesada, insiste en que quiere una casa con jardín y un parque cerca. No puedo dejar escapar la ocasión. Como hemos llegado temprano, voy a estirar un poco las piernas, a ver si hay alguna casita de fin de semana a la venta. No entiendo para qué las quiere la gente. ¿A quién le apetece venirse al campo los fines de semana? Pero se venden como rosquillas.

—Estate atento por si ves a tía Agnes y a tío Ted —le susurró lady Carpenter mientras se empolvaba la cara.

Graham se volvió de repente, horrorizado.

—¡Maldita sea, abuela! ¡No habrás invitado a Ted the Red! Ya sabes cómo es, y Agnes es aún peor. Beberán demasiado y se abalanzarán sobre la comida como si no hubiera mañana, luego Ted empezará a dar la lata a la gente y a sermonearlos sobre la traición del Partido Laborista a la clase trabajadora. Agnes los acosará para que le firmen alguna disparatada petición y volverán locos a los empleados del cáterin preguntándoles si están sindicados. Espero que les hayas dicho que se olviden de los folletos de Trabajadores Socialistas o lo que sea que distribuyen para Guerra de Clases. Y el gordo del primo Trotsky…

—Se llama Leon, no Trotsky —susurró su abuela, quitándose de un manotazo un bicho del hombro cubierto de seda—. Claro que les he dicho que nada de folletos, pero ya conoces a tía Agnes… Ella todavía no lo ha superado. Aun así, no los iba a dejar al margen de la celebración, ¿no? La sangre tira. Se lo debo a mamá.

—Solo espero que no desplieguen ninguna pancarta delante de los de la televisión.

Graham se puso las gafas de sol y se marchó airado.

Lady Carpenter cerró la polvera. Algo de lo que Graham había dicho sobre aquella casa de Londres le rondaba la cabeza… ¿Qué era? Faltaba una pieza en el puzle, pese a todas las pesquisas llevadas a cabo por el detective privado. Bernie y ella habían intentado insistentemente averiguar lo que era.

—Me pregunto… —dijo en voz muy alta.

Apartó con la mano el micrófono que Katie le plantó delante, entró de nuevo en el automóvil, llamó a su asistente personal de Londres y le pidió que averiguara más sobre la zona que rodeaba a la finca que Graham intentaba vender, el canal que había mencionado.

Graham pasó despacio por delante de la chica que había venido con Albert Hawthorne. Se había quitado una bailarina y estaba tumbada boca abajo, leyendo y subiendo y bajando distraída una pierna bronceada y un pie desnudo.

Katie buscó nerviosa alguien a quien entrevistar.

Un taxi abollado del aeropuerto se detuvo detrás del Mercedes plateado. Lady Carpenter consultó la hora en su pequeño reloj de diamantes. Había sido el último regalo de Navidad de Bernie. Eran solo algo más de las diez de la mañana. Confiaba en que pronto estuvieran todos allí. Tenían mucho de que hablar. Se volvió a recoger una cosa más —una carpeta de piel— del asiento de atrás, y vio cómo el taxista ayudaba a bajar del vehículo a una mujer robusta, envuelta en un holgado suéter negro, los pies embutidos en unas sandalias de tiras, que metía la mano en el asiento de atrás para sacar su bastón. El pelo gris se le escapaba de un moño medio deshecho y parecía tener calor y estar incómoda. Dos adolescentes con vasos del McDonald's salieron detrás: un chico con camiseta y kipá, y una chica de pelo oscuro con vaqueros, sandalias y gorra de béisbol, que discutía en hebreo mientras la mujer se colgaba al hombro un bolso grande y se estiraba la ropa. Apoyándose con fuerza en el bastón, avanzó hacia lady Carpenter, seguida de los adolescentes. La chica de la gorra de béisbol alzó la cabeza y lady Carpenter exclamó de sorpresa al verle la cara. Era idéntica a Tanni cuando tenía su edad.

—¿Es como lo recordabas, Abue?

La señora Zayman contempló Crowmarsh Priors.

—Eso es nuevo —les dijo a sus nietos, señalando las viviendas de detrás del pub—, pero todo lo demás está igual. Creo. —El sudor le humedecía el labio, y buscó el taxi con la mirada, como si estuviera pensando en volver a entrar en él y marcharse—. ¿Sabéis? —dijo, medio para sí medio para sus nietos—, recuerdo vivamente algunas cosas: a Evangeline en el huerto, y todas las verduras que cultivaba; el cesto de costura junto a mi silla de la cocina; a Elsie y sus venenos; a Alice pasando en bicicleta por delante de la escuela; que Frances odiaba su uniforme de Land Girl. Sin embargo, hay otras que no recuerdo. No recuerdo haberme marchado. Pero la guerra… En el sanatorio me dijeron que descansara y no me preocupara, que la mente olvida lo que debe olvidar, que la amnesia es la forma en que la naturaleza nos protege. Así que seguramente hay muchas cosas que no os podré contar. En fin… —Se encogió de hombros—. Supongo que ahora ya da igual. ¡Elsie! —exclamó al ver que lady Carpenter se acercaba y alargaba los brazos para agarrarla de las manos.

—¡Tanni! —dijo emocionada.

La llegada del taxi había pillado por sorpresa a Katie, pero enseguida le hizo una seña al cámara para que captara los primeros minutos del reencuentro, que, con toda seguridad, serían emotivos.

—Preparad los pañuelos —masculló el cámara al técnico de sonido—. ¡Vamos allá!

Las dos mujeres se agarraron con fuerza de las manos, se miraron un instante, luego se inclinaron con dificultad y se abrazaron.

—¡Ay, Tanni! ¡Cuánto tiempo!

—¡Elsie, querida!

Se mecieron, abrazadas, un rato. Los adolescentes se quedaron rezagados, sin saber qué hacer. El taxista descargó una maleta y dos mochilas, y se marchó.

—Acabamos de presenciar la llegada de nuestra segunda protagonista —comentó Katie a cámara—. Se trata de Antoinette Zayman, con dos de sus nietos, Shifra y Chaim, que han venido en avión desde Israel. Justo antes de la guerra, ella se casó con Bruno Zayman, el distinguido historiador, y se vino a Inglaterra. El profesor Zayman, lamentablemente, está demasiado enfermo para hacer el viaje desde Israel, por lo que la señora Zayman viene acompañada de dos de sus... a ver... ¡doce nietos! Vamos a acercarnos a hablar con las ancianas.

Albert Hawthorne le dio un toquecito en el hombro a la chica.

—¿Qué pasa, abuelo? —preguntó ella, levantando la vista del libro.

El viejo señalaba con el dedo tembloroso al otro lado del prado.

—Eran dos chiquillas cuando llegaron... justo al principio de la guerra. Los ojos como platos, muertas de miedo. Las trajo aquí la señora Fairfax. Siempre entrometiéndose en todo, esa mujer.

Justo entonces, al otro lado del prado, se abrió una puerta de madera. Era la puerta de una vieja tapia de ladrillo blando que cercaba el jardín del Centro de Convalecencia Princesa Isabel, con sus escaleras de incendios y su feo doble acristalamiento, que estropeaban la fachada de estilo reina Ana. Una esbelta figura enfundada en un vestido rojo y con sombrero salió por ella, y dejó que la puerta se cerrara de golpe a su espalda.

Katie se dio la vuelta.

—Y ahí tenemos a la tercera. Evangeline Fairfax, una estadounidense que se casó con un oficial de la Armada británica al que conoció en Estados Unidos antes de la guerra, se dirige ahora hacia nosotros desde el centro de convalecencia, que antes de la guerra fue... fue... el hogar de... —verificó sus anotaciones, pero no lo encontraba—, de alguien del pueblo —terminó sin convicción— y que ahora era un centro de viviendas tuteladas para personal militar y sus cónyuges...

La señora Fairfax llevaba un enorme sombrero de paja con unas cerezas artificiales sujetas al ala, que se bamboleaban de forma desconcertante mientras caminaba. De cerca, el sombrero estaba algo maltrecho, igual que el bolsito de piel con cierre de falso diamante y las sandalias, abiertas por la puntera.

Ignorando a Katie y las cámaras que se dirigían hacia ella, gritó:

—¡Elsie! ¡Dichosos los ojos!

Le tendió los brazos a lady Carpenter, que exclamó «¡Caray!» mientras la engullía una nube de jerez barato y Chanel nº 5.

La señora Zayman, respirando con dificultad y apoyándose en su bastón, avanzó y abrió los brazos.

—¡Evangeline!

Besó y abrazó a la señora Fairfax, luego arrugó la nariz. Se apartó y empujó con disimulo a los dos adolescentes, que se acercaron y le estrecharon la mano algo incómodos.

—Chaim —se presentó el chico—. Encantado de conocerla.

—Hola, yo soy Shifra —hizo lo propio la chica.

—No te pareces nada a tu abuela —le espetó lady Carpenter a Shifra—. Me alegro mucho de que hayas podido venir. Es agradable tener aquí a la generación más joven. Mi nieto, Graham, anda por ahí también —dijo, señalando vagamente hacia las casitas adosadas.

La cabeza de la señora Fairfax miraba a un lado y a otro sobre su cuello arrugado. Había tenido un pequeño derrame cerebral hacía dos años y el médico de la zona le había advertido que tenía que dejar de beber si no quería que le diera otro mucho peor, pero ella no le había hecho ni caso.

—Bueno, qué nietos tan guapos tienes, Tanni —dijo con una amplia sonrisa—. Son los dos pequeños de Anna, ¿verdad? ¿Mmm? —Hipó—. ¿Cómo le va a Bruno? Me dijeron que no estaba bien. ¿Y qué hace Johnny?

—Bruno está más o menos igual —respondió la señora Zayman—. La operación ha ido bien, gracias a Dios, pero debe guardar reposo. Johnny está como siempre, trabajando mucho, igual que su padre, feliz con su familia. En unos meses será abuelo él también.

Miró ceñuda el mullido micrófono que flotaba sobre sus cabezas. El técnico de sonido se retiró justo a tiempo cuando vio que la anciana levantaba el bastón e intentaba apartar el cacharro de un bastonazo. Shifra y Chaim miraron atónitos a su abuela.

—¡Vaya, hacía muchísimo que no nos veíamos! Fuimos perdiendo el contacto, con Elsie y Bernie en el extranjero casi todo el tiempo, Tanni y Bruno en Israel y Alice en Estados Unidos… Pero aquí estamos, ¡juntas al fin! —La señora Fairfax se esforzaba por no perder el hilo de la conversación—. Lamento mucho lo de Bernie.

Lady Carpenter se mostró impasible. Era obvio que intentaba no llorar.

—Leí su necrológica cuando llegaron los periódicos. Cáncer de pulmón… Terrible… Aquellos horrendos Woodbines que solía fumar, hasta que llegaron los americanos y empezó a traer aquellos cigarrillos del economato militar; hizo una fortuna revendiéndolos, ¿recuerdas? No se le escapaba una, a Bernie. Hoy lo vamos a echar mucho de menos, ¿verdad, Elsie? Tengo entendido que la reconstrucción de la iglesia y toda esta celebración del Día de la Victoria Europea fueron idea suya. Como vosotros os casasteis aquí y eso... Era un hombre lleno de sorpresas, ¿eh?

La expresión del rostro de lady Carpenter le indicó a la señora Fairfax que había dicho algo inapropiado. Cambió de tema.

—¡Y fíjate en tu atuendo! —Se abalanzó sobre ella, como un expreso que no va a ninguna parte pero no puede parar—. Madre mía, qué bonito… Y ese sombrero… Vaya, cuesta creer que haga tanto tiempo que vivíamos todas aquí. Hace… bueno… ¡una barbaridad! —exclamó entusiasmada. Las cerezas se agitaron y cascabelearon.

—¡Evangeline, presta atención! El Instituto de la Mujer me confirmó que dejarían unos refrigerios para nosotras en el nuevo salón de actos de la iglesia. Como aún no han dejado entrar a nadie más, podemos tener un poco de intimidad allí. En cuanto llegue Alice, con algunas cosas que ha investigado, quiero enseñaros algo —dijo en voz baja—, porque no vamos a tener otra ocasión… ¡Ay, demonios, esa joven del micrófono es un incordio!

Lady Carpenter vio que el cámara y la mujer rubia que parloteaba al micrófono volvían a acercarse.

—¡Mira dónde está Alice! —la interrumpió, lo bastante alto para que lo oyera Katie.

—Se trata de Alice Osbourne Lightfoot —anunció la presentadora, obligada a volverse hacia la cámara, mientras las ancianas quedaban de nuevo de espaldas a ella—, que se convirtió en una mujer de guerra cuando se casó con un piloto de las Fuerzas Aéreas de Estados Unidos en 1944…

Justo entonces, un Ford Fiesta con la pegatina de una empresa de alquiler frenó con gran estrépito en la gravilla y aparcó. Poco después, una mujer alta de pelo gris rizado, vestida con un traje de pantalón beis de corte exquisito y resplandeciente calzado deportivo blanco, bajó del vehículo y agarró del asiento del copiloto un carísimo bolso de piel de bandolera color crema, una cámara y una gabardina. Miró al cielo, plegó con cuidado la gabardina y volvió a dejarla en el asiento. Luego cerró la puerta, echó el seguro y se encaminó a las tres mujeres que se encontraban junto a la carpa.

—Este es el primer viaje de la señora Lightfoot a Inglaterra desde que se marchara en un buque de transporte repleto de esposas de soldados con rumbo a Estados Unidos en 1946 —explicó Katie con voz cantarina mientras la cámara mostraba una foto de un transatlántico con gran cantidad de mujeres apiñadas en las barandillas, agitando pañuelos a modo de despedida—. ¡Y estos son el coronel y la señora Lightfoot el día de su boda!

La cámara se posó en una fotografía en blanco y negro de una mujer joven y sonriente, con falda y abrigo a juego, el pelo recogido en un moño de la victoria, sosteniendo un ramo de flores y del brazo de un hombre alto, de uniforme, que le sonreía, con un clavel en la solapa y la gorra bajo el brazo. Se encontraban en los escalones de entrada de una oscura iglesia eduardiana, enmarcados por una puerta abovedada. En la esquina superior derecha se vislumbraba lo que parecía el dobladillo de la casulla de un párroco, por debajo del cual se le veían los pies.

Entonces otro anciano entró despacio en el tiro de la cámara. Se detuvo, saludó a Katie levantándose el sombrero y reveló así un rostro desigual desfigurado por una vieja cicatriz y parcialmente oscurecido por una larga mata de pelo oscuro.

—Discúlpeme. Hugo de Balfort —se presentó.

Katie supo inmediatamente quién era: había sufrido graves heridas tratando de rescatar a su padre inválido durante el terrible incendio que había destruido Gracecourt Hall. Una de sus anotaciones rezaba que habían sacado el cadáver de sir Leander incrustado en la silla de ruedas derretida.

—Ah, sir Hugo, precisamente el hombre con el que quería hablar —dijo Katie animosamente—. Usted pasó la guerra en Crowmarsh Priors, ¿no es así? Lo declararon no apto para el servicio por motivos médicos, pero su labor durante la guerra fue igual de importante: cultivar la finca familiar. Estoy segura de que la mayoría de nuestros espectadores sabe que alimentar al país era crucial para el esfuerzo bélico. También sirvió usted en la Guardia Local con el señor Hawthorne, al que tenemos allí. ¿Podría hablarles a nuestros espectadores de su labor en esa unidad? ¿Era tremendamente peligrosa?

Sir Hugo hizo una pausa, apoyado en su bastón. Luego meneó la cabeza con desaprobación.

—Hace mucho tiempo de eso, querida.

—Cuéntenos qué hacía la Guardia Local.

—Supuestamente debíamos hacer instrucción, así que la hicimos durante un tiempo, aunque después, como éramos tan pocos, no tenía mucho sentido marchar de un lado a otro del prado en formación. Empezamos a hacer instrucción con palos de escoba. Al cabo de un tiempo, lo dejamos. Churchill nos ordenó que «plantáramos cara a los alemanes en las playas», cuando vinieran. No sé muy bien con qué. Nos prometieron subfusiles Sten. Teteras con cañón, las llamábamos. Del todo inútiles. Todo ello era completamente infructuoso.

—Tengo entendido, sir Hugo, que la Guardia Local fue responsable además de localizar a unos pilotos alemanes que fueron abatidos. ¿No había unos puestos de defensa antiaérea camuflados cerca de las colinas?

—Inútiles —murmuró Hugo—. Los había, pero, por lo general, no los ocupaba nadie. A los artilleros los necesitaban en la costa; además, habíamos descubierto que en los bombardeos alemanes los cañones antiaéreos no eran muy eficaces, ¿sabe? No parecía que pudiéramos aguantar mucho más. La invasión parecía cosa segura. La esperábamos en cualquier momento.

—¿Su unidad de la Guardia Local capturó alguna vez a algún alemán?

—A veces abatían a los bombarderos en las colinas o se estrellaban allí, pero los hombres que los pilotaban solían estar muertos, creo. Una vez encontramos a dos tipos muertos; el párroco insistió en que los enterráramos en San Gabriel.

—Probablemente viera usted el programa de la otra noche en televisión en el que entrevistaron a un mariscal del aire que dijo que a Inteligencia Militar le preocupaban los espías o los simpatizantes nazis del sur de Inglaterra, que se creía que alguien enviaba partes meteorológicos a la Luftwaffe; los bombardeos coincidían curiosamente con los días despejados a este lado del Canal. ¿Cree usted que eso habría sido posible?

—Mi ama de llaves pone la tele por las noches y vi un poco, pero probablemente la memoria del mariscal del aire ya no es lo que era, querida. Habría sido complicado hacer algo así en secreto. Todos vivíamos tan cerca unos de otros en aquellos días…, ya sabe: todo el mundo arrimaba el hombro, aportaba su granito de arena. Además, había una especie de paranoia general sobre los espías y los agentes alemanes y demás.

—Pero el mariscal del aire dijo… Ay, discúlpeme, por favor; nuestras protagonistas se han metido en el salón de actos de la iglesia y debo intentar hablar con ellas. Gracias por compartir con nosotros sus recuerdos, sir Hugo.

Entrevistar a ancianos era agotador, se dijo Katie.

Dio por terminado el primer tramo del programa y le dijo al cámara que consiguiera un plano de las mujeres de guerra entrando en la iglesia cuando llegara el momento.

—Y ahí están, nuestras invitadas especiales de hoy, las cuatro mujeres de guerra: Antoinette Joseph Zayman, refugiada; la ex Land Girl Elsie Pigeon Carpenter, que se casó con el amor de su adolescencia; Evangeline Fontaine Fairfax, una americana que se enamoró perdidamente de un guapísimo oficial inglés, y Alice Osbourne Lightfoot, una joven de este pueblo que daba clases en la escuela al tiempo que servía como vigilante antiaérea y que, cuando se unió al WVS de Londres, conoció a su marido y terminó marchándose a vivir felizmente a Estados Unidos. Aunque el tiempo y la distancia las separaran, estas mujeres han venido hoy aquí a compartir sus recuerdos y celebrar su duradera amistad, uno de los legados más felices de una guerra verdaderamente terrible. Este es, ante todo, su día, y esas son sus historias.

»Para el Especial del Día de la Victoria Europea de *Heart of England*, en Albion Television, les ha hablado Katie Hamilton-Jones. Devolvemos la conexión al estudio, porque es la hora de las noticias de mediodía.

Los nietos de la señora Zayman estaban jugando con un frisbi y otros adolescentes se acercaron para jugar con ellos. Abrió el pub y el tabernero sacó una pizarra fuera donde anunciaba que ese día la cerveza se vendería al precio de la época de la guerra. El nieto de lady Carpenter se preguntó si aquella chica tan guapa que estaba con el anciano del uniforme de la Guardia Local querría tomarse algo con él…

La joven del micrófono que había estado diciendo bobadas sobre las mujeres de guerra a unos metros de su silla plegable por fin había parado. Con los ojos entreabiertos, Albert observó que las cuatro mujeres seguían al párroco hacia el cementerio, donde se encontraba el nuevo salón de actos, junto a la iglesia. Estaba convencido de que faltaba alguien, pero tenía ya noventa y cinco años y a veces le fallaba la memoria. Notó de pronto un olor a rancio, el de su viejo uniforme de lana calentado por el sol y, a lo lejos, creyó oír el silbato de un tren…

CAPÍTULO 34

En el cementerio de San Gabriel, el nuevo párroco hablaba y gesticulaba mucho, señalando la torre oculta por la niebla. Las ancianas, haciéndose visera con la mano, miraban hacia arriba y asentían a lo que él decía. Luego señaló el descuidado cementerio.

—Puede que no lo parezca, pero las cosas han mejorado mucho desde que empezaron las obras, lady Carpenter. Esto era un auténtico desastre, no se había limpiado desde la bomba, nos ha costado una eternidad despejar la zona de delante del campanario. Los contratistas descubrieron que el cementerio se hundía por algunas partes; no estaban seguros de la estabilidad del suelo. Los ingenieros decidieron que podía resultar demasiado peligroso meter maquinaria pesada al fondo, donde están las tumbas más antiguas, así que han tenido que limpiarlo a mano lo mejor posible para el servicio. Pero la tumba del viejo caballero sigue allí —añadió, señalando detrás de la iglesia, donde el sarcófago de piedra se encontraba medio enterrado de lado.

Las ancianas vieron la figura con casco que tan bien conocían. El rostro estaba completamente desdibujado, salvo por la nariz, pero las piernas cruzadas, la espada y el escudo con trazas del blasón de los De Balfort aún eran visibles. El párroco se devanó los sesos para recordar algún detalle interesante del folleto sobre la iglesia, recién impreso y a la venta por veinte peniques.

—Es una de las tumbas de los De Balfort, por supuesto. Aún hay una pequeña inscripción en el lateral. ¿Ven que tiene las piernas cruzadas a la altura de las rodillas? Eso significa que fue dos veces a las cruzadas. A la altura de los tobillos, una vez; a la altura de los muslos, tres. La ubicación del mausoleo es bastante curiosa, ahí aislado. Lo lógico habría sido que un caballero de la familia más poderosa de la zona estuviera enterrado dentro de la iglesia, bajo el suelo.

Elsie se volvió hacia Alice y enarcó las cejas.

—Qué interesante volver a verla, había olvidado exactamente dónde estaba —murmuró Alice; a continuación, se acercó despacio a ella, entre las malas hierbas y las flores silvestres, y se inclinó para leer la inscripción.

—Tenga cuidado con las ortigas, señora Lightfoot —la avisó el párroco, angustiado; ya comenzaba a picarle una mano.

—No pasa nada, estoy en el club de jardinería —respondió Alice, por decir algo.

Cuando ya no la podía ver, su mano, llena de manchas de la edad, en la que lucía el enorme anillo de compromiso de diamantes y una alianza salpicada también de diamantes, hurgó debajo de la enredadera. ¿Dónde se encontraba? Estaba segura de que andaba por... ¡allí! Notó el nudoso cráneo en el rincón de la tumba y lo empujó con todas sus fuerzas hacia un lado. No pasó nada. Volvió a empujar, más fuerte, y recordó que había que girarlo. Frances había conseguido que funcionara justo después del bombardeo, pero eso había sido hacía mucho tiempo. Probó una vez más. La enredadera crujió, se oyó un ruido como de raspadura y apareció una pequeña oquedad al tiempo que un extremo de la tumba se deslizaba. Se asomó para ver si el párroco había oído el ruido, pero hablaba animadamente y no se había dado cuenta. Volvió a empujar. Esta vez el estrépito fue mayor, una especie de rechinar de piedra contra piedra.

En esta ocasión, Evangeline lo oyó.

—Venga a ver esto, padre. Le va a encantar —lo interrumpió y se lo llevó enseguida al otro lado del cementerio. Las otras la siguieron a ver un ángel de piedra victoriano que guardaba tres tumbas completamente hundidas—. Lleva otro angelito de la mano.

—¿Está segura, señora Fairfax? —preguntó el párroco, dando palmetazos a la enredadera que crecía por encima de las alas del ángel para mirarlo más de cerca.

—Agáchese y verá. Ahí, debajo del ala derecha —lo instó Evangeline. Sin la menor duda, asomaba un ángel más pequeño—. Los obreros han debido de ponerlo de pie otra vez; después del bombardeo, recuerdo que estaba tumbado boca abajo.

—Vamos dentro a refrescarnos, digo yo —señaló Elsie. Lo último que Tanni necesitaba era que empezaran a hablar de angelitos y lo que viniera después—. Así le dejamos que siga con sus cosas, reverendo. Querrá estar fuera, esperando al obispo.

—Ah, lady Carpenter, si yo estoy muy bien aquí y…

—No deje que lo entretengamos. Nos gustaría descansar los pies un rato, tomarnos un café y charlar. Hace mucho que no nos vemos —dijo Elsie con firmeza.

—Ah, perfecto. Entonces entraré un momento para asegurarme de que las cosas del café están ahí.

Las otras siguieron adelante, pero Evangeline se escondió detrás de las alas abiertas del ángel, sacó una botella pequeña de vodka del bolso, la destapó y dio un buen trago.

—Vamos, que fuera hace mucho calor y se está muy bien en nuestro nuevo salón de actos. —El párroco condujo a Elsie y a Tanni dentro, sin parar de hablar—. Tenemos una preciosa cocinita nueva, gracias a usted, lady Carpenter. Esta es la nueva cafetera, justo lo que necesitamos. No la ha usado nadie aún, salvo las mujeres que han estado decorando la iglesia antes. En efecto, han cumplido su palabra, han dejado café, azúcar, tazas, cucharillas… —prosiguió incansable—. Ah, y en la nevera hay un poco de leche de esa de larga duración y una bandeja de sándwiches. La nota que hay encima dice: «¡Bienvenidas a casa, mujeres de guerra! De parte del Instituto de la Mujer». ¡Qué detalle!

El párroco iba de un lado para otro, cacharreando con las tazas, preguntando quién quería leche y azúcar, y poniendo el agua a hervir.

—¡Perfecto! —gorjeó, y empezó a canturrear.

—Qué agradable —dijo Tanni sin ganas, sentándose en una silla.

Elsie se sentó también, sin soltar los guantes, el bolso y la carpeta. Los pies hinchados le rebosaban de los zapatos de salón malva y el párroco la estaba volviendo loca.

Entró Evangeline, con el sombrero de pronto ladeado, se dirigió a la ventana y miró hacia las colinas. La abrió y se asomó.

—Ahí viene Alice —dijo.

—Mientras esto hierve, me gustaría saber más del hombre que fue párroco durante la guerra; Hammet, se apellidaba. Seguro que ustedes lo conocían bien. Un hombre de Cambridge, tengo entendido. Quiero mencionarlo en el sermón de hoy, pero no sé bien qué decir de él. No he podido averiguar mucho, la verdad. Los registros de la iglesia desaparecieron con la confusión de la posguerra. ¿Estaba casado? ¿Tenía familia? Parece ser que murió en 1947. —Miró a lady Carpenter en busca de confirmación—. Algo del corazón, creo. El estrés de la guerra, sin duda.

Repartió las tazas de café.

Evangeline murmuró algo así como:

—Se podría decir que murió del corazón, sí. —Tomó una taza—. No lo aparentaba en absoluto, pero un buen día le falló sin más, de repente. —Se acercó a la ventana—. Mi marido está enterrado allí, junto a su madre —le dijo al párroco, señalando el sitio exacto—. Después de que bombardearan la iglesia, ampliaron el cementerio a ese campo de detrás. ¿Ve la valla que lo rodea? Richard y Penelope, Nell Hawthorne, los Barrows y no recuerdo quién más están allí al fondo. Yo tengo previsto que me entierren a mí allí también, al lado de Richard.

—¿Sándwiches, señoras?

Durante un instante comieron todos en silencio. Alice miró alrededor asombrada, y recordó que la antigua sacristía olía a cera de abeja y a ratones; la nueva olía a formica recién estrenada.

El párroco se había instalado cómodamente con un café y su cuarto sándwich, y no parecía querer moverse.

—Voy a cambiarle el agua al canario —dijo Elsie con determinación—. ¿Por dónde se va al lavabo?

De pronto, todas se pusieron de acuerdo.

—A mí también me vendría bien empolvarme la nariz —señaló Alice, agarrando su bolso.

—Buena idea —dijo Tanni, que se puso de pie.

—Discúlpeme, padre —murmuró Evangeline, dejando en la mesa el café sin empezar.

—Por el pasillo —les indicó el párroco, levantándose de un brinco e indicándoles un pasillo que olía a moqueta nueva—. Supongo que más vale que escriba unas palabras sobre ese tal Hammet. Estaré en la salita del otro extremo del pasillo.

Pero las mujeres ya hacían corrillo y no lo estaban escuchando.

El lavabo de señoras estaba decorado con papel pintado de fresas, cortinas festoneadas en las ventanas y carpintería de color verde pálido a juego con los lavabos del mismo color. Había un saloncito con sillones y un sofá-banco con tapicería acolchada, diseñado como antesala para las novias y sus acompañantes.

—Todo para nosotras. Bien —dijo Elsie, y se dejó caer en el sofá—. Bueno, la razón por la que estamos aquí es que intercambiemos

ideas y averigüemos qué le sucedió a Frances. —Abrió la carpeta
y, al mismo tiempo, Alice metió la mano en su bolso en busca de
un manojo de notas—. Alice y yo hemos resuelto algunas partes y
quizá entre todas podamos averiguar el resto. Todas nos preguntamos
cómo Frances podía haber desaparecido sin más ni más. Ni siquiera
su padre supo qué le pasó. La policía tampoco estaba interesada, pero
mi Bernie jamás se rindió. Le gustaba, como a casi todos los hombres,
pero fue más que eso. Creo que fue... Bernie fue fiel y había algo
que insistía en que era su última voluntad, pero que no me lo podía
explicar hasta que estuviera seguro de lo que había pasado. Estaba
empeñado en que su sexto sentido le decía que algo no iba bien, pero,
sobre todo, que teníamos que averiguar entre todas qué había pasado,
que se lo debíamos. Durante un tiempo creyó que debía de haber
tenido un accidente, una de esas cosas que pasan en tiempos de guerra, ya sabéis, esas personas que mueren en bombardeos y nadie los
identifica, o incluso una jugada sucia, y entonces hizo correr la voz
entre sus contactos del hampa, ofreció incluso una recompensa, pero
nadie sabía nada, ni pío.

»Al final tuvo que dejarlo, pero nunca se olvidó de Frances.
Después, cuando hizo su fortuna asesorando a la Secretaría de
Hacienda sobre cómo hacer billetes y pasaportes y eso a prueba de
falsificaciones, empezó a buscarla otra vez, solo que en esta ocasión
pudo permitirse contratar a detectives privados. No encontraron
mucho, aparte de sus fotos en la prensa de cuando era debutante y
se metía en líos, y algo sobre que heredaría mucho dinero cuando se
casara. La reconstrucción de la iglesia fue la mejor excusa que Bernie
pudo encontrar para destapar el túnel. Siempre le quedó la duda de
si Frances habría vuelto a entrar después de aquella noche...

—¿De qué noche? —preguntó Tanni—. Yo no recuerdo lo
que le ocurrió a la iglesia, me enteré meses después de que la
habían bombardeado. Sin embargo, si bombardearon el pueblo,
yo debí de haberlo sabido en su momento. Según los médicos, la

amnesia se produce cuando sufres una conmoción terrible. Debió de ser la conmoción de la bomba. —Tanni palideció de pronto y aquella sensación de náusea volvió a apoderarse de ella—. ¿Por qué tengo la impresión de que hubo algo más? ¡Siempre he tenido la sensación de que hubo algo más! Y no sé qué. ¡Ay, por qué no me acuerdo!

Alice intercambió una mirada cómplice con Elsie y Evangeline y las tres negaron con la cabeza. Bruno las había telefoneado a todas para decirles que Tanni iba a ir y para contarles que jamás había recobrado el recuerdo de su bebé muerto, Rebecca, y que los médicos estaban convencidos de que jamás lo haría. En opinión de Bruno, ya había soportado suficiente pena después de la guerra al enterarse de que había perdido a sus padres en Auschwitz y a sus hermanas gemelas en un campo de desplazados de Francia. El que no fuera capaz de recordar a Rebecca era una especie de bendición, según él, y no debían preocuparse.

Alice y Elsie habían colgado el teléfono con una sensación a la vez de alivio y de culpa. Si Tanni no recordaba nada de aquella época, evidentemente tampoco recordaba su plan de rescatar a Lili y a Klara, ni que las chicas debían estar en el túnel la noche en que cayó la bomba. También eso era una bendición, más de lo que Bruno podía entender. Dado que él nunca había tenido conocimiento de la operación de rescate, no tenía sentido contarle que se equivocaba en cuanto a que las niñas habían muerto en Francia. Y ya cualquier explicación era posible.

Alice esperaba que a Evangeline no se le escapase nada.

—Evangeline, tú fuiste la última de nosotras que vio a Frances —dijo enseguida, antes de que la otra pudiera meter la pata con lo de Rebecca.

Las cerezas se menearon cuando asintió con la cabeza.

—Fue poco después del incendio de Gracecourt. Debía de ir a tomar el tren de Londres, porque no iba con su uniforme de Land

Girl. Me saludó con la mano al pasar por delante de la casa. Lo recuerdo vivamente. Esto nunca se lo conté a nadie, pero le había prometido que si algo le ocurría... Claro que ya sabéis cómo era Frances, costaba imaginar que pudiera pasarle algo, y yo seguía esperando a que volviera a aparecer cualquier día. Ahora os cuento lo que le prometí. Sigue, Elsie.

Elsie prosiguió:

—Hace unos años, cuando Bernie sufría los efectos de la quimioterapia, le gustaba que le leyera la prensa. Un día vio esto en un artículo sobre Francia en la época de la guerra. —Metió la mano en la carpeta, sacó una fotografía de un periódico y la extendió en el lavabo—. ¿Reconocéis a alguien?

El pie de foto rezaba: «Fotografía no identificada de la resistencia francesa durante la guerra». Las otras se agolparon alrededor para mirar.

—¿Quién es? Yo no he visto a ninguna de estas personas en mi vida —dijo Evangeline poco después.

—Me parece que yo tampoco —señaló Alice, escudriñando la imagen con sus lentes bifocales.

—¡Sí! —exclamó, en cambio, Tanni, y señaló a una mujer con pañoleta y zapatos toscos, que hablaba con alguien fuera del encuadre, ajena a la persona que llevaba la cámara.

Al mirar más detenidamente, las otras hicieron aspavientos.

—Se parece mucho a Frances, puede, pero...

—Estoy segura de que es ella. Definitivamente.

—Es Frances. La reconocería en cualquier parte —dijo Tanni, muy segura—, pero la cuestión es que está embarazada. ¡Fijaos!

Se miraron unas a otras.

—¿Qué demonios hacía en Francia? —inquirió Alice—. ¿Y quién sería el padre del bebé? ¿Algún francés?

Evangeline negó con la cabeza y las cerezas se agitaron descontroladamente.

—Nooo… Eso es parte de lo que os voy a contar. En realidad, yo creo que era…

El párroco llamó a la puerta.

—Señoras, ¿va todo bien ahí dentro?

—¡Estupendamente, gracias! Vamos a descansar los pies un rato más —bramó Elsie, y luego, bajando la voz—: No tengo ni idea de quién era el padre, pero vayamos por partes. Bernie contrató de inmediato a otro detective privado; era la primera vez que se tomaba interés por algo desde que lo habían obligado a jubilarse en la Secretaría de Hacienda. Incluso se recuperó un poco. El detective averiguó que la foto se había tomado a finales de 1944, probablemente cerca de la frontera este con Alemania.

—Pero ¿cómo llegó allí estando el continente en guerra?

—¡Lo sé! Bernie y yo no parábamos de preguntárnoslo. Nos tenía en vela. Entonces a Bernie se le ocurrió algo. Invitó a cenar a un viejo compañero de Hacienda que había estado en Inteligencia Militar durante la guerra, le sirvió suficiente vino del caro para ahogar a un elefante y luego le enseñó la fotografía. El hombre puso reparos, fingió que no tenía ni idea, pero era porque supuestamente no debían revelar nada de lo que habían hecho durante la guerra. Vimos que estaba asustado, pero Bernie siempre conseguía lo que quería. Siguió rellenándole la copa y, al final, confesó que la habían reclutado para una misión encubierta, porque desde luego él recordaba a la chica de la fotografía de uno de los centros de entrenamiento; hija de un almirante, nos dijo. Una chica despampanante, pero también muy lista, y muy resuelta. Uno de los supervisores, un hombrecillo curioso, estaba medio enamorado de ella. La mujer de la fotografía parecía más sencilla que la que él recordaba, pero dijo que probablemente fuera un disfraz y que estaba segurísimo de que era la misma chica. Entonces Bernie le preguntó: «¿Se llamaba Frances Falconleigh?», y el tipo contestó: «¡Eso es!».

»Unos días más tarde, nos llamó el compañero de Bernie para contarnos que se le había ocurrido algo. Después de la guerra, se había hecho un registro de todos los agentes de la Dirección de Operaciones Especiales enviados tras las líneas enemigas, vivos o muertos, y lo había comprobado, pero no aparecía entre ellos ninguna Frances Falconleigh. Así que no era de la SOE, al menos no al principio, pero podían haberla reclutado para la resistencia británica secreta de Churchill, las Unidades Auxiliares. Los entrenaron igual que a los de Operaciones Especiales y, hacia el otoño de 1944, a muchos agentes de la SOE del este de Francia los habían traicionado y arrestado, torturado y ejecutado, o enviado a campos de concentración. A alguien como Frances, entrenada como agente de las Unidades Auxiliares, podían haberla lanzado en paracaídas en el este de Francia para ocupar el puesto de un agente de la SOE capturado. Al parecer, recordaba que Frances insistía en que la destinaran a Francia, pero era joven y temían que pudiera ser una bomba de relojería.

Elsie suspiró y negó con la cabeza.

—¡Y todo ese tiempo nosotras pensando que estaba en un comité de las Land Girls! El detective encontró registros de los campos de entrenamiento de las Auxis y la SOE donde les enseñaban toda clase de cosas, como supervivencia en el campo, combate cuerpo a cuerpo, manejo de explosivos, dinamita y esas otras bombas tan peligrosas, las granadas. En uno de los centros de entrenamiento, la policía de Shanghái los formaba en interrogatorios. Y en muerte silenciosa.

Las cuatro digirieron aquello durante un instante.

—Alice también ha investigado. Quizá con lo que ella ha averiguado consigamos llenar algunas lagunas. Cuéntanos, Alice.

Alice abrió el bolso y sacó un bloc de notas rayado de color amarillo.

—Después de encontrar la fotografía, Elsie me escribió para preguntarme cuál debía ser nuestro siguiente paso. Pues bien, el sobrino de Joe estaba haciendo un doctorado en la Universidad de Georgia sobre la Francia ocupada, así que fui a la biblioteca de la universidad, en Athens, y le pedí que me ayudara. Le sorprendió un poco que su tía Alice quisiera saber cosas de la resistencia francesa, pero fue muy amable.

Tomó el bloc y leyó:

—«Francia se liberó casi por completo en el otoño de 1944, pero hubo una ofensiva desde el este por parte de los Aliados hacia el interior de la propia Alemania. No obstante, en la frontera con Francia, los colaboracionistas ayudaban activamente a los alemanes a salvar el pellejo. Los Aliados querían que se aniquilara a los colaboracionistas franceses, pero no deseaban que se supiera que estaban utilizando agentes especialmente entrenados para ayudarles. Oficialmente, el Gabinete de Guerra británico desaprobaba dichas tácticas.» Oficialmente.

—No creerás que Frances…

Evangeline interrumpió a Tanni, arrastrando las palabras:

—No sé… pero ¿explosivos? Puede. Después de que Alice se fuera, ¿recordáis el incendio de Gracecourt en el que murió Leander y por el que tuvieron que hospitalizar a Hugo? Yo era la única de nosotras que aún estaba allí y algunas personas del pueblo dijeron que habían oído una explosión por la zona de Gracecourt y que pensaban que podía haber sido otra bomba. A veces no estallaban de inmediato… En cualquier caso, poco después Frances desapareció.

—Yo me casé el 30 de agosto de 1944 —terció Alice—. Llamé a Evangeline para contarle que me iba a casar y le pedí que se lo dijera a Frances porque no conseguía localizarla. Supuse que había viajado a Londres, pero como me había regalado su precioso neceser, quería decirle que lo llevaría conmigo en la luna de miel.

—Y ninguna de nosotras volvió a verla —señaló Elsie—. Sin embargo, nuestro detective nos dijo que hacia 1943 peinaban el sur de Inglaterra en busca de una red de espionaje, cuyo centro de operaciones se encontraba cerca de la costa de Sussex, donde esperaban que tuviera lugar la invasión. Pero hasta que no he oído a Graham esta mañana decir algo sobre una casa que tiene en venta no me ha venido a la cabeza, una de esas piezas del puzle que Bernie nunca consiguió encontrar. La casa está cerca del viejo canal de Londres y a la clienta le preocupaba que su hija pudiera caerse dentro. Graham le ha dicho que no se preocupara, que lo sellaron durante la guerra, porque, por las noches, el agua reflejaba la luz y los aviadores alemanes lo usaban para orientarse.

—¿Y eso qué tiene que ver con Frances, Elsie?

Elsie sacó otra carpeta en cuya tapa ponía «De Balfort» y la abrió.

—Esto. Bernie le dejó caer al detective que Hugo de Balfort había querido casarse con Frances, para que investigara también a los De Balfort. Cuando volvió, nos dijo que debían de ambicionar el dinero de Frances, porque, al estallar la guerra, los De Balfort estaban arruinados y, salvo que su hijo se casara con una mujer rica, como había hecho su padre, perderían Gracecourt. Pero también nos contó que los De Balfort probablemente se encontraban bajo vigilancia de las autoridades. Antes de la guerra se habían alojado en Gracecourt muchos alemanes y austríacos con contactos nazis, muchos de ellos amigos que Hugo había hecho en sus viajes.

—Yo recuerdo que Leander de Balfort gastó un dineral en un proyecto disparatado tras otro —prosiguió Alice—: paisajismo, pabellones, parques de ciervos y demás, para impresionar a sus amigos, y lo mucho que lady Marchmont lo desaprobaba todo —añadió—. Los estetas la indignaban. La madre de Hugo era una rica heredera y lady Marchmont nunca entendió por qué Leander había dilapidado la fortuna de la pobre Venetia de forma tan irresponsable. Durante años, no paraban de organizar fiestas, un grupo tremendamente inteligente y glamuroso. —Suspiró. Cincuenta y cinco años después, el recuerdo humillante de aquel almuerzo de cacería al que lady Marchmont la había arrastrado aún la hacía sonrojarse—. Allí todas las mujeres eran como esas delicadas damas de sociedad, con el pelo corto perfectamente ondulado y las mejillas empolvadas de colorete, coqueteando como locas con los maridos de las otras.

—Lady Marchmont no sabía ni la mitad —observó Elsie—. El detective nos dijo que tenía una corazonada que quería seguir y nos preguntó si le pagaríamos para que fuera a investigar a Alemania. Bernie accedió y, un mes después, volvió con un montón de cartas de Leander que había desenterrado de un archivo alemán. Las copió todas, y adivinad de dónde sacó el dinero para hacer todas aquellas reformas que a lady Marchmont le desagradaban tanto.

—¿De dónde?

—Según las cartas, sus amigos alemanes lo habían convencido de que si Inglaterra caía en poder de los nazis, los ricachones como los De Balfort saldrían beneficiados, que era la única forma de salvar Gracecourt. Le pagaron a Leander grandes sumas de dinero en los años previos a la guerra, abonando el terreno para entrar en Inglaterra. Pero Leander se lo gastó todo. Los estanques, el jardín acuático… Los diseñó un célebre arquitecto alemán que era un gran partidario de los nazis. Sin embargo, los alemanes no se apoderaron de Inglaterra con la rapidez que Leander había previsto, así que estaba desesperado por conseguir dinero y contaba con que Hugo se casara con Frances por su fortuna, como él lo había hecho con Venetia.

—¿Quieres decir que Leander de Balfort era uno de esos traidores a los que debíamos vigilar? —inquirió Alice, pasmada—. Y pensar que cualquiera de nosotros…

Se sintió abrumada.

Elsie rió.

—¡Pues aún es peor de lo que parece! Los amigos nazis de Leander sabían que estaba desesperado por dar continuidad al linaje de los De Balfort. Para embaucarlo, le contaron un secreto: que estaban haciendo experimentos, ya sabéis, todas esas bobadas sobre crear una raza superior de las que no nos enteramos hasta después de la guerra. Le prometieron que los De Balfort se beneficiarían de eso. Y… aquí tengo una copia de la respuesta de Leander. Les escribió para contarles que había encontrado «un espécimen perfecto de mujer aria» para su hijo. En la carta habla de que «como artista» quería diseñar una raza superior de De Balfort uniendo a su hijo con Frances, y que si los médicos nazis estaban de acuerdo, tendrían gemelos una y otra vez. Le entusiasmaba la idea de que Frances tuviera veinte o treinta descendientes De Balfort, que a su vez tendrían otros veinte o treinta, y así hasta que Inglaterra estuviera plagada de aquellos pequeños bastardos. Dan ganas de vomitar, de verdad. Esta es la copia de la carta.

Se la pasaron unas a otras en silencio. Entonces Alice observó que Tanni parecía a punto de desmayarse y se colocaba la cabeza entre las rodillas.

El párroco volvió a llamar.

—¿Señoras? ¿Todo bien ahí dentro? Ya casi es la hora del servicio y el automóvil del obispo acaba de aparcar.

Elsie miró ceñuda a la puerta y bajó la voz.

—Así que Hugo estaba sometido a una gran presión por parte de su padre para que consiguiera que Frances se casara con él. Ignoro si Hugo sabía lo que su padre estaba haciendo. En las cartas no hablan de bombardear la iglesia o el túnel…

—¿Qué túnel? Ya has hablado de un túnel antes —dijo Tanni. Ninguna de ellas supo qué decir—. Volvamos —prosiguió—. Shifra y Chaim estarán preocupados.

Se sentía mal y le faltaba el aire, otro ataque de ansiedad de aquella cosa innombrable que la atormentaba. La estancia se empezó a cerrar a su alrededor como le ocurría siempre. Hizo los ejercicios de respiración profunda que le habían enseñado, pero el corazón le iba a mil. Tenía que salir de allí.

—¡Señoras! —bramó el párroco, aporreando la puerta. El obispo insistía mucho en la puntualidad.

Se levantaron, se estiraron la ropa y agarraron sus bolsos.

—Terminaremos luego —dijo Elsie—. Ahora no nos queda más remedio que asistir a ese condenado servicio.

A la entrada de San Gabriel, se formaba la procesión. Dos acólitos que sostenían cruces se movían inquietos mientras el obispo, el párroco, los capilleros y veinte ancianos residentes del Centro de Convalecencia Princesa Isabel se congregaban en la entrada. Todos los hombres llevaban sus viejos uniformes y algunos lucían medallas. Varias de las mujeres vestían uniformes de servicio. Las que no, iban con guantes y sombrero. Todos tan erguidos como podían. Todos con bastones o andadores.

Dentro, los feligreses esperaban en pie a que la procesión y las cuatro mujeres de guerra recorrieran el pasillo central hasta el altar para poder sentarse.

A la puerta de la iglesia, Elsie cerró los ojos y recordó el día de su boda: Bernie nervioso en el altar, su cara de alivio al verla llegar con su espléndido vestido de novia, avanzando despacio del brazo de Albert; la cara de sorpresa de Bernie al ver su aspecto, cómo la tomó de la mano de Albert y se aferró a ella como si le fuera la vida en ello. Y lo alto que dijo el «Sí, quiero».

Se mordió la lengua para contener las lágrimas.

—Vamos, abuela —le susurró Graham, dándole un apretón en el brazo.

Tanni ocupó su sitio entre sus nietos, seguida de Evangeline y Alice, que habían decidido recorrer el pasillo juntas.

—Pensaba que no iban a venir nunca —le susurró Katie al cámara mientras las mujeres de guerra y sus acompañantes avanzaban poco a poco por el pasillo central, entre los bancos, decorados con banderines de color rojo, blanco y azul—. Pero qué plano tan fantástico.

CAPÍTULO 35

El servicio había terminado, el obispo había bendecido los nuevos edificios y, en la carpa del prado, se había ofrecido una espléndida merienda sobre mesas de caballete. Varias ancianas del Centro de Convalecencia Princesa Isabel estaban aún sentadas en grupo, disfrutando de su última taza de té, con los andadores situados detrás de las sillas.

Por el rabillo del ojo, Katie vio a Elsie y a Alice cruzar la carpa en dirección a Evangeline, que se dirigía al salón de actos. Al volverse, vio que las tres se acercaban a hablar con Tanni, que sacó dinero del bolso y se lo dio a Shifra y a Chaim.

—Pero no bebáis demasiado —les ordenó en hebreo.

Los adolescentes sonrieron, luego salieron hacia el pub, donde se habían reunido los jóvenes y estaban entretenidos observándose unos a otros.

Katie entró rápidamente para conseguir su entrevista.

Elsie sabía que tenía que quitársela de encima cuanto antes, así que respondió a las preguntas, deseando que aquella joven dejara de tocarse el pelo.

—Sí, a mi marido le habría complacido ver la iglesia reconstruida —dijo, con la cabeza en otro sitio, asintiendo sin más a lo que la presentadora le decía para terminar la entrevista cuanto antes y marcharse. Un engorro, cuando lo que ella pretendía era encajar las últimas piezas del puzle. Su enorme sombrero asentía a la vez que su cabeza mientras sorteaba distraída las preguntas de Katie—. Sí, murió hace dos años. Sí, una gran pena. Sí, es agradable volver a oír el tañido de la campana. Sí, me trae recuerdos. Un gesto muy romántico, sí, mi esposo era muy romántico. Ah, sí, pasamos de los harapos a la opulencia, se podría decir. Sí, sí... Parece que fue ayer cuando estábamos en guerra, ayer mismo. Dice usted bien, cielo.

Katie le dio las gracias con entusiasmo y pasó a la mujer grande vestida de negro.

—¿Mis recuerdos? —dijo Tanni con aire sombrío—. ¿Que qué recuerdo? —inquirió, como asombrada por la pregunta.

—Cuéntale lo del vestido de novia de lady Carpenter, Abu —la instó Shifra.

—¡Aaah, sí! —canturreó Katie, lanzando a cámara una mirada de absoluta admiración—. A las señoras les gustará oírlo.

Tanni empezó a entusiasmarse con el tema y explicó de dónde habían sacado el vestido y habló del racionamiento de ropa, de cómo hacía ropa nueva con prendas viejas y que había cosido para todo el pueblo.

Cuando terminó, Alice y Evangeline alzaron la vista de su té y se toparon con Katie y su molesto micrófono.

—¡Ahora me gustaría que nuestras dos últimas mujeres de guerra nos lo contaran todo! Háblenles de ustedes a nuestros telespectadores, de cómo conocieron a sus maridos y de lo que hicieron en la guerra —farfulló Katie—. ¿Qué es lo que mejor recuerdan de aquellos años de guerra?

Alice se quedó pensativa, como si le costara recordar.

—Mmm… Bueno, el racionamiento, por supuesto. La comida y la ropa escaseaban, y casi todos éramos muy patriotas e intentábamos que lo poco que teníamos nos cundiera mucho. Apañárselas con lo que había, ya sabe. Los huertos de guerra. Los refugios Andersen de los jardines. Los evacuados. El intento de mantener siempre el ánimo, no fallar nunca a los tuyos… Las bodas relámpago. Como la mía.

—¡Ooohhh! —exclamó Katie.

—No es lo que piensa, querida. Lo que pasa es que, estando en guerra, había que decidirse rápido. No había tiempo que perder.

—¿Cuánto hacía que conocía al coronel Lightfoot cuando él le propuso matrimonio? —preguntó Katie.

Alice sonrió.

—Un fin de semana. Nos conocimos un viernes por la noche y nos casamos el lunes siguiente en una iglesia cercana a la base aérea de mi marido. Yo moví algunos hilos y conseguí un permiso; él movió algunos hilos y encontró un capellán.

—Yo recuerdo la música —intervino Evangeline, soñadora.

Llevaba el bolso abierto y Katie le vio la botella de vodka.

—¡Vaya, eso no nos lo había mencionado nadie aún! —dijo la presentadora—. ¡La música! ¡Aquellos alegres sonsonetes! *Roll Out the Barrel, We'll Meet Again, Dame Vera Lynn, Bluebirds Over / The White Cliffs of Dover…*

—No, yo detestaba esas cancioncitas. Hablo del swing y del jazz —dijo Evangeline, mirando al infinito—. Del Lindy Hop, de los clubes de jazz del Soho, de Glenn Miller.

—¡Ah, sí, Glenn Miller! —repitió Katie.

—Sí, tengo una gran colección de discos. En otro tiempo conocí a… un músico de París… Siempre quiso tocar con Glenn Miller. Solía mandarme discos… todos los discos en los que tocaba… A mi marido, Richard, le encantaba escucharlos. Después de que torpedearan su buque y… nunca se recuperó del todo, y lo que más le gustaba eran aquellos discos. Tenía que ponérselos todos los días… Luego el tipo al que conocía… Glenn Miller le pidió que entrara en su banda; se iban a Francia y necesitaban que alguien reemplazara a uno de los músicos, que estaba enfermo… Iba en aquel fatídico vuelo…

Simon le sopló algo por el auricular y Katie se volvió hacia las cámaras.

—Para aquellos de nuestros telespectadores que sean demasiado jóvenes para recordar, Glenn Miller fue un célebre músico estadounidense cuya banda solía viajar para entretener a las tropas, igual que Gracie Fields y Vera Lynn. Por desgracia, su avión desapareció cuando sobrevolaba el canal de la Mancha en…

—Diciembre de 1944 —le dijo Simon.

—En diciembre de 1944. Desafortunadamente, la mayoría de los miembros de su banda iban también en el avión —concluyó Katie.

Evangeline asintió con la cabeza.

—Discúlpenos —dijo Elsie, y las cuatro mujeres se marcharon.

La celebración estaba en pleno apogeo. Los responsables del cáterin por fin habían retirado los restos del piscolabis de las mesas de caballete y los habían reemplazado por enormes barreños de hielo que contenían botellas de cerveza y vino blanco, descorchadas y tapadas, o de vino tinto, abiertas por las mesas de servir junto con gran cantidad de vasos de plástico y zumos para los niños. Se había encendido una enorme barbacoa. Trajeron bandejas de salchichas y kebabs de un camión frigorífico, así como montañas de panecillos y panes pita e inmensos cuencos de ensalada. Madres jóvenes ataviadas con vestidos estivales, que se habían mudado de Londres al campo por el bien de sus hijos, sorbían vino blanco y coincidían en la imposibilidad de una excursión escolar hasta Tunbridge Wells, mientras que sus maridos, con sus vasos de plástico llenos de cerveza, se preguntaban unos a otros si habían hablado con el tipo de la corbata, que sabía mucho de inmuebles y pensaba que los precios de Crowmarsh Priors no harían otra cosa que subir.

La preciosa bisnieta de Albert Hawthorne le trajo a Albert media pinta de cerveza negra del Gentlemen's Arms.

—Que sepas que el vino no te va nada, abuelo. El chico de la barra no nos ha dejado pagar ni a Graham ni a mí cuando se ha enterado de que era para ti —dijo—. Porque estuviste en la Guardia Local con su abuelo.

—Eres una buena chica, Lizzie —murmuró Albert, y dio un sorbo largo.

Iba a necesitar ir al lavabo en breve y aquel joven del *blazer* azul marino y la corbata de moda que rondaba a su bisnieta como las moscas a la miel podría ayudarlo a levantarse. Se recostó en su tumbona y se preguntó por qué la cerveza negra ya no sabía como antes.

—¿Por qué vuelven a la iglesia? —preguntó Lizzie—. Se les habrá olvidado algo.

Las cuatro mujeres de guerra se alejaban en un pequeño grupo. El párroco no las vio marcharse, porque hablaba animadamente al micrófono de Katie Hamilton-Jones sobre la crisis de fe de nuestros días.

Katie miraba con desesperación por encima de la cabeza del párroco, confiando en divisar a la amiga de su madre, la llamada mecenas del centro de recuperación, para entrevistarla a continuación.

—Se les ha unido el anciano, el del rostro lleno de cicatrices, sir Hugo de Balfort —le dijo Lizzie a Graham—. Supongo que estarán todos un poco emocionados, como dices tú que le ha pasado a tu abuela al entrar en la iglesia. Probablemente quieran charlar un rato tranquilamente, lejos de las cámaras. No hay quien pueda hablar a gusto con esa mujer merodeando por ahí, plantándote el micrófono en la cara. Se los ve un poco cansados ya; todos van con bastón. He oído que tu abuela les preguntaba a algunos de esos ancianos del centro de convalecencia si les prestaban los suyos un rato. Está en todo, ¿no?

—Ven con nosotras, Hugo, y hablamos un rato —le susurró Elsie a sir Hugo mientras lo rodeaban—, volvemos a la iglesia a presentar nuestros respetos en privado. Y, de paso, nos alejamos de la condenada joven del micrófono.

—Encantado, señoras.

Se unió a ellas y se apartaron todos de la multitud.

—Tú precisamente habrás notado una ausencia en el servicio religioso de hoy —dijo Elsie, jadeando un poco.

—Frances Falconleigh —añadió Evangeline.

—Ah, ¿quién, Frances? —respondió sir Hugo—. ¿Qué ha sido de ella? Creo recordar que estuve bastante loco por ella en cierto momento. Una joven impresionante.

—Queremos enseñarte algo —dijo Alice.

—A vuestro servicio, como es natural, señoras —respondió sir Hugo, haciendo una ligera reverencia.

Llegaron a San Gabriel.

—Ven con nosotras —dijo Elsie—. Es por detrás. —Elsie avanzó apoyándose en el bastón. Le dolían muchísimo los pies y había sido un día largo—. Ven por este lateral.

—Ah, la vieja tumba del caballero —señaló sir Hugo—, interesante historia la de…

—Primero Frances. Descubrió que tu padre y tú les hacíais señales a los alemanes durante la guerra —dijo Elsie sin rodeos—. Siempre se supo que alguien desde la costa sur lo estaba haciendo. Y que las señales venían de las proximidades de Gracecourt. Eras tú.

—¡Por supuesto que no! —farfulló Hugo—. ¡Qué disparate! ¿Cómo iba yo a hacerle señales a nadie, o mi padre, que estaba inválido?

—Tu padre gastó mucho dinero justo antes de la guerra, dinero que no tenía después de haber dilapidado la fortuna de tu madre. La finca estaba endeudada y a punto de ser vendida. Habría sido el fin de los De Balfort en Gracecourt Hall. Bernie lo comprobó.

Sin embargo, de pronto había nuevas pistas de tenis, nuevos establos y un jardín acuático. Y si alguien sabía cómo conseguir dinero de forma ilegal, ese era Bernie, pero ni siquiera él, con todos sus contactos, lograba averiguar de dónde procedía el vuestro. En tu gran viaje por Europa, entablaste amistad con algunos alemanes que después os visitaron en Gracecourt y ofrecieron a tu padre una gran suma a cambio de algunos favores.

—¡Eso es ridículo!

—Hasta hoy no he sabido lo que habías hecho. Lo he deducido de algo que le he oído decir a mi nieto. Esos estanques alargados del jardín acuático, tu padre los construyó siguiendo planos alemanes, de forma que los nazis pudieran utilizarlos para orientarse desde el aire.

—¡Bobadas! ¿Cómo demonios iba a servir de orientación un poco de agua?

—Un poco de agua es lo único que hace falta. En las noches claras, el agua refleja la luz, sobre todo la luz de luna. Esos estanques alargados y estrechos indicaban el camino a los aviones alemanes. Y tú eras el que les enviaba los partes meteorológicos para que supieran cuándo haría buen tiempo. Fuiste tú quien los guió hasta Londres para el *Blitz*. Y estabas preparado para ayudarles cuando comenzara la invasión.

Sir Hugo entrecerró los ojos.

—Entretanto, Frances se aburrió de ser Land Girl y los amigos de su padre accedieron a entrenarla como agente de la resistencia inglesa, pero decidieron enviarla de vuelta a Crowmarsh Priors con instrucciones de vigilaros a tu padre y a ti.

Alice se acercó y sir Hugo retrocedió un paso.

—El cerco se estrechaba a tu alrededor, ¿no es así? Murieron traidores y espías. Para entonces, el dinero alemán ya había desaparecido hacía tiempo y Frances no quería casarse contigo. Tú pensaste que era porque le gustaba Oliver Hammet, así que empezaste a vigilar la iglesia y descubriste que Frances a menudo estaba allí. Pero necesitabas algo más que enviar a los alemanes y, mientras vigilabas la parroquia, descubriste lo que estábamos haciendo y recordaste los túneles de los contrabandistas, de los que yo te había hablado aquella vez que almorcé en Gracecourt. Fue antes de la guerra. Lady Marchmont me obligó a ir. Bebí demasiado jerez y empecé a parlotear como hacía siempre porque nunca sabía qué decirles a los hombres. Tú me escuchabas con muchísima educación y no parabas de hacerme preguntas —añadió Alice—. Te lo conté todo y te recordé que los De Balfort habían tomado parte en el contrabando y que había un túnel que llegaba hasta la costa y al que se podía entrar desde el cementerio.

—¡Paparruchas!

—Sabías que una vía secreta de entrada al país constituiría una información valiosísima para los alemanes y esperaste el momento propicio para vendérsela. Luego tu padre estaba decidido a que te casaras con Frances y te hacía sentir un inepto porque no conseguías convencerla. Se mofó de ti alegando que ella prefería al párroco, por eso antes de venderles la ubicación del túnel, persuadiste a tus amigos alemanes de que soltaran una bomba en la parroquia para eliminar a tu rival, pero bombardearon la iglesia y el cementerio en su lugar, la misma noche en que esperábamos que llegara un equipo de rescate con dos niñas sacadas a escondidas de Francia. Las hermanas de Tanni.

De pronto Alice cayó en la cuenta del efecto que tendría aquella información en Tanni y se interrumpió. Elsie y Evangeline la miraron horrorizadas. Pero Tanni, pálida y conmocionada, dijo con voz trémula:

—No… Siempre supe que esa noche había pasado algo, algo terrible… Recuerdo que teníamos un plan, que queríamos salvarlas. Tratamos de salvar a Lili y a Klara… pero…

—Tanni…

—Lo intentamos… No había otra forma. Teníamos que arriesgarnos.

—Tanni…

—Es mejor que lo sepa de una vez… Debo afrontar esto hasta el final —dijo Tanni en un tono extrañamente sereno—. Frances intentó salvarlas. Estaba decidida a no abandonarlas. Usó sus joyas…

—Eso fue hace mucho tiempo —intervino sir Hugo, cuya voz se había convertido en un mero susurro.

Elsie prosiguió con la historia:

—Frances llevaba un tiempo vigilando Gracecourt. Volvió allí poco antes de desaparecer, encontró a tu padre solo, o eso pensó, y lo obligó a contarle la verdad, que Gracecourt era el centro de una red germano-británica. Él le contó en tono provocador que los nazis no tardarían en llegar y que Inglaterra tendría que rendirse. Tú estabas escondido y lo oíste, pero Frances iba armada y no pudiste hacer nada. No sabemos qué pasó después ni cómo empezó el fuego, aunque la gente dice que hubo una explosión, y sabemos que Frances podía conseguir granadas. No esperaban que tú sobrevivieras, pero lo hiciste, y cuando te recuperaste, Frances ya había desaparecido. Por lo que le habías oído decir, sospechabas que era una agente. Así que mandaste aviso a tus amigos nazis del mismo modo que les enviabas los partes meteorológicos. No sé cómo, pero te enteraste de que la habían destinado a Francia.

—La información nunca es secreta, ni siquiera en tiempos de guerra, y teníamos partidarios en todos los niveles del Gobierno británico —espetó Hugo con desprecio.

—Cuando saliste del hospital, les enviaste a los alemanes su descripción —prosiguió Alice—, y les dijiste que estaba trabajando para Inteligencia Militar, que probablemente se encontraba en Francia…

Sir Hugo la miró directamente.

—¡La muy imbécil! Tendría que haberse casado conmigo cuando se lo pedí —susurró furioso—. Papá prácticamente se lo suplicó. Le ofrecí una gran oportunidad. El apellido De Balfort habría alcanzado nueva gloria. Los científicos alemanes casi habían completado sus experimentos genéticos... —Le brillaron los ojos—. Se avecinaba una nueva era, pero ahora... —Profirió un sonido horrible, mitad sollozo mitad grito—. Debemos esperar a que otro Hitler se alce cual fénix de las cenizas del sueño ario.

Las cuatro ancianas lo habían acorralado contra la tumba.

—Estaba convencido de que la habrían enviado al este de Francia —prosiguió sir Hugo—. Sabíamos que muchos de los circuitos de la SOE se habían roto y a sus agentes los habían arrestado allí. Los británicos enviaban reemplazos y, como sospechaba, Frances fue uno de ellos. Los alemanes la encontraron en 1945, en febrero, cerca de las Ardenas. Me enviaron un mensaje. Se escondía en una maternidad, haciéndose pasar por una francesa que acababa de dar a luz. En circunstancias normales, la habrían enviado a un campo de concentración y la habrían torturado para sacarle la información, pero como se acercaban los Aliados, le pegaron un tiro sin más. Un balazo alemán limpio. Supongo que al final lo lamentaría todo.

Las cuatro ancianas lo rodearon. Entonces Elsie alzó el bastón y le golpeó con todas sus fuerzas. Tanni le dio por la espalda. Evangeline le asestó un bastonazo en las rodillas y Alice en la cabeza. Se oyó un chasquido, Hugo se tambaleó y cayó al suelo. Rabiosas, le golpearon y le clavaron los bastones con saña. El anciano se hizo un ovillo para escapar de los golpes. Se resistió hasta que se dio con la cabeza en la tumba y se desplomó inconsciente.

Ellas lo miraron con desprecio desde arriba.

—¡Ay, Frances, pensar que te mataron como a un perro! —dijo Alice, respirando con dificultad.

—Por mamá, Jem, Violet y todas las demás personas que ayudaste a matar —jadeó Elsie, y volvió a levantar el bastón.

—Por mis padres, frau Zayman, Lili y Klara, que en paz descansen —dijo Tanni, sin aliento y llorando, pero blandiendo el bastón—. Y por los campos de concentración, por todas esas personas inocentes... Tantas muertes... y... y... ¡Ahora lo recuerdo! —se quebró—. Tuve un bebé y murió... ¡esa noche! Siempre supe que había sido algo horrible, pero no conseguía recordar el qué. ¡Ay, Dios mío!

—Por el convoy de Richard —dijo Evangeline, sacudiéndole con el bastón como una posesa—. ¡Richard! Lo que sufrió... ¡Veinte años lo he visto sufrir!

—¡Por Frances! —exclamó Alice—. ¡Por mi pobre madre! ¡Tú ayudaste a matarlos a todos, maníaco retorcido!

—¡Empujémoslo al túnel y dejémoslo ahí! —ordenó Evangeline.

—No, no, no —lloriqueó él débilmente, acobardado y cubierto de sangre.

—¡Empujémoslo! ¡Es lo que se merece!

Alice retrocedió tambaleándose. Giró el cráneo del canto de la tumba y esta se abrió.

—Rápido —las apremió Elsie, jadeando.

Se agacharon todas, empujaron y lo hicieron rodar al interior del agujero, debajo del caballero ladeado. El hueco era muy justo en aquella oquedad estrecha y oscura. El anciano se resistió, arañando la tierra, pero no era rival para la fuerza y la rabia combinadas de las cuatro mujeres.

Se oyó un grito de la figura aprisionada mientras desaparecía en el oscuro agujero, luego oyeron un golpe seco de algo que alcanzaba el tramo final de los estrechos escalones. Alice cerró la entrada. Después de esperar tantos años, casi había sido demasiado fácil. Las cuatro ancianas se inclinaron sobre sus bastones, con la respiración entrecortada.

Tanni sollozaba y balbucía incoherencias. Evangeline la abrazó.

—Bruno quiso protegerte, ya lo sabes. Él te quiere muchísimo.

—Los abogados de Bernie nos dijeron que jamás conseguiríamos que lo encerraran en la cárcel —resolló Elsie—. Acordamos que debía pagar —dijo, mirando a las demás en busca de confirmación—. ¿No es así? —Las otras asintieron con la cabeza y se estiraron la ropa—. Ya podemos volver.

—Me pregunto qué sería del bebé de Frances —aventuró Alice.

—¿Sabéis qué? —dijo Elsie, encabezando el grupo—. Cuando le dije a Bernie que debíamos buscar al padre, me puso aquella cara suya de hurón que siempre me hacía sospechar, y me dijo que a lo mejor Frances quería mantenerlo en secreto. Por un instante horrible pensé si no sería él el padre, pero él me vio el gesto, antes de que se lo preguntara siquiera, y me lo negó. Luego dijo algo así como que había que cumplir un promesa cuando esta era la última voluntad de alguien. No sé a qué se refería.

—Yo sí —intervino Evangeline—, y os lo voy a contar, pero primero necesito sentarme un momento.

—Magnífico plano —le susurró Katie al cámara al ver a las cuatro ancianas que se acercaban a ellos despacio desde la iglesia. Visiblemente cansadas las pobres, sobre todo la señora Zayman; se las veía muy mayores a la luz del atardecer. Desaliñadas también, como si el ajetreo del día hubiera sido demasiado para ellas—. Cerramos con un plano de las cuatro y luego los fuegos artificiales —dijo, y justo entonces se oyó un fuerte estrépito y el cielo se llenó de destellos.

La presentadora levantó el micrófono.

—¿Quieren decir unas últimas palabras a nuestros espectadores?

—No, cielo, hemos estado hablando de crímenes de guerra. Creo que estamos un poco cansadas. Discúlpanos. Vamos a sentarnos a descansar un rato, lejos de todo el mundo.

—Ah —repuso Katie, sin saber bien si debía seguirlas.

—Prepárate para rematar —le ordenó Simon.

El micrófono captó la voz del anciano vestido con el uniforme de la Guardia Local, que protestaba a voces que él quería otra pinta, que aún no se quería ir a casa.

—Solo hay cuatro. Falta una —dijo Albert, para nadie en particular.

—¿Quién falta, abuelo?

—La que se casó con el párroco... Oliver... ¿cómo se apellidaba? Yo fui testigo. Sucedió todo muy rápido, en Tunbridge, en la iglesia de allí. Nos llevó Bernie. Oliver dijo algo de que un marido no puede testificar contra su esposa. Bernie rió y le preguntó si Frances tenía previsto convertirse en ladrona de cajas fuertes. Oliver respondió que a veces hay que tener fe en las cosas o las personas, pero miraba a Frances cuando lo dijo. Bernie y yo juramos mantener el secreto, no contárselo a nadie, ni a Elsie, ni a Nell, ni a nadie. Cuando terminó la ceremonia, parecían muy felices. Luego siguieron viviendo en el pueblo como si no hubiera pasado nada; Frances iba y venía, y después se fue para siempre. Me dejó una carta para Oliver, me pidió que cuidara de él si ella no volvía. Nell la vio antes de que desapareciera y me dijo que, de no ser porque sabía que Frances no estaba casada, habría jurado que estaba en estado, que eso siempre se notaba. Claro que yo, como había jurado mantener el secreto, no pude decir nada...

—¡Menuda historia, abuelo! ¿Qué le pasó?

—No me acuerdo. Solo sé que no volvimos a verla después de aquella última vez. Al final, le di la carta a Oliver, pero no me contó lo que decía. Murió a los pocos días, curiosamente. Parece ser que tenía un corazón delicado, pobre. Nadie lo sabía. Tenía aspecto de estar estupendamente. Murió en el 46 o el 47. Nell dijo... Bueno, fue hace mucho tiempo. Mucho tiempo.

Las barbacoas se habían convertido en cenizas. El sol se estaba poniendo y los empleados del cáterin guardaban con gran estrépito los cuencos, las bandejas y las botellas vacíos en las furgonetas. Las flores se pusieron mustias y a los niños sobrexcitados con helado por la cara les dieron banderitas del Reino Unido para que las agitaran de fondo mientras Katie despedía el programa y salían los créditos. Las mujeres de guerra posaron junto al párroco para el periódico local. Los fuegos artificiales estallaron, festivos, en todo el pueblo.

—Ha sido un día memorable. Y esto es todo. Les ha hablado Katie Hamilton-Jones para Albion Television. Al finalizar esta edición especial de *Heart of England*, confiamos en que hayan disfrutado con nosotros de esta celebración conmemorativa, tan particular y emotiva. Hoy hemos oído hablar, sobre todo, a los mayores; dejemos que las nuevas generaciones digan la última palabra.

La cámara enfocó entonces a una multitud de niños inquietos al fondo, agarrados a sus helados y a sus banderitas.

—¿Lo habéis pasado bien hoy?

A su espalda, los niños empezaron a brincar y a agitar las banderitas con frenesí mientras gritaban:

—¡Sí!

Comenzaron a pasar los créditos.

EPÍLOGO

Londres, 12 de mayo de 1995, Servicio de personas desaparecidas

—Servicio de personas desaparecidas, le habla Lily. ¿En qué puedo ayudarla? Sí, permítame que prepare un formulario. Eso es. A ver, necesito algunos datos… ¿Nombre de la persona desaparecida? Sir Hugo de Balfort. ¿Dirección? Gracias. ¿Edad? Ochenta y cinco o así… No, con eso basta. ¿Y la última vez que lo vio? A la hora del desayuno, en el chalé. ¿Dónde y cuándo desapareció? No volvió de la celebración del Día de la Victoria Europea cerca de su casa, en… ¿dónde fue eso? Deletréeme Crowmarsh Priors. El sábado, ¿verdad? Sí, hubo celebraciones en muchos sitios durante el fin de semana.

»¿Y usted es…? La señorita Pomfret. Annie Pomfret. Ama de llaves. ¿Familia? No, de acuerdo. ¿Parecía aturdido, señorita Pomfret? ¿Necesita alguna medicación, que usted sepa? No, está bien que no hurgue en su botiquín, pero a veces las personas son más observadoras de lo que creen. ¿Tiene alguna foto suya que pueda enviarnos? Comprendo que piense que no le corresponde a usted enredar en sus pertenencias como si fueran propias, pero si vamos a dar parte, convendría que la gente supiera qué aspecto tiene sir Hugo. ¿Y su número de teléfono? Entiendo perfectamente que a su hermana no le apetezca que la llamen a todas horas.

»Señorita Pomfret, trabajamos estrechamente con la policía, pero, salvo que tenga usted motivos para sospechar que se trata de un crimen… Sí, emitiremos un comunicado de inmediato. Con frecuencia, los ancianos se desorientan y andan por ahí vagando; los encontramos sanos y salvos, perdidos porque no recuerdan dónde debían estar… Sí, haremos todo lo posible. Gracias, señorita Pomfret. Procure no preocuparse. Nos pondremos en contacto con usted lo antes posible, en cuanto sepamos algo. Adiós.

Lily colgó, puso el formulario relleno en la bandeja de salida y se estiró.

—Ya llevo catorce ancianos que se perdieron el fin de semana pasado —le dijo a su compañera de trabajo—. Menos mal que ha hecho buen tiempo y los han localizado a todos. ¿Te he contado que por fin encontraron a la anciana de Herne Hill sentada detrás de un viejo refugio antiaéreo? Hubo un pequeño desfile aéreo del Día de la Victoria y le trajo recuerdos. Estaba convencida de que se encontraba en medio del *Blitz* y que había sonado la sirena. Esperaba a que abrieran el refugio.

—Se han vuelto locos con todo esto del Día de la Victoria —dijo su compañera—. Mi abuelo dice que él ya lo vivió una vez y que no le apetece revivirlo. Estuvo en Italia y luego en el desembarco de Normandía. Mi abuela y él se han ido de vacaciones para poder alejarse de todo… a Florida. ¿Tu familia estuvo en la guerra, Lily?

—Por parte de padre, eran cuáqueros y objetores de conciencia, mi abuelo era médico. No sé mucho de la parte materna.

—¿Y eso?

—No sé mucho de mi familia materna en general, la verdad. Mi abuela ya murió y no puedo preguntarle, pero a ella y a su hermana gemela las crió una familia adoptiva de Manchester. Nunca supimos de dónde venían ni quiénes eran, pero ocultaban algún misterio. Las dos hablaban francés y alemán, incluso su gemela, que tenía algún daño cerebral o algo así. Según mi madre, la suya recordaba una casa grande con un dormitorio rosa donde una niña, que podría haber sido su hermana o una niñera, les leía cuentos. Recordaba haber estado en un tren con otros niños y en una granja con unos ancianos, y unos hombres que hablaban en la oscuridad, y ella aterrada de pensar que lo que ella llamaba «los hombres malos» fueran a matarlas a ella y a su hermana.

»Años después de que terminara la guerra, por fin su madre adoptiva les contó que una noche un soldado con una bolsa de lona enorme llamó a su puerta y preguntó si aquel era un barrio judío. Creía que sí, porque había vivido en Manchester antes de la guerra. Pensaron que buscaba alojamiento y, como tenían una habitación de sobra, lo dejaron pasar. En cambio, les contó que lo habían abatido en Francia y lo habían rescatado para enviarlo de vuelta a Inglaterra. Entonces depositó la bolsa de lona en el suelo, la abrió y dentro llevaba dos niñas pequeñas dormidas. «Niñas judías», dijo, y desapareció antes de que pudieran preguntarle más. Qué raro, ¿verdad?

»Las niñas solo sabían cómo se llamaban. Mi abuela contaba que su hermana y ella recordaban haber oído a la pareja discutir en inglés, que ellas no entendían. La mujer las obligó a ponerse unos vestidos negros y unas medias gruesas, y les advirtieron que no hablaran en la calle. Estaban acostumbradas a guardar silencio, así que no les pareció raro, tampoco que aquel fuera, claramente, uno de esos barrios judíos tan religiosos, con carniceros *kosher* y hombres con levita y patillas de tirabuzones. Creo que les habían pasado tantas cosas ya que lo aceptaron sin más. Pero, como dice mi madre, ¿quién sabe?

—¡Menuda historia!

—Lo sé. Cuando mi abuela se casó, mi tía abuela se fue a vivir con ella, pero murió joven, cuando mamá tenía unos nueve años.

Mi madre me dijo que era exactamente igual que mi abuela y que las dos eran muy guapas, solo que mi abuela era más lista y estudió en la universidad después de casarse; luego se hizo profesora, igual que su marido. Mi madre recuerda que su tía abuela era muy tierna y cariñosa, y que cuidaba de ella cuando mi abuela iba a clase. Me dijo que mi abuela nunca se recuperó de su muerte. Yo me llamo Lily por ella.

—¡Increíble! Supongo que habrá montones de historias de la guerra que nunca se sabrán. Alguien debería escribir sobre ellas. Perdona, Lils, llaman otra vez. A ti te toca descanso, ya atiendo yo esta. Confío en que tu anciano errante aparezca sano y salvo.

AGRADECIMIENTOS

El borrador de un autor es una cosa, su transición a obra terminada a la venta es otra muy distinta. Lo difícil son los detalles, y yo estoy agradecida a todos los que han contribuido a la transformación de *Mujeres de guerra* de lo primero en lo segundo. Como autora, me considero afortunada de haber podido trabajar con todos ellos.

En primer lugar, quisiera dar las gracias a Terry Goodman, editor sénior de Amazon Publishing, que, para empezar, me abordó mediante un correo electrónico irresistiblemente encantador para comunicarme que Amazon quería publicar mi libro, que ha estado disponible desde entonces como punto de contacto para cualquier consulta y que se ha encargado de que todo siguiera su curso, asegurándose de que lo que debía suceder para que el libro saliera en el plazo previsto sucediese a la perfección.

Ha sido un placer trabajar con el equipo entero de Amazon. Quiero manifestar mi agradecimiento de forma especial a la revisora Renee Johnson por la concienzuda y meticulosa labor de edición que ha transformado mi borrador en un libro pulido. Es la clase de correctora que todo autor desea, a su ojo de lince no se le escapa nada.

También en Amazon, Nikki Sprinkle, directora de marketing, y Jessica Poore, responsable de las relaciones con los autores merecen mi agradecimiento por todas sus aportaciones.

Quisiera agradecer, además, su valiosa ayuda a mis agentes de Dystel & Goderich Literary Management. Jane Dystel y Miriam Goderich me han apoyado en todo momento y han resuelto mis dudas con celeridad. Agradezco haber podido beneficiarme de su experiencia, su profesionalidad y sus consejos.

Por último, me considero muy afortunada de contar con el apoyo de mi familia, sobre todo del de mi querido esposo, que no solo acepta los inevitables trastornos que genera en una casa la presencia de una escritora, sino que, además, tiene la generosidad de afirmar que lo que importa es que escriba.

ÍNDICE

Made in the USA
Middletown, DE
26 April 2022